1 Chor
2 Leutkirche
3 St. Katharinenkapelle u. St. Verena
4 Kreuzgang
5 Sodbrunnen
6 Kapitelsaal
7 Stickstube
8 Küche
9 Nonnenrefektorium
10 Skriptorium
11 Friedhof
12 Pfisterei
13 Küche Kleines Klingental
14 Refektorium
15 Gäste-/Pfrundhaus
16 Schaffnei
17 `Bychtiger Hus`
18 `Webers Hus`
19 Vordere Mühle
20 Hintere Mühle
21 Drachen Mühle
22 Höllmühle
23 Kammradmühle
24 Rösslimühle
25 Stallungen
26 Kornhaus
27 Spital
28 Bläsihof
29 Isteinertor
30 Hanfreibe
31 Claramühle
32 Klarissenkloster
33 Schmiede
34 St. Niklauskapelle
35 Richthaus
36 Kupferturm
37 Rheinbrücke

Ruedi Gröflin

KÜENTZI

Roman

Verlag Johannes Petri

Mit freundlicher Unterstützung von:

SULGER STIFTUNG

MIX
Papier aus verantwor-
tungsvollen Quellen
FSC® C068066

© 2016 Schwabe AG, Verlag Johannes Petri, Basel
Alle Rechte vorbehalten.
Lektorat: Satu Binggeli
Umschlagsbild: Meister des Codex Manesse (Grundstockmaler):
Meister Johannes Hadlaub;
Landesarchiv, Baden-Württemberg.
Generallandesarchiv_Karlsruhe, 21 Nr. 6208, Bild 1
Umschlaggestaltung: Thomas Lutz
© Landkarten: Ruedi Gröflin
Gesetzt aus: Bembo
Gesamtherstellung: Schwabe AG, Druckerei, Basel/Muttenz
Printed in Switzerland
ISBN 978-3-03784-107-5

www.verlag-johannes-petri.ch

Inhaltsverzeichnis

Einleitung 7

ANNO DOMINI 1338 11

Luggis Berichte 164

WEIHNACHTEN 1342 169

ANNO DOMINI 1343 265

Basel und Umgebung 274

Glossar 395

Übersetzungen 407

Historische Personen 409

Literaturverzeichnis 412

Dank 414

Einleitung

Alles begann mit dem Anblick der historischen Gebäude gegenüber meinem Arbeitszimmer im Klingental. Ich sah auf die mehr als 700 Jahre alten Bauten des ehemaligen Klosters und wurde neugierig auf seine Geschichte und seine Geheimnisse. Nach meiner Pensionierung fand ich Zeit für die Vergangenheit des Dominikanerinnenkonvents.

Die Sekundärliteratur vermittelte mir ein Bild von standesbewussten und rebellischen Dominikanerinnen, doch Auskunft darüber, wie das Kloster die großen politischen und wirtschaftlichen Veränderungen im 14. Jahrhundert mitmachte, bekam ich wenig. Ich ging im Staatsarchiv Basel auf Entdeckungsreise und fand in den Klosterregesten eine solche Fülle an Daten (mittlerweile digitalisiert), dass ich meine Suche auf die drei Jahrzehnte vor dem Erdbeben von 1356 beschränkte.

Je länger ich mich mit den klösterlichen Urkunden befasste, desto stärker wurde in mir der Wunsch, dem im Dokument auf einen Namen reduzierten Menschen fiktives Leben einzuhauchen. Entstanden ist ein historischer Roman.

Die Handlung und die Personen sind frei erfunden, selbst wenn diese historisch verbürgte Namen tragen wie die Hauptfigur. ‹Küentzi› war ein damals gebräuchlicher Diminutiv und Rufname für Kunrad/Konrad. Brennpunkt der Handlung ist der weitverzweigte Klosterbetrieb der Kleinbasler Dominikanerinnen zwischen 1338 und 1343.

Ich beschränkte mich auf diesen Zeitraum, weil damals die Geistlichen Johannes Tauler und Heinrich von Nördlingen als Flüchtlinge in Basel lebten und das Klingental und den Konvent kannten. Da die Kleinbasler Dominikanerinnen, im Unterschied zu ihren Schwestern in Winterthur, Zürich, Freiburg und Kolmar, wenig nennenswerte religiöse Dokumente hinterließen, brauchte ich die Mystikerinnen aus Töss sowie Tauler und Nördlingen mit ihren Schriften zur Darstellung des damaligen geistlichen und politischen Alltags im und um das Kloster. Dabei half mir auch Taulers und Nördlingens Vernetzung mit der vorreformatorischen Laienbewegung der Gottesfreunde am Oberrhein.

Die Angaben für die Darstellung des weltlichen Klosterbetriebes entnahm ich den Klosterregesten. Sie lieferten mir die Daten zur Größe des Klosterbesitzes und zur Entwicklung der Besitzverhältnisse. Die Namen auf den Dokumenten gaben mir Auskunft über die soziale Verankerung des Konventes. Einmalig finde ich den Beleg für die Umstellung von der Natural- zur Geldwirtschaft von 1342: Bei der Erneuerung eines Klingentaler Lehensbriefes wird der Heuzehnt durch einen Geldzins ersetzt. Wie sich dieser Systemwechsel praktisch für die Klosterverwaltung auswirkte, habe ich fiktiv beschrieben. Das bischöfliche Heerlager bei St. Jakob an der Birs und die Vorbereitungen für den Krieg gegen die Stadt Bern sind reine Fiktion; die Beteiligung Basels ist historisch.

ANNO DOMINI 1338

1

Die mächtige Bischofsstadt am Südende der Rheinebene döste in der gleißend hellen Mittagshitze eines weiteren Spätsommertages. Über den spitzen Dächern der Häuser und Kirchen flimmerte die heiße Luft, und selbst entlang des Rheins verschwammen die Konturen der Hausfassaden. Wer konnte, mied die aufgeheizten Gassen mit dem von Fuhrwerken und Reisenden aufgewirbelten Staub; wer einen schattigen Ort gefunden hatte, sehnte sich nach der Abendkühle. In den sonst lärmigen Stuben und Werkstätten der Vorstädte herrschte ungewohnte Ruhe. Nur auf der über hundertjährigen hölzernen Rheinbrücke herrschte laute Betriebsamkeit. Hier, wo sich die Straßen aus dem Osten und dem Norden mit denen aus dem Westen und Süden des Reiches trafen, trotzten die Reisenden der Hitze und dem Staub. Sie nutzten den Tag und die weit offenen Tore der Stadt auf ihrem Weg zu den Juraübergängen oder den Schwarzwaldpässen, in den Sundgau oder rheinabwärts. Anders als an frischeren Tagen floss der Verkehr jedoch zäh, denn die meisten machten auf der Brücke halt und gönnten sich einen Blick auf den kühlen Strom unter ihnen.

Unbekümmert um Staub und Lärm spielten vier Jungen am Ende der unteren langen Rheingasse im minderen Basel, bei dem bischöflichen Brückenkopf auf dem rechten Rheinufer. Sie hatten im kargen Schatten des Webers Hus kleine Gräben in den Straßenstaub gezogen, füllten diese mit Wasser aus dem nahen Sodbrunnen und nannten sie stolz *tych*. Mit Holzstückchen markierten sie daneben die vielen Kleinbasler Mühlen, die die Kanäle säumten. Auch die Häuser, in denen sie mit ihren Eltern wohnten, hatten sie festgehalten.

Im Nu hatten sie ein weiträumiges Abbild der nördlichen Hälfte Kleinbasels geschaffen, dessen Masse eindeutig mehr dem Durchsetzungsvermögen der einzelnen Jungen als der Wirklichkeit entsprachen. Ausgerechnet über den Verlauf der Stadtmauer, hinter der sie wohnten, gerieten sie sich in die Haare. Sie stritten sich über den Abstand der Klarissenmühle außerhalb der Mauer.
«Ich will die Stadtmauer auch um die Mühle der Klarissen!», verlangte ein empörter Knirps. «Die Dominikanerinnen haben sogar ihren Gemüse- und den Obstgarten hinter der Mauer.»
Er begann die Mauer auszuweiten.
«Hör auf damit!» befahl ihm der Älteste mit einem Klaps.
«Mein Vater arbeitet für die Dominikanerinnen.»
«Meiner für die Klarissen!»
«Im Kleinbasel hat das Klingental das Sagen!»
Die Sache blieb ungeklärt, denn sie sahen Küentzi von der Hinteren Mühle her auf sie zurennen und hörten ihn rufen: «Sie baden, sie baden!»
Die Jungen verstanden sofort, wen der schlaksige Junge meinte, und sie vergaßen im Nu ihre Müdigkeit. Sie flitzten zum Richthaus, bogen dort rechts ab auf die Brücke und schlängelten sich mit Küentzi geschickt durch eine Ansammlung verschwitzter Reisender bis ans Geländer, um von oben auf die Badenden zu linsen.

Der Schiffsmann Konrad Hesse, barfuß und mit weit offenem Hemd, hatte soeben seinen Weidling auf das heiße Ufergeröll neben dem Brückenpfeiler gezogen und staunte nicht schlecht, als er über sich die kiebitzenden Köpfe seiner zwei Söhne erkannte. Als auch noch die Buben des Gerbers Konrad von Eggenen ihre heißen Köpfe über das Brückengeländer streckten und begeistert auf das Inselchen hinter ihm zeigten, drehte er sich voller Neugier um. Der Grund der Aufregung war leicht zu erkennen: Im Niedrigwasser beim Inselchen, das sich bei diesem trockenen Wetter jeden Tag scheinbar höher dem Himmel entgegenstreckte, badeten sechs Nonnen!
Die Weidenbüsche entlang des Ufers verdeckten zwar die Einzelheiten, doch die halboffene, schmale Türe in der Stadtmauer unterhalb der Klingentaler Klosterkirche verriet, woher die Frauen gekommen waren. Trotz der Büsche war deutlich,

dass sie spritzten, kreischten, ins Wasser fielen und hintereinander herjagten, als wären alle so jung wie die atemlosen Jungen auf der Brücke.

Vater Hesse schüttelte nur den Kopf, wie er sah, dass ein ganzes Gewand zum Trocknen über die Uferweiden gelegt wurde. Er blickte unter dem Sonnenhut zu den Jungen hoch und erkannte an ihrer starren, hochkonzentrierten Haltung, dass sie wohl mehr von den Frauen zu sehen bekamen als er.

Je mehr nasse Trachtentücher und Hemden über den Büschen ausgebreitet wurden, desto ruhiger wurde es hinter dem Gesträuch, und alles hätte nach einem erfolgreich abgeschlossenen Waschtag ausgesehen, wären auf der Brücke nicht die aufgekratzten jungen Beobachter in ihren Stellungen verharrt.

Besorgt wandte der wetterharte Schiffsmann sich ab und wählte einen langen Umweg nach Hause. Er brauchte Zeit. Zu viele Fragen drehten sich in seinem Kopf. Wer konnte diesen Nonnen, die sich wie unschuldige, selbstvergessene Mädchen wider die Keuschheitsregel aufführten, erlauben, ihre Klausur zu verlassen?

Beim Gedanken, was wohl der ungewohnte Anblick der frommen Frauen bei seinen Buben ausgelöst hatte, wischte er sich den Schweiß aus dem Nacken. Musste er ihnen verbieten, über den außergewöhnlichen Badespaß am Rheinufer zu sprechen; sie heißen, alles zu vergessen?

Mittlerweile war die Sonne ein gutes Stück Richtung Predigerkirche gewandert und hatte an Stärke verloren. Die Nonnen beendeten ihren Ausflug ans Wasser und verschwanden gesittet in die Klosteranlage. Auch die fünf Jungen machten sich auf den Heimweg.

Noch immer unter dem Eindruck der badenden Nonnen sprudelte es aus ihnen heraus: Wer hatte eine Badende erkannt? Wie alt war wohl die jüngste, die älteste gewesen? Welches Spiel hatten sie gespielt, als sie so munter rumhüpften? Warum durften Nonnen überhaupt alleine im Fluss baden, wo doch ihnen die Väter es verboten hatten?

Durstig kehrten sie zurück zum Sodbrunnen und stellten sich in die Schlange der Mägde, die Wasser für ihre Küchen holten. Sie bestürmten Küentzi mit Fragen, die nur er ihnen beantworten konnte, denn er war im Kloster aufgewachsen, hatte mit andern Waisen im Klosterbetrieb mitgeholfen und schon als Knabe im Dormitorium des Brüderhauses geschlafen. Er kannte die Klostergebäude von innen und außen und den Weg der Nonnen vom Rhein bis in ihren geschlossenen Wohnteil. Im Unterschied zu Küentzi durften sie gerade mal die Leutkirche, die Küche oder die Pfisterei betreten. Weiter kamen sie nie.

Küentzi, der sie um Kopfeslänge überragte, war ein guter Erzähler, und die Knaben glaubten seinen Beschreibungen, obwohl auch er mit zunehmendem Alter nur noch ausnahmsweise Zugang zum geschlossenen Teil erhielt. Für sie blieb Küentzi, dessen Geburt nie registriert worden war, mit seinen dreizehn, vielleicht auch vierzehn Jahren die unbestrittene Autorität in allem, was das Kloster Klingental betraf.

Dieser überwand seine Unsicherheit und genoss seinen Auftritt an diesem Nachmittag. Er hatte als unauffälliger, neugieriger Zuhörer mit einem guten Gedächtnis viel Wissen über das Kloster mitbekommen. Geduldig gab er Antwort auf die Fragen seiner Freunde.

«Da waren Agnes, Clare und Werndrut. Sie habe ich eindeutig erkannt. Sie sind die Töchter Werners und Margarets aus der Achtburgerfamilie zer Sunnen und leben schon längere Zeit im Kloster. Die andern Frauen habe ich nicht richtig erkennen können. Ich vermute, es sind die Geschwister Elsbeth, Hedwig und Gisel aus Wehr.»

«Wo ist Wehr?», unterbrach ihn der ältere der Hessensöhne.

«Oberhalb Rheinfelden auf der rechten Rheinseite. Es gehört dem Kloster Klingental.»

Die jüngeren wollten noch mehr über die Frauen aus Wehr hören.

«Die großgewachsene und stämmige heißt Gisel. Sie spricht nur, um ihren jüngeren Schwestern zu befehlen, was zu tun ist. Sie verlangt, dass wir, wenn sie vorbeigeht, den Kopf senken, wie es ihr als Edle gebührt. Sie ist eine einflussreiche Frau und wird auch im Kloster noch häufig mit ihrem Titel ‹Wülfin von Wehr› angesprochen. Über ihre Schwestern weiß ich wenig. Beide sind ruhige, unauffällige Frauen, die erst ungefähr seit einem Jahr im Kloster ein- und ausgehen. Ich bin mir nicht sicher, ob die drei überhaupt die Profess schon geleistet haben.»

Die Jungen ließen nicht locker, wollten wissen, wie die Nonnen oder Novizinnen arbeiteten und beteten. Geduldig beschrieb Küentzi, wie sie im knöchellangen weißen Gewand und dem schwarzen Schleier in der Kirche auftraten. Er beschrieb den Buben nur das Singen und Beten der frommen Frauen. Er verheimlichte ihnen seine Sehnsucht nach körperlicher Nähe zu ihnen und sein Begehren nach Wärme und Zärtlichkeit. Er verschwieg ihnen die verwirrende Süße, die er aus einigen Stimmen heraushörte, behielt seinen Schrecken über die Wucht seines Begehrens beim Anblick der nackten Badenden von vorher für sich.

Als nur noch eine schweigsame Magd vor ihnen am Brunnen wartete und die anderen Frauen in Gespräche miteinander vertieft waren, versuchte Küentzi, mit dem ältesten der Jungen über das Beben in ihm zu sprechen. Doch dieser verstand nicht, was er meinte, wollte im Gegenteil noch mehr über die Badenden und das Kloster erfahren. Verloren stand Küentzi in der Reihe, verstand nicht, warum selbst der älteste seiner Freunde ihm nicht nachfühlen konnte, und gab ihm keine Antwort mehr.

Die Frauen am Brunnen hatten das Badeabenteuer der Nonnen mitbekommen und mitgehört, was Küentzi den Knaben geantwortet hatte. Sie hatten sich über die verwegenen Dominikanerinnen ereifert und weder mit Scherzen noch Tadel zurückgehalten. Wer den Eimer gefüllt hatte, stellte sich in den nächstgelegenen Schatten und wartete neugierig, bis Küentzi wieder Auskunft geben wollte. Wie die Buben wussten sie wenig über das Leben hinter den Klostermauern.

Doch der Junge hatte genug, wollte keine Fragen von niemandem mehr, forderte die Knaben auf, nach Hause zu gehen, was sie zu seiner Überraschung auch taten, und ging langsam in Richtung Hintere Mühle. Dort hatte er sich als Gehilfe des Müllers auf dem Estrich eine Schlafstätte eingerichtet. Er wollte nicht ins betriebsame Refektorium, wo sich nebst den Laien, Beginen, Konversen und den Pilgern auch erlesene Gäste zur Mahlzeit versammelten. Er verspürte nur den Wunsch, allein zu sein.

Mit gesenktem Blick ging er am *bychtigerhus* und der Vorderen Mühle vorbei, blickte erst auf, als er vor seinem gegenwärtigen Zuhause stand. Die Räder der Mühle standen still, der Müller und sein Knecht waren wahrscheinlich schon im Refektorium. Schnell ging er die Treppen hoch, setzte sich auf sein Lager aus leeren Säcken und überließ sich dem Wirrwarr seiner Gedanken und Gefühle.

Zwischen ihm und seinen Freunden war ein schmerzhafter Abstand entstanden. Er war für ihre Spiele zu alt geworden, und als Gehilfe in der Hinteren Mühle hatte er kaum mehr Zeit für sie. Dennoch hatte er sie auf die Brücke zusammengerufen, denn ohne ihre unschuldige Begeisterung für die Badenden hätte er sich dem Anblick der entblößten Körper nicht stellen können.

Da waren sie wieder, die nackten Brüste und Schenkel, die erhitzten Gesichter, die geschmeidigen Bewegungen der Frauen. Selbst das zügellose, heisere Lachen der älteren Nonnen echote in ihm. Welch ein Gegensatz zum alltäglichen Habitus dieser geistlichen Frauen! Je mehr er sich der Sinnlichkeit seiner Bilder überließ, desto erregter wurde er, desto heißer wünschte er sich, im Verwirrspiel der Bilder mit seinen Händen die Wirklichkeit zu spüren.

Aus den Gesprächen am Refektoriumstisch wusste er, was Frauen mit ihrem Körper bei Männern auslösen konnten. Er kannte die körperlichen Unterschiede zwischen den Geschlechtern. Geschlechtlichkeit als ewige Versuchung, wie die Priester sagten, war ihm als Thema vertraut. Zu viele Gespräche hatte er mitgehört, um nicht zu wissen, was ein richtiger Mann sei. Den geistlichen Standpunkt gegenüber der Frau kannte er nur zu gut, denn immer wieder hatten ihn die Konversen gewarnt, der Teufel sei ein Verführer und führe die Männer in der Gestalt Evas in die Sünde und nur das Ehesakrament mache die Fleischeslust gottgefällig.

Huren hatte er auch schon kennengelernt, wenn sie am Klostertor auf Essen warteten. Sie waren nett und freundlich zu ihm gewesen, und auch wenn man ihn über die Sündhaftigkeit ihres Tuns aufgeklärt hatte, war für ihn der Unterschied zu den Nonnen ein äußerlicher geblieben. Natürlich hätten die Huren und Nonnen, was Kleidung und Haltung betraf, nicht gegensätzlicher sein können, doch ihre Warmherzigkeit ihm gegenüber war die gleiche gewesen.

Eine Woge der Wärme wallte über seinen Körper und nahm den Badebildern ihre Kraft. Küentzi ließ sich wohlig auf sein Sacklager zurückfallen und genoss den Blick durch die offene Luke auf den für die Ewigkeit gebauten und unverrückbar in den Himmel weisenden Glockenturm der Peterskirche. Er spitzte die Ohren und lauschte den langen, ruhigen Gesängen aus der Klosterkirche. Mit ihren Stimmen beschlossen die frommen Frauen den Klostertag und hießen den langen Abend und die Nacht willkommen. Ihr Singen galt auch ihm, der, von einem unerklärlich tiefen Glücksgefühl erfüllt, seinen Frieden für diesen Tag gefunden hatte.

2

Die Sonne hatte sich nur wenig nach Westen geneigt, als der Mühlenmeister Heinzin die außergewöhnliche Trockenheit nutzen wollte, um in der Hinteren Mühle den alten, verkrusteten Mehlstaub von den *tych*seitigen Wänden zu entfernen, bevor sich in der feuchten Luft eine neue, klebrige Oberfläche bilden konnte. Er rief Küentzi zur Arbeit und teilte ihm mit, alle müssten bis zum Sonnenuntergang durcharbeiten.

Ein offenes Licht und flüchtiger Mehlstaub konnten zusammen schließlich eine Katastrophe auslösen. Die Mühle hatte zwar ein steinernes Fundament und Mauerwerk bis in den ersten Stock, doch darüber waren die Böden und Wände aus Holz. Da Mehl im Kontakt mit Feuer nicht brannte, sondern verpuffte, waren diese Explosionen viel heißer und gefährlicher als ein Holzbrand. Die Mühle musste also immer gründlich geputzt sein, Arbeiten mussten wenn immer möglich bei Tageslicht ausgeführt werden, offene Lichter waren dabei verboten.

Küentzi ging dem Gesellen zur Hand, kratzte Mehlstaub von den Wänden, trat mit der weichsten Bürste gegen den Staub auf den kleinsten Teilen des Mahlgetriebes an und wischte alle Böden sauber. Alles unter Aufsicht des Mühlenmeisters und ohne Pause. Sie verpassten die Vesper und die Mahlzeit und steckten noch tief in der Arbeit, als die Konversen das Refektorium schon lange wieder verlassen hatten. Meister Heinzin entließ seinen Gehilfen erst, als das Tageslicht für die Arbeiten im Innern der Mühle nicht mehr ausreichte.

Küentzi knurrte inzwischen der Magen, doch in der Klosterküche um Reste betteln wollte er nicht. Wo konnte er noch Essen bekommen? Vielleicht beim Bäckermeister Heinrich von Embrach, dessen Sohn Jost ein vorbildlicher Priesterschüler war? Oder aus der Küche des Bäckermeisters Rudolf von Egringen, mit dessen neunjähriger Tochter Anna so gut zu spielen war? Sie wohnten beide nahe *tych*aufwärts und waren ihm wohlgesinnt.

Am nächsten allerdings wohnten seine treuen Freunde Michael und Nikolaus, des Schiffsmanns Söhne. Ihr Garten grenzte an die Vordere Mühle gegenüber dem Haus der Kapläne.

Die Hühner flohen mit Gegacker, als Küentzi mit einem Sprung über den Zaun im Garten des Hess'schen Zuhauses landete. Vom Lärm des Federviehs aufgeschreckt, trat Mutter Hesse aus der Küche: «Wo brennt's?», und hieß ihn belustigt eintreten. Auf seine verlegene Frage, ob er noch was zu essen bekommen könne, denn er habe die Mahlzeit im Refektorium verpasst, lachte sie nur. Sie schnitt ihm ein dickes Stück Brot ab, fand auf dem Käsebrett noch ein würziges Stück, legte beides vor ihn auf den Küchentisch und hieß ihn in Ruhe essen.

Küentzi hörte Konrad, den Vater seiner Freunde, im oberen Stock sprechen und versuchte zu verstehen, was er seinen Kindern gerade erzählte. Er beneidete Michael, Nikolaus und ihr Schwesterchen Agnes um ihr Zuhause und wie sie sich für die Nacht rüsteten.

Als hätte er sein Erscheinen auf das Ende von Küentzis Mahlzeit ausgerichtet, kam Vater Konrad in die Küche, als der Junge mit einem Becher Wasser das Essen abschloss. Konrad Hesse sah ihn lange an und fragte ihn schließlich: «Kommst du mit in die St.-Brandans-Kapelle zu einer kleinen Abendandacht? Ich denke, du bist mittlerweile alt genug.»

Sonst war er nicht aufs Maul gefallen, doch jetzt verließ ihn die Sprache. Er, Müllergehilfe, im Kloster aufgewachsen, bestenfalls vierzehn Jahre alt, durfte eine Abendandacht mit Schiffsleuten in einer der ältesten Kapellen Basels in der Großen Stadt besuchen? Das war eine ungeheure Ehre, die ihm Vater Konrad erwies. Der wollte er sich würdig erweisen! Er strahlte Vater und Mutter Hesse begeistert an und brachte gerade ein knappes «Ja» und kurz darauf ein bescheidenes «Gerne» hervor.

Welch ein Tag: zuerst die Verzauberung durch die badenden Nonnen und jetzt eine Einladung in die Welt richtiger, verantwortungsbewusster Männer! Er, dessen Leben sich bis anhin nur um die Gesellschaft von frommen Frauen gedreht hatte, durfte wie ein Mann mit andern Männern im Großbasel einen Gottesdienst besuchen! Stolz schritt er zur Haustüre und wartete, bis Vater Konrad seinen Hut gepackt hatte und zusammen mit ihm auf die Straße treten konnte.

Noch bevor sie die Brücke erreichten, stieß der Bäckermeister Rudolf von Egringen zu ihnen. Wortlos zogen sie zu dritt über die Brücke und betraten durch das kleine Türchen am Rheintor Großbasler Boden. Nach der neuen Brücke über den Birsig waren es nur noch wenige Schritte bis zu ihrem Ziel neben dem alten Sodbrunnen. Mit gesenktem Haupt betraten sie die Kapelle.

Küentzi sah sich erwartungsvoll im schlicht gehaltenen Gotteshaus um und musterte aufmerksam die Kirchgänger. Er suchte ihm bekannte Gesichter. Unter den vom Wind und Wetter gezeichneten Schiffern und ihren Gesellen fand er nur wenige. Unter den Kaufleuten, die mit ihren farbigen, teuren Gewändern aus dem graubraunen Allerlei der übrigen Besucher herausstachen, waren die ihm aus dem minderen Basel bekannten leichter auszumachen. Unter den vielen, ihm fremden Beginen sah er Luggi die *Schryberin*, Begine und Konverse aus dem Klingental. Er nahm sich vor, sie nach der Andacht über die überraschend große Zahl anwesender Schwestern auszufragen.

Aufgeregt wartete er im mittlerweile voll besetzten Raum auf den Auftritt des Priesters. Sicherlich war es einer der vielen Kapläne aus dem Klingental, denn die alte Kapelle gehörte zum Besitz des Klosters.

Der große, bärtige Predigerbruder, der aus einer kleinen Seitentüre vor den Altar trat, war ihm aber fremd. Unbeteiligt ließ Küentzi seine Gedanken wandern, horchte erst auf, als er statt der gewohnten lateinischen Floskeln vorne Elsässerdeutsch hörte. Nun war der Junge ganz Ohr und verfolgte aufmerksam, wie sich der Priester mit tiefer, warmer Stimme als Dominikaner aus Straßburg vorstellte und erklärte, dass der ganze Straßburgerkonvent aus politischen Gründen zu den Basler Brüdern geflüchtet und hier mit offenen Armen aufgenommen worden war.

Küentzi verstand nicht, warum die Straßburger Mönche hier arbeiten konnten, doch ihm blieb keine Zeit zu Überlegungen. Nach den lateinischen Gebeten am Anfang fesselte ihn die anschließenden Predigt: Er verstand jedes Wort, denn Bruder predigte auf Deutsch! Eindringlich wurden die Anwesenden aufgefordert, sich vermehrt den geistigen Bereichen des Lebens zuzuwenden und sich weniger von dessen materiellen Notwendigkeiten leiten zu lassen: «Der Weg zu Gott ist die Einkehr nach innen, weg vom teuflischen Blendwerk der Äußerlichkeiten! Das Gebet und der Blick nach innen führt zum Reichtum der Seele und zum Herrn. Der Seele Heil ist oberstes Ziel eines frommen Christenmenschen!»

Solche Worte waren für Küentzi nicht neu, doch er glaubte aus all dem heraushören zu können, dass sich vermehrt auch Laien um ein geistliches Leben bemühen sollten, als ob die Standesgrenzen nicht mehr zählten. Laien kannten sich doch gar nicht genug aus! Wo führte das hin, wenn sie die Aufgaben der Priester übernähmen, dachte er sich.

Die Sätze, obwohl väterlich mahnend und gemessen ruhig vorgetragen, machten Küentzi unruhig. Vor seinem inneren Auge tauchten wieder die Körper der badenden Frauen auf, und er fragte sich, wie wohl die Nonnen auf diese Sätze reagieren würden und wie er als Christ in ihren so weltlichen Körpern das Geistliche erkennen konnte. Unruhig blickte er zu Konrad Hesse, dann zu den Beginen hinüber, um zu verfolgen, wie die verwirrende Predigt bei diesen ankam.

Was er sah, beeindruckte ihn. Irgendwie schien es diesem Prediger zu gelingen, alle Anwesenden mit seinen Worten zu fesseln, ihre Augen nach innen zu richten und zu großer innerer Ruhe zu führen. Die Gegensätzlichkeit der geistlichen und weltlichen Ansprüche, die sonst ihren Alltag prägten, schien wie durch ein Wunder aufgehoben. Selbst im herkömmlichen Singsang des Schlussrituals hielten sie ihre Blicke nach innen gerichtet, als ob der lateinische Segen des Priesters nicht an sie gerichtet wäre. Aufgewühlt und unruhig, beneidete Küentzi seine Nachbarn um ihre innere Zufriedenheit und verließ die Kapelle als einer der Ersten.

Es war immer noch abendlich hell, als Konrad Hesse, der Bäcker Rudolf, der Schneider Johan und der Gerber Konrad am Ausgang der stickigen Kapelle zu ihm traten und ihre Eindrücke von diesem neuen Prediger und seiner Predigt austauschten. Gerne hätten sie das Gespräch in der Schankstube *Zer Blume*, deren Türe einladend weit offen stand, geführt, doch Konrad Hesse zögerte, weil er Küentzi weder allein zurücklassen noch in die Schankstube mitnehmen wollte.

Luggi die *Schryberin*, die Küentzi und die Dienstmänner des Klosters kannte und nach ihnen aus der Kapelle getreten war, erlöste Konrad. Sie hatte offenbar Fetzen ihres Gesprächs aufgeschnappt und ihre sehnsüchtigen Blicke in Richtung *Zer Blume* richtig gedeutet. Sie bot ihm an, Küentzi mit ins Kloster zurückzunehmen.

Sie tat damit auch Küentzi einen Gefallen, denn ein Gespräch über diese bewegende Andacht fiel ihm mit der bescheidenen Begine leichter als mit den Respekt gebietenden Vätern um ihn herum. Kaum waren die Männer im Halbdunkel der Schenke verschwunden und er mit Luggi unterwegs ins Klingental, als er sie auch schon fragte, warum so viele Beginen, die er an ihrer grauen Tracht habe ausmachen können, in diese Andacht gekommen seien.

Der rundlichen Frau fiel die Antwort unverkennbar leicht: «Nur wenige Häuser von der Kapelle entfernt gibt es seit etwa zehn Jahren zwei Samnungen. All diese Beginen kommen hier zur Messe. Die ältere Samnung hat die Witwe Margareta zer Sunnen, die andere die Jungfrau Katharina zem Hasen gestiftet. Beide Frauen aus begüterten und einflussreichen Basler Familien haben ihre Häuser unter die Aufsicht des nachbarlichen Predigerklosters gestellt. Und die Predigerbrüder haben ihnen, wie auch mir, den Straßburger Prediger empfohlen.»

Küentzi, hellwach und wissbegierig, wollte mehr über diese Häuser erfahren.

Bereitwillig gab sie Auskunft: «Etwas außergewöhnlich ist Katharinas verbriefter Wunsch, dass reiche Bewerberinnen nicht abgewiesen werden dürfen. Das ist bemerkenswert, denn grundsätzlich sind Beginenhäuser eingerichtet worden, um die armen *swestern* der Prediger- und Franziskanerbrüder, wie sich die Beginen selber nennen, zu beherbergen. Katharina hat eine Standesregel gebrochen, denn für gewöhnlich führen edle, reiche Frauen ein gottesfürchtiges Leben abgeschieden im Kloster.

Und Gemeine suchen einen Platz in einer Samnung, von wo aus sie in der Stadt arbeiten können.»

Luggi hielt einen Augenblick lang inne, als ob sie die richtigen Worte suchen müsste. Wie sie weitersprach, war ihr Ton schärfer geworden: «Die reiche Katharina selbst ist ihrem Stand entsprechend ins Kloster Klingental gezogen und hat in ihrem Haus ihre Magd als Meisterin der Beginen eingesetzt. Als Tochter aus einer vornehmen Familie geht so was natürlich. Sie hat auch bestimmt, dass ihr Bruder, ein Predigermönch, die Aufsicht über die Samnung zugesprochen bekam.»

Abrupt blieb sie stehen. Ihre lang unterdrückte Enttäuschung und Wut über Katharinas Verhalten, das sie als feige und als persönlichen Verrat empfand, wollte sie Küentzi so nicht mitteilen. In ihrem Kampf um klare, sachliche Worte scheiterte sie jedoch.

Küentzi, der mit ihr stehen geblieben war, suchte schnell ihre Augen und erschrak ob der Härte in ihrem Blick. Er wagte es nicht, ihr zu sagen, dass er ihre Andeutungen nicht verstehen konnte. Deshalb schwieg er und erwartete keine weiteren Auskünfte mehr.

Beim Betreten des Klosterbezirks brach Luggi das Schweigen: «Arme Nonnen sind in den zwei Kleinbasler Frauenklöstern die Ausnahme. Es ist im Kloster nicht anders als draußen. Die Reichen werden bevorzugt», und fügte mit einem tiefen Seufzer an: «Vielleicht war es früher mal anders.»

Mit der Nacht waren sie im Klosterhof angekommen und Küentzi atmete auf. Er hatte sich zum ersten Mal seit langem im Dunkeln außerhalb des Klosterbezirks aufgehalten und sich den dort lauernden bösen Geistern ausgesetzt. Auf dem geweihten Boden des Klosterhofes fühlte er sich wieder sicher und genoss die im Kloster ringsum herrschende Ruhe. Luggis für ihn unverständliches Aufbegehren gegen die Ständeordnung draußen machte nun auch Sinn als Einflüsterung einer unerlösten, rebellischen Seele.

Vor dem Eingang zur Hinteren Mühle blieb er erwartungsvoll stehen und machte keinen Wank, als ihn Luggi leise aufforderte, er solle sich nun Schlafen legen. Stattdessen fragte er munter: «Welche Frau hat in der St.-Brandans-Kapelle in der Wandmalerei über dem Altar so liebevoll auf uns herabgeblickt?»

Obwohl Küentzi kaum sehen konnte, wie Luggis Augen hell und weich wurden, konnte er ihre Freude über die Heilige aus ihrer Stimme heraushören: «Brigida von Kildare war die erste Äbtissin des ersten Frauenklosters in Irland und gehört heute mit Patrick und Kolumban zu den drei Schutzheiligen Irlands. Ihr Vater war adlig, ihre Mutter eine Leibeigene. Sie war fromm und eine rothaarige Schönheit, die sich weigerte zu heiraten und deshalb ihr Heim mit vierzehn Jahren verließ. Sie errichtete eine Zelle, um sich als Nonne niederzulassen. Angezogen von ihrer Seelenkraft und Reinheit scharten sich so viele Frauen um sie, dass sie ein großes Kloster einrichten konnten. Männer kamen auch und lebten als Mönche in einem Kloster nebenan, wobei Brigida als Äbtissin auch den Abt der Mönche ernennen konnte. Eine in der christlichen Kirche einmalige Stellung für eine Frau! Brigida war denn auch eine außergewöhnliche, mächtige Frau, gelehrt und eine Heilerin. Sie unterrichtete Brandan – den Schutzpatron der Kapelle – fünf Jahre lang, bevor er zum Priester geweiht wurde.»

Luggi setzte zum Höhepunkt an: «Nonne Brigida stellte sich in eine Reihe mit der keltischen Brighid, die eine Muttergöttin war und die Sonne zum Symbol hatte. Brighids Fest war bei den Kelten der Frühlingsanfang und ein großer Fest- und Feiertag, an dem alle Arbeit ruhte. Im christlichen Kalender wurde dieser Tag zu Mariä Lichtmess gefeiert, vierzig Tage nach Weihnachten. Aus der keltischen Frühzeit ist bis heute in unserer Gegend der freie Tag für alle Dienstleute, Mägde und Knechte übrig geblieben.

Bei Brigida hatten die Männer nicht das alleinige Sagen, wie das bei uns heute der Fall ist. Nonnen und Mönche waren einander ebenbürtig. Nicht wie heute, wo Frauen in der Kirche nur singen, beten und zudienen dürfen.»

Als ob Luggi nur noch mit sich spräche, hörte Küentzi: «Auch mit dem Keuschheitsgebot und dem Zölibat wurde damals weitherziger umgegangen.» Ihre Stimme wurde härter, ihr Ton streng: «Erst vor dreihundert Jahren wurde vom Papst die strenge Durchsetzung dieser Regeln befohlen. Damit wurde innerhalb des geistlichen Standes jeder Anspruch von Kindern oder Witwen auf kirchlichen Besitz gesetzlich verunmöglicht. So bleibt der Kirche im Gegensatz zum Adel, dessen Besitz mit jeder Generation durch Erbteilungen zerstückelt wird, das Fundament ihrer weltlichen Macht als Ganzes erhalten, und, vor Erbansprüchen geschützt, können der Reichtum und die Ländereien unseres Klosters wachsen.»

Küentzi war von Luggis wirtschaftlicher Herleitung des Zölibats überfordert, und als Waise, der weder den Namen seiner Mutter noch den seines Vaters kannte, waren ihm Erbschaftsfragen fremd. Er wechselte für Luggi völlig unerwartet das Thema: «Die Brandans-Kapelle muss eine alte Kirche sein, denn in den Kirchen, die ich kenne, sind die Altäre Maria geweiht. Weißt du mehr über sie?»

Sofort flüsterte sie geheimnisvoll: «Geschrieben steht's nirgends, aber die mündliche Überlieferung will es, dass die Brandans-Kapelle am Ort eines römischen und zuvor keltischen Heiligtums steht. Ich glaube, dass sich dort die Tradition der frühen christlichen Kirche unverändert erhalten hat.»

«Das müssen gute Heiden gewesen sein, die dort gebetet haben», meinte Küentzi, «denn mich dünkt, dass die Christen heute dort auch gut gebetet haben.»

Statt einer Antwort strich Luggi ihm mehrere Male liebevoll über den Kopf und schickte ihn schlafen.

Diesmal kam von ihm kein Widerstand. Er verabschiedete sich von der Begine, stieg die dunklen Treppen nach oben auf den Estrichboden seiner Mühle, verlegte seine Säcke an die offene Luke und schaute auf die abkühlenden Dächer und den Turm der Peterskirche gegenüber. Dessen eindrückliche Höhe erinnerte ihn an die turmlose, bescheidene Brandans-Kapelle mit ihrer kunterbunten Gemeinde, deren Bild ohne Übergang durch die im Wasser spielenden Nonnen ersetzt wurde. Mit einem Seufzer legte er sich hin. Es blieb ihm kaum Zeit, den Flug der vor der Luke geschmeidig kurvenden Fledermäuse zu bewundern, schon fielen ihm die Augen zu, und sein ruhiger Atem überzeugte auch die ängstlichste Maus von seiner Friedfertigkeit.

3

Langsam erwachte Küentzi im Halbdunkel auf seinem Sacklager auf dem frisch geputzten Estrichboden. Der Tag war jung, die Luft angenehm frisch, das Licht mild. Er vermisste das Zirpen und Zirren der Schwalben, die vor ein paar Tagen den Mauerseglern in den Süden nachgezogen waren. Nebst ein paar lautstarken Amseltrillern verblieb ihm nur der Gesang der Nonnen aus der Klosterkirche als Morgengruß.

Unerschütterlich, ob vor oder nach Sonnenaufgang, zu jeder Jahreszeit besangen die frommen Frauen jahraus, jahrein den Morgen mit ihren Hymnen. Küentzi sah sie alle vor sich, wie sie jetzt in der Klosterkirche, im Chor sitzend, die Häupter gesenkt, einer jungen Nonne zuhörten, die Psalmen deklamierte.

Er malte sich aus, wie Chor und Kirche im Halbdunkel lagen, die Kerzen mit Ausnahme derjenigen am Lesepult gelöscht. Er sah, wie zaghafte Sonnenstrahlen ihren Weg durch die Spitzbögen der Fenster aus rotem Sandstein fanden und sich über den Lettner hinweg in die Leutkirche tasteten, und verfolgte, wie sich mit dem Licht der aufreizende Duft des wabernden Weihrauchs im Raum ausbreitete.

Er erinnerte sich, wie die einflussreiche Nonne Guota Münchin, die ihn wie eine Mutter betreut und aufgezogen hatte, ihm die Bibel gezeigt und ihm lateinische Wörter erklärt hatte. Guota war einst ins Kloster aus Überzeugung eingetreten und hatte ihr Gelübde als Nonne und die damit verbundenen Verpflichtungen immer ernst genommen.

Seit er sieben Jahre alt war, hatte sie ihn für die den Klostertag bestimmenden Gottesdienste in die Leutkirche gesetzt, von wo aus er die Nonnen und ihre Rituale im Chor beobachtet hatte, solange er die Augen hatte offen halten können. Als Guota ihn anschließend abgeholt hatte, hatte sie, meist noch in der Kirche, geduldig seine Fragen zu den Lesungen und Predigten beantwortet. Später, als er mit den Konversen und Schülerinnen selbständig die Dienste besuchen konnte, wusste er durch diese Besuche mehr als diese. Er war daher noch heute Guotas Stolz, und obwohl sie seit Jahren ein zurückgezogenes Leben führte, durfte er sie, die ihn früher mit ihren dunklen Augen, der Habsburger Nase und dem breiten Kinn leicht hatte einschüchtern können, jederzeit mit Fragen aufsuchen.

Wie die Nonnen ihren Gesang wieder aufnahmen, wusste Küentzi, dass die Lesung abgeschlossen war und er nun aufstehen musste. Während er sich hastig ein Hemd überzog, nahm er sich vor, die alte Nonne zu besuchen und über den Straßburger Dominikaner von gestern Abend auszufragen. Er vertraute darauf, dass sie als ehemalige Novizenmeisterin mit guten Beziehungen zu den Predigern Bescheid wusste.

Doch zuerst wollte er seinen Hunger stillen. Schnell ging er ins Refektorium hinüber, fasste Schale und Tasse und setzte sich an einen der langen Tische. Er verfolgte, wie die Küchenhilfen auf einem vor dem Durchgang zur Küche quer gestellten Tisch einen Topf mit Haferbrei und einen Zuber Kräutertee bereitstellten. Als die Laienbrüder aus der Prim eintrafen, wurden die hingehaltenen Schalen und Tassen der Hungrigen gefüllt. Alle mussten warten, bis der Letzte mit voller Schale und Tasse an einem Tisch saß, die Schaffnerin Ruhe im Saal verlangte und ein kurzes Gebet verlas. Bevor sie den Raum verließ, ermahnte sie alle, wie bei jeder Mahlzeit, ihr Essen zur Ehre Gottes schweigend einzunehmen. Sofort setzte an den Tischen ein großes Schmatzen, Schlürfen und Flüstern hinter vorgehaltener Hand ein. Küentzi ergatterte sich bald eine zweite Schale und verschwand still, als die Tafel aufgehoben wurde.

Er wartete vor der Mühle auf Mühlenmeister Heinzin, der mit seinem Knecht und einigen Konversen im Refektorium zurückgeblieben war, und auf die Sonne. Ihre Strahlen hatte nun schon die Fassade des Gästehauses erreicht und würden bald auch das Kopfsteinpflaster beleuchteten. Dann war es auch in der Mühle hell genug, um sicher arbeiten zu können. Wohlgemut blickte Küentzi dem Tag entgegen.

Des Wartens müde, ging er ungeduldig auf den nächstgelegenen Stall zu, wo er zwei Pferde aufdringlich schnauben und scharren hörte. «Ihr wollt zur Tränke, ich will vom Meister Heinzin meinen Arbeitsauftrag und dann schnell zu Mutter Guota. Doch keiner kümmert sich um uns!», murmelte er missmutig und ließ seinen Blick zum sonnenüberfluteten Friedhof hinüberschweifen.

Dort richtete eine Nonne andächtig die an einem Grab niedergelegten Blumen und bot ein so friedliches Bild, dass er seine Gereiztheit vergaß und neugierig an die Friedhofsmauer trat, um besser beobachten zu können, wer so früh am Morgen ein Grab schmückte. Da die Nonne ihm mit ihrem Rücken die

Sicht auf das Grabkreuz versperrte, ging er durch das Tor direkt zu ihr und fragte: «Wem schenkst du diese Blumen?»

«Meiner Tante. Sie hat ihre letzten Jahre im Kloster verbracht und ist erst kürzlich verstorben. Solange wir im Garten frische Blumen schneiden können, schmücke ich ihr Grab jeden Morgen.» Damit drehte sie sich zu ihm und schaute ihn an. Ihre dunklen Augen trafen die seinen so liebevoll, dass ihm ganz warm wurde und er errötete. Beinahe unhörbar fragte er sie: «Du bist doch Clare, die Tochter von Margareta zer Sunnen – hast vorgestern im Rhein gebadet.»

«Ja, das Bad war eine Wohltat, nur die Standpauke, die die Priorin uns danach hielt, finde ich noch immer ungerecht», kam die Antwort laut und deutlich. «Du bist Küentzi, nicht wahr? Ich habe dich schon lange nicht mehr gesehen. Kommst du nicht mehr zu uns hinüber?»

Küentzi wusste weder ein noch aus, faltete die Hände, als wolle er beten, trat von einem langen Fuß auf den andern und suchte nach Worten. Nicht die einfachste Antwort fiel ihm ein! Die vertrauliche Wärme in ihrem Blick hatte in ihm die Erinnerung an ihre helle Nacktheit im Rhein und ein leidenschaftliches Sehnen und Ziehen in seinem Unterleib geweckt. Hingerissen und gehemmt stand er vor ihr und starrte sie an.

«Was hast du?», fragte sie ihn, dann wurde ihr selber heiß und eine tiefe Röte überzog ihr Gesicht.

Nun wusste auch sie anscheinend nicht mehr weiter. Schweigend sahen sich die beiden in die Augen. Bevor sie sich schamhaft von ihm wegdrehen konnte, kam wie aus einer andern, weit entfernten Welt Meister Heinzins erlösender Ruf: «Küentzi, wo bleibst du? Wir brauchen dich!»

Küentzi flüsterte ein zartes «Auf Wiedersehen» und rannte zurück zur Mühle.

Ein mit Säcken halbvoll beladener Wagen wartete, um vom Müllerknecht und vom Karrer entladen zu werden. Die Getreidesäcke waren für Küentzi noch zu schwer, weshalb er im Wägteil der Mühle gebraucht wurde, wo er den über Nacht abgelagerten Mehlstaub von der Waage und den Geräten bürstete. Er konnte seine Arbeit abschließen, als der letzte der großen Säcke vom Wagen heraufgetragen und zum Mahlen bereitgestellt war.

Der Mühlenmeister, der gerade das Mahlwerk und die Bewegungen des Wasserrads kontrolliert hatte, klinkte die Kupplung des Mahlgetriebes ein, und mit einem harten Ruck begannen die vielen Räder in der Mühle zu drehen. Nach einem letzten prüfenden Blick hob er mit seinem Knecht einen Sack Dinkel und leerte ihn langsam in den Trichter oberhalb des rotierenden Steines. Alle verfolgten, wie die schmalen, dunklen Körner verschwanden, um als hellbrauner, feiner Schrot auf dem Rand des ruhenden Steines zum Vorschein zu kommen und darunter in einem Sack aufgefangen zu werden. Da Küentzi den Arbeitsvorgang vom Schrot zum feinen Mehl kannte, ihn daher nicht sonderlich spannend fand und vorerst nicht gebraucht wurde, trat er vor die Mühle, wo ihn der Karrer freudig begrüßte.

Küentzi hielt viel vom Karrer Johann von Tüllingen. Johann hatte als einfacher Karrerknecht im Kloster angefangen und war zum vielseitigen Konversen aufgestiegen. Auf seine zurückhaltende Art hatte er Küentzi immer sein Wohlwollen spüren lassen, und die ausgefallensten Fragen des Kindes ernst genommen.

Auch jetzt, auf dem aufgewärmten Kopfsteinpflaster des Hofs, gab er auf des Jungen Frage, wie er bei seiner Arbeit mit der Hitze zurechtkam, verlässlich Auskunft. Er sei heute mit seiner Fuhr in Ötlingen schon bei Sonnenaufgang losgefahren, da es dann noch kühl gewesen sei, und schloss: «Da kommt noch manche Ladung Dinkelkorn ins Klingental. Die Ernte war gut, und wenn alle Garben gedroschen sind, kommt noch mehr.»

Küentzi wusste, dass beinah das ganze Dorf dem Kloster zinste. Doch er hing anderen Gedanken nach.

Als der Junge lange schwieg, nur gebannt das späte Balzen eines Taubenpärchens auf dem Giebel der Klosterkirche verfolgte, fragte der Karrer sichtlich müde: «Was hast du, Küentzi?»

Überrascht blickte ihn Küentzi an und stellte zusammenhanglos eine Gegenfrage: «Darfst du als Konverse eine Frau haben?»

Verblüfft musterte Johann den Knaben aus seinen hellgrauen Augen. Wie er sah, dass die Frage aufrichtig gemeint war, antwortete er ernsthaft: «Eigentlich nicht. Wie die Beginen legen wir Konversen ein Keuschheitsgelübde ab, doch manchmal ist die fleischliche Versuchung größer als der gute Vorsatz, und wir versündigen uns. Ein Zusammenleben wie Verheiratete gibt es für uns jedoch nicht. Das wäre unmöglich.» Leise Trauer schwang in seiner Stimme mit, als er den aufgeschossenen Jungen fragte: «Warum fragst du?»

Küentzi wurde verlegen und drückte sich um eine offene Antwort: «Dass Mönche und Nonnen keine körperliche Liebe empfinden dürfen, hat mir Guota schon erklärt. Ich wusste nur nicht, was bei den Laienbrüdern und -schwestern gilt», und um weitere Fragen zu vermeiden, verabschiedete er sich schnell: «Ich muss jetzt los. Falls der Meister Heinzin mich sucht, ich bin bei Guota.»

Nach mehrmaligem Ausrufen von Guotas Namen unter der Tür zum Kreuzgang trat die alte Nonne in den Gang, humpelte freudig zu Küentzi und umarmte ihn herzhaft. Sofort schien sie seine Unruhe zu spüren, führte sie ihn doch zu der nächsten Bank aus rotem Sandstein und bat ihn, ihr alles zu erzählen.

Küentzi verließ sich darauf, dass sich Guota, die sogar Bürgermeister zu ihren Verwandten zählte, auch als alte Nonne noch immer politisch Bescheid wusste, und fragte sie direkt, was sie über den Elsässer Dominikaner wisse.

«Soviel ich weiß, heißt der Predigerbruder, den du gesehen und gehört hast, Johannes Tauler. Er ist Mönch und geweihter Leutpriester, stammt aus einer Straßburger Ratsherrenfamilie und hat noch beim großen Meister Eckhart studiert. Mit dem ganzen Predigerkonvent ist er in diesem Sommer von Straßburg nach Basel umgezogen. Die Straßburger Prediger wollten vermeiden, gegen das päpstliche Interdikt zu verstoßen. Sie hielten sich strikt an das päpstliche Mess- und Predigtverbot und verweigerten den Straßburger Ratsherren, die von ihnen in der Stadt die Öffnung der Kirche und die Wiederaufnahme ihrer Arbeit verlangten, den Gehorsam. Sie leben nun bei den Predigern uns gegenüber auf der andern Seite des Rheins. Kannst du mir folgen?»

Küentzi nickte. «Das ist in Basel auch so, oder?»

«Natürlich. Das Interdikt gilt für das ganze Kaiserreich. Letzten Sommer hat jedoch der Reichstag auf Antrag des Kaisers beschlossen, in den kaiserlichen Landen das Interdikt aufzuheben, und verfügte, dass überall die Gottesdienste wieder öffentlich abzuhalten seien. Auch unsere Stadt untersteht dem

Kaiser, gehört zum Heiligen Römischen Reich deutscher Nation, weshalb in Basel seit kurzem einige Kirchenglocken mehr zur Messe läuten.»

Wiederum nickte Küentzi. «Das Klingental hat sich aber nicht daran gehalten. Machen wir auch bald unsere Dienste wieder öffentlich?»

«Ich hoffe, noch lange nicht! Ich halte mich an den Papst. Doch auch in Basel haben die Ratsherren dem gebannten Kaiser gehuldigt und schon früh die Öffnung einiger Kirchen durchgesetzt, allen voran die der Augustiner auf dem Hügel. Unser Bischof, der das päpstliche Interdikt befolgen möchte, hat zumindest erreicht, dass kein Priester gezwungen werden kann, öffentlich die Messe zu lesen oder seine übrigen Funktionen auszuüben. In Basel entscheiden also die Geistlichen selber, wem gegenüber sie loyal sein wollen, dem Rat, und damit dem Kaiser, oder dem Papst.»

Sie hob ihren Zeigefinger, bevor sie weitersprach: «Ich muss dich warnen, Küentzi, im Gegensatz zu den meisten Straßburger Dominikanern ist Johannes Tauler kaiserlich gesinnt und genießt seine Priestertätigkeit in den hiesigen Kirchen, übrigens auch hier im Klingental!» Sie hielt inne, wie sie merkte, dass Küentzi unruhig auf der Bank hin und her rutschte und ihr nicht mehr richtig zuhörte. «Das ist wohl für dich zu viel Politik auf einmal!», stellte sie trocken fest und forderte ihn auf, im Obstgarten zwei Äpfel zu holen.

Er hatte den weiten Klostergarten seit mehreren Jahren nicht mehr um diese Jahreszeit betreten und war von der Fülle der Früchte an den in Reih und Glied gepflanzten Bäumen beeindruckt. Für sich pflückte er Zwetschgen, für Guota einen frühreifen Apfel und warf noch einen Blick in den gut geschützten Gemüsegarten entlang der Stadtmauer. Unwillkürlich blieb er stehen.

Unverkennbar war sie es wieder, auch wenn sie ihm beim Auskrauten eines Beetes den Rücken zukehrte: Clare, die Bezaubernde mit dem verlockenden Körper. Sein Herz schlug schneller, und als ob sie seine großen Augen spürte, drehte sie sich ihm zu, verharrte halb aufgerichtet auf die Hacke gestützt, bevor sie sich mit rotem Kopf schnell wieder abwandte. Er suchte ihr Gesicht, sah aber nur ihren gebückten Rücken inmitten der fleißigen Nonnen. Sie bewegte sich nicht, schien wie erstarrt darauf zu warten, dass er weggehe.

Mit glänzenden Augen reichte er Guota den Apfel und setzte sich so neben sie, dass er das Tor zum Obstgarten im Auge behalten konnte. Seine Augen stets auf diese Pforte gerichtet, fragte er Guota: «Interdikt, was bedeutet das eigentlich?»
«Das ist ein Verbot von kirchlichen Amtshandlungen. Es wird von kirchlichen Fürsten ausgesprochen. Ursprünglich war es ein Instrument zur Durchsetzung ihrer Anliegen gegenüber den weltlichen Mächten, nun wird es vermehrt auch bei Streitigkeiten innerhalb der Kirche eingesetzt. Als ich gerade mal zwanzig Jahre alt war, verbot der Bischof von Basel den Franziskanermönchen und den Beginen in Basel – natürlich zur Freude der andern Orden! – sämtliche geistlichen Amtshandlungen. Anlass zum Streit war die Frage, ob im Bistum Basel Laienvermögen von jedem Geistlichen oder nur vom Kuratklerus angenommen werden durften.»

Guota mochte ihre Ausführungen noch so klar formulieren, sie langweilte ihn. Er schweifte ab und war mit seinen Gedanken im klösterlichen Gemüsegarten. Dort arbeitete er neben Clare, bewunderte ihre vom groben Zuschnitt der Arbeitstracht verhüllte Schönheit und malte sich in Gedanken aus, ihren Körper zu berühren.

Die alte Nonne aber nahm Küentzi und seine tagträumerischen Verrenkungen nicht wahr. Wie zu ihren besten Zeiten als Novizenmeisterin, als sie voller Begeisterung über die Köpfe ihrer Schülerinnen hinweg mit ihrem Wissen glänzte, erklärte sie: «Der Bischof schlug sich auf die Seite des Kuratklerus und stützte mit seinem Interdikt die Pfarrgeistlichkeit. Eigentlich ging es, wie meistens, um Grund und Boden und selbstverständlich um Geld.»

Je länger Guota Küentzi mit historischen Fakten eindeckte, desto lebensnaher erschien ihm sein Tagtraum. Gerade als er phantasierte, einen Arm um Clare zu legen, hörte er Guota sagen: «Einer der rücksichtslosen Männer der Familie zer Sunnen ...»

Abrupt aus seiner Träumerei gerissen, kam es aus seinem Munde unvermittelt: «War es Clares Vater? Was hat er getan?»

Zufrieden ob so viel aufmerksamer Wissbegier, antwortete Guota ruhig: «Soviel ich weiß, nichts! Die Schuld am Mord des bischöflichen Offizials Richlin wird Clares Familie zugeschrieben, doch der Mörder konnte nie eindeutig ermittelt werden. Junge, warum bist du so aufgeregt?»

Als er schwieg und sie nur mit Glotzaugen anstarrte, fuhr sie fort: «Ja, es war ein heftiger Streit, denn es gab wegen dieses Interdikts noch einen zweiten Toten, einen hohen bischöflichen Geistlichen. Auch sein Tod blieb ungeklärt. Junge, was ist mit dir? Sieh mich nicht so entgeistert an!»

Sie ergriff seine Hände, um ihn zu beruhigen, und sprach sachlich weiter: «Ich kann dich beruhigen. Seit 1323 besteht ein Vergleich. Als wichtige, einflussreiche Bürger von Basel haben die zer Sunnen zusammen mit Vertretern des hohen Adels vom Bischof die Absolution erhalten und ihm versprochen, sich aus seinem Streit mit den Barfüßern herauszuhalten und nicht mehr gegen ihn vorzugehen.» Dezidiert schloss sie: «Damit gilt die Sache als erledigt!»

Gegensätzlicher hätte Küentzis Welt im Augenblick nicht sein können, und es war ihm unmöglich, seine Vorstellung von den gewalttätigen Männern in Clares Familie mit seinem Bild von ihrer Lieblichkeit in Übereinstimmung zu bringen. Sein fragender Blick irrte vom Ausgang des Obstgartens zu Guota und wieder zum Ausgang zurück. Um sich nicht zu verraten, stellte er die erstbeste Frage, die ihm einfiel: «Hat unser heutiger Bischof aus dieser Geschichte gelernt und lässt deshalb in unserer Stadt beide, die Vertreter des Interdikts sowie die Gegner, selber wählen, wie sie mit der Gottesdienstsperre umgehen wollen?» Er hoffte, Guota würde nicht merken, dass er gedanklich abgeschweift war.

«Aus dir soll einer klug werden! Während meiner ganzen Erklärungen siehst du mich an wie ein Mondkalb, das auf die Erde gefallen ist; dann stellst du blöde Fragen, und zu guter Letzt zeigst du mir, dass du alles bestens verstanden hast.»

Der Junge errötete ob des unverdienten Lobs und bedankte sich zum Abschied bei der weisen Nonne, nicht ohne einen letzten, sehnsüchtigen Blick auf das Tor zum Obstgarten zu werfen.

Im Hof vor der Mühle hatte Johann gerade sein frisch getränktes Pferd wieder angeschirrt und breitete gemächlich zwei leere

Säcke auf dem Vorderteil des Leiterwagens aus. «Ich muss nach Häsingen und dort zwei Wagenräder abliefern», erklärte er dem Jungen. «Der Müller meint, du könntest mir helfen, und die Fahrt fort von der stickig heißen Stadt aufs Land täte dir gut. Kannst vorne neben mir sitzen.»

Sofort setzte sich Küentzi mit glänzenden Augen auf den für ihn gedachten Sack. Johann schnalzte mit der Zunge, und der Wagen rumpelte los zur Schmiede, die wie die meisten Werkstätten rund ums Klingental im Besitz des Klosters war. Im Gegensatz zum jetzigen Schmied, den Küentzi noch nie im Brüderhaus gesehen hatte, war dessen Vorgänger als Konverse im Kleinen Klingental ein- und ausgegangen.

Johann war noch auf der Suche nach dem Schmied, als Michael und Nikolaus Hesse, die dem Klingentaler Wagen nachgerannt waren, noch außer Atem Küentzi einluden: «Machst du mit? Der Klingentaler Sager hat uns Hölzer überlassen, und wir bauen eine Stadt mit einem echten Schloss!»

Küentzi freute sich über ihre Begeisterung, doch ihm waren die anspruchslose Fahrt und die Aussicht, mehr über das Leben als Mann im Frauenkloster zu erfahren, vielversprechender. Mit gewichtiger Stimme trennte er sich von ihnen: «Ich muss Johann helfen», und vertröstete sie: «Wenn wir früh zurück sind, komme ich mit euch spielen.»

Alle wandten sich dem Schmied zu, der soeben das zweite große Rad zum Wagen gerollt hatte und sich die Hände am Lederschurz abwischte. Der Schmied sah die aufgeweckten Gesichter der Jungen und erklärte ihnen ungefragt: «Ein Rad mit Nabe, Speichen und Rand aus Eichenholz, gefasst mit neu gezogenen Eisenreifen, hält jahrelang. Ist auch schwer.»

Die Buben nickten stumm und staunten, wie der Mann die schweren, zweieinhalb Ellen langen Räder allein auf den Wagen hob, als wären sie aus Stroh.

Die Fahrt über die Rheinbrücke und danach zum Kreuztor verlief schnell. Alle hatten es eilig, wollten ihre Geschäfte wenn möglich vor Einsetzen der lähmenden Hitze erledigen und den überhitzten, stinkenden Straßen entfliehen. Alle machten ihnen Platz, Bauersleute mit Körben voller Gemüse, Bedienstete, die für ihre Herrschaften im Elsass einkaufen mussten, selbst eine

Gruppe schwarzgekutteter Barfüßermönche, die im Gleichschritt ihre Rosenkränze befingerten. Die Bettler, die vor der trutzigen Johanniterkomturei von zwei schnellen Berittenen mit ausgestreckten Armen Almosen heischten, ließen den Wagen des Klosters unbeachtet. Sie kannten Johann: Da gab es nichts zu holen.

Küentzi versuchte, die von der *Schryberin* beschriebenen Beginenhäuser in der Vorstadt zu erspähen, doch unter den vielen neuen und großzügigen Höfen, die nebst kleinen Bürgerhäusern die Straße säumten, konnte er die Samnungen nicht ausmachen.

Nach den letzten Häusern waren sie die Einzigen, die von der Hauptstraße nach Mühlhausen in Richtung Hegenheim und Häsingen abbogen. Immer weniger Leute kamen ihnen entgegen, und bald hatten sie die Straße für sich allein. Zahl und Größe der Äcker und Felder wuchsen mit dem Abstand zur links von ihnen verlaufenden Stadtmauer. Die frühen, kühlen Stunden des Morgens wurden für die Erntearbeiten genutzt. Frauen bündelten auf Stoppelfeldern Halme zu Garben und richteten diese zum Austrocknen zu kleinen Pyramiden auf, während die Männer vor ihnen im Gleichschritt die letzten Reihen der goldgelben Getreidestängel ummähten.

Bald hatten die Klingentaler linkerhand die immer kleiner werdende Spalenvorstadt mit dem Kloster Gnadental und seinen armseligen Häusern und Hütten hinter und nichts als mit kleinen Gehölzen durchzogene Äcker vor sich. Vor dem Hintergrund der dunkelblauen Höhen der Elsässer Vogesen reihten sie sich von der Rheinebene bis an die sanften, grünen Sundgauer Hügel vor ihnen. Über allem kreisten zwei Bussarde und schickten ab und zu ihren schrillen Pfiff über das von der Sonne gezeichnete Land.

Johann geriet ins Dösen, Küentzi träumte von einem erfrischenden Bad im kühlen Rhein mit Nonnen, keiner achtete auf den Weg. Als der Wagen über einen großen Stein am Straßenrand holperte, fuhr Johann erschreckt hoch und brachte der Wagen so hart zum Stehen, dass Küentzi beinahe auf den Boden fiel.

Sie standen abseits der Straße auf einer Wiese vor einem Apfelbaum, und der Gaul versuchte, nach den heruntergefallenen Äpfeln zu haschen. Flink hob der Junge, der des Gauls Absicht erkannt hatte, zwei unversehrte, reife Äpfel vom Boden auf und hielt sie dem Tier vor die Nüstern. Sobald es sich nach den Früchten streckte, machte er die wenigen Schritte auf die Straße zurück. Das Pferd zog an, um dem verlockenden Duft zu folgen, und sie waren zurück auf der Straße. Den größeren Apfel bekam der Gaul, Küentzi biss in den andern und nahm stolz Johanns «Gut gemacht, Küentzi» entgegen.

Küentzi freute sich auf den Besuch des Klingentaler Gutshofes, von wo aus die dem Konvent gehörenden Ländereien im Sundgau bewirtschaftet wurden. Er hatte als kleiner Junge Guota auf ihrer Fahrt dorthin begleiten dürfen. Sie hatte die Begine Metzi für eine Probezeit im Klingental abgeholt, und er konnte sich vage an das stattliche Anwesen an der alten Römerstraße etwas außerhalb Häsingens erinnern.

Guota hatte ihm damals erzählt, dass alle alten und reichen Klöster des Sundgaus und des Elsass in der seit der Merowingerzeit wichtigen Ortschaft einen Zehnthof unterhielten. Das damals noch junge, aufblühende Klingental habe von der rückgängigen Entwicklung des Zisterzienserinnenkonvents in Blotzheim profitiert, habe Äcker und Felder in der Umgebung Häsingens von ihnen zugekauft und den Gutshof zwischen Blotzheim und Häsingen eingerichtet, die jüngste landwirtschaftliche Außenstation des Klingentals nach dem Zehnthof in Rufach und dem Dinghof in Ötlingen. Küentzi hatte damals den Häsinger Pfleger nicht zu Gesicht bekommen, konnte sich aber an jedes Wort Guotas erinnern: «Diesen Konversen nimm dir zum Vorbild: fromm, gebildet, ein Meister seines Faches.»

Je näher sie ihrem Ziel kamen, desto neugieriger wurde er auf eine Begegnung mit diesem Mann, wollte herausfinden, was genau Guota mit ihrer Anpreisung gemeint haben mochte.

Als der Karrer den Wagen unter der großen Linde im Hof anhielt, grüßte sie eine dunkle Stimme aus dem Schatten der großen Scheune und nahm sie, noch bevor sie abgesessen waren, in Beschlag. Er sei alleine mit den Küchenleuten. Alle andern seien zur Ernte auf den Feldern, weshalb er sie beide unverzüglich hier benötige:

«Ihr müsst mir helfen, die neuen Räder zu setzen. Das zerbrochene Hinterrad war leicht zu entfernen, beim ausgelotterten Vorderrad wurde es schwierig. Der Wagen ist zwar aufgebockt, doch er muss noch höher liegen, damit wir die Räder anlegen können. Kommt in den Wagenschuppen, ich zeig's euch.»

Der Karrer begrüßte den starken, stattlichen Mann, der zu ihnen an den Wagen trat, als Pfleger und stieg ab. Dieser nickte nur, packte eines der neuen Räder auf dem Wagen, ließ es auf den Boden gleiten und rollte es in den Schuppen. Johann und Küentzi, die das heimtückische Gewicht der Räder kannten, nahmen sich das andere Rad zu zweit vor und gerieten sofort ins Schwitzen. Der andere wartete beim havarierten Wagen der Häsinger auf sie und stellte trocken fest, dass Küentzi zwar langgewachsen, aber nicht eben muskulös war.

Er kratzte sich am Hinterkopf und entschied: «Rollt die Räder an ihren Platz, ich hol Küchenleute. Ohne sie können wir den Wagen nicht höher legen.»

Johann und Küentzi fuhren die Räder an die Achsen des Wagens, der auf Holzklötzen saß. Die Pause bis zur Ankunft der Helfer benutzte der Karrer, der Küentzis wiederholte bewundernde Blicke zum Pfleger beobachtet hatte, um seinen Schützling über den wichtigen Mann aufzuklären: «Johann Hemerlin aus einem vornehmen Breisgauer Geschlecht hat als Karrerknecht im Klingental angefangen wie ich. Da er ein zuverlässiger und allseits beliebter Konverse war, teilte ihm die damalige Schaffnerin bald zusätzliche und verantwortungsvollere Aufgaben zu. Die Priorin machte ihn dann zum Pfleger des hiesigen Klosterhofes und seiner Güter. Da er Land und Leute hier kennt, war das eine gute Wahl. Mit seiner Beförderung trat auch sein jüngerer Bruder Rudolf in den Klosterdienst und steht ihm zur Seite.»

Weiter kam Johann nicht, denn der Pfleger hatte mit einer Schar Mägde und einem älteren Mann den Schuppen betreten. Er wies allen einen Platz zu, erklärte ihnen ihre Aufgaben. Unter dem Stöhnen und Ächzen aller Beteiligten kam das solide Gefährt in einem Schub auf sein erhöhtes Bett zu liegen. Auch wenn die Mägde es gewohnt waren, in der Küche schwere Zuber und Kessel zu heben, dieser aus schwerem Holz gefertigte Wagen hatte ihnen viel Kraft abverlangt.

Schwer atmend blieb eine stattliche, wohlgerundete Frau stehen und meinte: «Sieht aus wie ein aufgebahrtes Skelett!» Dann drehte sie sich dem Jungen zu, musterte ihn eingehend und fragte den Pfleger: «Können wir uns den in der Küche ausleihen? Wir wären froh über eine zusätzliche Hilfe fürs Mittagessen.»
Die Antwort kam umgehend: «Aufs Feld kannst du ihn mit dem Essen aber nicht schicken. Er bleibt hier, ich brauche ihn später.»
Die Köchin grinste, legte Küentzi ihren Arm auf die Schulter und nahm ihn mit in die gegenüberliegende Küche. Unterwegs erklärte sie ihm: «Du musst uns helfen, die Rüben zu putzen und schneiden. Die Leute brauchen viel Futter, wenn sie zum Vesper auf den Hof kommen. Sie haben nur eine kurze Pause. Dann müssen sie dreschen. Das dauert meist bis spät in die Nacht.»
Küentzi ließ enttäuscht die Mundwinkel hängen und brauchte das aufmunternde Nicken des Karrers und des Pflegers, bevor er der Köchin in die Küche folgte. Nicht nur hatte er die Hoffnung auf eine schnelle Rückkehr ins Klingental aufgeben müssen, auch sein Stolz war verletzt. Seit er gewichtige Aufträge des Mühlenmeisters im Klingental ausführte und sich abends in der Gesellschaft bewährter Männer bewegte, gehörte Küchenarbeit in seiner Vorstellung nicht mehr zu seinen Aufgaben.

4

Obwohl Fenster und Türen weit offen standen, war die Hitze in der großen, hellen, wenig verrußten Küche schier unerträglich. Die Häsinger waren leicht bekleidet, trugen Kopftücher, um den Schweiß aufzufangen, und hatten Lappen griffbereit, um ihre roten Gesichter abzuwischen. In der von den unterschiedlichsten Düften gesättigten Luft rüsteten am langen Holztisch zwei Mägde frisches Gemüse und Kräuter für den Eintopf über dem Feuer, zwei zählten Brote ab, die sie zusammen mit Würsten in Leinensäcke steckte. Am Herd nahm ein alter Mann, der wegen eines steifen Beins nicht für die Feldarbeit taugte, das Gemüse in Empfang und rührte es in den köchelnden Eintopf.

Anstatt wie angekündigt Küentzi am Tisch als Rübenrüster einzusetzen, teilte die Köchin ihn einer etwa gleichaltrigen Magd am Fenster zu. Sie mussten aus einem schwarzen Kessel, der zum Abkühlen neben dem Fenster stand, Lindenblütentee in schmale, irdene Krüge abfüllen und diese dann verstöpseln. Gesprochen wurde nur das Nötigste. Sie arbeiteten schnell und erhielten von der Küchenmatrone reichlich Lob. Das brauchte es, bis die zwei es wagten, einander richtig in die Augen zu blicken.

Leinensäcke und Krüge wurden in den Hof gebracht und auf den Häsinger Wagen geladen, damit der Karrer die Mahlzeit aufs Feld fahren und verteilen konnte. Der Pfleger fragte nach Wein, doch die Antwort der Köchin war unmissverständlich: «Keinen Alkohol, wenn's so heiß ist und die Arbeit so gefährlich! Die sind jetzt schon so müde, dass sie auch ohne Wein umfallen. Am Abend meinetwegen.»

Der Pfleger, erheitert von ihrer knurrigen Fürsorglichkeit, stimmte ihr zu: «Hast recht, es ist zu ihrem Wohl. Doch vor dem Dreschen gilt dann das Gleiche! Auch wenn die Leute murren.»

Nachdem Küentzi und die junge Magd auch den Auftrag, den Tisch für die Zurückgebliebenen unter der Linde im Hof zu decken, schnell erledigt hatten, fanden sie zum ersten Mal Zeit für ein paar ungezwungene Worte.

Selbstbewusst stellte sie sich vor: «Ich bin Hedwig. Ich komme aus Blotzheim und wollte dort eigentlich ins Frauenkloster eintreten, doch die Äbtissin fand mich für eine Nonne zu wenig geeignet. Als sie vor sieben Jahren eine Juchart Ackerland an den Pfleger fürs Kloster verkaufte, trat sie mich mit dem Land an den Gutshof hier ab. Vielleicht werde ich mal eine Begine, doch zuerst muss ich hier freikommen.»

«Ich heiß Küentzi, bin der Gehilfe des Müllers im Klingental und als Waise im Kloster aufgewachsen. Wie alt bist du? Ich bin bald vierzehn.»

«Ich weiß nicht genau, man schätzte mich damals auf sieben. Warum willst du dies wissen?»

«Mit vierzehn bist du alt genug, um dich für einen Platz als Konversa im Kloster Klingental zu bewerben. Die Nonnen haben viel Arbeit und sind so reich, dass sie dich, wenn du ihnen gefällst, auch ohne Leibgeding aufnehmen können.»

Hedwig seufzte sehnsüchtig, als sie dies hörte, und fragte Küentzi, ob er im Kloster ein Handwerk lernen könne. «Ich weiß nicht. Am liebsten würde ich alles lernen. Auch Lesen und Schreiben.»

«Mit Lesen und Schreiben solltest du sofort beginnen, denn dies hilft dir in allem, was du später tust», ertönte plötzlich die freundliche Stimme des Pflegers.

Erschrocken drehten sich die beiden um. Hinter ihnen stand verschwitzt der Pfleger neben einem breitschultrigen Hünen mit schwarzem Bart.

Fröhlich stellte er seinen Begleiter vor: «Heinrich ist der heiterste und vielseitigste Handwerker, den wir hier haben. Heute hilft er als Schmied und Wagner aus und vertritt Johann beim Einsetzen und Anpassen der Räder. Bis unser großer Wagen wieder fahrbereit ist, muss Johann nämlich mit seinem Wagen Garben einfahren. Und du, Küentzi, du hilfst uns nach dem Essen am Wagen in der Scheune.»

Während die Männer zum Brunnen gingen, um sich den Staub der Straße abzuwaschen, loteten Hedwig und Küentzi ihre wachsende Zuneigung mit vorsichtigen Blicken und scheuem Lächeln aus. Ihr feines Spiel wurde von den lauten Hofleuten, die gekochte Würste und frisches Brot auftischten, jäh unterbrochen.

Küentzi freute sich über die ungewohnte Mahlzeit am Mittag. Im Klingental gab es in der Regel nur zwei Mahlzeiten: den warmen Getreidebrei zum Frühstück und das Vesperbrot, häufig eine Suppe, am Abend. Nach einem kurzen Gebet des Pflegers langte er kräftig zu und aß, wie alle die klösterliche Schweigeregel befolgend, stumm den Teller leer. Er hätte noch lange geschmaust, wäre nicht die Reparatur des Wagens angestanden.

Der fröhliche Hilfsschmied hatte die alten, noch brauchbaren Räder schon früher abgenommen und überprüft. Nun ergriff er einen Kübel mit dickem, schwerem Schweinefett und begann Achse und Radinnenteile damit zu schmieren.

Küentzi bekam den Auftrag, die Keile einzusetzen, sobald der Pfleger und Heinrich die Räder hochgewuchtet und über die Achse geschoben hatten. Voller Bewunderung verfolgte

Küentzi, wie Heinrichs Muskelberge sich spannten und seine Sehnen aus dem Hals traten, als er das Rad alleine anhob und gegen die Achse stemmte. Der Pfleger stemmte mit und gab die Richtung vor, so dass das Rad, ohne zu verkanten, langsam in die vorgegebene Auskehlung glitt. Küentzi schob den sichernden Keil in die gefettete Kerbe, und alle richteten sich mit einem Seufzer erleichtert auf, um das Werk zu betrachten. Küentzi gab dem Rad einen Schubser, um zu sehen, wie leicht es sich drehen ließ. Nichts geschah.

Heinrich meinte: «Das Rad ist schwer, und das Fett muss zuerst richtig einziehen. Vielleicht gießen wir doch noch etwas Rapsöl ein, um das Holz zu sättigen.»

«Dafür ist's zu spät, nur Nachfetten kann noch helfen», entschied der Pfleger. Er drückte Küentzi eine kleine Bürste und den Fettnapf in die Hand und wies ihn an, die entscheidenden Stellen zu fetten.

Heinrich hatte in der Zwischenzeit das andere Rad vorbereitet und platziert. Das Einsetzen ging diesmal wie geschmiert. Küentzis Kontrollschubser hatte auch mehr Erfolg.

Der Pfleger rief nun die Küchenleute in die Scheune, damit alle den Wagen gemeinsam anheben und vom Bock auf den Boden setzen konnten. Er verteilte Stangen, mit denen sie den Wagenboden anhebeln und die Keile wegdrücken konnten. Leicht kam der Wagen vom Bock, stand auf seinen vier Rädern, wie vom Tode auferstanden. Verheißungsvoll stach das helle Holz der neuen Räder vom angegrauten der alten ab.

Während Küentzi die verwitterten Naben fettete, hörte er die Anordnung des Pflegers: «Alle, außer der Köchin und Jakob, die in der Küche bleiben, machen sich für die Feldarbeit bereit. Heinrich, Hedwig und Küentzi ziehen den Wagen in den Hof und setzen die Leitern ein. Ich hole die Pferde aus dem Stall.»

Mit vereinten Kräften zogen sie den Wagen aus der Scheune, und der Pfleger schirrte die Pferde an. Eine nach der andern setzten sich die Mägde auf den schweren Wagen und rückten zum Schutz vor Sonne und Staub ihren Strohhut oder das Kopftuch zurecht. Plötzlich ging ein Ruck durchs Gefährt, und die Räder begannen sich mit einem lauten Ächzen ganz langsam zu drehen. Sofort rannte Heinrich nach vorne, packte die Pferde am Halfter und half ziehen. Langsam kamen sie in Fahrt, die

Räder drehten leichter und leiser, und bei der Abzweigung auf den Feldweg konnte Heinrich auch aufsitzen. Die Mägde ließen sich trotz Hitze und Müdigkeit von der guten Laune der beiden anstecken, quasselten und tratschten in einem zu.

Unterwegs kreuzten sie Johann, der zu Fuß neben einer Ladung hochgestapelter Garben ging. Er wollte nicht anhalten, um das Pferd zu schonen, und fragte im Vorbeigehen, ob er Küentzi und noch jemand als Hilfe beim Abladen mitbekommen könne. Der Pfleger nickte und wollte gerade einen weiteren Namen aufrufen, als Küentzi, zu seiner eigenen Überraschung, laut «Hedwig» rief. Lachend wiederholte der Pfleger Hedwigs Namen und ermahnte Johann, nach dem Abladen den leeren Wagen sofort wieder aufs Getreidefeld zu fahren.

Auf dem kurzem Marsch zum Hof suchte Hedwig immer wieder Küentzis Blick. Gerne hätte sie ihm ihre Freude darüber, dass er ausgerechnet nach ihr gefragt hatte, gezeigt, wagte es jedoch nicht, ihn anzusprechen, und behielt sie für sich.

Im Hof zurück, brauchten sie die Hilfe der Köchin und ihres Gehilfen, um den Wagen zum Abladen rückwärts in die Scheune zu fahren. Küentzi kletterte behände auf den Wagen und reichte die Garben hinunter. Werfen wäre einfacher gewesen, doch da die reifen Körner schon locker im Gehäuse lagen, war Sorgfalt verlangt. Alle hatten ihre Holzschuhe ausgezogen, arbeiteten barfuß, um keine herausgefallenen Körner zu zertrampeln. Hedwig und Johann nahmen die Garben von Küentzi entgegen und reichten sie den andern, die sie auf Tücher entlang der Scheunenwand schichteten. Die Luft war heiß, trocken und vom Staub der Garben gesättigt. Jede Garbe schien schwerer als die vorangegangenen, und niemand verspürte Lust zum Plaudern und Scherzen. Nur das Knistern und Rascheln der Ährenbündel sowie das Rasseln und Klirren der Ketten, wenn das Pferd ungeduldig seinen Kopf hob, um den Staub abzuschütteln, waren zu hören.

Es schien eine Ewigkeit zu vergehen, bis der Wagen leer war und Johann das Pferd zum Brunnen führen konnte. Während die Köchin und ihr Gehilfe sich am Brunnen erfrischten, bevor sie in die Küche zurückgingen, setzten sich Hedwig und Küentzi still an den großen Tisch unter der Linde. Beiden war das Reden mit ihren trockenen Kehlen zu mühsam.

Hedwig löste den Knoten des Kopftuches, warf den Kopf ins Genick und ließ ihre nussbraunen Haare auf ihre kräftigen, gebräunten Oberarme fallen. So viel üppige Haarpracht hatte Küentzi an einer Frau noch nie gesehen! Unwillkürlich tauchten Clares feines Gesicht und ihre kurz geschorenen Haare vor seinen Augen auf. Er konnte sich an Hedwigs Haarpracht und ihren fließenden Bewegungen nicht sattsehen und vermischte sie mit Bildern von Clares schlankem, bleichem Körper. Hedwig spürte, dass Küentzi sie plötzlich ganz anders betrachtete, beinahe so, als sähe er sie als verschworene Freundin. Ihr wurde ganz warm. Genüsslich bündelte sie ihre geschmeidige Mähne ins Kopftuch, band einen neuen, satten Knoten und rekelte sich, wie sie seine Blicke auf ihrem Körper tanzen spürte.

Nach der Pause machte sich Johann mit Küentzi und Hedwig wieder auf den Weg, um eine letzte Fuhre einzufahren. Auf der großen Straße nach Mühlhausen sahen sie die lange Reihe der Sundgauer Dörfer im Schatten der niedrigen Ausläufer des Juras hocken. Die Straße vor ihnen war leer, wie die meist abgeernteten fruchtbaren Flächen zwischen den Dörfern und den Auenwäldern des mäandernden Rheins. Wo gearbeitet wurde, verriet ihnen der in der flimmernden Luft aufgewirbelte Staub.

Je näher sie dem Liesbach und den auf halbem Weg zwischen Blotzheim und Häsingen gelegenen Dinkeläckern kamen, desto besser konnten sie die vom Staub gleichfarbig gewordenen Gesichter der Klingentaler Knechte und Mägde erkennen. Die Männer hatten das Mähen beendet und halfen Heinrich, die Garben vom vorherigen Tage auf den großen Wagen aufzuladen. Die Frauen bündelten die letzten Ähren zu Garben und stellten sie zum Aufladen bereit. Die jüngsten zogen breite Holzrechen über die Stoppelfelder, um die letzten Halme fürs Winterstroh einzusammeln.

Die Glocke des nahen Blotzheimer Klosters rief zum Vesperdienst, als Johann von der breiten Straße auf den engen Feldweg abbog. Sofort hielt er den Wagen an und sprach ein Gebet zusammen mit den Ernteleuten, die, wie es sich für Klosterleute gehörte, beim Gebimmel ihre Arbeit auf dem Feld unterbrochen hatten.

Als der Karrer seinen Einspänner neben dem schon halbgeladenen Zweispänner abstellte, verkündete der Pfleger aus voller Kehle, die Feldarbeit sei für diesen Tag zu Ende. Die Arbeiter könnten mit den Fudern Dinkelgarben auf den Hof zurückkehren und sich vor dem Dreschen erholen.

Alle machten eine letzte Anstrengung. Die Frauen trugen die Garben mit ausgreifenden Schritten direkt zum Wagen, reichten sie Heinrich, der sie mit der Gabel schwungvoll nach oben reichte.

Heinrich war nicht nur der Stärkste, sondern auch der Größte und konnte als Einziger das Fuder vollmachen. Er machte aus seiner Arbeit ein Spiel. Sobald er glaubte, eine Frau würde ihn und seine Muskelpakete bewundern, konnte er es sich nicht verkneifen, anzügliche Sprüche auf Kosten der andern Männer zu klopfen. Als Hedwig mit ihrer Garbe vor Heinrich wartete, machte dieser, bevor er das Ährenbündel aufspießte, recht eindeutige Bewegungen mit der Gabel und brachte damit Hedwig zum Lachen.

Küentzi war über Heinrichs Anzüglichkeit so empört, dass er die Nabe vor ihm mit Fett zupflasterte. Er wusste weder, woher sein plötzlicher Ärger über Hedwigs frisches Lachen kam, noch wollte er den andern sein hochrotes Gesicht zeigen. Er nahm seine Arbeit plötzlich so ernst, dass er gar nicht bemerkte, wie der Pfleger, der die abfahrbereite Ladung und den Wagen inspizierte, einen bissigen Kommentar über den riesigen Fettpfropfen am Rad brummelte. Der Junge hörte auch nicht, wie der Pfleger Heinrich beauftragte, zurückzufahren, abzuladen und das Dreschen vorzubereiten. Erst als der Wagen anrollte, trat Küentzi zurück und suchte Hedwig unter den müden Frauen, die dem Gefährt zu Fuß folgten.

Er sah sie neben dem Einspänner Johann eine Garbe reichen und wollte dort freudig helfen, als der Pfleger ihn an der Schulter fasste: «Ich habe dich beobachtet. Du arbeitest willig und gebrauchst deinen Kopf dazu. Das freut mich. Du bist kräftig gewachsen, seit ich dich zum ersten Mal im Klingental gesehen habe. Leute wie du und Johann können wir hier gut gebrauchen. Bleibt also hier und helft uns heute noch.» Ihm entging Küentzis verunsicherter Blick zum Karrer nicht, er lächelte wohlwollend und fügte hinzu: «Ich glaube, Johann ist mit mir einverstanden, sonst hätte er schon längst keine Garben mehr geladen und gefahren. Er weiß, es ist zu spät, um Basel vor dem Schließen der Tore zu erreichen, selbst wenn ihr jetzt sofort losfahren würdet.» Er führte Küentzi zu Johann und sprach beide an: «Habt Dank für eure Arbeit und dass ihr bereit seid weiterzuarbeiten.»

Johann zwinkerte dem Jungen vielsagend zu und antwortete: «Gern geschehen. Dies hier ist eine willkommene Abwechslung. Nicht wahr, Küentzi?»

Küentzi nickte und fuhr sich mit der Hand durchs Haar, als ob er Grannen und Spelzen wegwischen wollte. Verlegen, und um nichts sagen zu müssen, bückte er sich schnell, hob eine heruntergefallene Garbe auf und reichte sie Johann zum Stapeln. Das Fuder müsse vollgemacht werden.

Als sie den Heimweg unter die Füße nahmen, stand die Sonne schon tief über den Sundgauer Hügeln. Sie marschierten geradewegs in die Abendsonne, und Küentzi blieb nach wenigen Schritten geblendet stehen. Er drehte sich um und staunte ob der überwältigenden Schönheit der Landschaft vor ihm. Auf dem Acker wuchsen die Schatten nach Osten hin, als ob sie sich der Morgensonne schon jetzt entgegenstrecken wollten. Rotgolden leuchteten die Ränder der Auenwälder am Ende der Felder und verrieten nichts von der erfrischenden Kühle unter den Bäumen entlang der vielen Arme des Rheins.

Vereinzelt stiegen große Vögel aus dem weiten Blätterdach in den Abendhimmel auf und versammelten sich in immer engeren Kreisen zum Flug auf die von den Menschen verlassenen Felder. Die Spatzen und kleinen Singvögel scheuten die Nähe der Menschen weniger. Sie hatten schon am Nachmittag emsig zwischen den Stoppeln nach Körnern gepickt und die Arbeiten mit ihrem aufgeregten Zwitschern und Tschirpen begleitet.

Beeindruckt drehte Küentzi sich wieder um und stieß beinahe mit Hedwig zusammen, die besorgt zu ihm zurückgekommen war. Sie nahm ihn an der Hand, sagte nichts, begnügte sich mit einem aufmunternden Nicken, als er neben ihr in Schritt fiel. Ihm gefielen der sanfte Druck und das geschmeidige Spiel ihrer starken Finger, und er hielt mit, ließ ihre Hand erst kurz vor dem Pfleghof wieder los.

Unter der Linde im Hof ließ er sich müde ins Gras fallen und bewunderte, wie anmutig Hedwig zuerst das Kopftuch löste und ihr kräftiges Haare ausschüttelte, bevor sie sich neben ihm ebenfalls ausstreckte. Ruhig lagen sie nebeneinander und warteten auf Johann, der das Pferd versorgte. Als er mit einem Krug Tee auftauchte und sie zu sich an den Tisch winkte, hatten sie kein Wort gewechselt, nur zufrieden gelächelt.

Während die drei Pause machten, trennten Knechte die Ähren von den Halmen, stapelten Mägde die gekürzten Garben in der Scheune oder sammelten die Ähren und schütteten sie auf die auf dem harten Boden des Hofs ausgebreiteten Tücher, wo die Drescher zusammen mit dem Pfleger warteten. Er entschied, wann mit dem Dreschen begonnen wurde. Lagen genug Ähren am Boden, gab er das Zeichen, indem er Maria und die Klosterheiligen für diesen Teil der Erntearbeit um gutes Gelingen anrief.

Nach seinem Gebet hoben auf sein Zeichen die kräftigsten Männer des Klostergutes ihre Hölzer, und einer nach dem andern schlug mit voller Wucht auf die Korngehäuse vor ihm, zertrümmerte sie, legte Dinkelsamen frei. Die Männer steigerten der Reihe nach die Kadenz und aus den einzelnen dumpfen Schlägen wurde ein dumpfes, tongebendes Hämmern, dessen urtümliche Melodie den ganzen Hof erfüllte.

Es dauerte nicht lange, bis eine Stimme den steten Rhythmus der Hölzer übernahm und eine halb gesprochene, halb gesungene Anrufung Marias zum Besten gab. Einige gaben umgehend Antwort wie eine Kirchgemeinde dem Priester. Die Vorsänger wechselten, Mutige stimmten statt einem kirchlichen Sprechgesang weltliche Lieder an und lockten neue Zuhörer in den Hof. Singlust packte die Leute. Wer konnte, sang und wiederholte freudig Reime, mit denen verkannte Dichter die Zuhörer überraschten.

Nach mehreren Runden gab es neue Anweisungen. Die Frauen, zuerst mit Gabeln und dann von Hand, räumten das zerschlagene Stroh weg und sortierten leere Korngehäuse und letzte Halme aus. Waren die Körner mit Holzschaufeln in die bereitgehaltenen Säcke gefüllt, wurden die Tücher ausgeschüttelt und mit neuen Garbenköpfen beschichtet. Die inzwischen ausgeruhten Männer konnten eine neue Runde beginnen.

Die Dämmerung tat der Arbeit keinen Abbruch. Runde auf Runde wurde gedroschen. Je mehr die Giebel der Gutsgebäude im nachtblauen Himmel verschwammen, desto mehr Fackeln wurden um die Drescher hochgehalten. Mehr und mehr Zuschauer traten in den Kreis der Mägde und Knechte und unterstützten die Drescher mit Singen und Tanzen. Ungezwungen klatschten und stampften sie im Takt mit den fallenden Flegeln, drehten sich um sich selbst, wiederholten träfe Verse. Die Müdigkeit, die in der Dämmerung die Gesichter noch gezeichnet hatte, war im Dunkel der Nacht verflogen.

Johann, Hedwig und Küentzi hatten sich unter der Linde von der Feldarbeit erholt. Vom beißenden Dreschstaub geschützt, verfolgten sie, wie vor ihnen die harte Arbeit immer fröhlicher und ausgelassener verrichtet wurde. Mit einem Fuß den raschen Takt klopfend, wiederholten sie hingerissen witzige Reime und lachten laut und stolz, wenn sie Anspielungen verstanden.

Als nach einer lauten Runde mehr Fackeln angezündet wurden, erhob sich Hedwig, stützte die Hände leicht auf ihre Hüften und begann, sich im Takt der Lieder im Kreise zu drehen. Gebannt verfolgte Küentzi, wie sie, den Rücken gerade, sich stetig drehend entfernte, um sich in den wogenden Kreis um die Drescher einzufügen. Manchmal verschwand sie im Dunkel, manchmal tauchten ihre nunmehr vertrauten Formen im warmen Licht der Fackeln wieder auf.

Langsam, unsicher, wie von einer unfassbaren Kraft gesteuert, erhob sich auch Küentzi, als ihn eine große, kräftige Hand sanft auf die Bank zurückdrückte. Der Pfleger stützte sich auf seine Schulter: «Die Leute sind jetzt im Schwung und machen gute Arbeit. Sie brauchen mich nicht mehr. Ich habe hier einen Krug Wein. Haltet ihr mit?» Ohne zu zögern, hielt der Karrer ihm seinen Becher zum Füllen hin. Während der Pfleger dem Karrer einschenkte, lockte er den Jungen: «Komm, du hast viel gearbeitet heute und einen guten Schluck verdient. Es ist bester Klingentaler Wein aus Rufach. Das Kloster hat dort viele Reben, sogar zwei Höfe mit Trotten.»

Etwas verunsichert hielt ihm Küentzi den Becher hin, denn außer den Schlückchen Messwein im Klingental kannte er

Wein nicht. Er nahm einen viel zu großen Schluck und war überrascht, wie gut er ihm schmeckte.

«Es ist ein würziger Tokayer, gekeltert aus einer aus dem Osten eingeführten Traubensorte, und hat schon einige Jahre im Fass gereift», erklärte ihm der Pfleger, der mit Staunen Küentzis Schluck beobachtet hatte. «Solchen habt ihr im Klingental höchstens zur Mitternachtsmesse an Weihnachten», fuhr er lachend fort.

Der Karrer doppelte nach: «Unser gewöhnlicher Messwein ist so sauer, dass keine Nonne nach der morgendlichen Eucharistie wieder in Schlaf fallen kann.»

Der Pfleger hielt ihm schalkhaft entgegen: «Eine Messe gibt es hier vor dem Frühstück nicht, doch ohne gemeinsames Frühgebet kommt ihr von hier nicht weg. Ich müsste euch sonst bei der Priorin verpfeifen», und sachlich fuhr er fort: «Wenn wir so viel Arbeit haben wie heute, beschränken wir uns auf ein gemeinsames Gebet vor Arbeitsbeginn. Während der ruhigeren Zeiten gehen wir zur Frühmesse ins Dorf oder ins Kloster Blotzheim.»

Küentzi, dem die Zunge vom Wein locker lag, wollte sofort wissen, warum sie den weiten Weg ins Kloster nähmen, wenn die Dorfkirche doch viel näher läge.

«Wenn wir zur Messe ins Kloster Blotzheim gehen, betreiben wir etwas Lokalpolitik. Ohne die guten Beziehungen zwischen den Klöstern Klingental und Blotzheim wäre der Kauf der vielen Jucharten Ackerland rund um den Hof nicht möglich gewesen. Die Blotzheimer Nonnen sind zwar Zisterzienserinnen, doch die meisten sind über ihre Familien mit den Klingentaler Dominikanerinnen verwandt. Wir pflegen diese Beziehungen mit unseren Besuchen, speziell an Festtagen.»

Er lachte und fuhr nach einem Schluck stolz fort: «Der Blotzheimer Konvent verhalf dem Klingental durch Verkauf und Tausch zu so viel Ackerland, dass wir den großen Klingentaler Bedarf an Getreide ohne Mühe decken können.»

Johann von Tüllingen kratzte sich nachdenklich am Kopf: «Ich hätte nicht gedacht, dass dabei so viel Politik eine Rolle spielt. Wie viel kannst du eigentlich selbständig bestimmen?»

«Wann und wie wir etwas anbauen, kann ich alleine entscheiden. Was und wie viel, gibt mir die Kornmeisterin im Klingental vor. Ich liefere Dinkel, Roggen, Hafer, Früchte, Fleisch und Brennholz ins Klingental. Wenn nötig, liefern wir alles auch an die andern Außenhöfe. Wir in Häsingen sind als Getreidelieferant besonders wichtig geworden, seit das Wetter um Rufach in den vergangenen Jahren verrückt gespielt hat und die Zehntenscheuer dort meist leer steht.»

Sein Gesicht verdüsterte sich: «Lange Winter, zu viel Regen, zu wenig Sonne zerstörten die Ernten am Fuß der Vogesen. Sie machten letztes Jahr dort zu einem Jahr des Hungers, der Not und der Aufruhr. Der Pfleger aus Rufach hat mir im Vertrauen mitgeteilt, dass einige seiner Winzer und Bauern sich aus schierer Verzweiflung den Aufständischen angeschlossen hatten und bei der Belagerung von Sulz gefangen und hingerichtet wurden. Hier in Häsingen haben wir Glück gehabt. Wir sind ungeschoren davongekommen.»

Mit einer ausladenden Geste wies er plötzlich auf die Leute rund um die Fackeln: «Schaut, wie sie tanzen und singen. Ich glaube, trotz ihrer Müdigkeit bekommen wir noch ein richtiges Fest!»

Ein Dudelsack, begleitet von den wirbligen Schlägen einer Handtrommel, hatte die musikalische Führung übernommen. Als die Drescher wechselten und auch noch eine Fiedel schwungvoll einsetzte, gaben die Neuen, denen der Witz und die kräftigen Stimmen ihrer Vorgänger fehlten, gerne das Singen auf.

Küentzi, der lange geschwiegen und alles beobachtet hatte, spürte aufdringlich den Wunsch mitzutanzen. Er erhob sich, bat den Pfleger höflich, dass er ihm nachfülle, leerte den Becher in einem Zug und überraschte seine Umgebung einmal mehr mit einer seinen Schlussfolgerungen: «Arbeit und Feiern sind hier eins geworden!»

Der Pfleger, der mehr über den Knaben zu wissen schien, als er sich anmerken ließ, legte liebevoll seinen Arm um diesen und wandte sich an den Karrer: «Hast du gehört? Kinder und Narren sprechen immer die Wahrheit.»

Sofort gab Küentzi geschliffen und formvollendet zurück: «Ich bin ein Kind nicht mehr, werter Herr Pfleger, ich bin ein Mann der wilden Tat, nicht der leichten Red'. Und ein Narr bin ich auch nicht!», verließ den Tisch und ging mit gezielt großen Schritten ins Gedränge der Feiernden.

Beide Johanns lachten, dann wurde der Pfleger plötzlich ernst: «Weißt du, was die Priorin mit dem Jungen vorhat? Er ist geschickt, gescheit und kräftig. Sprich mal mit ihm und der Priorin. Er könnte hier bei uns ein gutes Handwerk lernen.» Der Karrer hob den Becher: «Du hast recht. Ich werde eine Audienz bei der Priorin beantragen. Ich kenne ihre Pläne nicht.» Die beiden Johanns stießen an und drehten sich den Tanzenden zu.

Küentzi entdeckte Hedwig unter den Tanzenden erst, als sie unmittelbar vor ihm ganz ruhig ihre Kreise drehte. Im flackernden Licht der Fackeln schimmerte ihr Haar rötlich, ihre Zähne im leicht offenen Munde nur matt, und das ihm vertraute, geheimnisvolle Grün ihrer Augen leuchtete nur selten auf. Sie tastete nach seinen Händen, und er überließ sie ihr willig. Obwohl sie sich kaum berührten, spürte er ihre Wärme, und es drängte ihn, ihren Körper zu packen und an sich zu reißen. Er begnügte sich jedoch mit ihrem zärtlichen Fingerspiel und genoss, wie sie mit den Fingerspitzen seine Bewegungen steuerte, selbst den Abstand zur ihr.

Alles, was sie mit ihm tat, gefiel ihm zutiefst, und die Nacht hätte für ihn auf diese Weise endlos weitergehen können. Doch der Wagen war abgeladen, die Tücher leer. Als die Instrumente mit einem langen Akkord ihr Spiel beendeten, trat er mit Hedwig Hand in Hand aus dem schwachen Licht der letzten Fackeln.

Im Dunkeln legte sie ihre Hände um seinen Hals, streckte sich und suchte seinen Mund. Wie ihre Lippen auf die seinen trafen, schoss ein heißer Strahl durch seinen Körper, unbeherrscht drückte er sie mit aller Kraft an sich. Vom Ungestüm seiner Begierde erschreckt, flüsterte sie: «Bitte nicht, es war so schön», nahm seine Hand und führte ihn zur hinteren Scheune, wo sie sich nochmals kurz an ihn schmiegte. Wie benommen strich er langsam über ihr Haar und gab ihr einen langen Kuss auf den Mund.

Seine Hände suchend, verabschiedete sie sich mit zittriger Stimme: «Du kannst hier im Heu schlafen. Schlaf gut. Bis morgen früh», ließ ihn los und verschwand in der Nacht.

Küentzi blieb überwältigt stehen: Kaum allein, sehnte er sich schon nach ihrer Nähe. Sein Körper schien ihm verändert und eine eigene Sprache zu sprechen, fühlte sich anders als früher an. Was er verspürte, war kein Hunger oder Durst. Doch etwas ähnlich lustvoll Körperliches musste es sein. Langsam tastete er sich zu einem Heuhaufen vor und ließ sich hineinfallen. Das Heu war weich, roch gut, und nachdem er sich eine angenehm breite Kuhle zurechtgewalzt hatte, fiel er mit einem tiefen Seufzer in den Schlaf.

Der Hahn hatte sicherlich mehr als dreimal gekräht, als Küentzi mit Heu auf Haupt, Hemd und Hose aufwachte. Vorsichtig ging er in den Hof, wo, für ihn viel zu früh, das laute Treiben des Alltags eingesetzt hatte. Blinzelnd versuchte er, mit wildem Kopfschütteln die trüben Schleier vor seinen Augen wegzubekommen. Hinter seinen Augen verriet ihm ein schmerzhaftes Pochen, dass die Drescher heute ohne Dudelsack und Drehorgel erbarmungslos in seinem Schädel weiterarbeiteten. Trotzig rieb er sich abwechslungsweise Schläfen und Augen und bemerkte gar nicht, dass Hedwig frisch und munter zu ihm getreten war.

«Komm mit an den Brunnen.» Sie führte ihn an der Hand zum Trog neben dem Stall, stützte ihn fürsorglich, wenn er um sein Gleichgewicht kämpfte, und wartete geduldig auf die Wirkung des Wassers, das er sich reichlich über den Kopf goss. Je wacher er wurde, desto schüchterner benahm er sich, brachte gerade noch ein armseliges «Dankeschön» zustande, bevor er sich endlich getraute, sie zu fragen, ob sie mit ihm frühstücken mochte.

Sie wartete mit ihrer Antwort, als ob sie ihm etwas mitteilen müsste, was ihn verletzen könnte. «Wir warten nur noch auf den Pfleger für das gemeinsame Gebet. Danach muss ich aufs Feld Frühäpfel pflücken. Ich arbeite meist dort. Die Arbeit in der Küche gestern war eine Ausnahme. Eine glückliche!»

Ihre letzten zwei Worte brachten ihm die Erlösung. Zögerlich legte er ihr wegen der vielen auf sie gerichteten Augen die Hände auf die Schultern und versprach ihr leise und eindringlich: «Ich werde wieder hierherkommen und dich besuchen. Wenn du nach Basel ins Klingental geschickt wirst, versprich mir, dass du zu mir kommst.»

Ein Schleier legte sich über ihre Augen, als sie ihm ebenso leise gestand: «Ich glaube dir. Aber es wird schwierig.» Sie entwand sich seinen Händen und eilte leichtfüßig zur Scheune, wo sie einen der bereitgestellten Körbe packte und sich unter die wartenden Obstpflückerinnen mischte.

Küentzi gelang der Abschied nicht so gut. Langsam, den Kopf gebeugt, drehte er sich zum Brunnen zurück und wusch sich, wie zum Trost oder um seine Tränen zu tarnen, nochmals ausgiebig Gesicht und Hände.

Während der Pfleger zum Arbeitsbeginn das gemeinsame Paternoster von Johanns Wagen herab vorsprach, noch ein Ave Maria anhängte und kurz die heutigen Arbeiten erklärte, saß Küentzi unbeteiligt auf dem Brunnenrand und verzehrte sein spätes Frühstück aus Brot und Käse, das ihm die Köchin zugesteckt hatte. Als die Gruppe fröhlich schwatzender Feldarbeiterinnen loszog, suchte er Hedwig unter ihnen und wurde belohnt. Sie drehte sich um, löste ihr Kopftuch und schwenkte es ihm zu.

Verlegen wandte er sich ab und sah traurig seinen beiden Johanns beim Laden zu. Er kaute unbeabsichtigt schneller, als er sah, wie der Pfleger ihm wohlwollend zuzwinkerte, bevor er einen Sack schwungvoll auf den Wagen legte, um sofort einen neuen zu holen. Küentzis Bewunderung für den starken Mann mit den grauen Schläfen und großen Händen wuchs, als dieser sich von ihm verabschiedete: «Ich nehme an, du wirst bald wieder hier sein. Entweder, um bei uns auszuhelfen, oder als Besucher an einem Feiertag. Was auch immer der Grund ist, du bist hier stets willkommen.» Er klopfte dem Jungen väterlich auf die Schulter und wünschte dem Karrer, der gerade den letzten Sack auf den Wagen fallen ließ, eine gute Heimfahrt.

Geblendet von der noch niedrig über den Schwarzwaldhöhen stehenden Sonne, fuhr der Karrer den halbvollen Einspänner aus dem Gutshof. Der ausgeruhte Gaul legte sich freudig ins Zeug. Sie erreichten die große Straße im Nu und bogen nach Süden ab, wo Küentzi ein letztes Mal vergebens versuchte, Hedwigs rotes Kopftuch im Pulk der nach Norden marschierenden Mägde zu erspähen.

Johann warf ihm einen fragenden Blick zu, sagte jedoch nichts. Ihn plagten Zweifel, ob er mit dem Jungen ein so gutes Gespräch würde führen können, wie er es dem Pfleger versprochen hatte. Er war nicht Küentzis Vater oder mit ihm verwandt, kannte den Waisen kaum. Der Junge war weder einem Novizenmeister unterstellt noch ein Konverse mit einem festen Platz in der Klostergemeinschaft. Welche Regeln der klösterlichen Gemeinschaft galten für ihn? Er lebte unauffällig, meist in sich gekehrt, gut behütet im Schutz der Klostermauern, doch für den Übertritt ins weltliche Leben als Mann brauchte er mehr.

Johann war es nicht gewohnt, solche Fragen zu überdenken, geschweige denn nach den passenden Antworten zu suchen. Erstaunt, ja geradezu beunruhigt darüber, was ihm in seiner Not alles durch den Kopf ging, erinnerte er sich an das Gespräch mit dem Pfleger während des Dreschtanzes. Dieser hatte ihm trocken bestätigt, was Johann schon früher beobachtet hatte. Küentzi war in die Höhe geschossen, seine Schultern hatten sich verbreitert, der Kehlkopf war kräftiger und prägnanter geworden. Der Flaum um das Kinn wuchs, bald würde seine Stimme brechen. Dass er sich so offenkundig in Hedwig verlieben konnte, war ein weiteres Zeichen dieser Entwicklung zum Mann hin.

Johann eröffnete das heikle Gespräch, indem er umständlich Küentzis gestrige Frage, ob ein Konverse eine Frau haben könne, aufnahm und damit sofort des Jungen volle Aufmerksamkeit gewann. Unter dem erwartungsvollem Blick des Jungens gab er sich einen Ruck: «Liebe kann ganz schwierig und großartig schön sein», und wusste schon nicht mehr weiter.

Ganz überraschend half ihm Küentzi mit einer seiner Fragen aus: «Kann ein Mann mehr als eine Frau lieben?»

Auch wenn Johann den Zusammenhang zu seinem Gesprächsanfang nicht verstand, gab er dankbar zur Antwort: «Das kommt häufig vor, doch es hängt davon ab, was du unter Liebe verstehst. Wenn du Maria, die Mutter Gottes liebst, dann ist dies eine Form geistlicher Liebe; wenn du an Hedwig denkst und dann ihre reizende Figur vor dir siehst, ist dies körperliche Liebe. Du kannst beide lieben.»

Als Küentzi den Namen Hedwig hörte, rutschte er verlegen von Johann weg, suchte jedoch sofort wieder dessen Nähe. «Gefällt sie dir?»

«Sicherlich. Sie ist begehrenswert, eine gute Arbeiterin und hat das Herz auf dem rechten Fleck. Wer sie zur Frau bekommt, kann stolz sein. Aber vom Pfleger hängt ab, wen sie einmal heiraten darf oder ob sie in die Stadt ziehen und freikommen könnte.»

Nun wiederum war Küentzi überrascht, denn eine so weitreichende Antwort hatte er nicht erwartet. Er hatte die Tage zeitlos gelebt, sich unbekümmert der Gegenwart hingegeben und die Erfahrung mit seinen neuen Gefühlen genossen. Wie konnte Johann all dem ein Ende machen, indem er ihm mit wenigen Sätzen die Augen für Zukünftiges öffnete und von ihm verlangte, seine Gedanken auf ihm Fremdes zu richten! Er brauchte diesmal lange, bis er eine Frage fand: «Was hältst du von der Idee, wenn ich Luggi die *Schryberin* bitte, mir Lesen und Schreiben beizubringen?»

Johann, erleichtert, dass die Frage praktisches Denken verriet und eine einfache Antwort erlaubte, stimmte ihm sofort zu.

Die Entscheidung fiel Küentzi daher leicht: «Noch heute werde ich sie aufsuchen und um Unterricht bitten.»

5

Am Abend auf dem Weg zur St.-Brandans-Kapelle fragte der Gerber Konrad von Eggenen, ein Nachbar der Familie Hesse, wer heute die Andacht halte. Die Antwort kam, für alle überraschend, von einer kleinen, grau gewandeten Frauengestalt, die unbemerkt zu den Männern aufgeschlossen hatte: «Johannes Tauler, ein Freund mystischer Erfahrungen, spricht. Ich hab's gerade von meinem Bruder erfahren. Darf ich mich euch anschließen?»

«Frau Luggi!», entfuhr es Küentzi, als er die Begine erkannte.

Prompt schämte er sich, dass er so vorlaut und formlos seine Freude gezeigt hatte. Rudolf von Egringen begrüßte die Begine standesgemäß mit «Schwester Lutgardis». Küentzis Begleiter waren als Bürger von Kleinbasel einander zwar gleichgestellt, doch Schiffsmann und Gerber überließen dem Bäckermeister aus Ehrfurcht vor seiner ministerialen Abstammung ohne weiteres den Vortritt beim Reden.

Mit angeborener Selbstverständlichkeit erkundigte sich Rudolf nach der Gesundheit von Luggis Bruder, dem Edelknecht Frantz Bulster von Neuenburg, der bekanntlich ein guter Bekannter von Rudolfs Bruder, Petermann von Schwarzenberg in Egringen, war.

Küentzi hörte gebannt zu, wollte nichts verpassen, als ob er sich nächstens in der Welt der Vornehmen und Edlen bewegen müsste. Er verstand das meiste aber nicht, bis Luggi ihren Bruder und seine heutigen Geschäfte im Domhof erwähnte: «Es geht um Güter in Binzen und Wollbach, die seine Frau Adelheit in die Ehe eingebracht hat und die sie dem Kloster Klingental zuhalten will.»

Schon einmal hatte er heute, oder war es schon gestern gewesen, von Güterverschiebungen im Familienverbund vornehmer Nonnen gehört. Das war in Häsingen gewesen. Dass die Begine im Klingental auch davon betroffen wurde, überraschte ihn. Er nahm sich vor, Luggi zu einem späteren Zeitpunkt auszufragen, denn sie waren vor der Kapelle angekommen und das Geplauder hörte auf.

Still betraten sie den geweihten Raum und suchten sich einen Platz. Luggi setzte sich zur Gruppe der graugewandeten Beginen, die ihre Hauben zugebunden hatten. Zu Küentzis Verwunderung saßen neben ihnen noch fünf schwarzweiße Dominikanerinnen, und er versuchte im Halbdunkel auszumachen, wer unter dem Schleier Klingentaler oder Isenheimer Nonne war. Ohne Erfolg. Auch ein Blick unter die Kapuzen zweier Dominikaner in Weiß und dreier Barfüßer in Schwarz blieb ihm versagt. Mit so vielen Trachtenträgern waren die vordersten Reihen an diesem Abend besetzt, und die Kleinbasler mussten wie die zahlreichen weltlichen Besucher mit den hinteren Reihen vorliebnehmen.

Die Kerzen auf dem St.-Brigida-Altar vorne und neben dem Eingang hinten lieferten gerade genug Licht, um im gemütlichen Halbdunkel des schlichten Raumes den Weg finden zu können. Die ruhigen Flämmchen auf dem Altar halfen den Gläubigen, sich vom lauten, emsigen Tagesgeschehen zu verabschieden und bei sich einzukehren. Als die Letzten einen Platz gefunden hatten, wurde es langsam still im Raum.

Nach einer Weile wirklicher Ruhe zog einer der vordersten Dominikaner seine Kapuze zurück und trat zum Altar. Es war unverkennbar Johannes Tauler, Küentzi erkannte ihn vom letzten Mal. Groß, breit und bärtig stand der Mönch vor ihnen und intonierte mit seiner mittlerweile vertraut warmen Stimme die lateinischen Gebete, bevor er für die Predigt ins heimelige Elsässerdeutsch wechselte.

Er zitierte Sätze aus der Bibel und forderte die Anwesenden auf, sich auf den Weg zu Gott zu machen und sich ihrem inneren, seelischen Leben zuzuwenden. Dies sei der Anfang und Ort jeder Gottessuche, denn so könne der Mensch Gott im eigenen Herzen lebendig machen. Das Ziel, Gott zu finden, sei erreicht, wenn der Einzelne das sündhaft Weltliche überwinden könne. Dann erfahre der Suchende die Gottesschau, wie sein verehrter Lehrer Eckhart geschrieben habe: «Über das Nichts der Kreatur hinausgehen in die letzte Erkenntnis, dass das Subjekt des Erkennens Gott ist, das Objekt der Sohn, die Liebe beider zueinander der Heilige Geist ist.»

Küentzi, von dieser Vorstellung der Dreieinigkeit überfordert, schweifte mit seinen Gedanken ab, horchte aber auf, als Tauler sich wieder seinem Anfangsthema zuwandte und die kleine Gemeinde an die ursprünglichste Bewertung des Gebets erinnerte: «Schon der heilige Antonius sagte: Das ist kein vollendetes Gebet, wenn sich der Mönch seiner selbst bewusst bleibt und weiß, dass er betet», und Tauler ergänzte: «Für ‹Mönch› setze ich ‹alle Anwesenden›.» Küentzi begriff, dass Tauler damit auch ihn meinte, hörte mit voller Konzentration weiter zu: «Ein äußerliches Gebet ist zu nichts nütze, als dass es den Menschen zur inneren Andacht fortzieht.» Und er verstand, warum Tauler seine Zuhörer ermahnte, die äußeren Formen eines Gebets richtig einzuschätzen, bevor man Gott erkennen und seine väterliche Liebe erfahren möchte. Zur Erfahrung der Gottesschau gehörte mehr als perfekt ausgeführte Gebetsrituale.

Als Tauler seine Rede beendete und nur noch schweigend vor ihnen stand, erkannte der Junge darin die Aufforderung, still für sich zu beten, und ging mit gesenktem Kopf auf die Knie, wie er es im Kloster gelernt hatte. Viele blieben sitzen, warteten, wollten vom Priester angewiesen werden, was zu tun sei. Unruhig rutschten sie hin und her und hofften auf ein baldiges Ende dieser Andacht. Endlich, als ob er sich hätte überwinden müsse, folgte Johannes der Konvention, beschloss den Dienst mit den vertrauten lateinischen Formeln und entließ seine kleine Gemeinde in den dämmrigen Abend.

Die meisten versammelten sich wie gewohnt vor dem Eingang, um ihre Eindrücke auszutauschen und über das Gehörte zu diskutieren. Auch Küentzis drei Handwerkerfreunde verzichteten vorerst auf einen Besuch in der nahen Schenke. Sie berieten sich ernstlich mit zwei Barfüßern, ob die Überwindung der sündhaften Welt nur in der Abgeschiedenheit eines Klosters möglich sei, oder meine Tauler, dies könne auch außerhalb einer eingeschworenen Gemeinschaft gelingen? War es ohne Priester und Hilfe der heiligen Kirche möglich, als Laie Gott zu finden?

Küentzi erkannte, dass die Männer noch lange diskutieren würden. Er hoffte, ins Kloster zurückkehren zu können, solange noch etwas Tageslicht übrigblieb, und hielt nach Luggi Ausschau. Sobald er sie in der Gruppe der Beginen ausgemacht hatte, unterbrach er das Gespräch seiner Begleiter mit der Mitteilung, er werde auf Luggi warten, sie könnten in aller Ruhe einkehren.

Auf dem Weg zu ihr musste er an den Dominikanern vorbei. Sie standen mit noch immer hochgezogenen Kapuzen eng nebeneinander, als ob sie sich scheuten, ihre Gesichter zu zeigen. Obwohl sie nur leise sprachen, schnappte er im Vorbeigehen einige Sätze auf.

«Mutig ist Bruder Johannes!», hörte er. Eine andere Stimme meinte: «Er legt sich mit dem gesamten hohen Klerus an, wenn er so weitermacht. Als Gast muss er vorsichtiger sein!» Verunsichert blieb Küentzi stehen, als ein dritter Mönch verschwörerisch flüsterte: «Wir müssen ihn warnen, wenn er heute Abend ins Kloster zurückkommt.»

Küentzi verstand weder die Aufregung der Predigerbrüder noch, warum das Gehörte gefährlich sein sollte. Warum sollte dieser Tauler mit seinen Worten dem Bischof nicht genehm sein? Er hatte in der Predigt keine Stellungnahme gegen den Papst und die Kirche gehört.

Als er bei Luggi ankam, schien sie ihn erwartet zu haben und verabschiedete sich schnell von den Beginen: «Ich schaue morgen bei euch vorbei, zur Lesung. Dann können wir über diese Predigt weiterreden.» Nach einem herzhaften «Gott mit Euch» forderte sie wie selbstverständlich Küentzi auf, ihr zu folgen.

Die Dunkelheit war fortgeschritten, als die beiden das vertraute Kopfsteinpflaster des Klosterbezirks unter ihren Füssen spürten.

Das Muster der gezielt gesetzten Steine half ihnen, sich von der außergewöhnlich angeregten Stimmung vor der St.-Brandans-Kapelle zu verabschieden und auf die Ruhezeit im Kloster umzustellen.

Luggi setzte sich auf die lange Bank vor der Küche gegenüber der Mühle und blickte in den noch immer lichten Himmel. Lange freute sie sich still an der stetig wachsenden Zahl blinkender Sterne, bevor sie Küentzi fragte, was er denn auf dem Herzen habe.

Küentzi, der sich neben sie gesetzt hatte und ebenfalls das Aufleuchten der Sterne verfolgte, brauchte viel Zeit, bis er sein Anliegen formuliert hatte. Denn es brauchte Mut, eine stadtbekannte Schreiberin, die für ihre kunstvollen Texte berühmt war, zu fragen, ob sie ihn als Schüler, der für den Unterricht nichts bezahlen konnte, annehme.

«Natürlich will ich dir Lesen, Schreiben und Rechnen beibringen», beruhigte sie ihn gleich. «Als zukünftiger Müller brauchst du diese Fertigkeiten. Und für den Unterricht mit Nonnen bist du definitiv zu alt! Bevor du morgen bei mir in den Unterricht kommst, könntest du es allerdings auch bei den Predigern versuchen. Dann stünde dir neben einem handwerklichen auch ein geistlicher Beruf offen. Überleg's dir nochmals!» Gerührt strich sie ihm zum Abschied über den Kopf und ging in den geschlossenen Teil des Klosters hinüber.

Küentzi tastete sich in der Mühle nach oben. Nachtblindheit kannte er kaum, brauchte kein Licht. Selbst in die geschlossenen Räume fand immer irgendwie Licht seinen Weg. Doch allzu lange konnte er auf dem Mühlenestrich nicht mehr nächtigen, die Nächte wurden länger und spürbar kälter. Vorsichtshalber deckte er sich mit einem leeren Sack zu.

Er hatte zu viel erlebt, als dass er gleich hätte einschlafen können. Zudem störte ihn eine der vielen Katzen, die sich auf seinem Gesicht niederlassen wollte. Sie gab keine Ruhe, wollte spielen, selbst wenn er sie verärgert wegschubste. Sie gab erst auf, als er sich erhob und durchs Fenster in den ruhig fließenden *tych* pinkelte. Mit dem Schlaf fand er keine Ruhe. In lebhafte Träume verstrickt, wälzte er sich auf den Säcken, schwatzte, japste, kicherte und lachte. Erst als der Morgen dämmerte, wurde er ruhiger. Als er aufwachte, öffnete er zwar die Augen, doch der letzte Traum hielt ihn gefangen.

Noch immer sah er den unglaublich anziehenden Körper einer Badenden vor sich, wie sie mit ausgestreckten Händen am Rheinufer auf ihn wartete, ihm aus seinem geflickten Zeug half und ihm voraus ins Wasser rannte. Er hinterher, doch auf den glitschigen Steinen verlor er den Boden, wurde das Opfer von langen, schuppigen Fangarmen, die ihn aus dem nassgrünen Nichts heraus umschlossen und in die Tiefe zogen.

Mitten im Dunkel ewiger Nacht tauchte vor ihm in einem unwirklich hellen Licht die heilige Brigida auf, befreite ihn von seinen glitschigen Fesseln, wickelte ihn in ihr rotes Haar und zog ihn nach oben ans Ufer. Eine zierliche Dominikanerin beugte sich über ihn und verkündete mit engelhafter Stimme: «Er lebt!» Außer sich zog er ihr den Schleier vom Gesicht und starrte verdutzt in das braungebrannte Gesicht Hedwigs, die zärtlich seine Blöße musterte.

Plötzlich war er von lauter kichernden Nonnen umringt, die vorgaben, ihn mit den Tüchern ihrer Tracht zu bedecken, und dabei unkeusch abtasteten. Er hielt ihre eifrigen Finger nicht aus, durchbrach mit einem Aufschrei ihren Kreis und rannte geradewegs in die Arme des Pflegers von Häsingen. Hinter diesem standen streng Konrad Hesse und Johannes Tauler. Sie hielten für ihn eine schwarze Hose, ein leinenes Hemd sowie ein feuerrotes Halstuch bereit. Gierig griff er nach den neuen Kleidern und spürte, endlich wach, staubiges Müllersacktuch zwischen seinen Fingern.

Wehmütig dachte er an die Kleider im Traum und verglich sie mit denen, die er trug. Doch davon wurde diese nicht besser. Neue mussten her, die alten gewaschen werden!

Die Krankenpflegerin, die um diese Jahreszeit wenig zu tun hatte, gab ihm Ersatzkleider für die Zeit, bis die neuen genäht waren. Nun ging's ans Waschen des Wenigen, das er trug, und seiner selber. Ein richtiges Waschen, nicht nur eine Katzenwäsche, und zwar im kräftig ziehenden Rhein!

Er benützte den Abgang zum Fluss neben der Brücke, rief Konrad Hesse, der einen Weidling überholte, einen Gruß zu und ging flussabwärts zum Inselchen vor dem Klingental. Hinter den Weidenbüschen, die die Sicht auf die Bootsanlegestellen verdeckten, war er allein. Unruhig warf er einen Blick auf die kleine Klostertüre in der Mauer, ob nicht wie im Traum, eine – seine! – Nonne ans Ufer träte. Doch dort blieb alles ruhig, niemand zeigte sich in den kleinen Fenstern unter dem Dach des Brüderhauses. Die Klostermauern, die als Stadtmauer entlang des Rheins das Kleinbasel schützten, erfüllten ihre Pflicht, standen hoch und abweisend.

Für ein entspannendes Bad war es noch zu kühl am Morgen. Die Sonne stand zu tief, um das Ufer aufzuheizen, und Küentzi legte sich, angezogen wie er war, mit einem Stoßseufzer ins knietiefe Wasser. Noch steckte die Angst vor dem Ertrinken in seinem Körper, und er hielt den Kopf krampfhaft über Wasser. Als ihm vor Kälte die Zähne klapperten, flüchtete er mit einem Sprung aufs Trockene, zog Hemd und Hose aus und rieb sich mit einem groben Leinentuch, das ihm die Krankenpflegerin vorausblickend mitgegeben hatte, trocken und warm. Erst dann merkte er, dass er auch noch seine verfilzten und staubigen Haare waschen musste. Widerwillig ging er zum Badeplatz zurück, tauchte mit geschlossenen Augen den Kopf ins Wasser, zählte schnell bis zehn, holte Atem und, seine Angst vergessend, wiederholte den Vorgang so lange, bis er meinte, der Fluss hätte den Schmutz aus den Haaren weggespült.

Erfrischt und sauber versuchte er sich zu erinnern, wie die Waschweiber, die er unzählige Male am *tych* und am Rhein beobachtet hatte, ihre Arbeit verrichteten. Immer hatten sie geschwatzt und gesungen, und er ahmte sie mit Freude nach. Halb sprechend, halb singend klopfte er seine nassen Sachen auf einen besonders breiten Stein, spülte sie im Fluss, klatschte sie wieder auf den Stein und wiederholte alles mehrmals.

Weil ihm kein richtiges Lied dazu einfiel, sang er einfach die Geschichte seines großen Traums. Aus voller Kehle intonierte er gerade seine wundersame Rettung durch die heilige Brigida, als ihn mitten im rhythmischen Ausschwenken seiner Hose das belustigte Gekicher weiblicher Stimmen aus seiner Versunkenheit riss.

Verblüfft drehte er sich um und blickte zu den schießschartenähnlichen Fensterchen in der Mauer hoch. Er war zu spät, sah nur, wie eines oberhalb des Refektoriums geschlossen wurde, und hörte anstelle des Kicherns noch das gedämpfte Schelten einer Frauenstimme.

Schnell sprang er zu seinen trockenen Sachen und zog sie sich über. Mit seinen nassen Kleidern unter dem Arm rannte er geduckt, als ob er bei etwas Ungehörigem ertappt worden wäre, zurück bis auf die Straße nach Kleinhüningen. Erst dort richtete er sich auf und ging wie ein Würdenträger mit erhobenem Haupt zurück zur Mühle.

Mit jedem Schritt wuchs in ihm der Ärger über seine eigene Achtlosigkeit. Wie hatte er nur seinen Traum mit seinem wunderbaren Geheimnis an kichernde, feige sich versteckende Weiber verraten können! Doch er konnte sein Lied über seine wundersame Rettung nicht mehr zurücknehmen und musste sich eingestehen, dass er nur zu gerne gewusst hätte, ob Clare ihn in seiner Nacktheit beobachtet und seine Worte verstanden hatte.

In der Mühle fand er nur den Gesellen und Johann den Karrer vor. Sie besprachen gerade, wie sie die Säcke über eine Seilrolle an einem schwenkbaren Galgen am Dachhimmel hochziehen könnten, anstatt sie über die engen Treppen nach oben tragen zu müssen. Sie hatten die Idee den Rheinfischern mit ihren Netzgalgen abgeguckt. Technisch war es ein einfach zu lösendes Problem, doch sie wussten nicht, wie sie dafür die Unterstützung ihres Mühlenmeisters gewinnen konnten.

Meister Heinzin war bekannt für seine Abscheu vor Veränderungen und besaß den Ruf, er würde ohne Druck von oben am liebsten alles beim Alten bleiben lassen. Selbst in der lockeren Müllerrunde, die die wichtigsten Kleinbasler Müller vor einigen Jahren gegründet hatten, wussten alle um die Schwierigkeiten, die dem Kloster aus dem Eigensinn ihres Mühlemeisters entstanden. Einzig die Priorin konnte ihn zu Veränderungen bewegen. Sie hatte das Recht und die Macht, seine Entscheide aufzuheben oder zu verändern. Sie hatte auch den Beitritt zur Müllervereinigung durchgesetzt.

Mit Küentzi als Zuhörer einigten sich der Karrer und der Geselle darauf, dass für den Einbau des Aufzugsgalgens zuerst die Unterstützung der Schaffnerin und der Kornhausmeisterin gewonnen werden musste, bevor die Ratsnonnen an die Priorin den Antrag stellten. Die Priorin würde dann Meister Heinzin den Auftrag zum Bau des Galgens erteilen.

«Warum kann der Mühlenmeister bei uns so unabhängig walten und schalten?», fragte Küentzi unschuldig und fand sofort Unterstützung für seine Frage vom Müllergesellen.

Johann kratzte sich am Hinterkopf, blickte unsicher über die Schulter auf die mächtige Klosterkirche und begann: «Wie du aus eigener Erfahrung weißt, muss ein Müller unbedingt rechnen, lesen und schreiben können, muss geschult sein. Du weißt auch, dass die Schulen seit jeher den künftigen Geistlichen und den Kindern reicher Eltern vorbehalten sind. Müller werden deshalb meist Söhne aus dem niedrigen Adel und aus vermögenden Ministerialfamilien, die den Unterricht bezahlen können. Tritt ein Müller als Konverse ins Kloster ein, bringt er nebst seiner Bildung meist Land, manchmal auch eine Mühle mit. Er muss wie alle Konversen die Klosterregeln befolgen, zur Erledigung seiner Arbeit wird ihm jedoch aufgrund seiner Abstammung und seiner Bildung viel mehr Unabhängigkeit als den übrigen Konversen zugestanden. Müller haben eben überall eine besondere Stellung.»

Da habe er Pech, meinte der Geselle. Seine Eltern seien einfache Bürger ohne Vermögen.

«Dann musst du eben so tun als ob», munterte ihn Johann auf. «Deine Sachkenntnis ist dein Einstand. Damit musst du die Oberen beeindrucken. Dies musst du üben! Am besten gerade jetzt: Zeig der Priorin, wie sie den Bau des Galgens finanzieren und gleichzeitig das Wohl des Klosters fördern kann.» Johann nickte nur, als ihn der Geselle fragend ansah.

Der begann: «An der letzten Müllerversammlung habe ich den Meister vertreten und erfahren, dass der verarmende Edelknecht Peter von Geisrieme, der den Müllern und ihrer Vereinigung immer wohlgesinnt war, auf Ende Jahr das Wasserrecht am oberen Graben neben der großen Matte gegen Zinsen an den geldgierigen Konrad zer Angen abtreten wird. Peter braucht dringend Bares, Konrad hat es. Es liegt auf der Hand, dass Konrad, der keine Mühlen besitzt, seine Kosten auf alle Müller, auch uns, abwälzen wird. Deshalb möchte ich Euch vorschlagen, die Wasserrechte zu erstehen.»

Johann unterbrach ihn und warnte davor, die adligen und reichen Geschlechter so zu benennen, als wären sie seinesgleichen.

Der Geselle nahm sofort eine demütige Haltung ein und sprach leise: «Wie ihr wisst, verehrte Mutter Priorin, seid ihr für einen Kaufvertrag mit dem Edlen Peter Geisrieme zu spät dran. Doch es gäbe einen andern Weg, um die Wasserkosten in den Griff zu bekommen. Wenn es Euch, verehrte Mutter Priorin, gelänge, dem vornehmen Achtburger Konrad zer Angen beliebt zu machen, für Seelenmessen das Wasserrecht dem Konvent zu stiften, könnte seine Tochter Clara als Nonne die Einnahmen aus dem Wasser verwalten. Der kränkelnde Konrad zer Angen hätte für sein Seelenheil vorgesorgt, und alle Beteiligten hätten etwas gewonnen.»

Johann freute der neue Ton: «Bravo, du sprichst und denkst gut, Junge! Damit könntest du das Vertrauen der Priorin gewinnen.» Sein Lob geriet ihm so laut und freudig, dass Küentzi, der mit seinen Gedanken ganz woanders gewesen war, scherzhaft fragte: «Johann, plant ihr eine Weihnachtsüberraschung?»

«Das wäre der ideale Termin für eine Stiftung ans Kloster! Es wäre auch ein guter Zeitpunkt für den Einbau des Galgens. Im Winter bleiben viele Hände müßig», rühmte ihn Johann. «Das wird die Oberen überzeugen! Übrigens, der Müller erwartet dich nach der Sext in der Mühle. Bis dann bist du frei.»

Küentzi machte einen Freudensprung und machte sich unverzüglich auf die Suche nach Luggi. Er fand sie vor der Pfisterei im Gespräch mit der Schaffnerin, die ihn forsch aufforderte, sich sofort im Refektorium des Klosters Maß für Hemd und Hose nehmen zu lassen.

Doch Küentzi wollte Luggi nicht nochmals suchen müssen und fragte sie vor der überraschten Schaffnerin: «Kann ich dich nach dem Maßnehmen nochmals hier treffen? Ich habe so viele Fragen.»

Luggi saß auf der Bank unter dem großen Vordach des Konversengebäudes, als er kurze Zeit später neu vermessen in den Hof trat. «Du willst also Lesen, Schreiben und Rechnen lernen?», eröffnete sie das Gespräch. «Dazu gehen wir am Besten ins Skriptorium der Nonnen hinüber, damit du die wichtigsten Werkzeuge kennenlernst. Das machen wir jedoch erst morgen Nachmittag nach der Sext. Um diese Zeit ist dort Platz, und wir können ihre Wachstafeln benützen. Doch mich dünkt, du hast noch Brennenderes auf dem Herzen. Worum geht's?»

Küentzi setzte sich, froh, endlich über seinen Traum sprechen zu können. Luggi, die insgeheim als weise Frau und Kennerin des Übersinnlichen bekannt war, hörte ihm ernsthaft zu. Er erzählte ihr die letzten Einzelheiten seines nassen Abenteuers, vergaß weder sein Wäschebad vor der Klostermauer nach dem Traum noch das Bad der Nonnen davor.

«Du hast einen ganz wichtigen Traum gehabt», meinte sie ernsthaft, als er geendet hatte. «Dass du unverkennbar die heilige Brigida ohne Heiligenschein gesehen hast, zeigt, dass du zu ihrer religiösen Vorzeit Zugang gefunden hast. Sie rettet dich als irdische Frau und steht für eine uralte weibliche Kraft, auf deren Unterstützung aus dem Jenseits du zählen kannst. Solche Träume sind selten.»

Mit großen Augen wartete der Junge gespannt, bis Luggi mit der Deutung fortfuhr.

«Zuallererst musst du dich daran erinnern, dass die Heiligen, zu denen wir beten, den Seelen im Jenseits helfen, den Weg in den Himmel zu finden. Wenn Brigida dir im Traum als Lebensretterin erscheint, dann bedeutet dies, dass sie sich deiner Seele annimmt und sie rettet. Am Ende wirst du dann von Männern, die dir offensichtlich wichtig sind, neu eingekleidet. Vielleicht bedeutet dies alles auch nur, dass du deine natürliche Unschuld als Knabe verloren hast und dich nun um deine seelische Reinheit als Mann kümmern musst. Wer ist diese Hedwig, die plötzlich als Nonne in deinem Traum auftaucht?»

Küentzi wurde verlegen. Er hatte schon Mühe gehabt, vor Luggi seine Faszination für Clares Körper herunterzuspielen, nun machte ihn diese Frage geradezu befangen. Er verstand sich selbst nicht mehr, denn er hatte ja Hedwig nichts getan, sie nur kurz berührt – und doch war es so schön gewesen! Diesen Teil der Geschichte mit Hedwig verschwieg er aber. Knapp beschrieb er Hedwig als einfache Erntehelferin, eine Hörige, die sich bemühe, Konverse oder Begine zu werden.

Luggi nahm den Faden wieder auf: «Mich fasziniert nach wie vor diese Brigida in deinem Traum. Du scheinst in der St.-Brandans-Kapelle den Zugang zu einem alten, vorchristlichen Wassergeist gefunden zu haben. Das Wunderbare ist, dass dich dieser

Geist, der eigentlich ein Feuerdämon ist und dir als rothaarige Frau erscheint, vor dem Ertrinken rettet. Das Bild der rothaarigen heiligen Brigida in der Kapelle scheint deiner Seele gutgetan zu haben.» Sie überlegte lange, bevor sie die Bedeutung der beiden Dominikanerinnen im Traum zu erklären versuchte: «Die erste Nonne führt dich ins nasse Verderbnis, die zweite Nonne bietet dir sicheren Halt und richtet dich auf. Die Auslegung dieser beiden Geisteshaltungen, denn um solche handelt es sich meiner Ansicht nach, ist mir hier zu schwierig, da die Erntehelferin nur als Gesicht erscheint.» Leise kam sie zum Schluss: «Die Handlungen im Traum finden alle am Rheinufer vor den Klostermauern statt. Für deine Zukunft bedeutet dies, dass du ein aufregendes weltliches Leben außerhalb führen und das Klingental verlassen wirst. Die Nonne, die dich ins Wasser führt, deren Gesicht du nicht erkennen konntest, und diese Erntehelferin Hedwig werden dabei eine maßgebende Rolle spielen.»

Luggi wirkte unversehens müde, ihr Gesicht alt. Sie hatte seinen bedrohlichen Traum so ausgelegt, dass er ihn wie einen tiefen, erlösenden Seufzer verstehen konnte. Mit einem sanften Lächeln erwiderte sie seinen Blick: «Nimm dir Zeit, denk weiterhin über deinen Traum nach. Wir sehen uns morgen zum Lese- und Schreibunterricht.»

6

Als Küentzi auf dem Mühlenestrich aufwachte, war der Morgen fortgeschritten. Im Hof hörte er das leise Schwatzen der Konversen, die bereits von der Morgenandacht ins Refektorium zum Frühstück kamen. Er erinnert sich, wie gut ihm das Gespräch mit Luggi gestern Vormittag getan hatte, wie ihm danach die Zeit mit Putzen in der Mühle wie im Flug vergangen war, und er aus schierer Müdigkeit die Abendandacht in der St.-Brandans-Kapelle ausgelassen hatte.

Hungrig eilte er mit großen Sprüngen ins Refektorium, wo er warten musste, bis die Schaffnerin ihr Gebet gesprochen hatte und eine Nonne ankündigte, die an ihrer Stelle einen Bibeltext lesen werde. Küentzi konnte die Worte der Vorleserin durch das laute Schmatzen und Schlürfen hindurch nicht richtig hören, was ihn nicht störte, denn er verstand Latein heute genauso wenig wie sonst. Was ihn überraschte, war das fehlende Flüstern und Tuscheln der Essenden. Mit Gebärden zeigte er dem Karrer, der an einem andern Tisch still neben dem Müllergesellen saß, dass er von ihm später Näheres über das seltsame Verhalten beim Frühstück erfahren wollte.

Unter dem Ausgang in den Hof winkte Johann ihn mit einer Kopfbewegung in die Mitte des Hofs, wo er ihm bedächtig leise erklärte: «Die Priorin hat in der Prim den heutigen Tag zu einem speziellen Buß- und Bitttag fürs ganze Kloster erklärt. Sie begründete ihren Entscheid mit den Heuschreckenschwärmen, die unsere Besitztümer im östlichen Breisgau erreicht haben. Diese Heuschrecken fressen alles, die Früchte am Boden und die Blätter von den Bäumen. Sie sind eine Bedrohung für die noch ausstehenden Ernten. Wir sind auf die Ernten aus Ötlingen und aus den umliegenden Dörfern im Breisgau angewiesen. Fallen sie aus, geht das an den Bauch des Klosters! Nur mit dem Dinkel aus Häsingen und vom Bruderholz kommen wir nicht aus.»

Küentzi sah sich schon in den kommenden Wintertagen hungern, als der Karrer in einem milderen Ton fortfuhr: «Die Priorin hat recht. Und dafür beten wir einzeln oder gemeinsam. Wir verstärken unser Bitten, indem wir uns wieder an die Regeln halten und durch Buße uns von unseren weltlichen Vergehen entlasten.» Johann hielt inne und blickte dem eingeschüchterten Jungen direkt in die Augen: «Ich weiß nicht, wofür du büßen musst, doch um Hilfe bitten kannst du auf jeden Fall! Warst du überhaupt schon in der Kirche heute?»

Küentzi staunte nicht schlecht, wie Johann ihn in die Pflicht nahm. «Nein, ich habe verschlafen. Doch ich werde noch vor der Sext in der Kirche beten.»

In der Mühle empfing ihn der Müllergeselle in bester Laune, denn er hatte die Mühle den ganzen Tag für sich. Der Mühlenmeister war zur Reparatur eines Mahlgetriebes ins Elsass geholt worden, und der Geselle wollte diese Abwesenheit nutzen, um seinen Plan für den Seilaufzug anzugehen. Küentzi solle in der Kirche für zwei, also auch an seiner statt, zu den Heiligen beten. Für die übrige Zeit wies er ihn an, Lesen und Schreiben zu lernen, denn mittlerweile wusste das ganze Kloster von Küentzis Absprache mit Luggi.

Auf dem Weg zur Kirche trat Clare, als hätte sie am Grab ihrer Verwandten auf ihn gewartet, auf ihn zu, und gemeinsam betraten sie die leere Kirche. «Kann ich dich später nach der Sext sprechen?», fragte sie ihn leise, das Haupt gesenkt. «Ich bin dann im Skriptorium mit Luggi, die mir Lesen und Schreiben beibringen wird», flüsterte er stolz. «Ich weiß. Wenn du einverstanden bist, werde ich auch dort sein», überraschte sie ihn. Verlegen senkte er steif den Kopf, was sie sofort als Zusage verstand: «Also bis dann. Jetzt muss ich in den Garten.» Sie streifte leicht seine Hand und huschte durch den Lettner in den Chor, wo sie für ein schnelles Ave Maria auf den kühlen Boden kniete.

Küentzi verfolgte sie ungläubig mit seinen Blicken, bis sie im Kreuzgang verschwunden war, und kniete vor dem Lettner nieder. Mit den Augen auf dem Hochaltar im Chor musste er seine Gedanken und Gefühle richtiggehend zügeln, um die heilige Maria und nicht Clare vor sich zu sehen. Allmählich gelang es ihm, sich seinen zur Buße aufgetragenen Gebeten zu widmen, die nötige innere Ruhe blieb ihm jedoch versagt. Während er langsam seine Ave Marias rezitierte, wanderten seine Blicke immer wieder zur geschlossenen Pforte zum Kreuzgang und zum Grabmal der heiligen Euphrosine daneben, als ob die Heilige für ihn dort eine Botschaft bereithielte.

Der steinerne Sarkophag der Heiligen, deren wundertätige Überreste Besucher von weit her ins Klingental lockten, war am nördlichen Ende des Lettners in die Grundmauer eingebaut. Bis anhin hatte für ihn das Grab zur Einrichtung der Kirche gehört wie Möbel in die Häuser, die seine Freunde mit ihren Eltern bewohnten. Doch heute war dies anders.

Je länger er mit seinen Blicken auf dem Grabmal verweilte, desto mehr beeindruckte ihn die schlichte Kunst der Anlage. Sie war wie ein Chorfenster gebaut und lenkte den Blick auf die einfache geschnitzte Figur der Heiligen auf dem Sarkophagdeckel. Die drei nach oben strebenden Bogen mit den dazwischen gesetzten Rosetten schützten die Heilige und vermittelten ihm das Gefühl geordneter Ruhe.

Im Versprechen der Rosen aus Stein, für die Heilige bis zum Jüngsten Gericht zu blühen, erkannte er ein persönliches Zeichen der Hoffnung und des Trostes.

Diese vergitterte Stätte ermöglichte ihm eine lebenslang zugängliche Verbindung mit Clare und Guota. Er erinnerte sich, dass nur eine dünne Mauer ihn von dem ihm nun verbotenen Kreuzgang trennte. Ein Betender vor dem Sarkophag in der Leutkirche konnte eine Betende ihm gegenüber im Kreuzgang zwar nicht sehen, aber ihre Worte hören! Sollte die Priorin die Nonnen zwingen, ausschließlich im geschlossenen Teil des Klosters zu leben, konnten er und Clare durch das Grabmal miteinander sprechen. Zufrieden malte er sich aus, wie alle sie für ihre Frömmigkeit lobten, weil beide im regelmäßigen Gebet laut mit der Heiligen Zwiesprache hielten.

Küentzi hatte nicht bemerkt, wie er seit dem Eintritt in die Leutkirche von einem Kaplan aus dem Chor beobachtet worden war. Er nahm den unauffälligen Geistlichen erst wahr, als dieser mit gefalteten Händen direkt vor ihm stand: «So tief im Gebet versunken, mein Sohn, findest du Gott und die heiligen Helfer. Komm mit mir in den Chor, wir wollen dort gemeinsam weiterbeten. Die Stimme eines so frommen Knaben wird unsere heilige Mutter Gottes besonders gnädig stimmen.» Mit dem Arm um die Schulter führte er den verdatterten Jüngling vor den Hochaltar im Chor und forderte ihn auf, mit ihm niederzuknien und laut und deutlich zu sprechen.

Küentzi schätzte den süßlichen Ton des Kaplans nicht. Er verübelte ihm auch, wie er ihn mit Hilfe eines Lobes gezwungen hatte, noch einmal all die lateinischen Gebete aufzusagen, die er eigentlich satthatte. Doch er wagte weder aufzubegehren noch sich zu verweigern. Als ob er Chorknabe in einer Nonnenkirche wäre, achtete er trotz schmerzenden Knien vorbildlich auf die korrekte Wortfolge des lateinischen Textes.

Als er sich endlich erheben durfte, lobte ihn der Kaplan und versicherte ihm, dass er, obwohl erst seit kurzem dem Klingental zugeteilt, beurteilen könne, wie Küentzi mit seiner ehrlich klaren Stimme geholfen habe, die Heiligen für einen Einsatz für das Kloster und die Ernte zu überzeugen. Er wolle im Vespergottesdienst nicht auf diese Stimme verzichten und erlaube dem Jungen, Gott ausnahmsweise neben ihm im Chor mit den Nonnen zu huldigen. Küentzi hatte nicht erwartet, so in die Pflicht genommen zu werden, doch wiederum wagte er keine Widerrede.

Still verließ er die Kirche durch die Pforte auf den Friedhof und atmete befreit auf. Die Freude auf Luggis Lektion im Skriptorium kehrte zurück. Um nicht den Chor durchqueren zu müssen, wählte er den Umweg über den Hof.

Auf den ersten Blick erschien das Skriptorium leer, keines der Stehpulte war besetzt. Im dunkleren Teil an der nördlichen Mauer der Kirche war eine Nonne damit beschäftigt, trockene und saubere Pergamente vorsichtig aus dem Spannrahmen zu nehmen und zu rollen. Die Rollen steckte sie zum baldigen Gebrauch in Röhren aus gebrannter Ziegelmasse. Obwohl Küentzi nur ihren gebeugten Rücken sah, erkannte er sofort Clare.

Eine zweite Nonne, die an einem breiten Tisch unter den nach Osten gerichteten Fenstern stand und einen Text bearbeitete, fühlte sich offensichtlich durch ihre lauten Begrüßungen gestört. Sie räumte wortlos Töpfe, Federn und Pinsel weg und verließ, nicht ohne vorwurfsvolle Blicke auf ihre Konventsschwester, den Raum.

Küentzi, der schon als Kleinkind das Skriptorium kennengelernt hatte, stellte für sich fest, dass er heute diesen Raum neu und anders wahrnahm. Wie schon heute Morgen am Grabmal der Euphrosine erkannte er in Massen, Formen und Hintergrund der Gegenstände eine neue, tiefere Bedeutung. Das Skriptorium war groß, entsprach der Größe des Konvents, war als Räumlichkeit jedoch wenig gestaltet und wirkte vernachlässigt. Wie konnten die vergeistigten Frauen die Lichtverhältnisse übersehen, die leere Helle nicht gestalten! Mit wenigen Stehpulten und Arbeitstischen mehr hätte der Raum schon an Bedeutung gewonnen.

Vorsichtig fragte er Luggi, die aus dem Bibliotheksteil zu ihnen trat: «Ist das Interesse an Büchern und Schriften hier schon größer gewesen?»

Luggi, die Küentzis kritische Blicke gesehen hatte, schien ihn verstanden zu haben: «Die meisten vornehmen Nonnen können schon lesen und schreiben, und nur wenige sind in diesem Kloster, um ihren Glauben mit dem Studium der Schriften zu pflegen. Die große Mehrheit verwirklicht ihren Glauben im Nähen und Sticken religiöser Tücher.»

Clare fügte hinzu: «Ich habe von klein auf hier gelebt und wurde hier geschult. Ich habe Lesen und Schreiben von meinen älteren Schwestern gelernt, nicht mit den andern Novizinnen. Erst nachdem ich Profess getan hatte, verspürte ich den Wunsch, in die Kunst der Pergament- und Bücherbearbeitung eingeführt zu werden. Wie du siehst, Küentzi, bin ich eine der wenigen, die sich um diese Arbeiten kümmern.»

Wie Küentzi Clare so klar und präzis sprechen hörte, zog es ihn in ihre Nähe. Er bestaunte ihre kleinen weißen Hände mit den eleganten Fingern, sah ihr in die Augen und hatte Mühe, den gebührenden Abstand zu wahren.

Luggi forderte ihn unverzüglich auf: «Nimm ein Wachstafel mit einem Stift und zeichne damit schöne runde Kreise.»

Willig zeichnete Küentzi zuerst Kreise, kopierte später andere Formen nach einer Vorlage, die Luggi für ihn auf ein Stehpult gelegt hatte.

Clare verfolgte unauffällig, wie er sich anstellte, und stellte zufrieden fest, dass er, trotz seiner klobig wirkenden Hände, die gewünschten Zeichen flink zustande brachte.

Luggi hatte mittlerweile ein Gedicht, das sie im Tösstaler Konvent eigenhändig kopiert hatte, aus der Bibliothek geholt. Strahlend rief sie Clare und Küentzi zu sich. «Lies laut und langsam vor», bat sie die Nonne.

Clare, die den Text zum ersten Mal sah, begann etwas zögerlich, wurde jedoch mit jeder Zeile sicherer und rezitierte laut und wohlklingend:

> Ich will uch sagen mere,
> sprach eine nonne guot.
> uns kumment bredegere,
> des frauwent sich min muot.
> sie sagent uns guode wort.
> sie wollent uns entslizzen,
> den hymmelischen hort.

Küentzi konnte vor Verblüffung nicht mehr an sich halten und platzte heraus: «Das ist ja Deutsch, wie wir es sprechen! Luggi, du schreibst deutsch!»

Diese hielt verschmitzt einen Finger vor den Mund und forderte mit der freien Hand Clare auf, unverzüglich weiterzulesen:

> Scheidet abe gar,
> nement godes in euch war,
> senkent uch in eynekeit,
> so werdent ir es gewar.
> Der hohe meister Diderich
> der will uns machen fro,
> es sprachen luterlichen
> al in principio.

Luggi unterbrach Clare, um Küentzi mit dem Lateinischen zu helfen: «Mit *in principio* beginnt der Text der Bibel: ‹Am Anfang› schuf Gott Himmel und Erde. Alle sprachen nur die Gottessprache, die ursprüngliche Sprache. In unserem Gedicht verstehe ich *in principio* auch als Hinweis, dass Meister Dieterich seine ursprüngliche Sprache, Deutsch, zum Predigen verwendet.» Unaufgefordert las Clare weiter:

> Des adelares fluke
> wil er uns machen kunt,
> dy sele will er versencken
> in den grunt ane grunt.

Als sie ihren Vortrag beendet hatte, schwiegen alle drei ehrfürchtig. Küentzi, weil er vor lauter Bewunderung für Clares beseelten Ausdruck keine Worte fand, Clare, weil sie vom Inhalt des Gedichts tief betroffen war. Luggi dankte im Stillen der unbekannten Dichterin, die allen mit ihren Zeilen zu einer einzigartigen Erfahrung verholfen hatte.

Die Begine hatte sich als Erste gesammelt und stellte ruhig fest, es sei wohl genug für heute. Morgen würden sie sich hier um die gleiche Zeit wieder treffen. Im Hinausgehen sagte sie zu Clare: «Trag Sorge zum Text und studier ihn gut, morgen können wir ihn besprechen, wenn du magst.»

Clare nickte stumm und machte sich wieder an die Arbeit an den Pergamenten. Ihr Wunsch, mit Küentzi noch etwas zu besprechen, war ob der Macht der Verse vergessen gegangen.

Johann kam gerade mit mehreren leeren Säcken aus dem Stall, wo er die Futterkästen mit Hafer gefüllt hatte. «Küentzi, du kommst wie gerufen. Wir müssen hier das neue Stroh und anschließend vor der Küche die Körbe mit Äpfeln abladen», begrüßte er ihn gutgelaunt.

Johanns Arbeitswille war ansteckend, das Stroh rasch versorgt. Bald konnte Küentzi in der Küche fragen, wohin die Körbe mit den Äpfeln gestellt werden sollten. «Vorläufig bleiben sie hier oben, bis wir sie sortiert haben. Erst dann kommen sie in den kühlen Keller», gab die Köchin Auskunft und musterte kritisch ihre Ware.

Sie nahm zwei schön geformte Früchte, wendete und drehte sie, nahm noch einige weitere Muster, bis sie entschied: «Die gehören in die Sonne. Fast alle müssen nachreifen. Die Ötlinger haben sie wohl aus Angst vor den Heuschrecken zu früh von den Bäumen geholt.» Nach einigem Überlegen entschied sie: «Es tut mir leid, aber nehmt die Körbe wieder mit und stellt sie in den Kreuzgang des Klosters. Heute ist es zu spät, um sie nochmals auszulegen. Morgen müssen sie im Klostergarten unbedingt in die Sonne. Du hilfst dabei nach dem Frühstück.»

An der großen Pforte erklärte der Karrer der Pförtnerin seinen Auftrag und durfte durch den Garten bis an den Kreuzgang vorfahren. Wer den Nonnen die Ankunft der Ladung mitgeteilt und sie zur Arbeit des Abladens bestellt hatte, blieb ein Rätsel. Sie waren einfach da, packten die Körbe, die Johann und Küentzi vom Wagen hoben, und trugen sie zu zweit in den Kreuzgang, der den Männern verschlossen blieb.

Auch Agnes und Werndrut, Clares Schwestern, traten in ihrer Arbeitstracht demütig an den Wagen. Wie sie sich je nach einem Griff am Korb bückten, brach die ältere das Schweigegebot und neckte Johann: «Du weißt, Johann, Eva sollte Adam den Apfel reichen, nicht umgekehrt. Trotzdem sollst du den reifsten Apfel, den du sicherlich schon irgendwo versteckt hast, uns als Lohn fürs Tragen schenken!»

Johann schien diese Anspielung zu gefallen. Undeutlich brummelnd holte er aus dem Hafersack hinten am Wagen vorsichtig einen prächtigen Apfel hervor und übergab ihn stumm der älteren und hübscheren Werndrut.

Sie verbeugte sich zum Dank übertrieben tief und versorgte den Apfel übertrieben vorsichtig, beinahe zärtlich, unter ihrem weiten Schurz. Johann grinste und ahmte als Antwort einen

segnenden Priester nach, worauf die beiden Schwestern wie auf Kommando ihren Korb aufhoben und mit vorgestellter Brust, die Hüften unter der unförmigen Tracht kräftig schwenkend, durch die kleine Pforte in den Kreuzgang trugen.
Küentzi fielen vor so viel Anzüglichkeit beinahe die Augen aus dem Kopf. Als er dann Johann leise und geradezu zärtlich sagen hörte: «Ja, ja, die Zer-Sunnen-Schwestern haben's faustdick hinter den Ohren», erstarrte Küentzi. Johann und Werndrut! Wer hätte das gedacht! Und dies alles an einem Buß- und Bitttag. Verunsichert stellte er sich Clare vor: War sie als Jüngste auch so dreist und frech? Dass sie es mit dem Schweigegebot nicht so ernst nahm, hatte sie ihm ja schon mehrere Male bewiesen. Wie befolgte sie wohl die andern Regeln?
Johann brachte ihn in die Gegenwart zurück, indem er ihm mit einem «Auf!» befahl, den letzten Korb mit ihm in den Kreuzgang zu tragen. Dort war keine Nonne mehr zu sehen, nur noch ein belustigtes Kichern aus dem oberen Stock vernehmbar. Als sie den Korb abstellten, war Küentzi überzeugt, dass er beim morgendlichen Waschen am Rhein die gleichen Stimmen gehört hatte. Agnes und Werndrut hatten ihn gestern ausgelacht! Am liebsten wäre er jetzt nach oben gestürmt und hätte die beiden gestellt.

Als die helle Glocke der Klosterkirche sie zur Vesperandacht rief, waren Küentzi und Johann mit ihren Arbeiten gerade fertig. Sie hatten im ganzen Stallbereich aufgeräumt und geputzt. Die Ställe waren ausgemistet und mit neuem Stroh belegt, und sie hätten es vorgezogen, nach diesem langen Tag direkt in den Esssaal zu gehen. Die zusätzliche Stallarbeit hätten sie sich sogar als eine Form von Buße anrechnen lassen können. Doch die Priorin hatte am Morgen klar und deutlich verlauten lassen, dass sie alle, die irgendwie mit dem Kloster zu tun hatten, in diesem Gottesdienst sehen wollte. Also machten sich die beiden auf den kurzen Weg.
Vor dem Hauptportal erinnerte sich Küentzi mit Schrecken, dass er ja dem Kaplan versprochen hatte, mit ihm im Chor zu beten. Unauffällig, wie er meinte, schlich er der Wand entlang in den Chor, wo er sich auf einen der hintersten Plätze setzte. Der Kaplan winkte ihn hastig zu sich, worauf der Junge gehor-

sam, das Haupt gesenkt und die Hände gefaltet, zu ihm nach vorne schritt. Unwohl ob der Aufmerksamkeit, die ihm durch die Bevorzugung des Kaplans zuteilwurde, fiel er, ohne aufzublicken, wie ein Messdiener vor dem Altar auf die Knie und verharrte in dieser Stellung bis ans Ende des Gottesdienstes.

Dieser zog sich in die Länge, denn nach der Anrufung schritt die Priorin alle fünf Altäre ab und betete zu jedem der Heiligen um Schutz. Bevor sie den Kaplänen den lateinischen Teil des Dienstes samt Abschluss überließ, kündigte sie unter dem Lettner an, dass sie von allen, auch den Laien, erwartete, dass sie auch morgen zum Vesperdienst erschienen.

Küentzi hatte während des langen Rituals nur zweimal einen Blick zurück gewagt. Den ersten, um Clare unter den mehr als dreißig gesenkten Frauenhäuptern im Chor zu suchen. Den zweiten, langen, um sie mit den Augen zu grüßen, nachdem er sie ausgemacht hatte. Zur Bestätigung hatte sie ihm eine kleine Verneigung angedeutet und ihm ein so liebevolles Lächeln geschenkt, dass er seine schmerzenden Knie vergaß und verklärt, als sei ihm der Engel der Verkündigung erschienen, nur noch auf das leidvolle Gesicht der Marienfigur schaute.

Ihm entging, wie Werndrut das unauffällige Zwischenspiel der beiden mit großen Augen verfolgt hatte und Agnes neben ihr mit diskreten, doch eindeutigen Handbewegungen darauf aufmerksam machte. Agnes stupste Clare sanft an und verriet ihr mit unmissverständlichen Zeichen, dass sie ihre beiden älteren Schwestern zu Mitwisserinnen hatte. Clare errötete heftig, wobei niemand ausmachen konnte, ob aus Scham oder Wut auf ihre neckenden Schwestern. In gefälliger Devotheit hielt sie ihren Kopf bis ans Ende des Gottesdienstes gesenkt.

Endlich ertönte der Schlusssegen, und als ob ein tiefes Aufatmen durch den Kirchraum ginge, kam Bewegung in die Leute, und die Kirche leerte sich schnell. Nur im Chor ging alles langsamer. Küentzi gehörte zu den letzten Zurückgebliebenen, denn er hatte seine liebe Müh, vom eifrigen Kaplan loszukommen.

Er erhielt von seinem neuen Freund für das Ausharren auf den Knien ein ausgiebiges Lob. Dann legte der Priester wiederum seinen Arm um Küentzis Schulter und führte ihn zum Altar von St. Petrus dem Märtyrer auf der Südseite. Dort wünschte sich der Geistliche mit verklärtem Blick, dass nur sie zwei gemeinsam um Fürbitte flehten. Sanft drückte er Küentzi vor dem Bildnis auf die Knie und begann zu beten.

Rettung kam von der guten alten Guota, die wegen ihrer Gicht als eine der Langsamsten im Chor zurückgeblieben war und Küentzi und den Kaplan beobachtet hatte. Sich über das Schweigegebot hinwegsetzend, wies sie Küentzi laut und kräftig quer durch die Kirche an, er solle essen gehen, der Kaplan könne alleine beten.

Küentzi ließ sich dies von seiner alten Beschützerin nicht zweimal sagen, sprang auf, nickte dem verdutzten Kaplan zum Abschied zu und enteilte ihm. Im Refektorium winkte Luggi ihn zu sich an den Tisch und teilte ihm hinter vorgehaltener Hand mit, sie habe mit Konrad Hesse abgesprochen, heute die Andacht in der St.-Brandans-Kapelle auszulassen.

Nach dem einfachen Mahl trat Küentzi in den kleinen Hof zwischen Küche und Schaffnei und suchte in der fortgeschrittenen Dämmerung Johann und Luggi. Sie war leicht zu finden, denn im Unterschied zu den Knechten, die leise ihrem Unmut über die lange Beterei und den verpassten Feierabend Luft machten, bedauerte sie laut, dass sie heute nichts Geistreicheres als die ewige Litanei an die Heiligen gehört hatte. Für alle hörbar bezweifelte sie, ob das Herunterleiern von Sätzen in einer Sprache, die man nicht verstehe, überhaupt von Nutzen sei. «Wer nur Laute imitiert, ohne ihre genaue Bedeutung zu kennen, wie dies für die Laien zutrifft, muss sich doch töricht, wenn nicht sogar ausgenützt vorkommen.» Denn nur wer Latein gelernt habe, könne über das Formelhafte ihrer Gebete hinaus einen Sinn finden.

Als sich Küentzi neben sie stellte, entschuldigte sich Johann, er müsse nach einem Pferd mit Blähungen sehen. Doch der Karrer konnte ihr nicht entwischen, sie hielt ihn am Arm zurück und machte weiter: «Hast du vergessen, dass die lateinische Sprache das Werkzeug und Symbol der Mächtigen in der Kirche ist? Du weißt genau, dass es für die Kleriker ist, was unsern Adligen Schwert und Schild: Waffen gegen aufmüpfige Bauern und Ungebildete!»

«Luggi, pass auf! Mit deinem Gerede bringst du dich noch in Schwierigkeiten», mahnte er sie. «Auch wenn du recht hast, die Ordnung ist nun mal so, und wer weiß, ob wir mit unserm gemeinsamen Runterraspeln eines lateinischen Gebetes nicht doch noch etwas bewirken können.»

Luggi, die in Küentzis neugieriger Haltung ihr Ziel erreicht sah, stimmte ihm freundlich zu: «Du hast mit dieser Aussage auch recht. Wir beide haben recht, und solange wir nichts verändern wollen, spielt auch keine Rolle, wer mehr recht hat.»

Sie wandte sich direkt an Küentzi: «Heute kommen wir wohl nicht weiter. Wir sehen uns morgen nach der Sext im Skriptorium zur Schreib- und Leseübung.» Wie zum Dank für sein Ausharren und seine indirekte Unterstützung lud sie auch Johann zur Schreibstunde ein: «Mich würde es freuen, wenn du morgen auch dabei sein könntest. Kannst du es richten?»

Johann war von diesem Angebot überrumpelt, Küentzi hingegen begeistert. Mit strahlenden Augen erklärte er dem Karrer, dass er sich nichts Schöneres vorstellen könne, als mit ihm gemeinsam zu lernen. Er würde ihn vermehrt auf seinen Fahrten begleiten, damit sie sich gegenseitig abfragen konnten. Gerührt reagierte der Karrer: «Morgen muss ich nach Häsingen. Du kannst mitkommen, und wenn wir es schaffen, vor der Sext zurück zu sein, mache ich mit.»

Zufrieden verabschiedeten sich die drei voneinander.

Küentzi ging zur Mühle, tastete sich einmal mehr zu seinem Sacklager auf dem Estrich durch und legte sich vor die offene Luke. Je länger er die unruhig flackernden Sternenlichter betrachtete, desto mehr verspürte er die Müdigkeit, aber auch seine vom vielen Beten schmerzenden Kniegelenke.

7

Als die Katze sich in der frühen Morgenstunde auf seine Brust legte und zu schnurren begann, streichelte er sie im Halbschlaf. Er träumte von Clare. Wie sie ihm mit glänzenden Augen ihre feinen Hände zum Liebkosen hinstreckte, wie er sie sanft und langsam zu sich zog. Als er sie zu küssen versuchte, blickte er ihr ins Gesicht und erkannte zu seiner Überraschung, dass er Hedwig umschlungen hielt.

Verwirrt wachte er auf und blickte direkt in die grünen Augen der Katze, die er mit seiner abrupten Bewegung aufgeschreckt hatte. Sie streckte sich, drehte ihm elegant das schmale Hinterteil zu und verschwand mit leichten Sprüngen hinaus aufs Dach.

Verschlafen und in seinen Bewegungen noch fahrig trat der Junge in den Hof, wo er im schwachen Morgenlicht erkennen konnte, wie Johann dem Gaul, der ruhig vor dem Leiterwagen stand, das Zuggeschirr überzog.

Der Karrer erteilte ihm, ohne seine Arbeit zu unterbrechen, den Auftrag, in der Pfisterei frisches Brot und in der Küche Käse zu besorgen. Sein Ton war scharf: «Spute dich! Wenn wir nicht vor der Prim von hier weg sind, schaffen wir es nicht, mittags zurück zu sein.»

Aufgeschreckt rannte der Junge zur Backstube, wo er von einem übers ganze Gesicht grinsenden älteren Laienbruder einen in ein Leinentuch gewickelten Laib Brot erhielt. Der morgenmuntere Bruder hatte Küentzis ausgiebiges Beten mit dem Dominikaner gestern mitbekommen und konnte sich eine Anspielung nicht verkneifen: «Spute dich Küentzi, sonst musst du schon heute früh vor dem süßen Kaplan auf die Knie!» Küentzi streckte ihm als Antwort die Zunge raus, was ihm der Bruder gutmütig mit einem Lacher verdankte.

Er warf den Proviant in den vordersten der leeren Körbe, die Johann schon aufgeladen hatte, und rannte in die Scheune, um weitere zu holen und auf dem Wagen zu stapeln. Sie verließen das Klingental, als die Glocke zur Prim rief und die ersten Laien unterwegs in die Kirche waren.

Auf der Rheinbrücke hörten sie das vereinte Geläut der Kirchen, die das Interdikt nicht mehr befolgten und ihre Gläubigen zum Morgendienst aufboten. Erst als sie durch die Vorstadt zum Kreuz fuhren, verstummten als Letzte die Glocken der nahen Peterskirche, deren Kustos für seine ausführlichen Weinproben vor und während jeder Messe stadtbekannt war.

Wer es noch nicht in die Messe geschafft hatte, blieb zuhause. Die Straße durch die Vorstadt war beinahe leer, und Küentzi und Johann kamen gut voran. Die vielen Bettler, die hier später auf gutbetuchte Reisende lauerten, warteten jetzt vor den Kirchen auf Almosen oder belagerten die Klosterküchen. Die Luft war noch angenehm frisch. Beide schwiegen und hingen ihren Gedanken nach. Als sie außerhalb der Stadt das freie Feld erreicht hatten und die Sonne auf ihre Rücken brannte, wurde beiden wärmer, und ihre Zungen lösten sich.

«Freust du dich, Hedwig zu sehen?», begann Johann.

«Sicher, doch ich will mich nicht zu sehr freuen, denn falls sie irgendwo auf dem Feld ist und ich sie nicht zu Gesicht bekomme, wäre ich enttäuscht. Wenn ich mich weniger freue, dann bin ich auch weniger enttäuscht», antwortete Küentzi.

«Sehnst du dich denn nicht nach ihr?», ließ Johann nicht locker.

Küentzi erinnerte sich an seinen jüngsten Traum und seufzte: «Eigentlich sehr. Doch schon am Nachmittag sind wir wieder so weit auseinander, dass es mich schmerzt, wenn ich nur schon daran denke.»

«Dann müssen wir alles dransetzen, dass du sie heute Morgen treffen kannst!», war Johanns ruhige Antwort. «Je wirklicher Hedwig für dich wird, je besser du sie kennenlernst, desto länger wirst du die Sehnsucht nach ihr aushalten können.»

Küentzi stöhnte: «Wenn sie vor mir steht, weiß ich überhaupt nicht, was ich sagen oder tun soll. Ich fühle mich so verlegen und gehemmt.»

Johann blieb die Ruhe selbst: «So wie ich Hedwig einschätze, kannst du dich auf sie verlassen. Sie kann dir sicherlich zeigen, was sie von dir erwartet und wie's weitergehen soll. Wenn du ihre Stimme hörst, fällt dir wieder ein, was du sagen und tun möchtest.»

Küentzi vergaß seine Angst, sah auf die leeren Felder zu ihrer Rechten und erinnerte sich, wie sie vor nur zwei Tagen den Häsinger Klosterleuten wacker mit der Ernte geholfen hatten. «Mir scheint, es sei schon viel länger her, seit wir das letzte Mal hier waren», meinte er verträumt und bemerkte Johanns sehnsüchtigtraurigen Blick in die Ferne nicht. Da kam ihm Johanns gestrige Bandelei mit Clares Schwester in den Sinn. Unschuldig fragte er den Karrer: «Was läuft eigentlich zwischen dir und Werndrut?»

Johann zuckte zusammen, drehte sich blitzschnell dem Jungen zu und donnerte: «Was geht's dich an!»

Getroffen von Johanns hässlicher Heftigkeit, schwieg Küentzi. Gerade noch vorhin war der Karrer ihm ein mitfühlender, verständnisvoller Freund gewesen und hatte ihm geholfen, sich im Wirrwarr seiner Gefühle zurechtzufinden. Jetzt erschien er ihm wie ein kampfbereiter Ritter mit heruntergeklapptem Visier, drauf und dran, ihm seine gepanzerte Faust ins Gesicht zu schmettern. Johanns abrupter Stimmungswechsel machte dem Jungen Angst, und er wäre am liebsten abgesprungen und weggerannt, doch er blieb wie gelähmt sitzen.

Johann warf einen kurzen Blick auf Küentzi. Was er sah, tat ihm leid. Er brachte den Wagen zum Stehen und bat ihn leise um Entschuldigung. «Das war nicht richtig. Du kannst ja nichts dafür. Ich werde versuchen, es dir zu erklären.»

Ohne Johann anzusehen, richtete sich Küentzi langsam auf und kam über ein Flüstern nicht hinaus: «Du hast mich so erschreckt. So habe ich dich noch nie erlebt.»

Johann schämte sich, sagte aber nichts, gab einfach dem Gaul das Zeichen zur Weiterfahrt und begann seine Erzählung, als der Wagen stetig rollte: «Werndrut und ich kennen uns schon lange. Ihretwegen bin ich Konverse geworden. Als die Zer-Sunnen-Schwestern als Mädchen ins Klingental kamen, hatte ich als gewöhnlicher Karrerknecht fürs Kloster in Ötlingen gerade begonnen. Mehrmals in der Woche fuhr ich ins Klingental, wo ich Werndrut, die sich als Älteste um ihre jüngeren Schwestern kümmerte, bei kleinen Verrichtungen traf.

Wir fanden Gefallen aneinander. Ihre tüchtige Art machte mir großen Eindruck, und es gelang uns immer wieder, kleinere Arbeiten zusammen zu verrichten. Ich entdeckte sie als Frau, und ich passte ihr als Mann. Aus dem Kloster konnte sie wegen eines gemeinen Karrers nicht austreten. Das hätten die vornehmen und reichen Eltern nie hingenommen. Später, nachdem sie das Gelübde als Nonne abgelegt hatte und dadurch sämtliche Rechte und Ansprüche der Eltern erloschen, half sie mir, als Konverse ins Klingental einzutreten. Sie überschrieb mir einen lebenslänglichen Verdienst aus ihrem Leibgeding, das sie ins Kloster eingebracht hatte und selber verwaltete. Sollte ich das Kloster verlassen, wird diese Begünstigung allerdings erlöschen.

Dies war unsere Lösung, um uns trotz der Standesbarrieren ein Zusammenleben zu ermöglichen. Natürlich sind unsere Gelübde ein Problem! Natürlich wünschte ich mir, wir könnten frei zusammenleben, doch was wir jetzt haben, ist für uns das Bestmögliche. So, jetzt weißt du Bescheid.»

«Ist dies euer großes Geheimnis?», fragte Küentzi tief beeindruckt.

«Diejenigen, die schon länger im Kloster sind, kennen unsere Geschichte, denn als wir frisch verliebt waren, hatten wir eine schwierige und laute Zeit. Heute sind wir gut aufeinander eingespielt und äußerst verschwiegen.» Er hatte den Eindruck, Küentzi beruhigen zu müssen, und meinte zur Aufmunterung: «Wie dir meine Geschichte zeigt, finden die Frauen immer einen Weg, wenn sie wollen. Auf Hedwig kannst du dich verlassen, sie ist Werndrut ähnlich.»

Küentzi war sprachlos, denn er hatte noch nie so weit über Hedwig und seine Gefühle nachgedacht. Johann sah offensichtlich Hedwig und ihn als Paar und hielt Küentzi für reif genug, um ihr als Mann entgegenzutreten. Einesteils schmeichelte ihm dies, andernteils gefiel ihm die Aussicht, sein ganzes Leben jetzt schon ordnen zu müssen, gar nicht. Zuerst wollte er Hedwig richtig in die Arme nehmen und küssen, wie im Traum. Er wandte sich Johann zu, um ihm dies zu gestehen, doch wie er dessen trauriges Gesicht sah, ließ er es bleiben.

Erst als sie vor dem Häsinger Gutshof standen und von mehreren Stimmen fröhlich begrüßt wurden, kam Bewegung in ihre ernsten Gesichter.

Während sie abstiegen und ihre steifen Gelenke rieben, begrüßte sie der Pfleger: «Gott zum Gruß, ihr zwei! Ihr musstet ja früh weg, um schon jetzt hier zu sein. Da muss etwas Wichtiges geschehen sein. Erzählt, was gibt's Neues im Kloster?»

Der Karrer berichtete ihm ausführlich über den Bitt- und Bußtag, bis der Pfleger, sich unaufhörlich am Kopfe kratzend, ihn unterbrach: «Ich muss dir gestehen, die Priorin hat uns schon vor einigen Tagen informiert und geheißen, den Tag auch hier zu befolgen. Doch wir haben so viel Arbeit mit den verschiedenen Ernten, dass ich entschieden habe, die Früchte vor den Heuschrecken zu retten, indem wir sie sofort einbringen und den

Nonnen den Umweg zu den vielen Heiligen zu überlassen.» Scherzhaft meinte er, die Nonnen seien für die Hilfe aus dem Jenseits zuständig, hier müssten sie sich selber helfen.

Der Karrer stimmte ihm zu und forderte Küentzi, der geduldig zugehört hatte, auf, die leeren Körbe rasch abzuladen und in die Scheune zu tragen. Doch die Feldarbeiterinnen, die für die Fahrt aufs Feld bereitstanden, nahmen ihm die Arbeit zum Teil ab, indem sie die leeren Körbe direkt auf ihren großen Leiterwagen luden. Plötzlich stand er allein zwischen den wenigen Körben, die die Frauen für ihn zurückgelassen hatten. Alle waren weg aufs Feld, und er wusste nicht, wo Hedwig war. Mit bedrückter Miene stellte er die übriggebliebenen Körbe in die Scheune. Dort nahm ihm der Anblick der vielen vollen Körbe, die darauf warteten, in die kühlen Keller des Klingentals gefahren zu werden, den letzten Rest seines Frohmuts. Mit hängenden Schultern trat er vor die Scheune, um Johann zu bitten, ihm mit dem Aufladen zu helfen, die vollen Körbe seien für ihn allein viel zu schwer. Doch der Karrer war verschwunden.

Als die Köchin ihn von der Küche aus fröhlich zu einem Becher Tee einlud, nahm er missgestimmt an und schlurfte über den Hof. Der Gedanke an den zusätzlichen Zeitverlust störte ihn nicht mehr; er hatte Luggis Unterricht abgeschrieben.

In der Küche empfingen ihn die beiden Johanns mit fröhlichem Grinsen und zeigten auf einen vollen Becher. Während er sich setzte, erhoben sie sich zu seiner Erleichterung und verließen zusammen mit der Köchin die Küche. Er war allein mit einer Frau, die ihm den Rücken zukehrte und in einem großen Topf über dem Feuer rührte. Wie er genüsslich den ersten Schluck nahm und den Rücken genauer betrachtete, durchfuhr es ihn wie ein Blitz: Die Frau vor ihm war Hedwig! Sofort stellte er den Becher ab und machte einen großen Schritt auf sie zu.

Als ob sie mit dem Rücken sehen konnte, drehte sie sich zur gleichen Zeit zu ihm hin und begrüßte ihn mit einem verschmitzten Lächeln auf den Lippen. Ihr Blick wurde weich, hingebungsvoll, und wie im Traum nahm er sie in seine Arme und drückte sie so heftig an sich, dass er ihre starken Brüste durch beider Kleider hindurch spüren konnte. So etwas hatte er noch nie erlebt!

Er lockerte seine Umarmung, damit sie ihm ihr Gesicht zuwenden konnte, und küsste sie direkt auf den Mund. Ihre Zungen fanden sich und beiden wurde mulmig. Vorsichtig versuchten sie, sich vom andern zu lösen, konnten aber nicht mit Küssen aufhören, denn ihre Lust war stärker als die Furcht vor ihr. Sie überließen sich ihrer Leidenschaft, genossen den erregenden Tanz der Zungen, gaben einander erst frei, als beide Atem holen mussten. Lange standen sie sich schweigend gegenüber und streichelten sich verschämt die Hände.

Die Köchin, die leise und unbemerkt in die Küche eingetreten war, hätte sie leicht mit einem Trauerpärchen verwechseln können, wären da nicht die zwei weit offenen, glücklich strahlenden Augenpaare gewesen. So viel Verliebtheit setzte auch der bestandenen Köchin zu. Damit sie vor Rührung nicht ihre Stimme verlor, forderte sie beide ungewollt harsch auf, draußen beim Aufladen zu helfen. Sie selbst werde hier zum Rechten sehen.

Im Hof hatten die Johanns die vollen Körbe auf die mit Stroh gepolsterte Brücke des Wagens geladen und bauten mit Leitern darüber eine zweite Ladeebene. Hedwig und Küentzi wurden angewiesen, die nächsten vollen Körbe aus der Scheune zu tragen und neben den Wagen zum Aufladen bereitzustellen. Willig pendelte das Paar zwischen Scheune und Wagen, warf sich verstohlen verliebte Blicke zu und lächelte zufrieden.

Alles ging für Küentzi viel zu schnell. Als der Karrer ihn aufforderte, sich einen Sitzplatz auf dem Wagen zu suchen, reagierte er zuerst gar nicht. Erst als Hedwig ihm kurz über den Handrücken strich und sich neben die Köchin vor die Küche stellte, bewegte er sich.

Als sie den Hof verließen, marschierte der Karrer vorne neben dem Gaul, um große Löcher und Steine rechtzeitig zu erkennen. Der Pfleger ritt neben dem Wagen und konzentrierte sich von oben auf Schwachstellen ihrer Ladekonstruktion. Küentzi hatte für sich hinten zwischen zwei großen Körben seinen Platz gefunden.

Er schreckte auf, als sich der Pfleger auf der Hauptstraße verabschiedete und ihn vom Pferd herunter erinnerte: «Mein früheres Angebot gilt noch immer. Du bist hier stets willkommen, und wir könnten dich gut gebrauchen!»

Sobald der Pfleger ihnen den Rücken gedreht hatte, rief der Karrer den Jungen zu sich und meinte ernsthaft: «Denk dran, dein Platz ist gegenwärtig dort, wo du Lesen und Schreiben lernen kannst. Vielleicht könnte der Pfleger dir dies in Häsingen beibringen, doch ich bezweifle, ob er je richtig Zeit dafür freimachen könnte. Und übrigens, ich denke wir schaffen es rechtzeitig im Skriptorium zur Lektion zu sein.»

Küentzi fiel aus allen Wolken: «Das habe ich ja ganz vergessen!»

«Dieser Unterricht hat Vorrang. Alles, und ich wiederhole, alles andere kommt danach», wies ihn Johann zurecht.

Küentzi nickte und ging wieder nach hinten, nahm eine grüne Birne aus einem der Körbe, befand sie als noch zu unreif, legte sie zurück und wählte stattdessen einen roten Apfel aus dem Korb daneben. Die süße Säure schmeckte ihm, und während er kaute, überlegte er sich nochmals, was der Pfleger und der Karrer vorhin gesagt hatten. Es fiel ihm schwer, den Kuss und Hedwig hintanzustellen, und noch schwerer, sich vorzustellen, wo er in den nächsten Jahren wohl sein werde und sich dort sein Leben auszumalen.

Guota könnte ihn als Knappe dem Ritter Kunrad Münch vermitteln, dann könnte er auf Schloss Angenstein wohnen, das der Graf von Thierstein dem Ritter in diesem Jahr als Lehen abgetreten hatte. Nach der Ritterweihe würde er auf der Landscron oder einem andern Lehen der Münch den Zugang ins Birsigtal sichern.

Jost von Embrach, der Sohn des Kleinbasler Bäckermeisters, könnte ihm zum Eintritt in die exklusive und hochangesehene Klosterschule der Prediger verhelfen. Nach der Priesterweihe würde er wie Diderich von Freienberg, der Prediger in Luggis Gedicht, zum Provinzial aufsteigen und ein gefeierter Lehrer von Mönchen und Nonnen, vielleicht Clares Beichtvater sein.

Oder wäre es besser, Pfleger des Klosters Klingental in Rufach oder Häsingen oder Ötlingen zu werden und in der Nähe Hedwigs zu sein? Als Pfleger könnte er den Klosterbesitz geschickt mehren und das Kloster noch mächtiger und einflussreicher machen.

So offen wie die Frage nach seiner Herkunft, so offen war die Frage nach seiner Zukunft. Da seine Abstammung unbestimmt war, musste er sich nicht festlegen. Im Gegensatz zu seinen jüngeren Freunden, die er manchmal um die Gewissheit ihrer Herkunft beneidete, konnte er seinen Ehrgeiz in alle Richtungen leiten. Noch lebte er außerhalb jeglicher Standesordnung, und seine Lebensform war nicht vorbestimmt wie bei den übrigen Leuten, die er kannte.

Während dieser Gedankenspiele hatten sie viel Weg hinter sich gelassen, und die dunkelroten Sandsteinbrocken, die Basels Mauern kennzeichneten, waren vor ihnen deutlich erkennbar. Bevor sie die ersten Behausungen der Vorstadt erreicht hatten, gab Johann Küentzi den Auftrag, immer wieder nach hinten zu schauen und aufzupassen, dass sich niemand an ihrer Fracht vergreife.

Er fand Johanns Vorsicht übertrieben, änderte seine Meinung erst, als er zum ersten Mal in seinem Leben sah, wie Johann die lange Peitsche, die er sonst immer unbenutzt neben sich liegen hatte, in die rechte Hand nahm und sich drohend vorne neben zwei Körbe auf die Wagenbrücke stellte. Hoch aufgerichtet wie ein grimmiger Barbarenkrieger knallte er rund um den Wagen, um Platz für das Gefährt und Abstand zur Ladung zu schaffen. Erst vor dem Kreuztor setzte er sich, die Peitsche noch immer zum Schlag bereit, für die Fahrt durch die Stadt.

Im Klingental mussten sie auf Anweisung der Köchin hin ihre Ladung auf dunkle Tücher im Obstgarten hinter dem Kloster zum Nachreifen auszulegen. Küentzi fand Hilfe in der Kirche, wo Guota im Chor mit offenen Augen meditierte. Er schlich sich zu ihr hin und erklärte ihr leise sein Anliegen. Sie hatte Verständnis und übernahm es, die andern im Chor knienden Frauen zur sofortigen Mithilfe im Obstgarten zu bewegen.

Die Arbeit mit den dunkelfarbigen Tüchern, mit denen am Karfreitag und während des Interdiktes die Altäre abgedeckt worden waren, trieb den beiden Männern in der prallen Mittagsonne den Schweiß ins Gesicht. Noch lagen nicht alle Stoffe als wärmende Unterlage für die Früchte auf dem Gras ausgebreitet, als die von Guota in der Kirche aufgebotenen Nonnen eintrafen. Schweigend, wie es sich gehörte, warteten sie am Karren in einer Zweierreihe, bis sie je einen Korb wegtragen konnten.

Mit so viel eifrigen Händen ging die Arbeit schnell voran, und bald wartete nur noch ein Korb darauf, dass sein Inhalt das frohe Farbenmuster auf den Tüchern vervollständigte. Bis auf zwei Nonnen, die, verschwitzt und mit geröteten Gesichtern, den letzten Korb anhoben und zum nächsten Tuch trugen, waren die übrigen in die Kirche zurückgekehrt.

Es waren Werndrut und Agnes. Gemächlich, beinahe schon umständlich, verteilten sie die Äpfel aufs Tuch, kümmerten sich dabei wie schon am Vortage nicht um das Schweigegebot. Wieder machten sie lose Anspielungen auf Eva und die Schlange im Paradies und auf die Reife oder Unreife gewisser Früchtchen in Obstgarten und Fuhrbetrieb.

Dabei überraschte Werndrut Johann mit ihrer Aussage: «Diese Äpfel sind so grün wie Clares und Küentzis Liebe. Die muss ja auch noch reifen.»

«Was soll diese Anspielung?», fragte Johann verstimmt. Küentzi war in Hedwig verliebt, das hatte er genau gesehen.

«Am Nachmittag in Luggis Lektion wirst du beobachten können, was ich meine. Übrigens komme ich dann auch, und wir haben etwas Zeit für uns.»

Johann stand, wie vom Blitz getroffen, vor ihr, blickte in Werndruts vor Übermut sprühende Augen, dann zu Küentzi, der zufrieden die leeren Körbe stapelte. Endlich brachte er ein trockenes «Gut so» heraus, schmiss den letzten leeren Korb auf die Ladefläche, winkte den Schwestern fahrig zum Abschied und fuhr wie abwesend den Wagen in die Scheune.

In seinem Kopf verknäuelten sich Gedanken und Gefühle. Clare war dabei aber in den Hintergrund getreten. Was Werndrut mit ihm wohl in der Lese- und Schreibstunde suchte? Sie, die so gut Lesen und Schreiben konnte, dass sie schon Clare unterrichtet hatte, wollte er nicht als Lehrerin! Die Vorstellung, dass er als Anfänger und schwacher Schüler zu ihr aufblicken müsste, zog ihm den Magen zusammen.

Während er an der Tränke das Pferd beobachtete, wie es gierig den Durst löschte, sah er nur einen Weg: Er musste alles dransetzen, dass Luggi seine Lehrerin blieb! Werndrut sollte ihn loben, wenn er ein Ziel erreicht hatte, ihn während der Arbeit lieb anlächeln, ihn nach der Arbeit mit kleinen Zärtlichkeiten verwöhnen. Je deutlicher er sich Werndrut in dieser Rolle vorstellte, umso mehr wuchs die Vorfreude auf die gemeinsame Stunde. Seine Furcht, dass ihr unterschiedlicher Stand Werndrut und ihn auch im geschützten Klosterleben auseinanderbringen könnte, trat in den Hintergrund.

8

Küentzi ging noch während der Sext in die Klosterküche, um eine Scheibe Brot und etwas Käse zu erbetteln. Die Küchenhilfe, die das Feuer und die Suppe für die Köchin und die Küchenschwestern in der Mittagsandacht hütete, meinte es gut mit ihm. Sie überließ ihm eine Kelle der Suppe mit einem großen Wurstzipfel und versorgte ihn obendrein mit dem letzten Tratsch aus dem Kloster.

Die Priorin habe sich in der heutigen Prim unmissverständlich zum Sprichwort «Müßiggang ist aller Laster Anfang» geäußert. Sie wünschte eindringlich die strenge Befolgung der Klosterregeln nicht nur wegen der Heuschreckenplage, sondern auch um das Ansehen der Nonnen zu heben. Dass einige am helllichten Tag im Rhein baden konnten, habe dem guten Ruf des Klosters geschadet. In der arbeitsreichen Spätsommerzeit seien müßiggehende Nonnen ein Beleidigung für alle, die dem Kloster mit ihrer Arbeit zu Reichtum und Ansehen verhalfen.

Er bedankte sich für die Wurst und die brühwarmen Neuigkeiten und ging ins Skriptorium, wo er gleichzeitig mit Clare eintraf. Wie verzaubert blieb er vor einem leeren Pult stehen. Ihre ruhige Ausstrahlung war so einnehmend, dass er nur noch ihre Augen sah, sich in ihnen verlor. Nichts andres galt mehr. Selbst die Erinnerung an Hedwig mit ihrer aufregenden Sinnlichkeit ging ihm abhanden. Sie gehörte in eine andere, ferne Welt. Er empfand in Clares Anwesenheit eine Vertrautheit, als ob sie zusammen schon jahrzehntelang ein gemeinsames Geheimnis hüteten.

Wie aus dem Nichts zeichnete ein liebevolles, verschwörerisches Lächeln beider Gesichter, blieb ihnen erhalten, bis Luggi die Schreibstube betrat. Ihr entgingen die verklärten Gesichter nicht, doch sie wusste, warum sie hier war, und forderte die zwei auf, sich nützlich zu machen. Von Clare wollte sie wissen, ob sie eine Auslegung der Verse mit Provincial Diderich vorbereitet habe.

Clare verneinte, denn die Priorin habe mit ihrem Buß- und Bitttag das klösterliche Arbeitsprogramm völlig durcheinandergebracht. Durch das viele Beten seien die Gartenarbeiten zu kurz gekommen, so dass sich alle Nonnen an den Außenarbeiten hätten beteiligen müssen. Immerhin habe sie das lange Tageslicht nützen können und spätabends den Text noch gelesen.

Luggi war zufrieden und gab Küentzi die Aufgabe, neue Buchstaben zu erkennen und schreiben zu lernen. Eine alte Regel zitierend, erklärte sie ihm: «Was deine Hand nicht erfasst, kann dein Hirn nicht begreifen.»

Also setzte sich Küentzi vor eine Holztafel mit aufgemalten Buchstaben und übte, gerade und runde Striche so zu verbinden, dass sie wie Buchstaben aussahen und die andern sie lesen konnten.

Die arbeitsame Stimmung wurde jäh unterbrochen, als Johann die Treppe heraufpolterte, in die Schreibstube platzte und vor Luggi steif stehen blieb.

Sie begrüßte ihn: «Du bist gerade zur rechten Zeit gekommen. Setz dich neben Küentzi und versuche zu erkennen, wo die Wörter im Text, den ich euch ganz langsam vorlese, beginnen und aufhören. Dazu wird Clare uns ihre Gedanken über das Gedicht erzählen.»

Sie legte das Pergament vor die Männer und, über ihre Schultern gebeugt, las sie zweimal langsam und deutlich das Lob auf die Prediger. Clare löste sie ab und fasste das Gehörte zusammen, wobei sie auf Wörter, die auch im Text vorkamen, zeigte und sie langsam aussprach: «Die Predigerbrüder, angeleitet vom hohen Meister, hätten den Nonnen mit ihren Predigten große Freude gebracht. Mit ihren Worten hätten sie ihnen die Schätze des Himmels erschlossen. Laut und grundsätzlich hätten sie den Nonnen gesagt, dass sie nicht oben, sondern unten auf Erden, in sich selbst, mit Gott eins werden sollten. Sie sollten vom Flug des Adlers lernen: Wie der irdische Adler in den endlosen Himmel hineinfliegen könne, so könne die Seele, obwohl an den irdischen Körper gebunden, sich in den grenzenlosen Gott versenken.»

Küentzi hatte vieles nicht verstanden, alles war ihm viel zu schnell gegangen. Er hatte aber aus Clares eindringlichem Ton geschlossen, dass der Text für Nonnen, die ihre geistlichen Aufgaben ernst nahmen, etwas sehr Wichtiges aussagte. Dass Luggi so reden konnte, hatte er erwartet, doch dass Clare mit ihrer feinen Stimme ebenso klar und scharf formulieren konnte, erstaunte ihn. Ihre Sätze erinnerten ihn an die Ausführungen von Johannes Tauler und an den Ton, den dieser in der Kapelle mehrmals angeschlagen hatte.

Küentzi fragte laut in den Raum: «Ist es nicht erstaunlich, dass die Schätze des Himmels gar nicht im Himmel, sondern auf dem Boden sind? Oder habe ich das falsch verstanden?»

Eine unerwartete Stimme ließ ihn senkrecht aufsitzen: «Du hast das völlig richtig erkannt. Die Seele ist der Schlüssel zu den himmlischen Schätzen. Und solange du nicht tot bist und hier auf der Erde lebst, gehört die Seele zu deinem Körper hierher. Diderich weist uns an, die Seele zu Lebzeiten als Schlüssel in uns zu erkennen.»

Johann wurde durch die Stimme aus seiner Erstarrung erlöst. Strahlend drehte er sich Werndrut zu: «So verstehe ich dies auch! Wie der Adler, der als einziges Wesen mit geöffneten Augen der Sonne entgegenfliegen kann, ohne zu erblinden, kann die Seele Gott sehen und Einblick in seine Geheimnisse nehmen.»

Luggi meinte: «Was Johann über den Adler weiß, ist altes, vorchristliches Volkswissen. Nicht umsonst haben viele Adlige ihn als Symbol für besondere Fähigkeiten auf ihren Schildern. Nur noch wenige wissen aber mehr über den Adler. Welcher Ritter hat schon Umgang mit dem gemeinen Volk und kennt dessen wertvolles Wissen! Die wenigsten können lesen, geschweige denn schreiben. Sie kennen nur das Schwert als Werkzeug ihrer Macht; die Macht der Bücher mit dem Wissen über die feineren Verbindungen von Geist, Körper und Seele überlassen sie den Geistlichen und neugierigen Bürgern. Sie sehen die Schöpfung nur als Bühne für ihre kriegerischen Spiele, haben keinen Bezug zu der Vergangenheit und Geschichte ihrer Untertanen. Alles, was sie über die Vergangenheit wissen wollen, ist: Wer hat mich gezeugt, und habe ich mich standesgemäß fortgepflanzt, damit ich mein Hab und Gut, meine Macht, standesgemäß weitergeben kann?»

Johann und die zwei Schwestern kannten Luggi zu gut, um sich von ihrer Ausfälligkeit gegenüber den Rittern aufbringen zu lassen. Küentzi hingegen hing an ihren Lippen, denn niemand konnte ihm die Welt so anschaulich erklären wie sie, und der angriffige Ton gefiel ihm.

Als sie weiterredete, war zur Überraschung aller die Bissigkeit aus ihren Worten verschwunden: «Ich habe geradezu Glück gehabt, dass mein Vater, ein Ritter, mich zwar als Bastard nie offiziell anerkannte, doch als Spielgefährtin für seine adligen Kinder gefördert hat.»

Dieses Bekenntnis über ihre Abstammung hatte niemand erwartet, und Johann schaute nun ehrfürchtig zu ihr auf. Die zwei Schwestern schwiegen zuerst, bevor Werndrut fragte: «Wer war deine Mutter?»

«Meine Mutter war eine gemeine Magd auf der Neuenburg, und ihr war das Außerordentliche gelungen, als gemeine Ledige nicht nur mich, sondern auch ihre Stelle zu behalten. Sie hatte sich das Wohlwollen der adligen Familie zu sichern vermocht, und ich durfte sogar am Unterricht der jungen Adligen teilnehmen. Natürlich gab es Gerüchte, dass der Grund für meine Bevorzugung gegenüber andern minderen Kindern die Vaterschaft des Ritters sei, doch meine Mutter verschwieg den Namen meines Vaters eisern. Erst auf ihrem Totenlager teilte sie ihn mir mit.» Sie grinste verlegen: «So jetzt wisst ihr über meine Herkunft mehr, als ich je jemanden erzählt habe. Und ihr könnt auch verstehen, warum ich so gut über die Lebensweise der Adligen und die der Gemeinen Bescheid weiß.»

Gefesselt hatten Schüler und Nonnen Luggis Bekenntnis verfolgt. Sichtlich beeindruckt schwiegen alle, bis Clare als Erste die Sprache fand und fragte: «Warum bist du denn hier nicht Nonne wie wir drei Schwestern geworden?»

«Ich muss gestehen, eigentlich bin ich ins Klingental gekommen, um Nonne zu werden. Ich bin beeindruckt, mit welchem Erfolg ihr Nonnen eine Lebensform geschaffen habt, die euch Gewähr für selbständiges Handeln bietet. Doch außerhalb dieser Mauern bleibt euch Frauen so viel Selbstbestimmung versagt.»

Die Schwestern, die diese Gedanken schon kannten, nickten höflich. Luggis Blick wurde kühler, als sie weiterfuhr: «Selbst als Priorin müsstet ihr euch immer wieder gegen die Bevormundung durch die männlichen Autoritäten zur Wehr setzen. Befiehlt der Heilige Vater in Rom oder unser Bischof mit einem Interdikt den Dominikanern, die Kirchen für die Leute zu schließen, dann müsst auch ihr diesen Befehl ausführen. Widerstand hätte die Verstoßung aus dem Kloster zur Folge. Eure Güter würden ans Kloster fallen, und als bedürftige Frauen würdet ihr an den untersten Rand der gemeinen Leute gedrückt, und zwar ohne die geringste Ahnung, wie rücksichtslos und dreckig dort ums Überleben gekämpft wird.»

Werndrut nahm sofort Stellung: «Wir werden den Überlebenskampf der gemeinen Leute nie kennenlernen! Denn unsere Familie würde uns unterstützen und mir helfen, mit meinen Schwestern in der Stadt einen kleinen Handel aufzubauen. Die nötigen Kontakte würde ich von hier mitnehmen.»

Luggi holte tief Atem, bevor sie antwortete: «Du wirst das Bürgerrecht, das ihr als Nonnen jetzt habt, verlieren und damit auch eine wichtige Voraussetzung für eine erfolgreiche Handelsfrau. Du wärest die erste ledige, erfolgreiche und freie Bürgerin der Stadt.»

Werndrut und Clare wussten, dass ihre Zer-Sunnen-Verwandten ihnen eine solche Freiheit nie zugestehen würde. Ihre Eltern hatten sie auf Lebzeiten im Kloster versorgt, um sich aller weltlichen Ansprüche ihnen gegenüber zu entledigen und um sich durch die Gebete ihrer Klostertöchter ihr Seelenheil nach dem Tod zu sichern. Beide senkten als Zeichen schweigenden Einverständnisses ihre Hauben.

Luggi, die diese Bewegung übersehen hatte, zeichnete schonungslos das Bild der aus dem Klingental verstoßenen Schwestern weiter: «Agnes müsste ihrer eigenständigen Suche nach Gottesliebe entsagen, andernfalls würde sie als Ketzerin der Inquisition übergeben und als Hexe vernichtet. Ihr als ihre Schwester wahrscheinlich mit ihr. Euer Ende wäre ebenso vorzeitig wie endgültig.»

Clare hatte genug: «Zurück zu dir: Weswegen bist du nicht Nonne geworden?»

Luggi schlug einen versöhnlicheren Ton an: «Was ihr als Nonnen an Selbständigkeit innerhalb der Klostermauern genießt, erkauft ihr euch mit Weltabgeschiedenheit, wie sie mir nicht liegt. Ich brauche für meine Arbeit die Gespräche mit gewöhnlichen, gemeinen Leuten und möchte die Priorin nicht immer wieder um Erlaubnis bitten müssen, die Klausur verlassen zu

dürfen. Als Konversa genieße ich hier wie ihr die Sicherheit einer Nonne, habe Zugang zur Bibliothek, kann meinen geistigen Interessen frönen und mich frei inner- und außerhalb der Klostermauern bewegen. Auch kann ich mein praktisches Wissen aus der Beginenzeit jederzeit außerhalb des Klosters als Krankenpflegerin anwenden. Ich bin in der weltlichen Ordnung zwischen die Stände geboren worden und habe in der geistlichen im Klingental eine entsprechende Zwischenstellung gefunden.»
Werndrut schwieg, Clare brachte gerade ein kühles «Danke» hervor. Beide erhoben sich gleichzeitig, richteten stumm ihre Tracht und verabschiedeten sich mit einem Nicken. Johann und Küentzi kamen mit der schwierigen Stimmung zwischen den Frauen nicht zurecht. Sie warteten unbeholfen, bis Luggi nach langem Überlegen den Unterricht beendete: «Morgen treffen wir uns um die gleiche Zeit wieder im Skriptorium. Ihr solltet die Buchstaben, die ihr heute geschrieben habt, noch weiter üben und euch gegenseitig abfragen. Dies geht auch im Staub der Straße, vielleicht sogar unterwegs.»

Noch war es nicht richtig Nacht, als sich Küentzi auf seine Säcke im Mühlenestrich zurückzog. Eigentlich war er von den Anstrengungen des langen Tages müde, doch die vielen aufwühlenden Gefühle, die er an diesem Tag erfahren hatte, gaben keine Ruhe. Einsam konnte er den Schlaf nicht finden und vermisste schmerzlich eine weise, hilfreiche Stimme, die in ihm Ordnung schuf.
Luggis jahrelange Ungewissheit über die Identität ihres Vaters hatte ihn zutiefst getroffen. Doch heute war sie sich ihrer Abstammung gewiss. Er hingegen wusste noch heute nicht, wer sein Vater und seine Mutter waren. Wie viele Jahre lang hatte er alle ihm nahestehenden Erwachsenen daraufhin betrachtet, ob sie seine Eltern sein könnten!
Kaum jemand im Klingental, den er nicht einmal als seinen Vater oder seine Mutter in Betracht gezogen hatte. Dies hatte aus ihm einen guten, zurückhaltenden Beobachter gemacht, ihm jedoch wenig Freunde gebracht. Scheu war er im Kloster umhergeschlichen, um die Erwachsenen und ihre Geheimnisse auszuspähen und durch sie mehr über seine Herkunft zu erfahren. Wollte er jedoch die alten Klosterinsassen über seine ersten

Jahre befragen, wurden sie stumm. Auf Guotas Rat hin hatte er schließlich seine Fragerei bleiben lassen und sich mit seiner ungeklärten Abstammung abgefunden.

Er wurde erst ruhig, als die Katze durch die Luke geschlichen kam und sich an ihn schmiegte. Der sanfte Druck ihres warmen Körpers und ihr leises Schnurren bauten ihm eine Brücke hinüber in den Schlaf und die rätselhaften Landschaften seiner Träume.

9

Am Abend des folgenden Tages fand das Ungemach der hitzegeplagten Menschen ein Ende. Über den Jurahöhen ballten sich Wolken zu unheildrohenden Türmen, und noch vor der Komplet war die Sonne nicht mehr zu sehen. In der für diese Tageszeit ungewohnten Düsternis blickten die Leute verängstigt zum Himmel. Dort kündigte sich mehr als die lang ersehnte Abkühlung an.

Ein mächtiges Unwetter wälzte sich auf die Stadt zu, und die Glocken der Stadt und der umliegenden Dörfer schlugen Alarm. Zu einem großen Geläut vereinigt, forderten sie alle auf, die Feuer abzudecken und sich an einen sicheren Ort zurückzuziehen. Ob Feldarbeiter oder Städter, alle suchten Unterschlupf in den nächstgelegenen Kirchen oder andern Gebäuden aus Stein, denn wer fürchtete die in Blitz und Donner verpackten dämonischen Kräfte des Teufels nicht?

Küentzi war als Letzter in der Mühle am Putzen. Als er das aufdringliche Geläut aller Kirchen der Stadt hörte und die heftiger werdenden Windstöße durch die offenen Luken der Mühle spürte, schloss er vorsichtshalber die Fensterläden der oberen Stockwerke. Schon wollte er unten weiterputzen, als wüstes Rufen und aufgeregtes Hufgeklapper ihn ans Fenster lockten.

Ihm gegenüber verfolgten aus Türen und Fenster viele verängstigte Klosterleute, die wie er ihre Arbeit unterbrochen hatten, das Geschehen im Hof. Im fahlen Licht der häufiger werdenden Blitze versuchte der Karrer laut schimpfend, den verängstigten, heftig wiehernden Gaul vom Wagengeschirr zu befreien. Die unberechenbaren Blitze, der lauter rollende Donner, der einsetzende Regen trieben das Tier an den Rand der Panik. Es stampfte wild mit rollenden Augen und zwang Johann zum Einsatz seiner letzten Kräfte. Eisern musste er mit einer Hand die Trense festhalten, bis er mit der andern die letzten Schnallen an den Riemen gelöst hatte und die Deichsel zu Boden fiel. Mit beiden Händen zerrte er dann das klatschnasse, heftig auskeilende Pferd aus dem Hof in den Stall.

Nur wenige wagten den Blick zum finsteren Himmel, wo sich, angefeuert von grässlich heulenden Dämonen, blendende Blitze und peitschende Donner mit Sinne zerstörender Wildheit umwarben und über der Hinteren Mühle des Klingentals zusammenfanden. Gleißendes Licht paarte sich mit peitschend hellem Krachen, lähmte alle Sinne, löschte mit gewaltigem Knall den durchdringendsten Angstschrei aus.

Der Blitz hatte hinter der Mühle in den *tych* eingeschlagen. Die dicken Mauern um Küentzi dämpften zum Glück die Wucht des zerstörerischen Knalls. Dennoch sackte er zusammen, hörte nichts, sah nichts. Seine Ohren brannten, wie seine Augen. In der plötzlichen Totenstille wollte er um Hilfe rufen, doch er brachte keinen Ton heraus. In seinen Lungen wütete ein Feuer und sein Atem ging kurz und flach. Nur sein Bauch schrie unerhört, als hätte ihn ein Gaul getreten.

Die Hände vor dem Bauch gefaltet, richtete er sich langsam auf, fand nach und nach seine Sinne zurück und konnte sich allmählich aus seiner Erstarrung lösen. Verwirrt suchte er die Klostermauern gegenüber. Sein verschwommener Blick nahm jedoch nur den Regenvorhang hinter dem Kammerfenster wahr, hörte nur das dazugehörige, deutlicher werdende Rauschen in seinen Ohren.

Als er den Weg in die gegenüberliegende Küche wieder ausmachen konnte, erhob er sich vorsichtig und machte trotz heftiger Schmerzen einige zaghafte Schritte zur Tür und hinaus in den Hof.

Die Köchin, die unter dem Türrahmen den Verlauf des Unwetters verfolgt hatte, erschrak zutiefst, als sie in der bleichen, gebeugten Gestalt, die törichterweise den Schutz der Mühle verließ, ihren Liebling erkannte. Mit den Händen vor dem Mund unterdrückte sie einen Aufschrei, als sie sein schmerzverzehrtes, mit Haaren verklebtes Gesicht und seinen wankenden

Gang sah. Mutig eilte sie ihm im kalten Regen entgegen, nahm ihn in ihre kräftigen Arme und führte ihn sicher in die Küche. In der Wärme begann Küentzi am ganzen Körper zu zittern und brach in trockenes Schluchzen aus. Sie drückte seinen Kopf eng an ihre große Brust und versuchte, ihn zu trösten: «Ist schon gut. War ja nur ein Gewitter, ist schon wieder weitergezogen.»

Als hätte er sie gehört, gingen Küentzi die Tränen, die er so lange zurückgehalten hatte, über. Noch war er nicht ganz bei Sinnen und versteckte, als ob das Unwetter unvermittelt weiter toben würde, laut aufheulend sein Gesicht im Busen der Köchin. Von heftigen Krämpfen geschüttelt, stöhnte und schluchzte er in ihren Armen, bis allmählich seine Tränen verebbten und er ruhiger wurde.

Richtig ruhig wurde er erst, als er eine zarte feine Hand spürte, die seine suchte und sie sanft umfasste. Seine Wangen bekamen Farbe, und er löste sich sachte aus der Umarmung und erkannte Clares schlanke Gestalt vor sich. Wie ein Engel kam sie ihm im weißen Nonnenhabit vor, so licht und lieblich. Mit bewundernden Blicken strahlte er sie an, wollte ihre Hand nie mehr freigeben, überglücklich über ihre Berührung und über das Gefühl des tiefen Friedens, das sie ihm gab. Als er sie doch noch losließ, hatte er seine Sprache wieder gefunden: «Was machst du hier?»

Ihr Ton war weich und liebevoll: «Ich wartete hier, bis das schreckliche Gewitter vorbei war und ich ins Skriptorium zurückkehren konnte.» Dann wurde ihre Stimme ernst: «Ich sah den Blitz in den *tych* fahren und dich wie einen Betrunkenen hierher torkeln. Du hast einen mächtigen Schutzengel, sonst wärst du nicht so leicht davongekommen!»

Das zustimmende Gemurmel, das er um sich vernahm, ließen Küentzis Augen suchen, und zum ersten Mal wurde er gewahr, wo er sich überhaupt befand. Die Küchenleute zeigten ihm unverhohlen ihre Rührung und ihr Staunen über seine Unversehrtheit.

Die Köchin sprach für sie alle: «Viele, die wie du so nah am Blitz waren, haben ihren Verstand bis heute nicht mehr gefunden. Doch du kannst schon wieder verständlich sprechen!»

Und wiederum hörte er zustimmendes Gemurmel, sah bestätigendes Kopfnicken. Verwirrt wandte sich Küentzi von den vielen ihn bewundernden Blicken ab und Clare zu.

In seinem mittlerweile klaren Blick spürte sie eine so tiefe gegenseitige Verbundenheit, dass sie unwillkürlich seine Hände erneut umfasste. Wie vorher, als er sich zerzaust und völlig durchnässt in den Armen der Köchin ausgeweint hatte, verspürte sie für ihn ein Gefühl der Zuneigung, das weit über Mitleid hinausging. Nur für ihn hörbar sagte sie: «Dass ich heute bei dir sein durfte, ist ein Zeichen des Himmels.» Ob ihn im anschwellenden Stimmengewirr neu Dazugekommener ihr anschließendes «Wir gehören zusammen, Küentzi!» noch erreicht hatte, erfuhr sie nicht.

Unbekümmert laut wandte sie sich an alle: «Ich muss zurück zu den Nonnen. Wer Luggi sieht, möchte ihr bitte mitteilen: morgen zur gleichen Zeit im Skriptorium.» Dann blickte sie abwägend in Küentzis Augen und ermunterte ihn vergnügt: «Das gilt auch für dich!»

Obwohl Küentzi alles gehört hatte, war er noch zu benommen, um richtig zu erfassen, was sie wohl mit ihrem letzten Satz gemeint hatte. Erschöpft überließ er sich der Pflege der Köchin. Sie verbot ihm, die Küche zu verlassen, bevor er sich besser fühlte. Also setzte er sich, trank ihren Tee und verfolgte halbherzig die lauten Diskussionen im Raum.

Mehrere behaupteten, sie seien Zeugen eines Wunders geworden. Küentzi sei eindeutig vor dem alles verkohlenden Blitz gerettet worden, sein Leben sei von Gott gesegnet. Sie wurden sofort zurechtgewiesen: Von einer wundersamen Rettung von Küentzi allein könne keine Rede sein, alle, das ganze Klingental mit allen Klosterleuten sei gerettet worden! Dass die Mühle den Blitz ohne Schaden überstanden hatte, sahen sie überdies als ein Zeichen dafür, dass Gott ein wachsames Auge auf das Kloster richtete und es sich für die Versorgung der Stadt erhalten wollte. Warum stünde sonst der vom Karrer zurückgelassene, den Blitzen offen ausgesetzte Wagen noch immer unversehrt im Hofe?

Die Backschwester, die von nebenan in die Küche gekommen war, übernahm die Führung der Wundergläubigen. Den Engeln gehe es allein um Küentzis unschuldige Seele. Sie habe mit eigenen Augen die Engelshände gesehen, die den Blitz über die Mühle hinweg ins Wasser des *tychs* geleitet hätten. Als Küentzi sagen hörte, seine unschuldige Seele sei Gott wichtiger als die vielen sündigen im Kloster, hatte er die Streiterei satt.

Vorsichtig ging er in den Hof und setzte sich auf die Bank unter dem Vordach. Von dort verfolgte er geruhsam, wie der Klosterbetrieb wieder in Gang kam und verspätet die Nachtruhe vorbereitet wurde. Seine Schmerzen waren am Abklingen, und er fühlte sich besser.

Das Gewitter, das noch vor kurzer Zeit über Basel getobt hatte, war über dem Schwarzwald hängen geblieben. Dort malten in dichter Reihenfolge Blitze schnell verlöschende, rotblau flackernde Farbschleifen in den sternenlosen Nachthimmel. Trotz ihres unberechenbaren Auftauchens und Verlaufs wirkten sie ohne die krachenden Donner seltsam friedlich und harmlos.

Noch glänzten die nassen Dächer, rann Wasser aus den Dachtraufen und suchte einen Weg zum munter gurgelnden *tych*. Sein Wasser stieg schnell, denn noch hatte niemand die oberen Schieber geschlossen und die Weiher außerhalb der Stadtmauer volllaufen lassen. Die Anwohner freute es, denn die starke Strömung spülte endlich die schleimigen, seit langem stinkenden Abfallinselchen in den Rhein.

Über dem Klingental eroberten vom Westen her die stillen Sterne den Himmel zurück, und ein schmaler Mond machte sich auf seinen Weg über die spitzen Giebel der Stadt. Küentzi konnte vor Erschöpfung kaum die Augen offen halten. Ohne Widerrede folgte er der Aufforderung, diese Nacht im Dormitorium der Konversen zu schlafen, und schleppte sich die Treppe hoch. In der hintersten Ecke fand er den von fürsorglichen Händen für ihn bereitgelegten Laubsack und fiel mit Clares liebevollem Gesicht vor Augen sofort in Schlaf.

Spät in der gleichen Nacht suchte die Köchin voller Sorge um Küentzis Genesung die Krankenpflegerin auf und bat sie, den Jungen unverzüglich in den Krankensaal aufzunehmen. Sie konnte nicht glauben, dass die Folgen dieses fürchterlichen Blitzschlages für Küentzi nur einem kleinen, harmlosen Unfall gleichkämen.

Sein Schlaf sei ein gutes Zeichen, konnte die Krankenpflegerin sie beruhigen, und es genüge, wenn sie Küentzi am folgenden Tag untersuchen könne. Als Zeichen ihrer Wertschätzung lud sie die Köchin auf ein Glas Wein aus ihrem Spitalschrank ein und verriet ihrem überraschten Gast, was sich der Klosterrat in der soeben beendeten Nachtsitzung vorgenommen hatte und welch langfristige Veränderungen sich daraus für Küentzi abzeichneten.

«Wir diskutierten, ob der glimpfliche Ausgang des Gewitters als eine gütige Warnung an das Kloster zu verstehen sei. Eine Warnung, dass wir die Rügen des Bischofs ernst nehmen und die Klosterregeln besser befolgen sollten.

Doch nun zu Küentzi. Die Mehrheit im Rat deutete seine Unversehrtheit nach dem Blitzschlag sofort als Hinweis, dass wir uns endlich mit seiner Zukunft befassen müssten und dass diese zweifellos bei uns im Klingental läge. Für uns besteht jedoch die Schwierigkeit darin, dass er zwar eindeutig kein Knabe mehr ist, aber noch kein erwachsener Mann. Um deiner vorherigen Bitte zu entsprechen, hätte ich also für ihn heute Nacht einen separaten Raum herrichten oder ihn im gemeinen Siechenhaus unterbringen müssen. Dies nur, um die Klausurregeln einzuhalten. Wie du siehst, hat der Junge im Nonnenbetrieb hier keinen Platz mehr, denn nur mit unmissverständlichen Klosterregeln können klare Grenzen zum weltlichen Leben geschaffen werden.»

Die Köchin, die sofort begriffen hatte, was die Krankenpflegerin meinte, fragte direkt: «Wohin gehört Küentzi denn? Er ist weder Laienbruder noch von außen zugezogener Höriger oder Lehensträger.»

Die Krankenpflegerin zog ihren Schleier vom Kopf und fuhr sich durch das kurzgeschorene, angegraute Haar: «Ja, wohin gehört er? Für alle, die ihn kennen, ist nach dem heutigen Tag seine Zugehörigkeit zur Klostergemeinschaft unbestritten, und er muss einen Platz im Kloster haben. Die Frage ist nur, wo? In einer unserer Mühlen, in der Schmiede oder auf einem unserer Gutshöfe? Solange wir im Rat die Regeln großzügig ausgelegt haben, haben wir uns bei schwierigen Entscheidungen auf das Herz als Ratgeber verlassen können. Je größer jedoch der Druck auf uns wird, in unserer Arbeit die Regeln strikte zu befolgen, desto enger und eindeutiger werden die Grenzen und der Spielraum für Mitgefühl und Mitleid.» Schwer stützte sie die Ellbogen auf den Tisch und legte den Kopf auf die verschränkten Hände.

Beide Frauen, die eine im feinen weißen, die andere im rauen grauen Tuch, verharrten still und in sich gekehrt auf ihren Stabellen. Nur das wiederholte Aufflammen und Knistern der Kerze und das Spiel ihrer Schatten erinnerte fein und unerbittlich an das Fließen der Zeit.

Die Köchin bewegte sich als Erste. Das Gehörte hatte sie verunsichert. Schnell leerte sie ihren Becher und wollte sich verabschieden. Doch die Krankenpflegerin drückte sie sanft auf die Stabelle zurück: «Bleib bitte, und höre mir zu.» Sie schenkte nach.

Dass der Bischof die mächtige Priorin wegen der lauen Befolgung des Interdikts getadelt hatte, war schon früher zur Köchin durchgesickert, jedoch nicht, dass seine Kritik auch der Auslegung der Klausurregeln galt. Die Köchin verstand die ganze Aufregung über die Handhabung der Regeln nicht. Warum sollte die Priorin die Auflagen des Interdikts wichtiger nehmen als das Gebot christlicher Barmherzigkeit und den Leuten die Sakramente in den einträglichen Totenmessen verweigern? Überhaupt, warum sollte der größte Teil des Klosters nur Nonnen oder Laienschwestern vorbehalten sein und selbst die Beichtiger und der Bischof nur in Ausnahmefällen, und selbstverständlich nur in Anwesenheit der Priorin, dort Zugang haben? Manch günstiges Geschäft hatte die Köchin für die Schaffnerin im Nebenher eines Besuches dort eingefädelt. Ihr kam die Galle hoch, als sie sich an die freche Forderung eines dürren und streng blickenden Dominikaners auf der Durchreise erinnerte: Im Klingental sollten die Regeln wie in allen Klöstern gelten. Es dürfe deshalb nur in einem besonderen Empfangsraum und nach vorheriger Absprache und unter Aufsicht einer Vorgesetzten Besuch empfangen werden. Etwas ruhiger wollte sie wissen: «Warum übt der Bischof auf die Priorin so viel Druck aus?»

«Neid ist wohl der wichtigste Grund. Das Kloster Klingental ist nicht nur bei den Adligen und Vornehmen beliebt, es hat auch bei den gemeinen Leuten Gefallen gefunden. Eine großzügige Zinspolitik im gesamten Lehensbereich, speziell gegenüber Kleinbasler Laien und Handwerkern, sowie Almosen und Armenspeisungen haben dem Kloster zu großem Ansehen verholfen. Es ist die Domprobstei, die um ihren Einfluss fürchtet. Die Vorwürfe, der Konvent verweltliche und die Nonnen vernachlässigten ihren geistlichen Auftrag, kommen von dort.» In einem sachlicheren Ton erklärte sie: «Die päpstliche Kurie in Avignon nützt jede Gelegenheit, um gezielt die Reform des Dominikanerordens voranzutreiben, und liefert den Kurialen in Basel die nötigen theologischen Argumente.»

Die Köchin erhob sich schnell, wünschte keinen weiteren Ausflug in theologische Gefilde mehr, nur ein Bett, wo sie ihrer Müdigkeit nachgeben konnte.

Die Krankenpflegerin, die mit kurzen Nächten besser zurande kam, reagierte sofort wach: «Hab Dank für deine Geduld. Ich werde morgen im Kleinen Klingental vorbeikommen und Küentzi untersuchen. Geht dies?»

Die Köchin nickte stumm. Ihr blieb nur noch wenig Zeit zum Schlafen. Schon kündigte sich am tiefblauen Himmel, den nicht der Federflaum eines Wölkleins zierte, ein letzter, heißer Spätsommertag an.

Als sie sich wenige Stunden später unter die Kirchgänger mischte, fiel ihr sofort die außergewöhnliche Stimmung an diesem Morgen auf. Auf dem Weg in die Prim eiferten sich die Konversen, Schweigegebot hin oder her, über das Unwetter des vorangegangenen Abends und die wundersame Rettung des Klosters. Selbst in der Kirche tuschelten und flüsterten sie miteinander, bis aus dem Chor das *Kyrie* ertönte.

Es wurde eine lange Messe. Die Priorin dankte Gott und den vielen im Klingental verehrten Heiligen einzeln dafür, dass sie das Kloster am vorangegangenen Tage vor Schaden bewahrt hatten. Zum Schluss verkündete sie, was die Köchin von Anfang an befürchtet hatte: «Ich erkläre den heutigen und die beiden folgenden Tage zu offiziellen Buß- und Bittagen des Klosters Klingental.» Bei den übrigen Klosterleuten lösten die Worte der Priorin unruhiges Scharren und Rascheln aus, und sie fühlte sich verpflichtet, ausnahmsweise ihren Entscheid zu begründen: «Ich bin überzeugt, dass die Engel den Kampf gegen die Feuerdämonen nur gewonnen haben, weil die in den vorangegangenen Buß- und Bittagen angerufenen Heiligen für uns Fürbitte geleistet haben. Lasst uns ihnen und unseren

Schutzengeln deshalb vereint während dreier Tage danken.» Sie verglich die reinigende Kraft eines Gewitters mit der reinigenden und erhöhenden Kraft der Buße, platzierte einen für die Nonnen unmissverständlichen Seitenhieb auf das unerlaubte Baden im Rhein: «Wer seinen Körper rein hält und Buße tut, erhöht sich und stärkt das geistige Vermögen unseres Konvents.»

Als die Laienbrüder nach ihrer Rückkehr ins Kleine Klingental entdeckten, dass Küentzi noch immer schlief, ließen sie ihn weiterschlafen. Für sie brauchte es keinen Arzt, um zu erklären, was für den Jungen die beste Medizin sei.

10

Küentzi, der von all dem natürlich nichts wusste, erwachte, weil ihn Durst und Hunger quälten. Ohne einen einzigen Gedanken an die Frage zu verschwenden, warum er am helllichten Tag allein im leeren Schlafsaal war, folgte er seiner Nase in die mit köstlichen Dämpfen erfüllte Küche.

Die Köchin hackte mit Schwung Zwiebeln klein und beachtete ihn erst, als ihre Gehilfin mit dem Kopf auf ihn deutete. Mit tränenden Augen ging sie rasch auf ihn zu und umarmte ihn mit so viel Kraft, dass er fast seinen Stand verlor.

Etwas peinlich berührt stammelte er beschwichtigend: «Schon gut! Mir geht's gut. Ich fühle mich wohl. Könnte ich was zu trinken und zu essen bekommen?»

Diese Worte waren Musik in den Ohren der Köchin. Sie füllte ihm einen Becher mit Tee, den sie früh zubereitet und für ihn warmgestellt hatte, strich ihm eine dicke Butterstolle und schickte gleichzeitig die Magd nach der Krankenpflegerin. Während sie auf ihre neue Freundin wartete, beobachtete sie unauffällig Küentzi, wie er mit großen Zügen trank und sich den Mund vollstopfte, und hackte weiterhin ihre mit Kräutern vermischten Zwiebelstückchen.

Die Krankenpflegerin forderte den Jungen auf, sie nach oben in den Schlafsaal zur Untersuchung zu begleiten. Bevor sie die Türe hinter sich und dem Patienten zuzog, rief sie mit vielsagendem Blick auf die Köchin: «Sollten sich dort Frauen aufhalten, hole ich mir bei euch Hilfe, um sie zu vertreiben.»

Es ging nicht lange, bis die beiden zurück waren und sie zufrieden verkünden konnte: «Alles was er braucht, ist viel Schlaf und Ruh. Sein Gehör ist noch etwas schwach, doch in wenigen Tagen wird sich dies geben.» Zum Abschied berührte sie kurz den Arm der Köchin und eilte zurück an ihre Arbeit im Spital.

Die Köchin wunderte sich, wie sich Küentzi verstohlen in der Küche umblickte, als ob er etwas Bestimmtes suchte. Noch stimmt nicht alles mit ihm, dachte sie, wagte aber nicht, ihn dazu zu befragen. Um ihm zu helfen, schlug sie vor: «Warum gehst du nicht in die Mühle und siehst auf dem Dachboden nach, ob er noch zum Schlafen taugt? Du hast dort sicherlich noch einige deiner Sachen liegen.»

Artig erhob sich der Junge und ging wie im Schlaf in die Mühle gegenüber, wo er vom Müller und seinem Gesellen zurückhaltend begrüßt wurde.

Im Gegensatz zu den Wundergläubigen im Kloster hegten sie große Zweifel, ob Küentzi den Blitz völlig unversehrt überlebt hatte. Ihnen hatte sich nämlich, als sie heute früh zur Arbeit erschienen waren, ein beklemmendes Bild geboten. Auf allen oberen Böden verstreut waren zusammengekrümmte, tote Mäuse gelegen, als ob sie Gift gefressen hätten. Zudem hatte sich ihnen, seit sie hier aufräumten, keine der vielen Katzen gezeigt! Das Verschwinden der Tiere war ihnen unheimlich und hatte sie in der Meinung bestärkt, dass hier noch immer nicht alles mit rechten Dingen zuging.

Wie Küentzi nun mit leerem Blick wie ein Schlafwandler in der Mühle auftauchte und grußlos an ihnen vorbei langsam die steilen Treppen bis in den Estrich hochstieg, folgten sie ihm vorsichtig nur so weit, dass sie ihn vom Bretterboden aus gerade noch sehen konnten. Neugierig spitzten sie die Ohren, als er sich unversehens bückte und seine Lippen formte, als ob er endlich sprechen wollte. Doch er sagte nichts, zischelte nur.

Als ob sie auf ihn gewartet hätte, zeigte sich seine Katze in der Dachluke, im Biss eine fiepende Maus. Mit hochgestelltem Schwanz winkte sie mehrmals wie zum Gruß, gab die Maus frei und verschwand, ohne eine Pfote in den Raum zu setzen, wieder aufs Dach. «Gott sei Dank!», rief ihr Küentzi sichtlich erleichtert nach und sammelte ruhig seine wenigen Wäschestücke ein, wobei er beinahe über die Glatze des Müllers gestolpert wäre.

«Lasst uns gehen», forderte der Junge darauf mit klarer Stimme die erstaunten Müller auf und strahlte unvermittelt so viel Entschlossenheit aus, dass sie ihn wortlos und ehrerbietig begleiteten. Beide waren von ihren Zweifeln an Küentzis Auserwähltsein bekehrt, hätten sofort unterschrieben, dass Gott an ihm ein Wunder verrichtet hatte. Waren sie nicht Zeuge geworden, wie der Junge mit seinem Gang auf den Estrich das tierische Leben in die Mühle zurückgebracht hatte?

Küentzi wollte seine Sachen im Dormitorium deponieren und kam gerade bis zum Ende der Treppe davor, als Clare aus dem Schatten hinter der offenen Türe hervortrat und ihn noch liebevoller als sonst fragte: «Geht es dir besser?»

Werndrut hatte ihr den Floh ins Ohr gesetzt, Küentzi habe Schaden genommen, worauf sie sich stracks von der Arbeit im Krautgarten entschuldigt hatte. Sie nahm seine Hand, legte sie auf ihre Schulter und hielt sie fest, als ob sie prüfen wollte, dass mit ihm alles in Ordnung, sein tatkräftiges Auftreten echt war. Sie spürte, wie mit einem Male alles an ihm weich und geschmeidig wurde, wie sein Blick seine abweisende Bestimmtheit verlor, weit offen wurde. Ohne Zögern zog sie seine freie Hand an ihre Hüfte und legte ihre Hände auf seine Schultern. Wie im Takt zu einer geheimnisvollen Melodie schmiegte sie sich behutsam an ihn und bettete mit geschlossenen Augen ihren Kopf an seine Brust.

So blieben sie eine Weile ruhig stehen, bis er ihr zuflüsterte: «Mir geht's ausgezeichnet!», und sie mit so viel Kraft an sich drückte, dass er die Rundungen ihres schlanken Rumpfes durch das Linnen ihrer Sommertracht spürte.

Verwirrt ließ sie zuerst seinen Mund den ihren suchen, dann stemmte sie sich gegen ihn, entzog sich seinen begehrlichen Augen und dem fordernden Drängen seines Körpers. «Lass mich los – sofort!», stammelte sie mit gesenktem Kopf. Erst als sie umständlich ihr verrutschtes Kopftuch zurechtgerückt hatte, stellte sie sich stramm vor ihn hin: «Wir sehen uns bei Luggi wieder.»

Küentzi war von dieser Begegnung so überrumpelt, dass er beinahe verpasst hätte, wie sie unten an der Treppe strahlend einen lustvollen Hüpfer machte und erst verschwand, als sie sicher war, dass er ihre schwungvolle Verbeugung danach gesehen hatte. Sein Herz klopfte noch immer heftig, als er sich im Schlafsaal in der hintersten, ruhigsten Ecke auf seinem Laubsack langmachte.

Hier fand ihn Luggi vor. Wider besseres Wissen, wie sie jetzt erkannte, hatte sie sich von den Gerüchten über seinen wackeligen Geisteszustand verunsichern lassen und sich in die Männerdomäne des Schlafsaals vorgewagt. Nach einem langen Blick auf das nur undeutlich zu erkennende Gesicht des Schlafenden zog sie sich beruhigt zurück.

Auf dem Weg zum Skriptorium erinnerte sie sich an die Bitte der Krankenpflegerin, mit der Köchin wieder einmal über Politik und das Klosterleben zu sprechen, und machte halt in der Küche. Mit einem freundlichen «Gott zum Gruß» bat sie um einen Becher Tee.

Die Köchin, die auch an diesem speziellen Bußtag das Schweigegebot so auslegte, dass in der Küche der Austausch dienlicher Neuigkeiten nötig war, brachte der Begine den Tee selber. Sie wollte Luggis Meinung über die neuen Bußtage erfahren und herausfinden, ob an den Aussagen der Krankenpflegerin von letzter Nacht etwas Wahres war oder ob sie sich zu Unrecht hatte aufwühlen lassen.

Luggi äußerte sich vorsichtig. Alles würde für sie darauf hindeuten, dass die Priorin mit der Vergeistigung der Nonnen ernst machen wolle und versuche, mit den verordneten Gebetstagen das Klosterleben gezielter nach innen auszurichten. Als Begine und Konversa wähnte sie sich jedoch von den beobachteten Veränderungen im Alltag wenig betroffen.

Einzig im Umgang mit Texten im Unterricht sei sie vorsichtiger geworden. Insofern könne sie der Köchin bestätigen, dass auch sie geringfügige Veränderungen in Alltag habe vornehmen müssen. Neu brauche sie zum Beispiel die Erlaubnis der Priorin, um Küentzi und Johann im Skriptorium unterrichten zu dürfen. Diese wolle sie nun einholen. Sie verabschiedete sich und machte sich auf die Suche nach der Oberin.

Unter den knienden Nonnen im Chor fand sie die hagere Gestalt der mächtigsten Klosterfrau nicht, stattdessen wurde sie an der Pforte zum Kreuzgang vom eifrigen Kaplan abgefangen.

Leise erkundigte er sich nach Küentzis Zustand. Äußerlich ruhig und freundlich, innerlich jedoch widerstrebend flüsterte Luggi ihm zu: «Er muss viel Ruhe haben.» Sie machte das Zeichen des Schweigens und ging.

In der Stille des Kreuzgangs atmete sie erst kräftig durch, dann schüttelte sie sich, als ob sie sich saubermachen müsste, und ging langsam zur Zelle der Priorin hoch. Vor der Türe sammelte sie sich und klopfte an.

Es dauerte eine Weile, bis drinnen die Stimmen verstummten und die Schaffnerin freundlich grüßend an ihr vorbei in den Gang trat. Aus der Zelle rief sie die helle Stimme der Priorin: «Tritt ein Schwester Luggi. Du kommst zur richtigen Zeit. Wärest du nicht gekommen, hätte ich dich zu mir bestellt. Doch zuerst, womit kann ich dir helfen?»

Luggi verschlug die unerwartet warme und herzliche Begrüßung die Sprache. Sie küsste demütig den Siegelring der Priorin und sah sich verstohlen um. Sie war zum ersten Mal in diesem Raum, der, eine weitere Überraschung, äußerst schlicht eingerichtet war.

Ein Bretterverschlag entlang der Wand mit einem Laubsack diente als Bett. In der dunklen Ecke stand ein Tisch mit zwei Stabellen, vor dem Fenster ein Gebetsstuhl mit einer kleinen aufgeschlagenen Reisebibel. Über dem Bett hing ein schwarzes Kreuz, über dem Tisch eine schlichte Stickerei auf grobem Leinen, Madonna mit Kind darstellend. Luggi hatte Mühe, die bäuerische Einfachheit der Zelle mit ihrem Bild der vornehm wirkenden Priorin zusammenbringen. Höflich aufgefordert, Platz zu nehmen, fehlten der sonst Wortgewandten plötzlich die für ihr Anliegen richtigen Worte, und sie schwieg.

«Da ich dich, Schwester, sowieso sprechen wollte», half die Priorin, «beginne ich mit meinem Anliegen an dich. Es tut mir leid, dich bitten zu müssen, deinen Lese- und Schreibunterricht für Johann und Küentzi aus dem Skriptorium zu verlegen und künftig außerhalb der Klausur abzuhalten. Du weißt, das Skriptorium in der Klausur ist für die Arbeit von Nonnen und Schwestern wie dich reserviert. Der Karrer und Küentzi müssen dem geschlossenen Teil fernbleiben. Ihre geistige und seelische Förderung ist jedoch unser aller Anliegen, deshalb sei dir gestattet, unsere Texte aus der Bibliothek weiterhin für deinen Unterricht innerhalb des Klosterareals so zu verwenden, wie du es für gut befindest. Ich bin überzeugt, dass du deinen Unterricht auch in einem andern Raum erfolgreich fortsetzen kannst, und gebe ich dir drei Tage Zeit, einen zu finden.»

Luggi hatte einiges erwartet, doch dies nicht. «Danke für die Mitteilung, Schwester Oberin. Ich werde in drei Tagen wieder bei Ihnen vorsprechen und Sie wissen lassen, wo der Unterricht für die beiden in Zukunft stattfinden wird», brachte sie mühsam hervor. Mit gesenktem Haupt und leiser Stimme sprach sie ruhiger weiter: «Bitte empfinden Sie, Schwester Oberin, es nicht als Anmaßung, wenn ich Ihnen dann auch meine Fragen und Überlegungen zu Küentzis Zukunft unterbreiten möchte.»

«Auch mir ist seine Zukunft ein wichtiges Anliegen, Schwester, und ich freue mich auf unser nächstes Gespräch. Gott segne dich.» Die Priorin hielt Luggi den Siegelring zum ehrerbietenden Kuss hin und öffnete für sie die Türe.

Luggi brauchte den ganzen Weg zur Bibliothek, um sich zu fassen. Ohne Gruß betrat sie das Skriptorium, ging an der Nonne, die sie kürzlich mit ihrem Unterricht vertrieben hatte, vorüber zu den Büchern in den hinteren Raum. Sie musste sich sammeln.

Sie verwendete für Laien grundsätzlich deutsche weltliche Gedichte, Versepen und Lieder. Seit dem Konzil von Vienne, das Beginen jegliche Form theologischer Unterweisung verbot, überließ sie alles lateinisch Geschriebene sowieso den Kaplänen. Dass sie für Johann und Küentzi das Wagnis eines geistlichen deutschen Gedichtes auf sich genommen hatte, rechtfertigte sie mit dessen Inhalt und damit, dass eine Dominikanerin es verfasst hatte. Eigentlich hätte sie ihren Schützlingen gerne noch mehr Texte von Dominikanerinnen vorgesetzt, doch nach dem Gespräch mit der Priorin hielt sie es für klüger, gänzlich auf geistliche Texte zu verzichten.

Aber sie wollte sichergehen, dass die geistlichen Schriften in guter Hand waren. In der kleinen Bibliothek brauchte sie nicht lange, bis sie das Pergament eines für das Kloster unanfechtbaren Dichters fand. Stolz legte sie das Manuskript aufs Schreibpult der Nonne, die verärgert mit verkniffenen Augen zu ihr aufblickte, und fragte sie: «Kennst du diesen Dichter?»

Die Nonne warf zuerst nur unwillig einen Blick auf das Pergament, je länger sie jedoch das Bild der schön regelmäßig gemalten Buchstaben und die mit starken Farben unterlegte Initiale betrachtete, desto freundlicher wurde ihr Ausdruck. Ihre Augen leuchteten richtig auf, als sie das viele Gold in der Miniatur in der oberen Mitte erfassten.

Die kleine, sorgfältige Malerei zeigte den Zweikampf zweier Ritter, wobei nur das Wappen des Siegers im Bild wiedergegeben war. Auf seinem Schild, auf seinem Schultertuch und mehrmals auf dem gelben Umhang seines Pferdes stand des Siegers Namen. Der Verlierer hing ohne sichtbares Kennzeichen gekrümmt im Sattel. Fünf edle Damen, reich gekleidet, verfolgten von einer kunstvoll verzierten Tribüne herab das Turnier. Drei freuten sich mit dem Sieger, zwei neigten bedauernd ihre Häupter dem Verlierer zu.

«Das ist großartig! Wer hat das gemacht?», wandte sich die Nonne an Luggi.

«Der Name der Kopistin und Malerin ist nicht bekannt. Nur der Name des Autors steht fein säuberlich oberhalb der Miniatur», gab Luggi zur Antwort und wies mit ihrem Finger auf die Zeile in roter Farbe.

Die Nonne entzifferte den Namen und zuckte mit den Schultern. «Dieses Wappen erkenne ich nicht», erklärte sie gemessen. Selbstbewusst zeigte sie ihren Sachverstand: «Ich schätze, das Manuskript ist etwa fünfzig Jahre alt. Die Farben wirken so jung und frisch, dass es möglich wäre, dass die Miniatur erst nachträglich dazukam. Wenn du willst, könnte ich mich später um die Urheberschaft kümmern. Der Maler müsste zu finden sein, denn nur wenige konnten so gut mit teuren Farben umgehen.» Vorsichtig und mit Respekt gab sie das Pergament an Luggi zurück.

Luggi nahm es ebenso sorgfältig entgegen und legte es auf den großen Tisch. Sie hatte erkannt, dass diese Nonne mit ihrer Hingabe für kunstvolle Schriften hier am richtigen Ort war. «Noch dreimal darf ich meinen Unterricht nach der Sext hier durchführen. Nachher kannst du ungestört arbeiten», sagte sie freundlich.

11

Die Sonne hatte ihren Zenit schon überschritten, als Küentzi im Dormitorium noch tief schlief. Durch eine Berührung an seiner Schulter sanft geweckt, die Augen geschlossen, ergriff er voller Freude die Hand, die ihm in ihrer Zartheit so vertraut schien. Gerade wollte er sie mit erwartungsvoll geschlossenen Augen an seinen Mund zu einem weichen Kuss führen, als er mit Schrecken festes, starkes Haar auf dem Handrücken spürte. Jäh riss er die Augen auf, fuhr hoch und erkannte das runde, freundliche Gesicht des Kaplans.

Ruhig hielt der Küentzis Hand und sagte mit beschwichtigender Stimme: «Ganz ruhig, Junge, leg dich wieder hin. Ich wollte nur nachsehen, wie es dir geht. Die Krankenpflegerin hat dich schon für gesund erklärt, doch es braucht noch einen Männerblick auf deinen Körper, um ihren Befund zu bestätigen.»

Entspannt legte sich der Junge wieder hin. Langsam, manchmal ganz nahe mit der Nase an Küentzis Körper, um dessen Duft einzuatmen, inspizierte der Kaplan ihn von Kopf bis Fuß. Dann erklärte er mit vor Ergriffenheit glänzenden Augen: «Ich habe keine Brandspuren erkennen können. Die Krankenpflegerin hat recht: Alles was du brauchst, ist Ruhe. Körperlich bist du heil, seelische Ruhe findest du am besten, indem du mit mir betest. Der Chor sollte nach der Sext für uns frei sein.» Beinahe demütig forderte er Küentzi auf, sich zu erheben und mit ihm zu kommen.

Dem Jungen kam dies gar nicht gelegen, denn nach der Sext musste er zu Luggi ins Skriptorium. «Ich möchte mir in der Küche noch was holen, dann folge ich Euch. Geht nur voraus in die Kirche», gab er leise mit schlafverklebter Stimme an. Nach dem ebenso leisen: «Ich komme mit dir, lieber Küentzi, auch meine Kehle ist trocken, und ich möchte einiges mit dir besprechen», gab er sich geschlagen, erhob sich und verließ zusammen mit dem Kaplan den Saal.

Die Küche fanden sie leer, das Feuer zugedeckt. Die Esswaren waren fein säuberlich eingepackt auf den Gestellen versorgt, so dass sie es nicht wagten, sich zu bedienen.

«Setzen wir uns», ergriff der Kaplan das Wort, «die Leute sind noch in der Kirche und kommen wohl nicht so schnell zurück. Wir haben Zeit.»

Der rundliche Priester im weißen Dominikanergewand ließ sich am großen Tisch nieder und verfolgte mit unverhohlener Bewunderung, wie Küentzi mit fließenden Bewegungen aus dem großen Bottich in der Ecke einen Becher mit Wasser füllte und diesen vor ihn hinstellte. Er strahlte den Jungen richtig an.

Küentzi, der des Kaplans Blicke nicht deuten konnte, drehte dem Priester beim Füllen des zweiten Bechers den Rücken zu, um sich vor ihnen zu schützen. Die ungefragte Nähe und Besorgtheit des Mönchs machte ihn beklommen, und auf dem Weg zum Tisch verschüttete er die Hälfte des Wassers.

Der Kaplan hatte auf diese Ungeschicklichkeit nicht reagiert, nur mit großen Augen seine Bewegungen bewundert. «Lieber Küentzi, hier, wo wir alleine sind, ist eine ausgezeichnete Gelegenheit, um über deine zukünftige Ausbildung zu reden. Dass du den Blitz unbeschadet überstanden hast, ist für mich ein Zeichen des Himmels, dass du zum Mann der Kirche auserkoren bist und dein Geist erleuchtet ist. Was dir nun zusteht, ist eine strenge Schulung, um diese Berufung einzulösen. Nicht einfältig fromme Nonnen sollen dich schulen, sondern die theologisch herausragenden Brüder meines Klosters am andern Ufer des Rheins. Sie werden dich in ihrer Lateinschule so erziehen, dass du später die höchsten Weihen der Kirche empfangen kannst. Ich verspreche dir hiermit feierlich, mich für dich zu verwenden, damit du von den Predigern als Novize aufgenommen wirst.» Beschwörend nahm der Kaplan Küentzis Hände und fuhr fort: «Später wirst du zu den Größten der Mutter Kirche gehören und ein Held unseres Ordens werden. Du wirst die Macht und Weihen der höchsten Ämter genießen.»

Küentzi, der alles, auch die schwärmerischen Sätze, mit gesenktem Kopf über sich hatte ergehen lassen, blickte zum ersten Mal auf, als der Kaplan ihm in einem vollkommen sachlichen Ton mitteilte: «Ich werde nach der diesjährigen Weihnachtsfeier zu den Brüdern zurückkehren, und du wirst mich begleiten. Ich werde dich als Novize einführen und persönlich deine Schulung fördern.»

Er saß bewegungslos vor dem Kaplan, fühlte sich in den prasselnden Gewitterregen von gestern zurückversetzt und blickte verstört, Schutz suchend, um sich, hörte nichts mehr, sagte nichts mehr.

Der Kaplan war von einer glorreichen Laufbahn seines von ihm soeben zum Prediger erkorenen Schützlings so überzeugt, dass er mit beiden Händen Küentzis Rechte umschloss und mit verzücktem Blick schwieg, als ob er das Paradies sähe. «Ich danke dir für deine Zustimmung. Du wirst diesen Schritt nicht bereuen. Den Nonnen im Klingental wäre es nicht gelungen, deine geistliche Berufung richtig einzulösen. Wie Eva damals Adam im Paradies zu Fall gebracht hat, hätten die Frauen dich hier korrumpiert. Glaube mir, das Leben im Klingental ist für frische, junge Männer wie dich nicht geeignet.»

Der Kaplan hätte die Frauen im Klingental lieber nicht erwähnt. Voller Widerwillen gegen die fremden Hände richtete sich Küentzi plötzlich mit einem befreienden Ruck auf, blickte dem anderen herausfordernd in die Augen. Mit eisiger Stimme erwiderte er: «Luggi die *Schryberin* bringt mir Lesen und Schreiben bei. Ob ich Mönch und Priester werden will, weiß ich noch nicht. Doch möchte ich dazu erst noch Jost von Embrach, der ja jetzt bei euch Novize ist, befragen.»

Verblüfft lehnte sich der Kaplan zurück, versorgte umständlich seine Hände in den Ärmeln seiner weiten Kutte. Küentzis kalte Zurückhaltung hatte ihn verärgert und verunsichert. Er brauchte eine Weile, bis er den Jungen herablassend zu belehren begann: «Siehst du, genau das habe ich dir vorhin zu erklären versucht. Beginen haben keine geistliche Schulung abgeschlossen, kennen keine geistlichen Weihen. Deine Luggi überschätzt ihre geistigen Fähigkeiten und zelebriert einen Bildungsdünkel, wie nur Unwissende dies tun. Beginen ist die theologische Diskussion verboten. Luggis Unterricht kann also weder deiner Berufung noch deinen geistigen Fähigkeiten und deinem zukünftigen Stand gerecht werden.» Der Kaplan verließ die Küche ohne ein Wort des Abschieds.

Küentzi war für den Unterricht viel zu früh dran und fand das Skriptorium verlassen vor. Er setzte er sich ans Fenster, entdeckte weder im Kreuzgang noch im Obstgarten eine weiße oder graue Tracht und erinnerte sich: Bitt- und Bußtag. Alle waren beim persönlichen Gebet im Chor oder in der Zelle.

Gelangweilt blickte er über das Isteinertor hinaus auf den Tüllingerhügel zur Ottilienkapelle. Er stellte sich vor, wie das

Kirchlein ins Wiesental hinauf zum wuchtigen Schloss Röteln blickte, bei schönem Wetter die hohen Schneeberge im Süden sah und jahraus, jahrein müde Jakobspilger aus Basel und der Rheineben empfing. In einem der wenigen zu seinem Kirchensprengel gehörenden Häuser musste der Karrer aufgewachsen sein, durchzuckte es ihn plötzlich. Früher hatte er sich über dessen Herkunft keine Gedanken gemacht.

Johann war viel älter als er. Je besser er ihn kennenlernte, desto mehr vertraute er ihm aber. Sein Rat galt ihm so viel wie Guotas Anweisungen, und er hätte am liebsten mit ihm über den vornehmen Kaplan und dessen aufdringliche Religiosität gesprochen.

Warum fühlte sich dieser gelehrte Mann von Stand für seine Zukunft so verantwortlich, dass er ihm, dem Waisen ohne Vergangenheit, den einige Nonnen noch immer mit *nemo*, Niemand, anredeten, eine Karriere in der Kirche in Aussicht stellte?

Über den Mann wusste Küentzi wenig, kannte ihn nur als pflichteifrigen Priester, der seine wortgewandten Auftritte genoss. Küentzi verspürte Respekt vor dem Prediger, erkannte dessen aufrichtige Hingabe an sein Amt. Als Beichtvater kannte der Kaplan die Geheimnisse der Nonnen und Konversen in allen Einzelheiten und hatte gewiss damit viel Einfluss, den er bereit war für Küentzi einzusetzen. Zweifellos meinte es der Priester gut mit ihm; dennoch blieb in ihm ein Fünkchen Misstrauen dem aufdringlichen Mann gegenüber zurück.

Je länger Küentzi den Karrer und den Kaplan einander gegenüberstellte, desto deutlicher fand er Gefallen an Johanns Einstellung und Haltung. Johann trat bescheiden auf, fühlte sich im Hintergrund wohl und behandelte ihn trotz des Altersunterschiedes als gleichwertig. Er machte aus ihm nicht mehr, als er war. Wie einem Freund hatte er Küentzi anvertraut, wie es ihm mit Werndrut noch immer gelang, im Kloster insgeheim als Paar zu leben. Johann glaubte an eines jeden Menschen Fähigkeit, den eigenen Weg zu finden.

Küentzi wurde klar, dass er Johann als Ratgeber brauchte, wenn es um seine Zukunft ging. Er musste sich also mit ihm treffen, bevor er mit dem ein Jahr älteren Jost von Embrach das Noviziat und mit dem Kaplan seine Zukunft besprach. Mit diesem Plan im Kopf wurde ihm leichter ums Herz, und er verließ den Fensterplatz mit Aussicht.

Meister des Codex Manesse (Grundstockmaler): Walther von Klingen (Ausschnitt)

Luggi hatte offenbar ihre Materialien für den Nachmittagsunterricht bereitgelegt. Eine Miniatur mit zwei kämpfenden Rittern stach Küentzi sofort in die Augen. Da er mit dem Text nichts anfangen konnte, betrachtete er neugierig die Darstellung des Turniers.

Besonders die mittlere der lieblichen jungen Frauen auf der Tribüne hatten es ihm angetan. In der Anmutigen, die direkt unter dem mittleren, schön wie ein Kirchenfenster gegliederten Bogen saß, sah er seine Clare. Die Falten des tiefblauen Kleides fielen so ansprechend über den Körper, dass er meinte, ihre Formen an seiner Brust zu verspüren. Er war vom Bildlein so hingerissen, dass er, die Nase ganz dicht am Pergament, die Farben riechen wollte und vorsichtig mit dem Zeigefinger den Umrissen der Figuren folgte.

Luggi, die leise hinter ihn getreten war, riss ihn unsanft aus seiner Versunkenheit: «Gefällt dir die Miniatur? So wird nämlich die kleine Malerei genannt.»

Küentzi wurde rot, als hätte sie ihn bei etwas Unanständigem ertappt, und gab mit leicht krächzender Stimme zurück: «Sie ist wunderschön. Weißt du mehr darüber?»

«Natürlich, sonst hätte ich sie dir nicht hingelegt. Und da die andern nicht kommen können, beantworte ich –»

Küentzi unterbrach sie voller Entsetzen: «Warum können sie nicht kommen?»

«Johann kommt mit seiner Fuhr aus Ötlingen erst am Abend hierher. Clare muss zur Strafe dafür, dass sie sich ohne glaubwürdige Entschuldigung heute Morgen von der Gartenarbeit entfernt hat, im Chor beten. Werndrut erhielt die gleiche Strafe, weil sie Clares Verschwinden zu decken versuchte.» Enttäuscht ließ Küentzi seine Schultern fallen und seine Augen verloren ihren Glanz.

«Jetzt tu nicht so!», wies ihn Luggi zurecht. «Du wirst viel mehr lernen, weil du nicht ständig abgelenkt wirst, das versprech ich dir.» Sie legte eine Schiefertafel und ein Stück Kreide vor ihn hin. «Zuerst zur Miniatur. Könntest du lesen, dann wüsstest du jetzt, dass diese kleine Malerei den Stifter des Klosters Klingental als siegreichen Ritter darstellt: Herr Walter von Klingen. Hier steht sein Name geschrieben. Vermutlich sind die fünf Frauen auf der Tribüne seine Gattin Sophia von Froburg und seine Töchter Katharina, Klara, Adelheid und Verena.»

Während sie das Pergament zur Seite legte und die große Buchstabentafel vor Küentzi aufbaute, erklärte sie ihm, dass Walter, nachdem er die Töchter mit Grafen verheiratet hatte, dieses Kloster und das Land, auf dem es steht, bis zum vorderen *tych* hin dem Konvent gestiftet hatte. Weil alle seine Söhne vor ihm verstorben waren, habe er seinen Besitz hauptsächlich dem Klingental vermacht. «Ich stelle dir schon heute die Aufgabe, die Gräber von Walter und seinen Frauen zu finden. Er, seine Gattin und drei Töchter liegen hier begraben. Doch nun an die Arbeit, damit du auch die Namen lesen kannst.»

Für die folgenden Tage kannte Küentzi nur eine Verpflichtung: seinen Einsatz für Luggis Unterricht. Einzig sie durfte in ihren Lektionen seine Kräfte beanspruchen. Alle andern mussten auf ihn verzichten. Aus Freude am Lernen und um der anhaltenden Hitze zu entgehen, übte er seine Buchstaben sogar im feinen Schwemmsand einer kleinen Bucht am Rheinufer.

Häufig traf er dort Konrad Hesse, wenn dieser einen schmalen Weidling oder den behäbigen Frachtkahn für eine Fahrt bereitmachte. Dem wissbegierigen Schiffsmann des Klosters, der selber nicht schreiben konnte, erklärte er, welche Zauberei hinter seinen geheimnisvollen Zeichen und Schnörkeln steckte. Gespräche mit andern mied er.

Über die bevorstehende Verlegung des Unterrichts, die Luggi den andern angekündigt hatte, erfuhr er nichts und erlebte eine hitzige Überraschung, als er wie immer zu früh die Schreibstube betrat: Vor sich sah er Clares über ein Pergament gebückten Rücken. Still wollte er sie von hinten in seine Arme schließen, doch sie, die ihn herbeigesehnt und an seinem Schritt erkannte hatte, kam ihm zuvor. Sie umfasste seine Hüften und schmiegte sich verwegen an ihn.

Baff blieb er mit steif ausgestreckten Armen stehen. Doch bis er wusste, was er mit seinen Armen und Händen machen wollte, hatte sie ihn wieder von sich gestoßen und ihren Schleier hergerichtet.

Bei aller Leidenschaft hatte sie nicht vergessen, wo sie waren. Außerdem hatte sie durch die Türe Luggis Schritte gehört. Bolzengerade saß Clare am Tisch, als Luggi beschwingt die Schreibstube betrat, und studierte beflissen die sorgfältig gestalteten Zeilen auf dem Pergament vor ihr.

Bevor Küentzi sich setzen konnte, musste er zuerst noch die Wachstafel vom Fenstersims holen, wohin sie Luggi am Morgen gelegt hatte. Verlegen führte er dann mit zittrigen Fingern den Griffel, um runde Linien in das Wachs zu ziehen. Bald gab er jedoch auf. «Das Wachs ist zu weich.»

«Leg die Wachstafel in den Schatten, damit das Wachs härter wird; nimm die Buchstabentafel und folge mir vor die Türe. Wir lesen dort die einzelnen Buchstabenformen.»

Froh um jede Bewegung, räumte Küentzi die Wachstafel weg, ergriff das wertvolle Holz mit den aufgemalten Buchstaben und brachte es Luggi, die im kühlen, langen Gang vor den Zellen neben einem Doppelfenster auf ihn wartete.

Die Begine lehnte die Buchstabentafel an eine kleine Sandsteinsäule und setzte sich auf den Sims daneben. Sie wies ihn an, diejenigen aufzusagen, auf die sie zeigte. Er hatte Freude an dieser leichten Übung und seine unzusammenhängenden Buchstabenreihen hallten bis in ans Ende des Ganges, von wo plötzlich eine verärgerte Stimme ohne Gesicht zischte: «Ruhe. Wir beten!»

Energisch packte Luggi die Tafel und rauschte in die Schreibstube zurück, wo sie Clare, die mit der Zeilenordnung ihres Gedichtes nicht zurechtkam, riet: «Du musst die Verse singen, dann kannst du den Rhythmus erkennen und die Bedeutung hören.»

Folgsam versuchte Clare eine Art Sprechgesang und füllte mit ihrer hellen und hohen Stimme den Raum. Immer wieder setzte sie neu an, betonte ein anderes Wort, bis sie die Klangbögen des Dichters erfasst hatte.

Luggi wartete, bis Clare den Text als wohlgeformte Einheit aufsagen konnte, und erklärte mit einem zufriedenem Lächeln: «Wir wissen nicht, welche Melodie Walter von Klingen im Kopf hatte, als er diese Zeilen schrieb, wir wissen nur, dass sie als Lied gedacht sind.»

Dann wurden Luggis Gesichtszüge streng, als sie Küentzi überraschend aufforderte, Clare nachzusprechen. Den Blick auf die Worte gerichtet, auf die Clare mit einem Griffel zeigte und die sie ihm langsam vorlas, sprach er ihr nach:

> Swie dù zit sich wil verkeren.
> seren Mues das sende herze min.
> wil min frowe mich niht eren.
> meren mues min senelicher pin.
> frowe ir tuent mir helfe schï.
> frowe ir sult mich froeide leren
> Ald ich mues verdorben sin.

Küentzi tat sein Bestes, um der hellen Stimme zu folgen. Doch seine Stimme versagte, als ob sie ihm unter der Last der von Walter beschriebenen Liebesleiden zusammenbrechen müsste. Anstatt die Töne zu tragen, fiel sie aus der Höhe ins Scheppern, rasselte im unteren Bereich und quietschte in den höheren Lagen.

Clare sah ihn empört an, weil sie glaubte, er mache sich über sie lustig. Doch sein ernstes Gesicht überzeugte sie, dass nicht er ihr, sondern die Stimme ihm einen Streich spielte.

Beide schwiegen und blickten zur Lehrerin. Diese brach in ein herzhaftes Lachen aus: «Ihr zwei schaut in die Welt, als wäre sie euch verloren gegangen. Küentzi, du hast den Stimmbruch. Hast du schon beobachtet, dass dein Kehlkopf grösser geworden ist?»

Unwillkürlich fuhr er mit seiner Hand an die Kehle und spürte erstaunt, dass sein Adamsapfel spitzer und breiter geworden war. Clare kicherte vergnügt, als sie beobachtete, wie Küentzi, die Hand noch an der Kehle, unauffällig seine Haltung straffte und ein stolzes Leuchten in seine Augen trat.

Luggi vergeudete keine Unterrichtszeit: «Mit Singen ist es wohl eine Zeitlang vorbei. Das Vorlesen lassen wir vorläufig, dafür schreibst du mehr. Die Übung kennst du. An die Arbeit!» Küentzi setzte sich eifrig neben Clare und begann zu kritzeln. Ihm war alles recht, solange er in der Nähe seiner Freundin bleiben konnte.

Nachdem sie die Verse noch ein Mal still gelesen hatte, meinte Clare zu Luggi leise: «Walter muss fürchterlich gelitten haben, dass er ein so eindrückliches Gedicht schreiben konnte.» Luggi behielt ihre Meinung vorerst für sich und hörte sich neugierig Clares weitere Ausführungen zum Gedicht an. «Liebe ist mit zeitlosem Jammer und Schmerz gleichgesetzt, weil eine Adlige es in ihrer Macht hat, dem Dichter ihre Minne zu schenken. Doch will oder kann sie nicht. Er sehnt sich nach ihr, sein Herz schmerzt.» Clares Ausdruck wurde ernst, ihr Ton traurig: «Luggi, glaubst du, Walter liebt hier eine Nonne?»

«Auf diese Idee bin ich noch nicht gekommen. Was dir nahe liegt, liegt mir fern, liebe Clare. Du könntest recht haben.»

«Auch wenn diese Zeilen sehr traditionell sind, mir gefallen sie. Ich stelle mir vor, dass Männer, die eine Nonne lieben, sich in einer ähnlich hilflosen Lage befinden. Die *frowe* in diesem Gedicht hat viel Macht über diesen Schreiber. Das gefällt mir an diesen Zeilen.»

Luggi seufzte ob so viel jugendlicher Selbstsicherheit und bat Clare, das Pergament in der Bibliothek zu versorgen. Dann betrachtete sie Küentzis Buchstaben und lobte seine Fortschritte im Kopieren. Als Clare wieder zurück war, teilte sie den beiden mit ernster Stimme mit: «Das war die letzten Lektion im Skriptorium. Die Priorin hat mir mitgeteilt, dass künftig die Klausurregeln besser eingehalten werden müssen und Küentzi nicht mehr im geschlossen Teil des Klosters verkehren darf. Ich muss den Unterricht im Laienteil fortsetzen und die Materialien dorthin mitnehmen. Wie wir Clare nach draußen mitnehmen können, weiß ich noch nicht.»

Luggis Schüler schwiegen. Durch die Westfenster schickte die Sonne, die ihren Umgang beinahe vollzogen hatte, ihre Strahlen schräg durch die stickige Luft auf Clares und Küentzis

verschwitzte Gesichter, und Clare wischte schnell mit dem Ärmel der Tracht alle Nässe weg. Mit einem zornig harten «Das ist ungerecht!» richtete sie sich auf.
Küentzi vertraute seiner Stimme nicht und sagte nichts. Niemand rührte sich, bis sich polternde Schritte näherten. Es erschien Agnes unter der Türe und forderte Luggi auf, sie unverzüglich zur Priorin in der Konventsstube zu begleiten.
Allein geblieben, fielen sich Küentzi und Clare wortlos in die Arme. Clare fand die Kraft nicht mehr, um Küentzis Kuss abzuwehren. Doch schon näherten sich erneut Schritte im Gang. Clare entschlüpfte Küentzi und richtete ihre Tracht; er straffte seine Schultern und versuchte, einen überlegen-distanzierten Ausdruck anzunehmen. Beim Verlassen der Schreibstube nickten sie höflich der Nonne zu, die lächelnd wieder ihren Arbeitsplatz in Besitz nahm.

12

In der Kapitelstube warteten die Priorin, die Schaffnerin und die Krankenpflegerin auf Agnes und die Begine. Luggi war mulmig zu Mute, als sie die drei ernsten Gesichter vor sich sah. Demütig schwieg sie, bis die Priorin sie begrüßte und ihr erklärte, dass die Ratschwestern einen wichtigen Entscheid über die Führung des Klosters hätten fällen müssen und dass dieser Entscheid die Zukunft Küentzi *nemos*, und damit auch sie, betreffe.
Die Priorin machte eine Pause, blickte kurz zu den beiden andern Nonnen, die zustimmend nickten, und verkündete laut und deutlich: «Wir gehen davon aus, dass mit den stetig wachsenden Aufgaben des Klosterbetriebs das Amt der Schaffnerin im Klingental bald nicht mehr von einer Nonne allein bewältigt werden kann. Die Ratschwestern haben deshalb entschieden, der Schaffnerin als Entlastung einen Konversen, der sich um den Außenbetrieb des Klosters kümmert, zur Seite zu stellen. Dieser soll die Arbeiten der Pfleger in Rufach, Ötlingen und Häsingen aufeinander abstimmen und die Versorgung der Nonnen mit weltlichen Gütern garantieren. Wir haben Küentzi für dieses Amt vorgesehen.»

Sie hielt inne, als ob sie eine Reaktion von Luggi erwartete, und fuhr nach einer Pause fort: «Um ihn darauf vorzubereiten, ist eine vierjährige Lehre geplant. Er wird unsere Pfleger auf den Außenstationen bei ihrer Arbeit begleiten und einiges übernehmen, und er muss Erfahrung im Handwerk der Winzer, Küfner, Wagner und Schmiede sammeln. Die Einzelheiten müssen noch festgelegt werden.» Nach einem kurzen Blick zu ihren Begleiterinnen meinte sie: «Fest steht, dass er noch in diesem Jahr in Rufach beginnen soll. Wir haben dort die meisten Rebzinsen, brauchen für die Weinlese Arbeitskräfte, und er wird so unsern größten Winzerbetrieb kennenlernen.»

Luggi richtete, um Zeit zu gewinnen, ihren Blick auf eine elegante Schnitzerei ihm dunklen Getäfer hinter den weißen, scharf geschnittenen Formen der drei Frauen. Sie behielt das kleine Kunstwerk über ihren Köpfen im Auge und übersah vorsätzlich deren erwartungsvolle Gesichter. Ein lautes Räuspern der Priorin brachte sie in die Gegenwart zurück. Nach einem hilfesuchenden Blick auf den geschnitzten Löwen stellte sie fest: «Ich verstehe nicht ganz, was dies alles mit mir zu tun hat.»

«Deine Aufgabe ist es, bis wir den Beginn der Weinlese bestätigt bekommen, Küentzi täglich im Lesen und Schreiben zu unterrichten, so dass er mit guten Kenntnissen in Rufach beginnen kann. Wir wünschen auch, dass du ab sofort unserer Krankenpflegerin zur Verfügung stehst. Sie wird dir in unserm Spital Arbeit zuweisen. So sollte es dir leichter fallen, nach Absprache mit ihr Küentzi und Johann im Lesen und Schreiben zu unterrichten.»

Die Priorin erhob sich, trat vor den schweren Tisch aus Nussholz und streckte der Begine ihren Ring zum Kuss hin. Würdig verließ sie danach, gefolgt von der Schaffnerin, den Raum.

Die Krankenpflegerin wartete, bis sich Luggi von ihrem Kniefall erhob, und vertraute ihr an: «Ich glaube, der Plan für Küentzis Zukunft ist gut. Wenn er seine vielen Fähigkeiten wirklich entwickeln soll, dann hat er nun die besten Voraussetzungen dazu. Ob er Konverse werden will, kann er später entscheiden.»

Auf dem Weg in die Krankenstube gab sie der Begine preis, Luggi habe mit ihrem eigenständigen Auftreten wiederholt den Zorn einiger Nonnen herausgefordert. Deshalb werde die

Krankenpflegerin Luggi im Spital an einem Posten einsetzen, wo sie vor Kritik besser geschützt sei.

Luggi wusste nicht, ob sie erleichtert oder enttäuscht sein sollte. Was sie der Krankenpflegerin sofort ohne Bedenken bestätigte, war, dass für Küentzi der Beschluss der Ratschwestern eine einmalige Möglichkeit sei. Am Eingang zur Krankenstube fragte sie noch: «Wer teilt ihm mit, was ihr für ihn beschlossen habt?»

«Die Priorin natürlich», meinte die Krankenpflegerin und richtete sich, verschmitzt lächelnd, in ihrer ganzen Größe auf: «Schwester Luggi, hier ist deine erste Aufgabe als Hilfskrankenpflegerin. Finde Küentzi und bringe ihn zur Priorin, sie habe Neuigkeiten für ihn. Anschließend komm in die Krankenstube der Nonnen, wo die bettlägerige Schwester Mechthild und die verunfallte Begine Metzi auf deine Pflege warten.»

Luggi erwischte Küentzi gerade noch, bevor er auf der Suche nach Johann in den nach Heu und frischem Mist riechenden Stallungen verschwinden wollte. Ihm missfiel der Auftrag, bei der Priorin vorzusprechen, denn endlich hatte er mit Johann über die Pläne des Kaplans reden wollen und schon musste er sich wieder nach andern richten. Missmutig ging er neben Luggi über den Hof zurück in den Nonnenteil.

Die Priorin öffnete die Zellentür, den Rosenkranz, den sie gebetet hatte, in der Hand, und forderte Küentzi geradezu liebevoll auf einzutreten. In mütterlichem Tonfall erkundigte sie sich, ob er sich vom Blitzerlebnis erholt habe und, wie beiläufig, welche Pläne für die Zukunft er denn habe. Sie ließ ihm Zeit für die Antwort, denn er hatte nichts Derartiges erwartet und brauchte verschiedene Anläufe, bevor er sich klar äußern konnte.

Durch ihre offene Haltung ermutigt, erzählte er ihr zu guter Letzt von seinen Gesprächen mit Johann dem Karrer und seinen Fantasien, zuletzt auch vom Angebot des Kaplans, ihm ein Noviziat bei den Predigern zu vermitteln.

Als die Priorin Letzteres hörte, ging es wie ein Schatten über ihr Gesicht. Sie legte den Rosenkranz sorgfältig auf den Tisch, rieb sich ruhig die Hände und holte tief Atem: «Küentzi, wir haben im Klosterrat besprochen, was wir für dich als Bestes erachten und wie wir dich bei uns zu Gottes und des Klosters Nutzen einsetzen können. Dich zum Priester zu machen, haben wir nicht ein einziges Mal in Betracht gezogen. Ohne Zweifel hast du die nötige Intelligenz und Seelengüte für dieses Amt. Unserer Gemeinschaft im Klingental, wo du doch eigentlich hingehörst, gingest du jedoch verloren. Zum Ritterhelden können wir dich hier auch nicht machen.»

Die Priorin hielt inne, vergewissert sich, dass sie Küentzis ungeteilte Aufmerksamkeit hatte, und fuhr in würdigem Ton fort, ihm zu erklären, was sie bereits Luggi berichtet hatte. Sie schloss ihre Rede feierlich, als ob sie eine Andacht beendete: «Dies ist das Angebot des Klosterrats an dich. Solltest du dich für eine andere Möglichkeit entscheiden, könnten wir dir im Klingental nicht weiterhelfen. Du müsstest aus der Klostergemeinschaft ausscheiden. Wir hoffen natürlich, dass du uns erhalten bleibst. Am besten besprichst du alles mit deinen Freunden, bevor du uns Bescheid gibst. Bis du uns verlässt, bekommst du täglich von Schwester Luggi Unterricht in Lesen und Schreiben.»

Die Priorin entließ den eingeschüchterten Jungen, indem sie ihm ihren Ring zum Abschied hinhielt, als wäre er schon ein Konverse. Mit einem zaghaft gemurmeltem «Dankeschön, Mutter Oberin» verließ er in seinen kurzen Hosen und seinem abgenutzten Hemd die Zelle und rannte beinahe Luggi um, die ihren Kopf gerade noch rechtzeitig zurückziehen konnte. Er empfand keinerlei Lust, mit ihr zu reden, lieber wollte er auf Johann warten, ihm seine große Neuigkeit mitteilen. Er verzog sich auf die Heubühne oberhalb der Abstellplätze für die Pferde und fiel im Duft des jungen Heus bald in Schlaf.

Er wurde vom Kettengeklirr und Tripptrapp eines müden Gauls, der an seinen Platz geführt wurde, geweckt und rutschte in einem Zug die lange Leiter in den Stall hinunter. Mit großen Sprüngen stellte er sich vor den überraschten Johann, der ihn, erfreut über diesen Empfang, sofort einlud: «Dir scheint's ja wieder vorzüglich zu gehen. Kannst morgen mit mir fahren, ich brauche Hilfe beim Laden.»

«Ich würde ja gerne mitkommen, doch ich kann nicht. Leider!», erwiderte Küentzi und berichtete ihm hastig von seiner Audienz bei der Priorin.

Johann war vom Weitblick der Ratschwestern beeindruckt und hieß ihren Plan sofort gut, obwohl er erkannte, dass ihre junge Freundschaft sich verändern würde, wenn Küentzi auf einem der abgelegenen Klosterhöfe wohnte und er selber im Klingental zurückblieb. Mit einem Augenzwinkern forderte er Küentzi dann auf: «Komm mit, wir gehen in die Vesperandacht und hören uns die lieblichen Stimmen der Nonnen an.»

In der Kirche prüfte vom Lettner her der Kaplan mit strenger Miene die Anwesenden, worauf sich Küentzi hinter Johann versteckte, bis sie einen der hinteren Bänke erreicht hatten. Um den suchenden Blicken des Priesters auszuweichen, hielt er seinen Kopf tief, als ob er etwas auf dem Boden finden müsse, und entspannte sich erst, als die Priorin den Priester für alle hörbar ermahnte, mit dem Dienst zu beginnen.

Als der Kaplan mit dem Gesicht zum Altar stand und den Gläubigen den Rücken drehte, wies Johann mit einer bedächtigen Bewegung des Kinns auf die rechte Chorseite, wo die drei Schwestern zer Sunnen nebeneinander mit ihren Stimmen Gott lobten. Küentzi ließ Clares Gesicht nicht einen Augenblick aus den Augen und fand sie ungehörig beeindruckender als ihre Schwestern.

Am Ende des Gottesdienstes hieß ihn Johann geistesgegenwärtig, sich hinter seiner Gestalt dünn zu machen. Er schob den Jungen unauffällig vor sich hin zum Ausgang, als der Kaplan, noch im Priesterornat, erneut suchend, durch den Lettner in die Leutkirche trat.

Auf dem Weg zur Hinteren Mühle konnte ihm Küentzi endlich bis in alle Einzelheiten erzählen, was er von der Priorin erfahren hatte. Er wollte ihm gerade über Luggis Rausschmiss aus dem Skriptorium berichten, als diese, im Halbdunkel in ihrer grauen Tracht kaum auszumachen, aufgeregt über den Hof auf sie zukam.

«Endlich finde ich euch, denn ich habe Neuigkeiten: Johann, du musst morgen früh eines unserer Reitpferde für die Schaffnerin satteln, denn sie wird dich nach Häsingen begleiten. Küentzi muss auch mit. Die Schreibstunde findet nach eurer Rückkehr in der Laienkrankenstube statt. Küentzi, wenn es dir möglich ist, schlaf heute Nacht in der Mühle. Der Kaplan fragt überall nach dir. Gute Nacht, ihr zwei.»

Bevor die beiden Männer auch nur etwas fragen konnten, war sie wieder weg.

«Das wird ja eine ganz wichtige Fuhr, morgen, wenn die Schaffnerin mitreitet», meinte Johann. «Ich leg mich lieber schon jetzt aufs Ohr. Wir können morgen auf der Fahrt weitersprechen. Warte hier, bis ich dir deine Sachen aus dem Dormitorium geholt habe.»

13

Als Küentzi aufwachte, verkündigte ihm der Nonnenchor mit seinem einstimmigen Auf und Ab, dass der Klosteralltag mit der Hinwendung zum Jenseits begonnen hatte. Küentzi fröstelte, wie er sich die steilen Treppen hinunter zum Ausgang tastete. Der Sommer hatte sich zurückgezogen und dem Herbst mit seinen längeren und kühleren Nächten Platz gemacht.

Im Hof zeigte ihm eine einsame Laterne den Weg zum Gefährt, wo Johann, der schon alles für die Abfahrt vorbereitet hatte, auf ihn wartete. Begleitet vom fernen Gesang aus der Kirche, hatte er den stärksten Gaul angeschirrt und den Reiseproviant aus der Küche abgeholt. Er wartete gespannt neben der Laterne auf die Schaffnerin, die mit ihnen nach Häsingen reiten sollte, und tätschelte Kopf und Hals einer älteren hellbraunen Stute, die er mit dem breiten Damensattel der Priorin gesattelt hatte und am Zaum hielt. Mit dem spürbar tatendurstigen Zugpferd, das ihn mit dem Kopf wiederholt spielerisch anstieß, redete er dazu seine eigene Sprache, um es hinzuhalten.

Küentzi benutzte die Wartezeit, um sich in der Küche mit kaltem Wasser den letzten Schlaf aus dem Gesicht zu spülen und hastig eine Kelle heißen Tee zu trinken. Endlich wach, eilte er zum Wagen und setzte zum freudigen Gruß an. Doch Johann ließ ihn gar nicht erst zu Wort kommen und teilte ihm gereizt mit, er wolle nicht länger warten. Als wollten die beiden Pferde seine Worte bestätigen, stampften sie mit den Hufeisen auf das Kopfsteinpflaster und schüttelten sich.

Wie gerufen kam der Müllergeselle auf dem Weg zur Arbeit an ihnen vorbei. Grimmig drückte der Karrer ihm die Zügel des Reitpferdes in die Hand, stieg auf den Wagen und beauftragte ihn von oben herab in einem Ton, der jegliche Widerrede ausschloss: «Halt das Pferd, bis die Schaffnerin aus der Andacht kommt. Sag ihr, wir seien vorausgefahren, sie könne uns leicht einholen.» Er schnalzte laut mit der Zunge, und der Gaul, von Johanns Grantigkeit angesteckt, legte sich sofort mit aller Kraft ins Geschirr legte und zog mit einem heftigen Ruck an.

Küentzi musste losrennen, um hinten auf das ratternde Gefährt aufzuspringen. Er tastete sich schwankend nach vorne neben Johann und bot ihm eine Kante Brot, die er aus einem der Körbe gefischt hatte, an. An einem Bußtag solle er das Brot zurücklegen, wurde er abgewiesen.

Ihn fröstelte, der Tee in seinem Magen war nur noch eine warme Erinnerung. Die Morgenkälte drang in seine bloßen Füße, Beine und Arme. Zusammengekauert tastete er hinter sich nach einem grobgewobenen Sack, fand sogar deren zwei und hüllte sich damit bis zum Kopf ein. Dennoch spürte er auf der Rheinbrücke, wie die feuchte Kälte des Flusses sich ihm von unten entgegenreckte, und zog zitternd die Säcke enger um sich.

Brodelnde, fahle Nebelschwaden, die als kleine weiße Spiralen über dem ruhig fließenden Wasser begonnen hatten, verschleierten die Umrisse und Fassaden der Häuser im Großbasel vor ihm. Trübselig blickte er nach oben und suchte die Sonne mit ihren warmen Strahlen. Doch diese geizte mit Licht und Wärme, überließ den Himmel den düsteren Wolken, worauf er entmutigt die Säcke über den Kopf zog und sich der Kälte und den ungemütlichen Bildern verschloss. Erst in der geschützteren Straße zum Kreuztor tauchte er wieder auf: «Warum darfst du jedes Mal einfach durch, und die andern müssen warten?»

«Das Kloster Klingental muss dem Bischof weder Zölle noch Steuern bezahlen, Reisende und Händler aber wohl. Der Wächter kennt mich als Karrer des Klingentals, also winkte er mich durch.»

Johann ermutigte den immer noch frischen Gaul zu einem leichten Trab, den dieser durchs Kreuztor und die Vorstadt bis aufs offene Feld hinaus durchhielt. Als die Stadt hinter ihnen lag und sie mit dem Kloster Gnadental auf gleicher Höhe lagen, meinte er: «Die Schaffnerin sollte uns schon bald eingeholt haben.» Er hatte den schnellen Hufschlag eines sich ihnen nähernden Pferdes früh gehört.

Als die Schaffnerin ihr Tempo dem des Fuhrwerks angepasst hatte und neben ihnen im Schritt ritt, meinte die hohe Frau, die steif auf dem Damensattel saß: «Der einzige Vorteil dieses Sattels besteht darin, dass ich nun mit euch sprechen kann, ohne ständig den Kopf seitwärts drehen zu müssen. Aber das nächste Mal, lieber Johann, will ich einen normalen Sattel. Lieber ein Ziehen in den Oberschenkeln als tagelang ein steifes Genick und einen verdrehten Rücken.» Schelmisch drohte sie ihm: «Sonst tauschen wir. Ich fahre den Wagen, du reitest den Gaul.» Er spielte den Empörten. Ob die Schaffnerin allen Ernstes im Klingental eine Arbeitsreform für Nonnen in Gang setzen und ihm seine Arbeit wegnehmen wolle: «Ich kenne Konvente, die ihren Nonnen die Karrerarbeit durchaus zugestehen», und tröstete sich gleich selber: «Doch die Klingentaler Nonnen sind für diese Arbeit eindeutig zu vornehm. Wie wär's, wenn ich Ihr Pferd hinten an den Wagen bände und Sie sich auf ein weiches Polster aus Säcken zu uns setzen? Sie könnten uns in aller Ruhe aufklären, warum wir diese überraschende Fahrt überhaupt machen.»

«Johann, dein Angebot ist verführerisch, doch ich muss nach Häsingen, um die Ladung vorzubereiten. Dort erfährst du auch mehr. Jetzt muss ich weiter.» Sie schnalzte mit der Zunge, streifte mit der Gerte leicht die Hinterhand ihres Tieres und trabte los.

Johann ließ unverzüglich sein Pferd schneller ausgreifen, als wollte er mithalten. Doch der Abstand zur Reiterin wuchs schnell, und bald waren sie außer Hörweite. Voller Bewunderung über das elegante Auf und Ab der weißen Tracht vor dem Hintergrund der dunklen Äcker kommentierte er: «Die Schaffnerin versteht etwas von Pferden, reiten kann sie auch. Ich muss mal nachfragen, von welcher Burg sie kommt.»

Küentzi ergänzte: «Sie beeindruckt mich. Sie ist bestimmt eine tatkräftige Frau. Ob Clare später auch mal so wird?»

«Sag mal, Küentzi», begann Johann. Er wollte den Jungen fragen, ob seine Gefühle für Hedwig bereits abgeklungen waren, wenn er doch so offensichtlich an Clare interessiert war. Doch weiter kam er nicht, denn der Gaul wollte vom Weg ab, um sich selber wieder mit einem frischen Apfel zu verwöhnen.

Johann reagierte wach, hielt das Gefährt auf dem Weg, bevor die Räder auch nur einen Grashalm am Wegrand streifen konnten, und beauftragte Küentzi, Äpfel einzusammeln: zwei dem Gaul zu füttern und zwei für sie zum Brot mitzubringen. Als der Gaul wieder mitten auf der Straße munter vorwärtsmachte, aßen die beiden Klingentaler schweigend ihr spätes Frühstück. Johann hatte seine Frage an Küentzi vergessen.

Obwohl die Sonne sich noch immer nicht sehen ließ, wurde der Morgen wärmer, und es wurde Zeit, sich auf die Arbeit in Häsingen einzustellen. Noch bevor die Gebäude des Gutshofes in der Ferne zu erkennen waren, wuchsen in Küentzi die Spannung und die Freude auf ein Wiedersehen mit Hedwig. Angestrengt suchte er sie unter den Arbeiterinnen auf den Feldern rund um den Hof. Weil er meinte, sie im Küchenfenster gesehen zu haben, als sie in den Hof vor dem Pflegerhaus einbogen, sprang er vom Wagen und wollte an dem freundlich grüßenden Pfleger vorbei in die Küche. Doch dieser packte ihn belustigt: «Ich will doch mal sehen, wie unser vom Blitz verschonter Held aussieht. Neue Wunder verbreiten die Landleute schnell. Darüber will ich von dir später mehr hören, beim Mittagessen, denn jetzt geht's zuerst an die Arbeit. Aber nicht in der Küche!»

Verdattert suchte Küentzi nach den richtigen Worten und entschuldigte sich. Die aufrichtige Anteilnahme, die er aus des Pflegers Worten vernommen hatte, half ihm, sein Sehnen nach Hedwig zu verdrängen. Neugierig folgte er mit den andern dem Pfleger in die Scheune, wo Esswaren in unglaublicher Zahl zum Transport bereitlagen.

Große Säcke mit Dinkel, ebensolche mit Hafer, ganze Käse, irdene Töpfe voll Schweineschmalz, Salzsäcklein, Töpfe voll Honig, Leinensäcke voller getrockneter weißer Bohnen, getrockneter grüner Erbsen, frische Kohlköpfe, Karotten, Randen, gelbe Rüben, unterschiedlich hoch gehäuft und säuberlich getrennt, lagen offen vor ihnen auf dem gestampften Boden. Küentzi, der noch nie so viele Lebensmittel auf einem Fleck gesehen hatte, glaubte sich ins Schlaraffenland versetzt. Mit Augen so groß wie Wagenräder stand er neben der Schaffnerin, die die Vorräte geprüft hatte und voller Stolz den Häsinger Pfleger für seine Arbeit lobte.

Dieser kam sofort zur Sache: «Die Würste und den Speck müssen wir zuerst noch aus der Rauchkammer holen. Doch ich muss euch sagen, mir fällt es schwer, unsere Rauchkammer für den Bischof zu leeren. Unsere Leute hier schätzen unsere Würste über alles.»

Die Nonne beruhigte ihn: «Ich werde mich persönlich um Nachschub und Ersatz für euch kümmern. Eure Ernten sind dieses Jahr weit ertragreicher als diejenigen der andern Klosterhöfe, weshalb wir auch auf euch als Erste zugreifen. Doch ich versichere euch, ich werde eine gerechte Verteilung für alle durchsetzen und die Qualität der Würste, die ihr nachgeliefert bekommt, im Auge behalten.» Dann wandte sie sich an Johann den Karrer: «Wie gedenkst du zu laden? Womit beginnen wir?»

Der Karrer hatte diese Frage erwartet: «Dies hier zusammen macht sicherlich zwei Fuhren aus. Wenn ihr noch mehr habt, gibt's eine dritte. Mit dem größeren Wagen aus Häsingen würden zwei Fuhren genügen.»

Die Schaffnerin entschied ohne weitere Diskussion: «Der Karrer bekommt den Wagen mit zwei Pferden für die Transporte nach Basel. Wir wollen nicht mehr Zeit als nötig mit diesen Fuhren verlieren. Der Einspänner des Klingentals bleibt für zwei Tage hier in Häsingen als Ersatz.»

Küentzi hatte sich zum Scheuneneingang begeben, um besser verfolgen zu können, wer in der Küche ein- und ausging. Mit einem großen Seufzer wandte er sich zum Karrer und hörte sich an, wie Johann als Erstes beim Häsinger Wagen mit längsgelegten Leitern die Seiten wie am Klingentaler Wagen erhöhen wolle. Ohne stabile seitliche Stützen könne er den Wagen nicht richtig laden. «Küentzi, richte dem Schmied und seinem Gesellen aus, ich hätte Arbeit für sie. Sie sollen zwei längere Leitern sowie Latten und Keile mitbringen. Je schneller, desto besser!» Küentzi zog sofort los, der harte Klang von Eisen auf Eisen wies ihm den Weg.

Als er unter das hintere Vordach der offenen Schmiede trat, versorgten sie ihre Werkzeuge, noch bevor er seine Botschaft zu Ende gebracht hatte. Der Schmied führte ihn zu zwei Leitern im Schuppen nebenan.

Der Geselle und der Schmied packten je eine Leiter und trugen sie zum Wagen, den der Pfleger mittlerweile vor die Scheune gefahren hatte. Noch während dieser die beiden Pferde ausspannte und in eine angrenzende Koppel zum Grasen führte, hatte der Karrer auf der Ladefläche die Leitern platziert. Der Geselle und Küentzi erhielten den Auftrag, Latten und hölzerne Keile zu holen.

Sobald Küentzi auf dem Weg zum Schuppen freie Sicht auf die Umgebung hatte, spähte er erneut nach Hedwig – doch ohne Erfolg. Den Gesellen nach ihr zu befragen, wagte er nicht. Jedes Mal, wenn er zur Frage ansetzte, verließ ihn sein Mut.

Der Geselle, dem die suchenden Blicke schon in der Schmiede aufgefallen waren, erlöste ihn im Halbdunkel des Abstellschuppens: «Suchst du jemanden?» Küentzi spürte, wie er einen roten Kopf bekam. Verschämt gab er vor, am Boden nach Latten zu suchen, was den Gesellen zur belustigten Frage verleitete: «Komm schon, Küentzi, suchst du eine Frau bei uns?»

Küentzi ging ein Stich durchs Herz. Er fühlte sich ob dieser plumpen Frage verraten und richtete sich auf. Obwohl es in ihm kochte, antwortete er kühl und sachlich: «Ich suche Hedwig, ich muss ihr etwas ausrichten.»

Der junge Schmied schwieg, bückte sich, packte einige Latten und Keile und blickte den anderen nur immer wieder fragend an. Dieser folgte seinem Beispiel. Erst als sie mit Latten und Keilen beladen über den Hof auf den Wagen zugingen, sagte der Geselle: «Sie arbeitet auf einem Feld mit Obstbäumen, am Liesbach, wo ganz nah ihre Mutter mit ihren Geschwistern wohnt, und kommt heute nicht mehr hierher. Da ich heute nach der Arbeit zu ihr gehe, kann ich ihr deine Botschaft ausrichten.»

Küentzi gefiel diese Wende des Gesprächs überhaupt nicht. Was er Hedwig sagen wollte, konnte er diesem einfachen, unbedarften Kerl, der mit seinen breiten Schultern und mächtigen Muskeln der Hünengestalt des alten Schmieds nahe kam, nicht mitteilen. Wie hätte er ihm sagen können, er müsse sich mit ihr treffen, um sie zu betasten und zu liebkosen, und dass er von ihrer Seite das Gleiche erhoffte?

«Es geht um ihren Wunsch, als Konversa im Klingental zu arbeiten», hörte sich Küentzi antworten.

Der Schmiedegeselle musterte ihn daraufhin eindringlich: «Das ist mir aber völlig neu. Ich habe mit ihrer Mutter nämlich schon abgesprochen, dass ich, sobald ich in einem Jahr meine Lehre hier beendet habe, beim Pfleger um ihre Hand anhalten werde. Was redest du da für einen Unsinn?» Er blieb sichtlich verärgert stehen.

Küentzi verwünschte sein schnelles Mundwerk, doch er konnte es nicht zähmen: «Hedwig wäre gerne Nonne geworden, doch ihr fehlen die Mittel dazu», entfuhr es ihm.

Der Geselle sagte verächtlich und mit einem harten Lachen: «Wie käme sie dazu. Sie ist eine Grundhörige des Klosters. Ihr Vater hat sich noch vor ihrer Geburt aus dem Staub gemacht und ist auf keinem der Klingentaler Güter je wieder aufgetaucht. Sie muss froh sein, einen wie mich zu bekommen. Ihre Mutter freut sich, dass ich ihr Schwiegersohn werde, denn ich bin hier gut angesehen und werde als Schmied ein gutes Auskommen haben. Wer bist du eigentlich?»

Küentzi, der diese Frage nicht erwartet hatte, reagierte bestimmt, obwohl er innerlich von der geplanten Verheiratung Hedwigs völlig durcheinander war: «Ich mache eine Lehre als Schaffner fürs Kloster Klingental und werde auch hier in Häsingen arbeiten.»

Nun geriet der selbstbewusste Geselle ins Staunen, denn dieser schlaksige Jüngling mit seiner krächzenden Stimme könnte in einem Jahr den Häsinger Pfleger entscheidend für oder gegen ihn beeinflussen. Er änderte seinen Ton und fragte artig: «Wie heißt du denn, und woher kommst du?»

Küentzi genoss diese Wende und gab ehrlich Auskunft.

Der zukünftige Schmied, der die Ordnung des Klosters kannte, behielt vorsichtshalber seine Zweifel beim Anblick dieses Schmachtlappens für sich. Er kannte die Macht der Pfleger und Schaffner, die als Stellvertreter der Priorin das Recht hatten, auf den Klostergütern auch fragwürdige Entscheide durchzusetzen. Still entschied er, Hedwig noch heute Abend im Verein mit ihrer Mutter die Konversaflausen auszutreiben. Dann beauftragte er den Jungen, den er noch als seinen Untergebenen ansah, den Karrer zu holen, damit sie mit dem Einbau der Leitern beginnen konnten.

Küentzi fand diesen in der Küche, wo Johann Tee trank und mit der Köchin plauderte. Wusste diese schon von seiner neuen Stellung, würde sie ihm und Hedwig noch immer die Stange halten? Seit dem Gespräch mit dem Schmiedegesellen war Küentzi bewusst geworden, dass die Klosterleute ihn mit andern Augen betrachten mussten, sobald sie von seiner Lehre erfuhren.

«Küentzi, wir müssen arbeiten!», forderte ihn der Karrer auf, erhob sich und dankte für den Tee.

Mit einem vielsagenden Blick auf Küentzi meinte die Köchin zum verschmitzt grinsenden Karrer: «Morgen braucht ihr mehr

Leute. Du bescherst mir viele zusätzliche Esser. Ich werde den Pfleger also um eine tüchtige Hilfe für die Küche bitten müssen.»

Küentzi, der nicht richtig wusste, was er von dieser Aussage halten sollte, blickte verunsichert zur Köchin und entnahm ihrem freundlichen Lächeln, dass die beiden ihm eine Freude bereiten wollten. Wollten sie ihm gar helfen, Hedwig wiederzusehen? Mit keinem Wort verriet er sein Hoffen, dankte einfach wärmstens für den Tee und folgte Johann in den Hof.

Er handlangerte zusammen mit dem Schmiedegesellen den beiden Älteren beim Einbau der Leitern. Die Seitenwände standen innerhalb kurzer Zeit, und bald begann das Laden. Die Schmiede trugen die schweren Säcke und hievten sie mit Leichtigkeit auf den Wagen. Küentzi packte die Gemüse in der Scheune in Körbe, die dann die Schmiede, sobald sie die vorgemerkten Getreidesäcke geladen hatten, leichtfüßig zum Wagen trugen. Für die Männer war es schwere Arbeit, die sie bereitwillig unterbrachen, als die Schaffnerin zu ihnen trat, um ihnen den Fleischverlad zu erklären. Küentzi schickte sie in den Vorraum der Räucherkammer.

Beim Anblick der geräucherten Speckseiten, gesalzenen Schinken und würzigen Würste lief ihm das Wasser im Munde zusammen, doch er widerstand der Versuchung, sich zu bedienen. Getreulich füllte er die ausgelegten Würste in kleine Körbe mit verschließbaren Deckeln und hüllte Speckseiten und Schinken in weiße Leinentücher. Bald hatte er alles verpackt, und eigentlich hätte er den andern helfen müssen, doch er konnte sich vom Anblick dieses Überflusses nicht lösen.

Gierig betrachtete er die weißen Packen, zog hörbar ihren rauchigen Duft durch die Nase und wurde vom Verlangen nach Essen übermannt. Sein an die magere, fleischarme Kost der Bußtage gewöhnter Magen knurrte so laut wie noch nie. Die Köchin half ihm aus der Versuchung mit dem Ruf: «Essen, kommt in die Küche!»

14

Unbekümmert um die Nonnenregel setzte sich die Schaffnerin mit den Männern an den gleichen Tisch. Eine äußerliche Unterscheidung nach Stand war sowieso kaum möglich. Alle waren gleich verschmutzt, und die ursprünglich weiße Tracht der Schaffnerin unterschied sich in der Farbe kaum mehr von der Kleidung der Konversen. Als die Köchin das Suppenfleisch aus Respekt vor der Ratsnonne nicht austeilte, forderte die Nonne zur stillen Freude Küentzis, der sich schon auf eine karge Mahlzeit wie im Klingental eingestellt hatte, energisch ihren Teil ein. «Bußfasten hilft bei der geistigen Arbeit der Nonnen, unsere Arbeit hier ist von anderer Art», erklärte sie der Köchin und hieß sie, alle zu bedienen.

Alle waren beeindruckt und schwiegen während der Mahlzeit aus Achtung vor dem Rang der Ratschwester und deren Willensstärke. Nach dem Schlussgebet, das die Schaffnerin für alle sprach, beantwortete sie des Karrers frühere Frage, warum er für das Kloster so viele Lebensmittel fahren musste: «Der Grund ist einfach und bedauerlich. Der Bischof von Basel hat sich entschieden, gegen die Stadt Bern in den Krieg zu ziehen. Er braucht ausreichend Nahrungsmittel für seine Truppen.» Empört wollte der Schmied sofort wissen, wie der Basler Bischof dazu komme, gegen die freie Stadt Bern Krieg zu führen. «Es geht dabei um territoriale Ansprüche und Rückgriffe auf Vasallenpflichten bis hinauf auf die Reichsstufe», antwortete die Schaffnerin sachlich.

«Oh weh!», entfuhr es Johann, «dann spielt das verquere Gezänk zwischen Papst und Kaiser, das uns schon das Interdikt beschert hat, sicherlich auch hier eine Rolle!»

Die Schaffnerin warf ihm einen tadelnden Blick zu und nahm ruhig ihren Faden wieder auf: «Begonnen hat alles damit, dass die Stadt Bern zu Beginn dieses Jahres vom Bischof von Lausanne die Stadt Freiburg verlangte, um ihr Territorium erweitern zu können. Um einen Krieg zu vermeiden, trafen sich die Gegner in diesem Streit Anfang Jahr in Neuenegg. Wie eigentlich alle erwartet hatten, scheiterten diese Verhandlungen, da niemand nachgeben wollte, und nun sollen die Waffen darüber entscheiden, wer an Boden gewinnt.»

«Was hat dieser Streit um Freiburg mit uns und unsern Ländereien zu tun?», wollte der Schmied, aufs Neue empört, ungeduldig wissen.

Die Schaffnerin hielt an ihrem sachlichen Ton fest: «Sofort haben alle am Konflikt Beteiligten ihre Lehensleute in Pflicht genommen. Der Graf von Neuenburg forderte von seinen habsburgischen Verwandten und Vasallen im Aargau, Sundgau und Breisgau Truppen ein. Der Herzog von Österreich und sein Bruder, die in unsern Gebieten hier das Sagen haben, bearbeiteten mit ihren Verwandten den Kaiser, er solle sich auf ihre, die habsburgische Seite stellen. Der Kaiser forderte seine übrigen Reichsfürsten auf, zusammen mit dem Herzog von Österreich gegen die Berner vorzugehen. Der Papst hat daraufhin offiziell Partei für Bern ergriffen und allen Gegnern Berns den Bann angedroht.»

Als die Schaffnerin eine kleine Pause machte, füllte Johann sie sofort: «Dass unser Bischof aufgeboten wird, verstehe ich. Doch dass er sich in diesem Kampf nicht neutral verhält, nicht. Wie kommt er dazu, mit den kaiserlich-habsburgischen Truppen gegen Bern und gegen den Papst in den Krieg zu ziehen? Krieg bringt nichts außer Leid und Zerstörung!»

Die Schaffnerin war mit der Antwort schnell zur Hand, gab ihm, was Krieg im Allgemeinen angehe, recht. «Aber dass sich unser Bischof gegen den Papst, dem er Gehorsam schuldet, stellt und für den Kaiser Partei ergriffen hat, macht ihm wenig Bauchweh. Ihm ist das Hemd hier am Jurafuß wichtiger als der Rock in Avignon.» Nach einer kurzen Pause fuhr sie fort: «Ich glaube, dass unser Bischof in diesem Streit mit Bern aus taktischen Überlegungen heraus gehandelt hat. Er hat Partei für die Habsburger, die diesmal mit Kaiser Ludwig zusammengehen, ergriffen, weil er sich damit unter anderem die Loyalität seiner eigenen Ritter, von denen die meisten mit Habsburg verwandt sind, sichern kann.»

Sie lehnte sich wieder zurück und forderte alle in der Küche auf: «Versetzt euch in die Lage unseres Bischofs. Sein Besitz grenzt beinahe überall an Güter von gut gerüsteten habsburgischen Lehensträgern, die zudem beste Beziehungen zu ihren Verwandten im Bistum pflegen. Wären diese kampfgierigen Ritter seine Feinde, könnten sie sich aus allen Himmelsrichtungen über den bischöflichen Besitz hermachen und seine Ländereien mit einem verheerenden Kleinkrieg überziehen. Nun müssen die Habsburger als Verbündete den Frieden wahren und dürfen weder plündern noch brandschatzen, wenn sie mit ihren Aufgeboten die Basler Besitzungen durchqueren.» Zufrieden lehnte sich die Schaffnerin zurück.

Küentzi, der wie die andern fasziniert zugehört hatte, führte laut ihren Gedankengang zu Ende: «Und da die Klosterleute des Klingentals Untertanen des Bischofs von Basel sind, müssen wir einen Beitrag an diesen Krieg leisten.»

«Richtig», bestätigte ihm die Schaffnerin, «Der Bischof hat das Klingental als ihm direkt unterstelltes und den Habsburgern vielseitig verpflichtetes Kloster aufgefordert, seine Lehenspflicht zu leisten. Vorläufig ist es bei der Forderung nach Nahrungsmitteln geblieben, und wir müssen noch keine Männer aufbieten. Wir können nur hoffen, dass es dabei bleibt.»

Die Männer blickten einander betroffen an. Dass sie als Klosterleute in den Krieg ziehen mussten, wenn der Bischof sie aufbot, hatten sie zwar gewusst, aber bis anhin hatten sie diesen Teil der Lehenspflicht nie erfüllen müssen. Küentzi durchbrach völlig unbefangen das bedrückte Schweigen und rief in die Runde: «Ich bleib dem Klingental auf jeden Fall erhalten, denn ich bin zum Soldat noch zu jung.»

Zu seiner Überraschung berichtigte ihn der Schmiedegeselle: «Natürlich würdest du eingesetzt, allerdings zuerst als Meldeknabe oder als Gehilfe des Baders, der die Verwundeten zusammenflickt. Wenn du dann durchs Üben mit den Waffen endlich Muskeln angesetzt hast und Waffen handhaben kannst, würdest du zum Kämpfer aufsteigen, sofern bei dir noch etwas wachsen könnte.» Er setzte sich gerade, machte seine Schultern breit, spannte seine beachtlichen Arm- und Genickmuskeln und sah verächtlich auf Küentzi herab, der diesmal keine rasche Antwort bereit hatte. Mit stolzer Stimme verkündete er: «Ich weiß Bescheid, denn vor zwei Jahren fragte mich der Ritter Heinrich von Mumbaton, als er hier in der Schmiede von mir ein Hufeisen richten ließ, ob ich mich nicht ihm anschließen wolle, so starke Kerle wie mich würde er im Kampf gerne neben sich haben. Als Schmied hätte ich zudem immer Arbeit mit Rüstung und Waffen.»

Die Köchin, der diese Prahlerei überhaupt nicht gefiel, wies ihn zurecht: «Meinst du diesen alten, verarmten Haudegen mit grauen Haaren, der sich zwar in meiner Küche verpflegte, während du sein Ross beschlugst, aber nichts als schöne Worte zum Dank zurückgelassen hat? Mir hat er sich nicht vorgestellt, nur eingepackt hat er, als würde ihm hier alles gehören. Hat er dich bezahlt für deine Arbeit?»

Der Schmiedegeselle schüttelte nur den Kopf und schwieg betreten. Johann meinte nur trocken: «Typisch für Heinrich von Mumbaton! Vor fünf Jahren gab es einen Streit zwischen ihm und dem Kloster Klingental, denn er hatte nur einen kleinen Teil des Leibgedings für seine Tochter Jannata, die ihr Gelübde als Nonne schon abgelegt hatte, bezahlt. Er hat dann die Königin Agnes von Ungarn als habsburgisches Schwergewicht zu seinen Gunsten eingeschaltet. Das darauf einberufene Schiedsgericht erkannte, dass es bei ihm nichts zu holen gebe und das Kloster Verzicht leisten müsse. Wäre er nicht vor einem Jahr verstorben, würde er sicher jetzt in den Krieg ziehen und als Kriegslohn auf eine einträgliche Vogtei im Bernbiet hoffen.»

Die Schaffnerin, die alles mitangehört hatte und Jannatas traurige Geschichte kannte, meinte nur: «Johann, dein Wissen über die Nonnen im Kloster behältst du besser für dich.» Sie korrigierte aber keine seiner Aussagen und schwieg auch, als der Schmied erzählte, wie er erst gestern einen kleinen Trupp mit einem Reiter neben einem vollbeladenen Wagen auf der Straße nach Basel angetroffen habe.

«Ich bin vom Feld mit unserm Wagen unterwegs in die Schmiede gewesen und musste an ihnen vorbei. Das Fähnlein der Neuensteiner habe ich sofort erkannt. Ich habe sie gegrüßt und gefragt, wohin sie zögen. Der Reiter stellte sich als Edelknecht Hanneman von Neuenstein vor. Er käme von Mühlhausen, wo er ausstehende Zinsen und Abgaben eingeholt habe, und zöge über Basel weiter südwärts. Jetzt, nachdem wir den großen Zusammenhang kennen, ist mir natürlich klar, wohin der zog. Die bernischen Ländereien sollen reich sein, schon ein Häppchen davon wäre ein Gewinn für Hanneman.»

Der Schmiedegeselle, dem die politischen Zusammenhänge, wie sie die Schaffnerin erklärt hatte, unwichtig waren, kam zu eigenen Schlüssen: «Wenn ich mich als Schmied dem bischöflichen Angebot anschließen kann, habe ich nur Vorteile. Ich bin als Grundhöriger geboren und lebenslänglich, falls das Grundstück nicht den Besitzer wechselt, an die Klostergemeinschaft in Häsingen gebunden. Als Soldat könnte ich im Guten weggehen und unbekannte Länder und neue Leute kennenlernen, ohne als Entlaufener gesucht zu werden. Ich könnte meinen Sold sparen, wieder zurückkommen und die

Schmiede dem Meister abkaufen. Er könnte mit dem Geld dann den Altenteil genießen.»

Johann, dessen Gesicht sich stetig mehr verfinsterte, je länger er dem Gesellen zuhörte, fuhr ihn unwirsch an: «Wenn, wenn, wenn! Wenn du nicht im Kampf getötet wirst oder so verkrüppelt zurückkehrst, dass du dein Handwerk nicht mehr ausüben kannst. Hör auf mit deiner Schwärmerei! Solltest du als Gefangener ohne Schaden überleben, musst du ohne Lohn, wahrscheinlich sogar als Eigenhöriger, für einen Ritter, der dich je nach Bedarf vermieten kann, schmieden. Lass dir gesagt sein: Bist du nicht adlig, hast du außer Unsicherheit, Schmerz und Entbehrung nichts von einem Krieg.»

Küentzi tat der Geselle leid. Auch er hatte schon davon geträumt, im Kampf Lorbeeren zu gewinnen, und stellte sich daher auf die Seite des Gesellen: «Johann, du zeigst nur die schlechten Seiten des Soldatentums. Ich könnte mir gut vorstellen, dass der Schmiedegeselle, der sicherlich ein guter Kämpfer ist, von einem Ritter zum Knappen berufen und, wenn er sich im Kampf siegreich bewährt, sogar zum Ritter geschlagen wird.»

Johann zögerte mit der Antwort nicht: «Großartige Aussichten beschreibst du da für unsern Gesellen. Wie denkst du, dass ein Ritter ohne Erb und Land sich ernährt? Ihm bleibt nur der Krieg mit Aussicht auf Beute oder der Eintritt in ein armes Kloster als Mönch. Der Geselle hat ein Handwerk, und Handwerk hat goldenen Boden. Eine bessere Zukunft könnte er nicht haben!» Johann, der immer lauter gesprochen hatte, hatte sich erhoben und wollte aufgebracht den Tisch verlassen, als er die Stille heischende Hand der Schaffnerin sah. Gehorsam setzte er sich wieder.

Die Nonne sprach ein Dankgebet dafür, dass das Kloster bis anhin nicht zu Schaden gekommen war, und bat die Heiligen um Unterstützung für die anstehenden Transporte. Zum Schluss forderte sie Johann auf, auch das Fleisch aufzuladen und mit Küentzi loszufahren: «Das Ziel der Fuhre ist die St.-Jakobs-Kirche unten bei der Birsbrücke. Ich organisiere hier noch die morgige Fuhr. Wir treffen uns heute Abend im Klingental. Dann weiß ich, was du morgen nach Häsingen fahren musst.»

Johann verließ sofort die Küche. Alle folgten ihm schweigend, denn die Stimmung war nach dem vorangegangenen Gespräch noch immer angespannt. Selbst die Schaffnerin sagte nichts mehr, bevor sie in einem Keller verschwand. Nur die Köchin wünschte ihnen eine gute Fahrt.

Johann, der die beiden Häsinger Gäule wenig kannte, wollte sie nicht überanstrengen und schlug zum Anfang ein gemütliches Tempo an. Als er von der Häsingerstraße nicht wie gewohnt links abbog, sondern geradeaus weiterfuhr, fragte ihn Küentzi, der vorne auf einem Sack neben ihm saß, welchen Weg er denn nehmen wolle.

«Um die Pferde zu schonen, muss ich mit dieser schweren Ladung steiles Gefälle vermeiden, so gut es eben geht. Wir fahren über Hegenheim und Allschwil bis Binningen mehr oder weniger eben, überqueren den Birsig beim tiefer gelegenen Binninger Schloss. Von der St.-Jakobs-Kirche kehren wir durch die Aeschenvorstadt und die Freie Straße über unsere Rheinbrücke ins Klingental zurück.»

Küentzi, der sich neben Johann auf dem breiten Gefährt quer hinlegen konnte, meinte müde: «Einen weiter abgelegenen Platz für das Nachschublager hätte der Bischof nicht finden können. Wir brauchen unmöglich viel Zeit mit diesem Umweg. Ich sollte doch schon bei Luggi für die Schreibstunde sein.»

«Das tut mir leid, doch ich kann nicht schneller fahren, ohne die Tiere zu schinden. Abgesehen davon ist der Platz gut gewählt. Denn all die auf Heldentum trainierten Männer sind, wenn sie gemeinsam warten müssen, übelgelaunt und streitsüchtig, meist verroht. Ob Ritter oder Landsknecht, ich möchte sie um kein Geld der Welt innerhalb der Stadtmauern haben.»

Küentzi gab sich zufrieden, genoss die Wärme eines der letzten schönen Nachmittage vor dem Herbst. Die Sonne stand tiefer und die Schatten wurden mit der Dauer der Fahrt länger. Die Wälder, zu denen es die Sonne hinzuziehen schien, zeigten gelbe Tupfer, doch für die buntfarbige Herbstmischung war es noch zu früh. Nächte mit Frost waren vonnöten, um die Lindenblätter gelb, das Buchenlaub rostrot zu färben und die einmalige Vielfalt der Herbstfarben hervorzuzaubern.

Johann hatte die beiden Gäule zu einem leichten Trab verlockt und genoss sichtlich seine Arbeit als Fuhrmann. Seine

Stimmung hatte sich gehoben, und manchmal glitt sogar der Anflug eines Lächelns über sein Gesicht.

Zu gerne hätte Küentzi gefragt, was Johann innerlich erheiterte, doch er ließ es bleiben. Seine Müdigkeit war stärker als seine Neugier, denn es war für ihn ein langer, arbeitsreicher Morgen gewesen. Im Gegensatz zum sehnsuchtsvollen Traumbild der reizenden Hedwig, das ihn durch den Morgen begleitet hatte, waren die jetzigen Bilder verwirrend zahlreich. Johann, Clare, Hedwig und selbst die Schaffnerin in ihrem schmutzigen, rußbefleckten Habit erschienen ihm. Sie stritten heftig untereinander, zeigten auf ihn, flüsterten ihm Verwirrliches zu und traten ihm vereinzelt so nah, dass er sich die unterschiedliche Länge ihrer Wimpern einprägen konnte. Ihm ging das Gefühl für die Zeit und seine Umgebung verloren.

Erst nach einer beträchtlichen Strecke fand er in die Gegenwart zurück und sah überrascht, dass die St.-Margarethen-Kirche oberhalb des kleinen, sich verfärbenden Rebhanges schon weit hinter ihnen lag. Geradeaus erkannte er die Burgen im aufgebrochenen Grün des Wartenbergs und darunter die lichtgrünen Erlen- und Eschenrudel der Birsebene.

Küentzi schätzte, dass die Fahrt noch eine Weile dauerte, und drehte sich unauffällig Johann zu. Er musterte ihn ganz genau, beobachtete bis in die kleinste Einzelheit, wie die hagere, vom Straßenstaub angegraute Gestalt mit kräftigen Händen flink und ohne Anstrengung die Pferde lenkte. Der unpersönliche Schnitt und das unauffällige Grau der Tracht standen im Widerspruch zum scharf gestochenen Profil des Gesichts. Johanns hohe, durchfurchte Stirn, sein kantiges Kinn, alles verriet seine geistige Strenge und Willenskraft. Wären die sinnlich runden Lippen, die Lachfalten um die Augen und die fröhlich-roten Wangen nicht gewesen, hätte er als Modell für eine Heiligenfigur des neuesten Stils dienen können.

Johann, der Küentzis forschende Blicke bemerkt hatte, ließ sich nichts anmerken, und je näher sie der Birsebene kamen, desto mehr wurde er von der Arbeit mit den Zügeln in Beschlag genommen. Als ihnen ein leeres Fuhrwerk auf der leicht abfallenden Straße entgegen kam, brauchte Johann all seine Geschicklichkeit, um den schweren Wagen an dem entgegenkommenden Gefährt vorbeizusteuern. Er musste mehrmals kräftig in die Zügel greifen und die Pferde so führen, dass das Gewicht der Ladung sie nicht trieb, die Bremsstange nicht überhitzte.

Küentzi sprang ab, sobald das Gefälle zunahm, um ihm die Arbeit zu erleichtern, und hatte Zeit, die Zeltstadt im Tal zu betrachten. Der Rauch der vielen Feuer stieg beinahe senkrecht zwischen den Zelten auf und verteilte sich als dünner graubrauner Schleier über die Birslandschaft, wobei eine schwache Brise den Schleier wiederholt zerriss und die Fetzen rheinwärts trieb. Vom Siechenhaus neben der Kirche entlang des St.-Alban-*tychs* bis zur großen Brücke über die Birs reihten sich die großen Zelte der Ritter und Hauptleute. Farbenfrohe Wimpel und Fähnchen vor und auf diesen Unterkünften verkündeten Herkunft und Zugehörigkeit ihrer Bewohner.

Die wenigen Männer, die Küentzi in der Zeltstadt ausmachen konnte, waren nicht als Landsknechte zu erkennen. Einzig um das Ziel ihrer Fahrt, eine behäbige Scheune neben dem Kirchlein, standen Soldaten wie eine Mauer mit großen Schildern und Lanzen kampfbereit in einem Kreis.

Zwischen den Zelten kochten einfach und farblos gekleidete Frauen, die zum Tross gehörten, Mahlzeiten für die Herren. Hinter ihnen, näher beim Fluss unten, hatten am Gelb erkennbare Hübschlerinnen ihre kleinen Zelte aufgeschlagen. Auch ihnen schien die Arbeit nicht auszugehen. Einige verkauften an Männer, die vor den Zelten anstanden, Getränke aus einer offenen Schenke nebenan. Sogar lüpfige Tanzmusik, durchmischt mit rohem Männergesang, erklang aus dieser Ecke.

Es hätte der Eindruck einer fröhlichen Kermes entstehen können, wären in der Ebene in der Abendsonne nicht streng geordnete Reihen von Blechhüten, Brustpanzern und Lanzenspitzen aufgeblitzt. Hier übten die Landsknechte den Kampf und verdarben mit ihrem verbissenen Geschrei und ihrem blechernen Gescheppper die friedliche Stimmung am oberen Talrand.

Die Klingentalfuhre war heil bei der Kirche unten angekommen, und Johann lenkte den Wagen zur von Soldaten bewachten Scheune. Keiner machten einen Wank, als er sie um Auskunft bat, bis ein beflissener Geistlicher sie aus einer Seitentür begrüßte und sich als Priester des bischöflichen Auszugs und rechte Hand des bischöflichen Kämmerers vorstellte. Auf sein Zeichen gaben die Soldaten den Weg zum großen Scheunentor frei. Während der Priester Verstärkung fürs Abladen aufbot, lösten Johann und Küentzi die Seile über der Ladung, nahmen dazwischen einen kräftigen Schluck Wasser und hängten den Pferden Säcke mit Hafer um.

Die Hilfe kam schnell. Acht kräftige Männer luden mit Schwung die Lebensmittel ab und trugen sie in die Scheune, wo der Priester ihnen einen freien Platz für ihre Ladung zuwies. Küentzi, der unbedingt das Innere der Scheune sehen wollte, überzeugte Johann, mit einem Korb Äpfeln dem Priester zu folgen. Wohl konnte er im Halbdunkel der Halle nicht alles erkennen, doch der Anblick so vieler Lebensmittel überwältigte ihn. Selbst Johann entfuhr ein Ausruf des Staunens, als er das Ausmaß der Vorräte erfasste und erkannte, wie klein der Häsinger Beitrag an Lebensmitteln hier war.

Als der Priester Johann um eine Lieferliste bat, musste er den Klingentalern zuerst erklären, was er damit meinte: «Wie könnt ihr ohne eine Liste der Lebensmittel, die ich als eingegangen bestätige, beweisen, dass das Kloster seiner Pflicht nachgekommen ist?»

Johann fühlte sich getadelt und geriet ins Stottern: «Mein Wort hat bis anhin immer genügt. Weshalb sollte dies nun ändern?»

Küentzi sprang ein: «Dies ist nur die erste von zwei Lieferungen. Die Schaffnerin wird auf der Liste für die morgige Fuhr auch die heutige Lieferung dazunehmen. Ihr könntet uns dann gesamthaft den Eingang der Lebensmittel bestätigen.»

Der Priester sicherte ihnen zu, er werde ihnen morgen beide Lieferungen bestätigen. Um den aufgebrachten Konversen zu beruhigen, erklärte ihm der Priester, dass ihm persönlich sein Wort genüge, doch die bischöfliche Verwaltung sei ausgebaut worden und fordere verlässliche Angaben mit Zahlen. Diese Zahlen würden für die Abrechnung mit den Kreditgebern des Kriegszugs gebraucht. Je aufwendiger die Kosten und je grösser folglich die bischöfliche Verschuldung, desto solider müssten die Unterlagen des Kämmerers sein, wenn er im Namen des Bischofs von der Bürgerschaft der Stadt Geld leihen wolle.

Mittlerweile war der Wagen leer geworden, und der Priester forderte sie auf, den Platz des Überflusses zu verlassen. Während er das Scheunentor hinter ihnen schloss, dankte er nochmals für die Lebensmittel und versicherte Johann zum Abschied, dass er genau wisse, was und wie viel das Klingental heute abgeliefert habe. Sie könnten sich auf ihn und auf sein Gedächtnis verlassen.

Johann saß auf, dankte dem Priester und fuhr schnell los. Küentzi, der beobachten wollte, wie die gepanzerten Wachen wieder vom Platz Besitz nahmen und den Kreis um die Scheune schlossen, sprang im letzten Augenblick hinten auf.

Vorne angekommen, wurde er vom noch immer aufgebrachten Johann sofort in Beschlag genommen: «Heute Abend komme ich auch zu Luggi! Ich will auf keinen Fall noch einmal so blöd dastehen. Das ist für mich der Beweis, dass große und wichtige Geschäfte auch von kleinen Leuten nur noch schriftlich abgeschlossen werden. Deshalb muss ich unbedingt Lesen und Schreiben lernen.»

Küentzi fand dies vortrefflich und zeigte seine Freude mit einem freundlichen Schubser. Johann fuhr unbeeindruckt fort: «Zum Glück hatten wir es mit einem verständigen Priester zu tun. Ein anderer hätte uns glatt über den Tisch ziehen können. Er hätte die Ware verschwinden lassen und unter der Hand im Lager verkaufen können. Ohne schriftliche Bestätigung der Lieferung wären wir des Diebstahls beschuldigt worden! Die Soldaten wären längst weg oder schon gefallen gewesen, bis wir unsere Unschuld hätten beweisen können.»

Johann sagte bis ins Kloster kein Wort mehr. Dort glitt Küentzi behände vom Wagen und wollte in die Küche, doch zu seiner Überraschung rief der andere ihn zurück, damit er ihm beim Ausspannen helfe und einen der großen Gäule zum Brunnen und nach dem Tränken in den Stall führe. Er sagte dies so selbstverständlich gelassen, als ob Küentzi jahrelange Erfahrung mit dem Abspannen von Pferden hätte.

Küentzi musste seinen ganzen Mut zusammennehmen, als er das kräftige Tier aus dem Geschirr löste und am Halfter in den Stall führte. Dort band er den Pferdebrocken neben den andern Häsinger Gaul an den Futtertrog und rieb sich seine verschwitzten Hände an seiner Hose trocken. Erleichtert blickte er zu Johann, der ihm vorangegangen war und ihn genau beobachtet hatte.

«Morgen fällt es dir schon leichter», war Johanns trockener Kommentar. «Übrigens möchte ich, dass du mir morgen früh beim Anspannen hilfst. Es ist höchste Zeit, dass du lernst, mit Pferden umzugehen. So, jetzt geh und such Luggi. Richte ihr aus, ich möchte auch mitmachen.»

Nach diesem Lob rannte Küentzi voll Stolz mit rotem Kopf los in die Kirche, wo er hoffte, eine Nonne mit Luggis Aufgebot zu finden. Tatsächlich betete eine in der dämmrigen Leutkirche vor dem Bild des Heiligen Dominikus. Küentzi ging dicht neben ihr auf die Knie, und noch bevor er ein Paternoster beginnen konnte, flüsterte sie, ohne den Kopf vom Altarbild abzuwenden: «Heute nach der Vespermahlzeit erwartet Luggi dich in der Vorratskammer neben der Pfisterei zum Unterricht.»

Küentzi antwortete, ebenfalls ohne den Kopf zu heben: «Danke. Johann will auch kommen. Kannst du ihr dies ausrichten, bitte?»

Draußen holte er zuerst tief Atem, dann rannte er freudig zum Stall, wo er Johann vermutete. Ohne sich zu vergewissern, ob sie alleine waren, platzte er noch unter dem Türbogen heraus: «Luggi erwartet uns nach der Vesper in der Pfisterei.»

Erst dann bemerkte er, dass er Johann und die Schaffnerin in der Besprechung der morgigen Fahrt unterbrochen hatte. Sie nahmen ihm sein Reinplatzen nicht übel, und die Frau scherzte freundlich: «Richte Luggi aus, du musst bis morgen die Zahlen lesen und schreiben können.»

Johann knüpfte sofort an: «Es gilt schon jetzt ernst, denn du musst mir helfen die Pferde zu striegeln. Beginn mit dem sanftmütigen der Priorin, das die Schaffnerin morgen wieder reiten wird.»

Enttäuscht packte Küentzi zwei Bürsten und begann den breiten Rumpf des Pferds zu putzen. Die Arbeit fiel ihm schwer. Jedes Mal, wenn er sich auf die Zehenspitzen ausstreckte, um die Kruppe des Gaules zu bürsten, rieb seine Nase leicht an das staubige Pferdefell. Doch er lernte schnell, seine Bewegungen wurden ruhig und gleichmäßig, was ihn selber überraschte und dem Tier zu gefallen schien. Geduldig, nur ab und zu das Gewicht verlagernd, bot es ihm seinen Rumpf zur Pflege.

In der Küche wachte eine Gehilfin über die dünne Suppe, die in einem großen Kessel über dem Feuer simmerte. Johann, hungrig und aufgekratzt, bettelte mit schmeichelnden Worten um eine

Mahlzeit und hatte Erfolg. Für die Magd waren die unerwarteten Besucher eine höchst willkommene Abwechslung. Leute, die ihr ohne Widerrede zuhörten, ihr keine Befehle gaben, sie weder tadelten noch ihr Angst machten, traf sie selten an.

Genüsslich gab sie den schmatzenden Essern Einzelheiten über die übermüdete und gereizte Köchin weiter, beschrieb die abstoßende Farbe des Fleisches, das wegen der neuen Fastentage im Keller verdarb und nicht einmal mehr den Hunden und Katzen verfüttert werden konnte. Auch über die Auswirkungen der Heuschreckenplage, die nun doch nicht so verheerend ausgefallen war wie anfänglich befürchtet, wusste sie Bescheid.

Ungefragt deckte sie die beiden, die still ihre Schalen ein zweites Mal gefüllt hatten, mit ihrem Wissen ein und erinnerte sich plötzlich, dass der Beichtiger mit der salbungsvoll süßen Stimme Küentzi gesucht hatte.

Mit einem lauten «Danke für die Mahlzeit» unterbrach Johann die Magd in ihrem Schwall kopfloser Redseligkeit und verließ, gefolgt von Küentzi, die Küche. In der hinter der Backstube gelegenen Vorratskammer verfolgten sie durch das Fenster, wie die Messgänger im Dämmerlicht die Leutkirche verließen. Als sie niemanden mehr erkennen konnten, machten sie es sich auf einer Reihe gestapelter Dinkelmehlsäcke bequem. Beide schreckten auf, als Luggi resolut zwei Kerzenlichter auf den Tisch stellte und eine Tafel mit Buchstaben und Zahlen dazwischen legte. Sie hatte beim Eintreten die Männer nicht bemerkt und reagierte auf die zwei dunklen Gestalten, die sich langsam von den Säcken lösten, gehässig: «Was fällt euch ein, mich so zu erschrecken! Setzt euch an den Tisch.»

Johann, der ansonsten nach einer solchen Schelte bockig tat, setzte sich lächelnd hin und fragte höflich: «Können wir mit den Zahlen beginnen? Die Schaffnerin wäre froh, wenn wir davon mehr verstünden.»

Und so begann eine Lektion über Zahlen, arabische und römische, alle auf einmal.

Noch war Luggi am Erklären, als der Beichtiger hereinplatzte: «Gott sei Dank habe ich euch gefunden. Die Küchenmagd hat euch beobachtet und konnte mir den Weg weisen.» Als ob er von der Suche erschöpft wäre, ließ er sich am Tisch nieder und breitete darauf eine Novizenkutte aus: «Hier, Küentzi, trag das morgen, wenn du nach Häsingen oder Ötlingen musst. Als Dominikanernovize dürfen dich die Landsknechte nicht greifen und in den Kriegsdienst pressen. In deinen jetzigen Kleidern bist du außerhalb des Klostergebiets vor ihnen nicht sicher.»

Küentzi wollte das Geschenk sofort ablehnen und den aufdringlichen Beichtiger über seine Zukunft als Schaffner aufklären, doch Luggi war schneller und rettete ihn vor einer Peinlichkeit: «Der Kaplan hat recht. In dieser unsicheren Zeit leistet dir diese Kutte gute Dienste. Nicht nur schützt sie dich vor der einsetzenden Kälte, gegen die deine jetzige Kleidung überhaupt nicht taugt, sondern auch vor den Soldaten. Übrigens weiß der Kaplan, dass du nicht das Noviziat gewählt hast.»

Küentzi überwand seine Verlegenheit, als der Priester sich erhob, um nicht weiter zu stören. «Danke, danke vielmals für dieses Geschenk. Darf ich es jetzt schon anziehen, um zu sehen, wie die Kutte mir sitzt?»

Der Kaplan wischte sich, gerührt ob so viel Dankbarkeit, die Augen und rief beim Hinausgehen: «Nur zu, nur zu! Du kannst sie mir später mal ins Predigerkloster zurückbringen», und war verschwunden.

«Ich glaube, ich habe mich in diesem Priester getäuscht», ließ sich eine neue Stimme aus der Backstube vernehmen. Werndrut, die ungesehen im Dunkeln gewartet hatte, bis der Kaplan weg war, trat zu ihnen und wünschte heiter, Küentzi solle sich die Kutte sofort anziehen. Sie würde die nötigen Anpassungen vornehmen.

Der ließ alles mit sich geschehen und stellte sich im dunklen Novizenhabit, das für ihn eindeutig zu weit war, vor Werndrut. Während sie den Stoff bearbeitete, neue Ränder faltete und Säume löste, wiederholte er Luggis Zahlenreihen stehend.

Werndrut, die als Nonne in der klösterlichen Näh- und Stickstube viel Erfahrung gesammelt hatte, betrachtete das Ergebnis und unterbrach Küentzis Zahlenleierei sachkundig: «Wenn diese Kutte dir bis morgen richtig sitzen soll, brauche ich gutes Nähzeug, viel Faden und mehr Hände.» Sie ermahnte ihn streng, sich nicht zu rühren, bis sie mit dem Benötigten zurück war.

Johann ließ enttäuscht die Mundwinkel hängen, denn Werndrut hatte sich eindeutig mehr um den Wollstoff als um ihn gekümmert. Tief über die Tafel gebeugt, krafelte er mit Gequietsche seine Zahlen und überhörte die fröhliche Bitte der wiedergekehrten Werndrut, er solle ihre Ohren schonen. Sie musste ihren Wunsch laut wiederholen, bis er den Griffel ablegte und erwartungsvoll aufsah.

Küentzi folgte seinem Beispiel und traute seinen Augen nicht: Im Halbdunkel stand Clare mit Zwirn und Nadel in der Hand! Sie strahlte ihn so unternehmungslustig an, dass er sie sofort in seine Arme schließen und an sich drücken wollte. Zum Glück bemerkte er rechtzeitig die spitze Nadel, mit der sie scherzhaft auf ihn zeigte und so auf Abstand hielt.

Luggi hatte im schwachen Kerzenlicht von diesem Zwischenspiel nichts mitbekommen und erlaubte ihren Schülern aus Mitleid und Rücksicht auf ihren anstrengenden Tag eine Pause. Die Ruhe im Raum war so wohltuend, dass sich Küentzi setzen wollte. Doch wie aus einem Munde verboten ihm dies die Frauen, solange sie die neuen Säume mit Nadeln absteckten.

Zur Erheiterung der Frauen geriet Johann ins Stottern, als Werndrut ihn fragte, ob sie ihm mit den Zahlen helfen dürfe, denn Clare könne nun alleine abnähen. Sein Nicken war unmissverständlich, und Werndrut übte nun die Zahlenreihen mit Johann, Luggi mit Küentzi. Clare nähte still neue Säume an die Kutte, die er ausgezogen und ihr übergeben hatte.

Erst als die Kerzen beinahe niedergebrannt waren und die Arbeit für die müden Augen zu schwierig wurde, beendete Luggi die Lektion. Sie bat Clare, im verbleibenden Licht nur die großen Säume abzunähen, und ermahnte Küentzi, auszuharren, bis die Kutte zur Anprobe bereit war. Johann verkündete, er wolle die Häsinger Gäule im Stall überprüfen und danach Küentzi abholen. Beflissen hielt er für Werndrut und Luggi, die alles Schreibmaterial eingesammelt hatte, die Tür auf und verschwand mit ihnen im Hof.

Küentzi konnte endlich seine ganze Aufmerksamkeit Clare widmen. Er bewunderte ihre feine, spitze Nase, die vollen, etwas zusammengebissenen Lippen und suchte immer wieder ihre Augen. Er berauschte sich am Tanz der flinken Finger, die Nadel und Zwirn im dicken Wolltuch versenkten und mit Kraft wieder hervorholten, und zerging, wenn Clare ihn mit einem sanften Blick bedachte. Er war so glücklich, dass er sich im Stillen wünschte, die Zeit bliebe stehen und alles bliebe wie jetzt.

Eine Kerze erlosch jäh, und Clare hieß ihn, im verbleibenden Licht unverzüglich die neu vernähte Kutte anzuprobieren. Sie half ihm, das Tuch über den Kopf zu ziehen, wobei sie versehentlich die letzte Kerze umstieß. Mit einem leisen Zischen, das in beider Ohren wie ein Seufzer klang, erlosch die Flamme. Beide verharrten unbeweglich, um die Augen an die Dunkelheit zu gewöhnen. Beiden wurde heiß, beide suchten des andern Körper.

Doch Johanns Stimme kam dazwischen: «Ich zeige euch mit meinem Licht den Ausgang.»

So hatten sich die beiden den Abschied nicht vorgestellt. Ungestüm versuchte Küentzi noch einen schnellen Kuss, bevor er Clare zum Karrer hinausführte. Im Hof drehte er sich im Licht von Johanns halbabgeblendeter Laterne langsam vor Clare im Kreise, bis sie ihm leise bestätigte, dass der Sitz der Kutte stimmte und er sie morgen anziehen könne. Bevor er ihr für ihre Arbeit danken konnte, war sie grußlos im Dunkel verschwunden.

15

Es war noch stockdunkel draußen, als die Konversen sich im Schlafsaal für den Frühgottesdienst bereitmachten. Im Licht zweier Laternen, die die Nachtwache für sie angesteckt hatte, huschten sie dem Ausgang zu. Das Gepolter ihrer Holzschuhe auf der Treppe nach unten und das Scheppern von versehentlich im Halbdunkel umgestoßenen Gegenständen weckten Johann und Küentzi.

Im Halbschlaf schüttelten sie ihre Unterlagen aus und folgten den andern nach draußen. Niemand sprach ein Wort, wie die Priorin es für diese Tage gefordert hatte. Selbst der dichte Regen, der außerhalb des schützenden Vordachs im Hof auf sie niederprasselte, wurde nur mit einem leisen Aufstöhnen quittiert.

Johann und Küentzi trotteten stumm an der Backstube vorbei, als der Bäckermeister in den Regen rief: «Karrer, bist du's? Ich muss dir von der Schaffnerin ausrichten, ihr sollt erst anspannen, wenn ihr mit ihr nach der Prim gesprochen habt.»

Die Nonnen hatten ihren Gesang schon begonnen, als beide vorsichtig die im Kerzenschein glitzernden Wassertropfen von ihren Kutten strichen. In Küentzis Ohren klang der einstimmige Hymnus *Veni creator* wunderschön, und er war überzeugt, Clares einmalig schöne Stimme heraushören zu können. Er wünschte sich, sie würde für ihn allein singen und könnte ihm bei dieser Gelegenheit auch auf Deutsch erklären, worum es in diesem Lied ging. Er hatte den Text schon viele Male gehört, war mit ihm groß geworden, doch heute hatten die vertrauten Töne in ihm etwas Neues zum Klingen gebracht. Er war sich sicher, dass er dessen Bedeutung nur mit Clare entschlüsseln konnte und sie aufsuchen musste.

Am Ende der Prim folgte er zögerlich Johann unter den Lettner. Beide schreckten auf, als sie eine feine Stimme hörten: «Die Kutte steht dir. Komm, wir beten zum heiligen Dominikus.» Der Kaplan war unbemerkt neben sie getreten und wies Küentzi mit einer Hand den Weg vor den Altar, mit der andern gebot er Johann, zu bleiben, wo er war.

Vor der Statue des Heiligen ging der Kaplan mit Küentzi auf die Knie und flüsterte die Fürbitte an den Heiligen gerade so laut, dass der Junge die Worte verstehen konnte, andere jedoch nur ein sonores Murmeln vernahmen.

Küentzi verspürte echte Dankbarkeit für das Geschenk der warmen Kutte, andrerseits empfand er die Beharrlichkeit, mit der der Prediger seine Nähe suchte und sich um sein geistig-seelisches Wohlergehen kümmerte, als zwiespältig und verwirrend.

Bevor er mit seinen Überlegungen weiterkam, spürte er eine Frauenhand auf der Schulter und hörte die leise Stimme der Schaffnerin, der Karrer warte draußen. Heilfroh erhob er sich, nickte entschuldigend dem Kaplan zu, der ihn grußlos ziehen ließ.

Draußen machte er seinem Unmut Luft: «Ich weiß nicht, was der von mir will!»

Johann wusste nicht, wie er mit so viel Ungemach umgehen sollte, beschränkte sich auf das Nächstliegende: «Meide die Kirche – wenn du kannst.»

Küentzis Laune besserte sich, als der Karrer ihn mit dem gänzlich veränderten Tagesplan überraschte. Die Schaffnerin hatte wegen der vom Regen aufgeweichten Straßen und des schlechten Wetters entschieden, die Fahrt nach Häsingen und ins Birslager auf den morgigen Tag zu verschieben. Heute konnte der Karrer also Küentzi im Umgang mit Pferden unterrichten, ihm beibringen, wie ein Doppelgespann anzuschirren und zu führen sei.

Voller Stolz und mit geradem Rücken grüßte Küentzi während des Frühstücks alle Bekannten mit einem gewichtigen Nicken. Seinen schnellen Aufstieg zum zweiten Karrer des Klosters konnte er ihnen aber nicht verkünden, musste wie alle schweigen, bis die Lesung vorüber und die Tafel aufgehoben war. Er vergaß seine neue Wichtigkeit, als ihn nach dem Essen, inmitten des Lärms des Abräumens und Bänke- und Tischeschiebens, der Mühlenmeister leise aufforderte: «Küentzi, komm doch kurz zu mir rüber!»

Eilig nahm er die wenigen Schritte über den noch dunklen Hof und fand die gedrungene Gestalt Meister Heinzins im Gespräch mit dem Müllergesellen. Küentzi würde das Klingental bald verlassen, sprach der Meister, was er bedaure, denn aus ihm wäre sicherlich ein guter Müller geworden. Er wandte sich für alle im Hof hörbar Küentzi zu: «Damit du uns und die Mühle nicht vergisst, haben wir für dich eine kleine Klingentaler Mehltruhe aus edelstem Kastanienholz bereitgestellt. Ich will sie dir zeigen, folge mir.»

Am Eingang zur Mühle ergriff der Geselle die dort hängende Laterne und richtete das Licht auf die versprochene Truhe. Der Müller hob den dunkel gebeizten Deckel und zeigte auf zwei feingewobene Leinensäcke mit einer vereinfachten Darstellung des Klostersiegels.

«Wahrscheinlich hast du diese Säcke vorher noch nie gesehen, denn wir verwenden sie nur für außergewöhnliche Lieferungen an den Bischof oder an einen hochstehenden Gönner. Du kannst die Truhe und die Säcke zum Versorgen deiner neuen Kleider und persönlichen Gegenstände gebrauchen. Wahrscheinlich bin ich unterwegs, wenn du nach Rufach abreist, also verabschiede ich mich schon jetzt von dir. Ich wünsche dir alles Gute. Grüß die Rufacher Müller von mir.»

Küentzi packte nach der ungewohnt langen Rede gerührt die breiten Hände des Müllers und schüttelte sie sprachlos mit aller Kraft. So viel Mitgefühl und Anerkennung hatte er vom häufig bärbeißigen Müllermeister nicht erwartet. Mit einem warmen Lächeln befreite sich dieser ruhig aus Küentzis Griff, deutete eine kleine Verbeugung an und ging zur Arbeit nach oben.

Johann, der im Hof auf Küentzi gewartet und das geheimnisvolle Gehabe des Müllers kritisch verfolgt hatte, erfuhr als Erster ausführlich vom überraschenden Geschenk. Er wechselte aber gleich das Thema. «Zuerst müssen wir die Pferde einspannen und die Fahrschule durchführen, dann kannst du mir die Truhe zeigen. Ich bin gespannt, wie sie aussieht.»

Küentzis Dankbarkeit über des Müllers Geschenk und Anteilnahme übertrug sich sofort auf seine Arbeit mit den Pferden. Als ob das Ross, das er hinter Johann aus dem Stall vor den wartenden Wagen führte, sein bester Freund wäre, schilderte er dem Tier in allen Einzelheiten, wie er des Müllers Geschenk verwenden wollte.

Johann beendete Küentzis lautes Reden. «Du musst dem Ross sagen, was es tun muss und es mit den Händen leiten. So gewöhnt es sich an deine Stimme. Konzentriere dich auf deine Arbeit, sonst verwirrst du das Tier.»

Doch die Tiere schienen Küentzi wohlgesinnt, verhielten sich ruhig, auch wenn der Lehrling nicht alle Schlaufen richtig bediente, sich mit den Strängen verhedderte und einen Riemen sogar ganz neu einfädeln musste. Als das Gespann endlich für eine Fahrt bereitstand, übergab Johann Küentzi die Zügel und forderte ihn nach einem sichernden Rundumblick auf loszufahren. Küentzi hob stolz die Rückenriemen an, gab die Befehle, und los ging's. Er ging neben der Vorderachse, Johann auf Kopfhöhe zwischen den Rössern, bereit, sie sofort am Biss zu packen, sollte etwas schiefgehen.

Sie verließen den Klosterhof über den Mühle*tych* und bogen im Schritt in die Webergasse ein, wo Küentzi gewandt auf den Wagen sprang und sich auf eine solide verankerte Kiste setzte, damit er einen besseren Überblick hatte. Dass der Sitz für ihn ein bisschen zu hoch und völlig unbequem war, hinderte ihn nicht, stolz den Verkehr zu beobachten und dem Gespann die Richtung anzugeben. Es war ein herrliches Gefühl, allein, die

Zügel fest in den Händen, vorne zu sitzen und das große Gefährt zu lenken!

Nach der Hanfreibe, wo die besten Seile der Stadt hergestellt wurden, bogen sie in die Straße nach Kleinhüningen ein. Wegen des regnerischen Wetters und der späten Morgendämmerung herrschte auf der langen, geraden Straße nach Norden wenig Betrieb. Nur einige Raben kämpften mit lautem Gekrächze um Futter am Straßenrand und erhoben sich zeternd, als ihnen das schwere Gefährt näher kam. Nach dem Isteinertor setzte sich Johann neben Küentzi und zeigte ihm, wie er die beiden Pferde zum Traben bringen konnte.

Küentzi befolgte Johanns Anweisungen genau, und sie kamen schnell voran, spürten wenig von den Schlägen, wenn der Wagen über die vom Regen ausgewaschenen Löcher im Steinbett holperte. Noch bevor sie die Horburgmatten passiert hatten, sahen sie das Zollhaus vor dem Übergang über den Fluss Wiese und dahinter das alte Kirchlein und die Fischerhäuschen von Kleinhüningen vor sich.

Die Zeit, den für Küentzi bald wichtigen Dinghof in Ötlingen am nördlichen Ende der Tüllinger Höhe zu suchen, blieb ihnen nicht, denn Johann wies Küentzi früh an, die Rösser wieder im Schritt gehen lassen zu lassen, was dieser ganz allein schaffte. Er schaffte es auch, das Gefährt sicher vor dem mächtig rauschenden Fluss zum Stehen zu bringen. Steif und angespannt saß er auf seiner Kiste, hielt die Zügel straff, damit die Pferde, vom schrillen Geschrei der Möwen gereizt, nicht ausbrechen wollten.

Der junge Mann mit roten Haaren, der zu ihnen auf den weiten Vorplatz trat, um das Fahr über den Fluss einzuziehen, erkannte Johann und forderte ihn sofort freundlich auf, ohne Entgelt auf den flachen, floßähnlichen Kahn zu fahren.

Johann klärte ihn auf: «Dies ist eine Fahrschule. Wir sind hier, um auf dem großen Platz zu wenden. Dann kehren wir zurück.»

Noch bevor sich der enttäuschte Rothaarige in sein warmes Zuhause zurückgezogen hatte, erklärte Johann Küentzi, mit welchen Lauten er den Gäulen befehlen konnte, gegen ihren Instinkt rückwärts zu schreiten und den Wagen zu schieben, anstatt zu ziehen. Ruhig und besonnen ahmte der Junge Johanns

Laute nach, lockerte die Zügel und rief die Pferde immer wieder beim Namen. Diese, noch immer vom ungewohnten Lärm der Möwen und des nahen Wassers verstört, wieherten und stampften auf den nassen Boden, dass es bis auf den Wagen spritzte. Nur den Wagen bewegten sie nicht, wie es der Lehrling wollte.

Johann musste absteigen, sie am Kummet packen und mit aller Kraft rückwärts drängen, damit der Wagen die wenigen zum Ausholen für das Wenden benötigten Ellen zurückrollte. Ruhig setzte er sich wieder neben Küentzi und gab ihm das Zeichen zur Abfahrt. Gespannt und bereit, falls nötig einzugreifen, beobachtete er, wie der Junge den Wagen langsam auf dem großen Platz wendete. Küentzi gelang die Aufgabe, ohne Schaden anzurichten, und er blickte erleichtert auf die bequeme Straße vor ihm und das plötzlich weit entfernte Isteinertor.

Gerne hätte er sich während der Rückfahrt entspannt, doch die Tiere erlaubten ihm keine Pause. Sie legten sich kräftig in die Stränge und gaben, ohne dass er ihnen den Befehl gegeben hatte, einen forschen Trab vor. Sie griffen immer weiter aus und zeigten Küentzi, wohin sie wollten: in den Stall zurück. Er nahm die Herausforderung an, kämpfte um die Herrschaft über das Gefährt und konnte zu des Karrers Freude seinen Willen alleine durchsetzen. Mehr als Traben erlaubte er den Tieren nicht. Da sie mit keinem andern Wagen die Straße teilen mussten, erreichten sie die Mauern Kleinbasels rasch. Im Schritt ging es zurück in den Klosterhof, wo Küentzi den Wagen in aller Ruhe zum Stehen brachte.

Die Pferde schüttelten sich friedlich und wirkten, anders als vor dem bedrohlichen Flussübergang, munter und unternehmungslustig. Küentzi hingegen zitterten Hände und Arme von der ungewohnten Anstrengung. Voller Erleichterung wollte er Johann die Zügel übergeben, doch dieser zeigte auf das Geländer vor dem Stall: «Wenn du sie angebunden hast, kannst du aus der Kiste auf dem Wagen zwei Äpfel holen und sie ihnen zum Dank für ihre gute Arbeit füttern.»

In die Küche wartete Küentzi sichtlich müde, bis die Köchin ihm einen Becher warmen Tee hinstellte. Mitleidvoll hielt sie sich zurück, bis er mit immer noch zittrigen Händen den Becher geleert hatte, dann schwatzte sie unbekümmert los: «Wieder einmal heißt es», sie wies mit dem Kinn auf Johann am Tisch, «du seist begabt und könntest es auch gut mit den Pferden. Wann steht die erste Reitstunde im Lehrplan?»

Der Junge wusste es nicht und wandte sich, um von sich abzulenken, verlegen Johann zu: «Gehört der Rothaarige auch zum Klosterbetrieb?»

«Gut geraten. Wernli der Rote, der uns am Übergang über die Wiese empfangen hat, hält das Fahr über die Wiese zusammen mit Claus Münchendorf von Crüze als Erblehen von unserm Kloster. Damit sind wir und die Kleinhüninger, deren altes Kirchlein samt dem halben Dorf seit langem im Klosterbesitz ist, von der Fahrgebühr befreit. Wie weiträumig der Klosterbesitz ist, wirst du erst erfahren, wenn du in Rufach auf der andern Seite des Rheines arbeitest.» Nach einer längere Pause fuhr er, beinahe entschuldigend, fort: «Du bist müde, und ich erzähl dir dies alles nur, um dir zu zeigen, wie wichtig Reiten für dich ist. Dass nur wenigen die Ehre zusteht, reiten zu dürfen, brauche ich wohl nicht zu betonen. Also trink aus, du bekommst jetzt deine erste Reitstunde im Hof.»

Er hieß den Jungen, einen weichen Ledersattel zu packen und unters große Vordach tragen, halfterte das älteste Reitpferd im Stall und wartete, bis Küentzi es nach draußen ans Geländer führte. Erst dort sattelte dieser mit Johanns Hilfe das stoische Tier und schwang sich vom Aufsteigbock leicht und ohne Hilfe auf.

Er musste seinen Sitz im Sattel und die Arbeit mit der Trense üben, wozu Johann das Tier im Hof an einer langen Leine im Kreis schreiten ließ. Nach vielen Runden mit vielen neuen Befehlsformen und verschiedenen Gangarten brachte Küentzi das Pferd abrupt zum Stehen und wollte absteigen, doch Johann forderte in unmissverständlich auf weiterzureiten. Erst als der Junge mit schmerzverzehrtem Gesicht die Novizenkutte, die seine Oberschenkel warm zudeckte, emporhob und auf die Innenseite seiner Oberschenkel und Knie zeigte, gab sein Lehrmeister nach. Küentzi stieg ab, entspannte sich allmählich und dachte voraus: «Ich brauche lange Hosen aus weichem Stoff, sonst kann ich nicht mehr reiten.»

«Geh zur Krankenpflegerin. Sie soll deine Wundstellen einsalben und dir mit einer langen Hose aushelfen. Ich kümmere mich ums Pferd», tröstete ihn Johann.

Mit gespreizten Beinen schritt der Jüngling vorsichtig in die Krankenstube, wo Luggi gerade die Krankenpflegerin vertrat. Sie besah sich die wunden Stellen und führte ihn in die Apotheke, wo sie ihm ein Hausmittel mit Salbei und Beinwell mischte.

«Dies sollte das Brennen der wunden Stellen lindern. Doch bis alles verheilt ist, solltest du nicht mehr reiten», mahnte sie ihn, während sie Salbe auftrug.

Küentzi, der sich allein ob all der Anteilnahme schon besser fühlte, nahm Luggi beim Wort: «Da ich heute nicht mehr reiten darf, könnten wir ja mit der Schreibstunde beginnen, sobald die Krankenpflegerin zurück ist.»

Luggi fand den Vorschlag gut, und nicht viel später paukte sie im Kräuterraum mit Johann und Küentzi Zahlen und Buchstaben. Die beiden strengten sich gehörig an, und bald vermischte sich im engen Raum der feine Duft der zum Trocknen aufgehängten Thymian-, Salbei- und Melissebündel mit dem Geruch von Pferdeschweiß.

Sie wurden in ihrer Arbeit unterbrochen, als Werndrut und Clare mit je einem Bündel unterschiedlichster Hosen den Raum betraten. Die Krankenpflegerin schicke sie, dem Reiter eine geeignete aus dem Klosterfundus anzupassen. Sie übernahm das Anprobieren, wobei die Schwestern belustigt kicherten, wenn sich der Junge verschämt von ihnen wegdrehte, um in ein neues Paar zu steigen.

Nach mehrmaligem Hin und Her einigten sie sich auf zwei Röhren aus vornehmem Samt, und Clare übernahm das Anpassen der ausgewählten Beinstücke. Sie ging dabei ganz vorsichtig zu Werk, um Küentzis Haut ja nicht zu berühren. Berührte sie ihn dennoch, errötete sie und senkte verlegen ihren Kopf. Küentzi reagierte ähnlich. Wenn ihre Finger über seine Haut strichen, drehte er den Kopf weg, genoss insgeheim aber die zarten Berührungen und änderte wiederholt seine Haltung, um ihren Fingern die flüchtigen Berührungen seiner Haut zu erleichtern.

Werndrut beobachtete wohlwollend dieses stille Spiel und legte wie selbstverständlich ihre Hand auf Johanns Schulter. Er streckte sich ihr entgegen, als ob er seinen langen Oberkörper in ihrer kleinen Hand unterbringen wollte, und sprach mit jeder Bewegung unabsichtlich lauter.

Luggi, die bis anhin von allem nichts gemerkt hatte, horchte auf und blickte fragend auf ihre Schüler. Die Sextglocke, die zum Mittagsgebet in die Kirche rief, ließ sie auf eine böse Bemerkung verzichten. Streng forderte sie die Nonnen auf: «Ihr hört die Glocke, Clare und Werndrut, ab in die Kirche zum Gebet! Bringt nach dem Dienst einen Topf Grütze und Tee für die Kranken, und auch für uns. Wir machen hier weiter, bis das Essen kommt.»

Nachdem aus der Kirche unverkennbar *gratia plena, benedicta tu*[1] als Schlussgesang verklungen war, kehrten die Schwestern mit dem Verlangten zurück. Eng zusammengerückt aßen alle schweigend aus Apothekergefäßen. Auch die Krankenpflegerin, die einen Kräuteraufguss holen musste, hatte sich eine Portion geschöpft und aß wortlos im Stehen. Sie hörte aufmerksam mit, was Werndrut am Ende der Mahlzeit den andern mitteilte: «Die Priorin erwartet Luggi, Johann und Küentzi nach der Mahlzeit im Kapitelsaal. Die Schaffnerin wird auch anwesend sein.»

Da nur wichtige Nachrichten in der holzgetäferten Kapitelstube verkündigt wurden, rätselten alle außer der Krankenpflegerin still, worum es bei diesem Aufgebot gehen könnte. Werndrut stellte ihre Schüssel beiseite und packte eine der vorgesteckten Samtröhren und begann geschickt und schnell die Umschläge zu vernähen. Die weniger geübte Clare nahm die andere und versuchte, ihrem Beispiel zu folgen. Während Johann seine Werndrut andächtig bewunderte, biss sich Küentzi jedes Mal auf die Zunge, wenn sich Clare in den Finger stach und unbekümmert weiternähte. Gerade rechtzeitig, als die Glocke den Kleinbaslern das Ende der Mittagsstille anzeigte, waren die Beinlinge bereit.

Vorsichtig zog sich Küentzi die ungewohnten Kleidungsstücke über, breitete mehrere Male stolz aufgerichtet seine Arme aus und ließ alle sehen, wie gut ihm die dunkelblauen Röhren standen.

Luggi musste unwillkürlich an einen flatternden Gockel denken und kommentierte bissig: «In dieser Kleidung entsprichst du eindeutig unserem Kloster: Die äußere Erscheinung

---

1 Voll der Gnaden, du bist gebenedeit

ist gottgefällig bescheiden und gewöhnlich wie der grobe Stoff deiner Kutte. Das Innere ist reich, weich und veredelt wie der Samtstoff deiner Beinlinge.»

Aus lauter Begeisterung über seine neuen Kleider wurde Küentzi geradezu übermütig. Er verdankte den Näherinnen ihre Arbeit mit einem Handkuss, verbeugte sich schwungvoll vor Johann und Luggi und lud beide ein, ihm in die Audienz mit der Priorin zu folgen. Nach einem gegenseitig fragenden Blick eilten sie ihm hinterher.

Um die Wichtigkeit ihres Auftrags zu betonen, hatte die Priorin im Kapitelsaal das Schweigegebot aufgehoben und verkündete in knappen Worten, wie sie Luggi, Johann und Küentzi für die kommende Zeit eingeteilt hatte: «Ihr fahrt noch heute Nachmittag mit dem Zweispänner nach Häsingen und übernachtet dort. Johann, du karrst morgen früh den restlichen Proviant aus Häsingen nach St. Jakob an der Birs und kehrst mit unserm Einspänner ins Klingental zurück. Luggi und Küentzi, ihr nützt die Rückfahrt des leeren Weinkarrens aus Häsingen nach Rufach, wo Luggi bis Weihnachten zum persönlichen Unterricht Küentzis abgestellt ist.» Sie richtete ihren Blick auf die Begine und sagte in einem Ton, der keine Widerrede erlaubte: «Dies ist keine Strafversetzung, eher eine Belohnung für deine bisherige Arbeit und eine Vorsichtsmaßnahme. Bitte schicke mir wöchentlich einen schriftlichen Bericht aus Rufach.»

Sie wandte sich wieder den andern zu und fuhr feierlich fort: «Die Schaffnerin ist heute hier anwesend, um uns als Zeugin zu ersparen, aufwendige einzelne Schriftstücke zu verfassen. Sie wird den Verlad des restlichen Proviants für die bischöflichen Truppen in Häsingen beaufsichtigen und euch eine Liste der gelieferten Vorräte mitgeben. Bruder Johann, du wirst sie vom bischöflichen Kämmerer bestätigt in der Schaffnei abgeben.» Die Priorin erhob sich, wünschte den dreien mit Gottes Segen eine gute Reise und hielt ihnen zum Abschied ihren Ring zum Kuss hin.

Kaum aus dem Raum, wollte Luggi laut aufbegehren, was ihr die Schaffnerin sofort mit einer eindeutigen Gebärde verbot. Erst im Hof außerhalb der Klausur fragte die Begine, die sich beruhigt hatte, leise: «Warum Vorsichtsmaßnahme?»

«Du bist mit deiner kritischen Stimme wichtigen geistlichen Herren ins theologische Gärtlein getrampelt. Sie haben alte Vorurteile gegen Beginen aufgewärmt, was für dich gefährlich und fürs Klingental unangenehm werden könnte. Bist du weg, laufen sie leer. Zudem ist in letzter Zeit in Rufach so viel Unruhe gewesen, dass wir hier froh sind, von dort verlässliche und sorgfältige Berichte zu erhalten. Deine kritischen Fähigkeiten sind dort also von ausgesprochenem Nutzen für uns.»

Luggi wusste nicht recht, ob sie sich geschmeichelt oder veräppelt fühlen sollte. Die Vorstellung, dass sie Küentzi weiterhin unterrichten und fürs Kloster maßgebende Berichte verfassen konnte, gab zu guter Letzt den Ausschlag. Sie sah die Einmaligkeit ihres Auftrages in Rufach als Anerkennung ihrer bisherigen Arbeiten hier und munterte ihre von der plötzlichen Abreise überraschten Reisegefährten auf: «Gehen wir packen, und dann auf nach Häsingen!»

Die Versetzung nach Rufach und der sofortige Aufbruch hatten Küentzi unvorbereitet getroffen. Doch gepackt war schnell. Hemd, Hose und Beinlinge gehörten dem Kloster, mussten später in den Fundus zurück; die Kutte war eine Leihgabe des Predigerkaplans. Er hätte das Armutsgelübde eines Konversen schon heute ablegen können, denn lediglich das Geschenk des vorausschauenden Müllers machte sein Eigentum aus. Leichtfüßig trug er die Truhe mit den edlen Beinlingen und kunstvollen Säckchen zur Scheune, wo er dem Karrer beim Anspannen zur Hand ging.

Offensichtlich wussten alle schon von ihrer Abreise. Die gemeinen Dienstleute warteten im Hof auf sie mit Luggi, die zum Abschied Hände schüttelte. Wortlos stellte er sich neben seine Lehrerin, denn sprechen konnte und wollte er mit niemandem. Er schüttelte einfach die vielen Hände und konnte vor Rührung über die vielen guten Wünsche und Freundschaftszeichen kaum die Tränen zurückhalten.

Nach einem letzten «Auf Wiedersehen!» fuhr Johann los, mit Luggi neben sich und Küentzi hinten auf der Ladefläche. Mit feuchten Augen suchte der Junge Clare, ihre Schwestern und Guota, die immer für ihn da gewesen war, solange er sich erinnern konnte. Hoffnungsvoll hielt er Ausschau nach einer weißen Tracht inmitten der schwarzen und grauen Kutten. Doch kein helles Nonnenhabit schob sich zwischen die Dienstleute. Keine Nonne brach seinetwegen die Regeln klösterlicher Disziplin.

Zum ersten Mal erfuhr Küentzi die bittere Seite der Klausur, und ihm wurde kalt ums Herz.

16

Küentzi blieb während der Fahrt nach Häsingen die ganze Zeit hinten und schwieg. Er beachtete weder die Stoppelfelder entlang der Straße noch das farbige Laub unter den Bäumen. Ihm entging, dass die Häsinger Pferde zur Freude Johanns am wohlbekannten Apfelbaum brav vorbeizogen, und er hörte auch Luggis umfassende, manchmal laute Ausführungen über die Geschichte der Beginen nicht. Seine Stimmung entsprach der einsetzenden Dämmerung, die dem unter ihm vorbeiziehenden Dreck und Schotter die letzte Farbe nahm.

Als sie von der harten Hauptstraße in den Weg zum Häsinger Gutshof einbogen, sanken die Räder auf dem aufgeweichten Wegbett ein. Der schwere Wagen schwankte mit Knarren und Ächzen von einem Loch ins andere und kam kaum mehr vorwärts. Küentzi, der die schwerfälligen Bewegungen nicht mehr aushielt, ging nach vorne, sprach auf die Pferde ein und half ihnen, als ob er die Zügel führte.

Als sie endlich auf dem harten Boden vor dem Gutshof ankamen, schien niemand sie in der Dunkelheit gesehen oder gehört zu haben, und die Gäste nahmen das Heft selber in die Hand. Johann suchte einen Platz für Ross und Wagen in der großen Scheune und fand zu seiner Enttäuschung, dass ihm ein großer Wagen den Weg zu den wohlbedeckten Körben für die bischöflichen Truppen versperrte. Küentzi, der auf Johanns Geheiß im Stall nachgesehen hatte, meldete, dass gerade noch für zwei Pferde Platz war. Luggi war erfolgreicher, kam mit einem Licht und der Köchin zurück.

Die Köchin entschuldigte sich wortreich für den wenig freundlichen Empfang der Klingentaler Gäste und lud alle in ihre Küche ein. Johann erhielt die Laterne mit dem Rat, den Wagen unter das breite Vordach der Schmiede zu stellen, Luggi und Küentzi folgten unverzüglich der Einladung.

Alle genossen in der Wärme eine für einen Bußtag ungewohnt währschafte Mahlzeit und missachteten auch das Schweigegebot während des Essens. Wegen des schlechten Wetters sei die Arbeit auf den Feldern schon am Nachmittag ausgesetzt und die gewonnene Zeit für einen gemeinsamen Besuch der Abendmesse im Kloster Blotzheim benützt worden, erfuhren die Klingentaler im unbeschwerten Gespräch mit der Köchin.

«Welch eine Überraschung! Seid herzlich willkommen!», unterbrach sie der Pfleger, als er den zurückgekehrten Kirchgängern vorauseilend die Küche betrat. «Ich habe euch erst morgen Mittag erwartet. Doch bei diesem Wetter lohnt es sich, wenn ihr früh losfahren könnt. Die Straßen sind auch morgen noch matschig, und ihr werdet mehr Zeit brauchen. Kommt, wir wollen vom besten Rufacher Weißen probieren und auf eure Fahrt anstoßen.»

Mit einem vollen Becher Wein vor sich richtete der Pfleger seine Aufmerksamkeit ganz auf den Jungen, wollte von ihm alles über ihn und seine beginnende Lehrzeit wissen. Erst als der Häsinger Schmied und der Rufacher Karrer sich auch zu ihnen setzten, verlagerte sich das Gespräch auf Allgemeines und den bevorstehenden Krieg.

Küentzi trank keinen Wein, ließ die andern reden. Er war von der Aufregung rund um seinen Abschied aus dem Klingental müde. Früh gab er die Hoffnung auf, etwas über Hedwig zu erfahren. Nachdem ihm in der spürbar wärmeren Küche mehrere Male die Augenlider zugefallen waren, verabschiedete er sich, er kannte ja den Weg in die Scheune auswendig. Im Duft des wohlig trockenen Heus und sich mit seinen glücklichen Erinnerungen an die heiße Erntezeit vom Abschiedsschmerz tröstend fand er sofort den Schlaf.

Frühfrost zierte die Landschaft, als Küentzi als einer der Ersten die Küche betrat. Die Köchin und Luggi hatten ein großes Feuer entfacht und kümmerten sich, noch immer verschlafen, um den Haferbrei. Zwei kräftige Melkmägde, die ihre Arbeit noch früher begonnen hatten, brachten barfuß frische Milch in die Küche.

Während sie den weißen Luxus in den kupfernen Kessel gossen, begrüßten sie neugierig den jungen Gast: «Haben dich die Kühe geweckt? Jeden Morgen rufen sie nach uns, bis wir ihre Euter leer gemolken haben.» Bevor sie an ihre Arbeit in den Stall zurückkehrten, schlüpften sie schnell in ihre vom Kuhmist verklebten Holzschuhe, die sie an der Tür aus Rücksicht auf die Köchin ausgezogen hatten.

Als die Köchin Küentzi das Frühstück reichen wollte, bemerkte sie seine vor Kälte blauen Zehen und schalt ihn erschreckt, seine Füße zu schützen. Er solle sie in Sacktuch wickeln, am besten sich sofort Holzschuhe verschaffen, sonst sei jegliches Arbeiten draußen unmöglich. Der Pfleger, der unbemerkt die Küche betreten hatte, entschied, er solle nach dem Frühstück bei der Hofmeisterin ein Paar Holzschuhe ausleihen.

Gefrühstückt wurde gestaffelt. Zwei groß gewachsene und kräftige Landfrauen setzten sich zusammen mit einer jüngeren, rundlichen zu Küentzi an den Tisch. Während sie sich über ihre Arbeit und ihre Lieben unterhielten, aß er langsam und, obwohl er Hunger hatte, nur zögerlich; zu sehr erinnerte ihn die jüngste an Hedwig. Ihm ging auf, wie wenig er über sie und ihre Lebensweise wusste, erschrak, als er sie plötzlich als Frau des jungen Schmieds mit einem Kind auf dem Arm vor sich sah. Wollte er mehr über sie erfahren, musste er die Frauen am Tisch besser kennenlernen. Schüchtern fragte er sie nach den Vorteilen ihrer Arbeit.

Sie antworteten mit einer Stimme: gute, freie Kost, zusätzliche Lebensmittel für die Familie zu Hause, keine aufdringlichen Männer, ab und zu was Bares für Kleidung. Natürlich gab es keine freien Sonntage, es sei denn, eine andere Magd übernahm ihre Arbeit, doch tagsüber konnten sie manchmal ihre Nächsten zu Hause besuchen. Alle hatten Kinder, die von den Großmüttern großgezogen wurden.

Die Frage, warum Hedwig noch nicht aufgetaucht war, ließ er bleiben, denn die Frauen, denen in der Küche und vom Essen und Reden warm geworden war, hatten sich aus der äußersten Schicht ihrer Tücher gelöst. Unter dem Vorwand, er müsse die Karrer wecken, verabschiedete sich Küentzi rasch. Der Anblick ihrer üppigen Formen und ihre ungezwungene Sinnlichkeit hatten seine Sehnsucht nach Hedwig beängstigend gesteigert und ihn hinaus in die Kälte trieben.

Nach wenigen Schritten schmerzten seine Füße so fürchterlich, dass er umkehrte und die Hofmeisterin aufsuchte. Die bewährte Konversa mit einer breiten weißen Strähne im Haar empfand sofort Mitleid mit ihm. Sie gab ihm feine Leinenstreifen, mit denen er seine Füße einbinden solle, bevor er sie in die klobigen Schuhe steckte.

Als er in seinem ungewohnten Schuhwerk vorsichtig in den Hof trat, war viel Zeit vergangen. Die Karrer hatten gefrühstückt und einen wichtigen Teil ihrer Arbeit getan: Vor ihm standen die drei Wagen, die Pferde vorgespannt, und zwei schon halb beladen. Die Schaffnerin, die diesmal vor der Prim im Klingental losgeritten war, kontrollierte anhand einer langen Liste, die sie noch im Klingental vorbereitet hatte, dass nichts vergessen wurde.

Die Sonne hatte gerade begonnen, den Hof auszuleuchten, als das reiche Gut verladen war und die Schaffnerin die Fuhr ziehen ließ.

Die Strecke bis auf die große Straße nach Allschwil war harte Arbeit. Der Boden war nur oberflächlich gefroren und wenig tragfähig. Ohne die Hilfe des Pflegers und seiner kräftigsten Mägde, die wiederholt in die Speichen griffen, um einen festgefahrenen Wagen flottzumachen, hätte der Transport kaum die feste Straße erreicht.

Die drei Wagen nahmen gemächlich Fahrt auf, so dass selbst die Kuh, die der Pfleger vor der Abfahrt noch rasch an Johanns Wagen hinten angebunden hatte, sich an eine schnellere Gangart gewöhnen konnte.

Kurz nach Häsingen wurden sie von der Schaffnerin, die ohne Damensattel ausgezeichnet zu Pferde saß, eingeholt. Sie hatte vergessen, Luggi die Liste der vom bischöflichen Beamten zu quittierenden Lieferung mitzugeben. Während sie der Begine das Pergament reichte, bedauerte sie laut Luggis Versetzung nach Rufach und winkte Küentzi zum Abschied aufmunternd zu.

Als ob der Wink ihm gegolten hätte, übergab der Karrer die Zügel an Küentzi, damit dieser das Führen eines beladenen Einspänners üben könne. Alles ging gut bis zur Birsigbrücke beim Binninger Schloss. Die Kuh, die zum ersten Mal eine Brücke sah, weigerte sich, auch nur einen Schritt auf die glitschigen Hölzer über den vom Regen angeschwollenen Fluss zu machen.

Den Entscheid, ob das arme Tier der Angst vor den Prügeln des abgestiegenen Karrers oder der Angst vor der ihm fremden Konstruktion übers Wasser nachgeben wolle, fällte der Zug des einengenden Strickes um seinen Hals: Mit einem gewaltigen, aus allen Tiefen ihres Pansens aufbrechenden «Muh!» sprang die Kuh auf die Brücke und ließ sich hinüberziehen. Bis an das Ziel der Fahrt folgte sie danach brav dem Wagen.

Vor der Talfahrt ins bischöfliche Lager hatte Küentzi die zwei andern Wagen eingeholt, und Johann übernahm zu seiner Erleichterung die Zügel. Die Straße hinunter zur St.-Jakobs-Kirche, die mit den vielen ausgefahrenen Löchern und Dreckwülsten der Haut eines Aussätzigen glich, hätte seine Fahrkunst klar überfordert. Vor der Proviantscheune wurde als Erstes die Kuh zum Metzger abgeführt, dann wurden mit vieler Hände Hilfe die Wagen schnell abgeladen und die Lebensmittel in der Scheune versorgt. Zum Schluss konnte der Proviantpriester mit seiner Unterschrift und einem einfachen Siegel der Kurie endlich bestätigen, dass alles stimmte. Der Klingentaler Beitrag an den bischöflichen Kriegszug gegen die Stadt Bern war erfolgreich geleistet.

Johann machte den Abschied kurz. Er nahm Küentzi in die Arme, drückte ihn kräftig an seine Brust und wünschte ihm mit feuchten Augen alles Gute. Mehr brachte er nicht über die Lippen.

Küentzi kämpfte ebenfalls mit den Tränen, stammelte nur «Bis bald» und ließ sich für die Rückfahrt nach Häsingen von Luggi am Ellbogen zum leeren Rufacher Wagen führen. Er wollte allein sein und setzte sich hinten zum Hund des Rufachers. Dieser bellte freudig und legte zutraulich den Kopf auf seine Beine.

Während der Wagen Fahrt aufnahm, kraulte der Junge gedankenverloren den pelzigen Nacken auf seinem Schoss und zog sich in seine eigene Welt zurück. Er entwarf ein kunterbuntes Gemisch schönster Szenen mit Hedwig als Geliebte und warmherzige Mutter seiner Kinder, aber auch als fromme Konversa. In diese heile Welt begehrlicher Fantasien schlich sich unerwartet das Bild eines Priesters, der seine Hedwig mit dem stolzen jungen Schmied verheiratete.

Das Gespräch der Melkerinnen von heute früh vor Augen, wusste er, dass Hedwig längst alt genug war, um vor den Altar zu treten und Mutter zu werden. In seinem Kopf verschlimmerte sich das Bild vom Frühstück zur schrecklichen Vorstellung, wie der junge Schmied der Vater von Hedwigs Kindern wurde. Ihm wurde trotz der Kälte auf dem zugigen Karren heiß. Trotzig entschied er, dass er sie zuerst haben wollte, dass er sie dem anderen einfach wegnehmen würde. Alles Weitere würde er dann das Schicksal entscheiden lassen. Ihm wurde leichter zumute. Er sah sie vor sich, wie sie in der Küche des Gutshofes arbeitete, und er war überzeugt, sie noch heute Abend in seine Arme schließen zu können.

Unerbittlich trieben die Fahrer die Gäule zu einer letzten Anstrengung an. Zu aller Erleichterung sahen sie früh die Lichter, mit denen der Pfleger die Abzweigung zum Hof markierte, wo er sie mit Leuten erwartete. Mit ihrer Hilfe gelangten sie trotz der Dunkelheit auf dem schlechten Weg sicher und unversehrt ans Ziel.

Küentzis Herz machte einen Sprung, als er Hedwig am Rüsttisch neben der Köchin stehen sah. Gebannt starrte er auf ihren Rücken, bis sie, wie zufällig, sich ihm zudrehte und sich beide in des andern strahlenden Augen finden konnten.

Während Küentzi gierig das reichliche Essen verschlang und zwischendurch des Pflegers persönliche Fragen beantwortete, antwortete Luggi, wenn dieser Auskunft übers Klingental wünschte. Geschickt weitete sie dabei das Gespräch auf religiöse Themen aus und berichtete über die Predigten Taulers in der St.-Brandans-Kapelle, eines ihrer Lieblingsthemen.

Zu Küentzis Überraschung kannte der Pfleger die Ansichten des Dominikaners. Durchreisende Dominikaner aus Straßburg hätten ihm über Taulers Predigten berichtet. Er zitierte auch frühere Theologen, denen es wie Tauler im Grunde genommen immer darum gehe, wie der Mensch Gott sehe und mit ihm eins werde.

Begeistert von der Wende des Gesprächs hin zur Mystik versprach ihm Luggi, Kopien der deutschen Tauler-Texte zu verschaffen, und deklamierte als Zugabe mit warmer Stimme das Dankgedicht auf Provincial Diderich von Freienberg, das

Küentzi schon in ihrem Unterricht mehrmals gehört hatte. Dazu lieferte sie auch gleich eine Interpretation. Alle lobten Luggis rhetorisches Geschick und ihre hervorragende Bildung. Nur der Rufacher Karrer, der das Geistige allein im Wein suchte, und Luggis Schüler, der nur Augen für Hedwig hatte, hielten sich zurück.

Hedwig, die mittlerweile die letzten Töpfe gewaschen und verräumt hatte, setzte sich unauffällig neben Küentzi, der ganz nah zu ihr hin rückte. Beide tranken den vom Pfleger gespendeten Weißen und versuchten, das eifrige Hin und Her zwischen Luggi und dem Pfleger zu verstehen.

Die zwei Konversen ersannen Schlag auf Schlag Argumente, um sie vom andern widerlegen zu lassen. Beide wollten gewinnen und formulierten immer eifriger, dachten vor ihren Worten immer weniger und kürzer. Luggi zog alle Register und behauptete keck, Eckhart könne wie alle Männer die Liebe Gottes nur rational sehen und wäre deshalb nicht wirklich fähig, mit Gott eins zu werden.

«Was der Provincial Diderich als ‹Tiefe ohne Grund› und Meister Eckhart als ‹Nichts› beschreiben, nehmen Mystikerinnen mit ihren Sinnen als ‹unendlich helles Licht› wahr, in dem sie die Liebe Gottes spüren. Nur Mystikerinnen gelingt die Vereinigung mit Gott, weil sie seine Liebe als alles entscheidendes Gefühl wahrnehmen können.» Männer seien auf diesem Gebiet benachteiligt. Siegesgewiss erhob sie sich und zitierte als krönenden Beleg ihrer These die Antwort der Begine Margarete Porete an gelehrte Geistliche: «Ihr haltet Lesungen, wir lesen aus. Ihr sprecht, wir handeln. Ihr erleuchtet, wir brennen. Ihr führt, wir haben Gewissheit. Ihr verlangt, wir empfangen. Ihr sucht, wir finden. Ihr liebt, wir schmachten. Ihr schmachtet, wir sterben ...»

«Luggi!», unterbrach sie der Pfleger, erhob sich ebenfalls und donnerte empört: «Ich verbiete dir die Worte einer Ketzerin, die auf dem Scheiterhaufen endete!»

Luggi strahlte ihn an und beendete das Zitat: «... vor Liebe.»

Küentzi war mit der Hand an seine Kehle gefahren und in sich zusammengesackt, konnte sich erst aufrichten, als Hedwig unter dem Tisch besorgt seine Linke ergriff. «Ich brauche Luft», entschuldigte er sich kaum hörbar und erhob sich schwerfällig. Hedwig erhob sich mit ihm, packte eine Laterne und leuchtete ihm nach draußen zum Brunnen. Während er sich hastig kaltes Wasser über Gesicht und Hals spritzte, beschrieb er ihr, wie er den Inhalt des Rededuells bald nicht mehr habe aufnehmen können und weggedriftet sei. Das Wort ‹brennen› aus Luggis Munde habe ihn einen Augenblick lang in die Mühle nach dem Blitzschlag zurückversetzt, er habe nichts mehr außer einem fürchterlichen Brennen in seinem Körper verspürt.

Hedwig, die vom Blitzschlag in den *tych* nichts wusste, nahm ihn zum Trost in die Arme, wartete, bis sein Atem ruhig ging, und sagte schlicht: «Luggi schläft bei der Köchin, ich muss heute ins Heu. Doch vorher muss die Laterne in die Küche zurück.»

Küentzi brauchte etwas Zeit, bis er ihre Botschaft begriff und ihr mit wackliger Stimme hinterherrufen konnte: «Ich lege mich hin.» Etwas schwankend ging er im Dunkel über den Hof in die Scheune, wo ihn der Hund des Karrers mit kurzem Gebell empfing und ihm freudig wedelnd an die Leiter folgte. Küentzi verabschiedete sich von ihm, indem er ihm liebevoll Kehle und Nacken kraulte, dann stieg er die Leiter hoch. Während er auf dem Heuboden nach den Säcken tastete, befahl er dem an der Leiter wartenden Hund, das Winseln endlich zu lassen. Erst als er sich hingelegt hatte und schwieg, gab auch das Tier Ruhe.

Küentzi wartete ungeduldig und voller Sehnsucht auf Hedwig. Jedes Rascheln in der Nähe des Scheunentores begrüßte er sofort mit einem leisen: «Hier bin ich.» Als er ein weiteres Mal keine Antwort bekam, setzte er sich auf und spürte, wie eine Katze sich auf seinen Schoss setzte. Um sie loszuwerden, sprach er abwechslungsweise deftig und schmeichelnd auf das Tier ein, konnte es aber nicht zum Weggehen bewegen.

Hedwig, die leise hochgekommen war, überraschte ihn: «Hast du schon eine bei dir?»

«Ja, sie will nicht gehen. Du musst mir helfen», gab er ihr freudig zurück.

Im Nu stopfte sie ihm den Mund mit Küssen. Sie betasteten und liebkosten sich zärtlich, bis die Hände sich zu verselbständigen schienen und beide härter zupackten. Sie umschlossen sich enger, suchten noch mehr Nähe, rollten sich stöhnend im weichen Heu. Die Kleider mussten weg, Haut auf Haut sich reiben. Er griff nach ihren bloßen Brüsten, umfasste jede Rundung, während ihre Finger seine Schultern und Schenkel kneteten. Sie wölbte sich ihm entgegen, und gierig suchte seine Rechte ihre Scham, grapschte Stoff und gab enttäuscht auf.

«Ich blute», stöhnte sie, und als ob damit alles gesagt wäre, nahm sie seine Hand, überließ ihm ihre Brust, packte sein Glied und schmiegte sich noch enger an ihn.

Erhitzt, verschwitzt, wohlig entspannt, lagen sie nebeneinander, und Küentzi wünschte sich, er hätte ein Licht und könnte diese wunderbare Frau nicht nur streicheln, sondern auch mit den Augen bewundern. Er zog sie näher zu sich, ließ seine Finger auf ihrer weichen Haut tanzen und wiederum konnten sie sich nicht nahe genug kommen, seufzten, flüsterten Unverständliches, überließen sich erneut dem Spiel ihrer Hände.

Sie schreckten auf, als unten der Rufacher Karrer ohne Laterne die Leiter suchte und diese unabsichtlich umstieß. Vergeblich versuchte er, sie im Dunkel wieder aufzustellen. Noch und noch krachte das Gerät zu Boden, begleitet von heftigen Vorwürfen und unziemlichen Flüchen. Brummelnd hob der Karrer schließlich seinen Hund auf seinen Wagen, kletterte selber hinauf und verwünschte wortreich sein hartes Bett, bis er einschlief. Auch die engumschlungenen, schlaftrunkenen Zuhörer, die oben im Heu das Hörspektakel kichernd verfolgt hatten, wurden still.

Als Hedwig sich morgens aus Küentzis Umarmung löste, war es noch dunkel. Vergeblich versuchte er, sie an sich zu ziehen. Sie gab nicht nach: «Ich muss in die Küche. Ich bin schon spät dran.» Nach einem langen Kuss zum Abschied versprach sie ihm: «Ich glaube an uns, auch wenn du weggehst.»

Die Köchin, die schon lange am Herd gearbeitet hatte, verzichtete auf jeglichen Tadel, als Hedwig verspätet die Küche betrat. Gerührt erinnerte sie sich an ihr eigenes, nur kurzes Glück mit einem Mann und nahm sich beim steten Rühren im Frühstücksbrei vor, Hedwig beizustehen, auch wenn sie dabei einiges auf sich nehmen musste.

Luggi, die als Nächste in die Küche kam, war über die zufriedene Stimmung in der Küche froh, konnte so ungestört die Nähe des Pflegers genießen, der sich vorsichtig und still neben sie gesetzt hatte. Bei der gestrigen Auseinandersetzung hatte er sie beeindruckt.

Er, dem vom vielen Weißen der Schädel noch immer brummte, schätzte die Ruhe ebenfalls. Erst als die Melkerinnen die zweite Ladung Milch brachten und mit ihrem fröhlichen Geplapper den Raum füllten, sprach er Luggi an: «Eure Abfahrt wird spät. Ich lasse den Karrer schlafen. Er braucht seinen Schlaf und seine Kräfte. Die gestrige Fahrt nach St. Jakob war härteste Arbeit, und die lange Fahrt nach Rufach wird nicht leichter, auch wenn ihr heute nicht weiter als Mühlhausen kommen wollt.»

«Mir soll's recht sein. Dies ist ein guter Ort, und ich habe keine Eile, nach Rufach zu kommen», zeigte sich die Begine einverstanden. «Übrigens, ich habe immer noch die Lieferliste, die du für die Schaffnerin hier aufbewahren sollst. Soll ich sie dir raufbringen?»

Er schloss erschreckt die Augen und gab ihr leise zur Antwort: «Gut, aber bitte sprich leiser!»

Verschnupft überließ ihm Luggi an der Türe den Vortritt und holte schnell die große Lederröhre mit dem Pergament. Vom Pfleger ungehört, betrat sie seine kleine Kammer und fand ihn aufrecht vor seinem Stehpult, dem einzigen Möbel im geweißten Raum. Sie sah keine Bettstatt unter einem Kruzifix, nur einen Laubsack. Sie war von der ärmlichen Einrichtung überrascht, hatte von Johann, den sie als sinnenfreudigen Mann kennengelernt hatte, eine größere und farbigere Stube erwartet.

Während sie die in sich ruhende, kräftige Gestalt vor ihr musterte, spürte sie erneut die merkwürdige Anziehungskraft, die dieser Mann auf sie ausübte. Johann drehte sich langsam um und betrachtete sie lange und ernsthaft. Luggi spürte, dass sie ihm gefiel, dass er in ihr mehr als ein geistreiches Gegenüber suchte. Kühl streckte sie ihm die Lederrolle entgegen.

Er nahm sie schmunzelnd an, bedankte sich und drehte ihr rasch wieder den Rücken zu. Sie gefiel ihm viel zu gut, als dass er sie länger in seiner Nähe haben wollte.

Hedwig und Küentzi waren sich ohne Zögern in die Arme gefallen, als er in die Küche kam, um sich zu verabschieden. Sie liebkosten sich, bis die Köchin, die am Fenster augenfällig nur noch die Arbeiten im Hof verfolgt hatte, sie warnte: «Luggi kommt.»

Als Luggi den Raum betrat, rührte Hedwig tief gebeugt im großen Topf über dem Feuer, und Küentzi füllte einen Wassersack mit Tee für unterwegs. Doch Luggi wollte nur Wasser. Selbstgerecht belehrte sie die Küchenleute, bevor sie nach oben ging, um ihr Bündel zu holen, die Bußtage gälten für alle Klosterleute und sie sollten dem Körperlichen entsagen, anstatt ihm zu frönen.

Die Köchin kicherte und munterte die beiden auf, sich die gute Stimmung nicht versauern zu lassen. Sie hätten sicherlich nichts Schlechtes, geschweige denn etwas Böses, getan und sollten sich endlich verabschieden, bevor die alte Begine zurück sei.

Im Hof verabschiedete Johann die Reisenden überraschend gefühlvoll. Er umarmte den Jungen, küsste Luggi wie einer Hochgestellten die Hand und schüttelte kräftig die des Karrers. Mit belegter Stimme hieß er sie aufsitzen, sprach für die Reisenden ein kurzes Gebet und gab ihnen seinen Segen auf den Weg.

Küentzi saß wie bei der Abfahrt aus dem Klingental hinten. Er kraulte den Hund des Karrers neben sich und winkte seinen Häsinger Freunden zum Abschied leidenschaftlich zu. Doch wirklich meinte er nur eine: Sie stand allein vor der Küche und winkte zurück, bis sie den Wagen nicht mehr sehen konnte.

Die lange Fahrt nach Rufach und ins neue Leben hatte begonnen.

Luggis Berichte

Rubiacum, a.D. 1338, am 4. Tag nach d. Fest des Erzengels Michael und aller Engel *(Rufach, 3.10.1338)*

Hochverehrte Mutter Priorin

In Erfüllung des mir von Ihnen erteilten Auftrages, über die Entwicklung Küentzis schriftlichen Bericht abzuliefern, halte ich Folgendes fest:

Vor einer Woche hat Küentzi im Gutshof des Klosters Unterkunft bezogen und begleitet seither den hiesigen Schaffner bei seinen Arbeiten vor Ort. Er erhält täglich Unterricht im Reiten, so dass er möglichst bald den Schaffner auf seinen Besuchen der umliegenden Klostergüter begleiten kann.

Nach Rücksprache mit dem Vogt auf Schloss Ysenburg, der für die Ausbildung junger Knappen verantwortlich ist, findet Küentzis Reitunterricht im Schlosshof zusammen mit dem jüngsten Sohn des Ritters Werner von Gundolsheim statt. Als Gegenleistung besucht der junge Edle Lese- und Schreiblektionen zusammen mit Küentzi in der großen Stube des Gutshofs bei mir. Beide verstehen sich gut und lernen eifrig.

Ich habe Unterkunft in einer Beginenhofgemeinschaft gefunden und pflege während der Zeit, die nicht Küentzis Unterricht zusteht, Kranke im St.-Jakobs-Spital.

Mit ehrerbietigem und untertänigem Gruß

Lutgardis von Neuenburg, genannt *Schryberin*, Begine

Rubiacum, a. D. 1338, 2 Tage vor dem Fest des Lukas (16.10.1338)

Hochverehrte Mutter Priorin

Küentzi macht zusammen mit dem jungen Edlen von Gundolsheim gute Fortschritte im Reiten, Lesen und Schreiben. Der Vogt von Ysenburg hat Küentzi auf Wunsch unseres Schaffners auch zu den morgendlichen Fecht- und Schwertstunden zugelassen. Unser hiesiger Schaffner meint, die Wege seien auch für Mönchskutten nicht mehr sicher, denn noch immer seien die Armleder-Rotten auch im Elsass unterwegs.
Verschuldete Ritter, allen voran die Adligen von Dorlisheim, und ein Gastwirt namens Johannes Zimperlin von Andlau haben sich mit hochverschuldeten Häckern und Bauern zusammengetan, um Juden zu jagen und sich zu bereichern. Da als Mönche verkleidete Juden auf der Flucht verraten wurden, reicht gegenwärtig die Kutte als Schutz vor Übergriffen nicht mehr.
Die Rufacher sollten von Armleder-Banden in Ruhe gelassen werden, weil die hiesigen Bürger schon am Anfang dieses Jahres sämtliche Juden der Stadt vor der Mauer verbrannt, ihre Synagoge geschleift und die Judengasse umbenannt haben. Wie mir der Prior des hiesigen Benediktinerkonvents St. Valentin stolz berichtete, war die Vertilgung der hiesigen gelben Spitzhüte als Christusmörder, Brunnenvergifter und Kinderschänder ein gottgefälliges Werk, getragen vom Segen Papst Benedikts.
Mich hat diese Judengeschichte heftig aufgewühlt, und ich möchte, hochverehrte Mutter Priorin, schon jetzt um eine Audienz zum Thema Juden und Christen für nach meiner Rückkehr ins Kloster bitten.
Dass Geldverleiher wie Dirnen gelbe Stoffe in ihre Kleidertracht einpassen müssen, kann ich verstehen. Auch dass sie, wie die Dirnen im *frowenhuss*, abgesondert in eigenen Häusern in der Judengass untergebracht und beaufsichtigt werden, kann ich verstehen, denn wie Dirnen verkaufen sie ihre Werte auf Zeit und bekommen für diese Zeit Geld bezahlt.

Doch dass auch Juden, die ehrliche Berufe ausüben, sowie jüdische Frauen und Kinder gelb gezeichnet werden und abgesondert leben müssen, passt für mich nicht in die städtische Ordnung. Unser Schaffner erklärte mir, dass für verschuldete Bürger, Häcker, Bauern und besonders für den auf Pump lebenden Bischof von Straßburg, dem die Stadt Rufach gehört, die Verbrennung der Geldverleiher großen Vorteil brachte. Es wurde nämlich darauf geachtet, dass mit den Juden auch die Schuldverschreibungen vernichtet wurden und somit niemand je die geschuldeten Beträge belegt einfordern kann. Warum alle Ehefrauen und Kinder dabei ebenfalls ins Feuer mussten, konnte er mir nicht darlegen.

Mutter Priorin, ich bitte aus der Tiefe meiner Verwirrung um Euren geistlichen Beistand.

Mit ehrerbietigem und untertänigem Gruß
Lutgardis von Neuenburg, genannt *Schryberin*, Begine

Rubiacum, a. D. 1338, Allerseelen *(2.11.1338)*

Hochverehrte Mutter Priorin

Küentzi zeichnet sich als fleißiger und gelehriger Schüler bei mir und dem Fechtmeister auf Ysenburg aus. Aus dem Umgang mit den jungen Adligen ist er allerdings auf unserm Gutshof manchmal so laut und rotzig geworden, dass ich den Schaffner bitten musste, ihm seine grobe Sprache und frauenverachtenden Ausrufe (die er bei mir nicht verwendet!) auszutreiben.
Ein großes Lob verdient in dieser Erziehungsarbeit unser Schaffner, denn er bemüht sich vorbildlich, Küentzi eine Haltung und Sprache beizubringen, wie sie unserm hochgestellten und edlen Klingentaler Konvent entsprechen. Zu unserem Glück legen unsere Nachbarn auf dem Gutshof der Zisterzienserabtei von Pairis ebenfalls Wert auf klösterliche Zucht und Sitten, insbesondere beim Reden. Die Leute des

Herrschafts- und Zehnthofes des Bischofs von Straßburg und diejenigen der Komturei des Deutschen Ordens pflegen weltlichere und lockerere Umgangsformen, so dass wir Küentzi von diesen mächtigen, großen Höfen fernzuhalten versuchen. Es genügt, dass er auf Ysenburg weltliche männliche Lebensformen kennenlernt.
Zu meiner Erleichterung stelle ich fest, dass er mir immer seltener von seinen zweifelhaften Abenteuern mit den jungen Edlen erzählt und sie für seinen viel zu großzügigen Beichtvater in der Liebfrauenkathedrale zurückbehält.

Mit ehrerbietigem und untertänigem Gruß
Lutgardis von Neuenburg, genannt *Schryberin*, Begine

Rubiacum, a. D. 1338, 3 Tage nach Maria Empfängnis (11.12.1338)

Hochverehrte Mutter Priorin

Dies ist mein letzter schriftlicher Bericht, den ich Ihnen über die Entwicklung Küentzis aus Rufach liefere. In spätestens zwei Wochen werde ich Ihnen Ihre Fragen ausführlich mündlich im Klingental beantworten können.
Der Winter hat hier Einzug gehalten. Küentzi hat zum ersten Mal den Schaffner zu Pferd auf eine Besichtigung von Gütern des Klingentals in Gebweiler und Hartmannsweiler begleitet. Es handelte sich um schon früher gemachte, großzügige Schenkungen von Anna, Witwe des Heinrich von Ammoltern von Sulz, für ihre beiden Töchter, Klosterfrauen im Klingental.
Vergangenen November hat die Kurie von Basel dieses Vermächtnis nach dem Tod Annas dem Kloster bestätigt, und der Schaffner musste, mit Küentzi als Begleiter, die Zinsabgaben an die Schaffnei in Rufach einfordern. Küentzi hat somit zum ersten Mal eine der wichtigsten Funktionen des Schaffners kennengelernt.
Küentzi hat weiterhin große Fortschritte in meinem Unterricht gemacht und ist mittlerweile fähig, deutsche Schriften

zu lesen, wenn auch sehr langsam. Das Schreiben fällt ihm noch schwer, und er bräuchte noch viel Übung. Ich bedaure es sehr, dass ich keinen Nachfolger für die Zeit nach meiner Rückkehr ins Klingental gefunden habe, denn was mit Küentzi begonnen hat, ist mittlerweile zu einer kleinen Schule geworden. Mit ihm besuchen nämlich nicht nur vier junge Edle meine Stunden, sondern voll Stolz darf ich Ihnen, hochverehrte Mutter Priorin, berichten, dass ich auch einer Gruppe von Bürgersfrauen und zwei Beginen das Lesen lehre. Sie suchen eindeutig geistliche Nahrung, und ihr größter Wunsch wäre es, eine deutsche Übersetzung der Bibeltexte zu lesen und zu besprechen. Ich habe ihnen unmissverständlich klargemacht, dass ich ihnen diesen Wunsch weder erfüllen dürfe noch wolle. Hochverehrte Mutter Priorin, ich stehe vor einem grundsätzlichen Problem, das ich nicht lösen kann. Ohne Lateinschule bekommen diese Frauen keinen selbständigen Zugang zu den heiligen Texten. Der Ort, wo ihnen dieser Zugang vermittelt würde, wäre ein Nonnenkonvent. Doch als Ehefrauen oder Witwen haben sie keine Möglichkeit, Nonne in einem Kloster zu werden. Wo finden diese Frauen in ihrem persönlichen Streben nach Gott also noch Unterstützung?

Grundsätzlich habe ich den Eindruck, dass in Rufach die Laienseelsorge zu kurz kommt. Die Franziskaner haben nur wenig Einfluss auf das religiöse Leben hier, ordinierte Predigerbrüder, wie wir sie in unserm Konvent kennen und schätzen, fehlen gänzlich. Die vielen Konversen erhalten geistliche Unterstützung nur von den örtlichen Priestern, als ob sie rein weltliche Bürger wären. Ich empfinde dies als ungerecht, denn so kann der besonderen religiösen Berufung der Konversen kaum entsprochen werden.

Hochverehrte Mutter Priorin, bitte entschuldigt, wenn mein Bericht eine bittere Note bekommen hat. Ich vertraue darauf, dass Ihr mich so gut kennt, dass mir meine unverblümt persönlichen und ehrlichen Aussagen nicht zum Nachteil gereichen.

Mit ehrerbietigem und untertänigem Gruß
Lutgardis von Neuenburg, genannt *Schryberin*, Begine

WEIHNACHTEN 1342

1

Küentzi stand in seiner Kammer vor dem engen kleinen Fenster und blickte auf die Gebäude und in den Hof des Kleinen Klingentals hinunter. Es war ein trüber, dunkler Abend der ausklingenden Adventszeit. Der feuchte Nebel, der vom Rhein her über die Mauer kroch, ließ die umliegenden Dächer und das Kopfsteinpflaster glänzen. Krähen krächzten und hüpften aufgeregt auf dem Giebel der Klosterkirche hin und her, als ob es nichts Freudigeres als die langen Winternächte gäbe.

Er war von Unrast geplagt, wusste nicht, wohin mit seinen Kräften, konnte keinen klaren Gedanken fassen. Körperliche Arbeit, die ihn für die langen Nächte müde gemacht hätte, gab es in den wenigen Tage bis zum Weihnachtsfest keine. Und bis dann musste er ein für allemal entscheiden, wie es mit seinem Leben weitergehen sollte. Obwohl es für ihn ein dringlicher Entscheid war, schob er ihn vor sich her. Er wartete auf ein Zeichen, suchte es überall, auch in der Vergangenheit, und wie die unberechenbaren Krähen auf dem glitschigen Dachfirst hüpften seine Gedanken von einer Erinnerung zur andern.

Was vor vier Jahren die damalige Priorin als Vorbereitung für sein zukünftiges Amt als Schaffner des Klosters für ihn entschieden hatte, lag nun hinter ihm. Zuerst war er ein Jahr lang dem Schaffner von Rufach bei der Arbeit gefolgt wie ein Handwerkslehrling seinem Meister, hatte gelernt, Wein zu keltern und die Trauben zu versorgen wie ein Winzer. Zudem hatte er täglich wie ein Knappe geübt, mit dem Schwert umzugehen und zu reiten wie ein Herr.

In diesem Jahr war aus dem hochaufgeschossenen Schlacks ein breitschultriger, muskelstarker Bursche geworden, der ein Gespann führen und sich auf einem wild gewordenen Pferd im Sattel halten konnte. Der Rufacher Schaffner hatte ihn in die

Verwaltungsarbeiten des klösterlichen Zinshofes eingeführt und ihn an einigen verzwickten Verhandlungen über Lehensforderungen teilnehmen lassen. Der junge Mann hatte gezeigt, dass er im Umgang mit den meist adligen Begüterten selbstsicher auftreten und sich gepflegt ausdrücken konnte. Der in sich gekehrte, unauffällige Klosterzögling war kaum mehr erkennbar.

Er hatte im jungen Edlen von Gundolsheim, einem Knappen des Vogts auf Ysenburg, ein Vorbild weltlicher Lebensart gefunden, dem er bedenkenlos nachzuleben versuchte. Als ob Küentzi seinesgleichen gewesen wäre, hatte der nur wenig ältere Gundolsheimer mit ihm im Schlosshof gedrillt und gekämpft, ihn auf seine abenteuerlichen Ausflüge in die Stadt und auf die umliegenden Burgen mitgenommen. Genaueres über ihre *aventiuren* in dieser Zeit vermochte nicht einmal der Beichtvater in Erfahrung zu bringen, es blieb ihr gemeinsames Geheimnis. Als Küentzis bester Freund hatte der junge Edle ihn zum Antritt seines Jahres in Häsingen begleitet, wo dann ihre Freundschaft zerbrochen war und sich in bittere Feindschaft verkehrt hatte.

Das Weihnachtsfest 1339 hatte er in Rufachs großer Kirche gefeiert, den Tag zusammen mit den Klosterleuten verbracht und ein spätes, üppiges Weihnachtsmahl mit bestem Klosterwein genossen. Am Stephanstag hatte ihn der Gundolsheimer als Zeichen seiner Wertschätzung eingeladen, ihm wie ein Knappe mit Rüstung, Waffen und Pferd am Festturnier auf der Ysenburg zur Seite zu stehen.
Stolz ob so viel Ehre half Küentzi dem anderen in einem Gruppenkampf mit Schild und Schwert bis zum Sieg und nahm am anschließenden Gelage der Ritter teil. Vom Rufacher Schlosswein selig benebelt, überraschte er lauthals den Gundolsheimer mit der Nachricht, dass er spätestens auf den Dreikönigstag für ein Jahr nach Häsingen umziehen müsse. Dieser wollte, nicht minder beduselt, sofort mit ihm wie ein Artusritter zu einer unerschrockenen *queste* aufbrechen.
Der Schaffner war besorgt um seines Lehrlings Ruf und hatte schon vor Weihnachten das Ende von Küentzis Lehrzeit von Mariä Lichtmess auf den Dreikönigstag, der Erscheinung des Herrn, vorverlegt. Aus dem gleichen Grund erlaubte er den jungen Freunden die Abreise am folgenden Tag nur unter der

Bedingung, dass sie nach drei Tagen in Häsingen die Reise beenden sollten. Damit verblieb den beiden noch immer reichlich Zeit für Saufgelage und Heldentaten unter Weiberröcken.

Nach durchzechter Nacht und ohne Schlaf ritten sie am dritten Tag beim Eindunkeln auf der Straße nach Häsingen und trafen auf zwei junge Frauen, die zu Fuß mit dem gleichen Ziel unterwegs waren. Für Küentzi wurde es eine schicksalhafte Begegnung, denn die eine der Frauen war Hedwig, die er länger als ein Jahr lang nicht mehr gesehen hatte und die vom unverhofften Aufeinandertreffen genauso überrascht war wie er.

Der junge Edle ergriff sofort die Gelegenheit, um sich als mannhafter Minnediener hervorzutun, und flugs entschied er, die zwei Frauen aufsitzen zu lassen. Er packte Hedwig um die Hüfte, setzte sie vor sich aufs Pferd und zeigte sich ihr sofort von seiner verführerischsten Seite. Küentzi musste sich mit der andern begnügen, die sich freudig an ihn schmiegte und vergeblich zu tändeln versuchte. Es war beinahe Nacht, als die vier im Klingentalerhof in Häsingen ankamen.

Johann, der Häsinger Pfleger, schickte unverzüglich die Mägde in die Gesindestube zum Schlafen und hieß dann die beiden jungen Männer mit einem Glas Wein in der warmen Küche freundlich willkommen. Er erinnerte sie in aller Ruhe daran, dass sie sich auf einem Klosterhof aufhielten, wo strenge Sitte und Ordnung galt, und bat die beiden, da es schon spät war, fürs Erste in der großen Scheune im Heu zu schlafen.

Der junge Edle, der seinem Stand entsprechend ein Bett im Haus erwartet hatte, schluckte seinen Ärger hinunter und spielte sich Küentzi zuliebe nicht auf, sondern folgte diesem wortlos zur Scheune. Dort kam es zum verhängnisvollen Missverständnis, als die beiden auf Hedwig trafen.

Sie hatte des Pflegers Anweisung missachtet und vor der Scheune auf ein Wiedersehen mit Küentzi gewartet. Der Gundolsheimer meinte, die fröhliche Melkerin mit ihrem vielversprechenden Körper warte auf ihn, um ihm ihre Reitschuld zu begleichen. Sobald er sie im spärlichen Licht der Laterne erkannte, packte er sie ohne Worte, zog sie in die Scheune und hob ihren Rock.

Hedwig war anfänglich wie gelähmt und rief erst nach einem Augenblick den verblüfften Küentzi zu Hilfe. Er eilte mit der

Laterne in die Scheune und zog den jungen Adligen von ihr weg. Der Gundolsheimer, noch immer gereizt wegen der demütigenden Aussicht auf eine Nacht im Heu, stieß Küentzi unwirsch zurück und machte sich noch gieriger über die sich nunmehr heftig sträubende Hedwig her.

Das rücksichtslose Benehmen seines Freundes versetzte Küentzi in eine fürchterliche Wut. Er umklammerte den Rohling und versuchte, ihn von der jungen Frau loszureißen. Er gab ihn erst frei, nachdem ihm der Edelknecht einen wüsten Schlag mitten auf die Nase verpasst hatte, und er wie betäubt den Kopf hängen ließ. Als er den süßlichen Geschmack seines eigenen Blutes auf der Zunge schmeckte, verlor er jede Beherrschung. Mit aller Kraft warf er sich auf den Gundolsheimer und drosch blindlings auf ihn ein. Es entbrannte ein verbissener Kampf, den sie im Stockdunkeln führen mussten, denn Hedwig hatte die Gelegenheit genutzt und war mit dem Licht in den Hof geflüchtet.

In einer Pause keuchenden Atemholens giftete der junge Gundolsheimer: «Du wirst nie verstehen, warum sie zu mir wollte. Du bist halt von keinem Stand, ein Niemand.» Nachdem er einige Faustschläge abgewehrt hatte, fuhr er verstörend leise fort: «Ich habe das Recht, diese Magd zu nehmen. Du hingegen kannst das Mädchen bestenfalls kaufen. Das Schlimmste an dir ist, dass du nicht einmal den Mut hast, dir einzugestehen, was du bist!»

Küentzi erstarrte. Von der gemeinen Härte dieser Sätze getroffen, verfolgte er wie abwesend die Bewegungen des jungen Adligen, wie dieser sich ruhig aufrichtete, ihn verächtlich lächelnd von oben nach unten musterte und in den Schein einer Laterne trat, die ihm der schnellste der von Hedwig herbeigerufenen Klosterleute furchtsam entgegenhielt. Küentzi überwand die ihn lähmende Scham, ging blindwütig von hinten auf seinen Gefährten los und prügelte diesen rücksichtslos mit seinen Fäusten zu Boden.

Zusammengekrümmt, seinen Kopf schützend, jedoch ungebrochen hinterhältig, flüsterte ihm der Edle aus dem Staub zu: «Du kämpfst wie ein Bauer, das ist immerhin etwas!»

Von der erneuten Demütigung bis aufs Blut gereizt, ließ Küentzi von ihm ab, ging laut fluchend zu ihren Bündeln, packte beider Schwerter und warf eins dem Ritter hin. Beide zogen sofort blank. Mit einem entsetzten Aufschrei wich der Kreis der Klosterleute zurück, als die Klingen im Licht der nunmehr zahlreichen Laternen aufblitzten. Mit hasserfülltem Blick und bloßem Schwert standen sich die beiden Kampfbereiten einen Augenblick starr gegenüber, bevor sie schreiend gleichzeitig aufeinander losgingen.

Einen Kampf von solch ungehemmter Feindseligkeit hatten die Klosterleute auf ihrem friedlichen Anwesen noch nie erlebt. Ungeschützt, nur leicht bekleidet, bluteten beide Männer bald aus Wunden im Gesicht, an Armen und Händen. Unerbittlich versuchten sie, den andern an verletzlichen Stellen lebensgefährlich zu treffen, und da sie einander so gut wie ebenbürtig waren und keiner aufgeben wollte, wurden ihre Finten immer hinterhältiger, als ob es nur noch ein Ziel gäbe: den Tod des andern.

Erst mit Hilfe des unerschrockenen Schmieds gelang es Johann, den Kampf zu beenden. Mit harten, als Stiele für Äxte und Spaten gedachten Hölzern aus Buchs zielten sie hartnäckig auf die Beine der Kämpfenden.

Der Schmied hatte als Erster Erfolg. Er brachte den Gundolsheimer zum Stolpern und stieß ihn dann zu Boden. Küentzi, der mit seinem Schwert sofort auf den am Boden liegenden wehrlosen Ritter einstechen wollte, bekam von Johann einen so wuchtigen Schlag auf den Schwertarm verpasst, dass er vor Schmerz aufschrie und die Waffe fallen ließ.

Die blutverschmierten jungen Männer wurden in die warme Küche gebracht, wo Johann im Lichte mehrerer Kerzen die beiden verarzten konnte. Er machte ein besorgtes Gesicht, als er am Unterschenkel des jungen Ritters die tiefe, heftig blutende Schnittwunde entdeckte, und schickte die Haushälterin eilig nach Nadel und feinem Zwirn. Bis sie zurück war, schiente er Küentzis gebrochenen Schwertarm. Anschließend wusch er die große Wunde des auf dem Tisch liegenden Ritters aus, tauchte die Nadel und den Zwirn in eine mit Schnaps gefüllte Schale und nähte mit wenigen großen Stichen die klaffende Wunde zu. Dann erst wusch er die oberflächlichen Schnitte der beiden mit dem restlichen Alkohol aus.

Die Blutung der genähten Wunde hatte aufgehört, so dass Johann, zusammen mit der Haushälterin, die das verletzte Bein anhob, sie mit sauberen Leinenstreifen umwickeln konnte. Er gestattete dem Ritter, die Nacht auf dem Tisch in der Küche zu verbringen. Küentzi ließ er vom Schmied in die Scheune begleiten, wo dieser sich im weichen Heu auf saubere Decken schlafen legte.

Das Ende des Kampfes hatte auch das traurige Ende der vielversprechenden Freundschaft der beiden ungleichen Burschen bedeutet. Unversöhnlich, leicht hinkend, hatte der junge Gundolsheimer bei seiner Abreise nach Rufach die Standesschranke für immer aufgerichtet und Küentzi mit dem Tod gedroht, falls er sich je auf einem seines Vaters Lehen blicken lassen sollte.

In der Küche des Kleinen Klingentals schepperte Eisen. Die letzte der auf Abfälle lauernden Krähen flog krächzend weg. Gedankenverloren suchte Küentzi die Stelle an seinem rechten Unterarm, wo ihn eine Verwachsung für immer an Johanns wuchtigen Schlag und den Knochenbruch erinnerte. Die Heilung war schmerzhaft und langsam verlaufen, weil er als Rechtshänder versehentlich immer wieder den Schwertarm zu früh belastete. Am Anfang hatte ihm sogar das für seine Arbeit unerlässliche Schreiben Schmerzen bereitet und seine Schrift war ungelenk eckig gewesen.

Zum Glück hatte ihn der Häsinger Pfleger, der einem unaufdringlichen Kreis von Gottessuchern angehörte, mehrere Traktate, die diesem meist aus Straßburg zugetragen wurden, lesen lassen. Solange er sich erholen und schonen musste, hatte er sich voller Neugier auf diese Texte gestürzt, deren Inhalt hinterfragt und seine Überlegungen mit Johann ausführlich besprochen. So hatte Küentzi im Häsinger Jahr gelernt, geistliche Dokumente zu lesen und dazu Gedanken zu formulieren.

2

Küentzi hörte die Laienbrüder und Konversen im Refektorium Platz nehmen und begab sich nach unten, um mit ihnen die einfache Mahlzeit zu teilen. Die Priorin hatte entschieden, dass er bis Weihnachten wie ein bevorzugter Gast im Kleinen Klingental leben durfte und keinerlei Verpflichtungen hatte. Niemand redete, denn die paar Tage vor Weihnachten waren im Klingental eine Zeit des Fastens und strenger Buße, damit das dreitägige Weihnachtsfest umso üppiger und feierlicher erlebt werden konnte.

Im Esssaal stach er mit seiner armseligen weltlichen Kleidung aus der Vielzahl der grauen Kutten hervor. Sofort winkte der neu im Klingental eingesetzte Schaffner, Johannes von Habsheim, Küentzi zu sich an den Tisch. Wer den Jungen schon von früher her kannte, nickte ihm freundlich zu. Sie wussten, dass er sich bis Weihnachten entscheiden musste, ob er als Konverse mit ihnen im Klingental leben wollte.

Am Ende der Mahlzeit bat der Schaffner Küentzi, ihn auf einen Spaziergang zu begleiten. Schon im Hof ermutigte er ihn, ihm nach Weihnachten als Konverse zur Seite zu stehen. Natürlich könne er ihm seine Stellung nicht abtreten, dazu sei er nicht befugt, sowenig wie er der Priorin seine Ernennung hatte verweigern können. Der Grund, warum damals die Stelle eines Schaffners besetzt worden war, sei ein einfacher gewesen: Die Schaffnerin kämpfe seit längerer Zeit mit einer Krankheit und habe selber die Priorin ersucht, ihr einen Konversen zur Seite zu stellen.

«Als der Klosterrat dir vor vier Jahren mitgeteilt hat, du seist als Schaffner hier vorgesehen, wusstest du da von der Krankheit der Schaffnerin?», wollte Johannes von ihm wissen.

«Nein, ich war ja damals so grün und unbedarft, dass ich mich nur über den versprochenen Aufstieg und eine auf vier Jahre gesicherte Zukunft zu freuen vermochte», gab er zur Antwort.

Johannes spürte, dass der Junge noch weitersprechen wollte, schwieg und ging ruhig abwartend neben ihm her. Als sie die Theodorskirche am Ende der Rheingasse vor sich sahen, forderte er ihn auf fortzufahren.

Zögerlich begann Küentzi: «Nach meinen Ausbildungsjahren in Rufach und Häsingen verbrachte ich mein letztes Lehrjahr auf dem Dinghof in Ötlingen. Als ich dort von deiner Ernennung erfuhr, war ich gekränkt, fühlte mich vom Konvent hintergangen und kannte niemanden, mit dem ich darüber sprechen konnte. So fraß ich meinen Ärger in mich hinein.»

Küentzi hielt inne, blickte forschend zum Schaffner, um trotz der Dunkelheit herauszufinden, ob er zu weit gegangen sei. Dann fuhr er ruhiger fort: «Der Anfang in Ötlingen war für mich persönlich sowieso eine schwierige Zeit gewesen, deine Ernennung hatte sie noch schwieriger gemacht.» Mehr über seine Ötlingerzeit wollte er nicht erzählen.

Johannes bedankte sich für die offene Antwort und bekräftigte, was er zu Beginn des Spaziergangs gesagt hatte: «Es würde mich aufrichtig freuen, wenn du mir in Zukunft als Konverse beistehen könntest.»

«Gib mir noch etwas Zeit», war Küentzis ehrliche Antwort.

Zurück in seiner kargen Zelle neben dem Dormitorium setzte er sich auf seine Kiste, die ihm der alte Müller vor vier Jahren geschenkt hatte, und dachte über Johannes von Habsheims Worte nach. Der gedrungen gebaute vormalige Steinmetz mit seinen großen, schwieligen Händen hatte ihn mit seiner Gradlinigkeit beeindruckt. Seine Einladung zur Mitarbeit klang in seinem Kopf noch immer nach und weckte schmerzhafte Erinnerungen.

Aufs Neue plagte ihn ein Gemisch aus Wut und Trauer, wenn er den jungen, wohl für immer hinkenden Gundolsheimer vor sich sah und an die verlorene Freundschaft dachte. Ein Jahr lang hatte er durch ihn Eingang in die Welt des Adels gefunden, sich darin bewegt, als gehöre er dazu, hatte ganz selbstverständlich Privilegien genossen, als wären es seine eigenen. Er hatte sich an der Seite seines adeligen Freundes in Ton und Haltung der Mächtigen bewegt, als habe er von Geburt an nichts anderes gekannt.

Die verwirrenden Erinnerungen hielten ihn wach. Sein Blick schweifte über die nassen Dächer hinüber auf die schwachen Umrisse der Hinteren Mühle, auf deren Estrichboden er als Knabe geschlafen hatte. Auch dort hatte er unruhige Nächte gekannt, doch damals hatte es immer eine Katze gegeben, die ihm treu ergeben war. Jetzt saß er im Dunkel auf seiner Kiste und kämpfte gegen seine Einsamkeit. Er versuchte gar nicht mehr erst, Schlaf zu finden. Dieser hatte für ihn seine wohltuende Kraft verloren, war zu einem unlösbaren, zersetzenden Durcheinander von Gefühlen und Bildern geworden.

Wie viele andere Schlaflose in dieser langen, nebligen Nacht glaubte Küentzi, vom Friedhof her das Flüstern aufgeregter Seelen zu hören. Es waren die hohlen Stimmen von Verstorbenen, deren Sünden noch nicht abgegolten waren und die sich einer erneuten Versuchung des Teufels nur schwer erwehren konnten. Sie lagen ihren Verwandten im Kloster in den Ohren, erflehten von ihnen Fürbitte bei den Heiligen, damit sie die ewige Ruhe finden konnten.

Die Nonnen waren auf die Bedrohung der längsten Nächte um Weihnachten vorbereitet und beteten unermüdlich um verstärkten Schutz für alle Seelen im Kloster. Böse Geister, Dämonen und Untote nutzten diese Nächte, um sich an die Seelen und Körper der im Klosterfriedhof Begrabenen heranzumachen. Sie ließen sich mit dem Regenwasser in die geweihte Erde waschen und heulten mit dem Wind, um verwirrte Seelen aufzuschrecken und in ihre Gewalt zu bringen. Unsichtbar für die meisten, versuchten sie in vielerlei Gestalt, geweihte Mauern zu überwinden. Die Unverfrorensten wagten sich als listige Ratten oder schnelle Fledermäuse, denen die Kälte nichts anhaben konnte, sogar in die geheiligten Räumlichkeiten der Kirchen, um dort arme Seelen zu verderben.

Küentzis wunde Seele war empfänglich für die lockenden Rufe der teuflischen Versucher. Ihr Versprechen auf warme, menschliche Körper und unbeschwerte Fröhlichkeit drang bis zu ihm in seine Stube. Wie musste er sich überwinden, um den lustvollen Bildern, die sie ihn ihm weckten, zu widerstehen! Wie einfach wäre es doch, seine Ungebundenheit auszukosten, die kalten, geweihten Räumlichkeiten zu verlassen und das heiße Spiel der Liebe mit Hübschlerinnen auszukosten. Ihr Haus lag so nah, war sicherlich voller Bürger, die ihre Lebenslust nicht fürs Weihnachtsfest und das Jenseits aufsparen wollten.

Er war heute Abend auf dem Rückweg von der Theodorskirche am Haus der Unehrlichen unweit vom Kleinbasler Bischofshof vorbeigekommen und hatte die Gäste um das viele Licht, den unbeschwerten Gesang und den Genuss mit den Frauen beneidet. Er hatte seine wollene Kappe tief in die Stirn gezogen, bis er nur noch die Straße unter sich sehen konnte, und war mit doppelt schnellen Schritten weitergegangen. Hätte er der Versuchung nachgegeben und das Haus betreten, hätte er einen unwiderruflichen Entscheid getroffen, den er sicherlich bei Tagesanbruch schon bereut hätte. Diese klare Erkenntnis gab ihm ein so befreiendes Gefühl, dass ihm, ohne dass er es merkte, sein Kopf auf die Brust sank und er im Sitzen einschlummerte. Es war nur ein kurzer Schlaf, aus dem er frierend aufwachte. Nicht die aufgeregten Stimmen der Unseligen hatten ihn geweckt, sondern der Lärm der Frühaufsteher im Schlafsaal nebenan. Aus der Küche und der Pfisterei ertönte das Scheppern von Geschirr; aus dem großen Kamin quoll gelblicher, beißender Holzrauch, der sich über das nasse Dach wälzte und, von keinem Windhauch vertrieben, durch die Fensterritzen in die Kammern drang. Der Klosteralltag hatte begonnen.

Küentzi begab sich schlaftrunken und mit steifen Gliedern in die Leutkirche. Unter der schlichten Pforte bekreuzigte er sich mit Weihwasser, um die klebrigen Überreste des nächtlichen Spuks von seiner Seele zu waschen. Gestärkt ging er bis dicht vor den Lettner, um den vielen Lichtern und der Wärme der kleinen Flämmchen auf dem Altar möglichst nahe zu sein.

Erwartungsvoll richtete er seine Blicke wieder auf den Chor, als sich die Nonnen vom Kreuzgang her endlich aufstellten und einstimmig den Anfangspsalm sangen. Voller Überraschung erblickte er Clare und wurde von einem heftigen Sehnen erfüllt. Wie lange hatte er sie nicht gesehen! Er glaubte, ihre Stimme aus dem Chorgesang herauszuhören.

Von der Reinheit des Gesanges ergriffen, genoss Küentzi zum ersten Mal seit langem wieder, wie sich das stetig fließende Auf und Ab der Töne als ordnendes Prinzip auf ihn übertrug. Er sang innerlich mit und sein fiebriges Gemüt fand in der einfachen Abfolge der Töne Ruhe. Im Einklang mit den feinen Stimmen erfasste er in den hellen Trachten der singenden Nonnen ein Ornament, dessen Linien seinen Augen Halt gaben. Zusammen mit den durchsichtigen Tönen schufen sie für ihn eine Brücke ins Überirdische.

Erst mit dem Verklingen der Stimmen am Ende des Psalms verflog der entrückende Zauber, kehrten die bedrängenden Empfindungen der Gegenwart zurück. Ihm war kalt, sein Magen knurrte, und mit jedem Hinknien schmerzten seine steifen Gelenke. Wie seine Nachbarn kämpfte er als rein diesseitiges Wesen gegen die Kälte, zog seinen Umhang enger und verlagerte wie ein Grashalm im Wind sein Gewicht sanft nach vorn und hinten, um die verbliebene Körperwärme zu verteilen.

Mit scheinbar wachem Blick, wie es ihn der Fechtmeister auf der Ysenburg in Rufach gelehrt hatte, weckte er in seiner Erinnerung Bilder der Wärme und Gelöstheit. Je heftiger er schlotterte, desto heißere Bilder beschwor er herauf. Hochsommerhitze, loderndes Feuer, heiße Küsse. Der Erfolg seiner Anstrengungen war zwiespältig. Denn je hitziger die Bilder wurden, desto näher kam er seiner Liebschaft mit Hedwig und damit den Erinnerungen, die er unbedingt vermeiden wollte. Schließlich gab er sein Ringen um Wärme in der Kirche auf. Noch fehlte ihm die innere Ausgeglichenheit, um ohne Verdruss und Selbstmitleid an seine Zeit mit Hedwig zu denken.

Er wärmte sich beim Frühstück auf und nutzte das Schweigegebot, um ungestört nochmals seine Lichtvision von heute zu durchleben. Noch immer wirkte der Einklang von Licht und Tönen besänftigend nach, fühlte er einen Hauch Zufriedenheit in sich. Wichtiger noch: Zum ersten Mal sah er mit unverrückbarer Klarheit vor sich, was er ja schon lange wusste, aber nicht von sich glauben konnte und der Priorin noch an diesem Morgen mitteilen musste: Er wolle dem Kloster als Konverse dienen und ab Weihnachten für die Gemeinschaft arbeiten.

Das Fastengebot vergessend, stellte er sich mit hellem Blick für eine zweite Portion Brei in die Schlange der Wartenden. Das Herz der Köchin, seiner alten Gönnerin, die sich seit seiner Rückkehr ins Klingental Sorgen um ihn gemacht hatte, hüpfte vor Erleichterung, als sie die Veränderung in Küentzis Blick erkannte. Sie nickte ihm anerkennend zu und füllte seine Schale wider die Regel ein zweites Mal randvoll. Hungrig löffelte er den faden Brei in sich hinein und wartete auf die Aufhebung der Tafel.

Er wollte der Priorin seinen Entschluss persönlich mitteilen. Dazu brauchte er eine Audienz, die ihm die Schaffnerin vermitteln konnte. Er erreichte die früher kerzengerade Frau noch am Ausgang, wo sie sein Anliegen sofort aufnahm: «Die Priorin arbeitet nach der Sext in der Ratstube, wo du sie aufsuchen kannst. Doch sie hat schon viele auf diese Zeit dorthin bestellt. Wenn du also sichergehen willst, dass sie deine Botschaft erhält, so könnte ich sie ihr überbringen.»

Nachdem die Schaffnerin seinen Wunsch nach Aufnahme als Konverse gehört hatte, richtete sie sich mit schmerzverzerrtem Gesicht langsam aus ihrer gebückten Haltung auf: «Danke für dein großes Vertrauen in mich», begann sie und fuhr mit leuchtenden Augen fort: «Willkommen in unserer Gemeinschaft. Deinen Mut und deine Tatkraft können wir gut gebrauchen. Mögest du bei uns Frieden finden.»

Alle Zeichen des Schmerzes waren aus ihrem Gesicht verflogen. Mit einer Hand auf seiner Schulter zog sie sich zu ihrer alten Größe hoch, lächelte ihm liebevoll zu, packte mit der andern Hand ihren Stock, ohne den sie kaum mehr zu gehen wagte, und verließ ehrfurchtgebietend mit kleinen Schritten den Raum.

Küentzi blieb unbeholfen am Ausgang stehen, während die Konversen und Gäste einer nach dem andern schweigend an ihm vorbei den Saal verließen. Nur die Köchin, die vorgab, das schmutzige Geschirr nachzuzählen, blieb mit Küentzi übrig. «Weißt du jetzt, was du willst?», fragte sie forsch in den Raum.

Mit dem Rücken zu ihr antwortete er: «Ich habe mich entschieden. Ich bleibe.»

«Deine Aufnahme am Weihnachtsfest gibt ein wundervolles Fest!», freute sie sich und hastete ohne Abschied in die Küche, um den andern die frohe Botschaft zu verkünden.

Ganz allein beim Ausgang verharrend, überfiel ihn das Bedürfnis nach Schlaf so plötzlich, dass er es kaum nach oben auf den Laubsack schaffte, wo ihm seine Augen sofort zufielen.

Als er aufwachte, war es kalt und dämmrig, und ein leichter Regen hatte eingesetzt. Sein Magen meldete sich unüberhörbar, und wie ein Schlafwandler folgte er seiner Nase in die Küche. «Ich habe endlich eine ganze Nacht durchschlafen können, einen wichtigen Tag vor mir und jetzt fürchterlich Hunger. Könnte ich noch eine Scheibe Brot bekommen?», fragte er höflich.

«Diese Fasterei tut deinem Kopf nicht gut. Du bist ja völlig konfus», meinte die erneut besorgte Köchin. «Es ist Abend! Du hast den Tag und alle Andachten verschlafen. Vielleicht schaffst du es noch in die Komplet. Doch mein Rat für dich: Jetzt richtig zulangen und dann wieder ab ins Bett bis morgen früh. Andernfalls stehst du die Nachtwache in der Kirche nicht durch, ohne vollends den Verstand zu verlieren.»

Küentzi schlürfte seine Suppe und kaute heißhungrig dicke Brocken Brot. Wohlig aufgewärmt, trank er noch zwei Becher Tee, bedankte sich für das Essen und den guten Rat und trat aus der geschäftigen Küche in den nächtlichen Hof.

Vom Klostereingang her sah er eine schwankende Laterne kommen und hörte das regelmäßige Klappern von Hufen und das Quietschen schlecht gefetteter Wagennaben. Der Wagen hielt vor dem Eingang zur Pfisterei. Er erkannte die Stimme von Johann dem Karrer, der den Gaul für seine Arbeit lobte, und machte freudig einen Schritt auf das Gefährt zu.

Im engen Lichtkreis der Laterne sah er neben der unverkennbaren Gestalt Johanns eine zweite, eine kleinere, in dicke Tücher gehüllte, und blieb verunsichert stehen. Erst als der Karrer sich erhob, fasste er sich, packte die Trense, um den Gaul zu halten, und grüßte die Ankömmlinge höflich.

Johann grüßte kurz zurück, bevor er seinen Fahrgast anwies, mit ihm die hohen Holzkisten abzuladen und sie nach unten in den weiträumigen Keller zu tragen. Zu gerne hätte Küentzi gewusst, woraus die Ladung bestand, doch er hätte laut rufen müssen und dabei das Abladen gestört. Obwohl ihm vom Regen die Haare am Kopf klebten und ihm kalt wurde, wagte er es auch nicht, das Halfter des immer ungeduldiger schnaubenden Gaul loszulassen.

Erst nachdem die letzte Kiste versorgt war, Johann die Zügel ergriffen und im dunklen, engen Hof gekonnt gewendet hatte, fand Küentzi eine Gelegenheit, ihm seinen heute getroffenen Entschluss mitzuteilen.

Der Karrer reagierte gewohnt sachlich: «Glückwunsch, du wirst diesen Schritt nicht bereuen. Ich freue mich, dass du mir hier als Freund erhalten bleibst. Wir müssen morgen noch eine Fuhr nach Häsingen und zurück machen, und du wirst mich begleiten, sofern die Schaffnerin einverstanden ist. Nach dem Abendessen bekommst du Bescheid. Jetzt hilf mir bitte beim Abspannen.»

Beschwingt übernahm Küentzi seinen Teil des Abspannens und schlich sich gut gelaunt als einer der Letzten in die Kirche, wo die Komplet schon begonnen hatte. Kaum war er jedoch auf den Knien, ärgerte er sich über sich selbst, dass er nicht den Rat der Köchin befolgt, den Gottesdienst ausgelassen und sich schlafen gelegt hatte. Die Kirche war immer noch kalt, sein Haar nass, nur der Gedanke, dass er sowieso noch auf Bescheid von Johann warten musste, ließ ihn ausharren. Kurz vor Schluss kniete sich Johanns Fahrgast, noch immer in dicke Tücher gehüllt, neben ihn zum Gebet.

Schon beim Abladen der Holzkisten waren ihm die fließenden Bewegungen der wohlverpackten, kugeligen Gestalt vertraut vorgekommen. Als diese ihm nach der Andacht vor der Kirche ausrichtete: «Wir fahren morgen nach der Morgenandacht los, lass dich wecken», erkannt er die Stimme sofort.

«Hedwig, welche Überraschung!», entfuhr es ihm laut, bevor er sie leise nach dem Grund ihrer Anwesenheit fragte.

Die Häsinger Köchin habe zwei Lieferungen ihrer berühmten Apfelkuchen für das Klingentaler Festessen als besondere Abgabe des Häsinger Betriebes vorgebacken. Hedwigs Aufgabe sei es nun, am Beispiel der ersten Lieferung der hiesigen Köchin zu zeigen, die zweite Lieferung so fertigzustellen, dass am Weihnachtsmahl alle Kuchen als echte Häsinger Spezialität gelten konnten. Sie müsse morgen zurück, weil sie Weihnachten mit ihrem Mann feiern wolle. Sie ergriff seine Hand und erklärte ihm dann wie beiläufig, dass wegen der kommenden Festtage alle Schlafplätze im Frauenteil belegt seien und sie zu ihrer Überraschung ein Bett im Gästeteil neben dem Konversentrakt bekommen habe. «Kannst du mir den Weg dorthin zeigen? Du wohnst doch auch dort, oder nicht?», fragte sie ihn mit unschuldiger Stimme.

Küentzi, dem abwechslungsweise heiße und kalte Ströme durch die Glieder schossen, gab sich einen Ruck, führte sie, bis er eine Laterne gefunden hatte, an der Hand über den dunklen Hof und leuchtete ihr anschließend den Weg zu ihrer Stube auf der Seite gegen den *tych*.

Der einzige gute Platz für die Laterne, die er Hedwig zurücklassen wollte – er konnte den Weg zurück blind finden –, war der breite Fenstersims. Verlegen wollte er sich zum Abschied ihr zuwenden, als sie, dicht hinter ihm, ihn mit ruhiger Stimme aufforderte: «Mach das Licht aus.» Dann strich sie ihm sanft mit der Hand die Haare ins Genick. «Du bist ja ganz kalt. Setz dich», flüsterte sie ihm mit dunkler Stimme zu.

Wie im Traum löschte er die Kerze und gemeinsam setzten sie sich, denn ohne Gewalt wäre er in der engen Stube nicht an ihr vorbeigekommen. Sie schälte sich aus ihren vielen Tüchern und begann, seine Haare trocken zu reiben. Ihre körperliche Nähe war ihm so selbstverständlich, ihre Bewegungen waren ihm so vertraut, als wären sie nie getrennt gewesen. Sein Widerstand gegen das Begehren, das ihn schon vor der Kirche beim ersten Ton ihrer Stimme gepackt hatte, schmolz. Er ließ sich von ihr aus seiner feuchten Kutte befreien, half ihr, löste sie aus ihren letzten Tüchern und legte sich ungestüm zu ihr. Bedenkenlos überließen sich die beiden dem heißblütigen Reigen zweier Liebender, die sich nach langer Trennung wiedergefunden hatten.

3

Noch war es tiefe Nacht, als die Köchin leise an die Türe von Hedwigs Stube klopfte, mit ihrem Licht geradewegs zur Laterne auf dem roten Sandsteinsims des kleinen, schmalen Fensters ging und die Kerze dort ansteckte. Hedwig saß auf, deckte im Tücherwirrwarr neben sich geistesgegenwärtig Küentzis Kopf und Schultern zu, streckte und räkelte sich, gähnte wohlig, als hätte sie lang und ausgiebig geschlafen.

Wohlwollend begrüßte die Köchin die fröstelnde Magd: «Zieh dich schnell an, Mädchen, im Haus ist's kalt. Komm in die Küche, wo's warm ist, hilf mir mit deinen Apfelkuchen.» Ihre Kerze mit vorgehaltener Hand vor dem Verlöschen schützend, huschte sie ohne einen Blick aufs Bett zu werfen, aus der engen Kammer.

Hedwig weckte sofort Küentzi, der von allem nichts mitbekommen hatte, versuchte, ihn aus ihren Tüchern zu bekommen, und beschwor ihn, unverzüglich in seine Stube zu verschwinden. Nackt und schlaftrunken nahm er sie sofort in seine Arme und suchte ihren Mund. Gegen ihr eigenes Verlangen ankämpfend, löste sie sich von ihm und begegnete seinen schmachtenden Blicken mit einem zufriedenen dankbaren Lächeln.

Er konnte sich an ihrem reizvollen Körper nicht sattsehen und genoss jede ihrer runden Bewegungen. Ihn schmerzte die Eile, mit der sie sich die Röcke überzog und aus der Kammer hastete. Mit großen Augen blieb er hellwach im kalten Dunkel sitzen, lauschte auf das Rauschen des *tychs* vor dem Fenster, bis ihn die Kälte zwang, nach seinen Kleidern zu tasten.

Nach mehrmaligem Verheddern waren Hemd und Hose am richtigen Ort. Dankbar für die unerwartete Liebesnacht strich er über das zerknitterte, stellenweise noch warme Laken und schlich vorsichtig, jeglichen Lärm vermeidend, mit der Kutte unter dem Arm aus der Kammer. Aus der Küche hörte er verschwommen Stimmen und die üblichen Geräusche. Standhaft verbot er sich, dem Duft von frisch gebackenem Brot hinunter in die Küche zu folgen, und tastete sich weiter in seine Stube, wo er, in eine dicke Decke gehüllt, nochmals in Schlaf fiel.

Johann, der Küentzi kurze Zeit später wecken musste, zeigte keine Geduld: «Auf, auf! Da du jetzt bei uns wieder mitmachen willst, will die Schaffnerin, dass du mich nach Häsingen begleitest. Auf mit dir!»

Küentzi billigte die überfallmäßige Indienstnahme ohne Murren, denn nun konnte er seinem Hunger nachgeben, und folgte Johann zum Frühstück in die Küche.

«Ich habe dir nun alles gezeigt: die vorgebackenen Kuchenböden mit gemahlenen Haselnüssen und die aufgereihten Apfelschnitze mit getrockneten Weinbeeren bestreuen; dann zuletzt den süßen Eierteig aus Milch mit Zimt als Deckel darübergießen und sofort alles in den Ofen.» So klang das Ende von Hedwigs Anweisungen an die Köchin.

Derweil saßen die beiden Männer am Tisch und ließen sich nachschöpfen, denn heute lag Schnee in der Luft, und sie wollten die Reise nach Häsingen mit etwas Warmem im Bauch beginnen.

«Von mir aus können wir abreisen. Meine Aufgabe habe ich erfüllt», forderte Hedwig die beiden auf, die gerne noch in der Wärme geblieben wären. Gehorsam erhoben sich beide, um das Pferd anzuschirren und mit dem Wagen vorzufahren.

Die kleine, helle Glocke auf dem Klosterkirchendach zeigte mit ihrem Gebimmel gerade das Ende der Frühandacht an, als Hedwig, wieder in ihre warmen Tücher gehüllt, hinten aufsaß. Es war noch immer stockdunkel. Zwei Laternen mit Wänden aus dünngeschliffenem Kuhhorn, die Johann vorne angehängt hatte, verbreiteten gerade genug Licht, um die Breite des Gefährts zu markieren. In den ihnen vertrauten Straßen genügten sie als Sehhilfe, zu mehr taugten sie nicht. Außerhalb der Stadt hofften sie auf Tageslicht, um den Wegrand erkennen zu können.

Das Kreuztor stand an diesem Tag außergewöhnlich früh offen und war von mehreren rußenden und stinkenden Fackeln beleuchtet. Nur wenige verließen die Stadt, viele wollten hinein und standen Schlange, um den Extrazoll zu bezahlen. Johann wurde sofort durchgewinkt und schickte Küentzi mit einer Laterne voraus, um im Gedränge der Vorstadt für sie Platz zu machen. Danach sprang der Junge hinten auf, wo er mit den leeren Kuchenkisten einen einfachen Schutz gegen den kalten Nordwind und das heftiger werdende Schneegestöber baute. Als das letzte Haus hinter ihnen lag, rückte er näher an Hedwig, die in ihren Tüchern kaum zu erkennen war, und versuchte trotz Nässe und Kälte ein Gespräch: «Danke für heute Nacht. Es war wie damals. Ein unerwartetes Glück.»

«Für mich auch», hörte er ihre leise Stimme neben sich. Als hätte sie eine weitere Frage gehört, fuhr sie fort: «Heinrich ist gut zu mir. Mir geht es gut. Ich freue mich auf das morgige Fest mit der Familie. Die Zeit, als du Häsingen verlassen musstest, war hart für mich. Du hast mir sehr gefehlt, und ich konnte mit niemandem darüber sprechen. Doch jetzt bin ich zufrieden.»

Hedwigs schlichte Worte trafen Küentzi zutiefst. Er schwieg, konnte den Mund aus Furcht vor den aufbrechenden Schluchzern nicht öffnen. Ihm ging Hedwigs ruhige Überlegenheit ab, er konnte über seine Gefühle für sie nicht sprechen. Beide schwiegen, alles schien gesagt, was gesagt werden musste. Vom Rütteln und Schütteln des Gefährts geschoben, schmiegte er sich zum Schutz vor Schnee und Wind ganz eng an sie.

Allmählich legte sich sein Schmerz, und er wurde von einem ganz neuen Gefühl für diese unglaubliche Frau neben ihm erfasst. Voller Verehrung suchte er ihren Blick, doch die schmelzenden Schneeflocken auf seinem Gesicht verklebten seine Augen. Ergeben leckte er sich das Schneewasser, das immer salziger und wärmer schmeckte, von den Lippen und ließ sich mit Hedwig vom weißen Gestöber einhüllen. Bis zur Ankunft in Häsingen fiel zwischen ihnen kein Wort mehr.

Es war ein trüber, von der unwirtlichen Helligkeit des Schnees bestimmter Tag geworden, als sie am späten Morgen vor dem

Klingentaler Gutshof steif vom Wagen stiegen. Aus den geschlossenen Ställen vernahmen sie das gedämpfte Scharren vieler Hufe. Eine dünne Schneeschicht bedeckte die Dächer und den gefrorenen Boden im Hof. Qualmender Rauch trieb ihnen aus dem großen Kamin des Hauptgebäudes langsam entgegen und verdunkelte den wenigen Schnee rund herum. Auch wenn beinahe Mittag war, bewegte sich sonst nichts. Nur Schnee fiel weiterhin.

Johann fuhr den Wagen unter das große Vordach der Scheune, wo er mit einem alten Sack das Fell des Gauls trocken rieb. Er wollte sofort zurück, denn der Wind hatte gedreht und versprach eine Wetterbesserung.

Als zwei pausbackige Mägde mit aufgekrempelten Ärmeln das Abladen übernahmen, flüchtete Küentzi in die warme Küche, wo er, von der Köchin wie ein verlorener Sohn begrüßt, sich der nassen Kutte entledigte und sie zum Trocknen über den Herd hängte. Der Pfleger lud ihn sofort zu den andern an den Tisch ein. Bevor Küentzi dem Tisch über das Neueste aus dem Klingental berichten konnte, musste er dicht zum jungen Schmied aufrutschen, um auf der Bank Platz für den Karrer und noch zwei Mägde zu machen.

Alle wollten hören, was er ihnen zu erzählen hatte. Der Pfleger wollte wissen, wie das große Fest im Kloster geplant war. Die Köchin fragte vom Herd her, wann ihre Kuchen zum Verzehr vorgesehen waren, und die Mägde wünschten eine Beschreibung der schon eingetroffenen hohen Gäste.

Die Neuigkeit von Küentzis bevorstehender Aufnahme ins Konversentum versetzte den Pfleger in Begeisterung. Was Armut, Keuschheit und Gehorsam betreffe, habe der junge Mann schon vor seiner Aufnahme ins Kloster alle Konversentugenden gelebt. Als der junge Schmied Küentzi bewundernd auf die Schulter klopfte, wurde der rot vor Scham, wusste nicht, wohin mit seinen Augen.

Hedwig, die ihre Kleider gewechselt hatte, betrat die Küche und bekam die letzten Worte der Hymne auf Küentzi mit. Unbeteiligt bat sie die Sitzenden zusammenzurücken, damit sie sich neben ihren Gatten setzen konnte.

Der Schmied zog sie stolz zu sich auf die Bank und legte seinen Arm um sie. Ruhig hielt sie seine breite Hand auf ihrer Schulter und hörte mit, wie er sich Küentzi anvertraute: «Ich hätte nie den Mut zu diesem Schritt, den du morgen machst. Außer dir kenne ich nur unsern Pfleger, der so stark war, auf Frauen zu verzichten und ein keusches Leben zu führen. Zum Glück stellte sich mir diese Frage nie.»

Gerührt brachte Küentzi nach diesem unerwarteten Bekenntnis zuerst nur ein flattriges «Danke» hervor, bevor er gefasst anhängen konnte: «In Hedwig hast du eine Frau, für die es sich sicherlich lohnt, stark und treu zu sein. Du bist beneidenswert.»

Die Johanns nickten zustimmend und begannen ein munteres Gespräch über das Weihnachtswetter und die wegen des Winters ruhenden Feldarbeiten. Alle, selbst die, die wie die Köchin am Rüsttisch neben dem Herd standen, beteiligten sich. Nur Küentzi und Hedwig, beide mit roten Wangen, schwiegen und verfolgten mit unergründlichem Blick das Geschehen am Tisch.

Die Köchin hatte während des Gesprächs mit viel Liebe ihre Kuchenböden in die Kisten versorgt und mahnte die Klingentaler: «Wenn ihr die Stadt noch heute erreichen und nicht im nächsten Schneesturm stecken bleiben wollt, so müsst ihr jetzt losfahren. Oder wollt ihr unsern großen Schlitten anspannen?»

Der Karrer erhob sich sofort, winkte Küentzi zu sich und verabschiedete sich. Am Wagen prüfte er ein letztes Mal die Strohsäcke, die als Unterlage schwere Stöße auffangen sollten, bevor er den schlotternden Mägden erlaubte, die Kuchenkisten auf den Wagen zu hieven. Nach einem allseitigen «Frohes Fest und Friede auf Erden» fuhr Küentzi mit wehmütigem Blick los.

«Konzentrier dich auf den Weg», knurrte Johann und meinte wie zum Trost, sobald der junge Mann richtig nach vorne auf die Straße schaute: «Der Schmied hat sich seit der Heirat gemacht. Er liebt Hedwig und sorgt gut für sie. Er weiß, dass er nach seiner Rückkehr aus dem Krieg ohne sie nicht so schnell hätte gesunden können. Sie ist eine starke und mutige Frau.» Der Atem kam stoßweise als weiße Wolke aus seinem Munde, als er lachend fortfuhr: «Doch das weißt du ja längstens selber. Vor vier Jahren warst du bis über alle Ohren in sie verliebt. Später ging das Gerücht um, ihr wärt ein Paar gewesen, bis der Pfleger Hedwig dem jungen Schmied zur Frau gab. Stimmt das?»

Küentzi ließ sich mit der Antwort Zeit, und Johann wartete geduldig, denn beide wussten, wie wichtig diese Antwort für ihre Freundschaft war. Still fuhren sie durch die wintergraue

Landschaft. Das wüste Gekrächze der Raben, die über ihnen einen friedlichen Bussard verjagten, erreichte ihre Ohren nicht. Der Schnee dämpfte alle Geräusche. Selbst wenn das Pferd auf einer vereisten Stelle rutschte, blieb das Knirschen des von den Rädern zusammenpressten Schnees lauter als das Aufschlagen der Halt suchenden Hufe.

Es dauerte lange, bis Küentzi sein Schweigen brach und vorsichtig begann: «Was ich dir nun erzähle, fällt mir nicht leicht, denn ich erzähle es zum ersten Mal.» Er vergewisserte sich, ob Johann ihm zuhörte, und holte aus: «Alles begann mit meinem unseligen Kampf gegen den Gundolsheimer. Soviel ich weiß, hat niemand je erfahren, was den Kampf auslöste: Ich wehrte mich für Hedwig gegen den jungen Edlen, der brutal versuchte, sie zu vergewaltigen. Nach dem Zweikampf beauftragte der Pfleger Hedwig, sich um unsere Verletzungen zu kümmern. Sobald der Gundolsheimer transportfähig war, wurde er zur Genesung von seiner Familie auf deren Burg geholt, und ich blieb Hedwigs alleiniger Patient.

Wir kamen uns in dieser Zeit so nahe, dass unsere frühere Verliebtheit erneut aufflammte und wir uns wie selbstverständlich liebten. Lange glaubte ich fälschlicherweise, dass sie sich mir nur aus Dankbarkeit hingab und mich aus Schuldgefühlen versorgt und gepflegt hatte. Doch unsere Liebe erwies sich als echt, und wir vertrauten unseren Gefühlen. Um Hedwigs Ruf und Ehre zu schützen, hielten wir unser Verhältnis geheim.

Obwohl wir uns nur versteckt trafen, konnten wir weder vor der Köchin noch vor der Haushälterin unser Glück geheim halten. Selbst dem Pfleger fiel auf, wie Hedwig während meiner Genesung zur glücklichen Frau erblühte. Doch alle verschlossen wohlwollend ihre Augen, stellten keine persönlichen Fragen und achteten unser Geheimnis aus Rücksicht auf Hedwigs Ehre.

Als der junge Schmied mit den übriggebliebenen bischöflichen Truppen ein Jahr nach der Niederlage bei Laupen nach Häsingen zurückkehrte, drängte ihn Hedwigs Mutter, die ihre Tochter endlich versorgt sehen wollte, beim Pfleger um Hedwigs Hand anzuhalten. Der zögerte, denn der Krieg hatte den Schmied mit Schwermut gezeichnet. Im Hochsommer, als sich sein Zustand besserte, gab Johann dem Drängen von Hedwigs Mutter nach und willigte in die Heirat ein.

Mich traf die Nachricht, dass Hedwig heiraten musste, schwer. Die Vorstellung, dass es mit unserm Glück dann vorbei war, löste in mir einen Sturm von Eifersucht und Lebensverdruss aus. Auch Hedwig fiel es nicht leicht. Wir stürzten uns nach durchweinten Nächten bedrückt in die Arbeit und wichen einander tagsüber aus, so gut es ging. Allmählich gewannen wir Abstand voneinander und schafften es, noch vor dem Hochzeitstag unverfänglich miteinander zu reden, ohne dass der Schmerz über die Trennung an die Oberfläche drang. Unauslöschlich haften Hedwigs nüchterne Worte von damals in meinem Gedächtnis ‹Für einen Eheschluss sind nicht die Gefühle für den andern, sondern die gemeinsamen Aufgaben ausschlaggebend.›» Küentzi war am Ende seiner langen Antwort auf Johanns einfache Frage angekommen. Mehr wollte er nicht preisgeben. Als ob er nur noch zu sich selber redete, schloss er leise: «Wie recht sie hatte!»

«Ich danke dir», fasste Johann seine Ergriffenheit zusammen.

Sie trafen nur wenige Leute unterwegs. Der mit grauen Wolken verhangene Himmel verhieß nichts Gutes. Noch schneite es nicht. In diese trübe Stimmung erhob Johann unerwartet deutlich seine Stimme und bekannte, er und Werndrut versuchten als Paar zu leben, was ihnen nicht immer gelänge. Wichtig sei für beide, dass sie sich gegenseitig ihre Liebe gestehen könnten. Er befolge wie sie das Armutsgebot und füge sich bedingungslos wie sie der Autorität der Priorin. Wenn er sich versündige, dann mit keiner andern als Werndrut. Eine Versündigung würde er mit Fasten und stillem Gebet abgelten. Für Werndrut seien die Strafen härter, und zudem lebte sie im Konvent viel einsamer als er.

Sein Ausdruck verfinsterte sich, doch er behielt seine ihn offensichtlich schmerzenden Gedanken für sich. Unvermittelt fragte er: «Soll ich die Zügel bis ins Kloster führen?», griff ohne Küentzis Antwort nach den Riemen und schubste ihn zur Seite. Er trieb das Tier zur Eile und brauchte seine ganze Geschicklichkeit, um auf der gefährlich vereisten Straße nicht ins Schleudern zu geraten.

4

Die dunkelste Zeit war auch die kälteste. Küentzi graute in seiner ungeheizten Stube plötzlich vor der langen Nacht, die er allein in der eisigen Kirche durchwachen musste. Um sich für die Nachtwache zu rüsten, öffnete er seine ihm ans Herz gewachsene Mühlenkiste und legte den Inhalt auf der Bettstatt aus. Viel war es noch immer nicht: ein wollenes Hemd, eine wollene Hose und die feingewobenen Mehlsäcklein, die ihm der Klingentaler Müller vor vier Jahren zum Abschied geschenkt hatte. Die paar schön geschriebenen Gedichte, die er in Häsingen selber kopiert hatte, legte er vorsichtig wieder in die Kiste zurück.

Er plante voraus: Sobald er in der Kirche allein war, würde er die kleinen Mehlsäcke über sein einziges Paar Socken ziehen, um sich gegen die Kälte zu wappnen. Überdies würde er sich in seine Wolldecke einwickeln. Zuvor wollte er sich jedoch in der Küche, dem einzigen warmen Ort im Kloster, aufwärmen.

Unauffällig schlüpfte er ganz nah zum Herd und genoss die ihn umfangende Hitze. Die Köchin hatte Mitleid mit ihm und schöpfte ihm wie selbstverständlich einen Becher heißer Fleischbrühe, die sie für das Mahl des nächsten Tages vorbereitet hatte. Er ließ sich nachschenken, obwohl beide wussten, dass er sich jeglicher Nahrung bis zum Frühstück hätte enthalten müssen. So betrat er mit gesättigtem Magen und aufgewärmter Kutte die Kirche, als die Glocke zur Komplet rief.

Die Priorin rief ihn sofort zu sich an den Hauptaltar, hieß ihn knien und verkündete mit feierlicher Stimme, dass er die ganze Nacht betend ausharren müsse, bis er am Ende der morgigen Laudes sein Gelöbnis als Konverse ablegen dürfe. Bis dann sei sein Platz während der Gottesdienste bei den Nonnen, hinten im Chor. Auf ihr Zeichen begleiteten ihn zwei Kapläne, die in vollem Ornat bereitstanden, nach hinten, wo sie sich neben ihn setzten.

Am Ende der Komplet traten sie mit ihm in der Mitte vor den großen Marienaltar und beteten, während die Nonnen im Kreuzgang verschwanden und die Kirche sich leerte. Der ältere Priester fragte Küentzi, der noch immer kniete: «Willst du deine Seele läutern und jetzt die große Beichte vor deinem Schritt ins neue Leben ablegen?»

Er erschrak, denn er hatte völlig vergessen, dass von ihm eine Beichte erwartet wurde und er auch deswegen hätte fasten sollen. Verwirrt hob er seine gefalteten Hände und gab, ohne das Geringste zu überlegen, Bescheid: «Danke, nein, es ist gut so.» Beide Priester sahen ihn erstaunt an, bevor sie sich wieder dem Altar zuwandten und neue Gebete murmelten. Sie waren dem Schwesterorden im Klingental wegen ihrer Pflichttreue und Sittenstrenge zugeteilt worden, und einer drückte sofort unüberhörbar seine Zweifel an Küentzis Lauterkeit aus: Er bat auf Deutsch die Heiligen und Maria, die Last auf des Jungen Seele zu mindern. Als die Küsterin das Öl in der Lampe fürs ewige Licht kontrollierte und alle Kerzen bis auf eine große, dicke vor dem Altar löschte, segneten ihn beide und verließen die Kirche.

Unvermittelt hielt er inne: Hinter sich hörte er das leise Gemurmel weiblicher Stimmen! Er drehte sich langsam, noch immer auf den Knien, um. In den schemenhaften, knienden Gestalten vor sich erkannte er die Zer-Sunnen-Schwestern, die Schaffnerin und die Krankenpflegerin. Er hörte genauer hin: Die Nonnen beteten für ihn und empfahlen ihn in dieser besonderen Nacht dem Schutz der Heiligen! Vor Rührung verharrte er wortlos vor ihnen.

Die Schaffnerin beendete ihr Gebet als Erste und erhob sich schwerfällig. Gebeugt, ein Bein nachziehend, flüsterte sie ihm im Hinausgehen unverständliche Worte zu, die er als Ermutigung deutete. Die Krankenpflegerin war schon verständlicher: «Viel Glück, halt durch und benütze, was du kannst, um dich warm zu halten. Ich will dich nicht pflegen müssen.»

Clare wartete, bis die andern an ihm vorbei waren, trat als Letzte zu ihm. «Ich habe den ganzen Tag für dich gebetet. Du wirst diesen Schritt nicht bereuen», offenbarte sie ihm. Sie suchte im Dunkel seine Hand, legte ein schmales, glänzendes Kruzifix an einer feinen Kette hinein und huschte zum Ausgang.

Schnell versorgte er das Geschenk, vergewisserte sich, dass ihn niemand mehr beobachtete und zog seine Lederschuhe aus. Endlich konnte er seine Füße mit den Getreidesäckchen polstern.

Mit unsicher rollenden Schritten ging er zur dicken Kerze, wo er Clares Kruzifix ans Licht hielt. Im ruhigen Schein der Kerze schimmerte ihm ein gekreuzigter Christus mit einer Krone entgegen, woran er sofort erkannte, dass er ein wertvolles Stück im alten Stil in der Hand hielt: Der Sohn Gottes trug wie sein Vater eine Krone als Zeichen seiner Herrschaft. Im neuen, spitzen Stil, hatte ihm ein Künstler auf der Ysenburg erklärt, werde der Gottessohn als gemeiner Mensch und deshalb ohne Fürstenkrone mit langem, schmerzverzerrtem Gesicht dargestellt. Unwillkürlich blickte er nach oben zur Figur Marias, die ihm von ihrem Sockel herab zulächelte.

Er hielt der Marienfigur ernüchtert das Kruzifix entgegen: «Ja, dich hat man als einfache Mutter zur Himmelskönigin erhoben und den himmlischen Gottessohn zum gemeinen Weltenbürger gemacht.» Nach einem langen Blick auf den Gekreuzigten in seiner Hand ließ er ihn im Ärmel der Kutte verschwinden und seufzte laut: «Bitte, nimm mir meine Worte nicht übel. Du bist bis zuletzt zu deinem Sohn gestanden. Meine wollte oder konnte dies nicht.»

Von der Bitterkeit in seinen Worten erschreckt, richtete er traurig seinen Blick über den Altar hinaus zu den hochgezogenen Fenstern, die den Chor nach Osten öffneten. Dort fand er Halt und Trost im kunstvollen Muster der Sandsteinrosetten, auf denen die im Spitz zusammenlaufenden Fensterfassungen ruhten. Ein schwacher Stoß Eiswind verscheuchte ihn auf einen hinteren, von Zugluft geschützten Chorsitz an der Nordwand.

Die von der einzigen Kerze im Raum beleuchtete Marienfigur ließ ihn nicht in Ruhe. Sein altes, galliges Hadern mit seiner ihm unbekannten Mutter brach in ihm wieder auf und damit auch sein alter Widerwille gegenüber dem verschworenen Schweigen der Klostergemeinschaft. Einige Nonnen mussten über seine Herkunft Bescheid gewusst haben, hatten vielleicht seine Mutter oder seinen Vater gekannt. Bis heute hatte niemand seine Fragen je beantwortet, alle verschanzten sich hinter den Klosterregeln. Noch heute hörte er: «Die Priorin ist deine Mutter, wie für die Nonnen auch», wenn er fragte. Die Nonne Guota, die sich im Kloster bis zu ihrem Tod seiner angenommen hatte, konnte seine Mutter nicht sein, denn sie hatte ihn ganz offen als ihren Patensohn, mit dem sie nicht verwandt war, ausgegeben.

Schon lange vor dem Stimmbruch hatte er sich inbrünstig einen Vater, auf den er sich inmitten der vielen Frauen berufen konnte, als männliches Vorbild gewünscht. Die Frage, wer außer dem Vater im Himmel sein Vater sein könnte, war für ihn damals in den Vordergrund getreten, doch niemand wollte oder konnte sie ihm beantworten.

Nach seiner Genesung in Häsingen hatte sich eine Antwort erübrigt. Er hatte erkannt, dass die Nähe zu Hedwig und die ehrlichen Gespräche mit ihr für ihn und seine Gefühle hilfreicher gewesen waren als alles, das er sich als väterliche Lebenserfahrung und Rat für seine Liebe wünschen konnte. Hedwig hatte ihm damals abgeraten, sich dem ihm immer wohlgesonnenen Pfleger anzuvertrauen, weil sie glaubte, dass dieser sittenstrenge Mann sie sofort miteinander verheiratet hätte. Doch was hätte er ihr als Gatte bieten können? Sie hätte mit ihm einen Bettler geehelicht, einen Mann ohne Beruf, ohne Familie, unfrei. Auch hätte er sich mit einer Heirat seine Zukunft als Schaffner des Klosters verbaut, denn diese Stellung stand ihm nur als Konverse offen.

Sie waren ein heimliches Paar geblieben, das einander zutiefst verbunden ausschließlich in der Gegenwart lebte. Sie lernten den andern und sich immer besser kennen, bis sie einander nicht mehr loslassen konnten, bis sie die Wärme und Kraft, die sie sich gegenseitig gaben, nicht mehr aufgeben wollten.

Als die Verheiratung Hedwigs mit dem jungen Schmied damals Ende August absehbar wurde, hatte Küentzi den Häsinger Pfleger gewarnt, er würde bei der Trauung Einspruch erheben. Der Pfleger hatte überraschend verständnisvoll auf seine hitzige Drohung reagiert und ihn zu einem Abendspaziergang in den kühlen Wald eingeladen. Erst am kühlen Bach ging Johann endlich auf Küentzis Drohung ein: «Dort unten, in diesem einfachen, armseligen Haus wohnt Hedwigs Mutter. Dort entscheidet sich mit Hedwigs Heirat auch die Zukunft dieser Frau. Mit dem Schmied bekommt sie einen Schwiegersohn, der nicht nur Hedwig eine sichere Existenz verschaffen, sondern auch sie in seinen Haushalt aufnehmen kann. Sie hatte ein hartes Leben und wurde mit den Kindern immer wieder sitzengelassen. Ich vermute nicht nur wegen der vererbten Armut einer Hörigen, sondern auch, weil diese Frau für ihre Männer viel zu stark und überlegen gewesen war. Nun trittst du auf, ein Hedwig ebenbürtiger Mann. Du verliebst dich in sie, sie verliebt sich in dich. Doch dabei muss es bleiben!»

Johann hielt inne und sah Küentzi forschend an. Als er erkannte, dass sein Gegenüber gefasst blieb, sprach er weiter: «Wir, das sind Johann der Karrer, die Köchin, die Haushälterin und ich, haben euch damals geholfen, weil ihr als Pärchen so unverdorben zusammenpasstet. Doch du kamst aus Rufach zurück, brachst den Hausfrieden und hast unsern Ruf geschädigt, indem du in einem sinnlosen und unbegründeten Schwertkampf einen kleinen, dem Kloster nahestehenden Landadligen beinahe zum Krüppel machst. Hedwig pflegt dich hingebungsvoll, und schon machen üble Anspielungen die Runde. Dazu kommt aus Rufach die Nachricht, der Gundolsheimer verbreite überall, dass Hedwig euch mit einem Liebeszauber verhext und wahnsinnig gemacht habe und schuld an eurem fürchterlichen Zweikampf sei.»

Noch heute, in dieser für ihn wichtigen Nacht, verkrampfte sich sein Magen ob der Unterstellung, er habe Hedwigs pflegerische Hingabe aus purer Lust ausgenützt. Mitten in dieser kalten, hohl klingenden Kirche überfiel ihn erneut die Wut, dass ihnen die Tiefe und Echtheit ihrer Gefühle abgesprochen worden war.

In Häsingen wollte sich damals niemand mehr für Hedwigs Unschuld verbürgen. Zudem ging das Gerücht die Runde, sie habe sich ihm allein aus Berechnung hingegeben, und die Leute sahen die Warnung bestätigt, dass Bauernmägde sich nach Lust holten, was sie brauchten. Lehrte nicht auch die Kirche, dass Frauen ihres Standes der Gnade höherer Gefühle erst teilhaftig wurden, wenn sie das Sakrament der Ehe empfangen oder sich in den Dienst der Kirche gestellt hatten?

Im eiskalten Chor der Klingentaler Nonnen zwang sich Küentzi, langsam und tief durchzuatmen. Damit sich seine erneute Wut etwas legen konnte, zog er die abgestandene, säuerliche Weihrauchluft durch die Nase, bis ihm die Tränen kamen.

Aus der Sicht der Kirche, die unmissverständlich alle Regeln des Zusammenlebens vorgab, hätten sie einem Priester ihre Liebe beichten müssen, was keinesfalls in Frage gekommen war. Er hatte nicht riskieren wollen, dass sie zeitlebens das Opfer priesterlicher Schikane würden, nur weil ein Beichtvater aus Erlösungseifer meinte, ihnen schon auf Erden das Leben zur Hölle machen zu müssen.

Er hielt sich an Luggis wiederholte Warnung, dass die große Mehrheit der Priester gegenüber Frauen grundsätzlich voreingenommen war, und hatte von Hedwig verlangt, dass sie, wie er auch, erst auf dem Totenbett in einer Generalbeichte ihr

Geheimnis lüfte. Ein offenes Eingeständnis ihrer Liebschaft wäre einer Bestätigung des Gerüchts der Hexerei gleichgekommen, und der Gundolsheimer hätte mit seiner aus Rache ersonnenen Verleumdung recht bekommen.

Aus Liebe zu Hedwig hatte er deshalb den Widerstand gegen ihre Verheiratung mit dem Schmied aufgegeben und als bittere, aber beste Lösung hingenommen. Aus Rücksicht auf Hedwigs Ehre und Zukunft musste die Wahrheit ihres Glückes für immer ihr Geheimnis bleiben.

Unverändert klar und schmerzhaft tauchten die Bilder ihres Besuchs nach der Ankündigung der Hochzeit vor ihm auf. Sie war in Tränen aufgelöst noch in der gleichen Nacht zu ihm gekommen und hatte ihm Heinrichs Freude beschrieben. Er hatte die ganze Zeit ihren von Schluchzern geschüttelten Körper in den Armen gehalten und mit steigender Bewunderung verfolgt, wie sie ihren Schmerz im zeitlosen Weh der unzähligen Frauen, die den gleichen Weg vor ihr gehen mussten, erden konnte. Je ruhiger sie wurde, desto leichter war es ihm gefallen, seinen eigenen Schmerz über die sie benachteiligende Ordnung der Welt zu besänftigen. Ruhig, ohne Tränen und ohne ein Wort hatten sie sich danach bis zur Erschöpfung geliebt. Ähnlich wie in der vergangenen Nacht im Klingental.

Ohne einen Funken Reue dachte er an ihre späteren Treffen zurück. Er hatte nicht gezählt, wie viele Male sie die Ehe mit ihm gebrochen hatte. Wann immer sich ihnen die Gelegenheit bot, liebten sie sich, kamen mit einer Mindestzahl an Worten zurecht, als ob sie sich in einer zeitlosen Gegenwelt bewegten, wo Worte höchstens störten.

Beim Gedanken an ihren überraschenden Besuch gestern fühlte er sich wieder in diesen besonderen Raum versetzt und spürte, wie die Kälte aus seinem Körper wich. Stehend, an das nach Nussöl riechende Holz des Chorgestühls gelehnt, wurde er von seiner Müdigkeit übermannt. Seine Augen fielen zu, sein Kopf sank nach vorne, seine verschränkten Arme lösten sich, glitten langsam nach unten.

Aufgeschreckt zuckte er zusammen, als das aus dem Ärmel gerutschte Kruzifix mit hellem Klang auf den Boden schlug. Hastig bückte er sich, hob das matt schimmernde Silberstück auf und versorgte es in seiner Kutte. Peinlich berührt suchten seine Augen die dicke Kerze auf dem Altar und das ewige Licht. Etwas hatte sich da vorne verändert.

Neugierig ging er zum Altar und staunte. Von der Gottesmutter waren nur ihre feinen Fußspitzen zu sehen. Ihr restlicher Körper musste sich von der Erde gelöst haben, um im Himmel mit den himmlischen Heerscharen den Geburtstag ihres Sohnes zu feiern. Nur die Füße hatte sie zurückgelassen, um auf ewig den geschuppten Lindwurm in den Boden zu treten.

Küentzi staunte ob der Gewalt, mit der die zierlichen, von den langen Falten des Gewandes beinahe verdeckten Zehen im unsteten und schwachen Licht der Kerze auf den Rumpf des Ungeheuers traten. Voller Ehrfurcht sah er unschuldig weiß glitzernde Tropfen anstatt höllisch schwarzen Drachenbluts zwischen den glitschigen Schuppen des Drachenpanzers hervortreten und war überzeugt, dass Maria den giftigen Drachensaft in lebenspendendes Nass verwandelt hatte.

Er schloss, dass die Gottesmutter mit diesem nur ihm offenbarten Wunder seinen Übertritt ins Konversentum guthieß, und ging auf die Knie, holte das kleine Kruzifix aus seiner Kutte und richtete es mit beiden Händen auf die ausgetretene Flüssigkeit, als müsste er ihre helle Farbe beschützen. Dankbar betete er ein Ave Maria nach dem andern, immer wieder.

Als sei er vom Anblick der Marienfigur erstarrt, fand ihn die Küsterin, als sie mit einem Priester zur Vorbereitung der Mitternachtsmesse den Chor betrat. Während sie frische Kerzen ansteckte, gab sie sich Mühe, ihn beim Gebet nicht zu stören. Doch durch das neue, viele Licht war für Küentzi der Bann der Tropfen gebrochen.

Er hatte vom langen Beten eine trockene Kehle und Durst. Er erhob sich und verfolgte verwundert, als ob er aus einem Traum erwachte, was um ihn herum geschah. Mehrere Nonnen halfen der Küsterin, Kerzen auf den andern Altären anzustecken und im Chor und in der Leutkirche Standleuchter aufzustellen. Der große Raum schien mit dem Licht der vielen Kerzen zu wachsen und sich bis in die äußerste Nische mit dem sanften Hall geflüsterter Arbeitsanweisungen zu füllen. Neu dazugekommene Nonnen behängten die Altäre mit weißen Bändern und die Wände mit kunstvollen Tüchern aus der Klosterstickerei.

Vor Küentzi erstand der Marienaltar in seiner ganzen Pracht und mittendrin in ihrer ganzen Größe die Gottesmutter mit huldvollem Blick. Nur er, der noch immer dicht vor ihr kniete, konnte in ihren Augen die an ihn gerichtete Bitte erkennen, er möge der Welt ihren nächtlichen Ausflug zu ihrem Sohn verschweigen. Er versprach ihr still, ihr Geheimnis als seines zu hüten, und konnte daraufhin mit Staunen verfolgen, wie die vom Lindwurm ausgesonderten Gifttropfen weniger wurden und im geweihten Tuch der Altardecke spurlos verschwanden.

Unversehens schlug der Kaplan, der unbemerkt neben Küentzi getreten war, über ihm das Kreuz und forderte ihn auf, ihm in die Katharinenkapelle zu folgen. Dort hieß ihn der Priester, zwischen zwei eiserne, mit glühenden Holzkohlen gefüllte Becken auf die Knie zu gehen und seine Sünden zu bekennen. Dankbar um den warmen Ort trug Küentzi sofort die vielen sündigen Gedanken, die seinen Geist in der vergangenen Woche geplagt hatten, vor. Selbst seine jüngste Empörung über die ungerechte Haltung der Kirche gegenüber Frauen des dritten Standes ersparte er dem Priester nicht.

Mitten in das ferne Geläut der für die Basler geöffneten Kirchen begann die helle Klingentaler Glocke ebenfalls zu schlagen. Sie läutete nur kurz, und noch bevor sie verstummt war, stimmten die im festlichen Weiß auftretenden Nonnen das *Kyrie* an. Das war für den Kaplan das Zeichen, mit Küentzi die Kapelle zu verlassen und am Altar vorbei zu ihrem von der Priorin zugewiesenen Platz im Chor zu schreiten. Dort gingen sie neben Johannes Arzat, einem neuen Pfründer, wieder auf die Knie.

Johannes aus der vornehmen und begüterten Familie zer Bach überragte Küentzi um Kopfeslänge, war breit gebaut und trug sein Haar lang, bis auf die Schulter fallend. Die Haarfarbe und der leicht vorstehende Bauch, den er selbst im Knien nicht verstecken konnte, verrieten, dass er Küentzi einige Jahrzehnte voraushatte. Als Zeichen seiner Achtung hatte er heute auf sein Privileg, weltliche Kleidung tragen zu dürfen, verzichtet und trug die schlichte graue Konversenkutte.

Küentzi, der seit vier Jahren zum ersten Mal wieder bei der Mitternachtsmesse dabei war, war von der Pracht der Feier überwältigt. Johannes, der seine im Raum wandernde Blicke beobachtet hatte, flüsterte ihm begeistert zu: «Heute kommt der Himmel zu uns herab und wir blicken ins Jenseits. Wir können Heilige und Engel sehen, zu ihnen sprechen und sie zu uns!», und ermutigte ihn mit einer den Raum umfassenden Handbewegung, seine Aufmerksamkeit auf das Spiel des Lichts zu richten.

Die vielen, vom Bischof persönlich für diese Messe geweihten Kerzen verbreiteten so viel Licht, dass die mit Goldfaden durchwobenen Tücher an den Wänden im Widerspiel mit den golden glänzenden Messgeräten auf dem Altar eine sanfte Helligkeit bewirkten und jede Bewegung ein vielfächriges Schattenspiel bis hinauf ins hohe Kreuzgewölbe auslöste.

Es war ein stattlicher Konvent, der sich unter der Leitung der Priorin in dieser Nacht im Chor vor ihm versammelt hatte. Er genoss es, während des Messrituals jede Frau genau zu beobachten und, wie in früheren Jahren, sich auf die neuen Gesichter zu konzentrieren. Zwei der Neuen hatte er schon in der ersten Hälfte der Nacht hinter Clare gesehen. Sein Blick blieb auf Clare haften, und er nahm sich vor, sie über die Neuen auszufragen, wenn er sich bei ihr später für das Kruzifix bedankte. Als ob sie seinen Blick gespürt und seine Absicht verstanden hätte, warf sie ihm mitten im Singen einen so freudigen Blick zu, dass er verwirrt wegsah.

Als die Mitternachtsmesse zu Ende war und die Nonnen den Chor verließen, begleiteten der Priester und Johannes Arzat Küentzi in die kleine St.-Katharinen-Kapelle zum Gebet für den letzten Teil seiner Nachtwache. Die Luft war angenehm frisch, und bald verschwand der heisere Ton aus den halblauten Stimmen. Zum Schluss hörte er des Priesters Aufforderung: «Nütze die heilende Kraft der Euphrosine, bete an ihrem Grab beim Lettner.» Auch Johannes Arzats geflüsterten Trost «Es dauert nicht lang bis zu den Lauden, dann sind wir zurück» hörte er deutlich.

Während Küentzi in der mittlerweile wieder dunklen Kirche allein vor der beleuchteten Marienfigur mehrere Paternoster heruntergehaspelte, fragte er sich, warum ihm der Kaplan die heilige Euphrosine empfohlen hatte. Wollte der Priester, dass er im Kreuzgang, dem für ihn verbotenen Teil des Klingentals, seine Hand wie eine Nonne in den steinernen Sarkophag steckte, um die Emanationen der Heiligen Euphrosine in sich aufzunehmen? Als Kind hatte er beobachtet, wie Nonnen dies taten und einige danach verzückt aufgestanden waren. Der Anblick ihrer Verklärtheit hatte sich in seinem Gedächtnis eingeprägt, obwohl er erst später erkannte, dass er nie erfahren würde, von welchem Leiden sie geheilt worden waren.

Er traute seinen Augen nicht, als er hinter dem Lettner den Widerschein eines Lichtleins sah. Er überwand seine Furcht vor dem langen Gang durch die dunkle Leere in die Leutkirche und fand auf Euphrosines Grab eine einsam flackernde Kerze. Ein ungutes Gefühl überkam ihn beim Anblick des tanzenden Flämmchens, ließ ihn nicht mehr los. Ungebändigt turnten rätselhafte Schatten auf und um Euphrosines Gestalt und huschten über den rötlichen Sandstein ihrer Grabnische. Waren es die Seelen von verstorbenen Sündern, die verzweifelt Zugang zur heilenden Reliquie suchten, oder waren es die närrischen Geschöpfe eines teuflischen Puppenspielers, der aus der Nacht heraus die Fäden zog?

Mit klopfendem Herzen starrte Küentzi auf den Sarkophag. Er wusste, dass Euphrosine ihm nur half, wenn er den Sarkophag berühren konnte. Er wusste auch, dass die Heilige noch nie jemandem Schaden zugefügt, nur immer geheilt hatte. Doch seine Angst, ihm könnten in dieser Kälte die Finger am Stein festfrieren, war größer als sein Wissen. Mit verschränkten Armen kniete er lange vor dem Grabmal, bis er plötzlich ungestüm seine Hände auf den eiskalten Stein drückte.

Obwohl er das Gefühl in den Fingern langsam verlor, hielt er aus: «Heilige Euphrosine, du warst eine Tante der großen heiligen Ursula. Hier kamst du mit ihr auf dem Weg nach Rom als Heidin vorbei und kamst auf dem Rückweg getauft mit den vielen andern Jungfrauen wieder zurück. Du gingst in Köln für deinen Glauben in den Tod und liegst mit deinen unverweslichen Überresten als Heilige vor mir. Hilf mir für das Kloster stark zu sein, ihm treu zu dienen.» Dann brach es aus ihm hervor: «Hilf mir! Nur wenig von dem, was die Kirche von mir verlangt, verstehe ich!»

Von der Leidenschaft seiner eigenen Worte erfasst, schlug er einem segnenden Priester gleich das Kreuz so schwungvoll, dass das ungeschützte Flämmchen auf dem Sarkophag erlosch. Erschreckt packte er in der Schwärze alle seine eiskalten Finger in den Mund und ging vorsichtig und steif zur großen, ruhig brennenden Kerze auf dem Hauptaltar zurück. Er kniete hin, faltete die Hände und begann das Paternoster. Während seine Lippen selbständig und ohne Unterbruch die Worte formten, kehrten seine Gedanken zu Euphrosines Grab zurück.

Unfassbar, dass er gerade in der Nacht seines Gelübdes, mit dem er sich der Kirche verpflichtete, vor der Heiligen zugab, dass er an der Kirche zweifelte, nicht richtig glauben konnte. Wehmütig dachte er zurück an Taulers beispielhafte Predigten in der St.-Brandans-Kapelle und beneidete den Gottessucher um dessen eindeutiges «Ja» auf die Frage: «Will ich Gott wirklich finden?»

Er erhob sich und setzte fröstelnd einen Fuß vor den andern. Im Gleichschritt zu den ewiggleichen Worten einer endlosen Reihe Paternoster trottete er im Chor hin und her. Die Kälte und die vielen Gänge vom Licht der Kerze in das Dunkel zum Lettner und zurück zum Licht hielten ihn wach und weckten in ihm die vage Erinnerung an eine längst vergangene Predigt in diesem Chor.

Ein alter Dominikaner hatte die Sonne als Symbol Gottes und den Mond als Symbol des Menschen beschrieben und den Wandel vom Neumond zum Vollmond und zurück mit dem Weg der Seele zum Gotteserlebnis verglichen. Wie der Mond allen Glanz verliere, blass, dunkel und leer werde, um neu die Leuchtkraft des Lichts zu gewinnen, müsse der Mensch innerlich leer werden, um das Licht Gottes, seine Liebe, zu empfangen. Bei diesem Gedanken unterbrach Küentzi seine Litanei. Er hatte seine Furcht vor dem Dunkel und der Leere in der Kirche verloren.

Wie er, um sich warm zu halten, wieder den Weg vom Altar zum Lettner und zurück unter die Füße nahm, passte vieles für ihn zusammen: Wie die Nacht und die Toten die Wegbereiter des Tages und des Lebens waren; so waren seine Zweifel am Glauben und sein zweischneidiges Verhalten letzthin die Voraussetzung für die kommenden Freuden der Klostergemeinschaft.

Als die Küsterin und ihre Gehilfinnen mit einem Bündel Kerzen den Chor betraten, beobachtete er zufrieden, wie sie die Stummel auf den Altären ersetzten und die neuen ansteckten. Hellwach zählte er die Glockenschläge, die zum frühen Lobgesang in die Kirche riefen, und wusste, der große Moment war gekommen.

In der Katharinenkapelle erwarteten ihn der Priester, Johannes Arzat und, zu seiner Überraschung, Johann von Tüllingen, den er als seinen neuen, persönlichen Beistand gerührt grüßte. Der Lobgesang, den die Nonnen an diesem stockdunklen Morgen in seltener Reinheit vortrugen, hatte schon begonnen, als die beiden Konversen Küentzi in die Mitte nahmen und hinter dem Priester zum Marienaltar schritten. Sie warteten auf den Knien, bis der Gesang zu Ende war und der Priester sich erhob. Sie stellten sich seitlich vom Altar gegenüber der Priorin auf und verfolgten von dort aus das Messritual.

Küentzi war mittlerweile so aufgeregt, dass er von der Lesung nichts aufnahm, nur die ganze Zeit gebannt auf die Priorin blickte und wartete, bis sie auf die oberste Stufe vor dem Altar kniete und still vor der Marienfigur betete. In der Kirche war nur das Rascheln von Stoff und das Knistern der Kerzen hören.

Die Priorin verharrte so lange im Gebet, dass Küentzi, von plötzlichen Gewissensbissen verängstigt, sich fragte, ob sie von der Nacht mit Hedwig erfahren hatte und ihm die Aufnahme als Konverse verweigern wollte. Er übersah, wie sie sich langsam erhob und sich umdrehte: das Zeichen für ihn, vorzutreten und auf die Knie zu gehen.

Seine beiden Zeugen retteten ihn, indem sie ihn anstießen, nach vorne begleiteten und hinter ihm ebenfalls niederknieten. Der Priester, der durch die Messe geführt hatte, nahm Küentzis Hand und führte ihn langsam zur Priorin hinauf, die ihm huldvoll ihre Hand mit dem Siegelring entgegenstreckte. Er senkte demütig seinen Kopf und spürte, wie seine Hand auf die Hand der Priorin gelegt und die beiden Hände mit einem feinmaschigen Tuch umwickelt wurden.

Überrascht zuckte er zusammen, als der Priester mit lauter Stimme fragte: «Bist du, Kunrad, bereit, dem ehrwürdigen Kloster Klingental als Konverse beizutreten, die Klosterregeln zu respektieren, der Priorin als deiner Gebieterin zu gehorchen und ein Leben in Keuschheit und Armut zu führen, so wiederhole: ‹Ja, ich gelobe es.›»

Küentzis Mund war trocken, sein Atem ging in der angespannten Stille kurz und laut. Endlich richtete er die Augen auf den Priester und verkündete mit starker Stimme: «Ja, ich gelobe es.»

Er sah zur Priorin auf und hielt mit der Kraft eines Ertrinkenden ihrem Blick stand, bis der Priester umständlich das Tuch von den Händen entfernte hatte und auf den Siegelring der Priorin zeigte. Während er mit seinen Lippen flüchtig über das Silber strich, sah er nochmals zur Priorin auf und meinte überrascht, einen Anflug wissender Heiterkeit in ihrem Gesicht zu entdecken. Verunsichert schritt er unter den zum Segen weit geöffneten Armen des Priesters rückwärts zwischen seine zwei Begleiter zurück.

Sobald Küentzi seinen Platz wieder gefunden hatte und kniete, empfahl der stimmgewaltige Prediger die Seele von *frater conversus Cunradus* dem Schutz des Allmächtigen. Zu Küentzis Ehren rezitierte er den Beginn des sechsten Psalms «Wende dich, Herr, und errette meine Seele! Hilf mir um deiner Barmherzigkeit willen!», bevor er die Nonnen den lateinischen Text mit ihren reinen Stimmen in seiner ganzen Länge singen ließ.

Nochmals suchte er über ihm die Augen der Priorin, die ihm unauffällig zuzwinkerte, worauf er seine verkrampfte Haltung lockerte. Zum ersten Mal in der ganzen Zeremonie wagte er einen Blick rückwärts in den Chor. Das Licht der Kerzen reichte nicht, um Einzelheiten zu erkennen, doch er spürte die unglaubliche Zuwendung aus den vielen Augen und wurde von einem Hochgefühl der Freude durchdrungen.

All diese Leute betrachteten ihn nun als einen der ihren! Zum ersten Mal in seinem Leben hatte er vor diesem Altar verspürt, wohin er gehörte und wer zu ihm gehörte! Zum ersten Mal in seinem Leben hatte er sich offen gebunden und wurde für dieses Wagnis mit offenkundiger Zuneigung geehrt! *Nemo* der Niemand hatte heute Kunrad dem Konversen seinen Platz abgetreten, die heimatlose Einsamkeit war vorüber: Er hatte eine Familie, ein Heim mit Brüdern und Schwestern!

Die beiden Johanns nahmen den neuen Konversen in ihre Mitte und führten ihn ins Refektorium, wo die Köchin freudestrahlend zusammen mit dem dritten Johann, dem Schaffner, auf sie wartete. Der Schaffner übernahm es, den frischgebackenen Konversen über den weiteren Verlauf der Feierlichkeiten aufzuklären: An diesem wichtigsten Tag in des neuen Bruders Leben bleibe der jüngste Konverse weiterhin dem Schutz der beiden

Johanns unterstellt. Sie würden ihn mit Rat und Tat im Kampf gegen die Dämonen der Völlerei unterstützen. Die gefährlichste Zeit sei am großen Weihnachtsfest zu erwarten. Er, Johannes von Habsheim, werde die zwei bestandenen Konversen freiwillig in ihrem Auftrag unterstützen.

Während der Schaffner redete, hatte die Köchin für die selbsternannten Leib- und Geisteswächter einen Krug mit warmem Glühwein aus der Küche geholt und sich damit vor die Männer gestellt. Die Köchin, die ihren Auftritt nachgerade genoss, richtete den Krug auf Küentzi und fragte: «Ich weiß, du heißt jetzt offiziell Bruder Kunrad, doch für mich bleibst du eben Küentzi. Gestattest du mir, dass ich dich weiterhin so nenne?»

Erleichtert ob der Harmlosigkeit der Frage, bejahte sie Küentzi fröhlich und wünschte sich das Gleiche von den andern: «Küentzi gehört zu mir. Ich habe mich ja nicht wie eine Nonne von der Welt verabschiedet. Ich bleibe auch weiterhin bei euch!» Er strahlte seine Freunde mit unverhohlener Freude an und schämte sich auch der kleinen Träne nicht, die ihm über eine Wange kullerte. Ergriffen hoben die andern ihre Becher, um auf ihn und seinen Eintritt ins Kloster anzustoßen.

Mit jedem Schluck, den sie tranken, wuchs ihre Begeisterung über den vorzüglichen Glühwein, und der Schaffner ergriff das Wort erneut. Er dankte – selbstverständlich auch im Namen seiner Brüder neben ihm – der Köchin für die gelungene Überraschung und hielt, noch bevor er seine Rede beendet hatte, seinen Becher zum Nachfüllen hin. Überzeugt, ihre Freunde in ihrem in der Nacht begonnenen Kampf gegen die Kälte in der Welt unterstützen zu müssen, schenkte die Köchin allen mehrmals nach.

5

Am Stephanstag rief die Glocke eindringlich lang zur Prim, als ob sie wüsste, dass die meisten mit dem Aufstehen Mühe hatten und viel Zeit brauchten, um so früh den Weg von der warmen Schlafstatt in die kalte Kirche zu finden. Küentzi erwachte mit einem schweren Kopf in seiner kleinen Kammer über der Küche, umschmeichelt vom Duft frisch gebackener Brote. An einem gewöhnlichen Tag wäre er aufgesprungen, hätte sich die Kutte übergezogen und wäre hungrig nach unten gestürmt. Heute früh jedoch war sein Magen immer noch voll von der reichsten Mahlzeit, die er in seinem Leben je genossen hatte.

Er richtete sich auf, sah die Wände seiner engen Kammer wanken und fühlte einen stechenden Schmerz in seinen Schläfen. Den Kopf mit beiden Händen stützend, setzte er langsam die Beine auf den Boden und richtete sich wie ein alter Mann ächzend auf. Langsam kamen die Wände seiner Kammer wieder ins Lot und die Erinnerungen an den gestrigen Tag zurück.

An die lange, einsame Nacht in der frostigen Kirche, an sein Gelöbnis und das Aufwärmen mit Glühwein danach konnte er sich deutlich erinnern. Von der langen Doppelmesse waren in seinem Gedächtnis nur Bruchstücke geblieben. Er erinnerte sich an die trockene Oblate auf seiner Zunge, den Geschmack des sauren Messweins während des Abendmahls und die immerwährende Musik und den Gesang. Auch an die vielen Schubser, mit denen ihm seine Gelöbniszeugen angezeigt hatten, wann er knien, stehen oder beten musste. An die quälende Übermüdung, der er widerstehen musste.

Das Gedächtnis lieferte ihm erst wieder klare Bilder aus der Kerzweihfeier um die Mittagszeit des Weihnachtstages. Von der Kälte wachgehalten, hatte Küentzi während der kurzen Feier unter den vielen Vertretern der Kirchen und Klöster Basels nur den Schaffner der Barfüßermönche, Peter zem Rosen, ausmachen können. Er kannte ihn aus seinem Ötlinger Jahr und hätte sich ihm gerne als neuer Konverse vorgestellt. Doch im Durcheinander der vielen Kutten und Soutanen, als die Klingentaler nach dem Schlusssegen ihre frisch geweihten Kerzen vorne abholten, gab es weder Zeit noch Platz für Kontakte. Das war gestern gewesen.

Küentzi stand langsam auf, griff nach seiner neuen Kutte am Fußende des Bettes und zuckte vor Schmerz zusammen. Wie hatte er nur seinen dummen Sturz auf dem vereisten Kopfsteinpflaster vor dem Münster vergessen können! Dabei hatte er doch freiwillig mehrere Dosen von gebranntem Wasser gegen die Schmerzen eingenommen. In Gedanken an diese Medizin ging er nun mit überraschend sicherem Schritt hinaus in die hässliche Kälte und direkt in die Morgenandacht.

Im Chor humpelte er auffällig, um sich für seine Verspätung nicht entschuldigen zu müssen. Den Kopf trotz der frischen Luft noch immer leicht benebelt, überkam ihn beim Anblick Clares ein ungutes Gefühl. Verschwommene Bilder vom großen Festmahl tauchten vor ihm auf; Bilder, die nicht scharf werden wollten, so sehr er sich auch darum bemühte. Plötzlich fiel ihm wieder ein, woran ihn der Anblick Clares erinnert hatte. Ihre Schwester Agnes hatte versucht, sich mit ihm inmitten der ausgelassenen Fröhlichkeit des üppigen Weihnachtsessens über neue Praktiken des christlichen Glaubens zu unterhalten. Einzelheiten konnte er nicht mehr zusammenfügen. Noch einmal blickte er zu Clare, die neben Agnes stand und ihn mit Gebärden aufforderte, sie an Euphrosines Grab zu treffen.

Am Ende der Prim blieb er allein in der leeren Leutkirche zurück und wartete, bis Clare mit gefalteten Händen zu ihm trat und ihm vorwurfsvoll zuflüsterte: «Du hast die Salbe, die ich gestern noch speziell für dich zubereitet habe, im Krankenzimmer nicht abgeholt. Wenn du jetzt mit mir kommst, kannst du das Töpfchen mitnehmen und deine Hüfte nochmals untersuchen lassen.»

«Entschuldige, ich kann mich an vieles nicht mehr erinnern. Ich bin heute aufgewacht, als wäre ich gestern betäubt worden. Bitte geh voraus», erwiderte er mit leidender Stimme.

Sie hasteten durch die kalten Gänge ins Krankenzimmer, wo sie die Krankenpflegerin mit dem Rücken am warmen Kachelofen stehend begrüßte. «Küentzi, lass mal sehen, wie der Bluterguss heute aussieht.» Verschämt drehte er sich ab, um seine Beinkleider auszuziehen. Mit der Kutte wollte er seine Blöße vor Clare bedecken.

«Tu nicht so dämlich!», wies ihn die Krankenpflegerin zurecht. «Du warst gestern Abend splitternackt, als ich dich untersucht habe. Deine Kumpane haben dich aus Angst, du würdest ihnen wegsterben, zu uns getragen.»

Mit rotem Kopf öffnete Küentzi seine Kutte. Die Krankenpflegerin betastete die blau verfärbte, aufgeschwollene Stelle unterhalb des Hüftbeins und eine kleinere am Brustkorb. Zufrieden fasste sie zusammen: «Du hast Glück gehabt. Nichts gebrochen. Die Schmerzen werden noch einige Zeit bleiben, sicherlich wenn du dich bewegst. Clare wird dir nun zeigen, wie du ihre Salbe auftragen musst, damit die Schmerzen erträglicher werden und die Heilung schnell vorangeht.»

Küentzi öffnete die Kutte erneut, diesmal für Clare, die mit dem Salbentopf bereitstand. Behutsam trug sie die Salbe auf die farbigen Stellen auf und witzelte anerkennend: «Seit ich dich vor vier Jahren beim Waschen am Rhein beobachtet habe, bist du ein richtiger Mann geworden und eine Versuchung für jede Nonne, lieber Bruder Kunrad. Gestern hast du allerdings nur Mitleid und Unverständnis erregt. Ich wusste ja nicht, dass du gestürzt bist. Statt dich bewundern zu können, musste ich zusehen, wie du den ausgezeichneten Wein in dich hineinschüttetest, als wäre es Essig. Wir Nonnen wurden vom Wein fröhlich und vergnügter, du hingegen verbissen und schweigsam. Sogar als du wegkipptest, gabst du keinen Laut von dir.» Sie wickelte die Hüfte in ein frisches Tuch aus Leinen, richtete sich vor ihm auf und gab ihm einen flüchtigen Kuss auf die Wange. Zum Abschied warnte sie ihn dunkel: «Trag Sorge zu den Freunden, die dir noch geblieben sind. Sie sind die echten; sie brauchen dich nicht, aber du sie.»

Während Küentzi seine Kutte anzog und den Strick um die Hüfte band, betrachtete er Clare, die, ihm den Rücken zugekehrt, eine Rezeptur las. Belustigt ertappte er sich beim Gedanken, dass sie mit ihrer Erinnerung an den Rhein bei ihm die Erinnerung an ihr Bad im selben Fluss heraufbeschworen hatte. Er stellte sie sich nackt vor und glaubte zu sehen, wie sie in der Zwischenzeit noch reizender und fraulicher geworden war. Mit einem verschüchterten «Danke» verließ er den Raum und machte sich auf die Suche nach seinen Freunden.

Johannes Arzat fand er am späten Nachmittag auf dem Weg zum Vesperdienst. Vorwurfsvoll fragte er ihn: «Wo wart ihr denn, ich habe euch überall gesucht?»

«Wo warst du heute früh, als wir dich suchten, um an der Messfeier der Prediger teilzunehmen?», kam die Gegenfrage. Johannes ließ Küentzi keine Zeit für eine Antwort: «Hast wohl vergessen, dass unser gestriger Ehrengast, Predigerprior Albert von Reinkein, dich persönlich zu dieser Messe eingeladen hat?»

Küentzi entschuldigte sich einmal mehr, er habe nur vage Erinnerungen an gestern.

Johannes lachte kurz und entschuldigte sich seinerseits: «Es war nicht zu erwarten, dass du nach dem vielen Wein und dem besonderen Trank, den dir die Krankenpflegerin gegen die Schmerzen verabreicht hatte, die Prim schaffen würdest.» Er rülpste unanständig, senkte die Stimme und verriet: «Im Vergleich zur Tafel, die das Klingental gestern bot, war heute das Essen bei den Predigern armselig. Nur der Wein war gut, den haben wir ihnen nämlich aus Rufach geliefert. Die Predigt war aber originell und bot allen, Laien und Klerikern, einmal mehr Stoff zum Nachdenken. Ganz im Gegensatz zu denen bei uns.»

Nach dem Vesperdienst wollte Küentzi vom Karrer mehr über sein Verhalten am Fest wissen. Der kam sofort zur Sache: «Es sah so aus, dass du auf dem besten Weg warst, eine Schnapsleiche zu werden. Doch ich wusste nichts Besseres gegen deine Schmerzen. Am großen Weihnachtsmahl im Klingental versuchten wir, dein Saufen zu bremsen. Leider ohne Erfolg.»

Mittlerweile hatte sich auch die Begine Luggi zu ihnen unters große Vordach vor der Küche gesetzt. Sehr ernst, geradezu tadelnd, richtete sie ihre Worte an Johann: «Ich weiß immer noch nicht, wie es dir gelungen ist, unsern Schaffner und Johannes Arzat dazu zu bringen, vor allen Gästen im Refektorium anzügliche Lieder zu singen.» Unüberhörbar vorwurfsvoll fuhr sie fort: «Du hast unserm Kloster einen Bärendienst geleistet. Die Päpstlichen, wozu die meisten unserer geistlichen Gäste zählen, haben in der bischöflichen Kurie Oberwasser. Doch wir wollen uns hier kaiserfreundliche, volksnahe Prediger wie Tauler erhalten und sind auf ihr Wohlwollen angewiesen. Und das haben wir uns vielleicht verspielt gestern.»

Johann blickte Luggi kurz scharf in die Augen und erwiderte: «Frag den Schaffner und Arzat selber, was sie sich beim Singen gedacht haben. Ich weiß nur, dass die Priorin uns heute mit keinem Wort getadelt hat. Tauler verlasse Basel sowieso bald, habe ich bei den Predigern heute gehört. Der Dominikanerorden soll reformiert werden und wir mit ihnen.»

Luggi schwieg betroffen. Nach einer Weile entschied sie ganz ruhig: «Ich gebe nicht auf. Ich habe mich für Tauler innerhalb und außerhalb des Klosters kräftig eingesetzt, weil seine Frömmigkeit beispielhaft und sein Glaube verständlich ist. Wir haben uns im Schutz unserer Klostermauern an einer geistlichen

Bewegung zum Wohl aller beteiligen können. Sollen wir dies nun alles in einer Reform wieder aufgeben? Da mache ich nicht mit. Das Kloster Klingental ist mehr als eine Verwaltungspfründe für den Besitz von Adligen.»

Nach der Komplet begutachtete die Krankenpflegerin die farbigen Stellen an Küentzis Körper, nickte Clare, die mit der Salbe und dem neuen Verband bereitstand, zufrieden zu und ging in den Kräuterraum nebenan.

Vorsichtig berührte Clare seine Haut und verteilte mit unbeteiligter Miene die wohlriechende Paste auf die heiklen Stellen. Leise erklärte sie ihm: «Du hast natürlich gestern nicht gesehen, wie viele Verwandte aus meiner Familie anwesend waren. Du kannst sie ja gar nicht kennen. Ob du's glaubst oder nicht, die meisten sind nicht wegen uns, sondern deinetwegen gekommen.» Ein Unterton der Verärgerung schwang mit, als sie fortfuhr: «Irgendwie ist meiner Familie zu Ohren gekommen, dass der Einstand, den du für die Aufnahme als Konverse benötigtest, aus dem Vermögen der Zer-Sunnen-Nonnen stammt. Werndrut hat den Betrag vorgeschossen. Dabei hatte die Priorin ihr hoch und heilig versprochen, dass niemand außerhalb der Klostermauern davon erfahren würde.»

Küentzi blieb vor Staunen Mund und Kutte offen. Er packte Clare am Ellbogen: «Sag, das ist nicht wahr! Das geht doch nicht! Die Priorin sagte mir, das Geld käme aus dem gemeinsamen Klostervermögen. Wie kann ich ein solches Geschenk nur annehmen?»

«Der Karrer hat's auch getan!», war ihre kurze Antwort, bevor sie ihn wieder in Leinenstreifen wickelte und ihm die Kutte richtete. Dann gab sie ihm einen flüchtigen Kuss auf die Wange und befahl: «Morgen nach der Prim zur Kontrolle hier.»

Clare wandte sich energisch von Küentzi ab und verschwand ohne weitere Worte im Kräuterraum, wo sie sich an den Rüsttisch setzte, die Schultern hängen ließ und gegen die Tränen kämpfte.

Das offenbare Elend der jungen Nonne, die so entschieden und überlegen Küentzi gegenübergetreten war, traf die Krankenpflegerin. Mit einem tiefen Seufzer beendete sie ihre Arbeit, trat hinter Clare und massierte ihr vorsichtig Nacken und Schultern. Während sie Clares Rücken bearbeitete, fragte sie sanft: «Soll ich deine Schwestern holen, oder genüge ich dir als Freundin?»

Als ob ein Damm gebrochen wäre, ließ Clare den Tränen freien Lauf und entspannte sich langsam. Zwischen ihren Schluchzern legte sie den Kopf auf die Hände und machte ihrem Herzen Luft: «Ich hab's doch nur gut gemeint. Ich will Küentzi in meiner Nähe wissen. Er soll einen Platz in meinem Leben finden. Ich hab ihn so vermisst, als er weg war.»

Clare streckte ihren Rücken und fuhr trotzig fort: «Während mehr als zehn Jahren kamen nur weibliche Verwandte mich im Kloster besuchen. Gestern jedoch tauchen Vetter Henman mit seiner Mutter und Onkel Leonhard zum Weihnachtsessen auf: zwei Zer-Sunnen-Männer, die ich vorher noch nie gesehen habe.» Die Krankenpflegerin ließ ihre Schultern los und hörte sich ruhig an, was sie erzählte: «Sie erkundigten sich nach uns, nach userm Wohlbefinden! Wer's glaubt! Und sie wollten den neuen, jungen Konversen kennenlernen. Sie hätten viel Gutes über ihn gehört. Dies alles stinkt zum Himmel!»

Verständnisvoll nahm die Ratschwester Clares Hände kurz in die ihren, blickte ihr in die Augen: «Wenn du einverstanden bist, gehe ich jetzt deine Schwestern holen, und ihr könnt hier alles zu Boden reden.»

Clare nickte nur, steckte zwei neue Kerzen an und wartete. Werndrut kam als Erste, sah Clares verweintes Gesicht und fragte liebevoll, ob es um Küentzi gehe. Clare lächelte verlegen und machte sich zu Werndruts Überraschung über sich selber lustig: «Ich habe mir so gewünscht, Küentzi wäre ein Held, und war überzeugt, dass der Konverse Kunrad den Männern in unserer Familie mindestens ebenbürtig sei, ja, selbst einem unsrer Ritter mühelos die Stange halten könne. Doch was haben sie vorgeführt bekommen? Einen verwirrt lallenden, griesgrämigen und menschenscheuen Waschlappen, der noch vor dem Ende des Essens so sturzbesoffen war, dass er ohnmächtig weggetragen werden musste. Ich bin einem Mann verfallen, der hinkt, eingefettet und gewickelt werden muss! Große Schwester sag mir bitte: Ist das Minne?

Werndrut nahm Clares Hände und streichelte sie, während Clare in sanfterem Ton weiterredete: «Vor vier Jahren begehrte mich Küentzi, wo immer wir uns trafen. Während seiner Abwesenheit träumte ich vier lange Jahre davon, dass er mich erobere, und ich wäre sofort bereit gewesen, mein Keuschheitsgelübde mit ihm zu brechen. Heute, wo wir uns so häufig treffen können wie nie zuvor, blickt er mich durchsichtig an, als wäre ich jenseitig und körperlos. Mir scheint, irgendwas ist mit unsrer Minne schiefgegangen.»

Agnes, die zusammen mit der Krankenpflegerin das Zimmer betreten hatte, nahm noch im Stehen den Faden auf: «Das kann man wohl sagen! Eines möchte ich hier mit aller Deutlichkeit festhalten, ich habe nichts über unsern Beitrag zu Küentzis *Konversio* verlauten lassen. Ihr könnt mir glauben. Der Priorin vertraue ich, wie ihr wahrscheinlich auch.» Sie drehte sich um und wollte den Raum wieder verlassen, bevor ihre verblüfften Schwestern auch nur ein Wort sagen konnten.

Die Krankenpflegerin, die diese zierlichste der drei Schwestern um einen Kopf überragte, führte sie jedoch zum nächsten Stuhl und hieß sie, sich zu setzen. Gehorsam stellte sie ihre Laterne ab und trank durstig den Becher Wein, den ihr die Krankenpflegerin wie den andern hingestellt hatte.

«Jetzt können wir in Ruhe den Grund der Aufregung besprechen», sagte die Krankenpflegerin gewichtig und ernst.

Es war Agnes, die das Gespräch eröffnete: «Ich schlage vor, die Suche nach dem Verräter unseres Geheimnisses vorläufig beiseitezulassen. Wichtiger dünkt mich die Frage, warum sich unsere Verwandten plötzlich um unser Wohlergehen und unsere Tätigkeiten im Kloster kümmern. Ich bin nach der Messe im Chor geblieben und habe gebetet und keinen Kontakt mit ihnen gehabt.» Mahnend hob sie ihre Hand: «Das Gebet – zuerst für die Seelen unserer verstorbenen Familienmitglieder und dann für unser eigenes Seelenheil – ist die oberste Pflicht für uns in diesem Kloster, das hat mich Schwester Anastasia gelehrt, als wir ins Kloster eintraten.»

Nun verschaffte sich Werndrut Gehör: «Anastasia war gar nicht so weltfremd und jenseitig, wie sie vorgab. Sie hatte, wie ich das für uns alle mache, einen Teil des von der Familie gestifteten Leibgedings selber verwaltet und vermehrt. Kurz bevor sie starb, hat sie einen Grabstein mit unserm Familienwappen bestellt und mir die Verwaltung ihres Gutes übergeben, so dass wir drei nun über ein ansehnliches Vermögen unabhängig vom Konvent verfügen.

Von ihr kam die Anregung, dem Karrer den Einstand als Konverse zu entrichten, um ihm und mir eine gemeinsame Lebensform zu ermöglichen. Sie wusste vom Ehepaar Sigerist, das eine Generation vor uns der Welt gemeinsam entsagt und all ihr Hab und Gut dem Konvent vermacht hatte. Sie lebten bis zu ihrem Tod als Bruder Johann und Schwester Anna im Klingental und widmeten sich ihrem Seelenheil als Paar.»

Agnes, die, wie auch Clare, zum ersten Mal von diesem Paar im Klingental hörte, meinte ungeduldig: «Doch ihr, Werndrut und Clare, ihr seid weder *conversae* noch Pfründer – ihr seid Nonnen und damit Bräute Christi! Euer Bräutigam heißt Christus, nicht Johann oder Küentzi, oder habt ihr euer Gelübde als Nonne schon vergessen?»

Zum ersten Mal äußerte sich auch Clare: «Das ist ja genau das, womit wir Schwierigkeiten haben, Agnes. Wir alle in diesem Raum wissen, dass du wie keine andere in unserm Konvent standhaft bist. Du suchst unermüdlich nicht nur die größtmögliche Nähe zu Christus, sondern letztlich die Vereinigung mit ihm, die *unio mystica*, noch in diesem Leben. Obwohl mein Leben dem immateriellen Jenseits verschrieben ist, empfinde ich die Liebe auch körperlich.» Clare ergriff Agnes' Hand und sprach weiter: «Deine Anforderungen an uns als Nonnen sind riesig. Bis anhin stellte niemand unsere Liebe und Treue zu Christus in Frage so wie du. Werndrut und ich mussten den Entscheid, einen Mann zu lieben, ohne unser Verlöbnis mit Christus aufzulösen, nur vor unserm eigenen Gewissen rechtfertigen.»

Die Krankenpflegerin war der Auseinandersetzung aufmerksam gefolgt, räusperte sich: «Ich möchte euch aus der Sicht der weltlichen Verwandten in Erinnerung rufen, was sie von euch grundsätzlich erwarten.» Sie blickte von einer Schwester zur andern und wartete, bis ihr alle zugenickt hatten. «Ihr seid für ihr Seelenheil entscheidend, denn als Nonnen im Klingental seid ihr dank eurem Profess schon jetzt dem Jenseits näher als alle Laien. Eure Gebete sind wirkungs- und wertvoller als die ihrigen, und sie erwarten von euch, dass ihr diesen Vorteil für die ganze Familie nutzt. Damit ihr eure Zeit ausschließlich dem

Gebet widmen könnt, müsst ihr, von Ablenkungen verschont, in Klausur leben und von weltlichen Arbeiten befreit sein. All dies erkauft sich eure Familie für jede von euch mit einem Leibgeding und Stiftungen für Jahrzeitmessen. Wenn nun eure Verwandten auf fragwürdigen Wegen erfahren, dass ihr Geld zugunsten eines fremden Laien abzwackt, so müssen sie, das leuchtet euch wohl ein, befürchten, eure Fürbitte für sie verliere an Gewicht.»

Werndrut warf mit Erleichterung in die Runde: «Zum Glück wissen sie nur von Küentzis Einstand und nichts über den des Karrers.»

Ruhig entgegnete ihr die Krankenpflegerin: «Es genügt, wenn sie euch nicht mehr vertrauen und eine weitere Schmälerung ihrer Vorsorge fürs Jenseits befürchten. Vielleicht ist eure Familie verarmt und braucht Geld? Das wäre ein guter Grund, um im lockeren Rahmen einer Feier mit euch Kontakt aufzunehmen und Gespräche für einen Kredit vorzubereiten. Vielleicht sind sie deswegen so zahlreich am Weihnachtsessen erschienen. Deshalb schlage ich euch Folgendes vor: Macht euch kundig, wie es um den Besitz eurer Familie steht, ob sie auf euer Klostervermögen irgendwie angewiesen ist.»

Werndrut war sofort einverstanden: «Wenn ich der Schaffnerin helfe, kann ich unsere Zahlen prüfen. Doch ich habe keinen Zugang zu Zahlen außerhalb des Klosters.»

Alle schwiegen eine Weile betreten, bis Clare begann: «Ich hab' da eine Idee. Küentzi kann sich draußen frei bewegen, sich erkundigen und die guten Beziehungen des Schaffners für unser Anliegen nutzen.»

Die Krankenpflegerin sagte trocken: «Eigentlich ist der himmeltraurige Eindruck, den er auf alle am Fest gemacht hat, für euch ein Glücksfall. Ich bin überzeugt, dass nach gestern niemand aus eurer Verwandtschaft ihn ernst nehmen würde. Zu harmlos, verwirrt und unerfahren wirkte er. Er war eine Figur, die bestenfalls Mitleid heischte, keinesfalls Respekt.»

«Was die Krankenpflegerin sagt, leuchtet mir ein. Setzen wir Küentzi für unsere Zwecke ein», warf Agnes entschlossen in die Runde. Werndrut war einverstanden, worauf alle erleichtert durcheinander schwatzten, bis sich Agnes verabschiedete: «Ich bin in der Kirche zu finden, wenn ihr mich braucht. Gute Nacht.»

Die Ausführung des Beschlusses war schnell geplant. Clare übernahm es, Küentzi auf die ihm von den Schwestern zugedachte Aufgabe vorzubereiten. Werndrut versprach, ihren Johann einzuweihen, damit er Küentzi unterstützen konnte. Bevor sich die Krankenpflegerin auf eine Pritsche im Kräuterraum zurückzog, warnte sie davor, die Priorin in den Plan einzuweihen. Clare und Werndrut umarmten sich zum Abschied wie alte Freundinnen. Sie waren zufrieden, dass sich die drei Schwestern gefunden hatten und sich einig waren, ihr Leben als Nonnen selber gestalten zu wollen.

6

Während sich die drei Schwestern unter der Führung der weltkundigen Krankenpflegerin berieten, schlief Küentzi tief. Seit langem war er zum ersten Mal nicht nach wenigen Atemzügen wieder aufgewacht, auch die üppigen Bilder, in denen sich Vergangenheit und Zukunft wundersam vermischten und verführerische Teufelsstimmen seinen Namen riefen, waren ausgeblieben. Clares Schlaftee hatte dem Dahindämmern im Halbschlaf ein Ende gemacht und die Hüftschmerzen gelindert.

Zum ersten Mal seit langer Zeit fror ihn nicht, als er sich aus seiner Wolldecke schälte. Selbst als er sich an die aufregenden Ereignisse der vergangenen Woche erinnerte, fröstelte ihn nicht. Er hatte sich innerlich verändert. Anstatt von einer überspannten Sinnenhaftigkeit durch die Tage und Nächte getrieben zu werden, verspürte er in sich eine tiefliegende innere Ruhe und eine kräftigende Wärme. Ruhig betastete er den Verband um seine geschwollene Hüfte, bevor er sich erhob und vorsichtig die Kutte überzog. Er genoss den vertrauten Geruch von frisch gebackenem Brot und freute sich am Klang der Glocke, die ihn zur Morgenandacht rief.

Nach der Prim wurde er zur Priorin berufen, die ihm eilig zuflüsterte: «Du wirst von jetzt an jederzeit dem Schaffner zur Verfügung stehen und ihn überall hin begleiten, sofern er dir keinen andern Auftrag erteilt. Benütze dabei jede Gelegenheit, um für mich unauffällig herauszufinden, welche größeren

Käufe Cunrad zer Angen in letzter Zeit getätigt hat, ob er planmäßig vorgeht und woher er das Geld für diese Käufe hat. Cunrad ist ein Achtburger, der neu im Besitz der Wasserrechte an unserm *tych* ist. Bis anhin hat er sich nicht um uns gekümmert und ist heute Nachmittag zum ersten Mal zu unserm Empfang nach der Totenmesse eingeladen worden. Du wirst mit unserm Schaffner dabei sein und kannst vielleicht etwas über seine Geschäfte erfahren. Erstatte einzig mir oder unserer Schaffnerin Bericht. Nun geh zum Frühstück.»

Küentzi ging ehrerbietig auf die Knie, küsste den ihm wortlos hingehaltenen Ring und war auch schon allein. Leicht verwirrt von der kurz angebundenen Manier der Priorin ging er ins Refektorium, wo er sich neben den Schaffner setzte, der ihm den Platz freigehalten hatte. Hinter vorgehaltener Hand verlangte sein Vorgesetzter unverzüglich Auskunft über das Gespräch mit der Priorin. Auf das Schweigegebot während des Frühstücks verweisend, wich ihm Küentzi aus und gewann Zeit, um ungestört seine Gedanken zu ordnen. Kaum war die Tafel aufgehoben, gab er ihm Auskunft, ohne seinen Sonderauftrag für die Priorin zu erwähnen.

Der Schaffner nickte zufrieden: So habe er sich dies von der Priorin gewünscht, nur dass Küentzi schon heute Nachmittag an seiner Seite sei, komme für ihn überraschend. Dieser zuckte unschuldig mit den Schultern. Johannes überlegte: «Ich soll dich vermutlich bei den andern Schaffnern der Klöster Basels als meine rechte Hand einführen. So wie ich diese Herren kenne, werden sich die meisten für die Totenmesse entschuldigen, zum Empfang jedoch erscheinen.» Er lachte laut und forderte Küentzi auf, mit ihm und der Schaffnerin nochmals die Vorbereitungen für ebendiesen Empfang durchzugehen.

Während die drei emsig Listen durchgingen, offene Rechnungen sortierten, den Eingang und Verbrauch von Lebensmitteln aufrechneten, betrat Werndrut die Schaffnei. Sie erhielt den Auftrag, zusammen mit Küentzi im Keller die errechnete Anzahl Käse- und Brotlaibe bereitzustellen und ein Fass schweren Rotweins anzustechen, wie er dies in Rufach gelernt habe.

Werndrut meinte aber: «Küentzi, du wirst im Krankenzimmer erwartet, du brauchst einen neuen Verband», und schloss mit festem Blick auf den Schaffner: «Überlasst einfach mir seine Aufgaben, bis er zurück ist.»

«Ich bin froh, bist du gekommen, denn ich möchte dich um einen Gefallen bitten», begann Clare, und dann weihte sie ihn leise in ihre Pläne ein. «Die Männer werden sich dir kaum öffnen, doch ich bin überzeugt, dass du bei unsern Tanten leichteres Spiel hast. Aber Vorsicht, wenn es um Geschäfte geht, ist jede gerissener als ihr Mann. Dies zumindest glaubt Werndrut, und ich vertraue ihrem Urteil. Sie wird die Schaffnerin und ich die Krankenpflegerin am Empfang begleiten, und wir haben so die Möglichkeit, dir mit unsern Gesprächen zu helfen. Unsere Beobachtungen können wir dann heute Abend, beim nächsten Verbandwechsel, austauschen.»

Clare hatte Küentzis Verband gelöst, die Schwellung begutachtet und begonnen, die Salbe neu aufzutragen. Entspannt überließ er sich ihren geschickten Fingern. So viel Vertrauen hatte er nach dem schmerzhaften Ausrutscher an Weihnachten nicht erwartet. Nichts in seinem Gesicht verriet seinen Stolz über das zweifache Vertrauen in ihn als Geheimnisträger, nur ein Schmunzeln konnte er beim Gedanken an seine unterschiedlichen Auftraggeberinnen nicht unterdrücken.

Verdutzt spürte er dabei, dass sein männlicher Stolz nicht nur innerlich gewachsen war, und er sah Clare mit rotem Kopf und einem schamhaften «So geht das nicht!» sich von ihm abwenden. Aus weiter Ferne hörte er ihre Aufforderung, er solle sich selber in das saubere Tuch einwickeln, und drehte sich errötend von ihr weg. Doch aus Furcht, dass die Krankenpflegerin hereinplatzen könnte, fasste sie sich. «Allein schaffst du das wohl nicht!» Sie packte den verletzten Bereich in ein neues Tuch und brauchte für die Knoten erstaunlich viel Zeit.

Erst als ihr heftig klopfendes Herz und ihr flatternder Puls in den Ohren zu einem steten Pochen geworden waren, richtete sie sich auf und wagte einen verunsicherten Blick auf Küentzis Gesicht. Ihre Blicke trafen sich und beide erstarrten.

Als wäre in Clare ein Damm gegen Lust und Körperlichkeit gebrochen, veränderte sich ihr Ausdruck: Ihre Haut begann sanft zu glänzen, die Augen strahlten. Sie spürte die Heftigkeit ihres lange unterdrückten Begehrens nach diesem Mann und wusste in ihrem Innersten: Sie war verloren, war untrennbar auf alle Zeiten mit ihm verbunden. Wo er war, würde auch sie sein, gleichgültig wo.

Küentzi verfolgte hingerissen das Aufblühen ihrer sinnlichen Weiblichkeit, wollte sie umfangen und zu sich ziehen, ließ aber seine ausgestreckten Arme wieder ruhig sinken. Mit weit offenen Augen ließ er sich reglos von ihrer Erscheinung verzaubern und spürte in sich eine einmalige, unbezwingliche Lebensfreude wachsen. Zum ersten Mal hatte sie sich ihm als Frau, die einen Mann als Gegenüber sieht, zu erkennen gegeben! Heißes Begehren, Freude, Bewunderung sowie Angst vor der Zukunft trieben in seinem Innerem ein wildes Spiel, und er wollte nur noch eines: weg von diesem Ort übermächtiger Gefühle!

Er ging zurück in die Schaffnei, wo er Sicherheit in der geordneten Welt der Zahlen und Masse suchte. Wortlos stürzte er sich in die Arbeit, versenkte sich in die Angaben auf den sorgfältig geschriebenen Listen und hörte weder Werndrut aus dem Weinkeller zurückkommen noch das Gemurmel, als sie mit dem Schaffner ein letztes Mal die Vorbereitungen für den Empfang durchging. Je länger er sich mit den Listen auf seinem Stehpult auseinandersetzte, desto ruhiger wurde er und überlegte sich, wie er am Empfang seine Sonderaufträge von Clare und der Priorin erledigen wollte.

Zur Totenmesse stellte sich Küentzi in seiner neuen Kutte neben seinen Meister am Lettner und freute sich über seine neue Bedeutung. Als Konverse gehörte er nun zum geistlichen Stand und kam in den Genuss aller diesem Stand zugeschriebenen Privilegien. Johannes von Habsheim hatte ihn über seine Rechte als Konverse aufgeklärt. Für ihn zähle, dass er für weltliche Gerichte unantastbar war.

Küentzi hatte während seines Lehrjahres in Ötlingen, dem letzten in seiner Ausbildung zum Schaffner, viel über die weltlichen Privilegien des Klosters Klingental erfahren. Der dortige Pfleger hatte ihm die Grundsätze der verzwickten Aufteilung der Gerichtsbarkeiten erklärt und ihn in die Grundregeln des Niedergerichts und von Zwing und Bann eingeführt. Heute bedauerte er, dass er damals in Ötlingen nicht besser aufgepasst hatte, und wünschte sich, er wüsste besser Bescheid.

Prüfend ließ er seinen Blick zurück in die Leutkirche schweifen: Die Reichen und Edlen standen näher beim Lettner, die Ärmeren und Bedürftigen beim Ausgang. Unter den in reichen Samtröcken gekleideten Würdenträgern erkannte er manchen Gerichtsvogt. Sie hoben sich im dichten Gedränge durch ihre pelzverbrämten warmen Überwürfe deutlich ab.

Mit einem Schubser lenkte der Schaffner Küentzis Aufmerksamkeit auf die Priorin, die sich erhoben hatte. Sie lud die Gläubigen ein, der Toten, die sich im Leben um das Kloster verdient gemacht hatten, zu gedenken und für deren Seelenheil zu beten. Sie faltete sie ihre Hände und betete still.

Nach dem Gebet folgten die Namen der Nonnen und Beginen, die unter den Platten im Kreuzgang begraben lagen. Danach verlas ein Kaplan die Namen der verstorbenen Adligen, die, der Größe ihrer Stiftung entsprechend, in der Kirche oder vor der Katharinenkapelle begraben lagen. Am Schluss flüsterte der Schaffner hämisch: «Alles habsburgischer Adel, der sich nicht nach Italien, Österreich oder ins Tirol absetzen konnte und hier verarmt ist!»

Beim Empfang im großen Refektorium begleitete Küentzi getreulich den Schaffner. Als Konrad von Hagental, der seit fünf Jahren Schaffner des Klosters Gnadental war, gerade allein am Tisch mit Käse stand, packte Johannes die Gelegenheit beim Schopf und stellte ihm seinen Schützling vor.

Konrad begrüßte Küentzi freundlich und meinte: «Ich habe ähnlich wie du angefangen, arbeitete allerdings schon lange als Konverse im Kloster, bevor ich dessen Pfleger und Schaffner wurde. Eine Schwierigkeit, die mir alle Jahre hindurch angehangen hat, wirst du allerdings im Klingental nie kennenlernen: den Kampf um jeden Batzen, um jedes Lehen. So viele verstorbene Stifter wie ihr in eurer Totenmesse heute werden wir nie verlesen können.»

Der Klingentaler Schaffner fragte ernsthaft: «Kampf um jedes Lehen? Was meinst du denn damit?»

Konrad winkte ab: «Es ist schon bald zwei Jahr her. Wir wollten das Gut von Ritter Heinrich Münch von Münchenstein zum Lehen, weil es für uns so praktisch nah lag. Doch Ritter Heinrich vergabte es als Erblehen an euch, und ich wette, ihr habt nicht mal die Hälfte unseres Angebots als Preis geboten.»

Johannes entschuldigte sich: «Die Schaffnerin hat dieses Geschäft geregelt, wobei ihre guten Beziehungen sicherlich hilfreich waren.»

Konrad wandte sich Küentzi zu: «Bruder, du machst mir den Eindruck, als ob du kräftig auf den Putz hauen könntest. Warst du im vergangenen Sommer dabei, als die Kleinbasler gegen unsern Bischof randalierten?», fragte er in neckendem Ton.

Küentzi lachte und gestand seinem Namensvetter, er fühle sich durchschaut, doch er sei unschuldig, er habe damals in Ötlingen gearbeitet.

«Das wärst du jetzt ohnehin, Bruder, denn der Bischof hat rechtzeitig auf das Weihnachtsfest hin dekretiert, dass er niemanden mehr zur Rechenschaft ziehen werde», ließ sich hinter ihnen eine tiefe Stimme vernehmen. Johannes von Wissemburg, Schaffner der Basler Kurie seit einem Jahr, gesellte sich zu ihnen. Ganz wie seine Herren, die er hier vertrat, begrüßte er Küentzi bloß mit einem herablassenden Nicken und blickte ernsthaft in die Runde. «Die Politik hat in den letzten Jahren verrückt gespielt, genau genommen, seit der Rat die bischöfliche Linie immer wieder erfolgreich zu beeinflussen vermag. Unser Bischof muss zu viele Konzessionen nach allen Seiten machen, und seine Autorität hat dadurch schwer gelitten. Wenn ich daran denke, wie der exkommunizierte Herr vom Wartenberg lange vor seinem Tod ohne großes Aufheben wieder in die Kirche aufgenommen wurde, dreht sich mir noch heute der Magen.» Er strich sich bei diesen Worten gewichtig über den Bauch.

«Das ist wirklich eine alte Geschichte», gab der Klingentaler Schaffner zurück, «Kuno zer Sunnen hat für seinen Wiedereintritt gut bezahlt. Als Vogt der Habsburger hatte er ja auch gute Einkünfte und deren Unterstützung.»

Küentzi hatte vor Aufregung rote Ohren bekommen, als Clares Verwandte genannt wurden, und wollte mehr über sie erfahren. Er setzte mutig zu einer Frage an, als Peter zem Rosen zur kleinen Gruppe trat. Küentzi ließ ihm, dem Schaffner aus einer Achtburgerfamilie, den Vortritt.

Dieser kam gleich auf ganz andere Dinge zu sprechen. «Obwohl ich für die Bettelmönche arbeite, möchte ich nicht betteln, sondern bei euch als Vertreter der reichsten geistlichen Institutionen dieser Stadt um Verständnis für die hiesigen Franziskaner bitten. Noch ist der Schaden im Chor unserer Kirche seit dem Feuer vor fünfundvierzig Jahren nicht völlig behoben, da schwemmt der Birsig einen Teil des Friedhofs weg und setzt unsere Leutkirche unter Wasser. Das vordere Fundament der Barfüßerkirche muss ausgebessert werden.» Nach einer kleinen Pause wandte er sich direkt an den Kurienschaffner: «Wie sieht es bei euch auf dem Hügel aus? Hat der Bischof, seit der Rat um die Vertreter der Herrenzünfte vergrößert wurde und die Steuern für die Bürger angehoben wurden, seine Finanzen verbessern können?»

Der Kurienvertreter spielte mit seinem Becher und suchte nach einer unverfänglichen Antwort. Peter zem Rosen konnte er nicht von oben herab behandeln. «Seit der Überschwemmung vor drei Jahren hat euch der Erzbischof durch die hochlöbliche Vermittlung unseres Bischofs wie keiner andern Kirche in Basel Ablässe zugestanden. Die Ablässe haben euch sicherlich viele Einkünfte eingetragen. Und nachdem euer Franziskanergeneral Ludwig den Bayern in Rom zum Kaiser krönte, sollten ja eure wirtschaftlichen Probleme behoben sein, denn der Kaiser wird euch Bettelbrüdern aus Dankbarkeit sicherlich überall unter die Arme greifen.»

«Da gebe ich euch völlig recht», gab Peter sofort zu, «doch der Kaiser ist weit weg. Seit dem Laupener Krieg vor drei Jahren sind die Kaiserlichen und unser Bischof Verbündete gegen den Papst, weshalb unser Bischof seinen kaisertreuen Barfüßern auch jetzt helfen sollte.»

Johannes von Wissemburg hatte sichtlich Mühe, seine Abneigung gegen den gebannten Kaiser und Peters Ausführungen zu verstecken: Er schwieg.

Ruhig kam Peter nun zum Praktischen: «Im Winter ist der Birsig zahm, erst nach den langen Herbstregen wird er für uns wieder gefährlich. Also muss vor diesem Herbst unsere neue Mauer gegen das Wasser stehen.» Er blickte dem Kurienschaffner fordernd in die Augen: «Wir wären der Kurie zu großem Dank verpflichtet, wenn der Münsterbaumeister uns einige Steinmetze und Maurer für die Reparatur abtreten könnte.»

Der Kurienschaffner, froh, nicht weiter Stellung beziehen zu müssen, nickte einmal mehr gewichtig: «Dieses Anliegen könnte ich ermöglichen, zumal unserm Baumeister genügend Zeit bleibt, sich darauf einzurichten. Noch einen schönen Tag wünsche ich.»

Sobald von Wissemburg die vier verlassen hatte, wandte sich Peter fröhlich lachend den Verbliebenen zu: «Denkt ja nicht, ich hätte nicht auch ein Anliegen an euch. Doch lasst uns zuerst nachschenken.»

Küentzi hielt sich bewusst im Hintergrund und genoss das Wohlwollen, das den beiden entgegengebracht wurde und das wie selbstverständlich auch ihm galt. Er bekam Freude an den kurzen Gesprächen, wenn er von Johannes jeweils vorgestellt wurde. Seine Furcht vor diesen mächtigen Männern legte sich, und er begann, unauffällig nach ihm bekannten Gesichtern Ausschau zu halten.

Unter den im Licht der Fenster auf den Garten plaudernden Vertretern des Domkapitels kannte er keinen. Zu ihnen hatte sich großspurig der Kurienschaffner in seiner schlichten schwarzen Soutane gesellt.

Während er sich im Schlepptau der beiden Schaffner dem Tisch mit Getränken und Essen näherte, hielt er nach Cunrad zer Angen sowie nach Clare und ihren Verwandten Ausschau. Clares schlanke Gestalt fand er neben der sitzenden Schaffnerin, die sich mit Walter zem Sternen, dem Schaffner der Klarissen unterhielt. Sie bemerkte seinen Blick und zeigte mit einer energischen Kopfbewegung auf einige buntgekleidete Bürger, die sich mit mehreren Nonnen unterhielten. Das mussten die Zer-Sunnen-Männer sein.

Küentzi zuckte bedauernd seine Schultern, denn Peter zer Rosen brachte endlich sein Anliegen an die Klingentaler vor: «Wie ihr vorher gehört habt, wollen wir noch dieses Jahr unsere Bauten fertigstellen und wären euch äußerst dankbar, wenn ihr uns Ziegelsteine für die Mauerarbeiten abtreten könntet. Ich habe von Chlaus Giesser erfahren, dass er vor einem Jahr all seine Rechte am Ziegelhof an euch verkauft hat und ihr nun das Sagen dort habt. Warum habt ihr eigentlich eure Beteiligung an dieser Ziegelbrennerei aufgestockt? Plant ihr neue Bauten im Klingental?»

«Die Zinsen, der Zehnt und die Abgaben werden in der Stadt mittlerweile mit Geld bezahlt. Das Klingental kommt auch zu Geld, weil wir von unsern Lehensleuten nicht mehr wie bisher Naturalien zur Abgeltung des Zinses verlangen. Daher konnten wir Chlaus Giessers Anteil am Ziegelhof unterhalb der Theodorskirche zu unserm Teil dazukaufen. Er kann seine Schulden bei der Stadt bezahlen, wir bekommen dafür das Sagen in der Ziegelmühle und können somit entscheiden, ob wir dir, Peter, neue Ziegel auf Kredit liefern.»

Johannes nahm einen großen Schluck Wein und forderte Küentzi auf näher zu treten, denn, was er ihm jetzt erkläre, sei wichtig: «Ähnlich wie Chlaus Giesser ist es unserm Bischof ergangen. Die bischöflichen Dienste seiner Geistlichen bringen ihm wenig Bares. Um an Geld zu kommen, verkauft er deshalb häppchenweise seine weltliche Macht. Er verpfändet Ämter mit den dazugehörenden Rechten an Adlige und reiche Bürger und lässt Vertreter der in den Zünften organisierten Bürger in den einflussreichen Rat der Stadt einsitzen. Dieser Rat beschließt prompt, um die wachsende Verschuldung unseres Fürsten aufzufangen, neu die Geistlichkeit wie die übrigen Stände zur Kasse zu bitten. Einzig die geistlichen Herren auf Burg, die der Stifte St. Peter und St. Leonhard sowie wir, die Klöster, sind noch vom Ungeld befreit. Vor vier Jahren setzten die Zünfte zudem eine Vertretung in den weltlichen Gerichten der Stadt durch.

Mit dem Aufstieg der Zünfte hat sich unsere wirtschaftliche und politische Ordnung verändert, und wir mit ihr. Und wenn diese Entwicklung so weitergeht, regieren bald die reichen Zünfte unsere Stadt und der Bischof tritt als Fürst ab.»

Küentzi gefiel, wie die Basler Bürger sich durchgesetzt und ihre politische Macht ausgebaut hatten. Herausfordernd fragte er: «Kleinbasel ist also noch ungeteilter Besitz des Bischofs und von der bischöflichen Regierung viel abhängiger als Großbasel, wo der Rat Beschlüsse des Bischofs verändern kann? Oder ist das Kleinbasel auch schon verpfändet?»

Peter kam mit seiner Antwort Johannes zuvor: «So weit sind wir zum Glück noch nicht. Unser jetziger Bischof macht seine Sache gut.»

Leise richtete Johannes sich an Peter: «Unsern Kredit für deine Ziegelsteine und deine Sicherheiten dafür besprechen wir besser an einem andern Ort.»

«Danke, nun kann ich mich beruhigt verabschieden. Ich melde mich in den nächsten Tagen wieder», antwortete Peter zufrieden.

Mittlerweile hatte sich die Ansammlung farbenprächtiger Bürger beim Durchgang zur Küche aufgelöst. Johannes konnte Küentzi nur noch der Blotzheimer Äbtissin und den Isenheimer Nonnen aus der Vorstadt zum Kreuz vorstellen.

Das Refektorium hatte sich danach bis auf zwei Prediger geleert, die auf Johannes zu warten schienen. Ehrerbietig stellte der Schaffner seinen Schützling vor.

Albert von Reinkein, der Prediger Prior, machte sie mit seinem Begleiter bekannt: «Das hier ist Bruder Johannes von Atzenheim, er wäre dein Lehrer geworden, wenn du das Noviziat angenommen hättest. Ich empfehle ihn dir wärmstens. Er wird dir helfen, wenn du in Not bist und Erlösung von den Widersprüchlichkeiten unserer Welt suchst.»

Johannes von Atzenheim, blass, mager, vom Fasten gezeichnet, ergriff Küentzis Hand, schüttelte sie überraschend kräftig und forderte ihn mit warmer Stimme auf, des Priors Angebot anzunehmen.

Küentzi staunte und hörte gespannt zu, wie die beiden Geistlichen vor Johannes die praktischen Anliegen der Handwerker und Laien vertraten und deren Organisation in religiöse Bruderschaften und neue Zünfte skizzierten.

Noch mehr staunte er, als plötzlich die hagere Gestalt des Karrers unter dem Türbogen zum Hof stand und ihm mit heftigen Zeichen zu verstehen gab, er müsse ihn sprechen. «Komm mit, ich brauche deine Hilfe», forderte Johann seinen Freund auf, sobald er im leicht verschneiten Hof mit ihm allein war.

7

Küentzi hatte Johann noch nie so verstört gesehen. Johann ließ ihm keine Zeit, nach dem Lärm im Refektorium die Ruhe und frische Luft im Hof zu genießen. «Werndrut sitzt völlig außer sich auf dem Heuboden über dem Stall und weigert sich, mit mir zu sprechen und in den Frauenteil des Klosters zurückzukehren.» Küentzi müsse sofort Agnes oder Clare finden und zu Werndrut auf den Heuboden bringen.

Erschreckt humpelte Küentzi in aller Eile ins Krankenzimmer, wo ihn die Krankenpflegerin bremste. «Es ist ein Notfall!

Werndrut braucht Hilfe, Clare soll zu ihr kommen», rief er ihr zu. Die Pflegerin reagierte sofort, und er atmete auf, als er wenige Augenblicke später die junge Nonne vor sich sah.
«Ist sie verletzt?», wollte Clare sofort wissen.
«Ich weiß es nicht. Sie ist auf dem Heuboden über dem Stall», antwortete ihr Küentzi gehetzt.
Besorgt zog sie sofort mit kleinen, schnellen Schritten los und erreichte lange vor ihm den Stall.

Als er in den dunklen Raum trat, hielt Clare ihre von Schluchzern geschüttelte Schwester in den Armen und flüsterte ihr beruhigende Worte zu. Beim Anblick der zierlichen Gestalt, die die große, kräftige Werndrut wie ein Kind hin und her wiegte, hätte er am liebsten Clare samt ihrer Schwester in seine Arme genommen, doch er trat besonnen neben den Karrer, der noch immer angestrengt mit vorgeschobenem Unterkiefer und verschränkten Armen vor den Frauen stand.

Er legte eine Hand auf Johanns Schulter, worauf sich dieser sofort entspannte und ihm zuflüsterte: «Clare ist einmalig. Kaum hat Werndrut sie gesehen, wurde sie ruhiger und gestattete mir, sie die Leiter hinunterzutragen! Da soll einer aus Weibern klug werden!»

Küentzi versuchte es mit einem Gemeinplatz: «Starke Frauen haben ausgeprägte Eigenschaften.»

Der Karrer guckte ihn verständnislos an, schüttelte den Kopf und murmelte dunkel: «Ich kann nur hoffen, Clare erfährt von ihr, was diesen Anfall ausgelöst hat. Irgendetwas hat sie im Innersten getroffen.»

«Dann lassen wir die Frauen am besten allein und sehen nach den Pferden nebenan», meinte Küentzi und zog seinen Freund dorthin, wo er sich seiner schmerzenden Hüfte zuliebe auf einen Ballen Stroh setzte. Entlastet verfolgte er, wie Johann die Pferde fütterte, auf Vorrat Hafer in die Futtersäcke füllte und sich allmählich zu beruhigen schien.

Als die Tiere gemütlich fraßen, setzte sich der Karrer neben Küentzi und erzählte, was er von der Geschichte wusste: «Werndrut kam völlig aufgelöst in den Stall, wohin ich mich nach der langen Messe zurückgezogen hatte, und bevor ich sie auch nur etwas fragen konnte, ist sie die Leiter auf den Heuboden hochgeklettert. Als ich ihr folgte, bedrohte sie mich mit einer Heugabel und warf wild mit Heu um sich. Sie heulte, verbot mir jedes Wort, machte sich schreiend Vorwürfe, dass sie zu viel Wein getrunken hatte, dass sie bei der Schaffnerin hätte bleiben sollen. Ich konnte mir keinen Reim auf ihr Gezeter machen und bat sie, mir alles zu erklären. Doch sie kreischte nur, sie wolle aus dem Kloster weg. Du kannst dir nicht vorstellen, wie sie mir auf die Nerven ging! Ich wurde selber von einer Riesenwut gepackt. Weiß der Teufel, was sie so aufgebracht hat.»

«Wahrscheinlich schämt sie sich jetzt, dass sie dich so behandelt hat», tröstete Küentzi seinen Freund. «Bestimmt sind die beiden im Krankenzimmer. Ich muss sowieso den Verband wechseln lassen. Kommst du mit, dann kann ich mich auf dich stützen und mein Bein schonen?»

Der Karrer nickte, nahm die Laterne auf, legte den Arm um Küentzi und half ihm über den glitschig-kalten Hof. Doch vor dem kleinen Spital ließ er ihn abrupt stehen, er sei noch zu aufgeregt, und kehrte zu den Pferden zurück.

Die Krankenpflegerin empfing Küentzi sofort und führte ihn in die Kräuterkammer, wo sie ihm mitteilte: «Clare bleibt bei ihrer Schwester, bis diese eingeschlafen ist.» Sie holte neue Leinen und die Salbe und meinte, während sie arbeitete: «Der verletzten Hüfte zuliebe hättest du beim Empfang zumindest einmal sitzen sollen, doch dein Stolz hat dir dies wohl verboten. Leider ist das Gelenk wieder stärker entzündet und braucht Schonung. Komm morgen früh noch vor dem Frühstück zurück, damit ich dir neue Salbe auftragen kann.»

Es wurde eine kurze Nacht für die Krankenpflegerin, denn die Priorin hatte, nachdem sie von Werndruts Zusammenbruch erfahren hatte, sich noch spät mit ihr beraten. Mehr als zwei Kerzenlängen dauerte die Sitzung, bis der Entscheid feststand, dass niemand von dem Vorfall erfahren durfte. Selbst wenn Werndrut, wie sie angedroht hatte, das Kloster verlassen sollte, um ein freies Leben als Bürgersfrau zu führen, durfte aus Rücksicht auf den Ruf des Klingentals nichts von ihrer Ausfälligkeit öffentlich werden.

Noch vor der Prim versammelte die Krankenpflegerin die drei Zer-Sunnen-Schwestern in die Kräuterkammer, wo Agnes voller Empörung sofort wissen wollte, warum man sie vom Beten abhalte. Müde von all der Aufregung besänftigte sie die Krankenpflegerin, sie würde im Namen der Priorin die Verantwortung für dieses wichtige Gespräch und die dazugehörende Geheimnistuerei übernehmen. Dann bat sie Werndrut, Agnes über ihren Wutausbruch im Stall zu erzählen und ihr zu begründen, warum sie ihres Nonnenlebens überdrüssig sei. Agnes schien in sich zusammenzusinken, verlangte einen Stuhl. Entsetzt starrte sie ihre Schwester an. «Ich kann mir nicht vorstellen, dich hier zu verlieren», brachte sie kaum hörbar hervor. Sie richtete ihren Blick auch auf Clare und fuhr fort: «Eure weltliche Art und eure irdische Suche nach Liebe spornten mich geradezu an, mich dem geistlichen Leben zu widmen. Ich wollte so werden, wie ihr es nie wolltet oder konntet. Je heißblütiger ihr euch mit euren Konversen beschäftigtet, desto gläubiger ging ich zu Christus, verschloss mich allem Weltlichen und versuchte, beispielhaft fromm zu leben. Ihr habt mich darin sogar unterstützt, indem ihr mir eine Abschrift von Elsbet Stagels *Nonnenviten* gekauft habt.»

Die Krankenpflegerin vergewisserte sich erstaunt, ob die Priorin vom Kauf dieses Buches wisse. «Jede Dominikanerin sollte mit den mystischen Erfahrungen und den Viten der Tösstaler Nonnen vertraut werden. Nicht nur Agnes!»

«Natürlich nicht», gab Werndrut zur Antwort. Sie seien übereingekommen, diese Anschaffung aus ihrem Anteil am Zer-Sunnen-Vermögen zu bezahlen.

Mit Tränen in den Augen kam Agnes zum Thema zurück: «Überlegst du dir ernsthaft, uns zu verlassen?»

«Ihr zwei wart noch kleine Kinder, als Vater beschloss, uns ins Kloster zu stecken. Es war sein Entscheid. Als wir als Novizinnen ins Kloster eintraten, war ich beinahe im heiratsfähigen Alter, hatte im Abglanz von Vaters früherem Ruhm als habsburgischer Diplomat ein bisschen an der Buntheit der Welt geschnuppert und ihr wirklich entsagt. Als Älteste habe ich mich hier um euch wie eine Mutter gekümmert und euch mehr getröstet als alle Nonnenmütter zusammen. Doch bis heute habe ich keinen echten Zugang zur Sinnlichkeit des Geistigen gefunden.»

Traurig blickte Werndrut Agnes an, die in der Erinnerung an die harten, von Heimweh geplagten Nächte im Dormitorium leise weinte. Alle schwiegen. Die Krankenpflegerin warf einen prüfenden Blick auf Clare, deren überraschend unbeteiligter Ausdruck ihr nicht gefiel, und fragte Werndrut liebevoll: «Kannst du uns erzählen, was geschehen ist, bevor du dich auf den Heuboden im Stall flüchtetest?»

Dankbar für die Gelegenheit, alles auf den Tisch legen zu können, bevor sie sich der Priorin erklären musste, berichtete Werndrut, wie sie beschwipst von der Weinkosterei für den Empfang die lange Messe abgesessen hatte. «Beim anschließenden Empfang fühlte ich mich richtig wohl. Als unser Vetter Henman mir zuprostete, fragte ich ihn leichthin, wo denn unser Bruder Werner sei. Wir hätten ihn schon am Weihnachtsfest nicht gesehen.» Sie stemmte die Hände auf den Tisch, beugte sich nach vorne und wurde heftig: «Ihr glaubt nicht, was Henman gönnerhaft in die Runde warf: Werner habe doch keine Zeit, sich mit uns zu befassen. Entweder liege er auf der faulen Haut, oder er sei am Feiern mit den gräflichen Nachbarn. Ich würde mich sicherlich noch an die aufdringlich lauten Männer der Familie Thierstein erinnern können. Vielleicht spiele unser Bruder in Hausen auch den Vogt, ein Amt, das er mit unserm Besitz im Kandertal geerbt habe.»

Werndrut lehnte sich zurück, packte einen auf dem Tisch liegen gebliebenen Mörserkolben und rieb damit auf dem Tischblatt hin und her, als wolle sie etwas zerquetschen. «Ich weiß nicht, ob Henman mir dies aus Großmäuligkeit oder Eifersucht und Neid auf unsere Familie erzählte. Ich war, wie es sich für eine Nonne gehört, gegenüber dem Gockel zuerst demütig und freundlich geblieben. Ich lächelte noch, als er höhnisch in die Runde fragte, was wohl ein Mann wie Werner, der in den höchsten Kreisen verkehre, bei seinen der Welt entsagenden, armen Schwestern verloren habe. Den Becher Wein, den ich ihm eigentlich ins Gesicht schleudern wollte, trank ich leer.

Die Schaffnerin hat mich am Arm gepackt und mich mit irgendeinem Auftrag hinausgeschickt, nachdem ich Henman gegenüber die Beherrschung verloren und ihn wütend angezischt hatte, was er, arroganter Pimpf, hier verloren habe. An meine Worte während des Zusammenbruchs kann ich mich nicht erinnern, doch geblieben ist der innere Drang, von hier wegzugehen.» Sie blickte hilflos auf den Mörserkolben, den sie losgelassen hatte, und gestand: «Ich möchte nicht von euch weg, nur aus dieser Sackgasse heraus.»

Die Krankenpflegerin war zwar selber gerührt, trotzdem zeigte sie ihr Mitgefühl für die durchgeschüttelten Schwestern nicht. Mit unbewegter Miene beendete sie das Gespräch: «Danke für euer Vertrauen und eure Ehrlichkeit. Bis wir eine Lösung für Werndrut gefunden haben, muss ich euch bitten, innerhalb und außerhalb des Klosters, die Priorin oder mich ausgenommen, über alles, was Werndrut betrifft und was sie uns mitgeteilt hat, Stillschweigen zu wahren. Werndrut bleibt vorläufig hier und hilft Clare in der Krankenpflege. Agnes kehrt zu ihren Aufgaben zurück. Ich danke euch.»

Die Priorin stützte sich schwer auf ihr Lesepult, als sie die eilig einberufene Besprechung nach der Prim eröffnete: «Ich habe euch vier einberufen, um eine Lösung für eine äußerst heikle Affäre zu finden. Es handelt sich um Werndrut und ihren Wunsch, aus unserm Kloster auszutreten.»

«Was halten Agnes und Clare von ihrem Austrittswunsch?», wollte die Kornhausmeisterin wissen.

«Agnes will nicht, dass Werndrut sie verlässt. Clare scheint mir diese Meinung zu teilen, doch sie hat sich dazu nicht geäußert», wusste die Krankenpflegerin.

«Ich fühle mich für Werndrut verantwortlich», äußerte sich die Schaffnerin vorsichtig. «Sie ist für mich unbestreitbar eine gute Hilfe und Wirtschafterin. Ich habe sie eigentlich als meine Nachfolgerin vorgesehen, gerade wegen ihrer Vertrautheit mit den Tücken des weltlichen Lebens. Doch nun habe ich meine Zweifel, denn ohne feste Verankerung im Glauben fehlt ihr bei uns die Voraussetzung für dieses Amt.»

Zur allgemeinen Überraschung wies die Priorin sie zurecht: «Sei nicht so streng mit dir und ihr. Wir brauchen keine Mystikerin in deinem Amt, dafür sind wir zu groß und zu reich. Die Wirtschaft ist das Fundament für unsere geistliche Arbeit, nicht das Geistliche. Ich stelle dir und den andern die Frage: Wollen wir sie gehen lassen und ihr den Austritt erleichtern, oder wollen wir ihr helfen, den richtigen Glauben zu finden, und ihr den Austritt verweigern?»

Die Ratschwestern sprachen sich ohne Zögern einstimmig für Werndruts Verbleiben im Konvent aus.

«Ich stimme euch mit ganzem Herzen bei», fuhr die Priorin fort, «und wünsche mir von euch einen Plan, wie wir Werndrut aus ihrer Krise helfen können. Was auf und nach dem Empfang wirklich geschehen ist, darf nicht bekannt werden. Wenn sie bleiben will, soll sie sich nicht vor den andern schämen müssen. Wenn ihr einverstanden seid, möchte ich deshalb folgende Erklärung streuen: Werndrut ist von einem Engel berührt und für kurze Zeit unsrer Welt entrückt worden. Um vollends zurückzufinden, braucht sie besondere geistliche Betreuung und viel Stille.»

8

Küentzi war unterwegs in die Schaffnei, als ihn Luggi noch im Hof in Beschlag nahm. Sie hatte von Werndruts zornigen Worten gehört und wollte mehr über den Familienkrach erfahren. Gleichzeitig kam aber Johannes Arzat aus der Stadt durchs Tor in den Klosterhof. In seinen farbigen Kleidern und mit seinem schulterlangen weißen Haar glich er einem edlen Reisenden auf der Suche nach einer Herberge. Küentzi packte die Möglichkeit, Luggis verfänglicher Fragerei zu entgehen, und winkte ihn zu sich.

Nach einer eleganten, geradezu höfischen Verbeugung gegenüber Luggi fragte Johannes leicht spöttisch: «Womit hab ich die Ehre, euch zu dienen?»

Luggi kam seiner Antwort zuvor: «Küentzi weiß etwas, doch hat er die Worte nicht bereit, um mir mitzuteilen, dass er nichts weiß, was ich wissen dürfte.»

Johannes erwiderte ebenso spielerisch: «Vielleicht weiß ich etwas, das ihr nicht wisst, aber wissen solltet, um zu erfahren, warum ihr es nicht wissen dürft?»

Dankbar für diese Wendung, fiel Küentzi ein: «In der Tat, Luggi, ich weiß etwas, was du nicht wissen darfst und ich dir deshalb nicht sagen kann. Ich bin mir aber sicher, dass Johannes etwas Neues weiß, was er uns jetzt sagen wird.»

Johannes dankte ihm mit einer tiefen Verbeugung, nahm die Haltung eines hohen weltlichen Würdenträgers ein und näselte: «Marsilius von Padua ist gestorben. Er ist der Verfasser der Schrift *Defensor Pacis*. Mit dem Tod des Marsilius hat der Papst einen Gegner verloren, der Kaiser seinen Leibarzt.»

Luggi hatte bisher mit Heiterkeit Johannes' Verspieltheit aufgenommen, doch jetzt verfinsterte sich ihre Miene: «Die Päpstlichen in den Reichsstädten, die im Interdiktstreit dem Druck des Rates haben nachgeben müssen, bekommen damit wieder Auftrieb!» Mehr erklärte sie nicht, wünschte sich, stattdessen lokale Neuigkeiten zu hören.

«Du willst Klatsch, dann hör jetzt gut zu», legte Johannes Arzat los. «Der Bischof wünscht sich Werner zer Sunnen als Nachfolger von Konrad zer Sunnen im Rat. Henman zer Sunnen, Konrads Sohn, möchte jedoch diesen Platz und kämpft mit allen Mitteln um den Sitz.» Als Johannes die unbeteiligten Mienen seiner Zuhörer sah, fügte er hinzu: «Henman hat sich die Unterstützung der Zünfte verschafft und sich mit Cunrad zer Angen, dem Vertreter der Hausgenossen im Rat, verbündet.»

Küentzi, dessen Augen sich beim Namen zer Angen kurz verengt hatten, schwieg, Luggi auch. Das politische Gerangel ließ sie kalt. So gab Johannes mit einem Seufzer des Bedauerns zum Abschied nochmals die Rolle des dienstefrigen Höflings und ging in die Leutkirche, wohin ihm auch Luggi folgte.

Der Schaffner hatte Küentzi nach dem Empfang freigestellt, doch ohne Aufgaben konnte der keine Ruhe finden. Er war von den Eindrücken der Feiertage aufgewühlt und wünschte sich jemanden, mit dem er die Folgen seines Ausrutschers am Weihnachtstag zusammen mit denen von Werndruts Kollaps in Ruhe durchgehen konnte. Doch keiner seiner bewährten Freunde standen ihm zur Verfügung. Selbst die Köchin konnte nicht mit ihm reden.

Als er sie am späten Morgen gefragt hatte, warum ihn niemand geweckt habe, hatte er von ihr nur die schnippische Antwort bekommen: «Die Krankenpflegerin ließ mir ausrichten, dass ich dich vor jeder Störung schützen solle. Was war gestern Abend eigentlich los? Der Karrer hat mehrmals ganz aufgeregt nach dir gefragt, bevor er nach Häsingen fuhr.» Nach einer Pause fuhr sie fort: «Na gut, du willst auch nichts sagen. Ich bin ja nur die Köchin. Als ob ich nicht ein Geheimnis wahren könnte!»

Um Abstand von den Wirrnissen im Klosteralltag zu nehmen, entschied er auszureiten. Im Stall wieherten die Pferde zu seiner Begrüßung, auch sie schienen sich auf Bewegung zu freuen. Aus Rücksicht auf Küentzis entzündete Hüfte führte der Knecht sein gewähltes Pferd zum Aufsitzblock, wo er dem neuen Bruder vorsichtig, aber doch nicht schmerzfrei half, sein Bein über den breiten Rumpf zu heben und in den Sattel zu rutschen.

Küentzi wählte die Straße nach Istein. Als er das Tor hinter sich hatte, genoss er den offenen Blick auf die nahen Rheinauen und auf das leichte Gehölze, das den verfächerten Lauf des Flusses Wiese markierte. Der milchig graue Himmel lag wie eine alte, abgewetzte Decke über der Landschaft. Vereinzelt erinnerte dunkles Immergrün an die vergangene Vielfalt bunter Farben und hielt die Hoffnung auf wärmere Zeiten aufrecht. Deutlich stach der schlichte Turm der Kleinhüniger Kirche in den Himmel, nicht unweit des höher gelegenen, trotzigen Turms der Wehranlage in der Nähe des Übergangs über die Wiese. Dahinter, am nördlichen Ende des Tüllinger Hügelzuges, grüßte ihn der Turm der Ötlinger Kirche. Wie manches Gebet hatte er dort während seines einsamen Jahres auf dem Dinghof des Klingentals in den Himmel geschickt!

Der Verkehr auf der Straße war wie erwartet gering. Vorsichtig lockerte er die Kontrolle, beugte sich mit dem Kopf auf den Hals des Tieres nach vorne und ließ es galoppieren. Sofort meldete sich der Schmerz in Bein und Hüfte. Er richtete sich auf und zog die Zügel an. Widerwillig folgte das Pferd dem Zug der Trense und ließ sich in einen leichten Trab versetzen. Der Schmerz ließ nach.

Auf der festen Straße nach Haltingen entlang der Rebberge schlug das Tier wie selbstverständlich einen leichten Trab an. Küentzi hielt die Zügel locker und genoss im regelmäßigen Auf und Ab die ruhige Kraft des Pferdes unter ihm. Er verspürte ein neues Lebensgefühl, das den Winterfarben ihre trostlose Wirkung nahm. Wie jeder Hammerschlag das Eisen härtet, schien ihm jeder Hufschlag seine Lebensfreude und Zuversicht zu festigen.

Er war so voller Vertrauen in die Zukunft, dass er singen musste. Aus schierer Freude an den auf den Rhythmus der Hufschläge abgestimmten Klängen bemerkte er gar nicht, was er sang. Er bemerkte auch nicht, wie die wenigen Fußgänger auf der Straße sich ehrfürchtig bekreuzigten, wenn er an ihnen vorbeiritt. Er sang einfach mit strahlenden Augen, was ihm von den immer wieder gehörten Psalmen gerade einfiel. Er vergaß die Zeit, ritt und sang.

Ohne sein Dazutun führte ihn das Pferd nach Ötlingen, wo ihn neben der Kirche ein hagerer, junger Leutpriester aufschreckte: «Heda! Sei bloß vorsichtig! Du versündigst dich doch, wenn du als Konverse Psalmen singst. Ich weiß nicht, wohin du reiten musst, doch komm und setz dich mit mir ins Pfarrhaus. Ich bin erpicht auf Nachrichten.»

Küentzi fühlte sich vom freundlichen Ton des etwa gleichaltrigen Mannes angezogen, band sein Pferd an einen Baum neben der Kirche und versorgte es mit zwei großen Möhren. Voller Vorfreude auf einen Becher warmen Tee mit Brot oder gar auf eine warme Suppe setzte er sich in der Küche zum Priester und wartete auf dessen Einladung zum kleinen Mahl.

«Wie heißt du, für wen arbeitest du, Laienbruder?», war alles, was er hörte.

Ohne seine Enttäuschung zu zeigen, antwortete er, er sei auf dem Weg zum Dinghof.

«Das trifft sich gut. Ich wollte sowieso mal dort zu meinen Schäfchen sehen. Wir könnten später gemeinsam zu Fuß zum Römischen Hof. Was gibt's Neues aus Basel?»

Küentzi bereute mittlerweile, dass er die Einladung angenommen hatte. Er ärgerte sich über seine Leichtsinnigkeit, mit der er den Dinghof als Ziel seines Ausflugs erfunden hatte, und um weiteren Fragen zuvorzukommen, brachte er die von Johannes Arzat verbreitete Neuigkeit vor. «Marsilius von Padua ist in München verstorben.» Damit erhob er sich, er müsse möglichst bald wieder im Kloster zurück sein.

Dem Priester stand die Enttäuschung über das abrupte Ende des Besuchs ins Gesicht geschrieben, doch sein Ton blieb verständnisvoll: «Natürlich, entschuldige Bruder, du musst verstehen, bei mir stehen keine dringenden Geschäfte an. Der Tod des Marsilius ist für mich aber neu. Ich werde für seine Seele in der Hölle beten, mögen ihm die schlimmsten Teufeleien erspart bleiben. Er wollte die hierarchische Ordnung unserer heiligen

Mutter Kirche auf den Kopf stellen und verlangte für uns Priester, vielleicht sogar für deinesgleichen, eine Stimme bei der Papstwahl. Als ob wir einfachen Leute die Fähigkeiten eines Heiligen Vaters einzuschätzen vermöchten und die höheren Weihen keine Bedeutung hätten!»

Auf dem Weg zum höher gelegenen Dinghof ereiferte sich der Priester: «Jetzt muss nur noch der exkommunizierte Abt Wilhelm von Ockham das Zeitliche segnen, dann sind die größten vom Kaiser gehegten Spaltpilze in unsrer Kirche verschwunden.»

Küentzi hörte dem Priester aufmerksam zu, denn er wusste, dass dessen Ansichten Stoff für Gespräche mit seinen Freunden im Klingental lieferten. Wenn er es nur schaffte, rechtzeitig von hier loszukommen! Unschuldig fragte er seinen Begleiter, welche Priesterschule er besucht habe und wo er gelernt habe, so gut zu argumentieren.

«Ich habe die Kölner Domschule absolviert und wurde vom Erzbischof geweiht», kam die Antwort. «Die *argumentatio* habe ich anhand der Akten des Ketzerprozesses gegen euren ehemaligen Provinzialen Eckhart geübt. Glaube mir, ich bin bestens vertraut mit den Schwächen der Dominikaner, weshalb ich dich ja auch sofort zurechtgewiesen habe, als ich dich singen hörte.»

Küentzi war über diese, wie er sich zwar eingestehen musste, berechtigte Zurechtweisung verärgert und schwieg, bis sie im Dinghof angekommen waren. Er drückte dem überrumpelten Priester die Zügel in die Hand und bat ihn, das Pferd zu halten, bis er seine Aufgabe erledigt habe. Den Priester, dem neben dem großen Tier sichtlich unwohl war, ließ er einfach stehen und betrat zielstrebig das Gebäude in der Hoffnung, dass ihn niemand von seinen alten Bekannten aufhalten werde.

Er hatte Glück. Der Pfleger war mit den Männern beim Holzen im Wald. Erleichtert wünschte er übertrieben schwungvoll den im Haus Zurückgebliebenen im Namen der Priorin nur das Beste fürs neue Jahr. Sie lasse auch die andern grüßen, besonders den großherzigen Pfleger. Er selber müsse wieder zurück.

Zum Abschied richtete er sich an eine Magd, die ihm schon während seiner Ausbildungszeit wohlgesinnt gewesen war: «Bitte, hol den Dorfpriester, der mich hierher begleitet hat, zu euch in die Küche und lenke ihn ab.»

«Mach ich gerne», kam es zurück. «Dir geht's wohl gut im Klingental. Wenn ich denke, wie du noch vor wenigen Monaten hier bedrückt und wortscheu umhergingst und heute hier Zuversicht und Tatkraft fürs neue Jahr verbreitest. Gesteh, du willst mir den Priester andrehen, wo ich mich doch gerade in dich verguckt habe!»

Küentzi lachte, gab der etwa gleichaltrigen Küchenmagd einen kumpelhaften Klaps und trat in den Hof, wo der Priester starr neben dem Pferd wartete. Küentzi schwang sich mit Mühe in den Sattel und verabschiedete sich mit vor Schmerz verkniffenem Gesicht vom Priester, der sich erleichtert bekreuzigte.

Am oberen Dorfausgang wählte er den kürzesten Weg ins Kleinbasel und folgte einem engen Pfad quer durch die Rebberge. Der Grund war matschig und gab einen fauligen Duft frei, sobald das Pferd mit seinen Hufen die Schicht der vermodernden Rebenblätter aufbrach.

Wann immer der Weg eben verlief, blickte Küentzi geradeaus und genoss den Ausblick auf die endlos scheinende Reihe der hintereinander gestaffelten, verschneiten Jurahöhen, die sich im Wolkengrau nach Süden verloren. Senkte er den Blick, lag vor ihm das obere Ende der Rheinebene und mittendrin die von Rauchschwaden überlagerte Stadt mit ihren ausfransenden Rändern, den Vorstädten. Auf den nächstliegenden Jurahöhen bewachten Burgen die Zugänge in die Rheinebene. Weil kein Laub die Sicht behinderte, waren die unterschiedlich großen Festungen am hohen Wehrturm leicht auszumachen. Unter ihnen reihten sich kleine Ortschaften, wiesen mit ihren Kirchtürmen Reisenden den Weg und mahnten jedermann, auf den rechten Weg zurückzukehren.

In der Stadt zog das Basler Münster als größte aller Kirchen mit vier Türmen den Blick auf sich und bestätigte die einzigartige Macht des Bischofs. Ganz im Gegensatz zu den Münstertürmen fehlte den Türmen der Martins-, Peters- und Leonhardskirche der gediegene Abstand zu den umliegenden Häusern. Diese Himmelsweiser standen inmitten eng aneinander gekuschelter, bräunlicher und dunkelroter Gebäude. Ihr Anblick versprach dem einsamen Reiter auf dem windigen Abhang des Tüllinger Hügels Wärme und Geborgenheit. Doch zuerst musste er über den Fluss, der von der Anhöhe aus ein leicht bezwingbares Hindernis schien.

Der Weg durchs Flussbett war klar erkennbar, die Stege gelegt. Nur an einer Stelle führte der Fluss mehr Wasser, floss schneller als am Morgen. Wahrscheinlich hätte Küentzi einen Alleingang weiter oben an einer engeren Stelle geschafft, doch er hatte nur eine gute Kutte, und diese wollte er bei dieser Kälte unbedingt trocken halten. Er entschied sich für die Fähre und setzte über.

Noch während Wernli den Kahn am anderen Ufer am Anlegepfahl vertäute, stieg Küentzi auf und erlaubte dem Pferd auf der harten Straße einen schnellen Galopp. Erst vor dem Stadttor zügelte er das Pferd und ritt im Schritt ins Kloster.

Er freute sich auf den warmen Tee oder die Suppe, die er in Ötlingen verpasst hatte, und ging nach dem Absatteln direkt in die Küche. Die Köchin scheuchte ihn jedoch unbarmherzig weg: «Geh sofort in die Schaffnei. Alle warten dort auf dich.»

Auf des Schaffners unwirsche Frage, wo er so lange gesteckt habe, rechtfertigte er sich: «Ich bin nach Ötlingen ausgeritten, um die Belastbarkeit meiner Hüfte beim Reiten zu prüfen. Die Krankenpflegerin hat mir versichert, wenn ich die Salbe regelmäßig auftrage, sei ich in wenigen Tagen wieder voll einsatzfähig.»

«Dies trifft sich gut. Ich habe für dich einen wichtigen Auftrag, den ich dir erkläre, wenn wir Luggis Anliegen erledigt haben», stellte der Schaffner trocken fest und wandte sich an diese: « Hast du eine Abschrift des *Defensor Pacis* von Marsilius bei uns zum Kopieren gefunden?»

Luggi verneinte und bedauerte, die Zahl philosophischer Schriften sei betrüblich klein, die Klingentaler Bibliothek umfasse vor allem Handschriften mit Neumen. Überdies würden Texte eines Exkommunizierten eingezogen.

Johannes Arzat meinte zu wissen, einer der hiesigen Predigergelehrten habe ein solches Traktat im riesigen Bücherbestand der Prediger ‹übersehen› und wandte sich an Küentzi: «Du könntest mit dem jungen Mönch, dem du am Empfang vorgestellt worden bist, Kontakt aufnehmen und ihn um Hilfe bitten.»

Küentzi, dessen unfreiwilliges Fasten ihm die ursprünglich gute Laune stetig versauerte und dessen verletztes Bein vom langen Stehen schmerzte, antwortete gezwungen: «Johannes von

Atzenheim meinst du. Ich werde mich in den nächsten Tagen an ihn wenden. Übrigens habe ich heute den neuen Leutpriester von Ötlingen kennengelernt. Er hält nichts von Marsilius und den Dominikanern um Eckhart.»

Luggi zog sofort vom Leder: «Jetzt kommen die Reformer schon in die Dörfer und richten wieder die Kirche der geweihten Patriarchen auf! Unbedarft stellen sie sich über andere Gläubige, Mönche, Nonnen oder Gott suchende Laien. Es ist zum Heulen, wie schnell sie auch uns ihre Reformen aufzwingen werden!»

Ungehalten wollte Küentzi von ihr ein für alle Mal wissen, was dies alles mit dem Kloster Klingental zu tun habe. Er habe bis anhin hier viele fromme, gottesfürchtige Nonnen und Mönche kennen gelernt, aber keine Gott suchenden Laien.

Zu seiner Überraschung antwortete ihm Johannes Arzat: «Ich habe als Arzt nur Armut, Not und Seelenleid erlebt. Die priesterliche Vertröstung auf ein Paradies im Jenseits erschien mir wie kalter Hohn angesichts des Elends um mich herum. Hilfe bekam ich von Laien, Männer und Frauen, die ebenso litten wie ich und es wagten, mit mir über unser gemeinsames Leiden zu sprechen. Nur wenige Priester finden die Sprache, um auf Leute wie mich einzugehen. Hier im Klingental habe ich sie gefunden. Sie und die Gottesfreunde, wie sich diese Geistlichen und Laien nennen, sind der Grund, warum ich hier bin.

Seh sie dir an: Sie stehen vor dir und vertreten viele andere! Wir sind überzeugte Christen. Wir lesen und besprechen religiöse Texte auf Deutsch, Übersetzungen oder Originale. So wie wir tun es viele andere, die sich zum gleichen Zweck an den verschiedensten Orten treffen. So suchen wir Gott.»

Um endlich sein Bein zu entlasten, setzte sich Küentzi, was er während der Rede von Johannes Arzat nicht gewagt hätte, und blickte beeindruckt vom Schaffner zu Luggi und zu Johannes. Dies waren also die vom Amtsklerus viel geschmähten und von bürgernahen Priestern mächtig gelobten Gottesfreunde!

Der Schaffner wechselte mit ernster Miene das Thema: «Du musst nach Ötlingen zurück und die Nacht über bleiben. Richte dem Pfleger aus, die Kornhausmeisterin möchte ihre während der Festtage verbrauchten Vorräte auffüllen und fordere die zweite Hälfte des Dinkelzinses ein. Du musst ihnen mit der Fuhr helfen. Die Dinkelladung wird nicht groß sein, weshalb der Wagen mit Brennholz aufzufüllen ist.»

Küentzi hatte mit einem Blick nach draußen erkannt, dass höchste Eile geboten war, wenn er vor Anbruch der Nacht die Wiese im Rücken haben wollte. Hastig verabschiedete er sich von seinen Freunden, sattelte wieder den Wallach, nahm aus einem Futtersack einen schrumpeligen Apfel und ein paar Möhren und ritt los.

Er hatte keine Zeit, um über die überraschende Neuigkeit, außer dem Karrer seien seine besten Konversenfreunde auch Gottesfreunde, nachzudenken. Er erreichte die Fähre gerade noch, bevor Wernli den Kahn für die Nacht am Ufer vertäuen wollte, und ließ sich zum dritten Mal an diesem Tag über den Fluss ziehen. Er polterte schon über die Bohlen des Landestegs am andern Ufer, als Wernli ihm nachrief, er müsse die Wiese nächstentags unbedingt am Vormittag überqueren, am Nachmittag werde es gefährlich.

Auf der Straße durch die Ebene trieb er das Pferd voran, hörte die Bauern nicht, die seine rücksichtslose Eile verwünschten. Erst für die Steigung nach Ötlingen erlaubte er dem ermüdeten Tier einen ausgreifenden Trott, schonte jedoch seine Hüfte und blieb bis ans Ziel im Sattel. Es war Nacht, als er vor dem großen Stall des Dinghofs erschöpft absaß.

In der Küche hatte der Besucher nach seinem unfreiwilligen Fastentag nur Augen für den großen Topf auf dem Feuer. «Gott zum Gruß, Bruder Kunrad. Du brauchst nicht ein drittes Mal hier vorbeizukommen, um mich zu finden. Hier bin ich», kam die Stimme des Pflegers vom großen Tisch.

Zufrieden vom Anblick der Fettaugen auf der köchelnden Suppe, legte Küentzi den Deckel zurück und ließ sich gegenüber dem Ötlinger Verwalter nieder. «Entschuldige, Pfleger, ich habe heute sämtliche Mahlzeiten verpasst und hab mich vom Hunger treiben lassen. Ich bringe dir eine dringende Botschaft von der Kornhausmeisterin und dem Schaffner.»

Der Pfleger hörte ihm zu und entschied dann, morgen in aller Früh mit dem Laden zu beginnen. Die Dinkelsäcke lägen bereit, Holz habe er genug. Er könne Küentzi mit seinen Leuten allerdings nur beim Laden helfen, dann brauche er sie, um an der Grenze zum Rötteler Bann zwei große Bäume zu fällen. «Ich kann niemanden entbehren. Du musst die Fuhr übernehmen und alleine fahren. Das Brennholz ist trocken und leicht. Die Säcke mit Dinkel und die langen Scheite machen eine einfache Ladung. Du wirst es sicher schaffen, die Ladung sicher ins Klingental zu bringen! Doch nun erzähl, wie es dir in den vergangenen Tagen ergangen ist.»

Küentzi fasste die vergangenen Wochen so zusammen, dass eine harmlose, unterhaltsame Geschichte mit seiner Aufnahme in die Klostergemeinschaft entstand.

Die Magd, die sich zu ihnen gesetzt hatte, war sichtlich enttäuscht, dass er sich für diese Form des Lebens entschieden hatte. «Was bringt dir dieses Leben an Neuem? Arm bist du immer gewesen und wirst es bleiben. Dafür brauchst du kein Gelübde abzulegen. Gehorsam bist du auch immer gewesen. Was versprichst du dir also von einem Leben in Keuschheit? Ich stelle mir vor, auch als Ehefrau ein frommes und gottgefälliges Leben in Armut und gehorsam gegenüber den Kirchenobern führen zu können. Dafür brauche ich keine Nonnentracht!» Mit trauriger Stimme schloss sie leise: «Ich beneide dich, du kannst lesen. Wenn ich lesen könnte, könnte ich mich gegen den eifrigen Priester besser wehren.»

Er stimmte ihr sofort bei: «Lesen ist wichtig für alle, die ihr Leben in die eigene Hand nehmen wollen. Und du hast recht, Keuschheit ist für mich eine Einschränkung, doch der Konvent kommt für meinen Lebensunterhalt auf und beschert mir ein Arbeitsleben voller Überraschungen.»

Er verschwieg ihr natürlich seine Gefühle für Clare und war insgeheim froh, dass diese wortgewandte, gescheite Magd nicht wissen wollte, wie er sich das Vermögen für seinen Einstand ins Klingental verdient hatte.

Der Pferdeknecht, der sich zu ihnen gesetzt hatte und aus dessen Kleidern sich eine Wolke Stallduft ausbreitete, hatte Küentzis letzte Worte gehört und den leisen Lacher dazwischen missverstanden. Mit einem Augenzwinkern forderte er ihn heraus: «Du wirst im Nonnenkloster nicht nur Überraschungen mit der Arbeit erleben, denke ich. Ich stelle mir vor, dass manche Nonne zuweilen lieber deine Braut als die von Christus sein möchte.»

Küentzi, dem zum ersten Mal so offen ein Verhältnis mit einer Nonne unterstellt wurde, zuckte innerlich zusammen, gab sich in seiner Antwort aber äußerlich ruhig: «Wenn ich mein keusches Leben aufgeben müsste, würde ich mich lieber für eine richtige Frau wie unsere Küchenmagd hier entscheiden.» Ihre Wangen röteten sich.

Der Stallknecht ereiferte sich: «Nimm doch mich zum Mann! Ich weiß, ich habe nur den zweiten Platz, aber im Gegensatz zu ihm», er deutete siegesbewusst auf den stillen Küentzi, «bin ich zu haben.»

Zum ersten Mal mischte sich der Pfleger ins Gespräch ein: «Mich dünkt, ihr drei geht zu leichtsinnig mit diesen Fragen um. Lasst uns zu Bett gehen.» Er wies die Magd an, Küentzi mit Wolldecken zu versorgen, und ging nach oben.

Der aber hatte die warme Küche dem Heu im Stall vorgezogen und sich auf dem großen Tisch für die Nacht eingerichtet. Doch der Schlaf fand sich nicht ein. In seinem Kopf vermischten sich Erinnerungen an Hedwig mit den Bildern der gradlinig-aufrechten Küchenmagd und der zärtlich-feinen Clare. Wehmütig gestand er sich auf dem harten Küchentisch ein, dass Hedwig seine Sinne und seinen Körper zwar noch immer besetzt hielt, doch von allen drei Frauen er sich am tiefsten mit Clare verbunden fühlte. Ihre Erscheinung trat im ruhiger werdenden Tanz der Bilder hervor und ihre unaufdringliche Sinnlichkeit bekam etwas Vielversprechendes. Weiter kam er nicht, denn mit der Erinnerung an Clares leuchtende Augen und sanfte Hände fand er endlich seinen Schlaf.

Während der Fahrt gab sich Küentzi Mühe, seine Unsicherheit nicht auf den geliehenen großen Gaul zu übertragen. Vor der steilsten Strecke der Straße nach Haltingen hinunter stieg er ab und blockierte die Hinterräder mit einer Stange, die zur Ausrüstung des Wagens gehörte und deren Gebrauch ihm der Stallknecht wärmstens empfohlen hatte. Halb rutschend, halb rollend meisterte er die steile Strecke sicher und konnte, lange bevor sie die Ebene erreicht hatten, die starren Räder befreien und zufrieden wieder vorne aufsitzen. Er freute sich über die Kraft, mit der das alte Ross das schwere Gefährt abwärts halten konnte, und gab ihm auf der Ebene die Zügel frei.

Begleitet vom Gebell unsichtbarer Dorfhunde, rollten sie auf der holprigen Straße zügig der Wiese entgegen. Die Landschaft wirkte verlassen, die Straße leer. Alle schienen vor dem erneuten Wintereinbruch gewarnt und bereit, schnell Schutz zu suchen. Vom Schwarzwald her kündeten kalte Windböen mit ihren vereinzelt nassen Blättern einen Sturm an. Küentzi wurden das fahle Licht und die Ruhe um ihn herum unheimlich. Rücksichtslos hetzte er Pferd und Wagen zwischen den Häusern hindurch, als ob er wüsste, dass der Weg für ihn völlig frei und außer ihm kein Mensch unterwegs war. Er setzte alles daran, die Geschwindigkeit zu halten und hatte gerade den Abstieg ins Flussbett geschafft, als ein kräftiger Windstoß Ross und Wagen seitlich erfasste, durchschüttelte und ins Rutschen brachte. Er stieg sofort ab und drang auf das Tier ein, trotz Schlittern und Rutschen das ächzende Gefährt schneller voranzubringen.

Wernli hatte Küentzis Fahrt durchs Geröll und das flache Wasser beobachtet, wartete an der Anlegestelle und half ihm auf die sicheren Bretter des Stegs und auf den Kahn. Am andern Ufer verabschiedete sich der Fährmann durch den immer lauter heulenden Wind: «Wenn du oben auf der Straße bist, mach ich dicht. Bis ich die Wagenspur im Schnee gesichert habe, bleibt das Fahr für Wagen geschlossen. Berittene fahr ich aber. Kannst es den Handelsleuten ausrichten.»

Küentzi dankte, versprach, die Botschaft weiterzugeben, und fuhr schnell los. Während er das Tier antrieb, ging ihm durch den Kopf, dass die Ötlinger jetzt sicher eine Woche ohne ihren Wagen und ohne ihr starkes Tier auskommen mussten. Wahrscheinlich brauchten sie sowieso einen Schlitten für ihre Fuhren und würden den Wagen gar nicht vermissen, tröstete er sich.

Mittlerweile war aus den vereinzelten großen weißen Flocken, die der Wind während des Übersetzens vor sich hin getrieben hatte, ein luftiger, weißer Vorhang geworden, und der Verlauf der Straße war kaum erkennbar. Küentzi wollte das Pferd nicht mehr hetzen, wollte sich auf dessen Instinkt verlassen. Sein Vertrauen in das Tier wurde belohnt. Der Gaul griff mächtig aus, und bevor unter dem Schnee Felder und Straße nicht mehr zu unterscheiden waren, fuhren sie an der schlotternden Stadtwache vorbei durch das Isteinertor ins Kleinbasel.

Stolz bog er in den verlassenen Klosterhof ein und zog als erster eine breite Spur durch den Schnee.

Vor dem Kornhaus forderte er laut und mit freudiger Stimme Hilfe zum Abladen der Dinkelsäcke an. Doch nichts regte sich, die einzige Antwort war ein kurzes Bellen aus der mit einem Sack verhangenen Hundehütte neben dem Stall. Enttäuscht über den einsamen Empfang, fuhr Küentzi zum Abschluss seiner Fahrt einen weit gefassten Kreis in die weiße Unschuld bis unter das ausladende Scheunendach, wo er langsam abstieg.

Während er sich streckte und versuchte, seine verspannten und zittrigen Finger unter Kontrolle zu bringen, dankte er dem Pferd laut für die gelungene Fahrt. Er redete unentwegt, während er es vom Geschirr befreite und auf Verletzungen untersuchte, wie er dies vom Karrer gelernt hatte.

Als Einzige hatte die Kornhausmeisterin die Ankunft des Gespanns gehört und war zum Gruß unters Scheunendach gekommen. Sie meinte: «Die Säcke müssen sofort ins Kornhaus ins Trockene.»

Küentzi zuckte erschreckt zusammen. «Ich kann jetzt nicht helfen. Der Gaul muss in den Stall», antwortete er unmissverständlich. Ohne ihr seinen Missmut zu zeigen, führte er das Pferd in den Stall, wo es beinahe zwei Plätze füllte, und versorgte es ausgiebig mit Hafer und Wasser.

Als er verdrossen wieder unters große Vordach trat, wurde er von einem Bild ausgelassener Fröhlichkeit überrascht. Im Hof lieferten sich Novizinnen und Nonnen mit viel Geschrei und Gelächter eine Schneeballschlacht.

Clare hatte sich mit Werndrut im Getümmel zusammengetan und die zwei deckten unter Gekicher und mit roten Köpfen scheinbar wahllos die andern mit weißen Geschossen ein. Zu Küentzis Überraschung gesellte sich auch Agnes mit gut gezielten Würfen zu den zweien. Bei jedem Treffer jauchzte sie laut und wehrte sich mit ihren Schwestern gegen den unerbittlichen Hagel von Schneegeschossen, der auf sie niederging. Bald saßen die Schleier schief, fielen in den Schnee und mussten hastig wieder aufgesetzt werden, um die kahlen Häupter zu verstecken. Die ausgelassenen Werferinnen wurden langsamer, die vom Schnee verklebten Trachtensäume und grotesk vereisten Gewandfalten hemmten ihren Schwung.

Als Küentzi Partei für die bedrängten Geschwister nehmen wollte, vernahm er neben sich die ruhige Stimme der Priorin: «Spar deine Kräfte für die schweren Säcke. Wir wissen, wie wir sie in den Kornspeicher befördern können.» Die gestrenge weiße Gestalt neben ihm klatschte laut in die Hände und rief im gewohnten Befehlston: «Genug, genug! Kommt hierher.» Als die Frauen ihre Trachten wieder hergerichtet hatten und mit von der kalten Luft und der Anstrengung geröteten Köpfen ruhig und aufmerksam vor ihr standen, teilte sie ihnen ihre Aufträge zu. Die Säcke mussten auf Schlitten über den Hof zum Kornhaus gefahren werden, wo sie unter Aufsicht der Kornhausmeisterin im Speicher zu stapeln waren.

Die Frauen machten sich sofort an die Arbeit. Die zer Sunnen bemächtigten sich als Erste eines Schlittens und fuhren damit erwartungsvoll vor Küentzi auf. Dieser half beim Aufladen und hatte gar keine Zeit zu verfolgen, wie schnell die Schlitten über den Hof pendelten. Nur das ausgelassene Schwatzen und die gegenseitigen fröhlichen Zurufe der offensichtlich vom Schweigegebot befreiten Frauen verrieten ihm, wie erfolgreich die Arbeiten ausgeführt wurden. Einige Nonnen tummelten sich schon wieder im Schnee, als die Priorin, die die Arbeiten im Hof überwacht hatte, zu ihm zurückkam. Ohne gefragt zu werden, sang er ein Loblied auf das vergnügte und geschickte Arbeiten der Frauen und wie die heitere Stimmung ihn trotz seiner Müdigkeit aufgerichtet habe.

Die Priorin betrachtete ihn forschend, als ob sie seinen Worten nicht ganz traue, dann sagte sie einfach: «Unterschätze meine Frauen nicht. Sie sind einfach zu leiten, wenn das gemeinsame Ziel klar umschrieben und für alle erkennbar ist.» Sie lächelte traurig und seufzte: «Leider gelingt mir dies auf der Ebene der geistlichen Aufgaben für die Schwestern weniger. Viele langweilen sich, ziehen sich innerlich zurück, erfüllen ihre Aufgaben nur zum Schein, und ich kann nur in den seltensten Fällen etwas dagegen unternehmen.» Nach einer kurzen Pause fragte sie unvermittelt: «Hast du dir schon einen Beichtvater ausgewählt? Lass dich von Johannes Arzat beraten, wenn du in deiner Wahl unsicher bist.» Dann machte die sanfte Wärme und Fürsorglichkeit in ihrem Ausdruck der unpersönlichen Sachlichkeit der erfahrenen Herrscherin Platz: «Ich überlasse es dir, wie du das Abladen des Holzes organisierst. Die eine Hälfte geht in die Küche im geschlossenen Teil, die andere in die Küche im Kleinen Klingental. Melde dich bei mir in der St.-Katharinen-Kapelle, wenn du hier alles erledigt hast.»

Als der Wagen leer war und unter dem Vordach der beiden Küchen ein neuer Stapel Holz stand, humpelte er schwerfällig in die warme, von Weihrauch gesättigte Kapelle. Ihn schmerzte nicht nur das arme Bein und die Hüfte, sondern auch der Rücken, und sein Gesicht wirkte hager, noch müder als im Hof.

Mitfühlend forderte ihn die Priorin auf, sich zu setzen, und umriss ohne Umschweife mit wenigen Worten Werndruts verzwickte Lage im Klingental und den ihn betreffenden Beschluss des Klosterrates: «Werndruts Wunsch nach Veränderung nehmen wir so auf, dass wir für sie und ihre Schwester Agnes einen Urlaub im Kloster Tösstal eingerichtet haben. Werndruts Aufgabe wird es dort sein, ihre Schwester in ihren mystischen Übungen zu unterstützen und sich dem Alltag eines strenggläubigen Konvents zu unterwerfen. Wir hoffen, dass Werndrut vom religiösen Eifer Agnes' angesteckt wird und einen neuen Zugang zum Nonnenleben findet. Spätestens bis Ostern müssen die beiden zurück sein. Selbstverständlich gilt die Nachrichtensperre über die Ereignisse im Stall am Stephanstag auch weiterhin.»

Sie vergewisserte sich, ob Küentzi ihr so weit gefolgt war, und fuhr vertraulich fort: «Du wirst die beiden Schwestern noch vor dem Dreikönigstag ins Kloster an der Töss fahren. Lass mich rechtzeitig wissen, wann die Fahrt losgehen kann.» Gelassen und würdevoll streckte sie ihm zum Abschied den Ring zum Kuss hin und versprach ihm, allein für ihn zu beten.

9

Es war später Morgen, als Küentzi am andern Tag aufwachte. Im Klosterhof herrschte Stille, und nur die zertrampelte und von Kufen durchfurchte Schneedecke verriet, dass hier Menschen ans Werk gingen. Er hatte einen schweren Kopf, und seine verkrampften Arm- und Beinmuskeln erinnerten ihn an den gestrigen harten Tag. Beim Gedanken an seine Leistung mit Ross und Wagen warf er sich innerlich in die Brust, als stände er einer Karrerversammlung gegenüber. Die Erinnerung an die Priorin, die zuerst nach seinem Beichtvater gefragt und ihm später die Reise mit Agnes und Werndrut ins Kloster Töss übertragen hatte, versetzte seiner guten Stimmung allerdings einen Dämpfer. In der Küche begrüßte ihn die Köchin sofort herzlich und reichte ihm seine Portion Brei.

Luggi trat ein und setzte sich gutgelaunt neben ihn. «Ich hörte, du fährst Agnes nach Töss. Warum geht denn Werndrut mit?»

«Vielleicht will sie das Leben in einem strenggläubigen Kloster in der Abgeschiedenheit, weg vom städtischen Leben, kennenlernen.»

Luggi las aus seinem Gesichtsausdruck, dass sie nicht mehr von ihm erfahren würde, und wechselte das Thema: «Ihr könnt euch nicht vorstellen, wie die Armen unter der Kälte leiden. Sie verkriechen sich in den Kirchen, wo sie kaum warm haben, geschweige denn gesunden, wenn sie krank sind. Wir haben Glück, dass unsere Leutkirche nicht einfach zugänglich ist. In den offenen Kirchen kann nur der Gesang der ganzen Gemeinde das ständige Husten und Schnäuzen übertönen. Ich sag euch, himmlische Musik tönt anders!

Wir müssen hier mehr für die Armen tun. Auch wir Konversen haben eine geistliche Aufgabe. Wir müssen uns um das Seelenheil der Armen kümmern. Ein kleines Spital, wie die Krankenpflegerin es für die Armen führt, reicht nicht.»

Sie wurde von Johannes Arzat, der sich müde und grau im Gesicht zu ihnen gesetzt hatte, unterbrochen: «Luggi, starr mich nicht so an. Ich habe die ganze Nacht in unserm Spital ausgeholfen und Leute verarztet. Ich sage euch, es war eine harte Nacht. Wie früher auf dem Land.»

Sofort ermahnte die Köchin die Begine, Johannes in Ruhe sein hochverdientes Frühstück essen zu lassen. Zur Überraschung aller rutschte Luggi dicht zu Johannes auf und versuchte, ihren Arm um ihn zu legen.

In die Stille platzte von der Türe her der Karrer: «Weiß jemand, wo Heinrich von Nördlingen wohnt? Draußen steht ein Mönch und wartet auf eine Antwort.»

Luggi war schnell: «So bitte den Mann doch zuerst mal zu uns in die Wärme. Wenn's ein Mönch ist, bringt er sicher Neuigkeiten.» Sie klärte die andern auf: «Heinrich von Nördlingen ist einer der seltenen Prediger, der die Kirchen füllt, wenn er einen Gottesdienst leitet. Begierig verfolgen die Armen seine Auslegungen der Bibeltexte. Wie Johannes Tauler redet er verständliches Deutsch, damit er die Leute erreicht.»

Alle blickten unverhohlen neugierig zur Tür, wo Johannes mit dem Fremden auftauchte. Dieser trug ein Benediktinergewand.

«Mein Name ist Bernardo von Carara», stellte sich der Mönch mit italienischem Akzent vor. «Darf ich mich setzen? Ich bin müde.» Die Konversen machten ihm Platz, und die Magd gab ihm einen Becher Tee, den er in einem Zug leerte. Bernardo streckte sich, schob seinen kantigen Unterkiefer vor, als erwarte er Unerfreuliches, und blickte in die Runde.

Johannes Arzat, der seine Müdigkeit vorerst überwunden hatte, begrüßte den schon älteren Benediktiner freundlich: «Willkommen bei den Konversen des Klosters Klingental. Wir gehören zum vornehmsten Frauenkloster Basels und stehen im Dienst der Dominikanerinnen.»

Küentzi, der den breitschultrigen, eher hageren Gast wissbegierig beobachtete, bat: «Bruder Bernardo, wir helfen dir gerne weiter, aber warum suchst du denn Heinrich von Nördlingen?»

Bernardo kratzte sich ausgiebig seine weißen Schläfen, während er den jungen Konversen musterte: «Dies ist eine eher langwierige Geschichte, doch in Kürze geht sie so: Unser Abt hat über seine bayrischen Kontakte von der Prophetin Margareta Ebner im Kloster Medingen erfahren. Sie wird gerühmt für ihre Gabe, die Echtheit von Reliquien erkennen zu können. Da sie Reliquien nur prüft, wenn ihr Beichtvater ihr vorher zustimmt, bin ich auf der Suche nach diesem, eben Heinrich, der als Papstgetreuer nicht mehr in Bayern amtieren wollte und nun hier in Basel wirkt. Von ihm brauche ich die Zustimmung für eine Überprüfung unserer Reliquie.»

Die Köchin wollte mit leuchtenden Augen von Bernardo sofort alles über die Reliquie wissen.

«Mein Abt besitzt einen Splitter des Kreuzes, an dem Jesus gestorben sei, und will damit die Kirche des noch jungen Klosters zu einem wichtigen Pilgerort machen.» Er lächelte gequält:

«Doch das gemeine Volk glaubt nicht an diese Reliquie. Sie spotten, allein die in Italien verehrten Kreuzsplitter ergäben miteinander verleimt eine Brücke über den Arno. Unser Abt will die Lästerer zum Verstummen bringen, indem er sich nun von der Prophetin Margareta Ebner die Echtheit des teuren Splitters bestätigen lässt.»

Die Köchin berichtete gleich, Heinrich komme öfters hierher.

«Endlich bin ich angekommen», seufzte Bernardo erleichtert und blickte glücklich in die Runde. «Ich verpasste ihn nämlich nur knapp in Medingen. Margaretas Priorin verwies mich zu euch. Der Klingentaler Konvent führe regelmäßig Korrespondenz mit Margareta, und Heinrich berichte ihr regelmäßig über die hiesigen frommen Nonnen. Also bin ich nach Basel gekommen.»

Luggi, die sich zurückgehalten hatte, entschied: «Küentzi soll dich zur Priorin führen. Sie wird dich anhören und alles veranlassen, was zu deinem und unserem Vorteil gemacht werden muss. Wenn du noch etwas Wertvolles mitführst und uns hinterlassen willst, kannst du sicherlich auf ihre Unterstützung zählen.»

Bernardo lachte gutmütig und bedankte sich für ihren Rat. «Ich habe da tatsächlich etwas aus Marmor im Gepäck, das euch gefallen könnte», meinte er geheimnisvoll.

Während sie in der Katharinenkapelle warteten, bis die Priorin sie empfangen konnte, wollte Bernardo von Küentzi wissen, wie er am besten mit der Frau umgehen solle. Der war ob dieser Frage so verblüfft, dass er ihre warme Mütterlichkeit und distanzierte Strenge noch immer beschrieb, als die hohe Gestalt auch schon aus dem Chor zu ihnen trat.

Schweigend hörte sie sich an, was der Benediktiner von ihr wünschte, und fragte ihn dann über den Wert und die Bedeutung der Reliquie aus. Küentzi, der das Gespräch genau verfolgte, verstand nicht, worauf sie hinauswollte, bis sie Bernardo vorschlug: «Wir könnten die Reliquie als Leihgabe ausstellen, bis Heinrich von Nördlingen sie gesehen und zur Begutachtung empfohlen hat. Könntest du, Bruder Bernardo, als talentierter Steinmetz uns in dieser Zeit nicht sogar eine Heiligenfigur erschaffen?»

«Ich arbeite mit Marmor, doch einen Versuch mit günstigerem Sandstein wären mir Unterkunft und Verpflegung sicherlich wert», nahm Bernardo den Vorschlag auf. Die Priorin nickte sofort. Im Unterschied zu einigen ihrer Vorgängerinnen nahm sie die Armutspflicht ihres Ordens ernst und zog ein schlichtes, kleines Standbild einer kostbar verarbeiteten, jedoch umstrittenen Reliquie vor: «Ich bin einverstanden. Du erhältst bei uns Unterkunft, Verpflegung und einen Arbeitsplatz, bis alles mit Heinrich geregelt ist. Dafür überlässt du uns eine von dir geschaffene Heiligenfigur.»

Zu Küentzi gewandt, fuhr sie fort: «Richte der Schaffnerin aus, sie solle alles Nötige für Bernardo besorgen, und kümmere dich noch heute um die Reise ins Tösstal. Luggi darfst du bestellen, sie solle Heinrich von Nördlingen zu uns einladen.» Sie streckte Bernardo zum Abschied den Ring hin und verließ den Raum so geschwind und gediegen, wie sie gekommen war.

Während die Schwarzkutte sich langsam erhob, murmelte er: «Die Sanftmut eines Rehkitzes und ein Wille so hart wie Bozener Basalt.»

Während Bernardo sich im Klingental einrichtete, bewegten der Karrer und Küentzi je ein Zugross entlang des niedrig fließenden Rheins. Sie gingen zwischen den mächtigen Leibern der Pferde, um sich vor der Bise zu schützen und unbeobachtet sprechen zu können. Als sie die Pferde wendeten, gab der kreischende Möwenpulk über ihnen die Futtersuche auf, flog enttäuscht weiter. In der willkommenen Ruhe hörten sich des Karrers Worte wie ein langer Seufzer an.

«Seit dem Stephanstag habe ich Werndrut nicht mehr gesehen. Sie ist aus dem geschlossenen Teil des Klosters nicht mehr herausgekommen. Ich hab' Angst, die Trennung wird endgültig, wenn sie im strengen Kloster Töss zur Buße gezwungen, vergeistigt und diszipliniert wird. Doch ich will sie nicht verlieren.» Eine gute Strecke blieb der Karrer stumm. Dann stöhnte er: «Das Einzige, was mich aufrecht hält, ist die Arbeit mit den Tieren. Sie leiden und leben, ohne aufzugeben.»

Als sie die Tiere im Stall versorgten, platzte Küentzi aufgeregt zwischen des Karrers Anweisungen: «Johann, ich hab's! Du musst ihr schreiben. Ich gebe die Botschaft Clare, sie gibt sie Werndrut.»

Johann wurde wütend: «Blödsinn! Ich kann nicht richtig schreiben.»

«Du sagst uns, was wir schreiben sollen, wir schreiben es auf. Du kannst wählen, wen du als Schreibhilfe für dich arbeiten lässt.» Nach einer Pause ergänzte er süffisant: «Du kopierst, was wir schreiben, und lernst so selber schreiben. Brauchst uns dann später nicht mehr.»

Zu Küentzis Überraschung grinste Johann plötzlich: «Hast recht. Lieber mach ich mich selber zum Narren mit meinen Worten, als mich von euch zum Narren machen zu lassen. Noch heute schreibst du für mich den ersten Text. Zeit dazu haben wir ja Zeit bei diesem Wetter.»

Als nach der Vesper Clare Küentzi den Verband wechselte, erfuhr sie von ihrer Beförderung zur Briefbotin für ihre Schwester. Sie nahm die Rolle sofort an und versprach, sich im Skriptorium nach Minnegedichten umzusehen. «Wir spielen dann verkehrte Welt», kicherte sie und erklärte dem verdutzten Küentzi: «Würde Werndrut für Johann Verse schreiben, wäre sie hier die erste Minnesängerin. Ihre Verse an den nach ihr schmachtenden Karrer würden uns erhalten bleiben. Sie würde zur Rivalin Walters von Klingen!»

Clare begeisterte sich so sehr für diese Idee, dass sie vergaß, Küentzi zu verbinden. Auf den Knien hielt sie seine Hüften umfasst und strahlte ihn beglückt und erwartungsvoll an. Er grinste breit, ließ die hochgezogene Kutte los und zog sie am Kinn sanft zu sich hinauf zum Kuss. Doch den verpasste er. Geschmeidig entzog sie sich ihm, stemmte ihre Arme gegen seine Brust und hielt ihn neckisch auf Abstand: «Ich könnte auch Minneverse verfassen, in denen ich mein Leiden mit dir beklage»

Küentzi wusste keine bessere Antwort, als Clare fest in seinen Armen zu halten. Es dauerte eine Weile, bis er ernst zu Bedenken gab: «Das geht nicht. Es gehört es sich einfach nicht, dass Frauen ihr Sehnen nach einem Mann aufschreiben!»

Liebevoll ergriff sie seine Hände, streichelte sie und fragte ruhig: «Würdest du meine Gedichte an dich lesen, wenn du wüsstest, dass ich sie für dich geschrieben habe?»

Nun war er es, der Clares Hände streichelte, bevor er zögerlich antwortete: «Ja, ich glaube schon.»

Clare sprang mit einem fröhlichen Lacher leichtfüßig hoch und küsste ihn voll auf den Mund. Küentzi war einfach zu langsam für sie, spitzte seine Lippen wieder zu spät. Schon war sie ein Schritt zurückgewichen, blieb mit geröteten Wangen jedoch freudig vor ihm stehen und genoss seinen sehnsüchtigen Blick, bevor sie ihn mit sachlicher Stimme aufforderte, die Kutte wieder zu schürzen, so dass sie endlich seine Verletzung fertig behandeln konnte. Er tat wie geheißen und stellte sich vor, die Krankenpflegerin stehe vor ihm und ersticke mit hartem, kaltem Blick jede lustvolle Regung seines Körpers im Keim.

Und nicht zu früh. Er kämpfte noch mächtig, um unempfindlich für Clares feine Finger auf Hüfte und Lende zu bleiben, als er die Krankenpflegerin hörte: «Clare, wenn du mit Küentzi fertig bist, musst du mich ablösen, damit ich die Priorin um Unterstützung für diese Nacht angehen kann. Hast du zufälligerweise Luggi gesehen? Sie muss mir hier helfen.»

«Luggi war noch vor kurzem in der Küche mit Johannes Arzat. Soll ich sie hierher schicken, wenn ich sie finde?», gab Küentzi an Clares Stelle zur Antwort.

«Danke, wir können beide gebrauchen», kam es zurück.

Im Zimmer herrschte wieder Stille, bis Clare ihren letzten Knoten band und ihn ermahnte, das Bein zu schonen.

«Ich habe frohe Botschaft für euch», begrüßte Küentzi die Tratschenden in der gemütlich warmen Küche. «Ihr dürft heute Nacht im Krankenzimmer aushelfen, lässt euch die Krankenpflegerin ausrichten. Sie erwartet großen Zulauf von siechen Armen. Und Luggi, die Priorin meldet, du sollst Heinrich von Nördlingen zu uns einladen.»

Luggi und Johannes machten lange Gesichter. Sie hätten sich abgesprochen, eine von Heinrichs Abendpredigten in der St.-Brandans-Kapelle zu besuchen, erklärte Luggi. «Es ist wirklich schade», bedauerte sie, «ich hätte ihn dort gleich zu uns einladen können.»

Küentzi, der die Aufregung um diesen Priester und die Dringlichkeit seines Besuchs im Kloster nicht verstand, fragte arglos: «Was ist denn an diesem Heinrich so besonders?»

Seine Gegenüber erstarrten mit vor Überraschung großen Augen. Luggi griff Küentzi ungewohnt hart an: «Du warst doch heute früh auch dabei, als Bruder Bernardo seine Geschichte erzählte. Bist sonst nicht auf den Kopf gefallen, warum stellst du jetzt eine so blöde Frage?» Die Empörung war unüberhörbar. Verunsichert blickte Küentzi zu Johannes, doch der ließ Luggi weitermachen: «Du hast dich erst vor wenigen Tagen zu einem geistlichen Leben verpflichtet und kennst Heinrich, den fleißigsten und erfolgreichsten Prediger in dieser Stadt nicht! Er verehrt Tauler als seinen lieben und getreuen Vater und fördert wie dieser die Gottesfreunde. Heinrichs Mutter, die mit ihm hierhergezogen ist, hilft, unseren Kreis der Gottesfreunde auszubauen. Durch sie bekommen wir Einblick in den Briefverkehr zwischen Heinrich und der Margarete Ebner. Die Prophetin berichtet Heinrich wie sie lebt, betet, und wir befassen uns mit ihren Visionen.»

Luggi, die sich mittlerweile etwas beruhigt hatte, nahm seine Hand: «Wir warten jeweils gespannt auf den nächsten Brief, in dem Margarete über ihr Ringen um *gots minne* schreibt. Nur dank Heinrich haben wir Zugang zu dieser geistlich vorbildlichen Frau. Küentzi, dieser Mann ist für unseren Glauben einmalig, kein Dominikaner, sondern ein einfacher Leutpriester!» Luggis Begeisterung für Heinrich war selbst noch spürbar, als sie schwieg. Sie richtete ihren Blick wieder nach außen, ließ seine Hand los: «Er ist für Laien und Nonnen ein Symbol der Hoffnung. Er gehört keinem Orden an, steht aber für unsere Mystikerinnen ein, als wäre er ein von Meister Eckhart geschulter Dominikaner.»

10

Nach vielen düsteren Tagen siegte die Sonne früh über die vom Rhein aufsteigenden Nebel. Abertausende von Eiskristallen empfingen ihre Strahlen, streuten sie in alle Richtungen, so dass auch für das Himmelsauge unerreichbare Orte in ein geheimnisvolles Licht getaucht wurden. Eine frische Bise entführte den Rauch aus den vielen Kaminen ins blaue Nichts und vertrieb den Geruch der geleerten Morgentöpfe zusammen mit dem warmen Dampf aus dem frischen Mist vor den Ställen. Die Luft in den Gassen war belebend rein, der Gestank des fauligen Abfalls blieb versiegelt unter einer dicken Schicht aus Eis und Schnee.

Über den Dächern kreisten im warmen Aufwind die Möwen, zu hoch, um mit ihrem Gekreische zu stören. Die steilen Giebel überließen sie den Krähen, die mit ihrem Flattern und Krächzen das Bild dieses unschuldigen Wintermorgens durcheinanderbrachten.

Im Kloster hatte der Tag wie immer begonnen. Alle gesunden Schwestern waren zur Prim angetreten und standen dicht nebeneinander, um der eisigen Kälte in der Kirche zu trotzen. Beim Singen entwich ihr Atem als luftiger Fächer, vermischte sich im Licht der wenigen Kerzen mit den vom Altar herkommenden Weihrauchschlieren und verflüchtigte sich in der Nacht des weiten Raumes.

Der Karrer hatte schrecklich dunkle Stunden hinter sich, war von der Vorstellung nicht losgekommen, Werndrut werde für immer unerreichbar weggeschlossen und er müsse vereinsamt und sinnenfremd lebenslänglich für die hartherzigen Klosterfrauen Fuhren karren. Das Gebimmel der kleinen Glocke hatte ihn in seiner Schwarzseherei gestört und seinen Widerstandsgeist geweckt: Er wollte jede Prim besuchen, bis er sich zumindest mit Handzeichen von seiner Liebsten verabschiedet hatte. Als einer der Ersten in der Kirche nahm er dicht beim Lettner Platz und versuchte vergeblich, sie zu erspähen.

Nach der Prim kniete er in der leeren Kirche vor den Sarkophag der Euphrosine und bat sie, ihm zu einem Wiedersehen mit seiner Liebsten zu verhelfen. Als eine Nonne eine brennende Kerze zuerst auf Gesichtshöhe vor sich hielt, dann zwischen den immergrünen Schmuck auf der Grabplatte stellte, fuhr er erschreckt hoch.

«Nach der Sext bete dicht vor diesem Grabmal», hörte er.

Um sich zu vergewissern, dass die Kerze vor ihm echt und die Nonne kein Geist war, hielt er den kleinen Finger in die Kerzenflamme und eilte dann begeistert ins Refektorium. An der Stimme hatte er Clare erkannt. Er würde seinen Brief an Werndrut beim Grabmal verstecken.

Da Küentzi nicht auftauchte, setzte er sich in der Küche müde in die hinterste Ecke, wo ihm die Köchin wortlos einen Becher Tee hinstellte. Nun musste ihm eben Luggi beim Briefeschreiben helfen. Zeit, um sich Gedanken über dessen Inhalt zu machen, hatte er, denn Fuhren standen keine an.

Auf Luggi war Verlass. Die Begine hatte einen messerscharfen Verstand. Sie hatte ihn mit dem Beispiel der heiligen Brigida überzeugt, dass früher Frauen und Männer einander ebenbürtig gewesen seien und erst spät die Männerkirche den Männern einen höheren Rang verliehen und ihnen die Frauen unterstellt habe. Johann musste schmunzeln, als er sich erinnerte, wie hitzig Luggi die Keuschheitslehre der Kirche verwünschte. Sie anerkannte geschlechtliche Enthaltsamkeit nur als Instrument der Mystik. Wer die mystische Vereinigung mit Gott suchte und keusch lebte, den unterstützte sie. Sie tat alles für Agnes in ihrem Streben nach der *unio mystica*, während sie gleichzeitig Werndrut half, einen gemeinsamen Weg mit ihm zu gehen. Nicht zum ersten Mal fragte sich Johann, wie sie wohl zu ihrem eigenen Keuschheitsgelübde stand.

Das war des Karrers letzter Gedanke, bevor er seinen Kopf auf die Arme legte und einschlief. Die Köchin, der sein verhärmter Ausdruck und seine roten Augenlider schon länger Sorgen bereitet hatten, verzichtete aufs Tratschen und ließ ihn ruhig schlafen.

Es war schon hell draußen, als Küentzi in die Küche humpelte, müde um einen Becher Tee bettelte und sich neben den im Schlaf stöhnenden Karrer setzte. Luggi, gefolgt von Johannes Arzat, machte der Ruhe ein Ende. «Das war eine fürchterliche Nacht!», rief sie laut beim Eintreten. «Zwei sind uns gestorben, zwei konnten wir halten. Die Toten sind Arme, die wir erst gestern Abend aufgenommen haben. Sie sind mit hohem Fieber und stark geschwächt zu uns gekommen, zu spät.»

Der Karrer richtete sich abrupt auf und blickte, offensichtlich noch im Traum gefangen, wild um sich. Küentzi beschwichtigte ihn mit ruhig tiefer Stimme: «Johann, wach auf. Wach auf!»

Betreten entschuldigte dieser sich. Er habe auf Luggi gewartet und wolle sie um einen Gefallen bitten, es gehe ihm nicht so gut.

«Mir auch nicht!», gab Luggi zur Antwort. «Ich bin hundsmüde und kaum zu einem klaren Gedanken fähig. Bin ich die Einzige, die dir helfen kann?»

Der Karrer wand sich und erklärte ihr schwerfällig sein Anliegen.

«Heute bin ich zu müde, um auch nur eine gerade Linie zu ziehen, geschweige denn schön zu schreiben. Morgen, wenn es bei dir noch immer brennt.»

Küentzi, der die ganze Zeit nach einem Grund für des Karrers bleiches Gesicht suchte, plapperte unbedacht: «Ist Werndrut schwanger, Johann?»

Entsetzt schwiegen alle. Der Karrer war so baff, dass er hilfesuchend von einem zum andern blickte, bevor sein Blick an Küentzi heften blieb. Alle starrten auf den Jungen. Dieser bekam eine Gänsehaut und blickte erschrocken weg, als er die schiere Angst im erstarrten Gesicht seines Freundes sah.

Langsam dämmerte ihm, was er mit seiner Frage angerichtet hatte. Am liebsten hätte er sich in Luft aufgelöst, nur um sich nicht den entsetzten und vorwurfsvollen Augen seiner Freunde stellen zu müssen. Mit seinen Händen in die Luft greifend, entschuldigte er sich: «Johann, vergib mir. Ich habe weder von Werndrut noch von andrer Seite auch nur das Geringste über eine Schwangerschaft gehört. Ich habe ihre Versetzung als Tarnung für eine anstehende Geburt gedeutet. Bitte entschuldige das.»

Die Antwort kam leise, wobei seine Stimme sich beim Sprechen festigte: «Ich weiß nichts von einer Schwangerschaft. Ich kann mir auch nicht vorstellen, dass Werndrut mir so etwas verschweigen würde. Ehrlicherweise muss ich euch gestehen, dass mir der Gedanke, der Vater eines Kindes zu werden, Freude bereiten würde.»

Ein geradezu kindliches Lächeln glitt über seine Züge, dann wendete er sich an Küentzi: «Ich vergebe dir. Allerdings nur unter der Bedingung, dass du mir noch heute Morgen meinen Brief an Werndrut schreibst – so schön wie Luggi.»

Die Stimmung im Raum wurde versöhnlich. Johannes Arzat klopfte dem Karrer über den Tisch hinweg kameradschaftlich auf die Schulter und verkündete stolz: «Vater zu sein ist ein schönes Gefühl!»

Sofort entstand ein aufgeregtes und frohes Durcheinander von eigenen Erinnerungen an Väter, Mütter und Geschwister. Nur Luggi und Küentzi machten nicht mit. Der Junge schwieg, weil er keine solchen Erinnerungen hatte, die Begine, weil sie sich von den ihrigen nicht mehr quälen lassen wollte. Während die andern sich unbefangen in ihren Geschichten verfingen, verfinsterte sich ihr Gesichtsausdruck zusehends, und Küentzi, der es bemerkte, machte sich auf eine ihrer berüchtigten Schimpftiraden bereit.

Der Ausbruch kam für die anderen wie ein Blitz aus heiterem Himmel. Die Begine erhob sich. Selbst die beiden Johanns als gebildete Männer sprächen hier in der alten Klosterküche mit Stolz und Freude von ihren vergangenen oder zukünftigen Vaterschaften und erwähnten mit keinem Wort die Folgen einer Schwangerschaft für eine Nonne. «Ihr, die ihr doch für eine Frauengemeinschaft arbeitet, seid ein bedauerliches Beispiel dafür, wie erstens die Männerkirche euer Denken beherrscht und zweitens wie in der gegenwärtigen Ordnung Nonnen grundsätzlich benachteiligt werden, nicht zuletzt auch», hier richtete sie den Blick auf die Köchin, «weil auch manche Frauen so denken wie ihr! Wie ist es beispielsweise möglich, dass hier in der Stadt der Custos von St. Peter, wohlverstanden ein Priester, ungestraft drei Töchter zeugen kann und wahrscheinlich sein viertes Kind noch in diesem Jahr geboren wird, während eine Nonne wie Werndrut, wenn sie ein Kind gebäre, sofort aus dem Kloster und dem Orden ausgeschlossen würde oder das Kind aussetzen, aus Verzweiflung gar zur Kindsmörderin werden müsste?»

Betretenes Schweigen herrschte in der Küche. Niemand wollte und konnte Luggis Frage beantworten. Die Einzigen, kaum hörbar gemurmelten Worte waren der Gruß, mit dem die Männer nach einer peinlichen Stille die Küche verließen und in den vereisten Hof traten.

Luggi blieb mit abwesendem Blick sitzen. Erst als ihr die Köchin aufmunternd einen Becher Glühwein hinstellte, fanden ihre Augen in die Gegenwart zurück. Ihre Wut hatte müder Traurigkeit Platz gemacht, als sie sich für das Getränk bedankte.

Am späten Abend betrat Küentzi das Krankenzimmer, um seinen Verband wechseln zu lassen. Clare begrüßte ihn mit einem fröhlichen Lachen: «Werndrut lässt dir für das Brieflein danken. Ich muss dir von ihr ausrichten, du solltest mehr an sie, anstatt an mich denken, wenn du das nächste Mal für Johann schreibst.»

Küentzi verteidigte sich verdutzt: «Werndrut war doch dabei, als wir vor vier Jahren Walter von Klingens Gedicht mit Luggi besprachen.»

«Du hast recht, sie war dabei. Doch sie hatte von Johann einen Brief erwartet, nicht eine magere Zeile über das Leiden eines Verehrers, der seine Liebste nicht lieben kann. Das passt doch nicht zu ihnen. Der Karrer weiß, dass sie ihn auch lieb hat.»
«Was soll ich denn sonst schreiben? Ich kenne nur Walters Verse, die wir mit Luggi gelesen haben.»
«Ich würde für Johanns nächstes Brieflein ein Zitat aus dem Hohen Lied wählen.»
«Das kenne ich auch nicht.»
«Alle Dominikanerinnen kennen das Hohe Lied. Es besingt erfüllte Liebe und passt zu Werndrut und Johann. Sie sind ein Paar, das sich gefunden hat und keinen Ansporn dazu braucht.»

«Ganz im Gegensatz zu uns», ergänzte Küentzi nüchtern und gestand ihr: «Werndrut hat recht. Ich muss diese Zeile für Johann mit dir im Kopf gewählt haben.» Heftig fasste er ihre Hände: «Glaube mir, meine Gefühle für dich sind so stark, dass sie mich schmerzen, wenn ich schon nur an dich denke. Doch du bist für mich ja als Liebe so unerreichbar wie die Adlige in Walters Gedicht.»

«Und wer steht vor dir? Wem hast du soeben deine Liebe gestanden?» Clare verfiel in den Ton einer Ärztin, die eine Diagnose stellt: «Falls du mich fragen möchtest, ob wir in Zukunft zusätzlich zu den lyrischen auch die praktischen Seiten der *minne* als Paar erleben möchten, kann ich nur antworten: Einen Versuch wäre es mir wert. Doch bis wir wissen, wie wir dies in unsern Ämtern anstellen können, bleiben wir beim bewährten Alten.» Und versorgte ihre Hände unter dem Skapulier.

Küentzi schauderte, als er die volle Bedeutung der Worte der Frau vor ihm erfasste. Noch nie hatte er sich so tief mit ihr verbunden gefühlt, noch nie ihr so innig nah und ihre Nähe so schmerzhaft selbstverständlich empfunden.

Die beinharte Kälte, die sich tagsüber im Schatten der vielen Häuser festgesetzt hatte, breitete sich mit dem Eindunkeln wieder überallhin aus und trieb die Armen vor die Spitäler. Auch im Klingental standen Leidende und Bedürftige Schlange. Während sich die Krankenpflegerin mit Clare um die Bettlägrigen im Krankensaal kümmerte, kühlende Fieberwickel machte und Erfrierungen mit heilenden Aufgüssen behandelte, nahmen sich Johannes Arzat und Luggi im Vorzimmer der leichteren Fälle an. Sie versorgten die Hilfesuchenden mit Decken, Salben, Kräutern und gutem Rat und schickten sie dann wieder weg. Nur Bettlern mit starken Erfrierungen wiesen sie den Weg in den Bettensaal.

Im Saal lagen die Kranken in einer Reihe die Wände entlang auf dem Boden. Nur die völlig Geschwächten hatten Anrecht auf einen eigenen Laubsack, kritische Fälle lagen nahe am Eingang, so dass der Priester, der nach der Komplet für die Sterbesakramente und zum Abhören der Beichten zur Verfügung stand, sofort wusste, wo er am dringendsten erwartet wurde.

Als die beiden Nonnen den mit hustenden und stöhnenden Menschen überfüllten Raum endlich verlassen konnten, waren sie der Erschöpfung nah. An der frischen Luft meldete sich sofort der Hunger, und beide eilten wortlos in die Küche, wo trotz der vorgerückten Stunde noch Licht brannte. Nach einem schnellen Mahl entschied die Krankenpflegerin, vor dem Schlafengehen im schwach beleuchteten Chor der Kirche noch zu meditieren. Clare folgte ihr und blieb noch, als ihre Vorgesetzte schon unterwegs in ihre Zelle war.

Clares Gebet, obwohl aufrichtig gemeint, war ursprünglich nur ein Vorwand gewesen, um sich in der Kirche nach Agnes umsehen zu können. Die hatte am Nachmittag bleich und fiebrig ausgesehen und einzig von der bevorstehenden Vereinigung mit ihrem Bräutigam geschwärmt. Langsam und wie unter Schmerzen hatte sie einen Fuß vor den andern gesetzt, als sie wieder zur Buße in die Kirche zurückgekehrt war. Clare machte sich Sorgen um ihre Schwester und verdächtigte sie, noch jetzt, in der klirrenden Kälte, im Chor zu beten

Sie blickte sich mit einem lauten Seufzer in der dunklen Kirche um, drehte dem kleinen Licht, das ungewohnt neben der großen Kerze stand, den Rücken zu und spähte in die Dunkelheit hinein. Doch kein weißer Fleck, der als Tracht ihrer Schwester hätte gelten können, war zu erkennen. Wenige Schritte zum Chorgestühl hin gewöhnte sie ihre Augen an die Dunkelheit. Wieder nichts, nur die schwachen Umrisse des Lettners vor ihr.

Sie beruhigte sich mit dem Gedanken, dass die Küsterin das Licht vergessen haben könnte, und entschied, umzukehren und es in ihre Zelle mitzunehmen. Da hörte sie ein leichtes Rascheln und stand still. Kam da nicht ein sanftes Stöhnen aus dem Dunkel hinter ihr? Rasch packte sie die Kerze vom Altar, ging den beunruhigenden Lauten entgegen.

Sie hatte Agnes gefunden! Ihre Schwester lag vor Euphrosines Grab und versuchte, sich langsam aufzurichten. Nur widerwillig und mit verhaltenem Stöhnen gab sie die großen Schmerzen, die jede ihrer Bewegungen verursachte, preis. Clare versuchte, ihr mit geübtem Griff aufzuhelfen, aber, sobald Agnes ihre Hände spürte, zuckte sie zusammen: «Lass mich, du tust mir weh!»

Clare lockerte sofort ihren Griff und fragte verängstigt: «Was ist geschehen? Wo hast du Schmerzen?»

«Ich muss wohl beim Beten ohnmächtig geworden sein. Lass nur, ich komme alleine zurecht.»

«Kommt nicht in Frage. Du kommst mit mir in meine Zelle und schläfst heute Nacht bei mir», entgegnete ihr Clare entschieden.

Mit Clares Hilfe stand Agnes vorsichtig auf und stützte sich beim Gehen auf ihre Schwester, wobei Clare vorgab, sie sähe das schmerzverzerrte Gesicht nicht. Agnes hielt bis in Clares Zelle durch, wo sie völlig erschöpft wegsackte. Ihre Tracht war dabei verrutscht und gab den Blick auf ihr härenes Hemd und die satten Riemen um ihre Oberschenkel frei.

Bestürzt kämpfte Clare gegen den in ihr aufsteigenden Zorn an und erklärte ihrer Schwester ruhig, als ob es nichts Selbstverständlicheres gäbe: «Ich hole aus deiner Zelle ein neues Unterhemd und werde deine Wunden auswaschen. Bis ich wieder zurück bin, kannst du die Nagelriemen ablegen. Tu es im Liegen am Boden. Ich will kein blutiges Laken.» Sie steckte eine zweite Kerze an und huschte weg.

Als sie mit dem sauberen Hemd zurückkam, lag ihre Schwester nackt am Boden und lächelte ihr müde zu. Clare entnahm einem kleinen Kasten an der Wand einen Schwamm, goss Kamillensud darüber und wusch damit sorgfältig die vielen kleinen Wunden am Körper ihrer Schwester. Während ihrer Arbeit schwieg sie, schüttelte nur immer wieder ungläubig den Kopf.

Clare war beinahe fertig, als Agnes leise sagte: «Mein Körper ist mein größtes Hindernis auf dem Weg zu Jesus, und ich

habe beschlossen, ihn durch Selbstkasteiung so zu schwächen, dass er meinem Geist nicht mehr in die Quere kommen kann.»
«Du bist eindeutig zu weit gegangen und hast das Gleichgewicht der Säfte massiv gestört. Ohne Blut im Kopf stirbt der Geist, der die Seele nährt! So einfach ist das. Glaub mir, ich habe genug medizinische Bücher gelesen», wies Clare ihre Schwester zurecht.

Agnes hatte die Augen geschlossen und schien zu schlafen.

Nach kurzem Überlegen setzte Clare nach: «Wenn du zu Elsbet Stagel, die auf diesem Gebiet so viel zu wissen scheint, ins Kloster Töss reisen willst, dann musst du mit diesen extremen Übungen sofort aufhören. In deiner gegenwärtigen Verfassung würdest du die Reise nicht überleben. Doch lass uns jetzt schlafen.»

Sie entfernte die erkaltete Bettpfanne aus den Laken und half ihrer Schwester ins Bett. Schnell entledigte sie sich ihrer Kleidung, kroch zu ihr und fiel sofort in einen tiefen Schlaf. Clare nahm nicht mehr wahr, wie ihre Schwester sie vorsichtig in die Arme nahm und erst dann ihrer eigenen Müdigkeit nachgab.

11

Der letzte Tag des alten Jahres hatte im Konversen- und Gästeteil des Klingentals wie gewohnt begonnen. Küentzi kam frisch und ausgeruht aus seiner Kammer direkt in den Esssaal und freute sich über das lebhafte Raunen und Getuschel am Tisch, ganz im Gegensatz zum Karrer, der sich mit gesenktem Kopf und hinter vorgehaltener Hand über eine weitere unruhige Nacht beklagte. Zum Trost flüsterte Küentzi zurück, er wolle nach dem Frühstück mit ihm einen Brief an Werndrut aufsetzen. Sofort formulierte Johann halblaut kurze Sätze, bis er von der Stimme der Schaffnerin unterbrochen wurde.

Mit scharfer Stimme befahl sie Ruhe. Dann verkündete sie: «Heute ist ein besonderer Tag. Die Priorin hat heute und morgen, zum Beginn des neuen Jahres, alle Bußen suspendiert. Von euch wird erwartet, dass ihr an der dem heiligen Silvester gewidmeten Mitternachtsfeier in unserer Kirche teilnehmt und gemeinsam mit dem Konvent den Übergang ins Jahr des Herrn

1343 feiert. Nach der Messe seid ihr zu einem wärmenden Getränk hier im Refektorium eingeladen. Hiermit erkläre ich das Frühstück als beendet.»

Alle erhoben sich und redeten durcheinander, nur Küentzi blieb sitzen. Der Karrer schlug vor: «Am besten gehen wir jetzt in die Schaffnei. Dort ist es warm, und wir finden Tinte und Papier.» Als ob er den Grund für Küentzis Zurückhaltung erfasst hätte, überzeugte er ihn: «Mir wird es schon gelingen, Johannes davon zu überzeugen, dass du mir helfen musst, diesen Brief zu schreiben, statt für ihn zu arbeiten.»

Der Schaffner begrüßte die beiden in aufgeräumter Stimmung: «Gut, dass du auch gekommen bist, Johann. Werndrut kann uns heute nicht helfen, da sie anderswo gebraucht wird. Umso willkommener sind mir deine starken Arme und Hände.»

Küentzi klärte den Schaffner über sein Versprechen an seinen Freund auf, ohne den Zweck des Briefs oder die Empfängerin zu nennen. Mit einem breiten Lachen willigte der Schaffner ein: «Kein Problem. Doch du, Johann, musst dich immer bereithalten, Küentzi bei der Vorbereitung des Neujahrsumtrunks zu helfen. Und denk dran: geschenkt wird dir hier nichts! Später wirst du meine Aufwendungen für dich in andrer Form abgelten müssen.»

Während der Schaffner sich seinen Büchern und Listen zuwandte und auf die Schaffnerin wartete, stellte Küentzi für den Karrer das Schreibmaterial bereit und schrieb die Sätze, die ihm der Karrer zuflüsterte, nieder. Als Johann fleißig seine unverfänglichen Zeilen auf der Wachstafel übte und ihn vorläufig nicht brauchte und die Schaffnerin noch immer nicht erschien, schnitt er sich eine Schreibfeder zurecht. Er wollte die schwache Erinnerung an eine weitere Zeile aus Walters Gedicht festhalten: *Frowe ir sult mich froide leren ald ich muos verdorben sin.*[2]

War dies für Clare zu viel, zu vieldeutig oder gar zu einfältig?

Die klare Stimme der Schaffnerin unterbrach ihn in seinem Sinnieren: «Wie doch hier fleißig geschrieben wird!» Sie stand unter der Türe und zielte mit dem Stock auf Küentzi: «Zeig mir, mit welchem Unfug du dir die Zeit vertreibst.»

---

[2] Edle, ihr müsst mir Freude bereiten, ansonsten gehe ich zugrunde.

Er gehorchte widerspruchslos und reichte ihr verlegen seinen Satz.

«Wann hast du denn Ritter Walters Verse kennengelernt?», fragte die kleine Frau, wieder auf ihren Stock gestützt.

Er erzählte ihr von Luggis Unterricht hier und in Rufach. Die Schaffnerin blinzelte kurz dem Schaffner zu und sagte mild: «Lutgardis und ich haben viel Gemeinsames. Vor langer Zeit lebten wir als Beginen in derselben Samnung im Elsass. Als ich mich für den Konvent im Klingental entschied, folgte sie mir und wurde hier Konversa mit der Erlaubnis, weiterhin Aufgaben als freie Begine verrichten zu dürfen. Du warst ihr Lieblingsschüler – neben Clare, die sie zur Bibliothekarin machen wollte.» Wie an sich selbst gerichtet, kam sie zu dem Schluss: «Clare hat zu viele Talente und zu viel überschüssige Lebenslust, um damit allein in einer Bibliothek ihren Frieden zu finden.»

Schwerfällig ließ sie sich auf die vom Schaffner für sie bereitgehaltene Stabelle nieder und ging mit ihm ein letztes Mal die Vorbereitungen fürs Neujahrsfest durch, während die andern schweigend und mit unterschiedlichem Erfolg die Schreibfedern schwangen: Wein und Gewürze für den Umtrunk, Käse, Brot, Butter, Wintergemüse und Geflügel für das Neujahrsmahl. Welch ein Gegensatz zum kargen Essen an den übrigen Tagen des Jahres!

Während der Sext saß Küentzi mit knurrendem Magen zwischen dem Schaffner und dem Karrer und döste unentwegt. Er verpasste, wie die Priorin jede extreme Form mystischer Religiosität als Untugend geißelte und im Klingental nicht dulden würde. Ihm war auch entgangen, dass alle Zer-Sunnen-Schwestern im Chor gefehlt hatten.

Am Abend beim Verbandwechsel erfuhr Küentzi einen möglichen Grund für das Fehlen der Schwestern. Während Clare salbte und wickelte, erzählte sie ihm, wie sie Agnes gefunden habe und wie einzig Werndrut Agnes in ihrer Zelle Tag und Nacht pflegen dürfe. Werndrut könne so ein sinnvolles und unauffälliges Leben im Kloster führen, und Agnes könne für ihre Reise nach Töss wieder zu Kräften kommen. Beschämt gestand ihm Clare, dass sie froh sei, sich nicht mehr um ihre Schwestern sorgen zu müssen.

Küentzi zog sie zu sich hoch und bekam einen Schreck, als er ihr bleiches Gesicht und die schweren Ringe unter ihren Augen sah. Eigentlich hatte er sie küssen wollen, doch nun umarmte er sie einfach. Sie blieben ruhig stehen, bis er nach einer Weile leise fragte: «Muss ich mir um dich Sorgen machen?»

Als Antwort zog sie ihn noch fester an sich, schluchzte kurz auf und ließ ihrem Unmut freien Lauf: Wie viel Schlaf ihr heute wegen der Mitternachtsmesse und des anschließenden Umtrunks doch wieder verloren gehe. Eine weitere Nacht wie die gestrige könne sie nicht mehr durchstehen, sie sei jetzt schon hundemüde. Sie wisse nicht, woher die Krankenpflegerin, die doch viel älter als sie sei, immer wieder neue Kraft schöpfe, um Tag und Nacht an der Arbeit zu bleiben.

«Die Arbeit wird nicht weniger, auch wenn die Kälte abgenommen hat. Wir haben zu viele schwere Fälle aufgenommen und kommen ohne zusätzliche Hilfe nicht weiter! Die Priorin kennt unsere Lage, doch sie tut nichts dagegen. Fähige Hilfe gäbe es im Konvent genug.»

Küentzi hörte ihre Klagen, streichelte ihren Rücken und wartete, bis sie sich alles Ungute vom Herzen geredet hatte und endlich zu ihm aufblickte. Schelmisch flüsterte sie, er dürfe sie nun küssen, ganz zart, auf den Mund. Sein Kuss wurde lang und kräftig, worauf sie sich zufrieden lächelnd löste. «Das tat gut. Das müssen wir wiederholen», dankte sie ihm und verließ sie den Raum.

Im Refektorium saß Bernardo allein am langen Tisch und bat Küentzi, sich zu ihm zu setzten. Der Junge hatte noch immer Clares Klagen im Ohr, als er sich beim Gast aus Italien höflich nach dessen Fortschritten bei der Arbeit am Stein erkundigte.

«Ich war in der Münsterbauhütte, um meine Werkzeuge nachzuschleifen. Aber es ist zu kalt zum Arbeiten. Morgen ist Feiertag, da geht also auch nichts. Wenn das so weitergeht, komme ich aus der Übung.»

Küentzi fragte den Mönch vorsichtig: «Der einzige Ort, wo gegenwärtig Schwerarbeit verrichtet wird, ist unser kleines Siechenhaus. Könntest du dort helfen?»

Bernardo antwortete ruhig, er sei auf vielen Gebieten bewandert, in der Krankenpflege aber überhaupt nicht, und er wäre

dort mehr Hindernis als Hilfe. Zu seiner Rechtfertigung fügte er an: «Vergiss nicht, Bruder, ich war Söldner, also das Gegenteil eines Heilers, bevor ich Mönch wurde. Du hast mich aber auf einen ganz andern Gedanken gebracht. Aus deinen Bewegungen schließe ich, dass du dich im Umgang mit einem Schwert auskennst. Was hältst du davon, morgen gegen mich anzutreten?»
Küentzi fand keine Worte. Er konnte einfach nicht glauben, dass dieser fremde Benediktiner in seiner Erscheinung noch immer die Schulung mit dem Schwert erkennen konnte. Bis zu diesem Augenblick war es ihm gelungen, dies zu vertuschen. Er hatte sein Verhalten geändert, hatte sich, wo immer es ging, wie ein armes Mönchlein bescheiden und unauffällig im Hintergrund bewegt. Er wollte nicht mehr an den Gundolsheimer denken. Und gerade heute, am letzten Tag des Jahres 1342, holte ihn seine Vergangenheit ein.

Der Benediktiner hatte sofort erkannt, dass er bei seinem Gegenüber einen empfindlichen Nerv getroffen hatte und wartete geduldig auf eine Antwort. Nach einer langen Pause erzählte er: «Ich bin am Anfang meiner Reise immer wieder von zwielichtigen Kerlen angegangen worden, die versuchten, mich auszurauben, weil sie mich als harmlos einschätzten. Die waren jeweils überrascht, wenn sie im Kampf ohne Schwert mit mir den Kürzeren zogen. Doch ohne Verletzungen ging dies nicht ab. Ich lernte, das Schwert griff- und sichtbereit zu tragen. Sobald sie nämlich den Soldaten unter der Kutte erkannten, scheuten sie den Kampf und gaben den Weg frei. Meine Haltung und das Schwert haben die meisten abgeschreckt, und, das Wichtigste, niemand wurde verletzt.» Bernardo schwieg. Küentzi, der noch immer keine klare Antwort gefunden hatte, ebenfalls.

Vorsichtig versuchte der Mönch, den Jungen mit einer weiteren Frage zum Sprechen zu bringen: «Gehe ich falsch in der Annahme, dass du oft außerhalb der sichern Stadt unterwegs bist?» Als Küentzi nur verlegen wegschaute, holte der Benediktiner aus: «Auf meiner Reise von Medingen nach Basel habe ich räuberische Rotten nur aus der Ferne gesehen. Doch ich wage vorauszusagen, dass ihr hier bald auch italienische Zustände habt. Andauernde Missernten sowie die Folge der vielen Kleinkriege zwischen verarmten Adligen bringen die Bauern in Geldnot.

Sie müssen sich verschulden, um ihre Nahrung einkaufen zu können. Missraten die Ernten auch im folgenden Jahr, müssen sie sich erneut verschulden, was für sie mit ihrer verpfändeten Habe beinahe unmöglich ist. Dann kommen die Geldbüttel aufs Land, um die Schuldner in den Schuldturm abzuführen. Ganze Familien flüchten vor ihnen in andere Täler und werden aus Not zu Räubern. Selbst Geistliche sind auf den Straßen nicht mehr sicher.»

Küentzi unterbrach den Mönch: «Das kenne ich aus dem Elsass. Meine Kutte genügte schon vor vier Jahren nicht, um ungeschoren reisen zu können.»

«Dann weißt du auch, dass gegen ein Schwert, das gekonnt geführt wird, Knüppel, Sensen und Heugabeln nichts taugen», fuhr Bernardo fort, «und verstehst, warum ich jeden Tag meinen Schwertarm stärken muss. Ich bin überzeugt, du kannst mir dabei helfen, ohne Schaden zu nehmen. Also?»

Küentzi sagte endlich zu: «Ort und Zeit machen wir morgen ab. Einverstanden?» Er hatte die Ausrede mit der geschwollenen Hüfte, womit er Bernardo anfänglich hatte hinhalten wollen, einfach vergessen.

Der Benediktiner lächelte freundlich und nickte bestätigend.

Bis zur Mitternachtsmesse wollte Küentzi keine Gespräche mehr, auch kein oberflächlich buntes Jahraustreiben. Er brauchte Zeit für sich allein und zog sich in seine Kammer zurück. In seine warmen Decken gewickelt lag er wach auf dem Bett. Das Licht auf dem Fenstersims ließ er wie ein Verschwender unbekümmert brennen, hoffte, es helfe ihm, sein inneres Gleichgewicht zu finden.

Die Fragen des Benediktiners hatten ihm heute Abend unbeabsichtigt zu einem neuen Blick auf seine Lehrjahre verholfen. Zum ersten Mal seit dem Zweikampf erkannte er vor dieser einsamen Kerze, dass er in Rufach das Opfer seiner Sehnsucht nach einem gleichaltrigen, ebenbürtigen Freund geworden war. Er hatte den unüberbrückbaren Standesunterschied nicht wahrhaben wollen, hatte zum jungen Gundolsheimer aufgeschaut, dessen Lebensweise verherrlicht und alles mitgemacht, was der junge Draufgänger unternommen hatte. Erst bei seiner Rückkehr nach Häsingen hatte ihn des Gundolsheimers Übergriffigkeit gegenüber Hedwig abgestoßen, hatte er Skrupel über dessen und seinen rücksichtslosen Umgang mit Frauen empfunden und dieser Lebensweise ein Ende machen können. Mit Blick auf die ruhig brennende Kerze vor ihm erinnerte er sich, wie ihm das wilde Leben während des Jahres in Rufach gefallen hatte. Mit Reiten, Raufen, Saufen und willigen Frauen hatte er seine Männlichkeit bewiesen und war als stolzer Krieger nach Häsingen gereist. Zärtliche und andere, tiefere Gefühle zu spüren, sie anzunehmen und offen zu ihnen zu stehen, war ihm nur ausnahmsweise gelungen.

Erst der Schmerz über den Verlust seiner Freundschaft mit dem jungen Adligen und die Wonnen mit Hedwig hatten ihn gelehrt, mit überwältigenden Gefühlen besser umzugehen. Obwohl, oder gerade weil, ihre Liebe ein Geheimnis hatte bleiben müssen, blieb sein Vertrauen in die Kraft ihrer Liebe ungebrochen - auch wenn sie heute ihr Leben mit dem Schmied teilte.

Mit der erfreulichen Aussicht, sich im neuen Jahr im friedlichen Schwertkampf mit dem Benediktiner zu messen, schälte er sich aus den Decken. Eine ungeschickte Drehung brachte den Schmerz in der Hüfte zurück. Trotzdem hinkte er wohlgemut zu seinen wartenden Freunden und mit ihnen zur späten Messfeier.

Wie zu erwarten war, suchte er im weihnachtlich hell beleuchteten Chor vergebens nach Clare und ihren Schwestern. Er hörte den fleißig geübten, rein und fein vorgetragenen Psalmen und Liedern nur mit einem Ohr zu, und der mit Weihrauchdunst vermischte warme Duft verglühender Kräuter konnte seine Stimmung während der lateinischen Predigt auch nicht heben. Seine Lebensfreude kehrte erst zurück, als er im Refektorium Clare entdeckte. Sie half der Schaffnerin, es sich für den Umtrunk auf einem Stuhl bequem zu machen. Sobald die Priorin mit dem traditionellen Trinkspruch das Jahr begrüßt und mit einem würdevollen Schluck aus dem für sie reservierten silbernen Pokal den Umtrunk eröffnet hatte, ging er zu den beiden Frauen, um ihnen das neue Jahr anzuwünschen.

Er reihte sich in den Kreis der Glückwünschenden um die Schaffnerin ein und nutzte unauffällig das Gedränge, um wiederholt Clare sanft zu schubsen. Unbemerkt von den Anwesenden suchten beide die Berührung des andern und bewegten sich zu einer Musik, die sie allein hörten. Wie in einem *Hosanna* des Sanctus strahlten ihre Augen, nickten sie mit ihren Köpfen, als ob sie Bernardos endlosem Lob des heutigen Messpriesters zustimmten.

Der gelobte trat freundlich grüßend zu ihnen und bereitete sowohl Bernardos Loblied als auch Clares und Küentzis geheimem Tanz ein jähes Ende. Jetzt erst erkannte Küentzi, wer der Priester, der ihm heute die Oblate gegeben hatte, war: der vielgepriesene Heinrich von Nördlingen, dessen dunklen Augen mit dem durchdringendem Blick er sich nicht entziehen konnte. Zusammen mit Clare wünschte er Heinrich höflich das neue Jahr an.

Während seine Freunde einer nach dem andern ihrem Beispiel folgten und erneut Heinrichs Arbeit priesen, zog sich Küentzi an den Getränketisch zurück. Dort wartete er mit der Köchin auf einen vollen Krug Glühwein. Um die Wartezeit zu verkürzen, versorgte ihn die Köchin großzügig mit Neuigkeiten. Sie machte einen Abstecher in die hohe Politik und rügte die Priorin für ihre verkappte Unterstützung der Päpstlichen, obwohl doch jedermann klar war, dass hier das Interdikt nur noch de jure bestehe, de facto von den wenigsten befolgt werde. Auch sie hatte eine klare Meinung zu Heinrich von Nördlingen: «Er ist eigentlich ein Schreiberling, der fleißig predigt und es allen recht machen will. Wäre er nicht ein Päpstlicher, hätte ihn die Priorin nicht für diese Messe angefragt.» Weiter kam die Köchin nicht, denn ein dampfender Kessel mit frischem Glühwein wurde vor sie hingestellt und sie musste schöpfen.

Küentzi kam als Erster in den Genuss des vorzüglich mit Zimt und Nelken gewürzten Getränks und schlürfte langsam und vorsichtig den heißen Wein. Gleichzeitig beobachtete er, wie Clare sich verabschiedete und im Hof verschwand, und wünschte sich, sie wäre hier neben ihm anstatt im Einsatz für die Kranken. Als Trost erinnerte er sich an den vielversprechenden Reigen, mit dem sie zusammen das neue Jahr begonnen hatten. In seinem Kopf hörte er die passende Musik und tänzelte zu deren Takt voll Zuversicht die Treppe hoch in seine Kammer.

ANNO DOMINI 1343

1

Am Tag der heiligen Genoveva wollten sich Bernardo von Carara und Küentzi zum ersten Mal zum Schwertkampf treffen. Noch lag Schnee, nur die wichtigen Wege waren befahrbar. Der junge Mann fuhr mit dem Mönch durchs Osttor in Richtung Riehen. In einem Erlenwäldchen, wo unterhalb des steil ansteigenden Otilienhügels das Wasser des *tychs* aus der Wiese abgeleitet wurde, hielt er an. Um diese Jahreszeit verirrte sich kaum jemand dorthin, sie würden hier bestimmt unbeobachtet sein.

Der Benediktiner lieh ihm zum Anfang sein Schwert und begnügte sich mit einer Eisenstange. Küentzi durfte angreifen, der Mönch verteidigte sich. Der unebene und gefrorene Boden bot schlechten Halt, weswegen die Klinge in der Scheide blieb. Die Vorsicht erwies sich als überflüssig, denn als erfahrener Kämpfer hatte Bernardo keine Mühe, mit seiner Stange die plumpen Angriffe Küentzis abzuwehren und Schläge auszuteilen. Dieser, der schwerfällig mit dem Schwert umging, wünschte, die Waffen auszutauschen, bereute dies aber sofort, als der Mönch ihn mit Hieben eindeckte, wie er sie nur als Anfänger hatte einstecken müssen. Geradezu verärgert über seine offensichtliche Unterlegenheit gab er nach einer Weile schweratmend auf.

«Im Gegensatz zu dir bin ich in bester körperlicher Verfassung, nicht zuletzt dank meiner Arbeit mit Hammer und Meißel», rechtfertigte sich der Mönch und fragte ihn vorsichtig: «Möchtest du morgen weitermachen, oder hast du für allemal genug?»

Zuerst trotzig, dann mit einem breiten Grinsen antwortete Küentzi: «Wenn ich mich richtig erinnere, suchtest du jemanden, mit dem du üben und in Form bleiben kannst. Ich kann dich also nicht im Stich lassen.»

«Wo ist denn dein eigenes Schwert geblieben?», kam Bernardos vergnügte Antwort, während er seines in ein Tuch hüllte und zur Stange auf den Wagen legte.

«Ich habe es aus Scham weggegeben, das heißt, ich habe mich überhaupt nicht drum gekümmert, wer es aufgelesen hat. Doch diese Geschichte gehört nicht hierher», antwortete ihm Küentzi und fuhr los.

Am Ende des verschneiten Waldpfades entspannte er sich und fand die Ruhe für seinen Wunsch: «Ich möchte wie du mit einer Stange kämpfen können. Du kannst mir sicher einige einfache Finten damit beibringen. Stangen sind in der Not leichter zu finden als Schwerter.»

Bernardo lachte als Antwort nur leise in sich hinein und lud Küentzi zum Trost ein, mit ihm nach der Fahrt zum großen Altar in der Klosterkirche zu kommen.

Im hellen Chor der Kirche wies Bernardo wortlos auf eine weiße, zwei Ellen hohe Steinfigur, die vor ihnen auf dem Altar neben der großen Kerze stand. «Die Sonne steht ausgezeichnet. Wir haben Glück», meinte er und forderte Küentzi auf, sich die Figur näher zu betrachten, nur berühren dürfe er sie nicht.

Dieser erkannte erst jetzt, dass er vor einer aus einem Stück gearbeiteten, anmutigen Frauengestalt stand. Feine Linien im Stein markierten ein Tuch, das den Körper vom Kopf bis zu den Füssen umhüllte. Nur das von wenigen Linien gezeichnete Gesicht blieb frei; Schultern, Hände und Füße waren versteckt. Der Körper schien von einem warmen Licht erfüllt, das die äußersten Ränder des Faltenwurfes von innen heraus als helle Linien belebte. Die Ähnlichkeit der Figur aus Stein mit der Madonna aus Holz auf der andern Seite der Kerze war unverkennbar.

«Es ist eine Madonna. Aus reinem weißem Marmor gehauen», bestätigte ihm der Mönch die unausgesprochene Vermutung. «Entgegen aller Tradition habe ich Marias Körper nur angedeutet und auf alle Farben verzichtet. Der nackte Stein und das Licht sollen alles aussagen. Unschuld, Seelenreinheit, Güte, Liebe und Vergebung leuchten dir je nach Lichteinfall aus dieser Gestalt entgegen. Mit dem Gang der Sonne fließt ihr Licht durch den bearbeiteten Stein und bringt die unterschiedlich dünnen Stellen von innen zum Leuchten. Wie jetzt! Wie schade wäre es doch, das Wechselspiel dieser Empfindungen mit reichem Blau, Rot oder Gold zuzudecken. Es ist eine Madonna der Armen und Verstoßenen, die reich im Geist sind», erklärte der Mönch.

«Das ist unglaublich, was du hier geschaffen hast. Die Engel haben deinem Stein mit ihrem Licht Leben eingehaucht. Du bist ein gesegneter Bildhauer, Bernardo», brach es aus Küentzi hervor. Er betrachtete den Mönch voller Bewunderung und war stolz, dass dieser begnadete Mann ihm seine Schöpfung wie einem Freund vorgestellt hatte.

Erfreut über das Lob, erklärte Bernardo: «Fließendes Licht und flüchtiger Geist werden eins mit härtester Materie und formen eine sichtbare Verbindung von Diesseits und Jenseits. Meine kleine Statue ist eine Brücke zum Höchsten, die du, wie mir dein Gesicht zeigt, unvoreingenommen beschritten hast.»

«Amen», hörte Küentzi neben sich die Stimme von Luggi, die sich gerade vor der weißen Madonna bekreuzigte. Sie hatte sich unbemerkt neben die zwei Männer gestellt und Bernardos letzten Satz mitbekommen. Dieser, überrascht, musterte die Begine freundlich und fragte sie, ob sie Neuigkeiten für ihn habe.

«Ich komme von Heinrich von Nördlingen», bestätigte sie ihm begeistert, «Er hat mir einen Brief für Margareta Ebner mitgegeben. Es ist seine Empfehlung für die Authentifizierung der Reliquie deines Abtes. Ich muss dir ausrichten, du mögest deine weiße Madonna als Entgelt für Margaretas Aufwand dem Kloster Medingen schenken.» Sie überreichte Bernardo das mehrfach versiegelte Briefpäckchen und warnte ihn, die Priorin werde seine weiße Madonna nicht ohne Widerstand von hier ziehen lassen.

«Ich spüre, wie sich die weiße Madonna hier wohlfühlt. Was soll ich tun?» Bernardo verwarf die Arme, wünschte sich Bedenkzeit für eine gerechte Lösung und verließ kopfschüttelnd und ohne Gruß die Kirche.

Küentzi hatte weder das Gespräch verfolgt noch des Mönchs Verschwinden bemerkt. Er bestaunte noch immer die leuchtende Madonna. Die Begine musste ihn am Kuttenärmel zupfen, damit er ihr in die Küche des Kleinen Klingentals folgte, wo am warmen Herd der Schaffner, Johannes Arzat und der Karrer warteten. Luggi berichtete ihnen überraschend unbeholfen und stockend von ihrem Treffen mit Heinrich von Nördlingen.

Johannes Arzat unterbrach sie: «Warum tust du dich als glänzende Rednerin und Schreiberin plötzlich so schwer mit Worten?» «Ich habe Heinrich genau beobachtet, wie er seine Worte wählt und spricht. Er kann unheimlich schnell das richtige Wort finden. Ich dagegen weiß meistens gar nicht, ob ich zuerst denke und dann spreche, oder umgekehrt. Oft staune ich über mich selber, wenn ich mir zuhöre. Johannes Tauler hat mir schon früher erklärt, es sei eine Frage der Disziplin und Übung. Er verfasse täglich Briefe, wodurch es ihm gelinge, seine Ausdrucksfähigkeit zu verfeinern. Und ich habe heute beschlossen, meine Gedanken diszipliniert, langsam und bewusst zu formen. Ich will meinem Namen Luggi die *Schryberin* gerecht werden.»

Arzat bedauerte ihren neuen Stil: «Mir hat deine spontane Art und angriffige Schärfe ausgesprochen gefallen. Ich bezweifle, dass außer dir jemand von uns Anwesenden je so schnell, so gefühlsnah und unmissverständlich zu einem Problem hat Stellung nehmen können wie du.»

Alle andern nickten zustimmend.

Die Köchin fragte neugierig: «Kannst du uns verraten, was du schreibst? Deine Briefe würde ich gerne lesen.»

«Wenn du lesen könntest!», warf der Schaffner hämisch in die Runde.

Wie von einer Wespe gestochen, drehte sich Luggi zu ihm und zischte: «Und wer trägt Schuld daran, dass sie weder lesen noch schreiben kann? An ihrer Bereitschaft und dem Willen zum Lesen oder der Neugier nach Wissen hat es sicherlich nicht gelegen.» Luggi hielt inne, entschuldigte sich für ihren Ausrutscher und beantwortete ruhig die Frage der Köchin: «Nach Absprache mit Tauler und von Nördlingen werde ich mich um die Korrespondenz der Gottesfreunde in der Stadt mit den verschiedenen Gottesfreunden außerhalb Basels kümmern.»

Alle lobten Luggis Bereitschaft, für die zwei herausragenden Priester als *Schryberin* zu arbeiten. Der Schaffner ergriff ihre Hand und bedankte sich dafür, dass sie den vielen ihm persönlich bekannten Laien im Elsass zu neuem Mut und Trost verhelfe.

Küentzi schwieg. Er hatte große Bedenken, denn er wusste wohl als Einziger hier, wie sehr die Begine damals vor vier Jahren den Zorn der Geistlichkeit auf sich gezogen hatte, als sie gegen den Willen der Rufacher Priesterschaft für ihn und die

Ysenburger Knappen eine Schule eingerichtet hatte. Die mutige Begine wäre damals beinahe ein Opfer der Inquisition geworden. Er erinnerte sich, wie nach Luggis Rückkehr ins Klingental die Priester in Rufach zufrieden überall verkündeten, dass Lesen und Schreiben eine zentrale Aufgabe der geweihten Geistlichkeit sei und die übrigen Stände die Schulung den in Klosterschulen Ausgebildeten überlassen sollten.

Er wollte die gute Stimmung am Tisch mit seinen Erinnerungen an damals nicht verderben und behielt seine Bedenken gegenüber Luggis neuer Herausforderung für sich. Warum sollte er hier den *advocatus diaboli* spielen? Alle wussten ja, dass die Straßburger Dominikaner noch in diesem Jahr ins eigene Kloster zurückkehren würden und dass Heinrich in Basel nur zu Gast war. Wer dann noch als Laie ohne Absicherung durch einen Basler Priester religiöse Texte öffentlich machte, lebte gefährlich.

Während die andern ihre Begeisterung über Luggis neue Aufgabe ausdrückten, entfernte er sich unbemerkt, um seinen Verband wechseln zu lassen und weil er sich nach Clares Nähe sehnte. Er erwischte sie gerade noch im Vorraum des Krankenzimmers, bevor sie die Krankenpflegerin im Hauptsaal ablösen wollte. «Du kommst gerade recht», begrüßte sie ihn freudig, «ich habe soeben die Salbe für deinen Wickel nachgemischt. Komm, ich trag sie dir auf.»

Das Salben und Wickeln war rasch erledigt, da beide aufeinander eingespielt waren und Küentzi keine Anweisungen mehr brauchte. Er freute sich über die geschickten Bewegungen ihrer sanften Hände und erfuhr aus ihrem unbefangenen Plaudern das Neueste über ihre Schwestern: «Agnes ist übermorgen reisefähig, hat die Krankenpflegerin entschieden. Mit Werndruts Hilfe wird eure Fahrt gelingen. Zudem bekommst du männliche Unterstützung von Bernardo, der euch bis ins Tösstal begleiten und von dort nach Medingen weiterreisen wird. Ich weiß nicht, ob er die weiße Madonna uns überlässt oder mitnimmt. Zurück musst du alleine fahren, es sei denn, die Priorin konnte eine Tösstaler Nonne überzeugen, Urlaub bei uns zu machen.» Clares Stimme wurde greller, als sie fortfuhr: «Falls du also mit einer Nonne von dort alleine zurückfährst, nimm dich in Acht! Werndrut hat, nachdem sie von einem möglichen

Austausch gehört hatte, sofort gespottet, alle Nonnen, die aus dem Tösstaler Kloster rauskämen, seien mannstoll.»

Küentzi wurde verlegen, überlegte schnell, wie er Clare beruhigen konnte: «Danke für die Warnung. Ich werde sie an den Karrer weiterleiten, damit er sich richtig auf Werndruts Rückkehr ins Klingental vorbereiten kann.»

Clare lachte nur. Sorgfältig und ruhig knüpfte sie das Tuch um seine Hüfte, sprang leichtfüßig auf und strich ihm zärtlich übers Kinn: «Komm morgen etwas früher, dann können wir vielleicht besser reden», und verschwand im Krankensaal.

Der folgende Tag diente den Vorbereitungen für die Reise. Am Morgen nahm Johannes von Habsheim Küentzi beiseite: Er teile Bernardos Meinung, Klerikale müssten sich verteidigen können, und er habe deshalb für Küentzi ein Kurzschwert besorgt, es liege in der Schaffnei bereit. Der Schaffner überraschte ihn mit dem Angebot, er würde gerne die Stelle als Fechtmeister übernehmen, wenn Bernardo weitergezogen sei.

Vom Karrer erfuhr Küentzi, für die Reise bliebe es beim Einspänner, mehr Pferde wollte die Priorin nicht gestatten. Also bauten sie auf dem einfachen Wagen vorne eine Sitzbank ein und sicherten sie, als müsse sie die Ewigkeit überdauern. Ein Fässchen Rufacher Weißen für die Tösstaler Nonnen wurde mitten auf der mit Stroh belegten Ladefläche festgezurrt. Danach luden sie so viel Stroh auf, dass das Fässchen und mehrere kostbare Flaschen Wein gut gepolstert und vor neugierigen Augen sicher versteckt waren. Nur den Sack Hafer fürs Pferd ließen sie offen liegen. Nachdem sie alles zum Schutz vor der Kälte mit Planen überdeckt hatten, betrachteten Johannes und Küentzi zufrieden ihr Werk: Vor ihnen stand eine mittlere Fuhre Stroh mit einem windgeschützten Platz für Bernardo hinten.

Die Priorin berief die Reisenden nach dem Vesperdienst zu sich. Sie wiederholte ihren Wunsch, dass nur bei Tageslicht gereist werde, und empfahl als Tagesziel das Kloster Königsfelden. Die Flaschen seien ein Geschenk für Königin Agnes von Ungarn, eine Anerkennung für deren Arbeit als Friedensstifterin zwischen der Stadt Bern und den Kaiserlichen. Zum Schluss wünschte sie den Schwestern einen seelenstärkenden Aufenthalt im Kloster Töss und den Begleitern eine gute Reise.

Die Priorin hatte mit ihrer Vorgabe, in einem Tag mit einem Einspänner bei diesen Straßenverhältnissen nach Windisch und Königsfelden zu gelangen, alles entschieden: Die Kürze der Tage erlaubte nur eine schnelle Fahrt durchs Fricktal. Küentzi dachte mit Ungemach an die sicherlich verschneite Straße über den Bözberg, und er fragte sich, ob die Priorin in ihn unbegrenztes Vertrauen oder keine Ahnung von den Schwierigkeiten und Gefahren dieses Weges hatte. Er tröstete sich damit, dass das Kloster Königsfelden den Vorteil einer gesicherten, standesgemäßen Unterkunft bot. Agnes konnte sich mit Werndrut ungestört von der Reise erholen und falls nötig ärztliche Hilfe bekommen.

Nach der Komplet, beim letzten Verbandwechsel vor der Abreise, zeigte ihm Clare auf seine Frage hin, wie vertraut sie mit der Geschichte des Klosters und den politischen Überlegungen der Priorin war. «Unser Kloster ist eine Habsburger Stiftung. Die meisten Nonnen haben etwas habsburgisches Blut oder stammen wie ich aus einer ihrer Vasallenfamilien. Vor sechsundsechzig Jahren übernachtete sogar Königin Anna von Habsburg bei uns im Kloster. Ihr Besuch ermutigte den Basler Bischof, die Erweiterung der Stadtmauer um das neue Klostergut zu bewilligen. Dass Königin Anna hier Hof gehalten hat, macht uns immer noch zum begehrtesten und einflussreichsten Frauenkloster am Oberrhein. Sie liegt übrigens mit ihrem jüngsten Sohn im Basler Münster begraben, und», Clare blickte stolz zu Küentzi auf, «stell dir vor, sie hatte dreizehn Kinder mit König Rudolf!»

Clare konnte einen Knoten des Verbandtuches nur mit Mühe lösen und sprach erst weiter, als sie Küentzis Hüfte frei gemacht hatte: «Heute hat uns das Kloster Töss mit Agnes, der verwitweten Königin von Ungarn als Schirmherrin und Förderin, den Rang abgelaufen. Sie ist noch jung, tatkräftig und findet stets ein offenes Ohr bei ihren Brüdern. Sie ist seit Ottos Tod vor vier Jahren zusammen mit Herzog Albrecht II. die wichtigste Stimme der habsburgischen Politik in den Vorderen Landen, und dazu gehört auch das Klingental mit seinen Besitzungen. Ich vermute, unsere Priorin wünscht sich eine Erneuerung des alten Schutz- und Schirmbriefs und hofft, Königin Agnes werde ihr von Herzog Albrecht, der ja mit der Urenkelin von Walter von Klingen verheiratet ist, eine Bestätigung vermitteln.»

Clare hielt inne, sah Küentzi forschend an und wollte wissen, ob er ihr folgen konnte. Er streichelte sanft ihre Hände und hieß sie weitersprechen.

«Das ist die Ausgangslage. Nun kommt unsere Agnes ins Spiel. Sie hat sich seit langem gewünscht, ihre königliche Namensschwester kennenzulernen, und unsere Priorin wiederholt gebeten, sie nach Königsfelden reisen zu lassen. Meine Schwester will mehr über die Rolle der Königin bei der Errichtung des Klosters Wittichen erfahren und hofft, einen Blick auf Meister Eckharts *Buch der göttlichen Tröstung* in Agnes' Bibliothek werfen zu dürfen. Meine Schwester lebt für die Mystik. Sie verehrt alle, die sich der *unio mystica* widmen. Und Königin Agnes bewirkte für die bauernständige Mystikerin Luitgard von Wittichen die päpstliche Anerkennung ihres Konventes im Schwarzwald.

Clare ließ Küentzis Hände los und begann, die Salbe aufzutragen. Etwas leiser fuhr sie fort: «Ich denke, dass der Klosterrat nicht zufällig das Klöster Töss mit seiner mystischen Tradition als Ort für Agnes' religiöse Reifung und für Werndruts Urlaub gewählt hat. Ich bin überzeugt, dass die Priorin beabsichtigt, mit unserer Agnes nach ihrer Rückkehr einen Konvent nach dem Vorbild des Klosters Töss einzurichten. Mit ihr als Novizenmeisterin würde den Reformern im Dominikanerorden der wichtigste Anlass zur Kritik genommen. Unser Kloster wäre eine Stätte strenger Frömmigkeit, und der wachsenden Verweltlichung der Nonnen würde ein Riegel geschoben – zumindest nach außen.»

Der Verband war nun gewechselt. Clare schwieg und schien zu überlegen, ob sie noch mehr sagen wollte. Küentzi strich seine Kutte glatt und setzte sich, um Abschied zu nehmen. Er hatte sich auf diesen Augenblick vorbereitet und überlegt, wie er ihr sagen wollte, dass es für ihn schwierig war, sie nicht in seiner Nähe zu wissen, und dass er sie nach seiner Rückkehr auch ohne Verletzung unbedingt wieder sehen musste. Doch er kam nicht dazu.

Clare beugte sich zu ihm nieder, küsste ihn federleicht auf den Mund und verabschiedete sich: «Ich sehne mich schon jetzt nach dem Strahlen deiner Augen und deiner Nähe. Pass gut auf meine Schwestern auf und komm heil und ganz zurück!»

Er war zu langsam, um sie zurückhalten zu können. Hilflos blieb er sitzen und sah ihr nach, wie sie durch die Tür in den Krankensaal verschwand. Bevor er sich über seine Unbeholfenheit auch nur ärgern konnte, stand die Krankenpflegerin vor ihm und fragte, ob er noch Salbe und neue Tücher für unterwegs brauche. Als er, offensichtlich von ihrer Frage überfordert, keinen Mucks von sich gab, musterte sie ihn nachdenklich und bemerkte liebevoll: «Clare ist die intelligenteste der drei Geschwister bei uns. Sie hat die Pläne der Priorin durchschaut. Du brauchst mich nicht so verständnislos anzusehen. Ich habe nämlich in der Kräuterkammer mitbekommen, wie sie dir die Hintergründe für die Reise und den Aufenthalt ihrer Schwestern im Kloster Töss zusammenfasste. Ich wette, keine der beiden anderen weiß, welch wichtigen Dienst sie der Priorin und dem Konvent morgen leistet. Sie legte ihre Hand auf seine Schulter und empfahl ihn Gottes Segen für die schwierige Reise.

In der Küche, wo Küentzi unbefangen seine Neuigkeiten weitergeben wollte, sah er sich einem unerwartet missmutigen Karrer gegenüber. Johann hielt seine lange zurückgehaltene Entrüstung über diese Fahrt nicht zurück: «Der schnelle Weg über Schnee und Eis in einem Tag ist für alle viel zu gefährlich.» Verärgert brummelte er: «Ich verstehe nicht, warum überhaupt keine Rücksicht auf die schwierigen Wetterverhältnisse genommen wird und ausgerechnet du, als unser Jüngster, diese Fuhre machen musst.»

Küentzi staunte und fragte vorsichtig: «Glaubst du wirklich, dass ich den Fahrplan nicht einhalten kann? Nun kann ich nicht mehr zurück.»

Johann schwieg, überlegte lange: «Ich würde mir vom Schaffner einen prallen Geldbeutel mitgeben lassen. Für die steile Straße über den Bözberg brauchst du Vorspann mit einen wegkundigen Fuhrmann und am besten dazu noch einen Pferdeknecht, beiden wirst du eine Nacht in Windisch berappen müssen. Glaub mir, es wird eine teure Fuhr!»

Küentzi bedankte sich und blickte zur Schaffnei hinüber, wo der Schaffner noch bei der Arbeit war. «Ich werde deinen Rat befolgen und dem Schaffner das Ultimatum stellen: Geld oder keine Reise.»

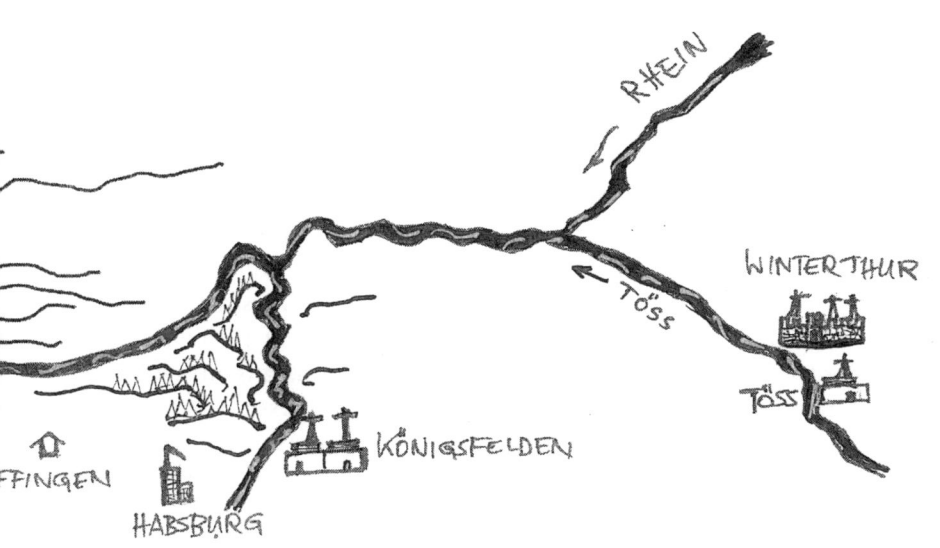

Johann grinste und bat seinen Freund, ihm seine Beute in der Küche zu zeigen, wenn er sie erhalten habe.

Nur wenig später legte Küentzi stolz einen prallvollen Geldsäckel auf den Küchentisch. Die Köchin reagierte als Erste: «Der Schaffner muss einen Riesenrespekt vor dieser Fahrt haben, wenn er dir so viel Geld mitgibt. Ihr müsst ja weder in Königsfelden noch in Töss Kost und Herberge bezahlen. Mit so viel Geld könnte ich alle Konversen und Gäste länger als zwei Wochen fürstlich bekochen!»

Der Karrer nickte ernsthaft: «Ich habe noch nie so viel Geld gesehen. Das ist ein furchterregender Anblick, in der Tat! Zum Glück hast du Bernardo als Begleiter.»

Johann hatte noch nicht ausgeredet, als der Schaffner in die Küche trat und sich zu ihnen setzte. Beim Anblick des Geldsäckels auf dem Tisch wies er Küentzi streng zurecht und verlangte von den andern, mit niemandem darüber zu sprechen. Dann wandte er sich wieder dem Jungen zu: «Spare kein Geld, sei es, wenn du dir Zeit kaufen kannst, sei es, wenn du andere Reisende in einem Gasthof oder beim Vorspann überbieten musst. Agnes muss morgen Abend im Kloster Königsfelden unversehrt eintreffen und sich dort erholen können. Kosten dürfen dabei keine Rolle spielen. Auf dieser Reise darfst du dich nicht wie ein bettelnder, demütiger Klosterbruder verhalten, sondern du musst denken und handeln wie ein Ritter oder ein reicher Kaufmann, der unbedingt sein Ziel erreichen will.»

Die Priorin habe mehrfach betont, dass ihr die guten Beziehungen zu den habsburgischen Machthabern äußerst wichtig seien. Alle hörten dem alten Adligen gespannt zu. «Königin Agnes von Ungarn ist, obwohl sie ein Klosterleben führt, ein politisches Schwergewicht und fördert alle Klöster in ihrer Umgebung. Warum sollte sie nicht auch unsern Versuch unterstützen, mit Ötlingen als Kernstück unsern Besitz im ehemaligen Röttler Bereich auszubauen? Je früher die Königin ein wohlwollendes Auge auf unser Kloster richtet, desto besser für uns alle.»

Er erhob sich mit der Entschuldigung, es sei spät geworden und er möchte bei Küentzis Abfahrt dabei sein. Unter der Türe wandte er sich nochmals an diesen: «Beinahe hätte ich es vergessen: Die Priorin wird dir einen Brief mit ihrem Siegel zum Beweis für deine Zugehörigkeit zum Klingental mitgeben. Damit kannst du Klostergastrecht einfordern, falls du es brauchen solltest.» Ohne weiteren Abschied schloss er die Türe und machte dem Zustrom kalter Luft ein Ende.

Als Nächster erhob sich der Karrer und verabschiedete sich mit der Bemerkung, der Schaffner habe Küentzi einen großen Dienst erwiesen. Auch die Köchin erhob sich und ermahnte ihn, vor der Abfahrt bei ihr den bereitgestellten Essensvorrat für unterwegs abzuholen. Leichtfertig witzelte dieser, mit einem Mönch und zwei Nonnen, die jede Gelegenheit zum Fasten benutzten, werde morgen der Tagesvorrat an Wasser wohl die schwerste Last ausmachen.

«Du wirst deine frechen Worte noch bereuen, wenn der arme Gaul schlappmacht und ihr in der Kälte auf Hilfe warten müsst und eure Mägen vor Hunger knurren», mahnte die Köchin und schickte ihn umgehend auf seine Kammer.

2

Am Morgen vor dem Dreikönigstag erwachte Küentzi voller Tatendrang. Er verzichtete auf die Primandacht und verrichtete stattdessen in seiner Stube ein langes Gebet an Sankt Christophorus, den Schutzheiligen aller Reisenden. Im Stall kümmerte er sich um das Pferd, das ihm für diese Fahrt vom Karrer zugeteilt worden war.

Als ob sie sich abgesprochen hätten, traten Küentzi und der Karrer, der den Wagen für die Fahrt vorbereitet hatte, in den dunklen Hof. «Du hast Glück. Es sieht nicht nach Schnee aus. Gerade genug Sonne, um das Eis zum Schmelzen zu bringen, später genug Wolken, um das Vereisen des Wegs bis nach Sonnenuntergang zu verzögern», beurteilte Johann die Wetterlage auf dem gemeinsamen Weg in die Küche.

Nach dem Frühstück wurde angespannt und Küentzi wartete im Hof, bis der Gottesdienst beendet war. Danach ging alles schnell, obwohl es draußen noch immer stockdunkel war und der Morgenstern sich wegen der Wolken nicht zeigte. Im Licht zweier Laternen überreichte der Schaffner dem fahrbereiten Küentzi im Namen der Priorin den Begleitbrief als Pass und für Notfälle. Bernardo saß schon unauffällig auf seinem Platz hinten, als die Krankenpflegerin mit Werndrut und Agnes auftauchte. Die Schwestern kletterten auf ihre Plätze, bedeckten Beine und Schoss mit einem dicken Tuch, und schon gab Küentzi mit einem lauten Schnalzen das Zeichen zur Abfahrt. Der Karrer, der das Pferd vorne ruhig gehalten hatte, ließ den Zaum los und suchte betrübt Werndruts Augen. Im Dunkel fand er sie nicht.

Der Winter hatte das Land unangefochten im Griff. Jede Handlung brauchte in dieser Kälte mehr Kraft. Nur wer unbedingt reisen musste, war unterwegs, und dies nur in bester Begleitung. Wehe dem Wagen, der zu lange in der Kälte stehen blieb. Geschmolzener Schnee gefror zu Eis, füllte die Zwischenräume, blockierte die Räder.

Die Fahrt zum Rheintor kostete viel Zeit. Der Schneematsch auf der Brücke war über Nacht zu einer soliden Eisschicht gefroren und die Pferde fanden trotz Stolleneisen keinen richtigen Halt. Die Dämmerung war weit fortgeschritten, als die Torwachen sie als Erste an diesem Tag munter zwischen den schweren Torflügeln durchwinkten. Die Häuser im Hintergrund nahmen immer klarere Formen an. Die vielen Krähen, die auf dem Kupferturm mit lautem Gekrächze die Flügel streckten oder sich das Gefieder putzten, waren deutlich auszumachen. In der Eisengasse durchbrachen die Stolleneisen das dünnere Eis und fanden endlich Halt. Das Pferd zog wacker die Freie Straße hinauf, doch nur die Nonnen saßen auf dem Wagen. Die Kuttenträger gingen nebenher, um das Tier zu schonen.

Beim Spital an den Schwellen hatten sie die erste richtige Steigung ihrer Reise hinter sich, und auch Bernardo und Küentzi saßen auf. Auf der ebenen Straße durchs Eschemertor und die anschließende Vorstadt bis zum Birsübergang kamen sie rasch voran. Das Eis auf der Brücker war aufgeweicht und die Fahrt durch den Hardwald harmlos. Unterhalb des Wartenbergs suchte Werndrut ihre Schwester zu bewegen, nebst St. Nepomuk und St. Christophorus auch ihre Verwandten auf dem Wartenberg in ihre Dankgebete für die gelungenen Flussüberquerungen einzuschließen. Es seien die zer Sunnen, die als Vögte von ihrer Burg aus, oben auf dem Wartenberg, die Sicherheit der Straße bis ins Fricktal gewährleisteten und damit zum Erfolg ihrer Fahrt beitrugen.

«Ohne die Hilfe der Heiligen und die schützende Hand Jesu im Himmel kommt kein Gefährt voran», gab ihr Agnes zurück und sah dabei wohl zum ersten Mal seit dem Beginn der Fahrt richtig auf. Mit Blick auf die leeren Wege vor ihnen fragte sie verwundert, warum die Straße und die Umgebung so still seien. Werndrut, die eine Auseinandersetzung mit ihrer Schwester vermeiden wollte, schwieg und betrachtete besorgt deren bleiches Gesicht.

Küentzi antwortete an Werndruts Stelle, wies mit einer Hand auf die Wehranlage auf dem Berg und sagte gespielt salbungsvoll: «Die Eisheiligen halten uns den Weg frei, damit wir zügig vorwärtskommen.» Er konzentrierte sich danach aufs Lenken, wollte sich nicht erklären. Agnes, die allzu offensichtlich keine Ahnung von den Schwierigkeiten der Fahrt bei dieser Kälte hatte und Küentzis Spott und Ironie nicht verstand, wickelte ihre Wolldecke enger um sich und entzog sich ihnen in die Welt ihrer Heiligen.

Da keine Wagen und kaum Fußgänger oder Reiter bei diesem Wetter unterwegs waren, kamen sie trotz der anspruchsvoller werdenden Steigung rasch voran und erreichten Effingen noch mit der wärmenden Sonne im Rücken.

Die Ställe der Gasthöfe standen mit Vorspannpferden voll, und es fiel Küentzi leicht, für den Passübergang einen einheimischen Vorreiter mit zwei kräftigen Rössern anzuheuern. Er überließ das Vorspannen den Pferdeknechten. Da die Schatten deutlich länger wurden, arbeiteten diese schnell. Die Klingentaler hatte gerade Zeit, sich in einer Gaststube etwas aufzuwärmen, als auch schon alles bereit war: Der Vorreiter wartete auf dem vorderen Pferd, bis die Nonnen ihre Plätze eingenommen hatten, und Küentzi die Leinen des Pferdes an der Deichsel in den Händen hielt. Der Vorreiter gab das Zeichen, und weiter ging die Fahrt.

Mit den zwei ausgeruhten Pferden brachten sie die erste steile Strecke mühelos hinter sich und fuhren gemütlich durch das enge, überschaubare Hochtal unterhalb des dicht bewaldeten Staldens. Sie passierten das in einer leichten Mulde abseits gelegene Hofgut des Klosters Murbach und sahen endlich den Einschnitt der Passhöhe näher kommen. Das Tal verengte sich auf die Breite der steilen Passstraße, die nun auf beiden Seiten vom Wald eingeschlossen war. Der Weg wurde enger und steil, die Pferde gingen im Schritt. Das Klingentaler Tier schloss sofort von hinten zu Bernardo auf und schubste ihn mit seinen dampfenden Nüstern sanft. Der überwand seine Angst vor Pferden und tätschelte vorsichtig den langen Kopf des Tieres.

Damit sie den letzten Aufstieg zur Passhöhe schneller schafften, hieß der Vorreiter Küentzi und Bernardo absteigen und neben dem Wagen marschieren. Willig legten sich die Rösser ins Geschirr und die Fußgänger mussten ausgreifen, um mithalten zu können. Alles ging gut, bis ihnen aus dem Wald ein dröhnendes «Halt!» entgegenschmetterte.

Sofort gab der Vorreiter das Haltezeichen, doch im Gefälle geriet der Zug auf der nassen Unterlage ins Rutschen. Küentzi trieb laut die stampfenden und nach Halt suchenden Pferde an, sich mit aller Kraft ins Geschirr zu legen, während er mit dem Fuß das Bremsholz neben ihm in den Schneematsch drückte. Gleichzeitig starrte er angespannt auf die sich ihm nähernde Vorderachse, blickte erst erleichtert auf, als die Räder das Rundholz nicht überrollten und das Gefährt zum Stillstand gekommen war. Wie nebenbei nahm er Bernardo wahr, der zielstrebig an ihm vorbei nach vorne marschierte.

Weil Küentzis Sicht vom leicht schräg stehenden Gespann und Wagen versperrt war, wollte er von den Schwestern über ihm mitbekommen, was sich vor ihnen abspiele. Agnes betete einfach lauter, nur Werndrut antwortete ihm: «Ein Geharnischter mit einem Schwert hat sich vor uns mitten auf die Straße gestellt! Jetzt steigt der Feigling von Vorreiter ab und flüchtet in den Wald!»

Mit vor Angst schriller Stimme befahl Küentzi Werndrut, die sich anschickte, vom Wagen zu steigen, oben zu bleiben, und stemmte sich mit dem Rücken gegen den kurz ins Rutschen geratenen Wagen an. Gepresst wünschte er sich, mehr zu hören.

«Sie schreien sich richtig an», berichtete Werndrut und schrie selber plötzlich auf: «Nein! Heilige Maria Mutter Gottes steh uns bei! Sie kämpfen!» Nach einem Schmerzensschrei von der Straße her, dem lautes Gefluche folgte, holte sie tief Atem und meldete erleichtert: «Das war knapp! Es ist vorbei.»

«Ruf den Vorreiter zurück. Ich kann den Zug nicht mehr lange halten. Die Pferde verkrampfen sich und wollen los», befahl er ihr.

Zu aller Überraschung war es Agnes, die mit alles durchdringend hoher Stimme nach dem Pferdeknecht rief. Schneller als ihre Schwester hatte sie die Gefährlichkeit ihrer Lage erfasst. Sie war es, die mit ihrer feinen Stimme den Vorreiter überzeugte, sein Versteck hinter einer Tanne zu verlassen und ihnen zu helfen. Eine Entschuldigung murmelnd, schwang er sich verschämt auf das vordere Pferd und führte den Zug die kurze Strecke zum Kampfplatz hinauf.

Mit dem Schwert an der Kehle des am Boden liegenden Besiegten meinte Bernardo zornig: «Dieser Strauchritter wollte unsere Pferde. Er muss bekloppt sein, sich auf diesem Eismatsch gepanzert auf einen Kampf einzulassen! Durch seine Ungeschicklichkeit hat er sich sicher ein Bein gebrochen. Laden wir ihn hinten auf und nehmen ihn mit bis ins nächste Dorf.»

Der Pferdeknecht widersprach ihm unerwartet heftig. «Er ist hinterhältig und wird die Wahrheit verdrehen. Euch wird er anklagen, als Geistliche das Gebot der christlichen Barmherzigkeit verletzt zu haben. Er wird sagen, er sei von einem falschen Mönch mit einem Schwert angegriffen worden, als er um Hilfe bat. Die Wahrheit wird das Gericht weder euch Mönchen noch mir Knecht glauben. Seht euch die Wappen auf seinem Harnisch an: Weil er ein Ritter ist, gilt sein Wort!» Harsch fuhr er Bernardo und Küentzi an: «Schlagt ihn tot und werft ihn zu den wilden Tieren in den Wald.» Als er die entsetzten Gesichter der Klosterleute sah, versuchte er, sie zu überzeugen: «Er muss verschwinden. Nur so bekommen wir keine Scherereien mit dem Gericht. Ich kenne den Vogt, er ist ein habsburgischer Ritter. Er lässt uns eher im Kerker verrotten, als dass er einen Ritter wegen einer Klage von uns überhaupt vor Gericht stellt.»

Küentzi schwieg betreten, Bernardo seufzte. Er wusste, dass der Knecht recht hatte. Er dachte laut: «Würden wir ihn einfach liegen lassen, würde er wahrscheinlich die Kälte bis morgen auch nicht überleben. Doch das Risiko, dass er von jemandem gerettet wird, besteht, und unsere Verurteilung wäre dann so sicher wie das Amen am Ende der Messe.»

Es war erneut Agnes, die die Lösung fand: «Wir nehmen ihn ins Kloster mit. Dort gilt Kirchenrecht und unser Wort. Ausbüchsen kann er mit dem Bein nicht.» Sie lächelte überraschend hinterhältig. «Die Franziskaner können versuchen, aus diesem vornehmen Herrn einen Bruder zu machen und ihn für ihr Kloster zu gewinnen, dann hat er sein Ziel erreicht und steht mit Sicherheit in habsburgischen Diensten.» Sie blickte noch immer lächelnd auf den verletzten Ritter, als sie plötzlich einen spitzen Schrei ausstieß und sich bekreuzigte: «Er ist tot!»

Küentzi und Bernardo knieten sofort neben dem Verletzten auf den Boden und suchten seinen Puls. Dieser schlug regelmäßig, und sie konnten die schreckerfüllten Nonnen trösten, er sei nur ohnmächtig.

Nun zeigte der Vorreiter, dass er sein Geld wert war. Er fuhr den Wagen neben den Ohnmächtigen und ermahnte die andern: «Ladet ihn endlich auf. Zwingt ihn zum Schweigen, bis wir im Kloster sind. Die Straße friert zu, und wir haben noch eine lange Abfahrt vor uns. Macht schnell!»

Sie luden den Ohnmächtigen unsanft auf und brachten die Strecke durch das bedrohliche Tannengehölz schnell hinter sich. Im sanften Gefälle nach der Passhöhe konnten Küentzi und Bernardo endlich aufsitzen, der Zug wurde schneller, und das Holpern und Rütteln des Wagens auf dem mittlerweile hart gefrorenen, buckligen Schnee immer wilder und lauter. Alle mussten sich am Gefährt festhalten, und Bernardo blieb nur eine Hand, um zu verhindern, dass der Ohnmächtige vom Wagen rutschte.

Der Vorreiter wollte das schwindende Licht nutzen. Unentwegt trieb er die Pferde mit Zurufen an, bis er die Straße nach Windisch ausmachen konnte. Als der steil abfallenden Auslauf zur Brücke über die Aare begann, schrie er Küentzi durch den Fahrtenlärm zu, die Zügel Werndrut zu übergeben und sich auf das hintere Pferd zu setzen, um von hinten den mittlerweile weit schlingernden Wagen auf der Straße zu halten.

Küentzi nickte nur, übergab die Zügel und rief: «Bereit!».

Der Vorreiter zwang seine Pferde zu einem leichten Schritt, winkte und rief: «Jetzt!».

Küentzi sprang vom langsamer rollenden Wagen ab, wartete auf das Pferd, packte die Mähne, schnarrte ihm den Haltelaut ins Ohr und schwang sich auf den Rossrücken. Stolz, dass ihm dieser Reitertrick aus seiner Rufacher Zeit wieder gelungen war, saß er ohne Sattel auf dem Tier, konzentrierte sich auf den für Reiter und Fuhre gefährlichsten Teil der Fahrt. Er musste sein Pferd ohne Riemen mit seinen Händen und Beinen so führen, dass die dicke Leine, mit der das Tier hinten angebunden war, sich spannte, und der Wagen auf der eisigen Unterlage weder wegbrechen noch kippen konnte.

Er wusste, dass das Gelingen ihrer Reise nach Königsfelden von diesem kurzen Wegstück abhängen würde, und gab alles, was er an Kraft und Geschicklichkeit nach diesem harten Tag noch übrig hatte. Zum Glück mussten sie auf niemanden auf der Straße Rücksicht nehmen, und sie erreichten mit viel Rufen und Schreien und lebensgefährlichen Rutschern heil den Talboden.

Der Vorreiter unterbrach die Fahrt. Küentzi stieg mit zittrigen Händen und Knien vom hinteren Pferd, saß vorne wieder auf und nahm dankend die Zügel von Werndrut zurück. Dann fuhren sie über die Brücke nach Windisch.

Es war Nacht, als sie den mächtig rauschenden Fluss überquerten und in den Hof der Franziskaner in Königsfelden einfuhren. Küentzi hatte sich so weit erholt, dass er ohne Zittern als Erster absteigen und den erschöpften Schwestern vom Wagen helfen konnte. Nach der brutalen Anstrengung wurde er erneut von heftigen Schmerzen in seiner Hüfte geplagt, doch er wartete geduldig mit den andern, bis mehrere schwarze Brüder sie im Hof des Klosters empfingen.

Im Licht knisternder Fackeln baten die müden Klingentaler um Gastrecht im Kloster Königsfelden und um ärztliche Betreuung für den mittlerweile wieder ansprechbaren Verwundeten. Sie erklärten, der Verletzte sei ein Unfallopfer, das sie vor der Passhöhe auf der Straße gefunden hätten. Sofort trugen ihn zwei Franziskaner ins Krankenzimmer im Kloster und versprachen, ihn zu versorgen.

Küentzi begleitete zusammen mit Bernardo die beiden Schwestern über den Hof an die kleine Pforte zum Klarissenkonvent, wo ihnen, noch bevor sie angeklopft hatten, geöffnet wurde. Werndrut hielt das Siegel auf dem Klingentaler Begleitbrief ins Licht, worauf die Pförtnerin zwei Klarissen als Begleiterinnen für die Klingentaler Frauen rief.

Nachdem die Frauen hinter der Klostermauer verschwunden waren, kehrten die Männer zum Gefährt zurück, das der Pferdeknecht und der Klosterkarrer in die große Scheune gefahren hatten. Die zwei Reisenden waren so müde, dass sie den andern die Arbeit des Abspannens überließen. Zum Dank gab Küentzi dem Vorreiter zwei zusätzliche Stebler zum Abschied, doch dieser wollte das Geld nicht annehmen, zu sehr schäme er sich für sein feiges Verhalten während des Überfalls.

Der Klosterkarrer, der zuerst ihr Pferd im Stall versorgt hatte und nun zu ihnen getreten war, hatte beim Wort ‹Überfall› sofort die Ohren gespitzt. Er räusperte sich laut und fragte unterwürfig, ob er den Reisenden nun das Refektorium und ihre Schlafplätze zeigen dürfe.

Küentzi hörte vorerst nicht auf ihn, so sehr bemühte er sich, den Vorreiter zur Annahme der Extrabatzen zu überreden. Zum Schluss drückte er dem Pferdeknecht das Geld einfach in die Hand mit den Worten: «Glaub mir, wir bleiben auch so in deiner Schuld. Ohne dein außergewöhnliches Können hätten wir das Kloster nie heil erreicht!»

Der Vorreiter gab nach. «Ich danke euch, Bruder.» Dann lachte er leise in sich hinein und fragte, den Blick auf den Franziskaner gerichtet: «Wer würde mir glauben, ein junger Klosterbruder habe sich auf einer vereisenden, steil abfallenden Straße auf ein munter trabendes Zugtier ohne Sattel geschwungen und mit mir die längste Zeit als begnadeter Bremser gearbeitet?» Er winkte allen zum Abschied und machte sich mit seinen Pferden auf den Weg zu den Stallungen in Windisch.

Jetzt erst nahm Küentzi den Klosterbruder wahr, der geduldig mitgehört hatte. Dankbar nahm er dessen Einladung ins Refektorium an. Bernardo, der erfolglos im Stroh auf dem Wagen die Flaschen für Königin Agnes gesucht hatte, fragte den Franziskaner, ob den Gästen auch eine warme Mahlzeit zustehe. Verlegen meinte der Bruder, der Konvent befolge nach den Feiertagen eine Fastenwoche, und die Mahlzeiten seien deshalb klein und bescheiden, doch einen Teller Suppe könne er ihnen versprechen.

Beim Anblick der dünnen Suppe, die in zwei Tellern vor ihnen erkaltete, jammerte Bernardo so unverschämt über seinen ihm die Därme zerfressenden Heißhunger, dass Küentzi großspurig einen dicken Basler Batzen zur Aufbesserung der Mahlzeit auf den Tisch legte. Bald füllten appetitliche Düfte den Raum und stand ein Krug mit Wein vor ihnen. Während sich die Klingentaler mit den aufgewärmten Resten vom Feiertagstisch die Bäuche vollschlugen, wichen sie den neugierigen Fragen der beiden Franziskaner mit dem Hinweise auf das für sie überall geltende Schweigegebot beim Essen aus. Nach dem Essen entschuldigten sie sich, sie seien für ausführliche Antworten zu müde und legten sich schlafen.

Durch das Verhalten der Gäste misstrauisch geworden, vergewisserte sich der Karrer, dass die Reisenden tief schliefen, und meldete sich danach bei seinem Abt, der unruhig über einer Schrift brütete. Sein Empfang war unwirsch: «Ich hoffe, es handelt sich um etwas Wichtiges, wenn du mich zu dieser Stunde störst, Bruder!»

Sofort kniete der Karrer nieder, bat um Verzeihung und trug dem Vorgesetzten seinen Verdacht vor: «Etwas stimmt nicht mit diesen beiden Brüdern und dem Verletzten, den sie uns zur Pflege gebracht haben. Ich habe gehört, wie sie untereinander von einem Überfall sprachen. Zudem respektieren sie unser Fastengebot nicht. Der Jüngere wirft mit Geld nur so um sich, als kenne er das Gebot der Armut nicht. Das Unheimlichste für mich sind aber die Schwerter, zwei kurze und ein langes, die ich unter dem Stroh auf ihrem Wagen gefunden habe. Glaubt mir, Bruder Abt, die Gäste sind nicht, was sie vorgeben zu sein. Ich bitte euch, verhindert, dass die beiden zu Königin Agnes vorgelassen werden. Es sind gefährliche Menschen!»

Der Abt machte ein besorgtes Gesicht und sprach besänftigend: «Ich danke dir, Bruder. Es war richtig, mir deinen Verdacht zu melden. Es tut gut zu wissen, dass du dich um das Wohl der Königin und um unser Kloster sorgst. Bitte, halt weiterhin Ohren und Augen offen, melde mir auch in Zukunft Ungereimtheiten. Ich werde morgen früh die beiden zu mir zitieren.»

Küentzi und Bernardo hatten eine kurze Nacht. Sie lagen noch tief im Schlaf, als sie von den Mönchen geweckt wurden. Die schweigenden Brüder forderten sie unmissverständlich auf, sich von ihren Pritschen zu erheben und ihnen in die Kirche zur Prim zu folgen. Bernardo schloss sich ihrem Züglein ergeben an, Küentzi hinkte ihnen halbherzig nach. Ohne Aussicht auf Clares lichte Erscheinung im Chor erschien ihm der Gottesdienst einzig als Last.

Seine Muskeln waren von der ungewohnten Anstrengung des vorangegangenen Tages hart, seine Hüfte schmerzte, und er ging langsam. Der Abstand zum letzten Mönch vor ihm vergrößerte sich, und er entschied auszuscheren, um Pferd und Wagen für die Weiterfahrt vorzubereiten. Steif und ungelenk tastete er sich mit kleinen Schritten durch den stockdunklen Hof zum Stall vor, wo ihm ein Licht die Anwesenheit eines andern Frühaufstehers verriet.

Dort hatte sich der noch immer skeptische Klosterkarrer vergewissert, dass die Ladung der Klingentaler über Nacht unberührt geblieben war, und wollte nun seine Brüder auf dem Weg zur Andacht einholen. Zielstrebig trat er in dem Augenblick aus dem Stall, als Küentzi mit ausgestreckten Armen im Dunkel nach der Türe tastete. Erschreckt ließ der Karrer die Laterne fallen, schlug zitternd ein Kreuz und wollte flüchten.

Küentzi, der einen Dieb vor sich glaubte, packte sein Gegenüber kräftig am Arm, hob die Laterne auf und leuchtete der verstört wimmernden Gestalt ins Gesicht. Er erkannte den Klosterkarrer und ließ ihn sofort los. Dieser erbleichte, als er unter der Kapuze ein grimmiges Gesicht sah, und rannte, noch immer wimmernd, ohne Licht in die Kirche.

Küentzi musste sich vom Schrecken zuerst etwas erholen, bevor er die Ladung überprüfen konnte. Er nahm zwei Flaschen Wein an sich, stellte den Verdacht, der Karrer könnte sich die dritte angeeignet haben, zurück und überprüfte im Schein der Laterne, ob das Gefährt nach der rücksichtslosen Beanspruchung des vorangegangenen Tages noch zur Weiterfahrt taugte.

Nachdem er die Beine des Pferdes nach Knoten oder schmerzhaften, heißen Stellen abgetastet hatte, versprach er ihm zufrieden: «Du hast dich gut erholt von gestern und wirst die heutige Fahrt gut zu Ende bringen. Dann machen wir eine lange Pause.»

Auf dem Weg ins Refektorium fing ihn der Karrer im Hof ab. «Ihr müsst zum Abt!», und forderte ihn auf, ihm zu folgen.

Der Abt begrüßte Küentzi und Bernardo freundlich und lud sie zum Frühstück zu sich an den Tisch ein. Alle löffelten schweigend ihren Haferbrei, bis der Abt seine leere Schale von sich schob und das Gespräch eröffnete: «Ich hoffe, ihr habt eine erholsame Nacht hinter euch und den Tag der Heiligen Drei

Könige gut angefangen. In der Regel frühstücke ich nicht mit den Reisenden, die wir beherbergen. Heute jedoch möchte ich das Angenehme mit dem Nützlichen verbinden und bei dieser Gelegenheit mehr über euch und über den Verwundeten erfahren. Befriedigt meine Neugier, und ich lasse euch weiterziehen» Er lächelte freundlich, nahm bedächtig einen Schluck Tee und blickte auffordernd zu Bernardo.

Obwohl der Ton und die Haltung des Abtes entgegenkommend waren, hing die Drohung im letzten Satz unüberhörbar im Raum. Bernardo wich dem Blick aus, räusperte sich umständlich, sagte aber, obwohl er sich zum Reden gedrängt fühlte, nichts, sondern verwies mit einer verlegenen Kopfbewegung auf den Jüngeren.

Dieser, zuerst etwas verwirrt, stellte Bernardo, sich und den Auftrag der Priorin als Grund ihrer Reise vor. Er vertraute dem freundlichen Ton des Abtes und berichtete ihm wahrheitsgemäß vom Überfall. Zum Schluss bat er den Abt, er möge den Begleitbrief der Klingentaler Priorin lesen, sobald die Nonnen von ihrer Audienz mit Königin Agnes zurückkämen.

Daraufhin fragte der Abt unerwartet scharf: «Was bedeuten die Schwerter, die ihr auf eurem Wagen mitführt?»

Nun überraschte Bernardo ihn, indem er ihn seinen römischen Ausweis zum Waffentragen lesen ließ und ihm den unschätzbaren Wert der mitgeführten Reliquie erklärte. Küentzi begründete sein Waffentragen mit den gesetzlosen Zuständen auf den Wegen zu den vielen elsässischen Besitztümern des Klosters Klingental und bedauerte, dass nun auch am Bözberg die Straßen nicht mehr sicher seien. Trotz der Androhung von Höllenstrafen würden wie im Elsass auch Klerikale vermehrt das Opfer von Überfällen.

Der Abt sah die beiden lange prüfend an. Es musste die Schuld für die Tätlichkeit am Pass geklärt werden. Eines stand für ihn fest: Demjenigen, dem man die Schuld nachweisen konnte, geriet mit seinem Stand in ein schiefes Licht. Die Geistlichkeit durch die bewaffneten Kuttenträger, die Ritterschaft durch den niedergestochenen fahrenden Ritter. Noch war sein Kloster auf das Wohlwollen der Habsburger Herren angewiesen, also musste er ihren guten Ruf schützen. Sollte man deshalb alle Beteiligten verschwinden lassen? Oder unverzüglich wegweisen, bevor sie plaudern konnten? Eines war sicher, er musste seine nächsten Schritte gut planen. Dazu gehörte auch langfristig, zusammen mit dem Städtebund, ohne die Habsburger, Söldner zur Sicherung der Passwege einzusetzen.

Der Tee war kalt, als der Abt erklärte: «Ich glaube euch. Leider fehlt mir noch die Bestätigung des Ritters, der zwar wach ist, doch im Fieberzustand nur wirres Zeug von sich gibt. In seinen Angstausbrüchen fantasiert er von einem schwarzen, rachsüchtigen Mönch, der ihm den Boden unter den Füssen wegschlägt und ihn in den gierigen Höllenschlund stoßen will.»

Bernardo bestätigte sofort: «Er war mir gegenüber auf dem Eismatsch in seiner Rüstung im Nachteil, weshalb ich das Schwert nicht zog, sondern wie einen Stock einsetzte. Es war leicht, ihn mit gezielten Schlägen auf sein Standbein zu Fall zu bringen.»

Der Abt nickte, seufzte und erhob seine Stimme: «Ich will keine bewaffneten Mönche. Sie dürfen nicht zur Regel werden, denn die Abgrenzungen zwischen den Ständen beruhen auf ihren von Gott zugeteilten Aufgaben und sind Beispiel der göttlichen Ordnung. Diese Ordnung zu wahren, ist meine und eure Aufgabe. Die Ritterschaft hilft, indem sie den geistlichen Stand in seiner Arbeit schützt. Glaubt mir, ich lasse den Herrn, den ihr mir gebracht habt, nicht weiterziehen, bevor er mir einen heiligen Eid auf die Erfüllung seiner Ritterpflichten geschworen hat.» Küentzi forderte er auf, ihm den Begleitbrief der Priorin zu zeigen und sich für weitere Fragen bereitzuhalten. Ein bitterer Zug spielte um seinen Mund, als er sich erhob und die beiden entließ.

Wie auf ein unsichtbares Zeichen erschien ein dünner, hochgeschossener Franziskaner und wies ihnen den Weg durch verwinkelte Gänge zurück ins Dormitorium, wo Küentzi Bernardo die zwei Flaschen Wein übergab. Er solle sie bei den Klarissen für die zwei Dominikanerinnen aus dem Klingental abgeben.

Der Morgen war weit vorangeschritten, als Küentzi, der im weichen Heu wieder eingeschlafen war, von Bernardo geweckt wurde: «Komm, die Pförtnerin verabschiedet Werndrut und Agnes.»

Noch etwas benommen folgte er ihm zur Klarissenpforte. Vor ihm füllten die weißen Trachten der Dominikanerinnen das Bild und die helle, begeisterte Stimme von Agnes seine Ohren: «Die Königin hat uns empfangen und uns viel Wichtiges für die Priorin mitgegeben. Sie lässt ihr für das Geschenk der Weinflaschen danken.» Sie blickte Küentzi so überzeugend ehrlich in die Augen, dass dieser auf jede kritische Frage verzichtete, als sie schwärmte: «Die Königin ist eine durch und durch vergeistigte Frau, ihr Wissen über die Gottesliebe der Mystiker ist einmalig!»

Werndrut ergänzte: «Wir sind von den Klarissen gut aufgenommen worden. Agnes hielt in der schönen, neuen Kirche lange mit den Heiligen Zwiesprache. Die Klarissen waren von ihrer Frömmigkeit so beeindruckt, dass sie ihr sofort glaubten, dass Küentzi mit der Hilfe seines Schutzengels vom hinteren Pferd aus ein großes Unglück verhütet hat.» Werndrut blickte ehrfurchtsvoll in die wachen Augen ihrer Schwester und fuhr fort: «Agnes erzählte den Klarissen, wie sie das Rauschen vieler mächtiger Schwingen über sich gehört habe und dann das gefährliche Schlingern und Schleudern auf dem eisigen Untergrund schwächer und die Fahrt langsamer geworden sei. Hier habe sie den Erzengel Michael neben dem schwerkranken Ritter gesehen. Er habe die Heilung des Verwundeten eingeleitet, indem er ihm die bösen Säfte aus den Knoten in den Achselhöhlen und in der Leiste abzog. Sie sagt, er sei Ritter aus dem Geschlecht derer von Landscron aus der Ostmark und meint, dass er nach Verwandten am Oberrhein suche.»

Küentzi war von dieser Darstellung der Passfahrt befremdet, äußerte sich jedoch nicht dazu, wagte nur einen scheuen Blick zu Agnes, und was er sah, machte ihn vollends wortlos: Ihre Augen leuchteten voller Ehrfurcht und Demut, ihr Blick ging weit über ihn hinweg und erfasste ihn trotzdem ganz nah. Alle schwiegen.

In die Stille sagte Bernardo hart: «Agnes, wenn du wirklich Michael gesehen hast und unser Ritter wirklich Beulen unter den Achselhöhlen und hohes Fieber hat, dann kenne ich von meinen Reisen in Italien nur eine Krankheit, die dazu passt: die Pest! Lasst uns den Kranken aufsuchen und seine Gelenke ansehen.»

Im Gegensatz zu Küentzi und Werndrut, die erschrocken den Atem anhielten, meinte Agnes unbekümmert und ganz ruhig: «Er wird gesund, ich hab's gesehen.»

Bernardo gab ihr unwirsch zurück, ob sie auch gesehen habe, dass die vom Kranken angesteckten Helfer geheilt würden. Agnes zuckte zusammen und gestand: «Nein. Entschuldige, daran habe ich nicht gedacht!»

Entschieden nahm Küentzi dem aufgebrachten Mönch das Begleitdokument aus der Hand: «Ich muss das dem Abt zeigen. Ihr könnt die letzten Neuigkeiten über den Ritter im Krankenzimmer einholen. Wir treffen uns beim Wagen wieder. Je schneller, desto besser!»

Wie zufällig trat in diesem Augenblick der Klosterkarrer zu ihnen und war sofort bereit, Küentzi zum Abt zu führen.

Dieser wartete, bis er mit dem Jungen allein war. «Bruder Kunrad, du kannst deinen Brief behalten. Die Priorin der Klarissen hat mir ausrichten lassen, ihr seid die, für die ihr euch ausgebt. Ihr Wort genügt mir. Mehr Kummer bereitet mir der Ritter von Landscron. Sein Zustand ist bedenklich: Fieber schüttelt ihn, und sein Geist ist wirr, oder zumindest ist seine Rede verworren. Denkt ihr, er hat durch den Sturz auf der Straße Schaden am Kopf genommen?»

Küentzi wollte den Abt mit Bernardos Diagnose nicht beunruhigen und antwortete vorsichtig: «Während ich hier mit euch spreche, sind meine Begleiter am Bett des Verunfallten. Wie ihr wohl auch schon wisst, hat Schwester Agnes noch gestern Nacht in einem Augenblick der Entrückung die Heilung des Ritters vorhergesagt. Lasst uns doch das Krankenzimmer aufzusuchen, dann wissen wir mehr.»

Der Abt nickte dem jungen Konversen mit einem belustigten Lächeln zu und führte ihn schweigend aus der Klausur ins lichterfüllte Krankenzimmer, wo Krankenpfleger und Klingentaler an der Bettstatt des Ritters standen und ernsthaft versuchten, in seinem Strom unzusammenhängender Sprachfetzen Sinn zu finden. Der Abt war von der Heftigkeit des Fiebers und vom Ächzen und Stöhnen des Ritters sichtlich betroffen und brauchte einige Zeit, bis er die entscheidende Frage stellen konnte: «Wird er überleben?»

Der Krankenpfleger zuckte mit den Schultern, einzig Bernardo wagte sich zu äußern: «Ich meinte zuerst, es handle sich um einen Fall von Beulenpest. Doch mich erinnern die Rötungen der Haut eher an ein Sumpffieber, dem ich in der Toskana begegnet bin. Das ist heimtückisch! Zuerst klingen die Fieberschübe ab, und die Kranken wirken gesund und geheilt, dann kehren sie in regelmäßigen Abständen zurück und dauern jedes Mal länger.»

Werndrut ergänzte nachdenklich: «Ich erinnere mich, wie unser Vater mir als kleinem Mädchen ein solches Fieber auf der Rückfahrt von Neuenburg beschrieb. Wer in den Rheinauen die Untoten bei ihren nächtlichen Reigen störte, den bestraften sie mit diesem Fieber, von dem niemand je loskam.»
«Damit ist die Frage des Überfalls auch geklärt», verkündete der Abt. «Wer auch immer hier vor uns liegt, ist krank und erhält unsere Pflege, wie unsere Ordensregel dies von uns verlangt. Es gibt keinen Grund, den Vogt zu benachrichtigen. Der Mann scheint allein unterwegs gewesen zu sein. Sollte irgendwo im Wald ein Knappe auf seinen Ritter warten, so wird Gott ihn den Weg zu uns finden lassen.» Der Franziskaner machte eine kurze Pause, bevor er die Reisenden zum Abschied segnete, und verließ den Raum.

Küentzi besprach sich mit seinen Mitreisenden. «Wir sind durch diese Verzögerungen spät dran. Die Sonne steht schon hoch. Wir haben Tauwetter, der Schnee ist schwer und klebt. Das Pferd braucht viel Kraft, um die Geschwindigkeit zu halten, doch so ausgeruht wie zu Beginn der Reise ist das Tier nicht. Hätten wir wie gestern einen Vorspann, würden wir es heute bis ins Kloster Töss schaffen. So wie wir jetzt reisen, werden wir unterwegs übernachten müssen.»

Agnes war deutlich: «Der gestrige Tag hat mir nicht viel von meinen Kräften übrig gelassen. Ich fühle mich schwach und mir ist kalt. Die Aussicht auf ein Nachtlager in einem Gasthof irgendwo behagt mir gar nicht. Am liebsten würde ich hier bleiben und mich bis morgen früh erholen.»

Werndrut unterstützte sofort ihre Schwester, Bernardo nickte zustimmend, und Küentzi entschied: «Dann ist alles klar. Ihr Schwestern bleibt hier. Ich gehe mit Bernardo auf die Suche nach einem Vorspannpferd, wenn möglich mit einem Vorreiter. Morgen nach der Prim fahren wir los, wenn die Wege noch gefroren sind, und schaffen es in einem Tag bis ins Kloster Töss.»

Werndrut hatte eine Bedingung: «Ich habe eine Bedingung an Agnes und brauche euch zwei Männer als Zeugen: Agnes, versprich mir hier und jetzt, dass du heute nicht fastest, sondern kräftig isst. Beten kannst du so viel du willst, doch versprich mir zu essen.»

Die überschlanke und blasse Nonne zögerte sichtlich, doch die bedrohliche Vorstellung einer Nacht außerhalb eines Konventes brachte sie zum Einlenken. «Ich werde heute essen!», kam es trotzig aus ihrem schmalen Mund. Die drei dankten ihr erleichtert, denn mittlerweile wäre ihnen höchstens noch der halbe Tag für die Weiterfahrt verblieben.

Später machte sich Küentzi in Windisch auf die Suche nach einem Vorspann. Seine Laune besserte sich, als er in der Schenkstube des großen alten Gasthofes den Vorreiter, der sie über den Bözberg nach Königsfelden geführt hatte, fand. Dieser nahm sein Angebot, mit ihm als Vorspann ins Kloster Töss zu fahren, begeistert an. Umgehend besprach er mit Kollegen, die noch auf Arbeit warteten, die Wegstrecke bis ins ferne Kloster und holte Erkundigungen über Gasthöfe am Weg ein.

Obwohl Küentzi einen viel tieferen Preis hätte durchsetzen können, denn um diese Jahreszeit lief das Geschäft schlecht, stimmte er ohne Feilschen per Handschlag zu. Er hatte erkannt, wie anstrengend die ganztägige Fahrt gerade für die zerbrechliche Agnes werden musste und wie wichtig ihm dabei ein Vorreiter war, den er kannte und auf dessen Fertigkeiten er zählen konnte.

Noch war die Sonne nicht untergegangen, als er mit dem Vorreiter auf dem Vorspannpferd im Wirtschaftsteil des Klosters auftauchte. Da im Stall der Platz für das zusätzliche Tier fehlte, wichen die Klingentaler mit ihrem Gefährt und den zwei Rössern in einen offenen Teil der Scheune aus, wo sich die Männer auch ihren Schlafplatz einrichteten. Nach der Nacht im Dormitorium vom Vortag waren sie überzeugt, dass eine Nacht im Heu und in der Nähe der Pferde wärmer war als im ungeheizten Raum der Bettelbrüder, und sie hofften, ungestört schlafen und früh aufbrechen zu können.

3

Beklommen wachte Küentzi in der stockdunklen Scheune auf und versuchte sich zurechtzufinden. Während er eine Laterne suchte, hörte er, wie der Vorreiter das Eis auf dem Brunnentrog zerschlug und Wasser schöpfte. Auf dem Weg in die Küche teilte ihm der Vorreiter mit, Bernardo sei zur Morgenandacht gegangen und würde sie nach der Prim, zusammen mit Werndrut und Agnes, im Hof treffen.

Im Licht zweier Laternen waren die Arbeiten am Wagen und das Anspannen schnell erledigt. Bernardo nahm die zwei Zer-Sunnen-Schwestern an der Nonnenpforte in Empfang und half ihnen aufsteigen. Als die Pferde sich in die Stränge legten und die Fuhr unter Ächzen und Klappern Fahrt aufnahm, musste er auf dem vereisten Boden eilig dem Wagen nachsetzen. Als er richtig bequem und vom Rennen erhitzt auf dem Wagen saß, stimmte er unbekümmert um die frühe Stunde ein fröhliches Lied an, dessen keineswegs frommen Text die beiden Schwestern herzhaft mitsangen. Sie hatten ihr Lied gerade einmal wiederholt, als Königsfelden bereits hinter ihnen lag und die Straße vor ihnen sich nur noch als dunkler Strich in der weißen Landschaft zeigte.

Der Vorreiter gab sofort einen schnellen Trab vor, was den Pferden sichtlich Spaß machte. Im Hufgetrappel, ständigem Kettengeklirr und im Ächzen und Poltern des Holzes verging den Klingentalern die Sangeslust. Sie brauchten ihre ganze Kraft, um sich auf dem heftig schüttelnden Wagen festzuhalten. Erst als die Sonne am wolkenlos blauen Himmel die oberste Schicht der Schneedecke aufzuweichen begann, wurde die Fahrt sicherer und ruhiger.

Solange sie den Zeitplan des Vorreiters einhalten konnten, legten sie im jeweils nächsten Gasthof eine kurze Pause ein. Sie konnten sich neben dem Ofen mit heißem Tee aufwärmen, bis das Gefährt enteist und die Pferde gefüttert waren. Der Abstand zwischen diesen kurzen Pausen wurde grösser, je erträglicher die Kälte und je sanfter der Ostwind war.

Es war nach einer solchen Pause am späteren Nachmittag – Bernardo war auf dem vom Schneestaub und Straßenmatsch besser geschützteren hinteren Wagenteil kurz nach der Weiterfahrt eingedöst –, als Küentzi beobachtete, wie Agnes bleich und mit auffällig geröteten Wangen neben ihm hin und her schwankte. Sie konnte nur noch mit Werndruts Hilfe ihren Platz halten und schien am Ende ihrer Kräfte.

Werndrut signalisierte, sie brauche jetzt seine Hilfe und er versuchte, die Nonne aufzumuntern: «Bald kommen wir im

Kloster Töss an, dann triffst du die berühmte Priorin Elsbet und bekommst einen Platz in ihrem Konvent. Freust du dich?»

«Ja», kam es müde zurück.

Küentzi gab nicht nach: «Kannst du mir sagen, was Elsbet Stagel unserer Priorin voraushat?»

Diesmal kam die Antwort schneller und wacher: «Sie hat Gott gesehen.»

Er wusste nicht, ob er sich mit seiner nächsten Frage auf verbotenes Land begab. Vorsichtig wagte er sich vor: «Kann man das lernen?»

Nun hatte er Agnes volle Aufmerksamkeit. Sie blickte ihm kurz in die Augen, wie um sich zu vergewissern, ob diese Frage ernsthaft gemeint war. Er erschrak, denn nicht nur die Farbe ihrer Augen, auch ihr inniger Blick erinnerte ihn an Clares sehnsuchtsvolle Worte, als sie sich vor vier Tagen von ihm verabschiedet hatte.

Er fasste sich und hörte genau hin, wie sie, den Blick wieder geradeaus gerichtet, ihm kurzatmig erklärte: «Der Weg zur Gottesschau, wie ihn Elsbet, die Priorin von Töss, lehrt, beginnt mit der Kasteiung, was heißt, dass du Enthaltsamkeit von Speise, Trank und Schlaf übst, aber auch schweigst. Ich habe den Weg zur Gottesschau im Klingental begonnen. Durch Kasteien gelingt es der Seele, sich vom Körper zu lösen und die jenseitigen Wohnungen Gottes aufzusuchen.»

Sie betastete unruhig ihren Magen und sagte leise: «Aber heute musste ich eine Ausnahme machen und ein Frühstück zu mir nehmen. Das Essen hat mir aber überhaupt nicht bekommen.»

Küentzi, vom erneut müden Ton in ihrer Stimme alarmiert, fragte unbedacht weiter: «Was geschieht, wenn die Seele sich ins Jenseits begibt?»

Agnes wurde mit einem Schlag wieder ruhig und erklärte mit einem zufriedenen Lächeln: «Der Körper verliert jede Beweglichkeit und verharrt in der Haltung des Augenblicks. Für die Seele verändert sich dann die Umgebung. Sie bewegt sich an einen andern Ort, betritt fremde Landschaften und trifft Menschen, die sie meistens erst nach ihrer Rückkehr in ihren Körper benennen kann.» Ihr unterkühlt sachlicher Ausdruck änderte sich, ihre Augen leuchteten auf. «Sie sieht Wesen, die mit den diesseitigen Augen nicht gesehen werden können, und geht ein in das Licht der Engel, die sie ehrfürchtig grüßen, denn das Licht, das sie erfüllt, ist das Licht der Liebe Gottes.» Ihre Augen behielten ihr freudiges Strahlen, als sie Küentzi in ruhigem Ton gestand, sie habe zwar schon Erfahrungen mit dem zweiten Gesicht gemacht, sie sei jedoch noch nie ins Licht Gottes eingetreten. Mit geradem Rücken und voller Überzeugung schloss sie ihre Erklärung ab: «Mit der Hilfe und Erfahrung der Tösser Nonnen werde ich die selige Erleuchtung finden und absolute Gottesfurcht lernen, wie sie die großen Gottesschauerinnen vor mir gelernt haben.»

Küentzi war von ihren Worten gefesselt. Er wurde sich seiner Umgebung erst wieder bewusst, als die lauten Rufe des Vorreiters zu ihm durchdrangen. Angestrengt blickte er nach vorn, folgte den begeisterten Zeichen des Vorreiters und sah vor sich noch weit entfernt eine bescheidene Klosteranlage. Während Küentzi im schwachen Licht der einsetzenden Dämmerung mit Mühe den Wirtschaftshof und die einfachen Konventsgebäulichkeiten ausmachen konnte, verspürte er plötzlich Bewegung neben sich. Er wandte sich Agnes zu und musste erschreckt zusehen, wie sie neben ihm einknickte, vornüber fiel und im letzten Moment von Werndrut aufgefangen wurde.

Küentzi stützte Agnes mit der Rechten, mit der Linken hielt er die Zügel. Er blieb auch in dieser verkrampften Stellung, während Werndrut die glühend heiße Stirn ihrer Schwester mit Schnee kühlte. Er ließ sie erst los, als sie aus ihrer Ohnmacht erwachte und, von einem heftigen Weinkrampf geschüttelt, sicher in Werndruts Armen lag. Erleichtert packte er die Zügel wieder mit beiden Händen. Er ließ sie ganz locker, rief dem Vorreiter laut «Schneller!» zu. Ohne einen Blick zurückzuwerfen, trieb der Vorreiter sein Pferd an, und bald rollten sie so schnell, dass Bernardo mit zittriger Stimme besorgt nach vorne rief, wo es denn brenne.

Es dauerte eine Weile, bis sich Agnes wieder von selber aufrichtete und, von Werndrut gesichert, aufrecht sitzen konnte. Ohne gefragt zu werden, berichtete sie mit fester Stimme und strahlenden Augen, was sie vorhin gerade geschaut hatte: «Ich habe Clare vor dem Hochaltar in unserer Kirche im Gebet gesehen. Sie ist schwanger, und sie ist glücklich, von himmlischem Licht umgeben. Ein großer Engel steht hinter ihr, hält seine

schützende Hand über sie und hört die Gebete der Klosterheiligen, die, angeführt von der Heiligen Euphrosine, für sie und den Tag ihrer Niederkunft beten. Ich habe auch gesehen, wie sie vor ihrer Niederkunft den Schleier ablegt und das Kloster verlässt.»
Küentzi erstarrte, als hätte ihn der Blitz getroffen. Sein Leib schien die gewohnten Handgriffe wie vom Willen losgelöst zu verrichten. Kein Gedanke, kein Gefühl in ihm fand mehr Form und Ausdruck. Bis zur Ankunft im Kloster Töss verirrte sich kein Wort mehr über seine Lippen.

Als sie vor dem Klostertor hielten, konnte er noch immer keinen Laut von sich geben. Wie gelähmt blieb er mit den Zügeln in den Händen einfach sitzen. Werndrut musste sich alleine um die in Tränen aufgelöste Agnes kümmern. Sie musste auch die Pförtnerin um Hilfe bitten. Im Nu war der Wagen von Tösser Schwestern umgeben. Sie hoben Agnes vom Wagen, luden sie auf eine Bahre und verschwanden mit ihr und Werndrut im geschlossenen Teil des Konvents.

Bernardo und der Vorreiter hatten während der Fahrt von Agnes' Zusammenbruch nichts mitbekommen und wollten von Küentzi erfahren, was auf dem Wagen vorne geschehen war, warum Agnes weggetragen wurde. Dieser gab jedoch keinen Laut von sich, als ob sein Geist und seine Seele sich aus dem Körper verabschiedet hätten. Als ob ihn alles nichts anginge, verharrte er unbeweglich auf der zum Bock des Wagens umgebauten Kiste. Vorsichtig befreiten ihn seine Begleiter von den Zügeln und holten ihn vom Wagen herunter. Auf dem Boden fand er die Sprache wieder, doch Auskunft über seine Verstörtheit konnte er ihnen nicht geben.

Bedrückt führten alle die Pferde in den Stall, putzten und fütterten sie, stellten den Wagen unter und luden das Fässchen ab. Bernardo und der Vorreiter mussten ihre Neugierde zügeln, bis sie nach der warmen Mahlzeit in der Küche des Wirtschaftshofes endlich in einigermaßen zusammenhängenden Sätzen erfuhren, was sich am Schluss der Reise auf dem Wagen vorne abgespielt hatte.

Als Küentzi dem Vorreiter und Bernardo mit zittriger Stimme wiedergab, was Agnes in ihrem Gesicht gesehen hatte, korrigierte ihn der Vorreiter sofort und nannte Agnes' Bilder einen Fiebertraum, dessen Inhalt mit dem Fieber erlöschen werde.

Ein Konverse, der für die Küche des Klosters zuständig war, unterstützte ihn: «Hier in diesem Kloster lernen die Nonnen, ein Gesicht von einem Traum zu unterscheiden. Das Bild eurer Nonne vor dem Marienaltar ähnelt so sehr der Marienlegende, dass auch ich der Meinung bin, es sei eine Fieberfantasie. Visionen werden nur anerkannt, wenn die Seele sie aus einem geschulten Körper empfängt.»

Bernardo, der noch immer den fiebernden Ritter in Königsfelden vor Augen hatte, äußerte vorsichtig seine Bedenken, dass sich Agnes vielleicht vom kranken Ritter habe anstecken lassen. Der Tösser Konverse konnte ihn auch hierin beruhigen: «Weil es für unsere Dominikanerinnen entscheidend ist, zwischen Fieberwahn und religiösen Gesichtern zu unterscheiden, kennen sie sich in der Fieberrezeptur bestens aus. Die Priorin legt großen Wert darauf, den Körper für Visionen vorzubereiten. Fieber wird bekämpft. Und zwar mit Erfolg, wie ihr schon bald am Beispiel von Agnes sehen werdet.»

Bernardo entspannte sich nun ebenfalls. Er erzählte in aufgeräumter Stimmung die Geschichte vom kranken Ritter. Die kleine Runde tratschte gemütlich und tauschte Geschichten aus dem Klosterleben aus. Nur Küentzi saß still am Tisch, hörte nur zu und wartete unbeteiligt, bis er mit den andern seinen Schlafplatz zugeteilt bekam. Es war spät geworden und der Mond stand hoch am Himmel, als er einschlief.

Als die Glocke des Konventes zur ersten Andacht rief, erwachten die Gäste, doch nur Bernardo erhob sich. Die anderen schliefen bis zum nächsten Läuten weiter. Zum Frühstück setzten sie sich in der Küche zum schon wieder müden Bernardo und genossen mit ihm den mit getrockneten Äpfeln versüßten Brei. Während dieser ungewohnt leckeren Mahlzeit teilte der Benediktiner ihnen mit, Werndrut komme später hierher, um sie zu verabschieden. Agnes habe er nicht gesehen. Er selbst werde noch eine Weile hier bleiben und seine Weiterreise später aufnehmen.

Küentzi nickte nur und bemerkte trocken, sobald es draußen hell werde, sei die Zeit für die Rückfahrt gekommen. Danach schwieg er und aß seinen Teller leer. Er überließ es dem Vorreiter, Bernardo mit Wegangaben zu den nächsten Klöstern und nach Medingen zu versorgen.

Noch vor dem Einschlafen hatte er erkannt, dass er die wuchtigen Gefühle, von denen er nach Agnes' Fiebergesicht überfallen worden war, Clare anvertrauen musste. Dazu musste er so schnell wie möglich ins Klingental zurückkehren. Er sehnte sich nach der geordneten Welt seines Klosters mindestens so dringlich wie nach Clares ruhiger und sanfter Nähe.

Agnes hatte ihn mit ihrem Gestammel und dem Bild einer schwangeren Clare erschreckt. Die klaren Grenzen seines Weltbildes schienen sich zu verschieben oder gar aufzulösen. Was ihm nicht einmal im Traum eingefallen wäre, hatte Agnes ihm als möglichen Ablauf gezeigt: Seine Liebste könnte das Kloster und die Gemeinschaft, der er gerade mit ihrer Unterstützung beigetreten war, wegen eines Ungeborenen verlassen. Er würde ohne sie im Klingental leben müssen.

Überrascht fuhr Küentzi hoch, als Werndrut, die sich unbemerkt zu ihnen gesetzt hatte, ihre Hand auf seinen Arm legte und sich räusperte: «Agnes hat hohes Fieber, ist schwach und liegt im Krankenzimmer. Elsbet Stagel hat sie besucht und absolute Schonung angeordnet. Ich habe ihr von Agnes' Gesichtern auf der Reise hierher berichtet, worauf sie lange mit ihr allein gebetet hat. Ich habe großes Vertrauen, dass sie sie vom Fieber heilen und ihr auf ihrem Seelenweg helfen kann. Richte dies bitte unserer Priorin aus. Übrigens: du fährst alleine zurück.»

«Soll ich Johannes etwas ausrichten?»

«Sag ihm, ich denke an ihn, und er solle es einrichten, dass er mich zurückfahren kann.» Die Vorstellung einer gemeinsamen Fahrt im Frühling schien sie aufzumuntern, und mit einem belustigten Zwinkern fügte sie an: «Bitt ihn, für mich zu beten, und versichere ihm, ich würde spüren, wenn er für mich betet.»

Nun war es an Küentzi, warmherzig zu lächeln. In gehobener Stimmung verabschiedete er sich von Bernardo und forderte ihn auf, dereinst Basel wieder zu besuchen. Dieser umarmte ihn lange und konnte seine Rührung kaum verstecken. Auch Küentzi hatte Mühe, den ihm lieb gewordenen Benediktiner zu verlassen. Er wollte seine Ergriffenheit jedoch auf keinen Fall sichtbar werden lassen und wandte sich mit dem Vorreiter unverzüglich der Arbeit des Anspannens zu. Ohne einen einzigen Blick auf den verblassenden Morgenstern, der sich zusammen mit der

Nacht verabschiedete, stiegen beide auf. Im Vergleich zum Vortag schien das Gefährt über die Landschaft zu fliegen, und Küentzi fasste neuen Mut für die lange Rückreise, die er ab Königsfelden ohne Vorreiter bewältigen musste.

Nach einer ruhigen Nacht bei den Franziskanern kehrte er zurück ins Klingental und überbrachte der Priorin Königin Agnes' Zusage, dem Kloster Klingental zur Erneuerung seines herzoglichen Schutzbriefes zu verhelfen. Das Dokument könne der Karrer auf der Rückfahrt von Töss in drei Monaten abholen.

4

Die Tage waren deutlich länger geworden. Die Sonne nützte die Zeit, um mit Licht und Wärme die Oberhand über den Winter zu gewinnen. Mit sanfter Beharrlichkeit brachte sie Schnee und Eis zum Verschwinden und verpflichtete den Frühling, die Wiesen mit zartem Grün zu überziehen, und die Städter, den Winter auszutreiben. Nur auf den höchsten Schattenhängen des Schwarzwalds und des Juras lag noch Schnee. Die unerschrockensten Herolde der neuen Jahreszeit waren die Vögel. Sie hielten sangesfreudig Zwiesprache und gaben für alle unüberhörbar immer früher und länger den Ton an. Die Blumen hielten sich noch zurück und verharrten in den Knospenhüllen, wollten wie die Blätter an den Bäumen nicht in der Nacht vom kalten Wind verkrüppelt oder ganz gerichtet werden. Nur die Schneeglöckchen läuteten unübersehbar entlang den Waldrändern den Lenz ein.

Die Kornhausmeisterin hatte mit dem Brotmeister, der die Bäcker in der minderen Stadt beaufsichtigte, ein vorzügliches Geschäft abgeschlossen und ihm den ganzen im Klingental gelagerten Dinkelvorrat verkauft. Der Brotmeister hatte so den Bürgern zumindest bis ans Ende der Fastenzeit Brot und den Bäckern und Müllern bis Ostern einen sicheren Verdienst verschafft.

Nach der großen Ernte des letzten Jahres war die Kornhausmeisterin ohne Bedenken auf das Geschäft mit der Stadt eingegangen. Mit Ausnahme Rufachs, das nach den schlechten Ernten der vorangegangenen Jahre erneut den Zehnten nicht brachte, konnte das Klingental in den übrigen abgabepflichtigen Besitzungen auf noch immer volle Getreidespeicher zurückgreifen.

Die Kornhausmeisterin hatte entschieden, zuerst mit dem Nachschub aus dem näher gelegenen Ötlingen zu beginnen. Küentzi sollte diese Aufgabe übernehmen. Dazu hatte er sich vom Schaffner ausbedungen, dass Johann der Karrer, der soeben aus dem Tösstal zurück war, ihn auf dem Dinkeltransport begleite.

So saß er an diesem hellen Frühlingstag neben dem gutgelaunten Karrer vorne auf dem Zweispänner und genoss nach dem Rauch und Gestank der Stadt die kühle frische Luft, die ihnen vom Schwarzwald her entgegenwehte. Auf der ebenen Straße rollte der Wagen leicht über die Winterlöcher, und die Pferde taten ihre Arbeit ohne Geheiß. Endlich konnte Küentzi Johann über die Rückfahrt aus Töss ausfragen, ohne auf fremde Ohren Rücksicht nehmen zu müssen.

Mit einem zufriedenen Glanz in seinen Augen gab der Karrer ruhig Auskunft: «Wir hatten den gleichen Vorreiter wie du. Ohne ihn hätten wir die Fahrt nicht so schnell geschafft.» Johann schmunzelte: «Zum Glück musste ich nicht aufs Pferd wie du. Wir nahmen die alte Römerstraße, auf der man zwar mehr Zeit braucht, die aber weniger steil verläuft.»

Küentzi erinnerte sich nur ungern an die abenteuerliche Fahrt über den Bözbergpass. Im Nachhinein musste er sich eingestehen, dass sie auf der vereisten Straße in der Dunkelheit viel zu große Risiken eingegangen waren. Ob wirklich die Schutzengel, die Agnes damals als Einzige gesehen hatte, dafür gesorgt hatten, dass sie die Reise heil überstanden, wollte er nicht entscheiden.

«Wie geht es Agnes?», wollte er vom Karrer wissen.

«Gut», antwortete der bestimmt, und ohne nach Worten suchen zu müssen, fuhr er fort: «Sie ist gesund, nicht mehr klapperdürr und hat Farbe im Gesicht. Werndrut ist mit ihr zufrieden und ihre größte Sorge los, denn sie ist von ihrer Todessehnsucht geheilt.»

Küentzi war baff und schwieg. Todessehnsucht? Das hatte er nicht gewusst.

«Elsbet Stagel hat Agnes gelehrt, dass sie ihren Körper nicht malträtieren müsse, um sich von ihm lösen und ins Jenseits blicken zu können. Dass sie dazu keinen Nagelriemen am Oberschenkel und kein härenes Kratzhemd tragen müsse. Ihre Seele könne wachsen, ohne dass sie sich regelmäßig den Rücken blutig peitsche.»

Die Vorstellung, seinen Körper vorsätzlich zu quälen, ließ Küentzi erschauern, und er wollte vom Karrer wissen, was denn mit Todessehnsucht gemeint sei.

«Die Priorin offenbarte Agnes, sie habe früher aus lauter religiösem Ehrgeiz eine Vereinigung mit Jesus als ihrem Bräutigam erzwingen wollen. Das Abtöten des Körpers und die Verneinung der Schmerzen habe sie als Beweis ihrer Liebe und als ihr Hochzeitsgeschenk verstanden. Erst ihr Beichtvater Heinrich Seuse habe sie eines Besseren belehren können. Fasten und Bußetun einer Nonne würden unserm Herrn als Liebesbeweis genügen. Er würde sich aus Liebe seiner Braut zeigen und ihrer Seele den Zugang ins Jenseits öffnen. Niemand könne durch übermäßige Selbstkasteiung das Gesicht der göttlichen Liebe herbeiführen. Seuse hat die einfache Nonne Elsbet Stagel vor dem Tod gerettet. Und Elsbet Agnes. Die hat erkannt, dass sie Ehrgeiz mit Liebe verwechselt hatte. Als Zeichen ihrer Wertschätzung erlaubte ihr die Priorin, in Seuses *Büchlein der Wahrheit* zu lesen, und sie hat für sie eine Kopie der Nonnenviten, die Elsbet mit Seuses Hilfe verfasst hat, in Auftrag gegeben.»

Mit dem Ausruf «Gütiger Himmel! Ein Wunder!», fand Küentzi die Sprache wieder. «Johann, wie kannst du nach einer dreitägigen Reise plötzlich so viel und gut sprechen? Ist der Heilige Geist in dich gefahren?», fragte er nicht ohne Spott, fuhr dann aber mit echter Bewunderung fort: «Kein hochgelehrter Pfaffe hätte mir besser Auskunft über Agnes religiöse Erfahrungen und ihre Suche nach Gott geben können. Was ist mit dir geschehen?»

Johann schmunzelte verlegen: «Fahr du mal während dreier Tage neben zwei redegewandten Nonnen, von denen eine aus lauter Begeisterung für ihren Glauben meint, ihre Schwester, die Welt und mich bekehren zu müssen. Ich bekam unfreiwillig alles mit. Du glaubst nicht, was die alles besprochen haben. Ihre Rede war fromm, doch der Inhalt gewagt. Zum Beispiel, dass Werndrut nach der anstrengenden Erfahrung mit der Lebensweise der Tösser Nonnen gerne mit mir Nonne im Klingental bleiben will.» Er lachte, und seine Augen funkelten vor Freude.

Das laute Rauschen der rasch dahinfließenden Wiese machte dem Gespräch ein Ende. Die zwei Fuhrleute blickten gespannt auf Wernli den Roten, der auf seinem flachen Kahn wartete und sie aufmunternd zu sich winkte. Der Abstieg zur Anlegestelle war kurz und mit dem leeren Wagen einfach, denn der Fluss stand hoch und breit, deckte alle Inseln zu. Wernli stieß ab, sobald sie mit dem Wagen auf dem schwankenden Kahn standen und jeder ein Pferd am Halfter hielt. «Am Nachmittag, wenn noch mehr Schmelzwasser zufließt, wird die Fahrt zwar länger, aber auch schneller. Ich denke, dass ihr noch heute beladen zurückfahren wollt, oder? Mit einer schweren Ladung lohnt es sich, möglichst bald zurückzufahren, weil die Ufer dann noch nicht so unterspült und weich sind. Andernfalls würde ich euch anraten, bis morgen früh zu warten», meinte der Fährmann heiter.

Auf dem Dinghof in Ötlingen wurden sie vom Pfleger vor dem Haus begrüßt. Ihre Aufgabe sei die Fuhr, seine das Laden, meinte er aufgeräumt und schickte sie zum Aufwärmen in die Küche. Dort trafen sie auf die junge Küchenmagd und den eifrigen jungen Priester. Dieser, begierig auf ein Gespräch, fragte sofort nach dem Thema der heutigen Morgenandacht im Klingental. Der Karrer war nicht im Geringsten bereit, sich mit dem Priester auf ein Gespräch einzulassen, trank mit steinernem Ausdruck seinen Tee und überließ Küentzi die Antwort: Sie hätten heute wegen der Fahrt hierher die Morgenandacht ausgelassen.

Mit strenger Miene tadelte der Priester die Konversen, sie kümmerten sich zu wenig um ihr Seelenheil, seien in Gefahr, ihre Gelübde zu vergessen, und sollten häufiger zur Beichte gehen.

Küentzi wollte den Karrer zu einem Gespräch über die frommen Zer-Sunnen-Schwestern und ihre Erfahrungen in Töss anstacheln, doch dieser entschuldigte sich, er müsse nach der Ladung sehen, und verließ die Küche.

Er suchte ein unverfänglicheres Thema und fragte die Küchenmagd, was es Neues auf dem Hof gebe. Sofort wurde ihr Ausdruck ernst. «Wegen der langen Kälte sind die Vorräte der Armen aufgebraucht. Ohne Geld können sie keine Nahrung kaufen, und sie ziehen aus, um anderswo Essen zu finden. Jeden Morgen kommen neue Bettler auf den Hof. Es sind so viele, dass wir die Mehrzahl an den Pfarrer verweisen müssen.»

Ohne Küentzi Gelegenheit zu einer Bemerkung zu lassen, übernahm der Pfarrer das Gespräch und erklärte, die Hungrigen und Almosenbedürftigen vor seiner Kirche und seine schwindenden Vorräte seien der Grund, warum er hier sei. Er benötige mehr Nahrungsmittel und dringend eine Köchin. Mit einem begehrlichen Blick auf die Küchenmagd fuhr er fort, er hoffe auf die Barmherzigkeit des bekanntlich wohlversorgten Dinghofs des Klosters Klingental.

Die Magd seufzte und verteidigte sich: «Du schiebst die Hungrigen vor, um mich als Haushälterin ins Pfarrhaus zu bekommen. Alle wissen hier, dass du schon beim Antritt der Pfarre nach mir gefragt hast. Aber ich werde hier wirklich gebraucht und werde den Dinghof nicht verlassen. Ob es dir gefällt oder nicht!»

Der Priester hatte seine hochfahrende Haltung verloren und sah die Küchenmagd verunsichert an, was Küentzi nutzte, um seine unerwartete Rolle als maßgebende Autorität auszuspielen: «Gibt es Gründe, warum die Speisung der Hungrigen nicht hier durchgeführt werden kann? Hier müssten keine Nahrungsmittel verschoben werden, und die Köchin hätte keinen zusätzlichen Arbeitsweg.»

Sofort verhärtete sich des Priesters Ausdruck. Mit scharfer Stimme führte er aus: «Hunger und Not sind eine Strafe Gottes, ein Mahnmal für alle, die vom rechten Weg abgekommen sind. Wer gesündigt hat, kann sich unter meiner Führung in meiner Kirche vom Makel der Sünde befreien.»

«Deine Kirche ist klein. Hast du in der Kirche überhaupt genügend Raum für all die hungrigen Sünder, oder wäre ein größerer Bau nötig?»

Um alle mit geistlicher Nahrung versorgen zu können, antwortete ihm der Priester stolz, müsse er zusätzlich zu den regulären Messen noch zwei weitere anhängen. Mit einem vorwurfsvollen Blick hielt er fest: «Ohne vorangegangenen Messebesuch gibt es bei mir für niemanden Mahlzeiten. Der Küster hat ein scharfes Auge und weist alle zurück, die ohne vorangegangenen Messebesuch zur Speisung ins Pfarrhaus kommen.»

Alle schwiegen, bis der Pfleger die Küche betrat. Vom Anblick der ernsten Gesichter überrascht, fragte er: «Schwierigkeiten?», und legte Küentzi die Quittung für die ausgelieferten Dinkelsäcke hin. Es ginge um die Speisung der Hungrigen, antwortete ihm der junge Karrer und lud ihn ein, sich zu ihnen zu setzen. Im Stehen führte der Verwalter aus, die Sachlage sei für alle Beteiligten klar, die Meinungen seien gemacht. Küentzi müsse sich nicht um diese Auseinandersetzung zwischen dem Pfarrer und dem Dinghof kümmern.

Dieser, der soeben noch als Autorität angerufen worden war, fühlte sich in seinem Stolz verletzt, wiederholte härter als beabsichtigt seine Einladung an den Pfleger, sich zu ihnen zu setzen. Der Konvent sei von dieser Angelegenheit wohl betroffen, denn der hiesige Bestand an Nahrungsmitteln sei für das Kloster und die Stadt wichtig. «Unser Kloster ist gut dran, und ihr könnt in Ötlingen eure Vorräte für die Speisung der Armen einsetzen, bis ihr dazu auf das dem Konvent vorbehaltene Kontingent Dinkel zurückgreifen müsst. Meine Aufgabe ist es, für diesen Fall den Bestand an Lebensmitteln auf unsern Besitzungen zu erfassen. Zu viele Hungrige, auch von hier, ziehen in die Stadt und verlassen sich auf das Gebot der Speisung der Armen.» Er richtete sich auf und meinte: «Ich bin nicht hier, um Säcke zu zählen und aufzuladen, sondern um im Auftrag der Priorin Einblick in eure Ernte- und Abgabenregister zu nehmen.»

«Gerade wollte ich Euch in meine Schreibstube bitten», versicherte der Pfleger gereizt, nahm sein Papier vom Tisch zurück und fuhr fort: «Wie ich aus euren lehrreichen Sätzen schließe, habt Ihr, Bruder Kunrad, auch schon eine gerechte Lösung für die Hungrigen hier in den weiten Ärmeln eurer Kutte bereit.»

«Im Krieg gibt es Messen für die Krieger auf dem Schlachtfeld, weshalb sollte es in Zeiten der Not nicht auch Messen für die Hungrigen außerhalb der Kirchen geben? Ich schlage vor, hier die große, mittlerweile leere Scheune behelfsmäßig für Messen zu weihen und darin einmal täglich die Messe zu lesen. Die Küche des Dinghofes liefert eine aus den eigenen Vorräten zubereitete Mahlzeit für die Armen, die die Messe in der Scheune besucht haben.»

Küentzi ahnte, dass der Pfleger seinen Vorschlag aus Furcht, sein Hof würde zu einem Sammelplatz für Bettler und Hungernde, nicht unterstützte. Er schlug den beiden Ortsmächtigen als Ergänzung zu seinem Plan deshalb vor, Bettler, die einen Schlafplatz suchten, dürften nicht in der leeren Scheune untergebracht werden. Der Pfarrer der Kirche sei wie bis anhin für Obdachlose zuständig. Der Pfleger war sofort zufrieden: «Einverstanden, wenn der Priester mitmacht.» Dieser gab sein Einverständnis, und die drei Männer besiegelten die Abmachung mit Handschlag. Darauf führte die Küchenmagd Küentzi auf Anweisung des Pflegers ins Amtszimmer zu den Registern.

Bevor die Magd Küentzi mit den großen Volanten allein ließ, stellte sie trocken fest: «Unser Pfarrer ist eifersüchtig auf dich und ein kirchlicher Eiferer. Sei vorsichtig in allem, was du hier sagst, besonders zu mir – denn ich muss ihm alles beichten!»

5

Die Rückfahrt ins Klingental verlief bis zum Übergang über die Wiese ohne Schwierigkeiten. In der Ebene schafften die zwei starken Pferde trotz der schweren Ladung einen lockeren Trab, und der Karrer fand Zeit, um den Jungen wegen seiner Erfolge bei Frauen sticheln.

«Bist du etwa eifersüchtig?», hielt Küentzi seinem Freund etwas verwirrt entgegen.

«Nein, ich doch nicht!», gab der Karrer mit einem Lacher zurück, «Aber Agnes hat in letzter Zeit erstaunlich viel von dir gesprochen, hat Werndrut mir berichtet.»

Küentzi zeigte sich erstaunt, erkannte jedoch, dass er seinem Freund eine ausführliche Erklärung schuldete. «Ich habe Agnes auf der Fahrt nach Töss als eine unnachgiebig Suchende kennengelernt und bewundere sie für ihre Willenskraft noch immer. Was uns zwei verbindet, ist die Suche nach Wärme, nach Aufgehobensein. Beide haben wir unsere Familien nicht oder kaum gekannt. Im Unterschied zu mir sucht Agnes Erlösung und Erfüllung in der körperlosen Welt der Seelen. Vielleicht war sie genauso überrascht wie ich, dass gerade wir zwei etwas gemeinsam haben.»

Dass der Karrer durch Küentzis Worte zufriedengestellt war, zeigte er in seiner gewohnt sachlicher Art: «Wir sind beinahe am Übergang über den Fluss angekommen, und ich sehe viel harte Arbeit vor uns.» Das Wasser der *Wiese* floss deutlich höher und schneller als auf ihrer Hinfahrt am frühen Morgen. Wernli stand mit seinem Kahn so hoch, dass er sie hatte kommen sehen und für die Überfahrt schon bereit war. «Beeilt euch, es wird schwierig, ist meine letzte Fahrt heute», stellte er mit einem besorgten Blick auf das lange, satt gespannte Seil fest. Je länger die Überfahrt, desto grösser die Gefahr, dass das Seil, das den Druck der Strömung auffing, riss.

Der Karrer, in einer Hand das Halfter, mit der andern das Pferd beruhigend streichelnd, sah als Erster, wie Wernlis Knecht, der am anderen Ufer wartete, aufgeregt die Arme verwarf und ihnen etwas zuschrie. Mit Zeichen machte Johann Küentzi auf die hüpfende Gestalt aufmerksam und zog fragend die Augenbrauen hoch. Keiner konnte den Rufer verstehen, denn gegen den unerwünschten Widerstand des tiefliegenden Bootes quirlte und rauschte das Wasser so laut, dass die Männer auf der Fähre sich selber nur mit Schreien verständigen konnten.

Erst als sie in die Nähe des Ufers kamen, wo das Wasser weniger tief und die Strömung geringer war, verstand Küentzi als Erster einzelne Worte. Er hörte ‹Kampf› und ‹Überfall›, vergeudete kein unnützes Wort und streckte dem Karrer das Halfter seines Pferdes hin. Er erreichte mit wenigen Schritten die Sitzbank des Wagens, zog das dort versteckte Schwert hervor, machte sich vorne auf dem leicht schwankenden Kahn sprungbereit und wartete, bis er die großen Kiesel im Wasser ausmachen konnte. Dann sprang er, das Schwert mit beiden Händen hochhaltend, ins kalte Wasser, fasste sofort Tritt, rutschte und fiel nur eine Armlänge vom trockenen Ufer weg der Länge nach hin. Klatschnass rappelte er sich auf, zog das Schwert aus der Scheide und rannte kampfbereit den Uferweg hoch.

Oben bot sich ihm ein wüster Anblick. Ein gut bekleideter, breitschultriger Mann, wahrscheinlich ein Kaufmann, wälzte sich laut fluchend mit einem großgewachsenen, abgemagerten, zerlumpten Kerl am Boden. Beide versuchten mit aller Kraft, den andern unterzukriegen, und sparten nicht mit Faustschlägen. Hinter ihnen stand ein Wagen quer über der Straße, ein Rad schief, zwischen den Deichselstangen ein wild die Augen rollendes Pferd, das laut wieherte und heftig scharrte. Neben dem immer mehr in Panik geratenden Pferd, knapp außerhalb der Reichweite seiner Hufe, drückten zwei jüngere Männer, ebenfalls in zerschlissenen, armseligen Kleidern, einen leicht betäubten Koloss von Mann zu Boden.

Kurzentschlossen rannte Küentzi wild schreiend und mit gestrecktem Schwert an den zwei sich im Dreck wälzenden Kämpfern vorbei auf die jüngeren Männer zu. Diese gaben, als sie den Krieger in der Kutte kommen sahen, ihren Gefangenen sofort frei und rannten verängstigt ins freie Feld hinaus.

Als Küentzi besorgt zum angeschlagenen Hünen, vermutlich dem Fuhrmann, zurückkehrte, hatte sich dieser gerade zum Sitzen aufgerichtet. Mit leiser Stimme entschuldigte er sich: «Mir ist noch schwindlig, ich muss sitzen.» Dann versuchte er, ohne sich dem Pferd hinter ihm zuzudrehen, das über alle Masse verängstigte Tier in der den Fuhrmännern eigenen Sprache zu beruhigen.

Jetzt war es der Kaufmann, der Hilfe brauchte und laut schrie. Er lag wehrlos auf dem Rücken unter dem völlig verdreckten Widersacher, der rittlings auf ihm saß und ihm die Arme rücksichtslos auf den Boden drückte. Rasch war Küentzi beim Sieger des Zweikampfes, setzte ihm das Schwert an die Kehle und befahl ihm, den Mann sofort loszulassen und sich langsam zu erheben.

Voller Trotz weigerte dieser sich: «Von einem Mönch lasse ich mir nichts befehlen», und rief laut aufs Feld: «Kommt zurück. Habt keine Angst. Es ist nur ein Mönch!»

Diese Unverfrorenheit traf Küentzi. Er spürte eine kalte Wut in sich und, ohne mit der Wimper zu zucken, schlug er blitzschnell die flache Klinge mit solcher Kraft an die Schläfe seines überraschten Gegenübers, dass dieser ohnmächtig zusammensackte. Mit einem Fußstoß befreite er den Unterlegenen von seinem Bezwinger und fragte mit rauer Stimme: «Kaufmann, was ist hier los?»

Der Kaufmann, offensichtlich kein geübter Kämpfer, richtete sich schwer atmend und langsam auf und sagte kein Wort. Er ließ seinen unbekannten Retter, der mit noch immer offenem Schwert über dem Ohnmächtigen stand, nicht aus den Augen, bis er genug Atem fand, um sich mit heiserer Stimme für die Hilfe zu bedanken. Als er die noch immer ungebrochene Härte und Kälte in Küentzis Blick sah, erschauerte er, rappelte sich ohne jegliche Erklärung schnell auf, um seinem Fuhrmann, der auf wackligen Beinen die Riemen des Pferdes überprüfte, beizustehen.

Küentzi wrang schlotternd seine Kleider aus und fühlte sich sofort besser, als er das zwar noch immer feuchte, doch nun leichtere Tuch wieder anzog. Gerne hätte er seine nasse Kutte mit einer trockenen ausgetauscht, doch außer einem am Boden liegengebliebenen schmutzigen Überwurf mit einem Pelzkragen fand er nichts Trockenes. Er hüllte sich in ihn, wischte mit einem Zipfel den gröbsten Schmutz von der Waffe und wartete, bis Johann ihren Wagen vorfuhr. Während er sich des Karrers Lob für die Arbeit der Pferde beim Verlassen des Flussbettes anhörte und zum Dank nickte, wenn sein Freund zwischendurch sogar Worte des Lobes für seinen Einsatz fand, versorgte er sein Schwert unter der Sitzbank des Wagens. Er machte dem Hymnus ein Ende, indem er mit der Hand auf das beschädigte Fuhrwerk des Kaufmanns wies und trocken meinte, vor ihnen liege noch etwas Arbeit. Johann zuckte nur mit den Schultern und folgte seinem Freund.

Der hünenhafte Fuhrmann lud die über dem schiefen Rad geladenen Packen ab, um das Anheben zum Radwechsel zu erleichtern. Es war Schwerarbeit, und der Schweiß lief ihm übers Gesicht. Auch Wernlis Knecht schwitzte: Er holte große, grobe Holzklötze aus einem Schuppen des Zollhauses und stapelte sie unter der Achse mit dem schadhaften Rad aufeinander. Der sichtlich aufgewühlte Kaufmann, der kaum zehn Jahre älter als Küentzi war, verfolgte gespannt die Arbeiten, als dieser neben ihn trat.

«Ich sehe, du hast meinen Mantel gefunden», begrüßte er ihn und blickte aufs Feld hinaus: «Pech, ist uns der Bauernrebell entwischt. Ich hätte ihn gerne dem Vogt vorgeführt.»

Küentzi folgte seinem Blick und sah die drei Männer, die sie aus sicherem Abstand beobachteten. Der Karrer trat ruhig neben den Kaufmann und fragte nach der Ursache des Kampfes.

Zu aller Überraschung sprach Wernlis Knecht als Erster: «Bei der Abfahrt vom Floss blieb ein Hinterrad im Geröll hängen und verklemmte sich, so dass wir im Wasser steckenblieben. Wie ein Geschenk des Himmels tauchten die drei Bauernjungen auf. Sie hatten unsere Überfahrt beobachtet und erklärten sich bereit, für etwas Brot und einen Batzen zu helfen. Unser Kaufmann war einverstanden, und mit Ach und Krach zerrten wir den Wagen nach oben. Sie erhielten ihr Brot, das sie verschlangen, als ob sie schon wochenlang nichts gegessen hätten, aber unser Kaufmann verweigerte ihnen den zugesagten Batzen, schimpfte sie Erpresser und Diebe.»

«Waren sie auch! Der Große wollte sich aus meinem Säckel bedienen, hätte ihn mein Fuhrmann nicht gepackt», verteidigte sich der Kaufmann hitzig.

Wernlis Knecht ließ sich nicht beeindrucken: «Den Verlauf des Kampfes habt ihr gesehen.»

Der Karrer richtete sich zu seiner ganzen, hageren Größe auf und mit Blick auf den Kaufmann ordnete er an: «Wir richten jetzt zusammen das schiefe Rad. Dann gibst du zum Abschied Wernli einen Batzen, den er denen, die uns dort draußen beobachten und noch immer auf ihren Lohn warten, stellvertretend überreicht. Dann fahren wir in die Stadt. Solltest du auch Wernli und seinem Knecht einen Batzen für ihre geleistete Mehrarbeit überreichen wollen, sei dir das freigestellt.»

Zuerst wollte der Kaufmann aufbrausen und widersprechen, als er aber Küentzi sah, erinnerte sich an dessen Kampf und beherrschte sich. Er nickte stumm und machte Platz für die Männer, die unverzüglich mit daran gingen, das Rad zu richten.

Nach erstaunlich kurzer Zeit standen die Wagen zur Abfahrt bereit, und Küentzi erinnerte den Kaufmann, der sich während der Arbeiten im Hintergrund gehalten hatte, mit unschuldsvoller Miene an jedes Christen Pflicht, einen Teil seines Vermögens zur Speisung der Hungrigen zu verwenden. Dieser hätte diese Spitze nicht benötigt, denn er hatte seinen Säckel schon offen, als er auf Wernli zutrat, zwei Batzen herausklaubte und sie ihm so auf die Hand zählte, dass sie alle sehen konnten.

«Ich bin Henman zer Sunnen», stellte er sich verspätet vor, «Sohn des Konrad, genannt Schufter, Achtburger. Und wer seid ihr zwei Kuttenträger?»

Des Karrers Gesicht erstarrte, seine Miene verriet keine Regung, sein Blick ging über alles hinweg in die Weite, als ob er mit dieser Frage nichts zu tun hätte. Von ihm war keine Antwort zu erwarten. Küentzi überlegte fieberhaft, wie er Johann und sich dem Achtburger vorstellen konnte.

Die unerwartete Fügung, auf einen der wichtigsten Verwandten der drei Schwestern zu treffen, wollte er nutzen, um den Nonnen die lang bestellte Auskunft über die finanziellen Verhältnisse ihrer Familie zu beschaffen. Schließlich verdankte ihm Henman seine Rettung. Andrerseits wusste er, dass er seine und Johanns Verbundenheit mit den Schwestern nicht zeigen durfte.

Der Ton Henmans und seine nun freundliche Haltung luden zwar zur Offenheit ein, doch Johanns eindringliches Schweigen wies in die gegenteilige Richtung. Küentzi entschied sich, der Linie seines Freundes zu folgen. Er hob den Kopf und antwortete, ganz im alten, kargen Stil des Karrers, ruhig und sachlich: «Wir sind Konversen des Klosters Klingental. Mein Name ist Kunrad, der Karrer neben mir heißt Johann. Wir kommen mit einer Ladung Dinkel vom Dinghof in Ötlingen.»

«Hätte ich mir eigentlich denken können, dass ihr Klingentaler seid. Kein anderes Kloster schafft es, aus geschulten Schwertträgern weltscheue Konversen zu machen. Kunrad, du bist wohl nicht der Einzige dieser Sorte, nehme ich an», kommentierte Henman laut, und ohne eine Erwiderung abzuwarten, erkundigte er sich unversehens, ob die beiden je eine seiner drei Basen, Nonnen im Klingental, kennengelernt hatten. Als er die ausdruckslosen Gesichter der Konversen sah, beantwortete er die Frage gleich selber: «Vermutlich nicht. Sie sind unscheinbar, demütig, von klein auf Nonnen und verstecken alles Weibliche unter Tracht und Schleier. Eine soll so fromm sein, dass sie ohne Nahrung auskommt und als Heilige auftreten kann. Wenn ihr sie je sehen solltet, grüßt sie von mir. Ich komme beinah nie ins Kloster.» Er lachte fröhlich und entließ die beiden mit dem Selbstverständnis angeborener Macht. Küentzi gestattete er, den teuren Mantel für die Rückfahrt zu behalten und später in seinem Haus abzugeben.

6

Küentzi hatte Clare noch am gleichen Abend unter dem Vorwand, er müsse seine Schürfungen vom Sturz in die Wiese reinigen lassen, im Krankenzimmer aufgesucht und ihr von seiner Begegnung mit ihrem Vetter berichtet. Henmans abwertende Äußerungen über sie und ihre Schwestern hatte er ihr verschwiegen und seinen Beitrag mit dem Schwert heruntergespielt. Clare hatte ihren Schreck über seine wilde Geschichte mit keiner Miene gezeigt. Seine friedenstiftende Tat vor dem Zollhaus an der Wiese belohnte sie sogar mit einem Kuss.

Auf dem Rückweg blickte er gedankenverloren zum Estrich der Hinteren Mühle hoch, wo er als Knabe im Sommer geschlafen hatte. Konnte er aus Angst, das bescheidene Glück mit Clare zu verlieren, nicht weiterdenken? Hinderte ihn die Erinnerung an die erzwungene Trennung von Hedwig, sich auf eine engere Beziehung mit Clare zu freuen? Wann immer er allein war, erschien Clare vor seinem inneren Auge, als ob sie von ihm Besitz genommen hätte! Doch er hatte Angst, mit ihr darüber zu sprechen. Er wagte es nicht einmal, sich vorzustellen, wie es wäre, mit ihr länger unbeobachtet allein zu sein.

Er beruhigte sich, als er den stinkenden Abzugskanal hinter sich ließ, und erinnerte sich am Ausgang des Klosterbezirks an Konrad Hesse mit seiner tiefen Stimme und dessen Gattin, die häufig seine kargen Klostermahlzeiten aufgebessert hatte. Gerne hätte er auch seine alten Jungendfreunde, Konrads Söhne, wieder einmal gesehen. Sie waren ihrem Vater gefolgt, als dieser vor zwei Jahren aus dem Klingental wegzog. Ob Rudolf von Egringen wohl noch immer am gleichen Ort zwischen Isteinertor und dem Klarissenkloster lebte?

Bevor er sich in weiteren Erinnerungen ergehen konnte, kam ihm Luggi die *Schryberin* von der Rheinbrücke her entgegen. Voller Freude, seine alte Lehrerin außerhalb des Klosters anzutreffen, lud er sie zu einem Schwatz ein.

Heiter mahnte sie ihn: «Bei mir ist mittlerweile nicht nur die Kutte grau – auch meine Haare. Ich muss zum Sprechen sitzen, wenn ich lange auf den Beinen bin. Setzen wir uns also an den Rhein, die Mücken stechen um diese Jahreszeit noch nicht.»

Ohne auf seine Zustimmung zu warten, ging sie ihm voraus. Sie bewegte sich langsamer und schwerer, doch das vom wachen Geist angetriebene Mundwerk sprudelte wie eh und je, als er Näheres über Konrad Hesse und Rudolf von Egringen wissen wollte.

«Konrad ist mit Frau und Kindern nach Kleinhüningen in ein Haus gezogen, das Wernli der Rote ihm als Lehen übergeben hat.» Als von ihm keine Reaktion kam, sprach sie ruhig weiter: «Rudolf von Egringen lebt zurückgezogen. Seit Tauler nicht mehr in der St.-Brandans-Kapelle predigt, bleibt er meist zu Hause bei seiner Frau Katherine, die schwerkrank und bettlägerig ist. Er, seine Tochter Anne und ich wechseln uns an ihrem Bett ab. Nach Katherines Tod möchte Anne Nonne im Klingental werden. Was aus Rudolf wird, wenn Anne den Schleier nimmt, ist noch offen. Er ist ein stilles Mitglied im Bund der Gottesfreunde. Er hat sich immer wieder nach dir erkundigt, und du würdest ihm mit einem Besuch große Freude bereiten.»

Ungefragt und unverhohlen äußerte Luggi ihre Enttäuschung über Heinrichs von Nördlingen spärliches Auftreten als Priester im Konvent, tadelte ihn, dass er es mit seinen unüberschaubar vielen Tätigkeiten allen recht machen wolle, niemanden langfristig begeistern könne und niemals richtig Zeit für das Klingental finde. Erst am Schluss fand sie zu ihrer ursprünglichen Bewunderung für den fleißigen Leutpriester zurück: «Stell dir vor Heinrich arbeitet an einer Übersetzung von Mechthild von Magdeburgs *Das Fließende Licht der Gottheit* aus dem Niederdeutschen. Manchmal fragt er auch mich, wenn er in der Wortwahl unsicher ist. Tauler hat ihm Mechthilds Werk empfohlen, und Heinrich übersetzt nun ihre drei Bücher in hiesiges Deutsch. Ich darf Teile von Heinrichs Übersetzung kopieren und den Gottesfreunden bringen, damit wir Laien sie lesen und besprechen können. Diese Frau sagt und sieht Unglaubliches. Wer sie liest, wird zum besseren Gläubigen als der Heilige Vater, die vielen andern heiligen Männer inbegriffen.

Obwohl Luggi Küentzis Neugierde geweckt hatte und er mehr über Mechthild wissen wollte, wollte er gleichzeitig weg von den Gottesfreunden, die in ihm, wann immer von ihnen die Rede war, ein unerklärliches Unbehagen auslösten. Er fragte Luggi, ob Agnes zer Sunnen, die ja auch immer wieder Gesichter habe, die Schriften Mechthilds kenne.

Luggi meinte, das könne nicht sein. Erstens besitze die Bibliothek des Klingentals keines von Mechthilds Büchern. Zweitens passe Mechthilds Leben kaum zu Agnes' Bestimmung. «Glaub mir Küentzi, Mechthild hat die Himmel gesehen, mit Teufeln gekämpft und Worte gefunden, wie dies für Frauen wie Agnes nicht möglich ist. Zu unterschiedlich sind die Zeiten und die Lebensweisen der beiden Frauen. Mechthild sagte von sich, sie könne kein Latein. Sie lebte als Begine die längste Zeit dienstbar unter gewöhnlichen Leuten außerhalb des Schutzes klösterlicher Mauern und ist auch, als sie im hohen Alter von dreiundsechzig Jahren zu den Zisterzienserinnen bei Eisleben zog, Begine geblieben. Agnes dagegen spricht Latein, hat das Selbstverständnis einer adligen Nonne und ist schon als Kind von ihrer Familie fürs Kloster bestimmt worden und ins Klingental gezogen.»

Luggi hatte aufgehört, die beiden Frauen miteinander zu vergleichen, um eifrig in einer der vielen Innentaschen ihrer grauen Tracht nach etwas zu suchen, was sie aber nicht fand. «Ich dachte, ich hätte eine Seite der Übersetzung auf mir, doch ich muss sie liegengelassen haben», erklärte sie enttäuscht. «Ich wollte dir ein Beispiel für Mechthilds Sprachkunst zeigen.» Still, als sei sie der Erklärungen müde, ordnete sie ihre Tracht, blickte Küentzi direkt in die Augen und fragte ihn treuherzig: «Würdest du mich zum nächsten Treffen der Gottesfreunde begleiten? Ich könnte dir diese so wunderschönen Zeilen dort zeigen.»

Küentzi überlegte krampfhaft, wie er Luggi schonend beibringen konnte, dass er die Organisation der Gottesfreunde als eine Verschwörung gegen den richtigen Glauben ablehnte. Er erhob sich schwerfällig, streckte sich und suchte mit den Augen am anderen Ufer die Sonne, die nun untergegangen war, und klopfte dazu den Staub des Tages aus seinem Tuch.

Von seinem Gebärdenspiel erheitert, erhob sich Luggi ebenfalls und stellte fröhlich fest: «Ich wette um zehn Paternoster mit Kniebeugen, dass du nicht aus Gleichgültigkeit gegenüber Mechthilds Versen meine Einladung zum nächsten Treffen der Gottesfreunde überhört hast.» Sie fasste ihn am Arm: «Es muss einen andern Grund geben, den du mir eigentlich verraten könntest.»

Luggis Leichtigkeit im Umgang mit seiner Verlegenheit half Küentzi, seine Sprache zu finden, und er konterte schnell: «Deine Wette ist zu ungenau formuliert, also kann ich nicht einschlagen.» Luggi ermahnte ihm mit erhobenem Zeigefinger: «Du musst zugeben, dass du mir eine ehrliche Antwort schuldig geblieben bist.» Damit ließ sie Küentzi stehen und nahm zielstrebig den Weg ins Kloster unter die Füße.

Küentzi holte die kleine Frau rasch ein, passte seinen Schritt dem ihrigen an und gestand ihr: «Du hast recht. Ich habe Mühe mit den Gottesfreunden und mit dem, was ich von ihnen weiß. Der Häsinger Pfleger, unser Schaffner hier, du, Johannes Arzat, ihr alle seid gottesfürchtige Menschen und habt Gott gefunden. Ihr seid so viel besser als ich. Ich habe schon Schwierigkeiten, die Konversenregeln zu befolgen.» Plötzlich fuhr er sie laut an: «Wenn ich Gottesfreunde nur schon höre, und sie mit ihren zufriedenen Mienen vor mir sehe, kommt mir die Galle hoch. Ich will mich nicht an der Mutter Kirche versündigen. Ich weiß nicht warum, aber ihr seid mir unheimlich!»

Die Wucht der letzten Sätze erschreckte die Begine. Wortlos blieb sie stehen und starrte ihn an. Küentzi bereute seine Unbeherrschtheit bereits, schwieg und schämte sich. Stumm gingen sie weiter, durchschritten das Isteinertor als Letzte. Nach ihnen schloss die Wache die großen Türflügel für die Nacht.

Auf der großen Straße und in den Gässchen war noch Betrieb. Es war gerade hell genug, um die abendlichen Arbeiten vor den Häusern zu verrichten. Beichtgänger, die auf dem Rückweg von der Kirche noch immer ihren Rosenkranz fingerten, tauschten mit den Nachbarn den letzten Tratsch aus. Eltern ermunterten ihre Kinderschar, aufgeregt gackernde Hühner und grunzende Schweine für die Nacht wegzusperren. Nur in wenigen Häusern brannte schon ein Licht.

Küentzi, von der harmlosen Alltäglichkeit seiner Umgebung beschwichtigt, meinte beim Betreten des Klingentals versöhnlich: «In einem hast du recht, Luggi: Gedichte machen mir Spaß. Vielleicht lässt du mich einige Verse Mechthilds einfach so, ohne Gottesfreunde, lesen.»

Ihr fiel die Antwort leicht: «Ich muss mich schon wieder setzen. Komm mit in die Küche. Die Köchin hat sicherlich noch etwas Tee, und wir können über alles in Ruhe reden.»

«Oha!», begrüßte sie die Köchin wenige Minuten später, «Jetzt gilt es aber ernst, wenn ich eure zwei Gesichter betrachte. Ich lass euch allein. Löscht das Licht, bevor ihr geht.» Sie forderten die Köchin auf, sich zu ihnen zu setzen, sie wollten jetzt nicht allein sein. Gewichtig ließ die erfahrene Vermittlerin sich daher zu ihnen nieder und übernahm den Anfang: «Wer beginnt? Worum geht's?»

«Küentzi ist überzeugt, mit unsern Treffen und Gesprächen seien wir Gottesfreunde eine üble Verschwörertruppe gegen die heilige Kirche, gegen unsere Mutter, die uns nähre und erhalte.»

Die Köchin packte aufgeregt je einen Arm ihrer Gegenüber und zog die beiden Gesichter ganz nahe zu sich: «Es muss sich hier um ein Missverständnis handeln. Ich kann mir weder vorstellen, dass Küentzi seine besten Freunde üble Verschwörer nennt, noch, dass Luggi gegen den Konvent den Umsturz plant.» Beim letzten Satz gab die Köchin beider Arme frei, verschränkte ihre Arme über ihrer Brust und blickte ihre zwei Gäste gebieterisch an.

Küentzi lehnte sich mit einem tiefen Seufzer weit zurück und begann: «Alles ist so kompliziert und verwirrlich. Eigentlich seid nicht ihr mir unheimlich geworden, nur diese Gespräche, in denen laut Zweifel am Glauben formuliert werden, als ob nicht bestimmt wäre, was der richtige Glaube ist! In jeder Messe, jeder Andacht bestätigen wir doch mit unserm Credo, was glauben heißt!» Er blickte zur Köchin, die ihm aufmunternd zunickte, und wandte sich direkt an Luggi: «Du klagst unsere Priester an, sie kümmerten sich zu wenig um ihre geistlichen Aufgaben und zu viel um den Erhalt ihrer Männerherrschaft. Begründest damit, warum wir unsere Glaubensfragen selber klären müssten, und verunsicherst Laien, insbesondere Frauen. Du rüttelst an der bestehenden Ordnung, machst sie schlecht.» Er wartete, ob Luggi ihm widersprechen wollte, bevor er mit leidvoller Stimme weiterredete: «Das finde ich bedrohlich, denn das Kloster mit seinen Regeln gibt mir Sicherheit, ist mein Zuhause, das ich nicht verlieren möchte.» Angestrengt und mit verkniffenem Mund blickte er auf den leeren Becher vor ihm, umklammerte ihn mit beiden Händen, als ob er befürchte, das Ding würde sich verselbständigen und verlorengehen.

Die Köchin sprach als Erste. Doch vorher legte sie fürsorglich eine Hand auf Luggis Arm und umfasste Küentzis Arm. Mit einem liebevollen Lächeln klärte sie den Jungen auf, dass die großartige Begine an seiner Seite nicht immer klar sage, wann sie mit ihrer Kritik das Jenseits oder das Diesseits meine. «Dank Luggi verstehe ich die Bewegungen der Kirche und erkenne, für welche Missstände ihre Vertreter bei uns die Verantwortung übernehmen sollten. Dank der zornigen Worte unserer *Schryberin* fühle ich mich ermutigt, das Verdorbene in der bestehenden Ordnung zu entfernen und Platz für das nachwachsende Heile zu schaffen.» Sie hielt inne, ohne sich zu vergewissern, ob Küentzi ihr zuhörte, und ergänzte: «Was ich hier sage, gilt für alle Gottesfreunde.»

Küentzis Gedanken sprangen wild und quer in seinem Kopf, drängten ihn zum Handeln, wäre da nicht die sanfte Berührung auf seinem Arm gewesen. Er schwieg, horchte in sich hinein und hörte erstaunt, wie das Toben in seinem Kopf nachließ. Je länger das Schweigen andauerte, desto zusammenhängender und ruhiger wurden seine Gedanken und desto deutlicher nahm er seine Umgebung wieder wahr.

Er sah Luggis dunkle Ringe um die müden Augen, ihre fleckig und alt gewordene Haut, hörte ihr langsames Atmen. Neben ihr erblickte er die noch immer prallrunde, wie eh und je verschwitzte Köchin, unermüdlich vermittelnd und schlichtend, gezeichnet von den viel zu vielen kurzen Nächten mit zu wenig Schlaf und harter Arbeit. Er spürte seine eigene Müdigkeit und gab ihr nach: «Es gibt noch viel Widersprüchliches, das ich nicht verstehe. Nehmt es mir nicht übel, aber ich möchte mich jetzt schlafen legen.»

Die Köchin gab seinen Arm langsam frei und nickte ihm zum Abschied müde zu. Luggi wünschte ihm warmherzig Gute Nacht und verfolgte, wie er ein Licht ansteckte. Bevor er die Tür hinter sich schloss, beobachtete er, wie die Köchin sich zu Luggi neigte und wortlos deren Hände in die ihren nahm.

7

Bei Arbeitsbeginn in der kalten Schaffnei überraschte der Schaffner den Jungen mit der Mitteilung, er habe die Krankenpflegerin gebeten, Küentzis Hüfte und Bein nochmals gründlich zu untersuchen, und zwar in drei Tagen unmittelbar nach den Übungen mit dem Schwert. Vorher sei die Pflegerin abwesend.

Die gute Gelegenheit, Clare ohne Vorwand treffen zu können, wollte er nutzen. Deshalb ließ er sie durch Werndrut anfragen, ob er sich mit ihr nach dieser Untersuchung verabreden könne. Noch am gleichen Tag hatte er eine Zusage, und er wäre aus schierer Freude der Nonne beinah um den Hals gefallen. Er beherrschte sich im letzten Augenblick und dankte Clares Schwester mit einem langen Händedruck. Als sie ihm ans Herz legte, seine Freude noch drei Tage aufzusparen, erlosch das Feuer in seinen Augen.

Werndrut hatte ihn mit ihrer Bemerkung ungewollt daran erinnert, dass er Luggi noch immer eine Antwort schuldete. Seit dem Gespräch zu vorgerückter Stunde in der Küche rang er mit sich, ob er Luggis Einladung zu einer Versammlung der Gottesfreunde annehmen oder ablehnen wolle. Die Vorstellung, die mit ihm befreundeten Gottesfreunde meiden zu müssen, weil er ihnen nicht offen und ehrlich antworten konnte, machte ihm das Leben zusätzlich schwer.

Die Arbeit, die ihm Neues bot und ihn alles andere vergessen ließ, war die Überprüfung aller Geldbeträge und Abgaben, die dem Kloster zustanden oder zu entrichten waren. Das war nötig geworden, weil zu Beginn des Jahres die großen Städte Basel, Freiburg und Straßburg neu Breisach in ihren Bund aufgenommen hatten. Der Städtebund hatte gemeinsame Regeln zum Münzverkehr abgesprochen, und als Folge hatte der Bischof von Basel neues Geld prägen lassen. Um dessen Wert zu sichern und den Handel gewinnbringend auszuweiten, suchte er mit allen andern wichtigen Handelspartnern gleiche Münzverträge abzuschließen. Diese Politik zahlte sich schnell aus. Schon nach der Fasnacht im gleichen Jahr hatten sich auch die nahen Städte Mühlhausen und Kolmar verpflichtet, ohne Absprache keine Veränderungen an ihren Münzen vorzunehmen.

Für die Klosterfinanzen bedeutete dies eine Vereinheitlichung der Beträge, weniger Umrechnungsarbeit und weniger Wechselkosten bei Zahlungen in Gebiete unter einer anderen Münzhoheit. Dass auch die Handelsstädte südlich von Basel mit solchen Verträgen eingebunden werden sollten, war absehbar, weshalb das Abrechnungswesen des Klosters für alle, nicht nur für die oberrheinischen Besitzungen, erneuert wurde.

Es war eine verzwickte Aufgabe, denn die neuen Münzen brachten eine Teuerung, die alle spürten, aber nicht alle gleich traf. Die Münzverträge vereinfachten den Zahlungsverkehr zum Vorteil der Händler, die Hörigen wurden durch die Münzaufwertung für ihre verschuldeten Besitzer jedoch teurer. Es war die Aufgabe der Schaffnei, die vielen für die wirtschaftliche Zukunft des Kloster wichtigen Zahlen zu liefern, wobei die meisten neu berechnet werden mussten.

Küentzi half, die alten Lehens- und Pachtverträge durchzugehen und neue Zahlen für die Abgaben auszurechnen und Umrechnungslisten aufzustellen. Er sah diese Aufgabe als persönliche Herausforderung an, stürzte sich in die neue Arbeiten und vergaß sich über den Dokumenten und Listen. So kam für ihn der Abend des dritten Tages erstaunlich schnell.

In seiner grauen, von den Schwertübungen noch leicht verschwitzten Kutte drängte er sich mit gerötetem Gesicht gegen den lauten Widerstand der wartenden Kranken aus der Stadt zur Türe des Klosterspitals vor, wo ihn Clare empfing und umgehend in den Kräuterraum weiterwies.

Die kundige Krankenpflegerin bestätigte ihm, was er schon vorher gewusst hatte. «Du hast die Muskeln zu früh belastet», befand sie ruhig, musterte prüfend sein für diese Tage mittlerweile gewohnt bleiches Gesicht und entschied: «Setze mit den Übungen für drei Tage aus. Lass dir jeden Abend in der Küche vor dem Schlafengehen warme Zwiebelwickel vorbereiten und lege sie auf, wenn du dich hinlegst.»

Küentzi dankte ihr, zwinkerte Clare, die im Vorraum eine schwärende Wunde mit Kamillensud auswusch, übermütig zu und eilte leichtfüßig über den Hof zu den Stallungen, wo er den Karrer aufsuchen wollte. Unterwegs erst erinnerte er sich: Er hatte sich mit Clare absprechen wollen. Im Stall teilte ihm ein

Pferdeknecht mit, Johann sei heute früh nach Häsingen gefahren und werde noch vor Einbruch der Nacht zurückerwartet. Küentzi vergaß seine Enttäuschung, als er die Glocke auf dem Kirchdach zum Vesperdienst läuten hörte, und rannte in die Schaffnei, wo der Schaffner ungeduldig wartete. Johannes hatte entschieden, heute statt der Komplet den Vesperdienst zu besuchen, um nach dem Vespermahl bei Tageslicht bis in die Nacht durcharbeiten zu können.

Der Gesang der Nonnen ließ Küentzi unberührt, und er bemühte sich auch nicht um den Inhalt der kurzen Andacht. Er hatte Luggi auf den Knien neben dem Grab der Euphrosine gesehen, und die bedrückende Unruhe wegen seiner ausstehenden Antwort nahm wieder von ihm Besitz. Auf dem Weg ins Refektorium brach Küentzi endlich sein Schweigen und gestand Johannes Arzat, der am Ausgang auf sie gewartet hatte, und dem Schaffner, ihm sei nicht wohl, weil er vor einer schwierigen Entscheidung stehe. Er könne leider nicht darüber reden. Seine Begleiter warfen sich vielsagende Blicke zu und meinten, als ob sie seine Schwierigkeiten kannten, er solle seine Entscheidung ruhig reifen lassen. Wie nebenbei regte Arzat noch an, vielleicht könne Küentzi mit seinem Beichtvater darüber sprechen. Für mehr reichte es nicht, denn im Refektorium erinnerte die Kornhausmeisterin die Ankömmlinge an das noch immer geltende Schweigegebot.

Küentzi ließ die Frage, wie er einen so gelehrten und überlegenen Priester wie seinen Beichtvater Johannes von Atzenheim ansprechen konnte, nicht los. Wiederholt verhörte oder verschrieb er sich und musste zum Missfallen des Schaffners mehrmals seine Zahlen korrigieren. Johannes stand der Unmut ins Gesicht geschrieben, als er beim Geläut zur Komplet die wenig ergiebige Arbeit beendete und Küentzi barsch anwies, sich umgehend schlafen zu legen.

Dieser verabschiedete sich zerknirscht, doch anstatt auf seine Kammer zu gehen, rannte er schnell in die Kirche. Johannes von Atzenbach sah er am Altar nicht, dafür wurde er mit dem Anblick der drei Zer-Sunnen-Schwestern im Chor und ihrem einstimmigen Gesang belohnt. Als der Text verlesen wurde, blieb sein Blick weiterhin auf Clare gerichtet. Er beobachtete ihr Gesicht ganz genau und wartete auf den Blick, von dem er wusste, dass er kommen würde. Als er kam, erröteten Clare und Küentzi gleichzeitig wie beim ersten Treffen vor Jahren. Die Nonne verpasste beinahe den Anfang des letzten Psalms und er den Priester, der soeben neben den Altar trat. Danach ließ er Johannes von Atzenbach nicht mehr aus den Augen und hastete am Ende des Gottesdienstes in die Katharinenkapelle, wo er sich bei ihm für die Beichte anmeldete.

Als er in die Leutkirche zurückkam, wartete Clare auf ihn am Euphrosinengrab. In einem ungewohnt trockenen Ton berichtete sie ihm über Vetter Henmans Besuch bei Werndrut. Ihr Vetter habe seinen Mantel abholen wollen und sich nach einem jungen Edlen erkundigt, der als Konverse Klosterfuhren begleite und beschütze. Werndrut hätte vermutet, dass er damit Küentzi meinte, doch habe sie nichts gesagt. Sie wolle aber wissen, weshalb sie nichts von dieser Begegnung wusste. Clare zischte ihm zu: «Das ist die Gelegenheit! Bring ihm den Mantel zurück und bringe etwas über seine Geschäfte in Erfahrung!»

Als sie in den Kreuzgang entweichen wollte, hielt er sie sanft zurück und bat leise: «Ich werde morgen Henman den Mantel zurückbringen. Ich bin wegen einer andern Sache, die nichts mit dir zu tun hat, mit mir uneins. Bald kann ich dir alles erklären. Morgen werde ich mit Johannes von Atzenheim sprechen.» Nach einem leichten Kuss auf ihre Hand ließ er sie los.

«Du musst Clare alles erzählen», entschied der Karrer nach dem Frühstück am andern Tag, nachdem Küentzi sich bei ihm über Clares und Werndruts Ungehaltenheit beschwert hatte.

«Du musst deiner Liebsten aber ebenfalls klaren Wein einschenken», verlangte Küentzi von seinem Freund, «sie muss von dir, nicht von Clare, erfahren, was damals an der Wiese geschah. Sie erzählen einander sicher alles.»

Der Karrer gab sich damit zufrieden, kratzte sich beim Gedanken, dass er Werndrut die Geschichte des Kampfes am Wiesenübergang erzählen musste, am Kopf und fragte Küentzi unvermittelt schüchtern: «Kann ich dich begleiten, wenn du Henman den Mantel zurückbringst? Wir könnten unterwegs absprechen, was wir den Schwestern erzählen werden.»

8

Die Sonne stand schon so hoch, dass sie den Hof ausleuchten konnte, als Küentzi am Morgen zu Johannes von Atzenbach zur Beichte ging. Der Prediger betete in der Katharinenkapelle allein, und Küentzi setzte sich ehrfürchtig neben ihn. Die leise Frage, ob er gesündigt habe, traf ihn unerwartet. Krampfhaft versuchte er, seine für dieses Gespräch vorbereiteten Sätze als Antwort umzuformulieren. Bei der Frage, ob seine Zweifel am richtigen Glauben seiner Gottesfreunde eine Sünde wären, blieb er stecken.

Johannes ließ ihm Zeit und wartete. Er erkannte, dass es offensichtlich nicht um eine Beichte ging, erhob sich, entledigte sich seines Priesterhabits und lud Küentzi zu einem Spaziergang an den Rhein ein. Unterwegs erlöste er ihn: «Erzähl. Was bedrückt dich, Bruder Kunrad?»

Eine bessere Frage hätte er nicht finden können. Küentzis Worte strömten, als ob ein Damm gebrochen wäre. Nichts ließ er aus: Weder seine Bedenken gegenüber den verschwörerischen Gottesfreunden noch die unglaubliche Tugendhaftigkeit seiner Klosterfreunde noch Luggis ewige Hetze gegen aufrechte Geistliche und Edle, die ihre Kirche und den Glauben nur für ihr Machtstreben gebrauchten.

Auf dem Pfad entlang der Stadtmauer am Rhein fühlte er sich schon so wohl, dass er dem Mönch anvertraute, wie ungebildet und schwachmütig er als Konverse sei und im Vergleich mit seinen Gottesfreunden ohne Disziplin im täglichen Leben. Er sei unfähig, ein Geheimnis zu wahren, und habe gerade genug Kraft und Mut, um ein schlechter Landsknecht, sicher aber kein Gottesfreund zu werden.

Der Prediger holte tief Atem und fragte vorsichtig: «Könnte es sein, lieber Bruder, dass du, aus welchen Gründen auch immer, deinen Freunden nicht auf Augenhöhe gegenübertrittst, sondern dich kleiner machst und zu ihnen aufsiehst, als ob sie schon im Himmel wären? Luggi aber stellst du dar, als ob der Teufel ihr Beichtvater sei!»

Küentzi ahnte, was Johannes ihm aufzeigen wollte, furchte schweigend die Stirn und blickte auf den Rhein. Nach geraumer Zeit hob der Priester beide Arme, als wolle er den breit und hoch fließenden Strom umarmen und erklärte mit kräftiger

Stimme über das Rauschen des Wassers hinweg: «Sieh, der Rhein ändert ständig seinen Lauf. Die ganze Schöpfung ist in Bewegung bis ans Ende der Zeit, bis zum jüngsten Gericht, und wir damit; unsere Gedanken, Gefühle, selbst unser Glaube. Große Denker haben seit jeher versucht, dieser Wahrheit gerecht zu werden, haben ihre Erkenntnisse und Erfahrungen aufgeschrieben, damit andere sie später lesen und ergänzen können. Sucht ein frommer Gelehrter nach der Wahrheit im Glauben, so sucht er Gott, denn Gott ist die ewige Wahrheit. Wer einen Zipfel von Gottes Wahrheit erhascht, legt davon Zeugnis ab für den nächsten Suchenden, und alle zusammen äufnen einen Schatz an göttlicher Wahrheit.»

Johannes vergewisserte sich, ob Küentzi ihm folgen konnte, und fuhr fort: «Heinrich von Nördlingen nennt diese Menschen, die Gott suchen und Zeugnis ablegen, *fründ in got* und *kind in got*. Er macht dabei keinen Unterschied zwischen Laien und Geistlichen. Kennst du Johannes Tauler? Er sagt, die Gottesfreunde sind die Säulen, auf denen die Kirche ruht, wären sie nicht, so könne die Christenheit nicht länger bestehen. Die Schriften der Gottesfreunde sind zu erforschen, um durch sie in den Himmel gezogen zu werden.»

Tauler ein Gottesfreund! Küentzi war von dieser Neuigkeit so überrascht, dass ihm weder eine Frage noch ein Kommentar dazu einfiel.

Johannes nützte Küentzis Sprachlosigkeit aus und doppelte nach: «Alle *fründ in got*, ob Laien oder Geistliche, sind aufrichtige Christen auf der Suche nach Gottvater und Christus, seinem Sohn. Alle hoffen auf die Inspiration des Heiligen Geistes, führen ein frommes Leben und unterstützen sich auf ihrer Suche gegenseitig. Die Gottesfreunde studieren heute die Texte unseres Meisters Eckhart und seiner Schüler.»

«Ist Tauler ein Schüler Meister Eckharts?», wollte Küentzi wissen.

«Ein sehr wichtiger sogar. Und ich bin auch einer.»

Küentzi starrte verdutzt auf den Dominikaner, legte einmal mehr an diesem Morgen seine Stirn in Falten und wusste nicht, ob er über sich lachen oder vor Empörung schreien wollte. Er hatte den Rat eines Unparteiischen gesucht und war an einen der führenden Köpfe dieser Truppe geraten! Zum Glück erinnerte er sich an die ablehnende Haltung, die seine Nonnenmutter Guota gegenüber Eckhart eingenommen hatte. Beinahe hämisch stellte er fest: «Meister Eckhart war ein Ketzer! Das wissen alle, am besten die Klingentaler Nonnen. Wenn die Gottesfreunde also Eckhart studieren, dann sind sie Ketzerschüler, Aufrührer gegen die Kirche. Und Ihr auch!» Die letzten Worte schleuderte er Johannes so laut ins Gesicht, dass sie als Echo von der Stadtmauer wiederkehrten.

Johannes stellte einen Fuß auf einen großen Stein und erwiderte: «Gegen Meister Eckhart wurde ein Ketzerprozess geführt, doch schuldig gesprochen und verurteilt wurde er nicht. Dies musst du der Gerechtigkeit wegen wissen und auch aus Respekt vor Theologen wie Tauler und Seuse – und nicht zuletzt vor mir.» Der Dominikaner seufzte, bevor er weitersprach: «Meister Eckhart musste mundtot gemacht werden, weil er den Laien zu nah war und ihre Sprache verwendete. Deswegen wurde er auch angeklagt. In der Präambel der unseligen Bulle *in agro dominico* wird Latein als einzige Sprache für geistliche Inhalte propagiert. Die Kurien möchten mit dem Zugriff auf die Sprache unser Denken steuern. So versuchen sie, mit einer neuen Definition des Begriffs Familie unser Leben als Gemeinschaft zu ordnen und dich zu meinem Bruder zu machen.»

Nach eine kleinen Pause, in der Küentzi ihn mit großen Augen anstarrte, bedauerte er: «Die Kirche anerkennt Deutsch im Grunde genommen nur als Sprache für weltliche Angelegenheiten. Du musst wissen, die meisten Aufzeichnungen der Visionen von Beginen und Nonnen sind auf Lateinisch, obwohl diese Frauen nie Latein gelernt hatten. Meist waren es ihre Beichtväter, die ihre mündlichen Berichte und die wenigen Texte aus der Muttersprache ins Lateinische übersetzten und kopieren ließen. Soll nun dieser Schatz an echten, religiösen Erfahrungen nur denjenigen zugänglich sein, die Latein können?»

Nachdenklich musterte er Johannes, der seine Blicke erwiderte, und er musste sich eingestehen, dass ihm dieser hochgebildete und vergeistigte Mönch mit seinem bescheidenen Auftreten gefiel. Johannes hatte ihm mit seinen Erläuterungen die Furcht vor den Gottesfreunden genommen. Was Eckhart betraf, war er mit ihm aber nicht gleicher Meinung und hielt treu zu Guotas Lesart.

Auf dem Weg zurück ins Klingental hätte er am liebsten mit Clare, noch lieber mit Agnes, über das Gehörte gesprochen. Was die zwei Schwestern wohl von den Gottesfreunden hielten? Küentzi verspürte plötzlich den Wunsch, zusammen mit den Zer-Sunnen-Schwestern, dem Karrer und Luggi eine solche Versammlung zu besuchen. Obwohl es ihn eine völlig verrückte Idee dünkte, war er überzeugt, dass dem Mönch neben ihm ein solcher Besuch hochwillkommen war. Doch zuerst musste er Henman zer Sunnen den Mantel zurückbringen.

Küentzi holte den Karrer nach dem letzten Mittagsglockenschlag vor dem großen Stall ab. Er hatte es nicht gewagt, den frisch gebürsteten, weiten Mantel mit dem auffälligen Kragen über die Kutte zu schlagen, und trug ihn sorgfältig zusammengelegt als Packen auf dem Rücken.

Der Karrer staunte nicht schlecht, als Küentzi in einer frisch gewaschenen Kutte – und rasiert! – ihn aufforderte, sich ebenfalls präsentabel zu machen. Sie müssten als Konversen des Klingentals einen guten Eindruck auf Henman machen, denn laut Clare lege ihre Familie großen Wert aufs Äußere. Da der Karrer ihm dies nur bestätigen konnte, folgte er Küentzis Aufforderung. So gingen sie herausgeputzt über die Rheinbrücke und wollten schon den Weg zum Münsterhügel hochgehen, als ihnen Johannes Arzat mit wehendem Haar und in farbiger Kleidung lachend den Aufstieg zur Martinsgasse versperrte.

Er begrüßte die zwei wie ein gediegener älterer Herr und forderte sie auf, mit ihm ins *Spichwerters Hus* einzukehren. Er dulde keinen Widerspruch. Seine Stimme klang frisch, seine Augen leuchteten vor Freude, obwohl sein Gesicht vor Müdigkeit gezeichnet war.

Küentzi, der an diesem Weinhaus schon unzählige Male vorbeigegangen war, sagte gerne zu. Der Karrer, dessen Schritte schon auf der Rheinbrücke beim Anblick der Paläste auf dem Münsterhügel langsamer geworden waren, nahm die unverhoffte Einladung geradezu begeistert an. Ihm war jede Stärkung vor dem Auftritt gegenüber einem Mann aus der Zer-Sunnen-Familie willkommen.

In dem nur von wenigen Fenstern erhellten Schankraum saßen mehrere eifrig bechernde Städter, die Johannes Arzat als alten Bekannten lautstark begrüßten. Johannes führte sie an einen langen Tisch am Fenster, wo Konrad von Hagental, der Schaffner des Klosters Gnadental, gerade seine Mittagsmahlzeit einnahm.

Ungestüm, mit seinen Händen ständig in Bewegung, beschrieb er seinen Auftrag, im Spital an den oberen Schwellen auszuhelfen. Aus Zuvorkommenheit, und um das Wohlwollen der Stadt zu gewinnen, habe der Klosterrat ihn dazu bestimmt, während einer Woche dem Spital seine Erfahrung und seine Fähigkeiten zur Verfügung zu stellen. Seit drei Tagen habe er nun die ganze Nacht hindurch bis zum Mittag als Wundarzt mit ihm unvertrauten Mönchen, Nonnen und unbeholfenen Laien zusammenarbeiten müssen.

Soeben habe er einem armen Bettler ein Bein amputiert. Todmüde sei er, sagte er, doch die wiederkehrenden Bilder des Schmerzes und das nachhallende Geschrei und Gestöhn der Siechen hielten ihn hellwach. Der fröhliche Glanz verschwand aus seinen Augen, sein Blick wurde leer. Mit zittrigen Händen griff er schnell nach dem dritten Becher, wollte ihn in einem Zug austrinken, doch Konrad von Hagenthal hielt ihn sanft zurück und legte beruhigend einen Arm um ihn.

Väterlich sprach der Jüngere auf den Älteren ein: «Johannes, komm mit mir. Ich muss mit eurem Schaffner einige Geschäfte besprechen. Wir haben den gleichen Weg. Ich begleite dich ins Klingental. Dort finden wir auch einen guten Tropfen.»

Während Konrad für Küentzi und den Karrer, die natürlich kein Geld auf sich hatten, bezahlte, erhob sich Johannes langsam und wirkte plötzlich nur noch alt und verbraucht. Unter der Tür, die Küentzi für Konrad und Johannes offen hielt, flüsterte ihm der Schaffner zu, er solle sich nach dem Erledigen des Auftrags möglichst bald in der Schaffnei melden, im Sundgau gebe es Schwierigkeiten.

Küentzi behielt die beunruhigende Mitteilung für sich, als er den Karrer auf dem steilen Weg zur Martinskirche einholte. Langsam, um ja nicht ins Schwitzen zu geraten, folgten die beiden der Straße bis zu *Crafts Thor* neben dem Augustinerkloster, das den Zugang zum Münsterplatz bewachte. Beim Anblick der großen Häuser vor ihnen vergaß Küentzi die besorgniserregende Nachricht.

Nach den eng aneinander geschmiegten und oft schiefen Häusern der Handwerker entlang der Straße bis hierher sahen sie jetzt innerhalb der Mauer, die *auf Burg* den Münsterbezirk umschloss, die standesgemäß gebauten Stadthäuser der Edlen. Groß und breit angelegt, säumten die Höfe der vornehmen Geschlechter aus der Umgebung den weiten Platz vor der Bischofskirche und verteilten sich neben dem Sitz des Bischofs und des Domkapitels bis zu *Cunos Thor*. Auf dem unvergleichbar weiträumigen Platz waren nur vereinzelte beflissene Geistliche oder Dienstleute im Auftrag ihrer Herrschaften unterwegs.

Die zwei Graukutten erfragten sich den Weg *zum Sunnenberg* von einem der Soutanenträger, der gerade in der St.-Johanns-Kapelle neben ihnen verschwinden wollte, und überquerten dann schnell den leer wirkenden Platz. Nach kurzem Suchen bogen sie von der großen Straße zu *Cunos Thor* auf die Zufahrt zum Hof des Grafen Walraff von Thierstein ab. Vor der Tür des Nachbarhauses hielten sie an.

Küentzi raffte allen Mut zusammen, schritt die drei Stufen zum Eingang hoch und bediente den Türklopfer des Hauses *zum Sunnenberg*. Beide warteten gespannt, bis eine junge Magd die Tür öffnete und sie mit dünner Stimme nach ihrem Begehr fragte. Küentzi, von Johann nach vorne geschoben, räusperte sich und teilte ihr schüchtern mit, sie kämen vom Kloster Klingental, möchten Henman sprechen und ihm seinen Mantel zurückgeben.

Die Magd sah die zwei Konversen verwundert an, überlegte kurz und nahm ihnen vorsichtig den schweren Mantel ab mit der Bitte, sich zu gedulden, sie werde Henman suchen. Den Kopf schüttelnd, kehrte sie ins Haus zurück und schloss die Türe hinter sich.

Johann und Küentzi sahen sich fragend an, ließen ihre Schultern fallen. Kurz darauf erschien ein mittelgroßer Mann unter der Türe des *Sunnenbergs*. Verblüfft starrten die Konversen auf den stattlichen Mann, der sie, die Rechte auf dem umgürteten Schwert, kühl von der Türschwelle herab musterte. Das war nicht Henman. Mit gesenktem Blick versuchten sie, ihm ihre Anwesenheit zu erklären. Ungeduldig unterbrach der Hausherr ihr Gestammel und forderte sie auf, ihm in den Hof zu folgen. Küentzi gelang gerade noch ein Blick durch die offene Haustüre auf die gestickten Wandbehänge und reich verzierten Truhen im Flur, bevor sie dem Besitzer durch die Einfahrt in den Hof folgten.

Zwischen den hohen Pfosten des Wagenhauses hing, über ein Wäscheseil ausgebreitet, Henmans Mantel wie ein erbeutetes Bärenfell. Daneben wartete schüchtern die junge Magd zwischen zwei Knechten. Der Hausherr, mittlerweile von der Harmlosigkeit seiner Besucher überzeugt, schickte zuerst die zwei kräftigen Männer mit einem Wink an ihre Arbeit zurück, bevor er mit scharfer Stimme von den Besuchern wissen wollte, wie sie in den Besitz dieses Mantels gekommen waren.

Küentzi erzählte vom Radbruch beim Wiesenübergang und von der anschließenden Auseinandersetzung. In Johann keimte unterdessen ein Verdacht. Höflich und bestimmt fragte er den nur wenig älteren Hausherrn: «Hoher Herr, wohnt Henman zer Sunnen hier oder haben wir uns im Haus geirrt?»

«Ich heiße Werner zer Sunnen und habe einen Sohn, Henman, der aber nicht der Eigentümer dieses Mantels sein kann. Er ist nämlich nur gerade acht Jahre alt», meinte der Hausherr lachend und folgerte: «Der Mantel muss dem Sohn meines verstorbenen Onkels Konrad gehören.»

Küentzi bedauerte, dass sie sich nicht gründlicher über den Eigentümer des Mantels erkundigt hätten, und entschuldigte sich für ihren wenig durchdachten Besuch und für die Störung.

«Vetter Henman ist häufig mit Eisen aus den Erzminen im Kandertal unterwegs. Wenn er in die Stadt kommt, kommt er regelmäßig zu mir. Also lasst den Mantel hier, und ich verspreche euch, das Stück wird noch vor der kalten Jahreszeit wieder in seinem Besitz sein.»

Wie beiläufig erklärte er ihnen noch, er kenne sich im Klosterleben nicht aus, wolle sie aber trotzdem fragen, ob ihnen seine drei jüngeren Schwestern, Nonnen im Klingentaler Konvent, bekannt seien. Als beide die Frage mit einem Kopfnicken bejahten, bat er sie, ihnen bei Gelegenheit seine Grüße auszurichten. Zum Abschied gab er der Magd ein Zeichen, seine unverhofften Besucher hinauszubegleiten, und drehte sich schnell ab.

Auf dem Heimweg ins Klingental schämte sich Küentzi wegen des missratenen Besuchs bei Clares älterem Bruder und ärgerte sich über Johanns unangebrachte gute Laune. Den Kopf unter der Kapuze versteckt, eilte er seinem Freund voraus und mahnte ihn immer wieder gereizt zur Eile, denn er müsse Konrad von Hagental in der Schaffnei noch rechtzeitig erreichen. Als er auf der geschäftigen Rheinbrücke Johann einmal mehr laut und herrisch aufforderte, ihm schneller zu folgen, hatte der genug. Zum Entsetzen der friedlichen Brückengänger packte er Küentzi von hinten, drückte dessen Kopf übers Geländer und zischte ihm zu, ganz still aufs Wasser hinunterzublicken. Küentzi gehorchte und starrte auf den gemütlich fließenden Strom unter ihm. Auf die beruhigende Wirkung des Flusses vertrauend, ließ Johann ihn los. Er legte einen Arm um seinen Freund, zog ihm die Kapuze vom Kopf und sprach auf ihn ein: «Wir haben unser Ziel erreicht, wir sind den Mantel los. Sei dankbar, dass wir uns nicht mehr darum kümmern müssen. Du kannst zornig auf Werner oder auf dich sein, doch lass deinen Zorn nicht an mir aus! Für Werner sind die völlig verschiedenen Lebensweisen der Stände eine Selbstverständlichkeit wie die unterschiedlichen Lichter der Sonne und des Mondes. Er kümmert sich nicht um unsern Stand, glaubt sogar, über die Lebensweise seiner eigenen Schwestern nichts wissen zu müssen. Machen wir es genauso mit ihm. Vergessen wir diesen Besuch im Haus Sunnenberg und die ganze Geschichte mit dem Mantel.»

Küentzi, der vom fließenden Wasser in der Tat ruhiger geworden war, richtete sich auf. Er hatte irrigerweise geglaubt, Werner würde sie als Bekannte seiner Schwestern vertrauensvoller und weniger herablassend behandeln. Ihn hatte das grobe Misstrauen, das Werner ihnen mit dem Aufgebot der zwei Knechte im Hof gezeigt hatte, gekränkt und erzürnt.

Als Küentzi ins Klingental einbog, hatte Konrad von Hagental seinen Auftrag schon beendet und eilte, ohne zum Gruß innezuhalten, an ihm vorbei. In der Schaffnei erfuhr er den Grund für seinen Besuch: Der Gnadentaler Schaffner wünsche von ihnen Dinkelfelder mit den dazugehörigen Leuten zu pachten, denn sein Kloster könne den Eigenbedarf an Getreide nicht mehr decken und habe langfristig zu wenig Bares, um dazuzukaufen. Der Schaffner warf einen wachsamen, forschenden Blick auf Küentzi, als ob er vor ihm auf der Hut sein müsse, und schloss: «Konrad hätte dich gerne selber gesprochen, worüber, hat er mir nur angedeutet. Er erwartet dich möglichst bald mit den Verträgen im Kloster Gnadental.»

«Wenn er mich sprechen wollte, warum hat er dann nicht auf mich gewartet?», fragte Küentzi offensichtlich verwirrt.

Johannes verriet ihm nicht, dass er ihn eines krummen Geschäftes mit Konrad verdächtigt hatte, sondern erklärte mit ernster Miene: «Er muss überall gleichzeitig sein, denn als Folge des schlimmen Fiebers, das die Sundgauer Dörfer heimsucht, sind auf seinen Gütern so viele krank oder gestorben, dass er sogar Nonnen für die Feld- und Stallarbeiten einsetzen muss.»

Er setzte sich mit einem Seufzer und zeigte auf eine leere Stabelle für Küentzi: «Konrads Bericht deckt sich leider mit unsern letzten Meldungen aus Häsingen. Auch bei uns bleibt viel Arbeit auf den Feldern unerledigt. Der dortige Pfleger liegt seit mehreren Tagen mit hohem Fieber im Bett, mehrere Mägde und Bauern hat es auch getroffen, und sie können nicht mehr arbeiten.» Er runzelte die Stirn: «Im Gegensatz zum Gnadentaler Konvent können wir von keiner Klingentaler Nonne erwarten, dass sie wie eine Bauernmagd auf einem Sundgauer Hof im Stall oder auf dem Feld arbeitet. Für einige ist ja schon die Arbeit im Klostergarten unter ihrer Würde.»

Er verstummte verdrossen und beantwortete Küentzis erschrockene Frage, ob nebst dem Schaffner die Namen von andern Kranken bekannt seien, nur mit einem Kopfschütteln. «Der Klosterrat bespricht gerade, wie wir mit der Situation umgehen sollen. Die Priorin erwartet uns nach der Vesperandacht im Kapitelsaal, wo sie uns ihre Beschlüsse mitteilen wird. Eines ist sicher, ich sehe große Unannehmlichkeiten auf uns zukommen.»

Die mächtigste Frau des Klingentals saß zwischen der Kornhausmeisterin und der Schaffnerin, die Krankenpflegerin stand zur Überraschung der Männer hinter ihr. Nach einem kurzen Gruß erkundigte sich die Priorin freundlich, ob Küentzi in bester körperlicher Verfassung und wieder voll einsatzfähig sei. Er bejahte, worauf sie sich erhob und verkündete: «Sehr gut. Nach Rücksprache mit unsrem Schaffner hat der Klosterrat beschlossen, dass du morgen auf unsern Hof nach Häsingen fährst und dort auf Wunsch des schwerkranken Pflegers Johann Hemerlin an seiner Statt zum Rechten siehst. Der Konvent wird für die Gesundheit unsrer Kranken dort beten und die Heiligen für dich um Schutz und Beistand bitten. Wir erwarten von dir persönlich hier in einer halben Woche Bericht.»

Zum Abschied hielt sie ihm den Ring zum Kuss hin, nickte Johannes zu, während sie sich setzte, und hieß die Krankenpflegerin für sie die Türe öffnen. Da offensichtlich niemand eine Antwort erwartete, verließ der Schaffner mit Küentzi schweigend den Raum.

Die Krankenpflegerin begleitete die beiden zur Tür und winkte Clare, die ungeduldig neben der großen Türe von einem Fuß auf den andern trat. Johannes, der zu wissen schien, warum Clare nach ihnen vorgelassen wurde, beauftragte Küentzi, sich später mit ihr in der Schaffnei zu melden, und ließ ihn allein. Im Halbdunkel neben der schweren Eichentüre des Kapitelsaales rätselte Küentzi, warum er und Clare gemeinsam beim Schaffner vorsprechen mussten.

Noch bevor er sich weiter in seine Vermutungen verbeißen konnte, wurde die Türe geöffnet, und die junge Nonne trat mit leuchtenden Augen zu ihm. Auf dem Weg in die Schaffnei erfuhr er, dass beiden die gleiche Aufgabe zugedacht worden war: «Wir beide fahren morgen nach Häsingen, wo ich mich um die Kranken kümmern werde!»

9

Alles in Küentzis Umgebung schien in Bewegung geraten zu sein. Wohin er auch sah und hörte, regte sich das Leben. Die Schwalben waren zurück und zogen auf der Jagd nach Mücken zirpend ihre flinken Kreise über dem Kloster. Der Himmel war wolkenlos, der Morgen mild, als er mit dem Einspänner über die dicken Bretter der Rheinbrücke rollte und sich vom Wächter am Tor durchwinken ließ.

Als die Häuser der Stadt hinter ihnen lagen und die Frühlingssonne die leeren Feldern vor ihnen in ein warmes Licht tauchte, legte Clare ganz selbstverständlich ihren Arm um ihn und er ebenso selbstverständlich den seinen um sie. Er drückte sie sanft an sich und sie schmiegte sich enger an ihn. Unbekümmert genossen sie ihren ersten freien und langen Kuss.

Auf den Wiesen streckten sich die saftig sprießenden Gräser zum Himmel, verführten mit dem Duft ihrer Blumen hitzige Käfer, den Schutz der jungen Blätter zu verlassen und sich den hungrigen Vögeln zum Festmahl anzubieten. An den Waldrändern entlang des Rheins und seiner Arme tanzten die Bienen um blühende Sträucher und torkelten pollenbeladen zu ihren Stöcken zurück. Selbst die Bäume regten sich, machten sich weit und bedeckten ihre Winterblöße mit lichtem Grün.

Als in der Ferne Leute auf dem Weg zur Arbeit auf den Feldern auftauchten, ließen sie einander los und versteckten ihre neu gefundene Vertrautheit wieder. Nur noch die ihnen von der Priorin zugeteilte Aufgabe durfte jetzt zählen. Pflichtbewusst zwang Küentzi den gutmütigen Gaul, das letzte Stück Weg zum Klosterhof zu traben, und er brauchte sein ganzes Geschick, um den vielen wüsten, vom Winter auf der Straße hinterlassenen Schlaglöchern auszuweichen.

Clare stieg als Erste ab, richtete mit von der Anspannung zittrigen Händen ihre Tracht und sah sich verwundert um. Küentzi tätschelte den kräftigen Hals des Gauls und suchte die Leute, die eine so wichtige Rolle in seinem Leben gespielt hatten. Doch niemand kam ihnen zum Gruß entgegen, kein fröhliches Willkomm und kein anzüglicher Scherz waren zu hören. Die Hühner, die sonst um diese Zeit schon überall scharrten und pickten, fehlten mit ihrem Gegacker. Im Stall muhte eine Kuh mit vollem Euter. Einzig der weiße Rauch, der aus dem Schornsteine der Küche aufstieg, verriet menschliches Tun.

Clare war zum ersten Mal auf dem Hof und wusste nichts vom Landleben. Sie war vom einsamen Empfang wenig befremdet. Sie hatte zwei Drittel ihres Lebens abgeschottet hinter Klostermauern verbracht und konnte die Zeichen der Not hier gar nicht lesen, sah nur an Küentzis verunsichert suchenden Blicken und seiner gerunzelten Stirn, dass ihm der Zustand missfiel und der Notstand größer war als beschrieben.

Während er ihre Kräutervorräte und Tücher sowie seine Kiste ablud, Pferd und Wagen versorgte, ging sie mit besorgter Miene in die Küche, wo ein einziges Feuer unter einem Kessel brannte. Am langen Tisch saß eine bleiche, schwitzende Frau mit grauen Haaren und stützte sich mit beiden Händen auf einen irdenen Krug. «Endlich kommt ihr, Gott sei Dank! Du gehörst doch zur Hilfe, um die wir das Klingental gebeten haben?»

«Genau. Ich bin Schwester Clare. Ich nehme an, ich beginne mit dir», stellte sie sich vor und trat tatkräftig auf die Frau zu.

Diese wehrte sich mit schwacher Stimme: «Kümmere dich lieber um den Pfleger im ersten Stock und die Mägde in der Scheune, sie brauchen deine Hilfe dringender. Ich habe das Schlimmste hinter mir und das Fieber überlebt. Ich komme schon zurecht.» Clare nahm ruhig ihre Hand, zählte den Puls und begutachtete die roten Flecken auf der Haut ihrer Patientin. Kaum hörbar stellte sich diese nun vor: «Ich bin die Köchin hier. Zum ersten Mal wieder auf den Beinen. Die Haushälterin, mit der ich das Zimmer teile, liegt tot im Bett, doch ich kann den Pfarrer nicht holen. Ich weiß nicht, wer sonst noch gestorben ist, ich kann mich nicht richtig erinnern. Der Pfleger lebt noch, ich hörte seine Stöhnen die ganze Nacht hindurch.»

Von der langen Rede erschöpft, legte die Köchin ihren Kopf auf die Hände. Küentzi betrat schwerbeladen die Küche und stellte mit lautem Gepolter ihr Gepäck ab.

Beim Anblick der zusammengesackten Frau fragte er entsetzt: «Bist du's Köchin? Ich habe dich kaum erkannt! Clare, wir müssen ihr sofort helfen!» Er richtete sie auf und wurde mit einem dankbaren Lächeln belohnt, wobei er ihre Handbewegung, mit der sie ihm den Weg nach oben zeigte, übersah.

«Was sie braucht, ist Nahrung. Geh bitte nach oben und sieh nach dem Pfleger. Halte Abstand, damit du dich nicht ansteckst. Ich koche hier Wasser für einen Fiebertee.»

Vorsichtig ließ Küentzi die Köchin los und hetzte in den oberen Stock. Die Tür zu des Pflegers Kammer stand offen und der ihm entgegenkommende Gestank von Urin, Kot und Erbrochenem warf ihn beinahe um. Auf das Schlimmste gefasst, trat er langsam zum Laubsack. Vor ihm lag der ausgezehrte und vor Fieber glühende Körper seines ältesten Förderers in völlig verschmutzten Laken. «Durst!», stöhnte Johann immer wieder, ohne je die Augen zu öffnen. Küentzi versuchte, sich ihm zu erkennen zu geben, konnte ihn aber mit Worten nicht erreichen und wagte nicht, ihn zu berühren, bevor Clare ihn untersucht hatte.

Unter Tränen meldete er in der Küche, dass sein Freund zwar noch lebe, doch nicht mehr ansprechbar sei. Clare hieß ihn, die Kräuter im Krug mit siedendem Wasser zu übergießen, nach einer Weile einen Becher mit diesem Tee vor die Köchin zu stellen. Sie eilte nach oben, um sich ein eigenes Bild zu machen, und kam mit ernster Miene unverzüglich zurück. Sie bat ihn, einen Kessel mit lauwarmem Kräuterwasser nach oben zu tragen, und ging ihm mit frischen Tüchern und einem Becher Tee voraus.

Zusammen legten sie den Kranken sanft auf den hölzernen Boden, wo Clare ihm langsam Tee einflößte. Küentzi machte aus den besudelten Laken ein großes Bündel, brachte eine saubere Bettunterlage und deckte sie mit einem frischen Tuch zu. Clare hatte mittlerweile mit einem Schwamm den Pfleger so gesäubert, dass sie ihn mit Küentzis Hilfe wieder auf das saubere Bett legen konnte.

Während Küentzi den Boden putzte und sie den Kranken vorsichtig mit Kräutersud abrieb, erteilte sie ihrem Begleiter den nächsten Auftrag: Er solle ein Huhn schlachten und in die Küche bringen. Überdies solle er die arbeitsfähigen Bewohner des Hofes in der Küche versammeln, damit die anstehenden Arbeiten verteilt werden konnten.

Küentzi, in dessen Nase sich der scheußliche Gestank festgesetzt hatte, fühlte sich ungerechtfertigt bevormundet und gab ihr gereizt zurück: «Auf die Idee, dass wir uns organisieren müssen, bin ich auch schon gekommen, dazu brauche ich keinen Auftrag von dir. Kümmere du dich gefälligst um die Kranken!»

Erschreckt blickte Clare auf und verfolgte mit traurigen Augen, wie Küentzi mit dem abstoßend riechenden Bündel aus der Kammer stampfte, hörte, wie er die Treppe hinunterpolterte und das Haus verliess. Ihr war zum Heulen zumute, als sie frischen Schweiß von des Pflegers Stirn abwischte und ihm den Becher an die Lippen setzte. Johann fehlte die Kraft, um aus dem Becher zu trinken, und sie begann, ihm den Tee mit einem Löffelchen aus Kuhhorn einzuflößen. Zuerst hatte sie wenig Erfolg, doch je mehr er schlürfen konnte, desto weniger zitterte er, und ihre Aufgabe wurde einfacher. Nach seinem ersten richtigen Schluck öffnete er plötzlich die Augen und sah sie an. Mühsam versuchte er, ihr etwas zu sagen. Doch er schaffte es nicht, schloss Augen und Mund und schien in Schlaf zu fallen.

Hatte ihr Johann wirklich zugeflüstert, Küentzi sei von Grund auf gut? Hatte er mitbekommen, wie sehr sie Küentzis unverdiente Zurechtweisung schmerzte? Nachdenklich deckte sie ihren Patienten zu und ging nach unten.

Weil keine Kuh mehr nach der Melkerin rief, ging Küentzi zuerst zum Kuhstall. Vor dem Misthaufen sah er, wie eine kräftige Frau gerade ansetzte, einen Eimer Milch auszuleeren. Aufgebracht tadelte er sie, was ihr einfalle. Unbeirrt goss sie die Milch in die Jauche und fragte unwirsch zurück, was ihn das angehe. Als sie sich aufrichtete, erkannte sie die Graukutte und begrüßte ihn mit einem tiefen Seufzer der Erleichterung: «Gott sei Dank, bist du gekommen, Küentzi! Ich bin seit einem Tag die Einzige, die auf beiden Beinen stehen und arbeiten kann. Ich weiß nicht, wo mir der Kopf steht, ob all der vielen Arbeit, die zu erledigen ist.»

Müde senkte sie den Kopf, und Küentzi entschuldigte sich sofort für seinen unangebrachten Auftritt. Voller Freude, wieder einen Gesunden vor sich zu haben, berichtete die nur wenige Jahre ältere Frau: «Der Pfleger hat so nach dir verlangt. Ich weiß nicht, ob er überhaupt noch lebt. Als ich gestern Abend im großen Haus vorbeisah, warnte mich die Köchin, nach oben zu gehen. Also kümmerte ich mich um die Mägde. Sie sind alle in der Scheune. Ich kehre überall den gröbsten Dreck weg und versorge die Übriggebliebenen mit dem Nötigsten, gehe aber nicht über die Küche hinaus. Über dem Wohnhaus hängt nämlich ein Fluch. Wer dort erkrankt, der stirbt. Ich würde nie wagen, das Haus ohne Priester zu betreten.»

Küentzi erschrak, sah vor sich Clare mit den Kopf des Pflegers auf ihrem Schoss, wie sie ihm den Becher an die Lippen hielt, erinnerte sich an den fürchterlichen Gestank im ganzen Haus, an die bewegungslose, ausgemergelte Gestalt der Köchin am Küchentisch und verspürte den Drang, auf der Stelle diesem Hof zu entfliehen. Doch wie schon beim Eintritt in die Küche nach der Ankunft überwand er seine Furcht vor den hinter der schlimmen Krankheit lauernden Teufeln und nahm sich Clares unerschrockene Zuversicht zum Vorbild. Sie schien vor der ewigen Angst vor Zerfall und Tod gefeit und stellte sich dem Elend und Ekel entgegen, als ob keine Gefahr für ihr Leben bestünde.

Er ließ sich von der Magd zu den kranken Mägden in der Scheune führen. Hier bot sich ihm ein ähnliches Bild wie in der Kammer des Pflegers. Auf einer unappetitlichen Schicht Heu wälzten sich, immer wieder stöhnend und zum Teil entblößt, schweißgebadet zwei Frauen im Fieberdelirium, zwei andere lagen mit geschlossenen Augen wie tot daneben. Der Geruch von Ausscheidung war in diesem luftigen Bau erträglicher.

Er dankte der Magd für das Einrichten dieses kleinen Spitals und machte einen Abstecher in den Hühnerhof. Dort packte er sich den ältesten und größten Gockel, der sich so mächtig vorkam, dass er sich kaum wehrte, und hackte ihm auf dem Spaltstock den Kopf ab. Er legte den leblosen Körper noch warm auf den Küchentisch und ging nach oben, wo Clare Johann geduldig ihren fiebersenkenden Tee einlöffelte. Er berichtete ihr von der einzigen arbeitsfähigen Magd, die alles für das erkrankte Gesinde tat und sich weigerte, ins Haus zu kommen, bevor nicht ein Priester die Dämonen vertrieben habe.

Leise, um den unruhig dösenden Pfleger nicht aufzuregen, zog Clare ihre Schlüsse: «Dann muss ich also meinen Arbeitsplatz in die Scheune verlegen, wenn ich auch die Mägde durchbringen soll.» Sie überlegte kurz: «Dies ist mir ohne zusätzliche Hände unmöglich, der Pfleger muss Tag und Nacht betreut werden. Kannst du die Dienstleute davon überzeugen, dass hier nicht die Pest wütet, sondern das viel weniger gefährliche Sumpffieber? Vielleicht musst du ihnen einfach befehlen, hierher an die Arbeit zurückkehren, denn wir brauchen sie dringend.»

Küentzi stimmte ihr zu, dachte an die Teufelsängste der Kuhmagd und schlug vor, als Nächstes das Wohnhaus neu weihen zu lassen. «Ich kann auf dem Weg zu den Dienstleuten einen Abstecher ins Kloster Blotzheim machen und den Kaplan für die Weihe noch heute hierherbestellen.»

Clare stimmte ihm sofort zu und ergänzte, der Kaplan könne anschließend die Toten christlich begraben. Laut Köchin warte der Leichnam des alten Schmieds schon seit einigen Tagen in einer Holzkiste, die tote Haushälterin im hinteren Zimmer auf ihrem Bett. Sie fragte Küentzi, wie lang und beschwerlich die Fahrt ins Kloster Blotzheim sei.

«Kurz und ungefährlich», antwortete der.

«Dann müssen wir den Pfleger dorthin fahren. Dort besteht für ihn die Aussicht zu überleben, denn der Konvent hat alles, was wir für seine aufwendige Pflege benötigen und hier nicht haben. Er ist sehr schwach, aber eine kurze Fahrt müsste gut gehen.» Ein mutiger Entscheid, fand er und bereitete die Verlegung des Pflegers vor.

Um die Mittagszeit klopfte Küentzi an die Pforte des kleinen Konvents in Blotzheim und bat um Einlass für seine Fuhr. Die alte Pförtnerin, die ihn noch aus seinen Besuchen vor drei Jahren kannte, ließ sie sofort ein, erschrak beim Anblick des bewusstlosen Pflegers und holte ungefragt im Konventsgebäude Verstärkung. Sie kam mit zwei Nonnen und der Äbtissin zurück, die den totenbleichen Mann rasch segnete und sichtlich Mühe hatte, die gewohnte Miene von Gelassenheit und Gleichmut zu wahren. Mit wackliger Stimme wies sie die Nonnen an, den Kranken auf einer Bahre in die Gästekammer im Laienteil des Klosters zu tragen. Die Pförtnerin hieß sie, den Kaplan mit den Sterbesakramenten zu holen.

Küentzi beschrieb ihr den Zustand des Klingentaler Hofs, während er den zwei Nonnen half, Johann vorsichtig vom weichen Polster aus Heu und Stroh auf die Trage zu laden. Neben der Bahre ging er in das für den Kranken hergerichtete Gästezimmer, wo der Kaplan sofort mit dem Sterbegebet begann. Traurig verfolgten die Nonnen und Küentzi die Zeremonie, bis der Priester sich erhob und alle bis auf die Nonne, die zur Krankenwache eingeteilt war, aufforderte, mit ihm den Raum zu verlassen.

Als sie still in den von der Sonne gewärmten Hof traten, läutete das Klosterglöcklein zur Sext, und der Kaplan lud Küentzi ein, in der Andacht zusammen mit dem Konvent für den Pfleger und für alle Leute auf dem Hof um Hilfe bei den Heiligen und Engeln zu bitten. Doch der entschuldigte sich, er müsse unbedingt die arbeitsfähigen Dienstleute auf den Hof zurückholen. Eine schwierige Aufgabe, erklärte er ihm, denn die Dienstleute wollten die angeblich mit einem Fluch belegten Gebäude nicht mehr betreten.

Die Äbtissin hatte sein Anliegen erkannt und entschied kurzweg, nicht ohne einen entschuldigenden Blick zum Geistlichen zu werfen: «Unser Kaplan wird heute Nachmittag die Zeit finden, mit Weihrauch und Weihwasser den Klingentaler Hof von den Dämonen und Teufeln zu säubern und den Fluch aufzuheben. Jetzt müssen wir zum Gebet.»

Erleichtert verabschiedete sich Küentzi von den hilfsbereiten Ordensleuten und fuhr los, um die Klingentaler Dienstleute auf ihren zerstreuten Heimstätten einzusammeln. Er begann mit dem Schmied und Hedwig. Am Waldrand vor der Brücke über den Liesbach stellte er Ross und Wagen ab und rannte auf dem schmalen Fußpfad dem Bächlein entlang zur Lichtung, wo Hedwigs Mutter wohnte. Der durchdringende Geruch des frischen Bärlauchs erinnerte ihn daran, dass er seit dem Frühstücksbrei im Kloster nichts mehr gegessen hatte. Um die Gesuchten zu warnen und den knurrenden Magen zu übertönen, rief er laut nach dem Schmied und bat ihn und Hedwig, sich vor der Türe zu zeigen, wenn sie gesund seien. Als er keuchend aus dem Wald trat, warteten beide vor dem Häuschen.

Noch außer Atem schilderte er ihnen mit wenigen Worten die Lage auf dem Gutshof und forderte sie unverzüglich zur Mitfahrt auf. Während Hedwig schon ihre Sachen holte, brauchte der Schmied zuerst Küentzis Zusicherung, dass ein Priester die Gebäude neu geweiht hatte. Hedwigs Mutter weinte, als das Paar – davon war sie überzeugt – in den sicheren Tod hastete. Das Ross, das sich am frischen Grün der tief hängenden Äste des Baumes den Bauch gefüllt hatte, zog beim Anblick seines Herrn den Wagen zufrieden auf die Straße, wo Hedwig, noch leicht außer Atem, sofort hinten aufsaß. Ihr Gatte, der die Gegend wie seinen eigenen Hosensack kannte, musste Küentzi vorne helfen, den Weg zu den Behausungen der Klingentaler Dienstleute zu finden.

Unterwegs erfuhr Küentzi, wie der junge Schmied den alten tot neben dem Amboss gefunden hatte. Er könne heute noch nicht verstehen, wie Gott zulassen konnte, dass gerade der fromme Schmied und der zutiefst gläubige Pfleger die Opfer dieser fürchterlichen Krankheit wurden. Er habe Hedwig überzeugt, den Hof sofort zu verlassen.

Gegen Ende des Nachmittags fuhr Küentzi mit dem jungen Ehepaar, zwei Melkmägden und dem invaliden Küchenknecht in den Hof ein. Mehr Arbeitskräfte hatte er nicht angetroffen, aber überall ausrichten lassen, die arbeitsfähigen Hörigen, auch Freie, sollten sich am andern Tag nach Sonnenaufgang im Hof einfinden.

Der Priester war kurz nach ihnen eingetroffen und hatte mit dem Reinigungsritual in der Küche begonnen. Dort hatte Hedwig unbekümmert um die lauten Vorbehalte ihres Gatten die Leitung übernommen. Während der Priester die Küche mit Weihwasser besprengte, feierliche lateinische Sätze sprach und den Weihrauchkessel schwang, kochte sie aus Milch und tagealtem Brot eine Suppe für die Gesunden. Das Ausnehmen und Rupfen des geköpften Huhns überließ sie dem Küchenknecht, ihren Gatten schickte sie mit dem Auftrag weg, er solle ihr noch ein Huhn, geköpft und ausgenommen, bringen.

Nachdem der Kaplan die Dämonen aus der Küche vertrieben hatte und sich die anderen Räume vornahm, setzte sich Küentzi heißhungrig an den Tisch und wünschte unbedingt schon jetzt einen Teller Suppe. Clare kam eine Pause zur eigenen Stärkung gelegen und setzte sich sofort zu ihm. Den Küchenknecht, der vom Weihrauch angewidert die Nase rümpfte und hüstelte, hieß sie das Huhn anderswo auszunehmen, sie bräuchte einen Augenblick Ruhe.

Auf ihrem Krankenbett in der hinteren Ecke kicherte die Köchin. «Nonne, du gefällst mir. Du und Hedwig, ihr seid zwei starke Frauen. Zusammen werdet ihr den Hof wieder auf Vordermann bringen. Küentzi, stell dich gut mit ihnen, sonst hast du das Nachsehen!»

Heiter dankte Clare der alten Frau und hoffte, dass ihr die wieder erwachten Lebensgeister erhalten blieben.

Hedwig hatte mittlerweile drei Schalen Milchsuppe geschöpft und sich neben Küentzi gesetzt. Während alle ihre Suppe löffelten, musterte Hedwig Küentzi, der hastig die Brotbrocken aus seiner Schale fischte, und Clare studierte die Frau des Schmieds.

Erst als alle Schalen geleert waren, fragte Hedwig ihn: «Wie lange bleibst du? Wirst du unser neuer Pfleger?»

«Ich muss in drei Tagen ins Klingental zurück und der Priorin Bericht erstatten. Dann entscheidet der Klosterrat, wie es weitergehen wird.»

Hedwig hatte eine ausführlichere Antwort erwartet und betrachtete ihn verunsichert.

Clare kam ihr zu Hilfe: «Alles hängt davon ab, ob überhaupt und wie schnell der Pfleger gesund wird und sein Amt wieder aufnehmen kann. Vermutlich ist sein jüngerer Bruder Rudolf, der den Hof und die Gegend bestens kennt, ein viel passenderer Nachfolger.» Sie musterte Hedwig eingehend: «Küentzi hat in dieser Angelegenheit nichts zu bestimmen. Nur eines steht fest: Ich werde hierbleiben, bis die Fieberseuche abgeklungen ist, und wir müssen noch heute einen Pflegedienst für Tag und Nacht einrichten. Wir können uns Erholungszeiten einrichten, uns besser gegen die Krankheitsdämonen im Gebet stärken und mit Gottes Hilfe die Kranken heilen. Wenn die Mägde rasch genesen, dann schätze ich die Dauer meines Aufenthalts hier auf mindestens drei Wochen.» Sie hielt inne, schien nach den richtigen Worten zu suchen, bevor sie Hedwig fest in die Augen fasste und fragte: «Könntest du die Küchenarbeit aufgeben und mir in der Krankenpflege zur Hand gehen? Schwangere sind gegen Fieberkrankheiten besser geschützt. Vielleicht könntest du mir noch eine andere tüchtige Magd empfehlen, mit der du gut auskommst.»

Hedwig errötete, und bevor sie auf die überraschende Frage antworten konnte, kam aus der Ecke von der Köchin ein heiteres Krächzen: «Das geht schon! Bald bin ich wieder auf den Beinen. Vorerst kann ich von hier aus die Küchenarbeit steuern.»

Hedwig blickte verlegen zu Küentzi und wartete mit ihrer Antwort, als ob sie seine Zustimmung brauchte.

Der hatte den Frauen nur mit halbem Ohr zugehört und war in Gedanken bei den zur Wiederaufnahme des Gutsbetriebes nötigen Arbeiten. Als sie schwiegen und er Hedwigs erwartungsvollen Blick spürte, fuhr er hoch und erfasste zum ersten Mal die einnehmenden Veränderungen in ihrer Erscheinung. Alles an ihr war runder, ihr Busen noch üppiger. Doch er machte sich darüber nicht weiter Gedanken und nickte ihr aufmunternd zu, ohne genau zu wissen, was sie ihm mit ihrem scheuen, erwartungsvollen Blick, der wenig in dieses Bild fraulicher Reife passte, sagen wollte. Nach einigem Zögern nahm Hedwig wie erlöst Clares Angebot an.

Diese hatte die Blicke der beiden aufmerksam verfolgt, ließ sich jedoch ihre Unruhe, die das stumme Zwischenspiel zwischen Küentzi und der Magd in ihr ausgelöst hatte, nicht anmerken. Sie hatte ihn noch mit keiner anderen Frau so umgehen sehen. Für kurze Zeit schienen die zwei einander so nah und vertraut, dass sie einen Funken Eifersucht verspürte.

Der nächste Tag auf dem Häsinger Gutshof begann ruhig. Bevor die Kühe den Kranken in der Scheune mit ihrem Gestöhn lästig fallen konnten, wurden sie gemolken. Der Morgennebel dämpfte die wenigen Geräusche und Laute, die durch die einsetzenden Arbeiten verursacht wurden. Eine Melkmagd hatte früh die Tür des Hühnerhauses geöffnet und den übriggebliebenen, verängstigten Hahn nach draußen gelockt. Stolz beaufsichtigte der nun seine Hennen, die am Wiesenrand eifrig nach Würmern pickten. Ein Knecht spaltete neben der Schmiede Holz für die Küche. Alle arbeiteten ruhig und ließen sich den Druck, der auf ihnen lastete, nicht anmerken.

Clare hatte die Nacht bei den Kranken durchgearbeitet. Jetzt trat sie vor die Scheune und atmete in der kühlfeuchten Luft tief durch. Es war die Zeit der Prim, als sie Hedwig in ihrem Heulager über dem warmen Kuhstall weckte und sich von ihr ablösen ließ. Müde ging sie im Morgengrau zur Küche, wo sie von der Köchin, die noch immer bleich, aber schon etwas aufrechter am Tisch saß, freudig begrüßt wurde.

Unaufgefordert stellte ihr der Küchenknecht warme Milch und eine Scheibe Brot hin. Während Clare still betete, schwieg die Köchin. Erst als Clare das harte Brot in der Milch aufweichte, erklärte sie ihr mit noch immer schwacher Stimme: «Wir müssen heute backen. Ich hoffe, Küentzi taucht bald auf, damit er den Backofen einheizen kann. Hast du ihn schon gesehen?»

Überrascht fragte Clare zurück, ob er nicht ihm Haus geschlafen habe.

«Außer mir in der Küche und den Melkmägden hat niemand im Haus geschlafen», versicherte ihr die Köchin. Der Priester habe gestern alle Räume gesegnet und mit neuen Kruzifixen vor den in der Zwischenwelt irrenden Geistern und krankmachenden Dämonen gesichert. Die Stimme der Köchin ermattete, als sie weitersprach: «Der Priester hat bedauert, dass du die Nacht nicht im Haus mit Gebeten für die Toten durchwachen konntest. Als geweihte Nonne wiege deine Fürbitte wie die eines Priesters und sei gegen teuflische Verdrehungen gefeit. Stimmt das?»

Clare, die einen Vorwurf aus der Frage herausgehört hatte, nahm sich mit der Antwort Zeit. Sie fischte das letzte Stücklein Brot aus der Milch, kaute es mit abwesendem Blick, bevor sie Stellung nahm: «Ich kenne Schwestern, deren Schweigen die Heiligen schneller erreicht als die lauten Gebete eines Priesters. Meine Fürbitte wird im Jenseits sicherlich vernommen, doch ob sie auch erhört wird, weiß weder der Priester noch ich. Glaub mir, Köchin: Wäre ich nicht von der Priorin beauftragt worden, mich um die Kranken zu kümmern, hätte ich sicherlich durch die Nacht für die Toten gebetet.»

In diesem Augenblick erschien Küentzi, der ihre Worte gelauscht hatte, und ergänzte noch auf der Türschwelle: «Der klösterliche Gutshof braucht die Kraft der Lebenden. Deshalb hat die Priorin eine heilkräftige Nonne mit einem streng diesseitigen Auftrag hierhergeschickt.» Er wischte mit einer fließenden Bewegung verstreute Heugräser von seiner grauen Kutte und setzte sich der weißen Nonne mit dem schwarzen Schleier gegenüber.

Sein Frühstück bestand lediglich aus einer Schale Milch mit einem schrumpeligen Apfel. Enttäuscht senkte Küentzi den Kopf, suchte eine glatte Stelle zwischen den vielen Flecken auf der Apfelhaut und biss hinein. Während er kaute, zog ihm Clare mit spitzen Fingern die Überreste seiner Nacht im Heu aus den Haaren und tat dies so selbstverständlich, als wäre sie für seine Erscheinung verantwortlich. Sie lehnte sich nach getaner Arbeit belustigt zurück und erhielt zum Dank einen so zärtlichen Blick, dass sie errötete und aus schierer Verlegenheit mit dumpfer Stimme fragte: «Hast du gut geschlafen?»

Ohne sie aus den Augen zu lassen, antwortete er: «Zufrieden und warm über den Kühen und bei Hedwig.»

Die Worte trafen Clare unvorbereitet und sie verspürte einen Stich. Äußerlich blieb sie ruhig, nur ihr Blick wurde unvermittelt hart wie ihre Stimme: «Wir reden später. Ich muss jetzt schlafen. Ich habe die Nacht durchgearbeitet!» Sie versteckte ihre Hände unter dem Skapulier, erhob sich brüsk und verabschiedete sich von ihm mit einem würdevollen Nicken. Sie fasste sich im nassen Hof und brauchte nicht lange, bis sie sich beschämt eingestehen musste, dass sie auf Hedwig eifersüchtig war.

In diesem Augenblick trat diese unters große Vordach und fragte sie, wann der neue Tee für die Kranken aus der Küche eintreffen werde. Clare geriet beim Geständnis, sie habe die Bestellung vergessen, ins Stottern, machte auf dem Absatz kehrt und kehrte in die Küche zurück.

Die Köchin schlief tief, noch immer sitzend, mit dem Kopf auf den Armen. Sie wachte nicht auf, als Clare dem Küchenknecht die Kräuter auflistete, die sie im Tee für die Fiebernden wünschte. Sie wachte auch nicht auf, als die Nonne laut darauf bestand, dass der Tee Vorrang vor dem Brotteig habe. Der Widerstand des Küchenknechts war jedoch zäh: «Ich kann das Kneten nicht unterbrechen, sonst geht das Brot nicht auf. Du musst warten oder mir eine Hilfe finden.»

Clare gab sich geschlagen und machte sich auf die Suche nach Küentzi. Sie fand ihn im Zimmer des Pflegers. Zaghaft bat sie ihn, in der Küche zu helfen, damit die Kranken ihren Tee bekämen. Als sie die Küche betraten, erklärte der Küchenknecht dem Konversen sofort seine Aufgabe, ohne die eigene Arbeit zu unterbrechen. Er hieß ihn, sich eine große Schürze umbinden, damit er sich nicht mit Mehl und Teig bekleckere. Da Küentzi später keine Zeit mit Putzen und Waschen verlieren wollte, zog er seine Kutte aus, band sich flink die Schürze um und übernahm mit ausgestreckten Armen den schweren Klumpen Teig.

Wie er, mit dem Rücken zu Clare und nur mit dem Allernötigsten bekleidet, mit kräftigen Bewegungen den feuchten Teig bearbeitete, wurde sie wie nie zuvor vom Verlangen gepackt, hautnah mit ihrem Körper den seinen zu umfangen, und konnte nur mit Mühe ihr Begehren zähmen.

Als der Küchenknecht sich ihr zuwandte, stand sie etwas steif vor ihm und gab die vorbildliche Nonne. Sachlich und mit unbeteiligter Miene beschrieb sie dem Knecht noch einmal, welche Kräutermischung sie für den Krankentee wünschte. Nur am äußersten Rande ihres Blickfeldes verfolgte sie hingerissen die aufreizenden Bewegungen von Küentzis Rücken, bis sie, ohne einen direkten Blick auf den verschwitzten Körper zu wagen, mit hastigen Schritten die Küche verließ.

Sie kündete Hedwig in der Scheune an, man werde den Tee bringen, sie werde sich jetzt schlafen legen. Zuvorkommend empfahl ihr Hedwig ihren Platz über dem Kuhstall, dort sei es dunkel und warm, zudem werde sie dort von niemandem gestört.

«Von Küentzi sicher nicht, er hat ja die ganze Nacht mit dir gelegen!», entfuhr ihr, bevor sie sich, ob ihrer Unverschämtheit erschrocken, beide Hände vor den Mund hielt.

Obwohl sie von Clares Grobheit überrascht wurde, gab ihr die Magd gutmütig zurück: «Schade, ich habe gar nicht bemerkt, dass er neben mir schlief.» Sie musterte die Nonne nachdenklich, bevor sie ihr geradeheraus gestand: «Vor meiner Schwangerschaft hätte ich das gar als Beleidigung empfunden. Dass er eine ganze Nacht lang ohne Annäherungsversuche neben mir liegen würde! Doch in meinem Zustand brauche ich keine aufregende Liebelei. Komm setz dich, die Kranken schlafen und brauchen mich nicht.»

Clare schämte sich für ihre unüberlegte Bemerkung und setzte sich mit einer entschuldigenden Geste zu ihr. Hedwigs Geradlinigkeit hatte sie beeindruckt, und sie wagte eine Anspielung auf das stumme Zwischenspiel der beiden am Vortag.

Ohne lange zu überlegen, gab ihr Hedwig treuherzig Auskunft: «Ich kann dich beruhigen. Wir waren vor Jahren verliebt bis über beide Ohren, und aus dieser gemeinsamen Zeit ist eine Vertrautheit geblieben. Ich denke, du stehst ihm nahe. Früher war ich entsetzlich eifersüchtig. Doch heute kann ich zusehen, wie er in Liebe zu einer anderen entbrennt, und ich werde ihn als Erste beglückwünschen, wenn sie seine Liebe erwidert.» Sie schwieg, nahm Clares Hände und blickte ihr liebevoll in die Augen.

Die Nonne errötete, wich Hedwigs Blick aus, wusste nicht, wie mit sie mit diesen Worten umgehen sollte, und senkte langsam ihr Haupt. Schmerzhaft spürte sie die engen Gitterstäbe nicht nur ihrer klösterlichen Erziehung, sondern auch ihres gegenwärtigen Zustandes, der ein zölibatäres Leben verlangte.

Sie beneidete die andere um ihre ungekünstelte Offenheit. Hedwig war mit ihr wie mit einer vertrauten Freundin umgegangen, hatte ihr das Geheimnis ihrer Liebe zu Küentzi verraten, doch ihre eigene Liebe konnte Clare ihr nicht gestehen. Sie fühlte sich bei etwas Ungehörigem ertappt und konnte gerade gegenüber der Magd nicht aussprechen, was sie für Küentzi empfand. Sie wollte Hedwigs Freundin sein, mehr über ihr Leben mit einem Mann erfahren und ihr gegenüber ihre eigene Not im Wirrwarr ihrer Gefühle ausdrücken. Doch für all dies fehlte ihr die Sprache.

Als Küentzi mit dem dampfenden Teekrug die Scheune betrat, fand er sich zwei verstummten Frauen gegenüber. Er war von der Stille im Raum so beeindruckt, dass er nur gerade flüsternd fragte, ob er ihnen einen Becher füllen dürfe. Clare trank ihren Tee schnell, verabschiedete sich und verschwand im Heu über dem Stall. Küentzi wandte sich noch immer flüsternd an Hedwig und wollte besorgt den Grund für Clares wortkarges Verschwinden und für die schwermütige Stimmung wissen.

Sachte führte sie ihn hinter einen Stapel leerer Körbe, ermahnte ihn, weiterhin leise zu sprechen. Vor unerwünschten Blicken geschützt, hob sie ihren Rock, legte seine Hand auf ihren Unterleib und wartete, bevor sie mit einem Lächeln sagte: «Du bist der Grund für das vorangegangene Gespräch. Unsere Stimmung war ernst, nicht schwermütig, denn wir haben beide einen guten Grund zur Freude!» Unvermittelt fragte sie ihn, ob er etwas spüre. Verdutzt verneinte er und wollte gereizt wissen, was dies alles zu bedeuten habe. Hedwig antwortete: «Vorhin hat sich unser Kind gerade bewegt, und ich wollte dich den Grund unserer Freude hautnah spüren lassen.»

Küentzi entzog ihr erschrocken seine Hand und blickte sie verstört an. «Das kann nicht sein! Du bist die Frau des Schmieds! Ich bin Konverse, das geht nicht», entfuhr es ihm.

Dieses Mal nahm sie seine Hand mit beiden Händen, streichelte sie liebevoll, während sie ihm ruhig erklärte: «Niemand außer dir und mir weiß, dass du der Vater bist. Und so soll es bleiben. Mein Gatte ist stolz, dass er Vater wird, und ich freue mich mit ihm.» Sie schwieg und ließ ihm Zeit, das Gehörte zu verdauen.

«Erinnerst du dich an unsere letzte gemeinsame Nacht? Sie war wunderbar. Wir waren vorher noch nie so unbefangen liebevoll miteinander umgegangen. Ich möchte mit dir auch weiterhin unbefangen und unvoreingenommen umgehen, denn all meine Liebe gilt nun der Familie, in der unser Kind aufwächst. Du hilfst mir dabei, indem du für deine Liebe zu Clare einstehst und für alles, was sich daraus ergibt. Abgemacht?»

Unter Hedwigs ermutigendem Blick brauchte Küentzi nur wenig Zeit, um die Bedeutung dieses Vorschlags zu erfassen. Aus Erleichterung, dass sie so wenig Eifersucht zeigte, holte er tief Atem: «Abgemacht!»

Mit einer kräftigen Umarmung und einem raschen Kuss bedankte sie sich und eilte zu einer Kranken, die im Fieberwahn ihre schlafende Nachbarin beschimpfte.

Während des ganzen Tages kamen die drei nicht mehr zusammen. Clare schlief bis zur Abendmahlzeit, Hedwig pflegte bis in den Abend die Kranken. Küentzi beugte sich den ganzen Morgen über die Bücher, bis ihn die Köchin rufen ließ und ihm beschrieb, wie er den großen Backofen neben der Schmiede einheizen musste. Das Heizen und Backen nahm seine ganze Aufmerksamkeit in Anspruch und ließ seine Gedanken über Vaterschaft und seine Gefühle für Clare in den Hintergrund treten.

Am Abend trug er auf zwei Brettern die frischen Brote in die Küche und erntete von allen Seiten Beifall für sein Werk. Am meisten freute ihn natürlich Clares Lob, die vor ihrer Nachtwache als Erste vom frischen Brot kosten durfte. Während Küentzi selber zugriff, erzählte er von der anstehenden Arbeit mit den Rechnungsbüchern des Hofes, schweifte ab und überlegte laut, ob er den Pfleger morgen im Kloster Blotzheim besuchen sollte.

«Das trifft sich gut. Ich komme mit», meldete sich Clare an. «Es ist an der Zeit, dass ich dem Pfleger einen Krankenbesuch mache. Ich könnte mit den Nonnen meine Erfahrungen austauschen. Morgen früh arbeite ich eine junge Magd als Pflegehilfe ein. Am Nachmittag bin ich vor der Vesper zur Mitfahrt bereit. Abgemacht?»

Er schluckte leer und nickte. Er ließ sich nicht anmerken, wie in ihm der Argwohn aufbrach, Hedwig und Clare hätten sich seinetwegen heimlich abgesprochen.

10

Für den kurzen Weg zu den Zisterzienserinnen blieb Küentzi am Nachmittag nur des Pflegers Reitpferd, da das Gespann zum Pflügen gebrauchte wurde. Er half Clare, die den Umgang mit Pferden nie gelernt hatte, hinter ihm aufzusitzen. Sie klammerte sich sofort an ihn und konnte, aus Angst vom Pferd zu fallen, ihre Tracht nie richten. Er ritt sofort los, nicht zuletzt, um sich den einmaligen Anblick ihrer entblößten Beine zu erhalten. Unterwegs beschrieb er ihr, die keinen Blick über seinen Rücken hinaus wagte, wie die Wiesen mit frischem, saftigem Grün protzten und wie sie die Märzveilchen und Gänseblümchen vom Wegrand her mit scheuem Blau und bleichem Rosa grüßten. Zuletzt gestand er ihr umständlich, wie ihm ihre Umarmung behagte.

Sie hörte sich alles an, schwieg, bis sie nebeneinander vor der Klosterpforte auf Einlass warteten, und sagte leise: «Ich hätte dich gerne noch länger in meinen Armen gehalten.»

Sie wurden von der Äbtissin persönlich zum Krankenlager des Pflegers geführt. Auf dem Weg zur Zelle beschrieb sie seinen Zustand: Die Fieberschübe hätten etwas an Kraft verloren, doch sein Körper sei so geschwächt, dass für ihn noch immer jede Anstrengung gefährlich sei. Zwischen den Fieberattacken sei sein Kopf klar und seine Rede verständlich. Sie hoffe, er sei ansprechbar und ihr Besuch nicht vergebens. Sie schickte die Begine, die neben dem unruhig schlafenden Pfleger wachte, hinaus und ließ den Besuch mit ihm allein.

Küentzi hielt sich im Hintergrund, während Clare Johanns Puls fühlte. Er trat erst zu ihm, als dieser erwachte und ihn aus gespenstig gelbroten Augen musterte. Sobald er den Konversen erkannte, lächelte er und fragte mit schwacher Stimme nach dem Grund für den Besuch. Küentzi stellte ihm Clare vor, doch Johann konnte sie nirgends einordnen, wünschte sofort Auskunft über seine Leute in Häsingen. Der Tod der Haushälterin traf ihn hart. Er stöhnte und schloss die Augen.

Clare nahm schnell seine Hand, ging auf die Knie und wies Küentzi mit dem Kopf an, Johanns andere Hand zu ergreifen. Dann begann sie ruhig ein langes lateinisches Gebet.

Die Äbtissin war von der Länge des Besuchs beunruhigt. Vorsichtig öffnete sie die Türe und war vom Anblick der beiden im Gebet versunkenen Gestalten ergriffen. Ganz leise teilte sie den beiden mit, der Pfleger sei eingeschlafen, sie könnten die Wache der Begine überlassen. Draußen lud sie beide zum Gebet im anstehenden Vespergottesdienst ein.

Während der Lesung waren seine Gedanken bei Johann. Wie jedes Mal, wenn der Pfleger offen seine Voreingenommenheit für Küentzi zeigte, war im Jungen wieder die Sehnsucht, seinen Vater kennenzulernen, aufgebrochen. Johann hatte immer zu ihm gehalten, ihm beigestanden wie ein Vater. Einen Mann wie den Pfleger hätte er gerne in der Familie gehabt. Unwillkürlich rutschte er näher zu Clare und musterte sie verstohlen. In dem kalten, mit Weihrauch gesättigten, halbdunklen Raum musste er sich eingestehen, dass er ihr verfallen war, ihr gehörte. Verunsichert blickte er sie an: Gehörte sie auch ihm? Als ob sie seine Gedanken lesen konnte, schickte sie ihm einen so eindeutigen Blick, dass es ihn nicht störte, als sie etwas von ihm abrückte.

Die Sonne stand schon tief und erreichte die aus den Rheinauen aufsteigenden Abendnebel nicht mehr, als Clare und Küentzi sich auf den Rückweg machten. Das Pferd am Halfter führend, marschierte er mit gebührendem Abstand neben ihr dem Dorfausgang zu, als vom Wehrturm herab von einer kräftige Männerstimme erscholl: «Nonne, grüß mir deine Schwestern im Konvent!»

Clare blieb stehen, versuchte, den Sprecher im Halbdunkel auszumachen, und rief zurück: «Danke. Wessen Gruß darf ich ausrichten?» Doch es kam weder eine Antwort, noch zeigte sich der Sprecher.

Gereizt holte sie Küentzi, der nur kurz gewartet hatte, ein. Er wollte sofort von ihr wissen, wieso die Zer-Sunnen-Nonnen hier bekannt waren.

«Bist du blöd?», fuhr sie ihn an. «Dieser Mann war einfach höflich! Hat mich an meiner Tracht erkannt und einen Gruß an den ganzen Konvent mitgegeben.»

Die unverdiente Zurechtweisung erboste Küentzi, und er zog die Kapuze seiner Kutte hoch. Schweigend gingen sie der Außenmauer des Dinghofes entlang, als plötzlich die Stimme aus dem Turm, nunmehr von der Seite, rief: «Clare, warte! Ich bin's, dein Vetter!»

Clare blieb sofort stehen und wartete auf den jungen Mann, der durchs Tor des Dinghofes auf sie zueilte.

«Ich bin's, Henman! Ich bin jetzt Lehnsherr des Dinghofes hier. Ich habe dich gesehen, als du vor der Vesper das Kloster betreten hast. Ich wollte dich beim Beten nicht stören und habe im Turm gewartet, bis du herauskamst. Erzähl, was machst du hier?»

Clare wusste nicht, ob sie sich freuen oder ärgern sollte. Warum nicht ihren Vetter selber aushorchen? Mit freundlicher Miene gab sie ihm Antwort und fragte mit unschuldiger Stimme wie beiläufig nach seinen Geschäften.

Küentzi blieb im Hintergrund, beruhigte das ungeduldig schnaubende Pferd und spitzte unter seiner Kapuze beide Ohren. Was er erfuhr, war ihm als Problem aus dem Klingental vertraut. Einige wenige Lehensträger hatten die letzte Ernte mit hohem Gewinn früh verkauft und damit gerechnet, später mit billigerem Getreide aus entfernten Gebieten den Zins in natura bezahlen zu können. Doch die letzte Ernte war eher mager ausgefallen, weshalb die Preise für Dinkel überall hoch waren. Vielen reichte das Geld aus dem frühen Verkauf nicht, um die im Vertrag vorgegebene Menge Dinkel einzukaufen und damit den geschuldeten Zins zu bezahlen. Ganz wenigen blieb nach dem Einkauf ein Gewinn übrig. Küentzi, der bis anhin im Hintergrund stumm mitgehört hatte, vergaß sich und fragte, ohne sich vorzustellen: «Heißt einer dieser Schuldner zufällig Cunrad zem Angen?»

Bevor Henman über die ungehörige Einmischung aufbrausen konnte, beruhigte Clare ihren Vetter: «Entschuldige Henman. Ich habe vergessen, dir meinen Begleiter, Konverse Bruder Kunrad vom Klingental, vorzustellen. Im Auftrag der Priorin kümmert er sich um anstehende Geschäfte unseres Hofes in Häsingen, solange es der Pfleger nicht kann.»

Henman begrüßte Küentzi mit einem fröhlichen Lacher: «Ich hätte nicht gedacht, dass wir uns so schnell wiedersehen, Bruder Kunrad. Hast du dein Schwert dabei, oder vertraust du einzig auf die Macht der himmlischen Heerscharen, wenn es gilt, die Unschuld einer Nonne zu retten?»

Clare traute Küentzis Herrschaft über seine Gefühle nicht, und um einer unüberlegten Reaktion zuvorzukommen, bat sie ihren Vetter um nähere Auskunft. Henman antwortete seiner Base offen: «Cunrad zem Angen hat in der Tat bei mir Schulden. Er ist ein schwieriger und mächtiger Schuldner. Als erster Vertreter der Herrenzünfte im Rat hat er viel Geld im Hintergrund und nutzt es geschickt, um den Handel zu fördern. Er hat in meinem Lehensbereich in den letzten zwei Jahren so viele Güter und Dinkelzinse aufgekauft, dass er den Dinkelhandel hier steuern kann.» Henman schien selten Gelegenheit zu haben, über seine geschäftlichen Schwierigkeiten zu sprechen, und fuhr mit einem Seufzer fort: «Nach der letzten Ernte muss ich als Lehensherr die mir zustehenden Naturalien entweder mühsam eintreiben oder, ebenso mühsam, um einen Geldbetrag feilschen. Cunrad haut mich nicht übers Ohr, dafür sorge ich, doch er macht mir viel unerwünschte Arbeit, nicht zuletzt, weil ich den fehlenden Dinkel selber nachkaufen muss!» Er wandte sich direkt an Küentzi: «Falls Cunrad auch bei euch Schulden hat, müsst ihr übrigens mit seinem Sohn Peterman verhandeln. Cunrad ist sterbenskrank.»

Wiederum redete Clare, bevor Küentzi ein Wort sagen konnte. Sie dankte ihm für seine ausführliche Antwort. Mit einer Handbewegung auf die dunkle Umgebung wünschte sie sich für das nächste Gespräch einen passenderen Rahmen und ihm zum Abschied beim Verhandeln mit Petermann viel Erfolg.

Küentzi verabschiedete sich, indem er Henman anvertraute, der Häsinger Pfleger und das Kloster kämpften mit den gleichen Problemen. Vor dem weit offen stehenden Tor des Dinghofes ließen sie einen besorgten Lehensherrn und nachdenklichen Vetter zurück.

Die einsetzende Dunkelheit trieb die beiden zur Eile. Wie auf dem Hinweg sass Clare hinter Küentzi und ließ ihn auch diesmal nur widerwillig zum Absteigen los.

Während Küentzi eine Laterne holte, das Pferd absattelte und im Stall versorgte, vergewisserte sich Clare in der Scheune, dass die Kranken wohl lagen und die Pflege mit der neuen Magd für die ganze Nacht gesichert war. Sie trafen sich wieder in der Küche, wo Brot und warmer Tee für sie bereitstanden. Während sie Hunger und Durst stillten, der Köchin den Zustand des Pflegers schilderten, teilte ihnen diese von ihrem Lager aus mit, sie habe im ersten Stock das Gästezimmer für Clare und des Pflegers Bettstatt für Küentzi herrichten lassen und hoffe ihrerseits, in zwei Tagen genug bei Kräften zu sein, um das Zimmer der Haushälterin beziehen zu können. Nach einem lauten Hustenanfall bat sie beide, leise zu sein, die Melkmägde, die früh aufstehen mussten, bräuchten ihre Ruhe.

Weder Küentzi noch Clare zeigten ihre Erregung und die Vorfreude auf die Nacht, die ihnen durch diese Zimmerzuteilung unerwartet in Aussicht gestellt wurde. Umständlich bedankten sie sich für die Mühe, die sich die Köchin ihretwegen gemacht hatte. Noch zögerten sie, die Zimmer zu beziehen, noch fürchteten sie sich vor ihrem Begehren und der sich endlich bietenden Möglichkeit, ihm nachzugeben. Es war Clare, die als Erste aufbrach. Sie leuchtete den Weg in die Zimmer und löschte die Laterne, sobald sie den Strohsack gefunden hatte.

Schlaf fanden beide nicht; bestenfalls ein unruhiges Wälzen mit ständig wechselnden, verlockenden Bildern vor Augen. Hielten sie die Augen im Dunkel offen, verschwanden die Bilder, doch stattdessen steigerte sich das Gefühl der verlorenen Nähe zum schmerzhaften Verlangen, den andern in Besitz zu nehmen. Die Angst, das Keuschheitsgelübde zu brechen und sich zu versündigen, stand im Widerstreit mit der Sehnsucht ihrer Körper.

Es war Clare, die dem Leiden ein Ende machte. Sie verließ im Unterhemd ihre Kammer, hörte ins Dunkel, ob jemand anders unterwegs war, und tastete sich mit den Händen vorsichtig zur Nachbartüre. Langsam strich sie über die tiefen Rillen im Türholz, spürte die kleinste Vertiefungen auf, bis sie die Zapfen der Verankerung des einfachen Innenriegels fand und prüfen konnte, ob der Riegel vorgelegt war. Nach einem leichten Stoß gab ihr die Tür mit einem leisen Knarren den Weg frei. Mit den Zehen tastete sie sich zum Ort vor, wo Küentzi sich wälzte und im Halbschlaf seufzte. Sie erstarrte, als sie plötzlich nur noch ihren eigenen Atem hörte und unvermittelt Küentzis Fingerspitzen über ihren Knöchel strichen, entspannte sich, als er sie langsam zu sich zog und sie sich endlich an ihn schmiegen konnte.

Vorsichtig suchte Küentzi mit seinem Mund ihr Ohr, biss zärtlich ins Ohrläppchen und hauchte ihr so verstiegene Worte in die Ohrmuschel, dass ihr Hitzeströme in den Unterleib fuhren – und sie ihm antworten musste! Sie machte ihre Arme frei, umfasste seinen Nacken, zog seinen Kopf zu sich, fand seinen Mund und ließ die Zunge tanzen. Sie spürte, wie seine Hände ihr Gesäß umschlossen und sie an sich presste. Wild bedeckte sie sein Gesicht mit Küssen, während seine Hände ihr Hemd nach oben schoben und nach den Brüsten griffen. Sie tat es ihm nach und erschauerte, als er sie sanft auf den Rücken drehte und mit dem Knie ihre Beine sachte auseinander drückte. Sie half ihm, streckte sich ihm mit aller Kraft entgegen und nahm ihn in sich auf mit einem spitzen Schrei, der ihn alle Beherrschung verlieren ließ.

Vorbei das Suchen, das zärtliche Abtasten, nur noch die ungestüme Wucht seiner Stöße und ihr Standhalten. Sie krallte sich in seinen Rücken, bis er erschauerte und ruhig wurde. Beide troffen vor Schweiß, als sie sich unter zärtlichen Küssen und Streicheln voneinander lösten. Mit dem Kopf auf seiner Brust lauschte sie seinem Herzschlag und schmiegte ihre Hüfte in seine Hand. Beider Körper waren heiß, die Muskeln weich. Stumm räkelte sie sich seinem Leib entlang, am liebsten hätte sie geschnurrt.

In die wohlige Stille hörte sie sein Flüstern: «Bitte verzeih mir, dass ich mich habe gehen lassen und dir wehgetan habe. Ich konnte nicht anders, als mich immer tiefer in dir zu verlieren. Du kannst dir nicht vorstellen, wie unendlich gern ich dich habe.»

Clare war überwältigt von Küentzis Liebeserklärung und staunte über ihre Tränen, die auf seine Brust kullerten und sich mit seinem Schweiß vermischten. Dankbar für die Dunkelheit flüsterte sie zurück: «Der Liebesschmerz, den du mir bereitest, lässt mich jubeln! Du darfst mich gerne wieder nehmen. Ich liebe dich auch.» Wie zum Trost ergänzte sie kichernd: «Das Ziehen in meinem Schoss ist viel angenehmer als die Schmerzen vom Reiten!»

Aus Angst, sie könnte die Leute im Haus wecken, verschloss ihr Küentzi den Mund, worauf sie zärtlich in seine Finger biss, bis er sie freigab. Schnell gab sie ihm einen Kuss auf den Bauch und wünschte ihm ganz leise eine gute Nacht und morgen eine gute Erklärung für die Blutflecke auf dem Laubsack. Nur das Geräusch ihrer tastenden Schritte verriet ihm, dass sie sich auf dem Weg zurück in ihr Zimmer befand.

Als Küentzi am andern Tag aufwachte, fühlte er sich so wohl und aufgeräumt wie schon lange nicht mehr. Kaum mit einem Bein aus dem Bett, vermisste er schon Clares Wärme, die er so innig neben sich genossen hatte. Gerne hätte er sich nochmals zu ihr gelegt, doch das sauber aufgeräumte Zimmer nebenan war leer. Nur eine Reisebibel lag aufgeschlagen auf dem kleinen Tisch und ein Lesefinger aus Elfenbein zeigte auf den in feiner Schrift gemalten Satz donec adspiret dies et inclinentur umbrae revertere similis esto dilecte mi caprae aut hinulo cervorum super montes Bether.

Clare hatte ihm eine Botschaft hinterlassen! Doch er konnte kein Latein, konnte ihre Nachricht nicht verstehen. Enttäuscht kehrte er in des Pflegers Stube zurück, zog schnell seine graue Kutte über und hastete in die Küche hinunter. Vielleicht traf er sie noch beim Frühstück.

Doch nur die Köchin begrüßte ihn: «Guten Morgen! Bist etwas spät dran, wenn du noch heute Abend vom Klingental zurück sein willst. Clare lässt dir ausrichten, du sollst bei ihr in der Scheune eine Liste für neue Kräuter abholen, bevor du losreitest.»

Wie hatte er nur vergessen können, dass heute der dritte Tag war und er der Priorin Bericht erstatten musste! Mit einem Ruck zwang er sich, die Erinnerungen an die vergangene Nacht auszuschalten. Stehend kaute er sein Frühstück und fragte die Köchin nach dem neuesten Stand der Arbeiten und nach dem Verlauf des neuerwachten Lebens auf dem Hof. Nach dem letzten Schluck Tee wusste er genug: «Was könnte ich ohne deine Nachrichten machen, du bist einmalig. Hab Dank!»

Vor Liebe strahlend, betrat er das kleine Spital in der Scheune und begrüßte förmlich die Nonne, die sich ihm in der vergangenen Nacht hingegeben hatte. Clare flößte gerade einer gelbgesichtigen Kranken, die verschwitzt und kraftlos in ihrem Arm hing, vorsichtig Tee ein. Ohne ihre Arbeit zu unterbrechen, bat sie ihn, die Liste auf dem Tisch mit dem großen Wasserkrug auf ihre Lesbarkeit zu prüfen. Dies sei wichtig, denn falls die Krankenpflegerin nicht anwesend sei, müsse er der Aushilfe die Namen der Kräuter unbedingt laut vorlesen und von ihr wiederholen lassen, um sicherzugehen, dass sie die richtigen bereitstelle.

Spielerisch las Küentzi die Kräuternamen laut vor, stolperte beim sechsten und brachte Clare, die die eingeschlafene Kranke mittlerweile zurückgelegt hatte, dazu, zu ihm zu treten. Entschuldigend erinnerte er sie daran, dass er die lateinischen Wörter nicht verstehe, ob sie ihm eine Übersetzung liefern könne. Für die Bestellung in der Apotheke brauche er keine, sie würde

ihm aber am Abend damit helfen, falls sie dann noch nicht schlafe. Mit einem Strahlen zeigte er ihr seine Freude über ihre Zusage, schwenkte triumphierend die Liste und versprach ihr laut: «Ich werde dich beim Wort nehmen, Schwester!»
In der Stube des Pflegers setzte er sich eilig an dessen Tisch, schnitt eine Feder an und verflüssigte die Tinte, um die für seinen Bericht wichtigen Zahlen aus dem Abrechnungsbuch zu kopieren. Er füllte mit seinen Angaben fein säuberlich die leere Hälfte von Clares Papier mit den Kräuternamen und schrieb eilig in einem Zug auf einen neuen Bogen:

Ach got wie brinnet mir min herze nach der lieben frowen min

Die Tinte auf dem Papier war noch nicht trocken, da hatte er die Zeile weggeschnitten, sie neben die Bibel in Clares Zimmer gelegt und stand auch schon vor dem Stall, wo der Schmied mit des Pflegers Pferd auf ihn wartete. Während er aufsaß, sich die Ledertasche mit den Papieren überhängte, hörte er sich die Bitte des Schmieds an: «Könntest du auf dem Rückweg im Kloster Blotzheim anfragen, ob sie uns für zwei Tage ihren schweren Pflug ausleihen. An unserm ist die Halterung der Schar zersplittert, und ich brauche mindestens solange, bis alles geflickt ist.» Küentzi versprach's und trabte los.

Um Zeit zu sparen, ritt er im Galopp eine Abkürzung über ungepflügte Brachen und schaffte selbst auf der bevölkerten Straße vor dem Stadttor noch einen schnellen Trab. Im Klingental meldete er sich, verschwitzt und müde, in der Apotheke. Ohne überflüssige Fragen nahm die Krankenpflegerin das halbe Blatt mit Clares Bestellung entgegen, versprach die Kräuter noch vor der Non bereitzustellen und schickte ihn unverzüglich zur Priorin in den Kapitelsaal.

Dort reichte er der Kornhausmeisterin wortlos die andere Hälfte mit den Vorräten und den Aussaatzeiten und wartete, bis sie, zusammen mit der Schaffnerin, alles überflogen hatte. Auf ihr Zeichen begann er seinen Bericht an die Priorin, erklärte die Verlegung des Pflegers, lobte das Behelfsspital in der Scheune und Clares unerschrockenen Einsatz für die Kranken. Erleichtert kehrte er zu seinem Pferd zurück und beschwatze gut gelaunt das geduldige Tier, versprach ihm eine gemächlichere Rückkehr und besorgte ihm in seiner Fantasie eine hitzige Stute.

Sein Gemurmel wurde jäh vom Karrer unterbrochen: «Willkommen. Wir haben dich vermisst. Die Köchin weiß nicht mehr, wohin mit ihren Neuigkeiten. Komm, lass das Pferd, es ist sauber, wir gehen in die Küche essen.» Zu Johanns Überraschung umarmte ihn Küentzi stumm, bevor er ihm freudig zustimmte. Beide schwiegen, doch der Karrer hatte auch ohne ein einziges Wort Küentzis Gemütsverfassung erfasst.

Zum Abschied, als sie wieder im Stall zurück und allein waren, legte er ihm seine Hand auf die Schulter: «Du bist in Hochstimmung, strahlst alle an. Wenn du von Clare berichtest, verhedderst du dich, wirst rot. So habe ich dich noch nie erlebt. Ich nehme an, ihr geht es genauso. Glaub mir, ich gönne euch euer Glück von Herzen, und ich hoffe zutiefst, ihr könnt es euch erhalten.» Nach einer Pause warnte er ihn: «Bitte, seid vorsichtig. Im Gegensatz zu Werndrut und mir, die ein unauffälliges Leben im Hintergrund führen, macht euch eure Arbeit zu prominenten Mitgliedern der Klostergemeinschaft. Würde euer Verhältnis auffliegen, gäbe es für euch keine mildernden Umstände!»

Küentzi wartete mit seiner Antwort, schob die Unterlippe vor und sagte gesammelt und ruhig: «Danke. Du meinst es gut mit uns. Doch wir können nicht mehr zurück!»

Er umarmte Johann noch einmal, stieg auf und ritt los.

Wie er dem Schmied versprochen hatte, machte Küentzi wegen des Pflugs auf dem Rückweg in Blotzheim halt. Er wurde an den Verwalter des Dinghofs verwiesen und traf zufällig Henman. Clares Vetter lud ihn spontan zu einem Besuch zu sich ein, wenn Küentzi den Pflug abhole. Diese überraschende Einladung beschäftigte ihn bis zum Gutshof. Die Warnung des Karrers zeigte Wirkung. Waren wirtschaftliche oder persönliche Fragen der Grund für die ungesuchte Aufmerksamkeit von Clares Vetter? Er entschied, vor dem Besuch bei Henman mit ihr zu sprechen. Sie musste ihm den Grund mitteilen, warum er die finanziellen Verhältnisse ihrer Familie auskundschaften sollte.

Als er im Gutshof eintraf, ging die Übergabe der Heilkräuter schnell und sachlich vor sich. Die verstohlenen Berührungen während des schlichten Gesprächs waren vielversprechend, doch

Clares Ankündigung, sie habe bis zu den Vigilien nach Mitternacht Pflegedienst, wirkte auf ihn wie ein kaltes Bad. Erst als sie ihn mit einem innigen Augenaufschlag aufforderte, die Papiere der Krankenpflegerin in ihrem Zimmer zu hinterlegen, fühlte er sich besser und ging schnurstracks in ihre Stube.
Auf den ersten Blick sah dort alles aus, als hätte niemand den Raum nach ihm betreten. Enttäuscht trat er näher zum Tisch und musste einen Jauchzer unterdrücken: Clare hatte auf seinem Papier seine Zeilen mit vier weiteren ergänzt!

> ach got wan solde ich bi im sin
> er ist so schöene und och so fin
> als di viol in dem merzen
> dur ihn so lide ich manigen smerzen.

Gerührt stellte er fest, wie sie in dem ihm bekannten Gedicht aus der begehrten Frau einen begehrten Mann gemacht hatte und frech des Klosterstifters Verse benutzte, um aus dessen einseitiger Liebe zu einer Frau ein poetisches Bild gegenseitiger und erfüllter Minne zu machen!
Liebestrunken eilte er in die Schmiede, um den Schmied für die Fahrt nach Blotzheim am nächsten Tag aufzubieten. Er traf nur auf Hedwig, die neben der noch warmen Esse auf ihren Gatten wartete. Übermütig neckte er sie mit einem sanften Klaps auf ihr Bäuchlein, bevor er ihr seine Botschaft für ihren Gatten ausrichtete und mit einem fröhlichen Lacher davoneilte.

Mitten in der Nacht weckte ihn Clare leise und rutschte neben ihn unter die Decke. Die Laterne hatte sie so abgedunkelt, dass das warme Licht nur gerade den Boden erhellte. Sie fanden sich rasch.
Küentzi war schon eingeschlafen, als sie sich vorsichtig von ihm löste. Leise, um ihn nicht zu wecken, versprach sie ihm: «Ich erkläre dir alles später und werde dir die Übersetzung von Vers 2.17 aus dem *Canticum Canticorum* noch geben.[3] Doch

---

[3] Hohelied, 2.17: Wenn der Tag verhaucht und die Schatten fliehen, wende dich her, mein Geliebter, gleiche einer Gazelle oder einem jungen Hirsch auf den zerklüfteten Bergen!

glaub mir, nach dieser Nacht hat dieser Hymnus für mich eine neue Bedeutung, denn mein Leib jubelt vor Erfüllung.»

Mit zittriger Hand hob sie die Laterne vom Boden und verweilte mit ihren Augen liebevoll auf dem ruhig Schlafenden, bevor sie unsicheren Schritts in ihre Kammer ging. Tiefe Stille lag über dem Haus, alle schliefen. Nur zu ihr kam der Schlaf nicht. Sie beugte sich neben ihrer Laterne über die Bibel und las einmal mehr im *Canticum Canticorum*.

Früh am andern Morgen saß Küentzi auf dem Hengst neben dem abfahrbereiten Wagen, als eine bleiche Clare sich unerwartet hinten auf die Ladefläche setzte und erklärte, sie wolle mitfahren, um den Pfleger zu besuchen. Er vergeudete keinen Gedanken daran, was dies für seinen Besuch bei Henman bedeuten könnte. Es blieb ihm auch keine Zeit, bei ihr nachzufragen, denn vor dem Kloster sprang sie mit ihrem Kräutersäcklein leichtfüßig ab und verschwand im Konvent.

Küentzi überwachte im Dinghof das Verladen des Pfluges und schickte die zwei Landarbeiter damit aufs Feld an die Arbeit. Er fand Henman im Turm und wurde von ihm freundlich begrüßt: «Willkommen, Bruder Konrad! Setz dich. Ich weiß, du hast viel Arbeit. Machen wir's deshalb kurz.» Während Henman sich ebenfalls setzte, kam er zur Sache: «Ich würde von dir gerne erfahren, warum du vorgestern so zielgerichtet Cunrad zer Angen ins Gespräch gebracht hast.»

Erleichtert antwortete Küentzi: «Er ist den Müllern des Klingentals durch den Aufkauf von Wasserrechten aufgefallen, und sie haben deshalb die Priorin eingeschaltet. Ein verarmter Ritter hat ihm die Wasserzinsen des Zulieferers der Kleinbasler *tyche* verkauft, und die Müller befürchten nun, dass das Mühlenwasser teurer wird. Wie ihr sicherlich wisst, besitzt unser Kloster mehrere Mühlen am *tych* und möchte einen Zinsaufschlag verhindern. Mehr weiß ich nicht.»

Henman hatte ihm aufmerksam zugehört und bestätigte ihm sofort, dieses Wassergeschäft passe zu Cunrads Vorgehen im Dinkelzinsgeschäft. Wenn er nicht wüsste, dass zer Angen ein Christ sei, würde er ihn Jude schimpfen und vertreiben.

Küentzi passte diese Wendung im Gespräch gar nicht, und er fragte vorsichtig, wie Cunrad überhaupt in den Besitz der vielen Dinkelzinse gelangen konnte. Henman überlegte, betrachtete Küentzi forschend, bevor er mit einem freundlichen Lächeln antwortete: «Im vorletzten Jahr kaufte er für eine unerhörte Summe Silber in und um Blotzheim Güter, Höfe und Zinse, die als Lehen dem Kloster Blotzheim, dem Ritter Werner von Eptingen, der Familie zem Winde oder als Herrschaft meiner Mutter und mir gehörten. Bei allen Verkäufen handelte es sich um Erbschaften, die Witwen wie meine Mutter einlösen mussten. Die einzige Familie, die sich Cunrad entziehen konnte, waren die Münchs von Münchenstein, die damals ein Gut und Zinse notabene an euch ins Klingental vergaben.»

Henman schwieg, trank Wein und musterte den anderen nachdenklich. Dieser trank, wie es sich für einen Konversen gehörte, Wasser, das ihm eine junge Magd gebracht hatte, und wartete ab. Er wisse nicht, warum er einem Klosterbruder wie ihm all dies erzähle, doch er wisse eines, bedauerte Henman: «Wir befinden uns in einer Zeit des Umbruchs. Um Ritter zu werden, braucht es heute mehr als einen unermüdlichen Schwertarm. Ein Ritter muss heutzutage mit Geld wirtschaften können. Wer als Edler da nicht mithalten kann, geht unter. Auch der geistliche Stand muss sich großen Veränderungen stellen. Der Klerus muss lernen, mit Laien, die lesen und schreiben können, umzugehen und verweltlicht zusehends, kümmert sich weniger um die Seelen als ums Geschäft.» Henman hielt die Hand aufs Herz, «Die Zukunft gehört eindeutig den freien Bürgern in den Städten, nicht den Herren auf den Burgen. Du, Bruder Konrad, hast einen vorbildlichen Weg gefunden. In der Kutte des Konversenbruders begleitest du die Nonnen ritterlich außerhalb der Klostermauern und teilst ihre fromme Lebensweise im Konvent.»

Wieder hatte das Gespräch eine Richtung genommen, die Küentzi nicht gefiel. Doch er wusste nicht, wie er Henmans offensichtliche Fehleinschätzung richtigstellen konnte. Er schwieg und versuchte, sich gegen das sich anbahnende Unheil zu wappnen. Als ihn Henman, wie befürchtet, mit einem einnehmenden Lächeln fragte: «Aus welcher Familie stammst du denn?», spürte Küentzi seine mühsam unterdrückte Angst vor dem Unvermeidlichen in kalte Wut umschlagen.

Beinahe wäre er aufgesprungen und hätte dem geltungsbedürftigen Achtburger als Antwort «Nemo!» ins Gesicht geschrien. Der Klang weiblicher Stimmen, die vom Erdgeschoss nach oben klangen, lenkte Henman ab und rettete Küentzi, der Clares sanfte Stimme herausgehört hatte. Er erhob sich langsam, lockerte seine Schultern und wartete stumm auf ihr Erscheinen.

Henman, dem Küentzis eiskalter Blick zugesetzt hatte, entschuldigte sich noch in Clares Anwesenheit: «Ich weiß, wer in eine Klostergemeinschaft eintritt, gibt seine alte Identität für immer auf und bekommt eine neue. Diese Regel gilt auch für Konversen. Bitte, verzeih mir meine unverschämte Frage.»

Befreit atmete Küentzi auf, nickte und war drauf und dran, vertrauensvoll den wahren Grund für seine unausgesprochene Wut auszuplaudern, als Clare für ihn eintrat: «Ich versichere dir, lieber Vetter, selbst wenn Bruder Kunrad aus dem Klingental austreten sollte, wird er seine Abstammung als Geheimnis dem Kloster hinterlassen und draußen nie seine Familie preisgeben.»

Von Clares doppelbödigen Worten erheitert, schüttelte Küentzi mit einem verschmitzten Lächeln Henman die Hand. Der Frieden war gerettet, und sie konnte endlich ihr Anliegen vorbringen: «Bruder Kunrad, kann ich mit dir zurückreiten? Ich bin in Eile.»

Außerhalb des Dorfes dankte Küentzi der wunderbar tatkräftigen Frau, die vor ihm saß und ihn anstrahlte. Er gestand ihr, der Klang ihrer Stimme habe ihn vor einem unverzeihlichen Wutausbruch gerettet, unter dessen Folgen sie und er hätten leiden müssen.

Sie tröstete ihn, sein Schweigen sei das einzig Richtige gewesen, denn damit habe er sich bei Henman Respekt verschafft und einen tiefen Eindruck hinterlassen. Ruhig wechselte sie das Thema: «Die Köchin hat mir mitgeteilt, sie fühle sich kräftig genug, um die Treppe hochsteigen zu können, und sie wird heute Nacht in ihrer Stube schlafen.»

«Dann müssen wir an diesem lauen Frühlingstag für die kühle Nacht vorsorgen», meinte er betont unbeteiligt und lenkte das Pferd von der Straße ab auf einen leeren Heuschober zu.

Bevor die Sonne den Höchststand erreicht hatte, trabte das Pferd mit dem Paar zurück auf die Straße. Clare hielt Küentzi fest umschlungen und presste den Kopf an seinen Rücken, bis sie aus schierem Hochgefühl nicht mehr an sich halten konnte. Sie hob den Kopf zum Singen und improvisierte mit runder, heller Stimme aus dem Hohen Lied: «Ich gehöre meinem Geliebten und mein Geliebter gehört mir, er, der in den Lilien weidet.» Er übernahm, intonierte wie ein Messpriester: «Ich gehöre meiner Geliebten und meine Geliebte gehört mir, sie, die auf dem Pferd singt.» Glücklich machte sie sich wieder klein, umschlang ihn mit aller Kraft und sang in seinen Rücken, bis er sie warnte, in der Ferne tauchten Leute auf.

11

Seit Küentzis und Clares Rückkehr ins Klingental waren die Tage beachtlich lang und spürbar wärmer geworden. Wenn die helle Glocke die Bewohner des Klosters zur Prim rief, tauchte die Sonne vom Schwarzwald her ihre Kirche wieder früh in ein weiches, warmes Licht. An einem solchen Morgen verglich mancher Kirchgänger die kunstvoll hochgearbeiteten Fenster aus rotem Sandstein mit schlaftrunkenen Augen, deren Lider im Staunen über die Pracht der aufgehenden Sonne erstarrt waren. Die Sonne durchflutete den langen Raum wie das ganze Jahr nicht mehr und brachte die vielfarbigen Altäre zum Leuchten.

Während der Prim gab es in der ganzen Kirche keine dunklen Flächen mehr, nur helle Schatten. Küentzi saß, wie es sich für ihn gehörte, beim Lettner vorne und staunte wie jedes Jahr um diese Jahreszeit über die unglaubliche Helle im Chor. Mühelos konnte er die Gesichter und Bewegungen der Nonnen selbst durch die Weihrauchschwaden verfolgen und sah deutlich, wie Clare, die im hellen Licht etwas bleich aussah, ihm unauffällig zu verstehen gab, dass sie ihn heute unbedingt sprechen wolle.

Es schmerzte ihn, ihr diesen Wunsch nicht erfüllen zu können. Luggi hatte ihn gestern, lange nach der Komplet, aufgesucht und ihn im Namen der Priorin beauftragt, in Häsingen den Pfleger bei der Wiederaufnahme der Arbeit zu begleiten. Wie nebenbei hatte sie dabei ihm ein versiegeltes Paket, das nur von Johann geöffnet werden dürfe, überreicht. Dass er ausgerechnet an dem Tag weg musste, an dem ein Treffen mit Clare möglich wurde, ärgerte ihn unsäglich.

Er hatte sie schon lange nicht mehr gesprochen. Seit den paar glücklichen und leidenschaftlichen Tagen in Häsingen hatten sie sich nur noch einmal alleine treffen können, als er sie dort abholte und zurück ins Kloster fuhr. Noch einmal hatten sie die Straße verlassen und sich hinter einer aufgeblühten Schlehdornhecke mit letzter Hingabe geliebt. Ein hoch über ihnen kreisender Bussard hatte sie mit seinen hellen Pfiffen die ganze Zeit begleitet, und sie waren sich einig gewesen, ein wohlwollenderes Zeichen als diesen Verwandten des Adlers konnte ihnen der Himmel hier nicht geben.

Später hatte er wiederholt versucht, sie im Spital unter irgendeinem Vorwand zu sprechen, und war stets auf die Krankenpflegerin getroffen. Zwei Mal hatte sie ihm erklärt, Clare sei derart lange außerhalb der Klostermauern gewesen, dass sie für eine Weile Innendienst verrichten müsse. Als er nicht aufgab und am dritten Tag wieder unter dem gleichen Vorwand bei ihr erschien, schickte sie ihn ungehalten weg, er verschwende ihre Zeit.

Er konnte weder Clare sprechen, noch erhielt er von ihr eine Antwort auf sein Brieflein, das Werndrut mit einer harmlosen Zeile aus Walter von Klingens Gedicht zu ihr geschmuggelt hatte.

Der Ärger ließ ihn auch auf dem Ritt nach Häsingen nicht los. Er übersah die Farbenpracht der Wiesenblumen und hörte das Summen der Bienen an den Blüten entlang der Straße nicht. Blind ritt er an der Schlehdornhecke und den andern Orten ihrer Liebe vorbei und versagte sich die Erinnerungen an das gemeinsam erlebte Glück.

Erst der Pfleger in Häsingen konnte Küentzis Stimmung heben, indem er ihm den Inhalt des Packens zeigte. Wie alle lesehungrigen, gottsuchenden Laien, die keinen Zugang zu einer Bibliothek hatten, geriet Johann beim Anblick der Schriften ins Schwärmen. «Diese Texte sind großartig. Hier lies!», forderte er Küentzi begeistert auf.

Widerwillig fügte sich Küentzi, las laut und langsam: «Ein vliessend lieht miner gotheit. Von siben hande liebin gottes. Du rehte gotz minne het siben angenge.» Da er Luggis Handschrift erkannte, war seine Neugierde geweckt, und er las mit wachsender Begeisterung vor:

Du vroeliche minne trit in den weg,
du voerhtende minne enpfat die arbeit,
du starke minne mag viel tuon,
du minnende minne enpfat einkeinen ruom,
du wise minne hat bekantheit,
du vrie minne lebet sunder herzeleit,
du gewaltige minne ist iemer me gemeit.

Johann unterbrach ihn stolz: «Luggi hat weitere Seiten von Heinrich von Nördlingens Übersetzung der Bücher Mechthilds ins Reine geschrieben. Sind diese Worte nicht großartig?» Mit leuchtenden Augen nahm er ein anderes Blatt zur Hand. «Hier!», rief er:

Got lobet sin brut an funf dingen
‹Du bist ein lieht der welte,
du bist ein kron der megde,
du bist eine salbe der verserten,
du bist eine truwe der valschen,
du bist eine brut der heiligen drivaltekeit.›

Johann sah Küentzi erwartungsvoll an, doch dieser schwieg. Seit Küentzi als Konverse Keuschheit gelobt hatte, brachte ihn jedes Mal das Wort *minne*, ob geschrieben oder gesprochen, durcheinander. Er konnte lange nicht unterscheiden, ob Gewissensbisse oder das übergroße Verlangen nach körperlicher Liebe die Ursache waren. Einzig mit Clare hatte er darüber sprechen können. Sie hatte ihn mit ihrem Glauben, dass er und sie als Paar von *gots minne* erfasst seien, beruhigen können. Als Beleg hatte sie die frommen Texte der in Gott verliebten Frauen angeführt, zu denen sie auch ihre Schwester Agnes zählte. Diese beschrieben nämlich ihre Erfahrungen mit Gott so, wie sie, Clare, sie mit Küentzi in Häsingen gelebt hatte.

Seine alte Unruhe kehrte zurück, als ihm Johann die nächsten Zeilen aus dem Mund Mechthilds vorlas:

Du brut widerlobet got an funf dingen:
‹Du bist ein lieht in allen liehten,
du bist ein bluome ob allen cronen,

du bist ein salbe ob allen seren,
du bist ein unwandelber truwe sunder valscheit,
du bist ein wirt in allen herbergen.›

«Hätte ich doch diese selige Frau kennengelernt! Für mich ist sie eine echte Heilige.» Wie zum Beweis streckte ihm Johann die Papiere entgegen.

Von Johanns Begeisterung angestachelt, las Küentzi den Text selber und bewunderte, wie Braut und Bräutigam in einem Zwiegespräch sich durch das gespiegelte Lob des andern ihre Liebe gestanden. Zum Schluss bestätigte er Johann: «Du hast recht. Dies ist für Nonnen ein großartiges Liebesgedicht.»

Dieser lachte laut und fragte füchsisch: «Meinst du damit, keine Lektüre für Männer wie du und ich?» Ernst fuhr er fort: «Damit verkennst du Mechthilds Vision: Mit Braut ist immer die Seele gemeint. Deine, meine, die der Priorin und die der heiligen Euphrosine im Jenseits. Die Braut ist in dir, Küentzi. Auch deine Seele will sich mit Gott vermählen. Mechthild zeigt Laien und Geistlichen, dass unsere Seele Gott versprochen ist wie eine treue Braut dem treuen Bräutigam.»

Küentzi erfasste zum ersten Mal richtig, was er schon mehrere Male so nebenbei gehört hatte: Agnes zer Sunnen und die Nonnen im Kloster Töss konnten dank ihrer Willenskraft schon im Diesseits ihre Seelenhochzeit feiern. Er blickte in Johanns weit offene Augen: «Können alle *gots minne* im hiesigen Leben erfahren?»

Wie um sich zu besinnen, schloss Johann die Augen und antwortete nach einer Pause verschmitzt: «Glaub mir, es gibt von Gott begnadete Menschen, die *gots minne* im weltlichen Alltag außerhalb der Klöster und Kirchen erfahren und nicht zum geistlichen Stand gehören. Wir nennen sie *fründ in got* oder *kind in got*. Es sind Männer und Frauen, die sich als Laien mit frommen Schriften beschäftigen, weil sie darin ihre eigenen Erfahrungen wiederfinden und sich darüber austauschen. Voraussetzung und Bedingung, um in ihrem Kreis aufgenommen zu werden, ist die Fähigkeit, lesen und schreiben zu können.» Zum Schluss meinte Johann, ganz nebenbei, sie erwarteten ihn an ihrem nächsten Treffen, um einige Stellen von Mechthild zu diskutieren.

Küentzi kam sein Gespräch mit Johannes von Atzenbach über die Gottesfreunde in den Sinn. Der gelehrte Mönch hatte ihm damals am Rheinbord die Furcht vor den Gottesfreunden genommen. Heute nun hatte ihn Johann der Pfleger überzeugt, dass seine Teilnahme im Bund der Gottesfreunde wirklich gewünscht wurde. Die Frage, warum ihm die Priorin das kostbare deutsche Manuskript heute anvertraut hatte, obwohl sie wusste, dass er sich noch nicht für die *fründ in got* entschieden hatte, erschien ihm plötzlich überflüssig: «Wenn es um Minne geht, bin ich gerne dabei.»

Johann rollte wortlos die Papiere zusammen, verschloss sie in eine Röhre aus dickem Leder und schickte Küentzi los, Luggis Manuskripte unverzüglich der Äbtissin von Blotzheim zu überbringen.

Als Küentzi sich überhaupt nicht rührte, erklärte er ihm: «Die Äbtissin hat einen regelmäßigen Nachrichtendienst mit Rulman Merswin in Straßburg eingerichtet. Rulman lässt in einem Skriptorium unsere Texte kopieren, auf Wunsch ohne den Namen des Autors, und gibt sie an die Straßburger Gottesfreunde weiter.»

Jetzt machte sich Küentzi auf den Weg.

Als er in Blotzheim eintraf, erinnerte ihn der vertrocknete Blumenschmuck des Maibaums am Dorfbrunnen, dass die dem Mai verbleibenden Tage an einer Hand abzuzählen waren. Seine Stimmung sank, als im Klosterhof der pflichtbewusste Priester zu ihm trat und ihm stolz mitteilte, er vertrete die Äbtissin, die wegen dringender Geschäfte in den Dinghof gerufen worden sei. Küentzi gefiel der neugierige Blick, mit dem der junge Priester die Lederröhre mit Luggis Manuskript musterte, gar nicht, und er entschied, im Hof auf die Äbtissin zu warten.

«Gut hast du die Papiere nicht unserem Kaplan gegeben», meinte die Äbtissin, als sie endlich eintraf, «Ich bin ihm gegenüber in allem, was die Gottesfreunde betrifft, vorsichtig, denn er ist eigentlich viel zu gescheit und ehrgeizig für unsern kleinen und unbedeutenden Konvent hier. Er ist streng konventionell geschult und sieht in gebildeten Laien und Beginen, die Glaubensfragen diskutieren, eine Bedrohung seines Standes.» Sie zuckte mit den Schultern: «Ich muss dich warnen, Küentzi.

Leute wie die Gottesfreunde sind so geschulten Priestern höchst suspekt. Unser Priester hier sucht sicher nach Beweisen, dass Gottesfreunde, obwohl sie Laien sind, Priesterarbeiten verrichten und die gottgegebenen Unterschiede zwischen Laien und Priestern aufheben wollen.» Liebevoll entrollte sie Luggis Kopie und fuhr fort: «Ich befürchte, unser Priester ist mir hier als dogmatischer Wachhund zugeteilt worden, weil wir viel mit euch im Klingental zu tun haben. Denn eines ist sicher: Wenn die Klöster, die von allen Steuern befreit sind, in Glaubensfragen mit Laien zusammenspannen, gefällt dies den bischöflichen Kurien überhaupt nicht.» Sie streckte ihm ihren Ring zum Abschied hin und sagte freundlich: «Ich hoffe, dies war nicht unser letztes Gespräch. Komm bald wieder vorbei.»

12

Während Küentzi gerade zwei Tage Zeit hatte, um mit Johann die neue Buchführung zu üben, benützte Clare die Nähe zu Agnes, um mehr über die Schwestern im Kloster Töss und ihre Visionen zu erfahren. Agnes hatte Clares Neugier unabsichtlich geweckt, als sie beiläufig erwähnte, alle ekstatischen Erfahrungen seien von Tränen begleitet. Clare hatte sich an ihre Liebestränen erinnert und hoffte, mehr über dieses für sie unerklärliche Weinen zu erfahren.

Agnes reagierte auf die Fragen zurückhaltend, denn sie wusste wenig über die Gefühlswelt ihrer Schwester. Erst als sie erkannte, dass die Neugier echt war, überließ sie ihr Elsbet Stagels Vitenbuch, eine Erinnerung an ihre Zeit im Kloster Töss.

Clare fand wenig über die Tränen des Glücks, dafür viele Erlebnisse mit außergewöhnlichem Licht. Auf die eindrücklichste Beschreibung traf sie in der Vita der Sophia von Klingnau. Dort wird die Verwandte Walters von Klingen auf die Erlebnisse ihrer Seele angesprochen und antwortet:

> ich gib dir ein glichnus, by der du ain wenig verston macht wie ir form und ir gestalt was. Sy was ain sinwel schoenes und durch luchtendes liecht, gelich der sunnen, und was ainer golt farwen roeti, ... und dunkt mich das ain glantz von mir

> gieng der alle die welt erluchte, und ain wunneklich tag wurde uber alles ertrich, und in disem liecht, das min sel was, sach ich Got wunneklich luchten, ... und sach das er sich als mineklich und als guetlich zuo miner sel fuogt das er recht geainbart ward mit ir und sy mit im.

Clare hatte gelesen, dass Sophia acht Tage lang im Zustand der glückseligen Gnade gelebt hatte, ohne ihren Nonnenschwestern vom Überfluss an maßloser Freude in ihrem Leben zu erzählen. Dass sie danach in große Zweifel verfiel, ob sie nicht einem Trugbild böser Geister aufgesessen war.

Sie erkannte sich in Sophia wieder, denn wie diese hatte sie nach der Nacht des Auserwähltseins die Welt anders wahrgenommen. Auch sie hatte wie Sophia erfahren, wie ‹er sich liebevoll zu ihr fügte, dass er ganz mit ihr vereinigt ward und sie mit ihm›, und hatte sich wie diese grenzenlos glücklich gefühlt. Auch sie hatte gespürt, dass ein Strahlen und Glanz von ihr ausging, wenn sie mit Küentzi ganz allein war. Wie Sophia konnte Clare anfänglich mit niemandem über ihre wunderbare Vereinigung sprechen und fühlte sich zunehmend einsam. Nicht einmal mit ihren Schwestern wagte sie es, darüber zu sprechen.

Je länger sie von Küentzi getrennt war und sich dem aufs Jenseits gerichteten Klosteralltag unterwarf, desto grösser wurden ihre Zweifel an der Richtigkeit ihrer Liebe zu ihm. Sie hinterfragte die Sehnsucht nach seiner Nähe und selbst das Gefühl des innern Friedens, das sie in seiner Anwesenheit verspürt hatte. In ihrer Not fragte sie sich sogar, ob sie sich die glückselige Zeit mit Küentzi nur einbilde, und hatte wie Sophia ihre Zweifel, sie sei einem Trugbild aufgesessen.

Immer drängender wurde ihr Wunsch auf ein Wiedersehen mit ihm. War sie mit ihm zusammen, gab es keine Zweifel an der Echtheit ihrer Gefühle, und alle Befürchtungen, sie habe ihre Unschuld einem Trugbild des Teufels geopfert, wurden durch seine Gegenwart widerlegt. Sie musste ihn wiedersehen!

Außerdem machte sie sich Sorgen über die körperlichen Veränderungen, die sie seit ihrer Rückkehr ins Klingental beobachtet hatte.

Am Tag vor Clares geplanter Rückkehr aus Häsingen hatte Hedwig sie beiseitegenommen und gebeten, ihre Abreise zu verschieben, denn die große Müdigkeit, die Übelkeit nach dem Essen, ihr bleicher Ausdruck sowie die Ringe unter den Augen könnten unter anderem Anzeichen des verheerenden Fiebers sein, dem sie bis anhin so glücklich entgangen war. Aus Furcht, die Seuche in ihren Konvent einzuschleppen, war Clare einige Tage länger geblieben und erst aus Häsingen abgereist, als alle sich einig waren, sie sei gesund, höchstens von der strengen Pflegearbeit mitgenommen. Dass die Ursache ihrer körperlichen Beschwerden auch woanders liegen könnte, hatte Hedwig der Nonne damals nicht verschwiegen.

In der Klosterapotheke hatte sie sofort in den medizinischen Büchern nachgeschlagen, auf welche Krankheit ihre Symptome hinweisen könnten. Bald fand sie bestätigt, worauf Hedwig sie schon in Häsingen hingewiesen hatte. Doch erst nach einer quälend langen Woche des Schweigens und ohne die Möglichkeit, mit Küentzi zu sprechen, hatte sie ihre Einsamkeit nicht mehr ausgehalten und sich bei der Krankenpflegerin zur Untersuchung angemeldet. Das Ergebnis ließ keine Zweifel offen.

«Kind, du bist kerngesund», begann ihre Vorgesetzte todernst und mit traurigen Augen. Bevor sie weitersprach, senkte sie das Haupt, als ob sie sich schämte, Clare weiterhin in die Augen zu blicken: «Den weiteren Befund kennst du bestimmt, sonst hätte ich dich falsch ausgebildet.» Mit immer noch gesenktem Blick fuhr sie mit wackeliger Stimme fort: «Ich nehme an, dass du zu mir gekommen bist, um Rat zu holen. Lass uns das Gespräch auf einem Spaziergang an der frischen Luft fortsetzen. Bewegung ist gut für dich, und unerwünschte Lauscher brauchen wir nicht!»

Am breit fließenden Strom atmete Clare einmal tief durch und begann ruhig: «Niemand außer Euch und Hedwig, einer Häsinger Magd, weiß, dass ich schwanger bin. Hedwig hat als Erste erkannt, wie es um mich steht, und mir geholfen, ruhig zu bleiben. Ich danke Euch, dass Ihr mir zuhört, denn ich wage es nicht, jemandem mein Geheimnis anzuvertrauen, selbst meinen zwei Schwestern nicht.» Die Nonne begann zu weinen und konnte nur mit Mühe weitersprechen: «Ich bin allein, weiß nicht wie weiter.»

Sanft nahm die Krankenpflegerin sie in die Arme und hielt sie fest, bis sie ruhiger wurde. Um sich vom Schock des Gehörten zu erholen, brauchte sie selber etwas Zeit und forderte die junge Nonne auf, ihr auf dem Trampelpfad entlang des Flusses bis zu einer großen Trauerweide zu folgen. Eines war der mütterlichen Freundin sofort klar geworden: Sie mochte Clare viel zu gut, um sie in ihrem gegenwärtigen Zustand der Priorin zur unvermeidlichen Bestrafung vorzuführen. Was sie für ihre Zukunft sah, fasste sie mit hartem Ton zusammen: «Primo: Du kennst die Kräuter, um als Engelmacherin deine Schwangerschaft früh zu beenden. Du bleibst eine Nonne und wirst meine Nachfolgerin. Deine doppelte Sünde bleibt dein Geheimnis.

Secundo: Du kannst insgeheim das Kind austragen, wirst kurz vor der Niederkunft unter einem Vorwand auf einen unserer abgelegenen Höfe geschickt, wo du gebärst und das Kind als angebliche Waise zurücklässt. Alles wird vertuscht, du bleibst weiterhin Nonne.

Tertio: Du bekennst dich zur Schwangerschaft, wirst vom Konvent ausgeschlossen und führst mit deinem Kind ein Leben in Schande.» Die Krankenpflegerin schwieg bedrückt, weil ihr keine weitere Möglichkeit einfiel.

Clare, die ihrer Vorgesetzten aufmerksam zugehört hatte, trat dicht an sie heran und sagte mit weicher Stimme: «Danke. Du bist mir eine echte Freundin. Du hast mir die Fakten ungeschminkt vorgelegt und mich gezwungen, der schmerzhaften Wahrheit ins Gesicht zu sehen. Nun kann ich die Augen vor der Zukunft nicht mehr verschließen.» Sie richtete sich auf und suchte die Augen ihrer alten Freundin: «Aber es muss doch noch eine andere Lösung für mein Problem geben. Denn es ist ein Kind der Liebe!»

Beim letzten Satz hatten ihre Augen zu leuchten begonnen, als ob sie etwas Besonderes gesehen hätte. Mit jedem weiteren Wort bekamen ihre Wangen mehr Farbe: «Das war viel mehr als eine lustvolle Vereinigung der Körpersäfte. Glaub mir, es war so beglückend, so wie die Mystikerinnen ihre Seelenhochzeit beschreiben. Ich war noch nie so entrückt und nah bei Gott wie damals!»

Die Krankenpflegerin packte Clare hart und schüttelte sie heftig: «Hör auf! Versündige dich mit deinem Gerede nicht noch mehr! Du hast einem Mann, nicht Gott, beigelegen! Du

lästerst den Allmächtigen, wenn du behauptest, seine Liebe in den Niederungen deines Fleisches erfahren zu haben. Kein Christenmensch darf so denken, wie du sprichst!»
Die Krankenpflegerin ließ ihre Schultern hängen, schüttelte immer wieder ungläubig den Kopf und verwarf die Hände. Sie beruhigte sich erst, als Clare, die mit gefalteten Händen aufrecht und gefasst dastand, den Kopf beschämt senkte und sich für ihre unüberlegten Worte entschuldigte. Langsam fand auch die ältere Nonne ihre Haltung wieder und nickte der anderen zu. Aus ihren Gesichtern war die Erleichterung über den versöhnlichen Ausgang des Gesprächs abzulesen, und beide nahmen zum ersten Mal das hellgrüne Filigran der schmalen Weidenblätter über ihnen und das beruhigende Rauschen des Stromes wahr. Während die Krankenpflegerin das unablässige Spiel von Licht und Schatten im sanften Wellenschlag entlang des Ufers verfolgte, beobachtete Clare den Erpel, der, gefolgt von seiner Ente, erwartungsvoll durchs flache Wasser auf sie zuschwamm. Sie beneidete die Ente um die Selbstverständlichkeit, mit der sie gradlinig den Bewegungen des Erpels folgte, und wünschte sich, auch ihrer Existenz wäre Aufgabe, Inhalt und Verhalten so klar vorgegeben.

Schweigend gingen die Nonnen zurück. Clare machte noch einen Abstecher ins Kleine Klingental und bat die Köchin, Küentzi zu bestellen, er solle ihr Zeit und Ort für ein Treffen zukommen lassen. Voller Zuversicht betrat sie danach den geschlossenen Teil, wo sie sofort von Agnes in Beschlag genommen wurde. Wie gewohnt schwieg sie, als ihre Schwester ins Schwärmen über das Licht der Liebe geriet, doch zum ersten Mal nicht aus Angst, sich zu verraten, sondern weil sie sich eingestehen musste, dass Agnes' einzig aufs Jenseits gerichtete Denken sie kalt ließ.

13

Die Zeit, die Küentzi zur Einführung und Erklärung der neuen Abrechnungsweise in Häsingen eingesetzt hatte, reichte nicht. Die Neuerung, den Wert seiner Produkte in Basler Währung zu verrechnen, behagte dem Pfleger wenig. Bis anhin hatte ein

Inventar aller Güter und Produkte, die er dem Kloster zur Zeit der Zehntenabgabe lieferte, genügt. Die Berechnung der Preise und der Handel mit Gütern gehörten nicht zu den Aufgaben eines Pflegers, meinte er. Dies sei die Aufgabe der Klostermächtigen, und er wollte nicht einsehen, warum Gesamt- und Einzelwerte seiner Ernten und Vorräte abrufbar sein mussten, als ob er sie täglich auf dem Markt verkaufte.

Als Küentzi im Klingental eintraf, war die Komplet längst vorbei, und der Betrieb ruhte. Er nahm sich Zeit fürs Pferd, wusch sich am Brunnen den Straßenstaub vom Körper und ging müde in die Küche, wo er noch um eine Mahlzeit bat. Die Köchin, wie immer die Letzte, um als Erste das Neueste zu erfahren, begrüßte ihn freudig und wärmte sofort Reste der großen Mahlzeit. Während Küentzi wartete, richtete sie ihm Clares Wunsch nach einem Treffen aus.

Ihr unerwartetes Anliegen beunruhigte und erfreute ihn zugleich. Unverzüglich wollte er sie im Spital aufsuchen, doch die Köchin ermahnte ihn, dass Clare erwarte, dass er für sie einen unter einem Vorwand leicht erreichbaren Ort im Klingental bestimme. Die Wahl fiel auf die Schaffnei, denn Werndrut hatte dort unbeschränkten Zugang und konnte als Botin und, falls nötig, als Ausrede dienen.

Am andern Tag wartete Küentzi zusammen mit Johann nach dem Vespermahl in der Schaffnei auf die Schwestern. Er durchmaß den Raum stets schneller und gehetzter, beruhigte sich erst, als Clare hinter ihrer Schwester den Raum betrat. Verlegen stand sich das junge Paar gegenüber und wartete, bis Werndrut und Johann sich still zurückzogen. Erst dann umarmten sie sich und huschten in die Ecke, die vom Hof her nicht eingesehen werden konnte.

Ungestüm küssten sie sich, und Clare stöhnte glücklich, als Küentzi seine Hände zwischen die Tücher ihrer Tracht schob. Sie erwiderte sein Begehren mit ihren Händen und genoss mit geschlossenen Augen seine wachsende Erregung. Doch als sie spürte, wie er ihren Rock hob, öffnete sie schnell die Augen und führte seine Finger für einen zärtlichen Kuss an den Mund.

Ungehalten über die Ablenkung entzog er sich ihr und fragte bissig: «Was ist los mit dir?»

Mit verträumtem Blick antwortete sie ihm ruhig: «Ich bin schwanger.»

Nur langsam erfasste er, welche Botschaft ihm Clare soeben überbracht hatte, und seine Augen begannen zu strahlen. Er sank vor ihr auf die Knie. Sie zog ihn hoch, legte selbstvergessen ihren Kopf an seine Brust und sagte nichts.

«Du bist großartig. Du bist schön. Ich liebe dich!», hörte sie ihn hauchen, schmiegte sich ganz eng an ihn und bat: «Sag es noch tausendmal!». Sie kostete mit geschlossenen Augen seine Worte aus, und versuchte, ihre Zukunft herauszuhören, als er ohne Zögern alles wiederholte, und noch einmal und noch einmal.

Werndrut und Johann kehrten vorsichtig in den schummerigen Raum zurück. Werndrut wollte Johann zurückhalten, doch dieser wollte wissen, was vorgefallen war. Ganz nüchtern und sachlich, als ob ihre Schwangerschaft etwas Alltägliches, eine Selbstverständlichkeit wäre, antwortete Clare: «Ich bin von ihm schwanger.»

Fassungslos schwiegen sie.

Küentzi verstand ihre Sprachlosigkeit nicht: «Es stimmt! Seht sie euch an, wie schön rund sie ist!» Als sie noch immer schwiegen, doppelte er nach: «Glaubt mir doch! Ihre Brüste sind eindeutig grösser!»

Eine so flapsige Bemerkung brachte Bewegung in die Runde. Johann legte beschützend seinen Arm um Werndrut, während sie ihn am Strick seiner Kutte näher zu sich zog und mehrmals tief Atem holte. Sie machte ihren Gefühlen als Erste Luft: «Clare, dass ausgerechnet dir, der pflanzenkundigen Ratgeberin in allen Frauensachen, so etwas passieren kann! Wie konntest du nur! Was hast du jetzt vor?»

Clare antwortete trocken: «Erst vorhin konnte ich es ihm sagen. Leider denken Küentzi und ich wenig, wenn wir zusammen sind. Nun muss ich herausfinden, was ich mit meinem Bauch machen soll.»

Die selbstkritischen Worten Clares stimmten Werndrut freundlicher: «Dass ihr zwei bis anhin wenig gedacht habt, ist offensichtlich. Doch bevor ich dir helfen kann, musst du folgende Frage beantworten können: Siehst du dich in deinem zukünftigen Leben als Nonne oder als Mutter mit Kind? Du brauchst nicht sofort zu antworten. Nimm dir Zeit.»

Je besser Küentzi die Schwere dieses Entscheides erfasste, desto ernster wurde seine Miene. Angespannt presste er seine Lippen zusammen, furchte wie Clare die Stirne und löste sich von ihr mit einer leichten Bewegung. Seine Gedanken wanderten durch das Fenster auf den stillen Hof, und er versuchte sich vorzustellen, wie Clare ihn als Mutter mit einem Kind in der Schaffnei an der Arbeit besuchte.

«Küentzi! Wie siehst du deine Zukunft?», unterbrach Johann seine Träumerei.

Seine Antwort kam gedehnt langsam: «Ich weiß nur, dass ich mich zusammen mit Clare glücklich fühle. Ohne sie ist das Leben dunkel und schwer. Die Vorstellung, von ihr getrennt zu leben, wenn sie die Klostergemeinschaft verlassen müsste, macht mir Angst. Aber auch die Vorstellung, mit ihr und einem Kind vom Kloster verstoßen zu leben, ängstigt mich. Anstatt eines Vaters habe ich viele Mütter gehabt. Wie soll ich ohne Vorbild plötzlich Vater sein?»

Clare rückte unmerklich näher zu ihm hin, schob behutsam ihre Hand in die seine und drückte sie sachte. Die Wirkung ihrer stillen Gebärde auf das Durcheinander seiner Gefühle und Gedanken war verblüffend. Er hob ihre verschränkten Hände und sagte voller Überzeugung: «Aber ich stehe zu Clare! Wo sie hingeht, gehe auch ich hin.»

Gerührt wischte sich Werndrut eine Träne ab und zog Johannes noch näher zu sich. Um einen sachlichen Ton bemüht, wandte sie sich wieder an Clare: «Damit liegt der Entscheid über eure Zukunft bei dir. Aus praktischen Gründen sollte niemand außer uns von deiner Schwangerschaft erfahren, bis du dich für die Nonne oder die Mutter entschieden hast. Wie weit ist deine Schwangerschaft schon fortgeschritten?»

Clare antwortete etwas gedrückt: «Die Krankenpflegerin schätzte für die Niederkunft einen Tag zwischen Allerseelen und dem Jahrestag der Heiligen Katharina von Alexandrien.»

Johann meinte zu Küentzi: «Ich glaube, jetzt sind wir beide nicht mehr nötig. Lassen wir die Schwestern alleine weiterreden. Clare findet sicherlich nochmals eine Gelegenheit, um mit dir alles durchzudenken, bevor sie sich entscheidet.»

Johann musste Küentzi, der schon unter der Türe Clare sehnsüchtige Blicke schickte, am Ärmel in den dämmrigen Hof ziehen, wo sie unversehens Johannes Arzat begegneten. Aus Furcht, Küentzi könnte sich gegenüber dem redefreudigen Mann von Welt verplappern, steuerte der Karrer seinen Freund in Richtung Stallungen. Dort wollte er mit ihm allein über die ungeheuerliche Neuigkeit reden.

Zu beider Überraschung versorgte im Schein zweier Laternen ein fremder Knecht zwei staubige Pferde, die müde die Köpfe hängen ließen. Verdrossen, dass ihm die Gelegenheit für ein ungestörtes Gespräch mit Küentzi genommen war, fragte der Karrer den gedrungenen Mann barsch nach Herkunft, Stellung und dem Grund für die Störung der Nachtruhe.

Der Knecht stand im Dienste eines Geistlichen, dem hier eine Gästekammer zustand. Üblicherweise machte sein Herr die lange Reise allein, doch weil das Gepäck für diese Reise für ein Pferd zu schwer war, musste der Knecht ausnahmsweise mitreiten. Übernachten musste er im Stall.

Nun war auch Küentzi neugierig geworden und mischte sich ein. Ausgesprochen freundlich fragte er: «Habt Ihr Briefe und Bücher für die Nonnen hierhergebracht?»

Sein Herr überbringe Geschriebenes aus einem Kloster in Bayern, bestätigte ihm der Mann müde. «Bedient Ihr auch andere Empfänger in Basel?», bohrte Küentzi weiter. Als er nicht mehr als ein wortloses Nicken zur Bestätigung bekam, gab er auf und wünschte dem Knecht eine gute Nacht.

Den über den schnellen Abschied verdutzten Karrer zog er mit sich in den Hof und flüsterte ihm aufgeregt zu: «Ich wette, es handelt sich um einen Boten der Gottesfreunde aus dem Kloster Medingen!»

Der Karrer war noch immer verärgert über des Reitknechts Unfreundlichkeit ihm gegenüber und über die verpasste Gelegenheit, von Küentzi mehr über dessen Verhältnis mit Clare zu erfahren. «Ich hoffe, du kannst trotz dieser abenteuerlichen Vermutung schlafen. Gute Nacht.» Er ließ den anderen einfach stehen und ging ins Dormitorium.

Küentzi blieb erst eine gute Weile verwirrt im Dunkel zurück, bevor er ihm folgte. Als er auf Zehenspitzen durch den Schlafsaal schlich, gab Johann vor zu schlafen. Den Schlaf fanden beide lange nicht.

Im Unterschied zu Küentzi und Johann redeten die beiden Schwestern in der Schaffnei ernsthaft und lange. Clare gestand Werndrut, sie sei Küentzi mit Leib und Seele verfallen. Von ihrer Schwester wollte sie zum ersten Mal wissen, wie sie ihre Liebe zu Johann mit dem Keuschheitsgebot vereinbaren könne.

«Ganz einfach», erklärte ihr Werndrut, «wir halten unser Gelübde hoch. Habe ich große Fleischeslust, verhalte ich mich wie die andern Nonnen und kämpfe im Gebet dagegen an. Sind Johann und ich allein und unsere Lust wird übermächtig, werden wir zu Mann und Frau. Aber körperliche Liebe ist für uns eine Sünde, für die wir hart büßen müssen.»

Mit Werndrut und Johann als Vorbildern versuchte Clare, sich in allen Einzelheiten ein Leben mit Küentzi im Klingental vorzustellen: Mit ihrer tief verankerten, von klein auf geübten Disziplin würde sie ihre Lust meistern können, sogar besser als Werndrut. Sollte sie trotzdem schwach werden und sich versündigen, würde sie sich härter als Agnes kasteien und diese an Frömmigkeit übertreffen. Leicht würde ihr Weg als Nonne nicht sein, doch ihr Ehrgeiz überwog die andern Gefühle, und sie entschied laut: «Ich bleibe als Nonne zusammen mit Küentzi im Klingental, wie ihr. Ohne Kind.»

Es war Werndrut, die für Clare weiterdachte «Nicht so schnell! Johann und ich haben nur äußerst selten Gelegenheit, um mit einander allein zu sein und zu sündigen. Eine längere gemeinsame Zeit, wie ihr sie in Häsingen verbringen konntet, haben wir noch nie gekannt.» Sie holte Atem und beschwor ihre Schwester: «Denk doch nach! Du bist mit Küentzi ganz anders als ich mit Johann verbunden. Wenn ihr nebeneinander steht, wirkt ihr eindeutig als Paar, das versehentlich Klostertracht trägt. Mit Keuschheit hat dies so viel zu tun», sie suchte nach einem Vergleich und lachte, bevor sie weitersprach, «wie Fische im Rhein mit Vögeln auf dem Klosterdach.»

Clare gestand ihrer Schwester, dass sich ihre Moralvorstellungen in Küentzis Beisein veränderten. Keuschheit empfinde sie dann fast als Sünde, und ihre Körper würden zu heiligen Fürsprechern des andern. Wahrscheinlich sei dieses unglaubliche Hochgefühl auch der Grund dafür gewesen, dass sie den

Kräutertee gegen eine Schwangerschaft nicht regelmäßig getrunken habe.

Werndrut stellte sachlich fest, dies sei wohl der denkbar schlechteste Einstieg in ein keusches Leben. Selbst die Reuerinnen im Elisabethenkloster hätten es einfacher, wenn sie ihrem sündigen Leben entsagten. Kein Freier, geschweige denn ein Geliebter, könne mehr unbemerkt in ihre Nähe gelangen. «Ich verstehe deine Not, denn du weißt besser als ich, dass es mit jedem Tag, den du mit deiner Entscheidung zuwartest, für dich gefährlicher wird, die Schwangerschaft abzubrechen. Andrerseits wird die Auswahl an Möglichkeiten kleiner und einfacher, je länger du deine Entscheidung hinauszögerst.» Clare brach in Tränen aus und warf sich in Werndruts Arme, die sich entschuldigte: «Vergib mir, du musst der Wahrheit ins Gesicht sehen, um die richtige Wahl zu treffen. Ich darf dich nicht schonen.»

Während Werndrut auf das Versiegen der Tränen wartete, war es in der Schaffnei stockdunkel geworden. Um ihre Anwesenheit nicht zu verraten, führte sie Clare ohne Licht in den geschlossenen Teil zurück.

Im Kreuzgang bedankte sich Clare für Werndruts Unterstützung mit einer innigen und langen Umarmung und gab kleinlaut zu, sie habe sich vorhin leichtfertig für eine Zukunft als Nonne ausgesprochen. Ganz leise bat sie ihre Schwester, Küentzi morgen nach der Komplet ins Krankenzimmer zu bestellen. Still huschte sie die Treppe hoch und verschwand in ihrer Zelle.

Als die Küsterin zur Vorbereitung der Prim den Chor betrat, fand sie zu ihrer großen Überraschung Küentzi kniend vor dem großen Marienaltar. Bemüht, ihn nicht zu stören, kniete sie sich still neben ihn und murmelte eine Reihe Gebete. Küentzi nickte ihr kurz zu. Er war tief in Gedanken versunken. Wie sollte seine Zukunft aussehen?

Wollte er Konverse bleiben, musste er die Priorin überzeugen, dass seine Liebschaft ein Fehltritt war, den er zutiefst bereute. Damit würde er sich die Möglichkeit, zum Schaffner im Klingental oder zum Pfleger in Häsingen aufzusteigen, erhalten. Wollte Clare ihr Leben als Nonne weiterführen, müsste sie das Kind weggeben. Sie könnte dann, wie er, später den vorgezeichneten Weg weitergehen und die Nachfolgerin der Krankenpflegerin, später sogar der Priorin werden. Beiden würde die Liebschaft als Fehltritt verziehen und vergessen.

Diesem gradlinigen Aufstieg stand allerdings sein Versprechen, er werde zu Clare stehen und ihr überallhin folgen, im Wege. Er müsste auf dieses Versprechen zurückkommen und sie überzeugen, für den Preis ihres gemeinsamen Aufstiegs das Kind geheim zu gebären und als Waise in Obhut zu geben.

Daran, das Kind abzutreiben, wollte er nicht einmal denken. Schon allein, dass sein Kind als Findelkind im Waisenhaus aufwachsen würde, traf ihn zutiefst. Alles in ihm sträubte sich gegen den Gedanken, seine eigene Geschichte könnte sich wiederholen. Lieber würde er mit Mutter und Kind arm und geächtet leben, als die Zahl der Einsamen zu erhöhen und ein weiteres *nemo* in die Welt zu setzen.

Am Abend musterte die Krankenpflegerin Küentzi kritisch, bevor sie ihn ins Krankenzimmer einließ und zu Clare in die Apotheke führte. «Eine halbe Kerze lang habt ihr Zeit, bevor ich zurückkomme und dich untersuche», meinte sie.

Clare nahm seine Hand und fasste ihr Gespräch vom Vorabend mit Werndrut zusammen. Zum Schluss seufzte sie und wünschte sich, noch heute einen klaren Entscheid über ihre Zukunft treffen zu können. Küentzi schwieg zuerst, dann teilte er ihr das Ergebnis seiner Überlegungen vom frühen Morgen mit.

«Aus diesem Blickwinkel habe ich die Zukunft des Kindes noch nie gesehen», gestand sie ihm mit großen Augen. «Wie stellst du dir ein Leben mit mir und einem Kind praktisch vor, wovon sollen wir leben?» Als er schwieg, dachte sie laut weiter: «Um unser Kind nicht als Bastard aufzuziehen und um ihm einen Namen geben zu können, müssten wir …» Sie stockte, machte noch größere Augen, bevor ihr entfuhr: «… heiraten!».

Unter seinem gefassten Blick sammelte sie sich: «Meinen reichen Bruder, überhaupt meine Familie, kannst du vergessen. Bin ich erst als Nonne verstoßen, werde ich von der Familie ebenfalls verstoßen und öffentlich verleugnet werden. Was glaubst du eigentlich? Ich soll all dies auf mich nehmen, soll alle Unterstützung durch meine Verwandtschaft aufgeben, nur damit dein Kind nicht dein Schicksal wiederholt?»

Bedächtig beschwichtigte Küentzi die Aufgebrachte: «Es ist auch dein Kind. Bis anhin hast du noch nie unsere Liebeszeit bereut; beginn bitte nicht jetzt damit und teile das Kind nicht mir alleine zu, nur weil ich nicht möchte, dass es als Findel- und Waisenkind aufwächst!» Er legte seine Hand auf ihren Arm: «Gib mir noch bis übermorgen Zeit. Ich habe eine Idee, ich könnte eine Lösung in Häsingen finden, und ich werde Johann dort bitten, mit mir alle praktischen Möglichkeiten durchzudenken. Bitte, versprich mir, nichts zu unternehmen, bevor ich zurück bin und mit dir gesprochen habe.»

Als ob die Krankenpflegerin den Schluss von Küentzis Rede abgewartet hätte, betrat sie munter die Apotheke: «Kinder, die Zeit ist um.» Sie entließ Küentzi in den Hof, betrachtete Clare sorgenvoll und liess dann ein verschmitztes Lächeln aufblitzen: «Ich habe natürlich die ganze Zeit an der Türe gehorcht, um meinen Verdacht, dass Küentzi der Vater ist, bestätigt zu bekommen. Leider habe ich deine Antwort auf seine Bitte am Schluss nicht gehört.»

Clare blickte zuerst verärgert, dann lächelte sie ebenso verschmitzt wie die Krankenpflegerin: «Ich habe ihm mein Einverständnis zugenickt.» Heiter fragte sie, ob sie ihrer Vorgesetzten bei einer Arbeit zur Hand gehen dürfe.

«Hilf mir, für euch zu beten», dankte ihr die alte Nonne aufgeräumt, ergriff die Kerze und ging Clare in den Chor vor.

14

Am andern Morgen nach der Prim teilte Küentzi dem Schaffner mit, er müsse mit einer Liste nach Häsingen zurück, um in der Buchführung des Pflegers einige Fehler zu korrigieren. Der Schaffner willigte unter der Bedingung ein, dass er gleichentags zurückkehre und am nächsten Tag die Zahlen in Ötlingen aufnehme und ins Klingental bringe.

Als Küentzi im Stall ein Pferd holen wollte, traf er den Karrer, der den Wagen für eine Fuhr rüstete. Johann wollte dem jungen Mann die Waisenstube im Klingental schmackhaft machen. Für Eltern, denen eine Heirat versagt war, böte sich hier die einzige Möglichkeit, ihren Kindern eine gute Erziehung geben zu lassen. «Eine Heirat zwischen euch gehört sich einfach nicht. Wenn du deinen Fehltritt nicht bereust, verspielst du dir auch die Vergebung Gottes. Wärst du nicht selber als Findelkind im Klingental aufgewachsen, hättest du nie so jung den Aufstieg zur rechten Hand des Schaffners des reichsten und größten Kloster Basels geschafft.»

Des Karrers so überzeugend vertretene Meinung hatte Küentzi verunsichert. Schweigend sattelte er sein Pferd und sprach erst wieder, als er Johann mit einem kurzen «Auf Wiedersehen» die Hand schüttelte.

Der Häsinger Pfleger fand erst am späten Morgen Zeit für den unerwarteten Besuch aus dem Klingental. Gut gelaunt hörte er sich das Problem an. Im Gegensatz zum Karrer fiel es ihm leicht, sich für Küentzis Heiratsabsichten zu erwärmen, und half ihm verständnisvoll und geduldig, Lebensformen für ein aus einem Kloster verstoßenes und geächtetes Paar mit Kind durchzudenken.

Die erste Zeit nach dem Verlassen des Klosters würde der härteste und gefährlichste Teil sein. Sie müssten sich mit Betteln über Wasser halten, bis er Verdienst als Fuhr-, Wach- oder Dienstmann und Clare als Magd oder Krankenpflegerin finden konnte. Die Schwierigkeit bestand vor allem darin, dass kein Kloster und keine Kirche sie in Dienst nehmen konnte. Für ein Auskommen bliebe nur das Elendsviertel der Stadt.

Vielleicht würde sich ihre Familie bereiterklären, das Kind versteckt und anonym als Bastard aufzuziehen, doch für den Vater wäre dort sicherlich kein Platz. Dem Kind bliebe damit zwar ein Schicksal als *nemo* erspart, doch Küentzi als Vater und Clare als seine Frau hätten alles verloren, was ihnen im Kloster an Selbständigkeit zugestanden worden war.

Der Morgen ging dem Ende entgegen und weder Johann noch Küentzi fielen neue, bessere Möglichkeiten mehr ein. Bedrückt hingen sie ihren Gedanken nach, als Luggi die *Schryberin* den Raum betrat. Sie war todmüde, hatte sie doch eine ganze Nacht am Bett zweier fieberkranken Mägde verbracht. Die angespannte Haltung und sorgenvolle Miene der zwei Männer irritierten sie, und sie warnte beide, sie könne aus lauter Müdigkeit weder richtig denken noch ihre Zunge im Zaum halten.

Doch Küentzi weihte seine älteste Freundin unbeirrt in sein Geheimnis ein.

Sie war es, die am Ende von seinen Ausführungen den Vorschlag für eine befriedigende Lösung fand: «Wäre dies nicht ein Fall für das Netz der Gottesfreunde? Wohlbestallte Bürger in Basel finanzieren Armenküchen, einen Almosendienst und unterstützen sich gegenseitig in christlicher Caritas bei der Arbeit an Orten, wo die Kirche nicht mehr hinsieht. Clare wäre mit ihrem Pflanzenwissen und ihrer Erfahrung mit Kranken an solchen Orten wohl hochwillkommen. Margarete zem guldin Ring und ihr Bruder Nikolaus könnten sie zum Beispiel gut gebrauchen.»

Johann richtete sich wie befreit auf: «Natürlich, die Gottesfreunde! Sie sind die Lösung!», und strahlte sie dankbar an.

Küentzi versetzte der Hochstimmung einen Dämpfer: «Clare im Aussätzigendienst einer Bürgersfamilie in Basel – das könnt ihr vergessen. Sie wäre eine doppelte Schande für die Zer-Sunnen-Sippe. Glaubt mir, auch die zem guldin Ring würden es nicht wagen, sich den zer Sunnen entgegenzustellen und sie in Dienst zu nehmen.»

Ihn drohte eine Welle der Verzweiflung zu überrollen, als er Johann ganz ruhig sagen hörte: «Ich schreib an Rulman Merswin in Straßburg. Er und seine Frau, Gertrud von Bietenheim, sind Gottesfreunde und können euch sicherlich helfen. Er ist im Kredit- und Wechselgeschäft reich geworden und betreibt eine Kopierstube in der Abtei Kaisheim. Seine Frau unterhält wie die zem guldin Ring einen Almosen- und Krankendienst für die Schwächsten. Damit hätten wir die Lösung: Du gehst mit Clare nach Straßburg, wo ihr in Rulmans Dienste tretet.»

Ein Schaudern durchfuhr Küentzi. Sein sonst so zuverlässiger Verstand verweigerte ihm den Dienst, konnte ihm die nächstliegenden Schritte zur Umsetzung von Johanns Vorschlag nicht vorzeichnen. Steif und stumm saß er am Tisch, nur seine Augen bewegten sich ruhelos, als ob sie nach einem Haltepunkt suchten.

Luggi, die weniger befangen war, fragte Johann nüchtern, wann er eine Antwort von Rulman erwarten könne. Der schätzte, es würde mindestens zwei Wochen dauern, bis die Boten dort für ihn eine Nachricht abgeben könnten.

Mit Blick auf Küentzi dachte Luggi laut: «In frühestens drei Wochen können wir also im Klingental mit einer Antwort rechnen. Ich werde bis dahin abklären, was du und Clare benötigen, um euch vom Kloster abzusetzen.»

Nach der Mahlzeit warf Küentzi, der vor Müdigkeit die Augen kaum offen halten konnte, einen kurzen Blick auf die Bücher des Pflegers. Bevor er wegritt, nahm er Luggi beiseite und bat sie eindringlich, mit niemandem, auch nicht mit dem Karrer, über das vertrauliche Gespräch in des Pflegers Stube von vorhin zu sprechen. Er wolle den Bescheid von Rulman abwarten, bevor er andere in die Sache miteinbeziehe.

Am Abend war Küentzi rechtzeitig in der Apotheke und berichtete Clare von Johanns Lösung und seinem Brief an Rulman. Er verschwieg ihr auch seine hilflose Reaktion nicht.

Sie streichelte nur sanft seine Hände: «Mein Bauch wächst täglich, bald wird es mir nicht mehr gelingen, die Veränderung zu verstecken, und ich muss entscheiden, welchen Weg ich gehen will. Ich habe lange über mich als Nonne nachgedacht und heute früh nach der Prim deutlich gespürt, dass ich mich mehr dem Körper als dem Geist verpflichtet fühle. So gesehen, bin ich nie eine richtige Nonne geworden. Ich versorge hier Kranke und Arme wie jede andere Christin, die das Gebot der Barmherzigkeit befolgt. Ich habe mein Herz nie Christus geschenkt. Als Nonne habe ich einfach nur versucht, ein frommes Leben in einer Ordensgemeinschaft zu führen. Diese Erkenntnis hat in mir den Weg freigemacht, an ein Leben als gewöhnliche Frau außerhalb des Ordens zu denken. In Straßburg kann ich mir eine gemeinsame Zukunft mit dir vorstellen. Angst macht mir der Gedanke an ein Leben in der Fremde schon, doch zusammen wird es schon gutgehen.»

Küentzi blickte voller Bewunderung auf die unverkennbar rundlichere Gestalt vor ihm, zog sie an sich und sagte: «Deine Klarheit übertrifft alles. Wenn ich dich so reden höre, weiß ich, dass wir den richtigen Entscheid treffen werden.»

Sie drängte ihn sanft von sich und meinte trocken: «Zum Glück haben wir drei Wochen Zeit, bis ich mich entscheiden muss und du mir zustimmen darfst.» Nach einem herausfordernden Blick fuhr sie fort: «Später können wir dann gemeinsame Entscheide fällen.»

Küentzi verbeugte sich tief vor ihr wie ein Untertan, zog sie vom Stuhl hoch und schloss sie gerührt in die Arme.

In den folgenden Wochen besuchte Küentzi Clare wiederholt nach der Komplet, um neue Ideen und deren Umsetzung durchzudenken. Dabei waren sie sich einig, dass alle Pläne nichts Auffälliges oder Außergewöhnliches beinhalten durften. Alle Einzelheiten mussten in den Ablauf des Klosteralltags passen.

Die Krankenpflegerin erschien am Ende der ersten Treffen mit solcher Selbstverständlichkeit in der Apotheke, dass es nur natürlich schien, sie künftig gleich von Anfang an dazu einzuladen. Da die alte Nonne jeweils unverblümt ihre Meinung vertrat, wurden aus den ursprünglich kurzen Treffen lange Sitzungen mit ausführlichen Diskussionen.

Als ein ganzer Monat ohne Nachricht aus Straßburg verstrichen war, half die Krankenpflegerin mit ihrer unmissverständlichen Stellungnahme den beiden jungen Menschen, ihre erste große Entscheidung zu treffen. Sie warnte Clare, das Wegmachen des sich gesund und munter im Bauch bewegenden Fötus sei ab jetzt für die Mutter lebensgefährlich. Sie könne es nicht mehr verantworten, sie bei einem solchen Versuch zu unterstützen, und sie würde sich auch weigern, sie sowohl nach einem erfolgreichen als auch nach einem fehlgegangenen Versuch zu pflegen.

Clare fällte den unter diesen Umständen unausweichlichen Entscheid: «Ich werde unser Kind gebären.»

Küentzi verließ erleichtert den Raum, die beiden Nonnen blieben sitzen.

«Ich hatte fast erwartet, dass du mir widersprichst und meine Worte in Zweifel ziehst. Ich habe den Eindruck, dass dir das Kind willkommen ist, auch wenn du dies nicht zu zeigen wagst.»

Clare lächelte. «Den gleichen Eindruck habe ich von dir, sonst hättest du mich viel früher auf das Wegmachen angesprochen.»

Die alte Nonne nickte weich und lud die junge einmal mehr ein, vor dem Schlafengehen mit ihr im Chor zu beten.

Als die Augusthitze sich im Kloster festsetzte und die dicken Klostermauern aufwärmte, bekam Clare Schwierigkeiten. Sie litt unter der Wärme und geriet bei jeder Bewegung ins Schwitzen. Außerhalb ihrer Zelle trug sie ihre Wintertracht, weil sie unter dem dicken Stoff die wachsenden Rundungen der Schwangerschaft besser verstecken konnte. Unter dem leichten Tuch der Sommertracht zeichneten sich ihr gewölbter Bauch und die großen Brüste unverkennbar ab.

Unter der Annahme, dass Straßburg als Lösung wegfalle, bekam Werndrut den Auftrag, im Nonnenvermögen der Schwestern nach einem Besitz zu suchen, wo Clare sich verstecken und das Kind zur Welt bringen konnte. Dieser Ort musste in der Umgebung von Basel liegen und weder ein Lehen des Klosters noch der Basler Kirche sein.

In einem Leibgeding wurde sie mit einem Hof in Hausen vor Schopfheim in Wiesental schnell fündig. Das Dorf war ein Lehen der Familie, der Vogt ein Verwandter, der auch dem Niedergericht vorstand. Er würde alles daransetzen, ihre Anwesenheit dort geheim zu halten und Schande für die Familie abzuwenden.

Werndrut nutzte für ihre Schwester auch die Möglichkeiten des modernen Geldwesens und versprach ihr einen Wechsel auf Erträge aus ihrem Leibgeding. Sie könne sich damit Hilfe bei der Geburt besorgen und müsse nicht vom Bettel leben. Auch würde sie Münzen für den Tag der Abreise bereithalten, wozu sie jedoch Küentzis Hilfe brauchte. Küentzi war froh, endlich etwas Praktisches ausführen zu können, und er war sofort einverstanden, mit ihrer Vollmacht einen Wechsel bei einem Münzer auf dem Fischmarkt zu verflüssigen und Geldzinsen in Bar einzufordern.

Mit diesen Vorkehrungen waren die Krankenpflegerin und Werndrut beruhigt, doch für Clare kamen sie zu früh. Den gutgemeinten Druck der beiden Frauen, dem sich Küentzi widerspruchslos zu fügen schien, empfand sie als unangebracht. Sie hatte doch noch gar nicht entschieden, wie sie handeln wollte!

Küentzi hoffte immer noch auf eine Zusage aus Straßburg. Die Vorstellung, dass Clare als ledige Mutter mit ihrem Kind in Hausen sofort unter die Vormundschaft ihres Verwandten gestellt würde und dieser als ihr Vogt beinahe uneingeschränkt über beide verfügen könnte, war ihm unerträglich. Auch ein Leben als verheiratetes Paar mit Kind im Wiesental wollte er sich nicht vorstellen. Als er diese Gedanken vor Clare ausbreiten wollte, verbot sie ihm weiterzusprechen.

«Hört doch alle auf!», rief sie aus und brach in Tränen aus. «Ich will nur noch mit meinem Beichtvater über meine Sorgen reden», schluchzte sie. «Bis wir endlich Bescheid aus Straßburg bekommen, sage ich kein Wort mehr zu dem Thema!» Schwer atmend erhob sie sich und verließ die Apotheke.

Küentzi blieb wie die beiden Frauen erschrocken sitzen. Besorgt verabschiedete er sich von den zwei Nonnen und suchte im Dunkel den Weg zum Rhein. Um seiner inneren Spannung Herr zu werden, setzte er sich ans Wasser und suchte Trost im unaufhörlichen Rauschen des Stromes und im ewigen Licht der Sterne.

15

Um sich von seinen Sorgen abzulenken, stürzte sich Küentzi in sämtliche Arbeiten, die der Schaffner ihm zuwies. Am besten vergaß er seinen Schmerz und seine Hilflosigkeit während der Übungen mit dem Schwert. Mochte der Abend noch so heiß sein, sobald die Sonne untergegangen war, forderte er Johannes von Habsheim zum Kampf. Am Rheinufer, zwischen den Weidenbüschen vor neugierigen Blicken geschützt, konnte er sich ungehemmt austoben.

Seit Clare ihm das Gespräch verweigerte, brauchte er nach der Komplet nicht mehr in die Apotheke zu verschwinden und konnte wie Johannes den Schweiß im Rhein abspülen. Er genoss die entspannte Stimmung am Ufer und erfuhr viel Tratsch aus dem Klingental und andern Klöstern.

In einer dieser ungezwungenen Plaudereien berichtete Johannes beiläufig auch von Texten aus Straßburg, die vor zwei Tagen eingetroffen waren und den Nonnen große Freude bereitet hatten. Küentzi wunderte sich, dass ihm Luggi nichts davon gesagt hatte.

Johannes spürte seine Aufregung und entschuldigte die Begine. Sie werde erst morgen zurück aus Häsingen erwartet. Wenn Küentzi sich die Texte ansehen wolle, müsse er sich an die Nonne Anna von Falkenstein wenden, denn der Packen war an sie gesandt worden.

Obwohl Küentzi zutiefst überzeugt war, dass mit diesem Paket auch Rulmans langersehnte Antwort eingetroffen war, gab er sich vorerst zufrieden. Er würde Werndrut morgen bitten, mit Clare Anna aufzusuchen und sich nach dem Brief zu erkundigen. Zu viel hing von diesem Brief ab, als dass er irgendwo ungelesen liegenbleiben durfte.

Als er am folgenden Tag nach dem Frühstück in der Schaffnei erschien, wartete dort Johannes von Atzenbach auf ihn und forderte ihn mit strenger Stimme auf, zur Beichte zu erscheinen. Um in diesen aufregenden Tagen kein Aufsehen zu erregen, folgte Küentzi brav dem Predigerpriester in die Katharinenkapelle, wo Johannes ihm mit leiser Stimme erklärte, er sei von einem Gottesfreund in Blotzheim benachrichtigt worden, ihm beizustehen. Nur deswegen habe er ihn in die Kapelle geführt, würde aber lieber mit ihm unten am Rhein reden.

Beide standen bald am sandigen Ufer des träge fließenden Stromes still neben einander. Johannes schien sich im Anblick des endlos fließenden Wassers zu verlieren, während Küentzi im zielgerichteten Verlauf des Flusses inneren Halt und Klarheit fand. Er machte dem Schweigen ein Ende, stellte sich vor den Prediger und bekannte: «Am liebsten würde ich ein Leben als Schaffner mit einer Familie, das heißt mit Clare und Kindern, führen.» Er endete abrupt und blickte den anderen erwartungsvoll an.

Dieser nahm nach einer bedeutungsschweren Pause Stellung: «Johannes Tauler sagt: ‹Deine eigenen Mängel, die Du nicht beseitigen, nicht überwinden noch ablegen kannst, die trage mit Mühe und Fleiß auf den Acker des liebreichen Willens Gottes.› Unterstellst du dich dem liebreichen Willen Gottes und trägst deine Mängel als aufrichtiger *fründ gots*, so bist du im Stand der Gnade, und dein Versagen als Konverse und die Schuld eines gebrochenen Keuschheitsgelübdes wird zur *felix culpa*, zur glücklichen Schuld, weil Frucht und Heil daraus erwachsen.» Als er in Küentzis Augen las, dass seine Botschaft angekommen war, meinte er konkreter: «Solange ich dir helfen kann, verspreche ich, dir zur Seite zu stehen. Zusammen sind wir Gottesfreunde mächtiger, als wir auch nur ahnen.»

Die beiden kehrten ins Klingental zurück, wo der Karrer das Pferd für eine Fahrt nach Häsingen an spannte. «Bring

Luggi heil und gesund zurück. Sie wird hier gebraucht», begrüßte Küentzi Johann scherzhaft.

Dieser spaßte zurück: «Hol dein Schwert und fahr als Bewacher mit. Meine Fuhr ist edel und kostbar: viel frisches Gemüse und eine zähe, textversessene Begine.»

Für Küentzi begann eine lange Zeit des Wartens. Er wirkte äußerst beschäftigt. Er begann viele Arbeiten, unterbrach alle, erledigte keine. Mit dem Verstand erfasste er die Nutzlosigkeit seiner Verrichtungen, doch die Ungeduld war stärker, und er setzte immer wieder zu neuen Tätigkeiten an. Selbst in der Komplet rutschte er ruhelos neben dem Schaffner hin und her, flüsterte ihm eine überflüssige Entschuldigung für die abgesagten Schwertübungen zu, hielt gespannt die Augen auf die Nonnen im Chor gerichtet und wartete auf ein Zeichen der drei Zer-Sunnen-Schwestern. Kein Zeichen, nichts Ungewöhnliches, nichts Auffälliges, also schnell hinaus aus der Kirche. Er musste sich wie früher mit dem Vorwand eines Leidens Zugang zu Clare verschaffen.

In der von frisch geschnittenen Kräutern wohlriechenden Apotheke wartete er, knetete angespannt seine Finger und hoffte, Clare käme allein. Doch zu seiner Enttäuschung betrat die Krankenpflegerin den noch immer hellen Raum. Die alte Nonne ermahnte ihn gleich, sich würdig zu verhalten. Er versteckte sofort seine Hände in den Ärmeln der Kutte und erhielt dafür einen dankbaren Blick von Clare, die hinter der Krankenpflegerin aufgetaucht war.

«Ich wusste, dass du kommst, und ich habe auch Werndrut bestellt.» Nachdem auch ihre Schwester eingetroffen war, zog Clare ruhig einen Zettel hervor und las ihm vor, was die andern offensichtlich schon wussten: «Schickt das gesegnete Paar zu mir in Dienst. Rulman.» Während die Krankenpflegerin und Werndrut hinter Clare gespannt auf Küentzi blickten, legte diese das Papier auf den Tisch und sagte leise: «Ich möchte nach Straßburg.»

Plötzlich ging alles schnell. Sie habe ihr Möglichstes getan, zog sich die Krankenpflegerin zurück. Sie könne Clares und Küentzis Flucht, denn dazu werde dieser Entscheid führen, nicht unterstützen. Je weniger sie von jetzt an wisse, desto besser könne sie ihre Hände später in Unschuld waschen. Steif wandte sie sich um, konnte ihre Drehung jedoch nicht vollenden, denn Clare ging vor ihr auf die Knie und bat um ihren Segen. Langsam zog die große Frau ihre Gehilfin hoch und sagte mit vor Rührung rauer Stimme: «Kind, ich bin nicht die Priorin. Sie gibt den Segen. Ich werde nur mit dir für deine Seele beten und vor dem großen Altar auf dich warten, wie jeden Abend. Auch in Zukunft!» Sie strich liebevoll über Clares dicken Bauch und zog die Türe hinter sich zu.

Diese setzte sich und weinte hemmungslos. Küentzi brauchte etwas Zeit, bis er gerührt zu ihr trat und ihre Tränen abwischte. Werndrut verabschiedete sich ähnlich wie die Krankenpflegerin: Je weniger sie wisse, desto einfacher werde ihr weiteres Leben im Klingental sein.

Zum Schluss wandte sie sich an ihn: «Was ich Clare für eine Geburt in Hausen versprochen habe, gilt auch für Straßburg. Damit du nicht zum Dieb wirst und für deine Familie unsern Kirchenschatz plünderst, hinterlege ich in der Schaffnei eine Zahlungsanweisung an einen Geldhändler am Fischmarkt und einen Wechsel für später. Die Zahlungsanweisung liegt bereit, die hast du morgen. Für den Wechsel brauche ich länger.»

Clare stand ungelenk auf, um sie zu umarmen, doch sie war zu langsam. Bis sie die Tür erreicht hatte, war Werndrut schon weg.

«Nun brauchen wir die Gottesfreunde», beschloss Küentzi. «Sie müssen uns weiterhelfen, wenn wir das Kloster verlassen haben. Ich werde mit Luggi und Johannes von Atzenbach sprechen. Er hat überall seine Verbindungen, und sie hat als Begine Zugang, wo andere nicht hinkommen.»

Clare war sofort einverstanden. Sie umfasste unternehmungslustig Küentzis Hände und küsste ihn so innig wie schon lange nicht mehr. Er blieb ihr nichts schuldig, und als sie ihn mit einem Seufzer von sich wegschob, ließ er sie nur ungern los.

Er erzählte ihr seinen Plan, den er sich für die Flucht ausgedacht hatte: Ein schneller Ritt nach Häsingen, dann in die Kapelle des Klosters Blotzheim zur Trauung und anschließend eine ruhige Reise nach Straßburg.

Clare strich ihm zärtlich über die Haare und legte seine Hand auf ihren Bauch: «Du hast etwas vergessen: Ich kann nicht reiten. Wir brauchen für mich eine Fahrgelegenheit. In meinem Zustand wird bei dieser Hitze jede Reise beschwerlich. Ich werde viele Pausen brauchen.»

«Das kommt schon gut. Kosten brauchen wir dank deiner umsichtigen Schwester nicht zu scheuen.»

Zum Abschied küsste er sie lang und inniger als vorher und eilte ins Kleine Klingental, wo er hoffte, dass Luggi mit einer Nachricht des Pflegers auf ihn warte.

Luggi saß mit Johannes von Habsheim, Johannes Arzat, Johann dem Karrer und der Köchin vor der Küche im Hof. Die Frauen tranken Tee, die Herren Weißwein. Alle waren gutgelaunt und luden Küentzi sofort ein mitzuhalten. Küentzi, der Grund zum Feiern hatte, ihn aber nicht verraten durfte, setzte sich zu ihnen und hielt tapfer mit. Das Gespräch drehte sich um die andauernde Hitze und ihre Folgen.

Nicht die trockene Kehle bereitete den Städtern die größte Schwierigkeit, sondern der Straßenstaub. Er gelangte durch die offenen Fenster und Türen in die hintersten Ecken der Häuser, setzte sich überall fest und wurde den Einwohnern in den Kleidern und Haaren lästig. Dazu kam der abstoßende Gestank der Abfälle, die im Schatten der Häuser Gärten und Luft verpesteten. Kein Wunder, wünschten sich die Städter Regen. Die Zecher waren sogar einem alles reinigenden Gewitter nicht abgeneigt, obwohl sie Blitz und Donner als Mächte des Teufels fürchteten.

Der Schaffner versuchte sie zu beruhigen, zeigte auf die steinernen Mauern und die dicken Ziegeldächer der Klingentaler Gebäude. Diese würden noch einige Gewitter unbeschädigt überstehen und die Klosterleute vor dem Tod bewahren. Die Köchin wies ihn zurecht, die Engel und die Heiligen seien der wahre Schutz vor Blitz und Unwetter. Alle hätten hier gesehen, wie die Engel den jungen Küentzi vor den Höllenkräften gerettet hatten. Als sie sich nach dem Jungen umschaute, war dieser aber nicht zu finden.

Küentzi war unbemerkt von den andern Luggi in die Küche gefolgt. Sie erklärte sich sofort bereit zu helfen. Eine Bedingung stelle sie: Sie könne die Verbindungen der Gottesfreunde für das junge Paar nur nach Absprache mit Johannes von Atzenbach beanspruchen.

«Er entscheidet, was geschieht. Ich helfe bei der Ausführung, soweit mir meine Zugehörigkeit zum Klingental dies erlaubt. Wenn du seine Unterstützung hast, wird eure Reise in ein neues Leben gelingen.»

Küentzi umarmte die mollige, kleine Frau gerührt und gesellte sich wieder zu den andern an den Tisch im Hof. Er hörte sich an, wie die Köchin die Geschichte seiner wundersamen Rettung vor dem Blitz wortreich beendigte, und forderte seine Freunde auf, mit ihm auf eine glückliche Zukunft anzustoßen.

Am nächsten Tag traf er Johannes von Atzenbach im kühlen Garten des *bychtigerhus*. Der gelehrte Mann war gerade mit einem Text beschäftigt, den er weglegte, bevor er seinen jungen Gast begrüßte. «Clare hat mir heute früh nach der Beichte geschildert, wie sie sich vor den Strapazen einer Reise mit Ross und Wagen fürchtet. Sie möchte auf einem Schiff nach Straßburg reisen», sagte er vorerst ruhig und fuhr fort: «Eine bessere Möglichkeit, ohne Aufsehen zu Rulman zu gelangen, kann ich mir nicht vorstellten! Geld für zwei Plätze auf einem Schiff scheint ihr zu haben. Wir brauchen jetzt also nur einen Bootsführer, der euch mitnimmt, und einen Priester, der euch vor der Abfahrt traut.» Erneut hielt er inne, bevor er voller Überzeugung weitersprach: «Wir werden beide finden, und ich wette, ihr seid in wenigen Tagen auf der Hochzeitsreise unterwegs nach Straßburg.»

Küentzi kamen vor Freude die Tränen. Er fiel auf die Knie und rief laut: «Gott ist mit uns!»

Johannes wies ihn umgehend zurecht. «Versündige dich nicht! Steh auf! Bete in der Kirche!», und schickte ihn erbost weg.

16

Niemand in Basel konnte um diese Zeit glauben, dass der Herbst schon begonnen hatte. Obwohl die Nächte länger waren, folgte ein wolkenloser Hitzetag auf den andern wie im Hochsommer. Die Staubwolke über der Stadt wurde jeden Tag dichter, in den *tychen* verpesteten die wachsenden Abfallberge die Luft. Die Städter mieden die schmutzigen Gassen und verrichteten ihre Arbeiten wenn immer möglich im Schatten ihrer Häuser. Nur am Wasser und auf den Verladeplätzen wurde in der prallen Sonne gearbeitet.

Der Rhein bettete sich enger und gab neue Inseln und Strände frei. Die großen Kähne mieden wegen der Untiefen das rechte Ufer gänzlich und löschten ihre Ladung auf das trockene Geschiebe unterhalb des Rheintors, wo sie auch die neue Fracht in Empfang nahmen.

Seit der Predigermönch ihm versprochen hatte, eine Schiffsreise einzufädeln, verfolgte Küentzi jeden Tag aufmerksam die Bewegungen der vielen Schiffe. Immer wieder wählte er in Gedanken eines für ihre Reise aus und war enttäuscht, wenn es ohne sie ablegte. Es fiel ihm schwer, die Ungewissheit auszuhalten, einfach zu warten und mit niemandem über die bevorstehende Reise zu sprechen.

Den Predigermönch hatte er seit dem Gespräch im Garten nicht mehr zu Gesicht bekommen. Er schämte sich, ihn nochmals aufzusuchen, und Clare durfte er auf keinen Fall mehr besuchen. Mit seinen Konversenfreunden konnte er nur Belanglosigkeiten austauschen, denn er wollte sie vor Strafen nach seiner Flucht schützen. Nur Luggi konnte er zweimal kurz beiseitenehmen und zu den Vorbereitungen befragen. Doch wann die ersehnte Abfahrt kam, wusste sie auch nicht.

Die täglichen Verrichtungen im Klosteralltag erschienen ihm so unwirklich wie die bevorstehenden Veränderungen. Manchmal glaubte er, sich wie in einem Traum gleichzeitig in zwei verschiedenen Zeiten zu bewegen.

Unzählige Male strich er über die fein gewobene Form des Klostersiegels auf den Leinensäckchen in seiner Mehltruhe und überlegte, was er mitnehmen könnte. Das silberne Kruzifix, das ihm Clare in der Weihnachtsnacht geschenkt hatte, wollte er weiterhin um den Hals tragen. Außer der Kiste mit den Säckchen besaß er noch immer kein weiteres Eigentum.

Am Morgen des sechsten Tags machte Luggi nach der Prim dem langen Warten ein Ende. Sie nahm Küentzi mit ernster Miene beiseite: «Es ist so weit! Kurz bevor die Glocke die Terz schlägt, wartest du mit dem Einspänner vor unserem Spital, holst eine dicke Frau, die aus dem Krankenzimmer humpelt, ab und fährst sie vor die St.-Brandans-Kapelle. Übergib die Zügel

einem Knecht und folge der Frau in die Andacht für Schiffsleute. Die Truhe nimmst du mit. Viel Glück!»
Endlich! Küentzi spürte, wie die Aussicht, handeln zu können, die lähmende Anspannung in ihm löste. Zielstrebig ging er in den Stall, um sicherzustellen, dass niemand außer ihm den Einspänner an diesem Morgen fahren würde. Er fühlte in sich seine Unternehmungslust wachsen und wagte zum ersten Mal seit Tagen, sich vom Frühstücksbrei nachschöpfen zu lassen. Viel zu früh stand er in der heißen Sonne mit seinem Gespann im menschenleeren Hof vor dem Spital und wartete. Um sich die Zeit zu vertreiben, richtete er auf dem Wagen einen weichen Sitzplatz mit der Truhe als Rückenlehne ein und schien nicht zu bemerken, wie eine dicke Frau in zerlumpten Kleidern mühsam zum Wagen humpelte. Erst als sie, auf ihren Stock gebückt, schwer atmend neben ihm stand, wandte er sich ihr zu und begrüßte sie höflich. Einmal auf dem Wagen, dankte sie ihm durch das dünne Tuch, das sie sich als Schutz vor Mund und Nase gebunden hatte, und wies ihn krächzend an abzufahren.
Clare spielte ihre Rolle ausgezeichnet. Als ob sie daran Spaß fände, hatte sie nicht nur ihre gewohnte Erscheinung in ihr Gegenbild verkehrt, auch ihre Stimme, von der sich Küentzi so leicht betören ließ, hatte sie verstellt. Damit half sie ihm, ihr gegenüber den auftragswilligen, unbeteiligten Klosterkarrer zu spielen. Bis auf die Rheinbrücke verschwendete er nicht einen Blick auf die Passagierin, während er mit den Zügeln neben dem Wagen einherging. Erst als sie hinter einer Pilgergruppe über die Brückenbohlen holperten und die vielen Glocken die Terz ankündigten, nickte er zufrieden der Alten auf dem Wagen zu.
Um Zeit zu gewinnen, saß er seitlich auf, brachte das Pferd in Trab, überholte die stillen Pilger und ließ sich mit einem heiteren Gruß von der Wache am Rheintor durchwinken. Er saß erst wieder ab, als sie an der St.-Brandans-Kapelle angekommen waren.
Der junge Priester, der ganz traditionell die Messe für Schiffer zelebrierte, beachtete die zwei verspäteten Besucher nicht und sprach unbeirrt seinen Text weiter. Er blickte zum Altar, was Clare, die sich im Halbdunkel hinter zwei Schiffsleuten bedeckt hielt, erlaubte, ihr Gesicht Küentzi kurz zu zeigen und wiederholt fragend nach hinten zu blicken. Er zwinkerte ihr jedes Mal aufmunternd und freudig zu, obwohl ihm in der Gegenwart der

ihm unbekannten Männer unwohl war und er befürchtete, mit Clare festzusitzen. Doch ohne für beide ein gefährliches Aufsehen zu erregen, konnte er sie nicht herausholen.

Heute wirkte der kleine Raum mit dem bescheidenen Altar bedrohlich leer und fremd. Er hörte dem Priester nicht mehr zu, versetzte sich in eine der begeisternden Predigten Taulers, sah die Gesichter seiner damaligen Freunde, mit denen er diesen Raum entdeckt hatte. Sie alle waren aus seinem Leben verschwunden. Auch er würde verschwinden und diese Kapelle wohl nie wieder aufsuchen. Am liebsten wäre er weggerannt, und er schwor für sich, niemals mehr so blind und vertrauensselig mit Clare in ein so abenteuerliches Vorhaben wie diese Flucht einzuwilligen.

Die Messe war zu Ende. Nur zwei barfüßige Matrosen blieben sitzen. Die andern verließen mit dem Priester den Raum. Verunsichert fiel Clare als Erste aus ihrer Rolle. Sie ließ ihr Tuch fallen, stand auf, streckte sich, und drehte sich mit freiem Gesicht hilfesuchend Küentzi zu.

«Da bin ich ja richtig!», unterbrach sie eine junge Männerstimme vom Altar her und zog die Aufmerksamkeit der Übriggebliebenen auf sich. Ein anderer, ebenfalls noch junger Priester im vollen Ornat hatte die Kapelle still betreten und lud alle ein: «Tretet zu mir, damit ich die Trauung vollziehen kann. Braut und Bräutigam in die Mitte, die Zeugen zur Seite.»

Die Matrosen, die beim Anblick der hochschwangeren Braut ein freundliches Grinsen nicht unterdrücken konnten, stellten sich als Erste auf. Clare folgte ihnen mit einem Lächeln und winkte Küentzi ungeduldig zu sich nach vorne. Vor Aufregung versagten ihm seine Füße fast den Dienst, und er brauchte eine Weile, bis er sich neben sie stellen konnte.

Als Bräutigam erlebte er die kurze Zeremonie, die der Priester langsam und ohne Hast vollzog, wie im Traum. Bewundernd beobachtete er den Bräutigam, den er an der richtigen Stelle «Ja» sagten hörte, und bedauerte, dass er beim Küssen der Braut seine Lippen so wenig spürte. Die Worte des Priesters und der Zeugen kamen von so weit her, dass er sie kaum hörte.

Clare holte ihn aus seiner Benommenheit, indem sie ihn mehrmals unauffällig, aber heftig in die Seite kniff. Noch immer nicht richtig anwesend, beobachtete er, wie der Priester, ohne zu fragen, *Clare zer Sunnen aus Basel* ins Trauregister schrieb und ihn fragte: «Welchen Namen setze ich hinter Kunrad?»

Mit aller Selbstverständlichkeit wünschte Küentzi kühl: «Von Klingental.»

Der Priester blickte erstaunt vom Buch auf und belehrte ihn, dieser Name sei ihm ab heute verwehrt, er müsse einen bescheideneren Namen wählen.

«Setz *Schaffner aus Basel* dahinter», wies Clare den Priester an. Dieser nickte beifällig und begann zu schreiben.

Küentzi zuckte belustigt die Schultern und drückte ihr anerkennend die Hand. Der Priester wartete, bis die Tinte auch unter den zwei Kreuzen der Matrosen trocken war, und schloss das große Buch. Die Zeremonie war zu Ende, die Ehe geschlossen.

Während der Priester im kleinen Seitenraum, der als Sakristei diente, sich des Messgewands entledigte, warteten die frisch Vermählten Hand in Hand gespannt auf Anweisungen. Unvermittelt ertönte des Priesters Stimme aus dem Nebenraum: «Ich habe vergessen, dir vor der Trauung Laienkleider zu geben! Schwester Lutgardis hat sie hinter dem Altar bereitgelegt.» Nunmehr wieder in der Predigerkutte betrat er die Kapelle und forderte Küentzi auf: «Du musst wie Clare gewöhnliche Kleider tragen, bevor du die Kapelle verlässt.»

Schnell versorgte Küentzi seine Kutte zusammen mit Clares Tuchbündel in der Truhe und stellte sich in einer schmuddeligen Leinenhose und Jacke mit vielen Flicken neben Clare und die beiden Matrosen. Zum Segen für die Reise nach Straßburg rief der Dominikaner den heiligen Brandan an, bat um dessen Fürbitte bei allen Schiffsheiligen und segnete alle vier würdevoll.

Auf einen Wink des Priesters hatten die Schiffsleute die Kapelle verlassen, und der Mönch war mit dem Paar allein. Er nahm sorgfältig Clares und Küentzis Hände in die seinen und stellte sich vor: «Ich bin Johann zer Sunnen, dein jüngster Bruder, Clare. Ich wollte den Matrosen meinen Namen nicht verraten, um Nachforschungen nach euch zu erschweren. Denn unser ältester Bruder wird aus Empörung über die Schande, die unsere Schwester über die Familie bringt, alles über euer Verschwinden erfahren wollen und versuchen, alles ungeschehen zu machen. Bevor eure Ehe widerrufen oder von kirchlicher Seite aufgehoben werden kann, braucht es Beweise. Ich werde also als Erstes dieses Trauregister in der Klosterbibliothek verräumen, dass es als Beleg erhalten bleibt. Falls ihr eine Bestätigung eurer Trauung für eure Nachkommen benötigt, werde ich das Register finden. Für alle andere aber wird es als verschollen gelten.» Nüchtern fügte er hinzu: «Ich wette, dass die Klingentaler Priorin, ebenso wie unsere Familie, alles dransetzen wird, einen Skandal wegen eurer Flucht und Eheschließung zu vermeiden. Denn je weniger Aufmerksamkeit eure Tat auf sich zieht, desto schneller wird sie vergessen sein und desto leichter fällt es der Sippe später, sich mit euch zu versöhnen. Ich wage deshalb schon heute die Vorhersage, dass euch in einem Jahrzehnt niemand mehr wegen eurer Flucht verfolgen wird. Auch das verschollene Eheregister wird unverändert wieder zum Vorschein kommen; und alle Zer-Sunnen-Brüder und -Schwestern werden euch dann begrüßen.»

Küentzi war so gerührt, dass er nur wenige Worte fand, um seinem Schwager für die Unterstützung zu danken. Umso länger und heftiger schüttelte er ihm zum Abschied die Hand. Nicht weniger gerührt umarmte Clare ihren Bruder und ließ ihren Tränen freien Lauf. Mit den Tränen flossen auch die Worte ihres Danks für seine uneigennützige Hilfe und Treue zu ihr als Schwester. Johann hielt sich an seinen Rosenkranz und verließ murmelnd die Kapelle. Küentzi begleitete ihn bis zur Seitentüre, von wo aus er die wartenden Matrosen herbeiwinkte.

Die Schiffsleute trugen die Truhe dem Paar voraus und stellten sie mitten auf eine Ladefläche, die unter einem großen Kran bereit stand. Fröhlich winkten sie die beiden herbei und forderten sie auf, sich auf die Truhe zu setzen. Sobald sie ruhig saßen, gaben sie zwei Kranarbeitern das Zeichen, mit ihrer Arbeit zu beginnen.

Diese drehten die großen Kurbelarme, das Seil straffte sich und hob die Ladung sachte an. Clare schloss die Augen und hielt ihn fest umschlungen, bis der Kran sie langsam über die Stadtmauer hob und auf dem Rheinschotter unten absetzte. Die Matrosen, die ihnen über eine enge Treppe und eine Leiter hinunter vorausgeeilt waren, nahmen sie dort wie alte Bekannte in Empfang.

Beide zeigten ihre Erleichterung, als sie wieder festen Boden unter ihren Füssen spürten, und folgten mit vorsichtigen Schritten den Matrosen, die sie zu ihrem Boot führten. Über eine dicke Gangplanke gelangten sie an Bord des mit Stoffen aus dem Mittelmeer beladenen Schiffs. Vom Anblick der armselig gekleideten Frischvermählten wenig angetan, begrüßte sie der Kapitän geringschätzig. Ohne seinen Platz neben dem Steuerruder zu verlassen, zeigte er auf ihre Truhe vorne beim Bug und gab den Befehl zum Ablegen.

Steif saßen die beiden auf der Truhe und spähten angespannt, ob nicht plötzlich jemand auftauchte, um ihre Flucht zu vereiteln. Erst als sie genügend Abstand vom Ufer hatten und eine Umkehr kaum mehr möglich war, entspannten sie sich. Clare hängte sich im Sitzen bei Küentzi ein, legte ihren Kopf auf seine Schulter und meinte leise: «Als Nonne würde ich jetzt niederknien und allen Heiligen und Gott danken, dass wir hier sicher angekommen sind. Doch das ziemt sich für eine Ehefrau nicht wirklich.» Sie seufzte und holte mehrmals tief Atem. Küentzi streichelte zärtlich ihre verschränkten Hände und spürte, wie ihr Kopf auf seiner Schulter während des Sprechens immer schwerer wurde. «Dir fällt die Umstellung auf das Leben als Laie leichter, denn du bist immer mit einem Fuß außerhalb des Klingentals gestanden. Ich hingegen trete mit dir in ein völlig neues Leben ein, auf das ich überhaupt nicht vorbereitet worden bin.»

Sie richtete den Blick auf die entschwindenden Klostermauern, seufzte nochmals und gähnte: «Ich muss so vieles lernen.»

Die letzten Worte waren immer verhaltener über ihre Lippen gekommen, und am Schluss hörte Küentzi nur noch ihre ruhigen und regelmäßigen Atemzüge. Er saß ganz in sich gekehrt neben ihr. Beherrscht legte er einen Arm um sie, rückte wortlos auf ihrem Kopf die ungewohnte Haube einer Ehefrau zurecht und glich die Schwankungen des Schiffes aus, wenn sie die Richtung wechselten.

Selbst der Kapitän gab aus Achtung vor der feierlichen Stille, mit der das Paar umgeben war, seine Befehle nur leise. Seine Neugierde, die der Anblick der kurzgeschorenen Haare unter der verrutschten Haube der Frau in ihm geweckt hatte, würde er später stillen. Die Reise nach Straßburg würde noch lange dauern. Nachts mussten sie ohnehin anlegen, dann blieb ihm genug Zeit zum Reden. Still steuerte er in der gleißenden Sonne, begleitet vom unentwegten Flüstern des Wassers, den großen Kahn und das junge Paar seiner Bestimmung entgegen.

Glossar

Achtburger
Gruppe nichtadliger vermögender Bürger in der Stadt Basel, die seit 1212 mit acht Vertretern im Rat der Stadt Basel einsaßen. Sie leiteten ihr Bürgerrecht nicht aus einer Zunftmitgliedschaft oder aus dem Adel, sondern aus der Mitgliedschaft bei der Oberen Stube ab. Mit dem Eintritt der Zunftvertreter in den Rat um 1337 stiegen die Achtburger auf und bezeichneten sich später selbst als Junker. Einige Familien sympathisierten mit dem an Österreich orientierten Adel, andere orientierten sich an den Zünften.

Armleder-Rotten
Bäuerliche Aufstandsbewegung, die im Jahre 1336 zum Mittel des Judenpogroms griff. Ritter Arnold der Jüngere von Uissigheim, der mit anderen Adligen wegen unbezahlter Schulden bei Juden in Rothenburg vor Gericht gestanden hatte, hatte die Bewegung mit seiner Behauptung ausgelöst, dass Juden den Leib Christi verspotteten. Sein armseliger Aufzug, Lederarmschutz statt metallener Rüstung, wurde zum Symbol anderer Anführer.

Barfüßer
Franziskanermönche

Basler Währung
Die Bischöfe hatten das Privileg, jährlich neue Münzen zu prägen, mit der Auflage, dass der Feingehalt des Silbers unverändert bliebe. Die Münzen wurden als Pfennige verrechnet und zeigten den Namen des amtierenden Bischofs sowie jenen der Stadt Basel als Münzstätte. Goldhaltige Münzen für größere Beträge durfte die Stadt nicht prägen.
Die frühsten bekannten Prägestätten von Basel befanden sich am Fischmarkt, wo man auch die Geldwechsler fand. Ab Mitte des 13. Jh. teilte sich die Bürgerschaft Basels mit dem Bischof die Aufsicht über die bischöfliche Münzstätte. Um die Mitte des 14. Jh. erscheint erstmals der Baselstab auf einer Münze.
Dieser Pfennig wurde Stebler oder Stäbler genannt. Der Basler Stebler bildete die Grundlage für den Zahlungsverkehr der Stadt bis Ende des 15. Jh. Um den Wert des Steblers zu sichern, entstand 1342 der *Rappenmünzbund*. Dieser hatte etwa achtzig Mitglieder (hauptsächlich Städte) mit dem Ziel, einen einheitlicheren Münzgeltungsraum zu schaffen.

Beginen
Frauen, die in einer klosterähnlichen Frauengemeinschaft lebten. Die Beginen wohnten meist in der Stadt und kümmerten sich um Kranke und Arme. Solange sie in der Gemeinschaft wohnten, unterwarfen sie sich wie Nonnen den Geboten der Ehelosigkeit, der Keuschheit und des Gehorsams. Ab dem

14. Jh. wurden die Gemeinschaften für die geistliche Oberaufsicht dem Franziskaner- oder Dominikanerorden unterstellt. Zu Beginn des 15. Jh. wurden die Beginen aus Basel vertrieben und ihr Vermögen eingezogen. In andern Städten wirkten sie weiterhin als klassische Sozialarbeiterinnen.

Beinlinge
Lange Strümpfe, die an der *bruech* (Unterhose) *angenestelt* (angebunden) wurden. Später hat sich zusammen mit einer Schamkapsel die Hose daraus entwickelt.

Brandans-Kapelle
Die Kapelle ersetzte vermutlich ein frühchristliches Kirchlein, das am Ort eines keltischen Heiligtums eingerichtet wurde. Sie teilte das Dach mit der mehrstöckigen Herberge und dem Gasthaus *zer Blume* und war den Schiffsheiligen Brandan (irisch: Brendan) und Nikolaus geweiht.

Bychtigerhus
Wohnsitz der Kapläne

Canticum Canticorum
Das Hohelied Salomos, auch Lied der Lieder, ist eine Sammlung von etwa 30 einzelnen Liebesliedern, die zu einem Dialog zwischen Frau und Mann komponiert wurden. Dabei steht die Frau offenkundig im Mittelpunkt, ihre Lieder eröffnen und beschließen die Sammlung, von ihr geht die Initiative zur Liebe aus.

Dinghof
Größerer Gutsbetrieb, auch Herrschaftshof genannt, zu dem die niedere Gerichtsbarkeit gehörte. Auf dem Dinghof wurden die jährlichen Gerichte abgehalten und die fälligen Abgaben eingezogen. Ihre Einrichtung erfolgte meist durch Klöster, die damit ihre verstreuten kirchlichen Güter organisierten und von einem Vogt verwalten ließen. Dass die Klingentaler Nonnen auf ihrem Dinghof in Ötlingen selber Recht sprechen wollten, zeigt ein auf Lateinisch und Deutsch verfasstes Gerichtsurteil vom 30.10.1336. Damals entschied Peter der Riche, Ritter, Bürgermeister und Rat von Basel, dass die Vogtei zu Ötlingen Ritter Konrad Münch von Münchenstein, Bürger zu Basel, gehören sollte, Zwing und Bann und das kleine Gericht daselbst aber den geistlichen Frauen von Klingental erhalten bleiben sollten. (Landesarchiv Baden Württemberg, Archivalieneinheit 21 Nr. 6208).

Dinkel
Dinkel oder Spelz ist eine alte Getreideart und ein enger Verwandter des heutigen Weizens. Im Unterschied zum Weizen ist das Dinkelkorn fest mit den Spelzen verwachsen, dadurch erfordert die Verarbeitung einen zusätzlichen Verarbeitungsschritt. Das Dinkelkorn wurde früher auf einem Gerbgang in der Mühle entspelzt. In der Jungsteinzeit wurde Dinkel in Mittel- und Nordeuropa angebaut, ab 1700 v. Chr. ist er in der heutigen Deutschschweiz nachgewiesen. Dinkel stellt an Klima, Boden und Wasserversorgung geringere Ansprüche als Weizen und blieb bis zur Industrialisierung ein

wichtiges Handelsgetreide. Die im Mittelalter von den Fürstenhöfen ausgehende wachsende Nachfrage nach Weißbrot aus Weizenmehl verdrängte den Dinkel als wichtigste Getreidesorte.

Dominikanerinnen
Die Dominikanerinnen sind ein dem Dominikaner- oder Predigerorden unterstellter Frauenorden (Ordo Predicatorum, OP). Als Zweiter Orden werden die kontemplativen Dominikanerinnen mit Klausur bezeichnet, und als Dritter Orden Dominikanerinnen, die auch karitativ, erzieherisch, pflegerisch oder missionarisch tätig sind.

Edelknecht
Adliger, ritterbürtiger, erwachsener, aber noch nicht zum Ritter geschlagener mittelalterlicher Krieger. Im niederen Dienstadel wurde die Ritterwürde meist nur vom ältesten Sohn einer Familie erworben, seine Brüder mussten Edelknechte bleiben.

Emanation
Ausstrahlung heilender Kräfte

Engelmacher
Eine Person, die eine Abtreibung vornimmt

Heilige Euphrosine
Das Grabmal wird 1451 erstmals im Klingentaler Rechnungsbuch wegen einer Reparatur erwähnt. Die Architektur des heute im Kleinen Münster-Kreuzgang eingebauten Nischengitters vom Grab und die Zeichnungen des Grabes lassen den Schluss zu, dass das Grab am Anfang des 14. Jh. zur Einführung des Kults der heiligen Euphrosine errichtet wurde.

Geldbüttel
Schulden- und Geldeintreiber

Gottesfreunde
Eine religiöse Bewegung im Umfeld der deutschen Mystik des 14. Jh., die sich nicht in festen Strukturen organisierte. Eines ihrer Kennzeichen ist die religiöse Aufwertung der in weltlichen Berufen lebenden Laien gegenüber den Geistlichen. Ihr Schrifttum ist deshalb auf Deutsch und nicht auf Latein verfasst. Als Gottesfreunde bezeichnete man Laien beiderlei Geschlechts mit weltlichen Berufen, die ihren Glauben besonders intensiv und verinnerlicht leben wollten und denen man eine besondere Gottesbeziehung nachsagte. Wie das Kloster Klingental zeigte, gehörten aber auch Nonnen, Mönche und Priester zu ihnen.

Grabmäler derer von Klingen
Walter (†1286) und seine Frau Sophia (†1291) und deren Töchter Clara, Katharina und Verena wurden im Klingental begraben. Die Grabmäler sind heute nicht mehr zu sehen. Vom Grab der Gründerfamilie bestehen nur späte Zeichnungen.

Gutshof
Größeres landwirtschaftliches Anwesen, als herrschaftlicher Besitz auch Gut oder Domäne genannt, oder ein Bauernhof mit Land, Forst und Wasser.

Habit
Der Habit ist die Ordenstracht einer Ordensgemeinschaft. Er geht auf die Arbeitskleidung der oberitalienischen Bevölkerung im 6. Jh. zurück. Der Habit der Dominikanerinnen ist weiß mit einem schwarzen Mantel und einem Schleier.

Häcker
Arbeiter in den Weinbergen, deren Hauptaufgabe es war, während des Jahres das Unkraut bei den Weinstöcken zu entfernen, den Boden zu lockern und im Herbst die Trauben zu ernten. Häcker und Weinbauern waren vielfach bei Juden verschuldet, da sie nur einmal im Jahr, im Herbst, ein größeres Einkommen hatten und die Zeit bis dahin mit Krediten zu überbrücken versuchten.

Haube
Kopfbedeckung für Männer und Frauen. Eine Haube war für verheiratete Frauen vorgeschrieben.

Interdikt
Verbot kirchlicher Amtshandlungen bei Strafandrohung für eine bestimmte Person oder einen bestimmten Bezirk.
  Als Ludwig der Bayer nach seiner Wahl ohne päpstliche Anerkennung den Königstitel führte und Reichspolitik in Italien betrieb, verhängte 1324 Papst Johannes XXII. in Avignon gegen König Ludwig den Kirchenbann und untersagte alle gottesdienstlichen Handlungen in Ludwigs Ländern. Im Gegenzug ließ sich Ludwig 1328 vom römischen Stadtvolk zum Kaiser des Heiligen Römischen Reiches wählen und setzte den Franziskanermönch Pietro Rainalducci als Gegenpapst Nikolaus V. ein. Als der Kaiser 1330 aus Italien zurückkam, ergriff er harte Maßnahmen gegen Geistliche, die dem Interdikt Folge leisteten. Die Parteinahme für Ludwig war in südwestlichen Teil des Reiches trotzdem keineswegs einheitlich.
  Die Bischöfe von Basel, Straßburg und Konstanz wollten anfänglich das Interdikt beachten, schwenkten aber allmählich auf die kaiserliche Linie, als in den Städten die Zünfte und aufstrebenden Bürger- und Handwerkerorganisationen den Machtkampf zwischen dem Papst in Avignon und Kaiser Ludwig nutzten, um ihren Einfluss auszuweiten.
  Ausgleichsbemühungen mit dem 1334 neu gewählten Papst Benedikt XII. scheiterten, nachdem dieser den Erzbischof von Mainz als Vermittler exkommuniziert hatte. 1338 erklärten die in Frankfurt tagenden Reichsstände den Kaiser für rechtmäßig und rechtgläubig und bedrohten alle, die sich an Bann und Interdikt hielten, mit Einzug ihrer Lehen. Der Straßburger Dominikanerkonvent verließ daraufhin Straßburg und zog nach Basel.
  Ludwig der Bayer starb 1347 als Kaiser im Kirchenbann.

Juchart
Die Juchart/Jucharte war ein in der Schweiz bis ins frühe 20. Jh. gebräuchliches Flächenmaß. Mit Gültigkeit ab 1836 wurde die Juchart auf genau 36 Aren festgelegt.

Klarissen
Der Zweite Orden des heiligen Franziskus, der Orden der Klarissen (Ordo Sanctae Clarae, OSC), wurde vom heiligen Franziskus und der heiligen Klara von Assisi gegründet.

Klingental
Die Dominikanerinnen aus Wehr wohnten im 1274 eröffneten *Kleinen Klingental* (heute Museum und Sitz der Basler Denkmalpflege), bis der schnell wachsende Konvent die neuen Gebäude im *Großen Klingental* beziehen konnte. Das *Kleine Klingental* wurde 1305 den Konversen überlassen. Nach der Reformation wurde das *Große Klingental* als Truppenunterkunft genutzt. 1860 mussten die Gebäude der Nonnen dem Bau der Kaserne weichen. Fläche und Umfang des heutigen Kasernenareals mit der profanierten Kirche und Grünzone entspricht dem *Großen Klingental*.

Konversen
Laienbrüder/Laienschwestern, die in das Kloster eintraten, um ohne Weihen und mit verminderter Gebetspflicht zur Entlastung der Nonnen die körperlichen Arbeiten zu verrichten. Neben einfachen Tätigkeiten in der Landwirtschaft und im Garten verrichteten sie auch anspruchsvolle Tätigkeiten als Handwerker auf den Klosterhöfen und als deren Verwalter. Im Unterschied zu andern Orden war den Dominikanerkonversen das Lesen, Singen und Studieren der Psalmen untersagt.

Kuratklerus
Priester, welchen die Seelsorge über einen bestimmten Bezirk obliegt; speziell Kapläne, welche die Seelsorge unter Aufsicht eines Bischofs oder Pfarrers ausüben.

Leibgeding
Unterhalt auf Lebenszeit, Altenteil, Nonnenmitgift. Überschreibung von Einkünften aus Besitz (meist Naturalien) und Vermögenswerten für den Lebensunterhalt im Kloster. Nach dem Tod der Begünstigten geht das Leibgeding im Klostervermögen auf.

Lettner
Der Lettner diente der Trennung des Kirchenraumes in einen den Nonnen und Geistlichen vorbehaltenen Teil sowie in einen den Laien vorbehaltenen Teil. Die Nonnen betraten den für sie bestimmten Chorteil aus dem Kreuzgang durch einen eigenen Zugang neben dem Lettner.

Leutkirche
In der Klosterkirche Klingental (erbaut zwischen 1278 und 1293) war die Leutkirche der eigentliche Predigtraum: ein rechteckiger und flachgedeckter Saal, den bloß die Öffnungen – die Türen in der Südwand, die einfa-

chen Fenster ringsum und die Chorbogen – gliederten. An der Westwand befand sich die Empore der Nonnen, an der Ostwand bildete der Lettner die Grenze zum schmäleren, überwölbten Langchor mit dem für die Nonnen reservierten durchlichteten Sanktuarium.

Mariä Lichtmess
Das kirchliche Fest entstand im 4. Jh. in Jerusalem und markierte das Ende der Weihnachtszeit. Als Nebenfest von Christi Geburt wurde im 5. Jh. die Feier durch den Brauch der Lichterprozession am 2. Februar angereichert. In der heidnischen Tradition (Amburbale, Lupercalia) wurde behauptet, die Sonne mache an diesem Tag einen Sprung, also die Tage würden von nun an deutlich länger.

Minne
Bezeichnete zunächst eine nichtsexuelle Zuneigung, etwa im Sinne von Geschwisterliebe oder Gottesliebe. In der höfischen Kultur des Hochmittelalters bedeutete *Minne* aber die speziell zweigeschlechtliche Liebe und erfuhr in der sogenannten Hohen Minne eine Stilisierung zu einem Ideal platonischer Liebe, das den unverbrüchlichen ritterlichen Dienst für eine meist verheiratete höhergestellte Frau, die Unterwerfung unter ihren Willen und die Werbung um ihre Gunst bedeutete. Die Fähigkeit, ‹zivilisiert› zu lieben, wurde den niederen Ständen abgesprochen. Ihnen blieb die trieb- und tierhafte körperliche Vereinigung als Niedere Minne. Im Spätmittelalter verlagerte sich die Bedeutung des Wortes *Minne* immer stärker auf den sexuellen Aspekt.

Mystik
Unter mystischem Glauben versteht man
das verborgene, geheimnisvolle Wissen von Gott, wie er es nur wenigen Erwählten in übernatürlichen Erlebnissen eröffnet. Sie schauen die Hölle, den Himmel, die eigene Seele und wie sich diese mit Gott vermählt («unio mystica»). Das Einssein mit Gott, die Vollendung des Ichs wird als die seligste Gotteserfahrung verstanden.

Im Gegensatz zu dieser Erlebnismystik ist die sogenannte spekulative Mystik ein intellektueller Vorgang:
Sie will das, was in der unkontrollierbaren Erlebnismystik geschieht, in theologische Begriffe fassen. Sie spricht vom Wesen Gottes, vom Erkenntnisgrund, von Gottes Bildlosigkeit, vom Vermögen der Seele und ihrer Verwandtschaft mit Gott. Die beiden Glaubensverständnisse decken sich nicht. Die Erlebnismystik weiß von Visionen, hat aber keine Sprache dafür; die spekulative Mystik formuliert Begriffe, vermisst aber die Anschauung.

(Zitate aus: R. H. Oehninger, Wir hatten eine selige Schwester, Winterthur 2003, S.14/15)

Niedergerichtsbarkeit
Die niedere Gerichtsbarkeit befasste sich in der Regel mit geringeren Delikten des Alltags, die mit Geldbußen oder leichteren Leibstrafen sühnbar waren. Dazu gehörten der Pranger, das Tragen des Lästersteins sowie der

Schandpfahl. Diese gehörten zu den Ehrenstrafen. Inhaber der niederen Gerichtsbarkeit waren zumeist Adlige, geistliche Stifter oder die Räte der landesunmittelbaren Städte.

Neumen
Musikalische Schriftzeichen

Pfisterei
Bäckerei

Pfleger
Verwaltungs- und Aufsichtsbeamter einer Stadt, eines Klosters oder eines Hauswesens, konnte Verträge protokollieren.

Profess
Ordensgelübde mit Weihe. Der Profess bedeutete eine lebenslange Bindung an die Ordensgemeinschaft, ein Leben nach den Ordensregeln in Armut, eheloser Keuschheit und Gehorsam gegenüber den Oberen.

Queste
Altfrz. für ‹Suche›. Das Wort bezeichnet in der Artusepik die Heldenreise *(aventiure)* des Ritters oder Helden. In deren Verlauf besiegt er Feinde, löst verschiedene Aufgaben und erntet dadurch Ruhm und Erfahrung. Sinn der *queste* ist die Erfüllung ritterlicher Pflichten, aber auch die innere Reifung und Reinigung des Helden.

Reuerin
Ehemalige Prostituierte, die ihr Tun ‹be-reut› und sich für ein Leben in einem Kloster entschieden hat.

Samnung
Wohngemeinschaft der Beginen (in Basel u.a. im *Hus Rechtenberg* und im *Hus am Wege*)

Schaffnerin/Schaffner
Vermögensverwalter einer Stadt, eines Klosters oder eines Hauswesens mit Schlüsselgewalt über Küche und Keller. Die Klosterschaffnerin gehörte dem Klosterrat an.

Schutzbrief
Eine Urkunde mit einer Schutzzusage seitens einer hoheitlichen Stelle

Sisgau
Ein bischöfliches Amtslehen. Ab dem späten 11. Jh. hatten die Grafengeschlechter Homberg, Neu-Homberg, Frohburg und Habsburg-Laufenburg das Lehen im Sisgau inne. 1510 ging es als Pfand an die Stadt Basel und bildete von da an den größten Teil der Landschaft Basel.

Skapulier
Von lat. *scapularium*, Schulterkleid; ein Überwurf über die Tunika einer Ordenstracht.

Städtebünde am Oberrhein

Da der Adel mit immer neuen Zöllen den Handel in seinen Territorien lähmte, die Sicherheit auf den Straßen aber nicht gewährleisten konnte, verbündeten sich Städte am Oberrhein schon vor der Mitte des 13. Jh. gegen den Adel. 1254 entstand der Rheinische Städtebund, dem auch die Fürstbischöfe von Mainz, Worms Speyer und Straßburg beitraten. Je stärker das habsburgische Königshaus sich als Ordnungsmacht durchsetzen konnte, desto mehr verloren die Städtebünde an Bedeutung, blieben in veränderter Zusammensetzung jedoch bestehen.

Im Interdiktstreit zwischen dem Papst in Avignon und Ludwig dem Bayer gewannen die städtischen Verbindungen wieder an Bedeutung. 1327 wurden auf Betreiben Straßburgs nicht nur die rheinischen, sondern auch südbadische und voralpine Städte zu einem Großen Bund zusammengeführt. Dieses Bündnis war jedoch zu groß und brach bald auseinander.

Für die Besitzungen des Klingentals wurde der 1342 entstandene, vom Kaiser initiierte Bund von sieben reichsfreien Städten im Elsass mit Kolmar als wichtigstem Mitglied bedeutungsvoll. Der Bischof von Basel und der Rat unterstützten diesen Bund, der die Grundlage für den 1354 gebildeten, dauerhaften Elsässer Zehnstädtebund bildete.

Sumpffieber

Auch Wechselfieber oder Malaria genannt. Es ist eine örtlich begrenzte Krankheit, welche durch Übertragung mikroskopisch kleiner Spaltpilze (Plasmodien) hervorgerufen wird und hauptsächlich aus einer Erkrankung des Blutes besteht. Heftige, von Schüttelfrösten begleitete Fieberschübe kennzeichnen die Krankheit, wobei verschiedene Organe, häufig die Milz und die Leber, von der Krankheit angegriffen werden können.

Sundgau

Im Spätmittelalter bezeichnete der Begriff Sundgau die unter habsburgischer Herrschaft stehenden linksrheinischen Gebiete. Der Sundgau umfasste die südlichen Vogesen, die Burgunderpforte und den Nordrand des Juras. Durch die Heirat Herzog Albrechts von Österreich mit der Erbgräfin Johanna von Pfirt (einer Enkelin von Walter von Klingen) um 1324 wurde der Sundgau das größte zusammenhängende habsburgische Gebiet im Westen und reichte mit der Grafschaft Pfirt bis über Belfort hinaus. Die Habsburger traten den Sundgau im Rahmen des Westfälischen Friedens 1648 an den französischen König ab.

Werner zer Sunnen

Werner war Basler Achtburger, Diplomat und Vertrauensmann der Habsburger. Er war 1336 einer von neun Schiedsrichtern über den Frieden zwischen den Herzögen von Österreich und der Stadt Luzern, die bestätigten, dass Luzerns Bund mit Uri, Schwyz und Unterwalden nicht gegen Österreich gerichtet war.

tych

wasserführender, offener Kanal

Die Entstehung der Stadt Kleinbasel hängt mit der Anlage ihrer Gewerbekanäle im 13. Jh. zusammen. Das *tych*-System war der Energielieferant für die städtische und gewerbliche Infrastruktur. Die Kanäle funktionierten als Verkehrswege für Hölzer aus dem Schwarzwald in die Sägen und dienten gleichzeitig als Schmutz- und Abwassersammler. Diente im 13. Jh. die Wasserkraft überwiegend dem Betrieb von Getreidemühlen, gegenüber denen Sägen, Schleifen, Stampfe und Schmiedehammer in der Minderzahl waren, verschoben sich die Verhältnisse seit dem 14. Jh. immer wieder. Das Kleinbasler Kanalnetz wurde erst Anfang 20. Jahrhundert vollständig aufgehoben.

Unehrlich
Bestimmte Berufe oder Tätigkeiten machten in der Auffassung des Mittelalters unehrlich oder unrein. Geldverleiher, Henker, Hübschlerinnen (Dirnen), Abdecker, Kloakenreiniger, Gassenkehrer und Schäfer gehörten dazu. Diese Menschen wurden von den Bürgern gemieden und konnten meist kein vollständiges Bürgerrecht empfangen.

Ungeld
Abgabe, Steuer auf Waren

Untote
Untote werden im Mittelalter meist als geistig oder seelisch tot und nur noch als körperlich existent dargestellt. Sie versuchen, einem Lebenden die Lebenskraft zu nehmen, und verbreiten Krankheiten und Seuchen. Den Untoten wurde etwa das Sumpffieber zugeschrieben.

Viernzel
Ehemalige Rechnungseinheit ohne Messform, von der Getreideverwaltung im Raum Basel auf 274 Liter festgesetzt. Es wurde nach der Einführung des metrischen Systems 1877 aufgegeben.

Vitenbuch der Elsbet Stagel
Die Dominikanerin Elsbet Stagel (ca.1300–1360) verfasste das *Vitenbuch von 33 seligen swestern prediger ordens von dem closter Tösse* vor 1340. Ähnlich wie der Dominikaner und Erzbischof von Genua Jacobus de Voragine (1228–1298), der für seine *Legenda aurea* Heiligenleben sammelte, sammelte und verfasste Elsbet Stagel, was ihre visionären Schwestern in ihren Leben gesehen hatten. Sie bezog ihre Beispiele jedoch aus nächster Nähe, dem 1233 gegründeten Kloster Töss bei Winterthur.
Heilige, so betonte Elsbet Stagel, gebe es zu allen Zeiten, selbst wenn sie nur von wenigen Menschen in abgelegenen Klöstern als solche erkannt würden. Sie wusste, wie schwer sich Visionen erzählen lassen, und redigierte die Berichte über ekstatische Erlebnisse und Gesichte nur, wenn die Frauen sie preisgaben.
Elsbet Stagels *Vitenbuch* ist die umfangreichste mittelhochdeutsche Sammlung glaubensbetonter Lebensbeschreibungen von Dominikanerinnen im südalemannischen Raum.

Burg Wartenberg
1223 gingen die drei Wehranlagen auf dem Wartenberg samt dem Dinghof in Muttenz als Erbe der Grafen von Homberg an den Grafen Hermann von Frohburg über. Hermann errichtete die Homburg bei Läufelfingen und nannte sich von da an Graf von Neu-Homberg. 1301 verkauften die Homberger die vordere und mittlere Burg samt Muttenz an Hugo und Kuno zer Sunnen als Lehen und 1306 die Herrschaftsrechte an das Haus Habsburg-Laufenburg, welche das Lehen weiterhin den zer Sunnen als Afterlehen überließ. In der Mitte des 14. Jh. gelangten die Münch von Münchenstein durch Heirat in den Besitz der Herrschaft Muttenz und Wartenberg.

Wehr
Der Kirchensatz Wehr im Wehratal gehörte zum ältesten rechtsrheinischen Besitz des Klosters Klingental und geht zurück auf eine Stiftung Walter von Klingens von 1256 für einen aus dem Elsass zugewanderten Nonnenkonvent. Diese Güter gingen im Besitz des neuen, ebenfalls von Walter von Klingen gestifteten Klosters im Kleinbasel auf, als der kleine Konvent aus politischen Gründen Wehr verließ und ins Kleinbasel zog.

Weidling
Ein schon von den Kelten benutztes Flachboot, in der Regel 10 Meter lang. Es wird im tiefen Wasser mit Stehrudern bewegt, im flachen Uferbereich mit sogenannten Stacheln flussaufwärts geschoben.

Wittum
Urkundlich festgehaltene Einkünfte von Besitztümern als Fürsorge für eine Witwe

Klösterliche Zeitangaben
Der Tagesablauf eines Klosters richtet sich nach den Gebetszeiten. Da bei dieser Zeiteinteilung kaum noch Zeit für die nach der Ordensregel zu erledigenden Hand- und Schreibarbeiten übrig blieb, waren zahlreiche Ausnahmen üblich.
01.00: Vigilien/Nocturnen
05.00: Laudes/Matulin
06.00: Prim
09.00: Terz
12.00: Sext
15.00: Non
17.00: Vesper
18.00: Komplet

Zehnthof
Während Kirchen oder Stifte ursprünglich selbst den Zehnt (Naturalsteuer) von den einzelnen Bauern einzogen, wurde dies später teilweise an Zehntpächter übertragen, die den Zehnthof/Zehnthof innehatten. Die Bauern mussten ihre Abgaben beim Zehnthof abliefern, bzw. der Zehnt wurde vom Pächter des Zehnthofes zusammengetragen. Die Zehntscheune/Zehntscheuer war ein Lagerhaus zum Aufbewahren der Naturalsteuer. Die Gebäude des

Klingentaler Zehnthofs in Rufach wurden später samt einer Zehntscheuer modernisiert und dienten im 20. Jh. als Kaserne für die Gendarmerie.

Ziegelhof
Betrieb, der Ziegel und ähnliche Erzeugnisse durch Brennen herstellt.

Zingulum
Gürtel, den Mönche bzw. Nonnen um ihren Habit oder Priester um ihre Soutane bzw. Albe tragen.

Zwing und Bann
Zwing (oder Twing) und Bann umschreibt den Machtbereich einer Obrigkeit, des Zwingherrn, worin rechtsverbindliche Vorschriften und Anordnungen im Bereich der Niederen Gerichtsbarkeit (Niedergericht) erlassen werden konnten. Ein Gerichtsbezirk (Twing/Zwing) umfasste meist eines oder mehrere Dörfer. Der Begriff bezeichnet das Recht eines Grundherrn, Gebote und Verbote zu erlassen.

Erwähnte Klöster

Blotzheim
Das Kloster wurde 1267 gegründet und war der Zisterzienserabtei Lützel, dem nach Murbach zweitreichsten Kloster im Elsass, unterstellt. Die Zisterzienserinnen waren ursprünglich aus Basel nach Michelfelden weg- und nach 1259 von dort nach Blotzheim weitergezogen. 1450 wurde das Kloster ein Priorat.

Königsfelden
Zum Gedenken an den 1308 ermordeten König Albrecht I. stiftete seine Witwe Elisabeth von Görz-Tirol auf den Ruinen des römischen Legionslagers ein Klarissenkloster, das Königsfelden genannt wurde. Von Beginn weg war ein kleiner Franziskanerkonvent angegliedert, der für die Seelsorge zuständig war. Die ersten Mönche zogen 1311 ein, die Nonnen folgten im darauffolgenden Jahr. Das Kloster wurde 1528 aufgehoben.

Murbach
Eine 727 gegründete Benediktinerfürstabtei im südlichen Elsass. Das Kloster Murbach war das reichste der Elsässerklöster und spielte eine maßgebende Rolle für das aufstrebende Geschlecht der Habsburger. Das Kloster übertrug ihnen die Vogtei über die Stadt Luzern sowie über das Kloster Engelberg und überließ ihnen als Lehen seine im Sisgau und Aargau gelegenen Höfe sowie Höfe im Breisgau mit der Burg Rötteln. Murbach wurde 1789 von aufständischen Bauern verwüstet, danach aufgehoben.

Töss
Das Dominikanerinnenkloster wurde 1233 mit Bewilligung des Bischofs von Konstanz durch die Grafen von Kyburg gegründet und nach 1235 der Aufsicht der Zürcher Dominikaner unterstellt. Die Kirche wurde 1315 geweiht. An der Stelle des zu Beginn des 19. Jh. abgebrochen Klosters steht heute die Maschinenfabrik Rieter.

Wittichen
1324 gründete Luitgard in Wittichen mit 33 Frauen eine Gemeinschaft, die später als Terziarinnenkloster Wittichen von den Franziskanern anerkannt wurde. Luitgard gilt als Mystikerin, die Eckhart und Seuse kannte. 1349 pflegte sie Pestkranke und starb selber an der Krankheit. 1376 übernahm der Konvent die Klarissenregel und bestand mit Unterbrüchen bis zur Säkularisierung 1803. Luitgard wird als Volksheilige verehrt.

Übersetzungen

S. 69f.*
Gedicht über die Mystik der deutschen Dominikaner (Autorin unbekannt), Original in: Muschg 1935, S. 149/150.

>Ich will euch verkünden,
>sprach eine Nonne von Stand:
>Zu uns kommen Prediger,
>was meine Seele erfreut.
>Sie bringen uns das gute Wort.
>Sie wollen uns erschließen
>die Fülle der Himmel.
>Scheidet von der Welt,
>nehmt Gott in euch wahr,
>werdet eins mit ihm,
>und ihr werdet seiner gewahr.
>Der große Meister Dieterich
>will uns Freude bringen.
>Es sprachen alle rein
>wie in principio.
>Mit des Adlers Flug
>macht er uns vertraut,
>will deine Seele versenken
>in die Tiefe ohne Grund.

S. 113*
‹Gedicht des Her Walther von Klingen›, xviiij, Manessische Handschrift, 52 c, 1:
>Wie immer auch die Zeit wird wandeln sich,
>leiden muss mein sehnsuchtvolles Herz,
>will die Edle mein mich ehren nicht.
>Wachsen muss mein Sehnsuchtsschmerz,
>helft ihr edle Frau mir zum Schein.
>Freude sollt ihr Edle mir bereiten,
>oder ich muss zugrunde gehn.

S. 353; 355*
‹Gedicht des Ritters Her Walther von Klingen›, xviiij, Manessische Handschrift, 53 a 20:
>Ach Gott, wie ist mein Herz entbrannt
>für meine geliebte Frau,
>brennt heller als tausend Kerzen.
>Ach Gott, wann darf ich bei ihr sein.
>Sie ist so schön und auch so fein
>Wie die Veilchen im März.
>Durch sie erleid ich manchen Schmerz.

S. 361
Gedichte von Mechthild von Magdeburg, Originale in: Gall Morel 1869:
Buch 2/11: Von sieben Formen der Gottesliebe. Auf siebenfache Weise beginnt die wahre Gottesliebe:
> Die freudige Liebe macht sich auf den Weg,
> die fürchtende Liebe nimmt die Mühsal auf sich,
> die starke Liebe vermag viel zu leisten,
> die liebende Liebe will keinen Ruhm,
> die weise Liebe besitzt Erkenntnis,
> die freie Liebe lebt ohne Herzeleid,
> die gewaltige Liebe ist allzeit freudig.

S. 361f.
Buch 2/9 und 10:
> Gott preist seine Braut fünffach:
> ‹Du bist ein Licht der Welt,
> du bist eine Krone der Jungfrauen,
> du bist eine Salbe für die Verwundeten,
> du bist die Aufrichtigkeit gegenüber den Falschen.
> du bist eine Braut der heiligen Dreifaltigkeit.›

> Die Braut lobt Gott fünffach:
> ‹Du bist das Licht in allen Lichtern,
> du bist die Blumenzier auf allen Kronen,
> du bist die Salbe, stärker als alle Wunden,
> du bist die unwandelbare Treue ohne Falsch,
> du bist der Wirt in allen Herbergen.›

S. 364f.
Aus der Vita der Sophia von Klingnau (Oehninger [2003], S. 57f.):
> ich gebe dir ein Gleichnis, […] Sie war ein rundes, schönes und alles durchleuchtendes Licht, gleich der Sonne und von einer goldfarbenen Röte. […] Es dünkte mich, dass von mir ein Glanz ausging, der die ganze Welt hell machte […] und einen wundervollen Tag über das ganze Erdreich brachte. Und in diesem Licht, das meine Seel war, sah ich Gott wonnevoll leuchten. […] Und ich sah, dass er sich derart liebevoll und freundlich zu meiner Seele fügte, dass er ganz mit ihr vereinigt ward und sie mit ihm […].

* Übersetzung durch den Autor

Historische Personen

Basel

a) Kloster Klingental
Johann von Tüllingen, Karrer, Laienbruder
Johannes von Habsheim, Schaffner des Klosters ab 1342, Laienbruder
Johannes Arzat, Sohn des Wernher zer Bach von Habsheim, Pfründer ab 1342
Agnes, Clare, Werndrut zer Sunnen (Schwestern), Nonnen
Anna von Egringen, Nonne
Anna von Falkenstein, Nonne
Clara zer Angen, Nonne
Gisele *(Wülfin)*, Elsbeth und Hedwig von Wehr (Schwestern), Nonnen
Guota Münchin, Nonne
Jannata von Mumbaton, Nonne
Katharina zem Hasen, Nonne
Anne von Blansingen, Begine
Luggi *(Lutgardis)* von Neuenburg, genannt *Schryberin*, Begine, Laienschwester
Metzi von Häsingen, Begine
Anastasia zer Sunnen, Laienschwester (†1337)
Johann Sigerist und seine Frau Anna, Konversen
Albert von Reinkein, Prior des Basler Dominikanerkonventes 1340/6
(ex officio zuständig für die geistlichen Belange des Klingentaler Konventes)
Johannes von Atzenheim, Predigermönch, Gelehrter
Johannes zer Sunnen, Predigermönch
Bischof von Basel Johann II. Senn von Münsingen (1335–65)
Hans Sinz, Custos des St.-Peter-Stifts

b) kontroverse geistliche Vorbilder und Autoren
Johannes Tauler (1300–61), Dominikaner aus Straßburg, Priester, 1338–43
  Gast bei den Basler Predigern
Heinrich von Nördlingen (1310?–1378?), Weltpriester, 1338–48 in Basel,
  verantwortlich für die Übersetzung von Mechthild von Magdeburgs *Das fließende Licht*
Luitgard von Wittichen (1291–1348) Begine, Mystikerin, Volksheilige des
  Schwarzwaldes
Margarete Ebner (1291?–1351), Nonne im Kloster Medingen, Mystikerin
Margarete Porete (1240?–1310), Begine, Mystikerin, verfasste *Spiegel der einfachen, zunichte gewordenen Seelen,* als Ketzerin verbrannt.
Mechthild von Magdeburg (1210?–82) Begine, Mystikerin, verfasste *Das fließende Licht der Gottheit*

Eckhart von Hochheim (1260–1328), Dominikaner, Theologe, Mystiker, bekannt als Meister Eckhart, 1325 der Häresie angeklagt

Heinrich von Seuse (1295?–1366), Dominikaner, Theologe, Mystiker, Beichtvater von Elsbeth Stagel

Marsilius von Padua (1290?–1342), Staatstheoretiker, verfasste die 1326 Ludwig dem Bayer gewidmete Schrift *Defensor Pacis*

William von Ockham (1288–1347), Franziskaner, 1328 als Häretiker exkommuniziert, lebte am Hof von Ludwig dem Bayern

c) Bürger

Johann Cramer, Schneidermeister, Bürger von Kleinbasel

Heinrich von Embrach (1311–69), Bäckermeister, und seine Frau Katharina, Bürger von Kleinbasel

Jost von Embrach, ihr Sohn, Priester, † 1358

Rudolf von Egringen, Bäckermeister, Bürger von Kleinbasel, Pfründer ab 1343

Konrad Hesse, Schiffsmann, und seine Frau Agnes, Bürger von Kleinbasel

Konrad von Eggenen, Gerber, und seine Frau Margarete, Bürger von Kleinbasel

Wernli (Werner) der Rote, Erblehensträger des Fahrs über die Wiese

Konrad (Cunrad) zer Angen, Achtburger

Konrad zer Sunnen, genannt der Schufter/Schufler (1272?–1334/6), und seine Frau Katharina Müntzmeister, Achtburger, M. A. von Bologna 1297, Oberzunftmeister, Herr zu Wartenberg

Hanneman (Henman) zer Sunnen, Sohn von Konrad und Katharina, Herr des Blotzheimer Dinghofes, Vetter der Nonnen Agnes, Clare, Werndrut

Wernher zer Sunnen (†1320), Bruder Konrad des Schufters, und seine Frau Margarete, Achtburger, Eltern der Nonnen Agnes, Clare, Werndrut

Wernher (Werner) zer Sunnen, Sohn von Wernher und Margrete, Erbe des Hauses Sunnenberg auf Burg, Bruder der Nonnen Agnes, Clare und Werndrut

Leonhard zer Sunnen, Onkel der Nonnen Agnes, Clare und Werndrut

Peter zer Rosen, Schaffner der Barfüßermönche

Konrad von Hagental, Schaffner des Klosters Gnadental

Johannes von Wissemburg, Schaffner der Basler Kurie

d) Adel

Walter von Klingen (vor 1240–86) und seine Frau Sophia von Frohburg (†1291), Ritter, Vetter und Vertrauter des deutschen Königs Rudolf I. von Habsburg, Gründungsstifter des Klosters Klingental, Minnesänger

Katharina, Gräfin von Pfirt, Klara, Markgräfin von Baden, Adelheid, Gräfin von Thierstein, Verena, Gräfin von Veringen, Töchter von Walter und Sophia von Klingen

Johanna Erbgräfin von Pfirt (1300–51), verheiratet mit Albrecht II., dem Lahmen, Herzog von Österreich; Enkelin von Walter und Sophia von Klingen

Ritter Heinrich Münch von Münchenstein

Ritter Peter von Schwarzenberg, Bruder von Rudolf von Egringen

Edelknecht Peter von Geisrieme

Edelknecht Frantz Bulster von Neuenburg und seine Frau Adelheit
Papst Benedikt XII. 1334–42 in Avignon
Kaiser Ludwig der Bayer (1328–46)

Häsingen/Blotzheim
Johann Hemerlin, Laienbruder, Pfleger des Klingentaler Gutshofes in Häsingen
Rudolf Hemerlin, Bruder des Pflegers Johann
Hannemann von Neuenstein, Edelknecht
Heinrich von Mumbaton, Ritter, Vogt und Pfleger zu Delle

Rufach
Werner von Gundolsheim, Ritter
Johannes Zimperlin von Andlau
Arnold III. von Uissigheim (um 1298–1336), Ritter, genannt König Armleder, Bauernführer, Judenverfolger

Königsfelden
Ritter von Landscron aus der Ostmark, verwandt mit den Münch von Landskron
Königin Agnes von Ungarn (1281–1356), Witwe von Kg. Andreas III. von Ungarn, lebte ab 1317 im Kloster Königsfelden

Kloster Töss bei Winterthur
Elsbet Stagel (ca.1300–60), Priorin, Verfasserin eines Vitenbuchs

Straßburg
Rulman Merswin (1307–82) und seine Frau Gertrud von Bietenheim, Kaufmann

Literaturverzeichnis

a) Primärquellen:
Große Heidelberger Liederhandschrift (Codex Manesse), Zürich 1305 bis 1340
Insbes. Her Walter von Klingen, http://digi.ub.uni-heidelberg.de/diglit/cpg848, pdf
Mechthild von Magdeburg: Von offenbarunge einer liebhabende seel, www.e-codices.unifr.ch/list/one/sbe/0277
Gall Morel (Herausgeber): Offenbarungen der Schwester Mechthild von Magdeburg oder das fließende Licht der Gottheit aus der einzigen Handschrift des Stiftes Einsiedeln, Regensburg 1869
Robert Heinrich Oehninger: 33 Lebensberichte über Dominikanerinnen aus dem Kloster Töss bei Winterthur, nach dem mittelhochdeutschen Text von Elsbeth Stagel (1300–1360), Bd. I und II (mhd. Originaltexte mit Übersetzung), Thun 2003
La Société d'Histoire et d'Archéologie du Canton de Rouffach, annuaire No. 4, Mars 2010
Regesten der Urkunden der Basler Klöster, Staatsarchiv Basel, ab 2010: www.staatsarchiv.bs.ch
Rouffach, Découverte d'un patrimoine / Entdeckung eines Erbes, Ville de Rouffach 2005

b) Auswahl Sekundärliteratur
Berthold von Bombach/Arnold Guillet: Das Leben der heiligen Luitgard von Wittichen (1291–1348), Stein am Rhein 1976
Heinrich Boos: Klosterleben, St. Klara, Klingental, Karthaus, in: Historisches Festbuch zur Vereinigungsfeier 1392, Basel 1892
Horst Boxler: Familie von Embrach, Bürger zu Klein-Basel, in: Regio-Familienforscher, Heft 2, Basel 1989, S. 34–49
Heinrich Buess: Die Pest in Basel im 14. und 15. Jahrhundert, Basler Jahrbuch 1956, Basel 1956
Brigitte Degler-Spengler: Die Beginen in Basel, Basel 1970
Brigitte Degler-Spengler: Die Basler religiösen Frauen im Mittelalter, in: Heide Wunder (Hg.) Eine Stadt der Frauen. Studien und Quellen zur Neuzeit (13.–17. Jh.), Basel/Frankfurt a.M. 1993
Peter Dinzelbacher: Lebenswelten des Mittelalters 1000–1500, Badenweiler 2010
Daniel Albert Fechter: Topographie, mit Berücksichtigung der Cultur- und Sittengeschichte, (hiezu der lithographierte Plan der Stadt) in Basel im XIV. Jahrhundert, Basel 1856

Urban Federer: Mystische Erfahrung im literarischen Dialog. Die Briefe Heinrichs von Nördlingen an Margaretha Ebner (=Scrinium Friburgense 25), Berlin/New York 2011
Veronika Feller-Fest: Die Beginen in Basel-Stadt, in: Helvetia Sacra, IX Abt., 2. Bd., Basel/Frankfurt a.M. 1995
Louise Gnädinger: Johannes Tauler, Lebenswelt und mystische Lehre, München 1993
Caroline Horch: Der Memorialgedanke und das Spektrum seiner Funktionen in der bildenden Kunst des Mittelalters, Diss., Kleve 2001
Bernhard Kötting: Die Tradition der Grabkirche, in: Memoria, der geschichtliche Zeugniswert des liturgischen Gedenkens im Mittelalter, München 1984
Die Kunstdenkmäler des Kantons Basel-Stadt, Band IV, Die Kirchen, Klöster und Kapellen, Basel 1961
Arnold Kühl: Die Dominikaner im deutschen Rheingebiet und im Elsass während des 13. Jahrhunderts, Diss., Freiburg i.Br. 1923
Bruno Meier: Ein Königshaus aus der Schweiz, Baden 2008
Walter Muschg: Die Mystik in der Schweiz, Frauenfeld 1932
Kurt Ruh: Geschichte der abendländischen Frauenmystik, Bd. 2: Frauenmystik und Franziskanische Mystik der Frühzeit, München 1993
Karl Schmidt: Nicolaus von Basel und die Gottesfreunde, in: Basel im XIV. Jahrhundert, Basel 1856
Helga Unger: Die Beginen, eine Geschichte von Aufbruch und Unterdrückung der Beginen, Freiburg/Basel/Wien 2005
Martina Wehrli-Jones/Claudia Opitz: Fromme Frauen oder Ketzerinnen?, Freiburg i.Br. 1998
Renée Weis-Müller: Die Reform des Klosters Klingental und ihr Personenkreis, Basel/Stuttgart 1956

Dank

Der größte Dank gilt meiner Frau Charlotte. Sie gab den Anstoß zu diesem Buchprojekt, indem sie mich kurz vor der Pensionierung überzeugte, mit ihr ins Klingental umzuziehen, und mich danach stets ermutigte, den langen Weg zu dieser Arbeit durchzuhalten, und thematische Verirrungen liebevoll korrigierte. Im Elsass besuchten wir viele der in den Regesten erwähnten Ortschaften, betrachteten in Rouffach die leerstehenden, zu einer Polizeikaserne umgebauten Gebäude des ehemaligen Klingentaler Zinshofes, bevor das Grundstück mit einem modernen Gebäudekomplex überbaut wurde. In Ötlingen suchten wir den klösterlichen Dinghof auf dem mit «Römischer Gutshof» markierten Gelände und spekulierten vor dem Hintergrund der Landschaften des Elsasses über mittelalterliche Lebensweisen.

Der zweite Dank geht an meinen ehemaligen Geschichtskollegen Christoph Wegman-Stähli, der uns mit seiner Frau auf zwei solchen Ausflügen begleitete. Er hat das erste, viel zu lange Manuskript inhaltlich und sprachlich kritisch durchleuchtet und mir «Geduld zur Sache» als wichtigste Grundlage für die Verbesserungen beigebracht. Ein weiterer Dank gehört Hanspeter Fritschi-von Burg, ebenfalls ein ehemaliger Kollege und unser Nachbar im Klingental, für seine feinsinnige Hilfsbereitschaft in Sprach- und Computerfragen und für die Prüfung des zweiten Manuskriptes.

Last but no least, möchte ich Satu Binggeli für ihr wohlwollendes und klares Lektorat danken. Sie begradigte meine wiederholten Verirrungen ins historische Detail mit Sachlichkeit und fand – meist mit einem verschmitzten Lächeln – träfe Formulierungen, wenn ich verbal übers Ziel hinausgeschossen hatte.

Ruedi Gröflin-Buitink
Im Klingental, Juli 2016

Weitere Titel im Verlag Johannes Petri

Hansjörg Roth

Das Buch Kain
Roman
2015. 321 Seiten. Gebunden.
ISBN 978-3-03784-064-1

Kain und Abel. Die ersten Brüder. Die ersten Feinde. Der erste Mord.

Eine Parabel vom Guten und Bösen im Menschen, erzählt vor dreitausend Jahren, irgendwo im Nahen Osten, überliefert bis in unsere Zeit.

Doch war die Geschichte je so recht nachvollziehbar: der neidische Kain, der farblose Abel, ihr wahnhafter, im Grunde unbegreiflicher Streit? Der biblische Bericht ist knapp und lückenhaft. Der Talmud und andere rabbinische Schriften hingegen enthalten zahlreiche weitere Erzählungen. Sie beleuchten Kains Geschichte aus einem anderen Blickwinkel und ergänzen, was in der Bibel fehlt.

Der vorliegende Roman vereinigt diese Quellen und erzählt, wie Kain die Dinge selber sah. Was gab wirklich den Anstoss zu der Tat an seinem Bruder? Warum verleugnete Adam ihn, den Erstgeborenen? Und wer war dieser Gott, der von Anfang an alles wusste?

Fragen, die alle um den Garten Eden kreisen: Was war dort geschehen, in den Tagen der Schöpfung – und danach? Während Kain ruhelos über die Erde wandert, kommt er dem Geheimnis Schritt für Schritt näher …

Weitere Titel im Verlag Johannes Petri

Nicolas Ryhiner

Splendid Palace
Roman
2013. 298 Seiten. Gebunden.
ISBN 978-3-03784-031-3

Erzählt wird die Geschichte von Virginio, dem Kofferträger, der seine gesamte Lebensspanne im Splendid Palace verbringt, einem Berghotel in den Schweizer Alpen. Obwohl er da geboren wurde und das Oberländer Tal bis zu seinem Tod nie verlässt, ist er gleichwohl allen, sowohl der Belegschaft und den Gästen wie auch den Dorfbewohnern, fremd geblieben. Er verrichtet seine Arbeit, ohne Spuren zu hinterlassen. Seine Welt liegt im Hintergrund, im Dazwischen, wo keiner ihn bemerkt.

Virginio hat die Fähigkeit, die Dinge zu sehen, wie sie wirklich sind, und er träumt das Leben. Er kann Menschen lesen, wie andere Bücher lesen, und zwischen den Zeilen findet er die ganze Welt. Die Gäste kommen und gehen; Virginio bleibt. Er schreibt an der Geschichte des Zwanzigsten Jahrhunderts mit – nur, dass er nicht wie die Großen die Welt regiert. Jedenfalls nicht jene, die in den Büchern vorkommt.

Der Verlag Johannes Petri ist ein Imprint des Druck- und Verlagshauses Schwabe, dessen Geschichte bis in die Anfänge der Buchdruckerkunst zurückreicht. Im Jahre 1488 gründete Johannes Petri, der das Druckerhandwerk in Mainz zur Zeit Gutenbergs erlernt hatte, in Basel ein eigenes Unternehmen, aus dem das heutige Medienhaus Schwabe hervorgegangen ist. Mit der ausdrücklichen Bezugnahme auf unseren Firmengründer knüpft der Verlag Johannes Petri an die lange Tradition des Mutterhauses an und bürgt für die von Generation zu Generation weitergegebene Erfahrung im Büchermachen.

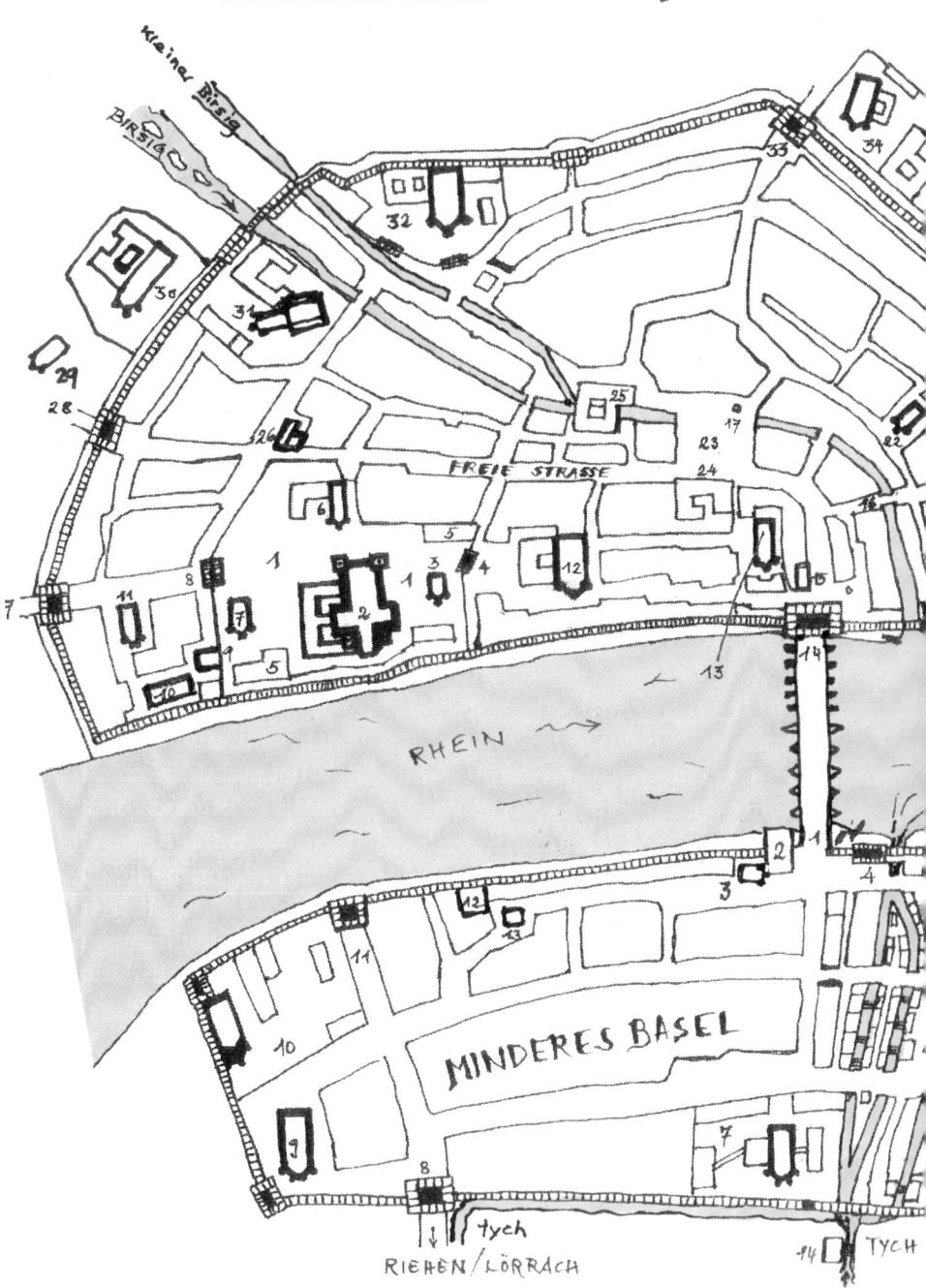